Marco Carini

Blutsgeschwister

MARCO CARINI

Blutsgeschwister

ROMAN

KONKRET LITERATUR VERLAG

Im Gedenken an WegbegleiterInnen, deren eigener Weg viel zu früh endete: Andreas B., Brigitte B., Hans K., Jürgen B., Kai F., Karola C., Markus K., Merten A., Norman K., Nicolai E., Tom J. und Veit H.

Umschlaggestaltung & Satz: Niki Bong, Hamburg
Umschlagfoto: Ilan Hamra
Druck: Beltz Grafische Betriebe, Bad Langensalza
ISBN 978-3-89458-300-2
www.konkret-literatur-verlag.de
Kontakt: carini@t-online.de

KAPITEL 1

6. August 1977: Mit Elvis Presley wird der Rock 'n' Roll der fünfziger und sechziger Jahre in Memphis/Tennessee beigesetzt. Eine ganze Generation trauert um den King, dessen Herz vor den 250 Pfund, die er zuletzt auf die Waage brachte, kapitulierte.

Ich-hab-dich-wirklich-gern-Sätze sind die schlimmsten von allen, dachte Tom. Die wenigen Male, die er sich getraut hatte, einem Mädchen umständlich anzudeuten, dass er mit ihm vielleicht – na ja –, war es stets derselbe Satzanfang gewesen, der jede Hoffnung auf Zungenkontakt sofort im Keim erstickte.

»Ich hab dich wirklich gern ...«

Genau hier war der Wendepunkt. Die Sätze nahmen eine scharfe Kurve und gerieten auf eine abschüssige Bahn. Nun wurde es bitter, immer. Die ungeschminkte, schreckliche Wahrheit folgte unerbittlich, eingeleitet durch vier Buchstaben.

»... aber ...«

Die Botschaft war an diesem Punkt bereits sonnenklar, egal wie die Sätze zu Ende gebracht wurden: Bist ein guter Kumpel, aber nicht mehr. Reden ja, anfassen nein. Kino gerne, küssen niemals. Freundschaft erwünscht, Beziehung unvorstellbar.

Dabei gingen die Mädchen ihm nicht etwa aus dem Weg. Sie redeten gern mit Tom, manche hielten ihn – so nahm er an – für einen ganz netten Jungen, der zuhören und auch mal ein Geheimnis für sich behalten konnte. Aber irgendwie war er keiner, mit dem sie rumknutschen wollten. Da hatte er noch nie eine Schnitte gesehen.

Wenn sie Tat oder Wahrheit spielten, und das taten sie auf Feten oft, lautete die Standardfrage an die Mädchen, welche fünf Jungen sie am tollsten fänden. Es waren immer dieselben, die in unterschiedlicher Reihenfolge genannt wurden. Tom tauchte in diesen Ranglisten selten auf. Gelang es ihm doch einmal, einen ehrenvollen fünften Platz zu ergattern, war er nie sicher, ob er nun aus Mitleid, echter Sympathie oder deswegen genannt wurde, weil dem Mädchen gerade partout kein anderer einfallen wollte. Auf Platz vier schaffte er es nie. Da war sein Ich-hab-dich-wirklich-gern-Handicap vor.

Auch Daria hatte schon einmal gesagt, dass sie ihn wirklich gernhabe. Das glaubte er ihr sogar. Doch selbst bei ihr hörte er das »aber« mitklingen. So stellte er sich gar nicht die Frage, was er gern mit Daria täte, wäre er einfach nur ein anderer. Einer, mit dem ein Mädchen küsst. Nie hätte er gewagt, sie zu berühren.

Aber Daria war auch nicht eine von denen, die mit Jungs rummachten. Zumindest hatte er sie noch nie dabei beobachtet. Daria schien daran kein Interesse zu haben.

Jetzt saß sie ihm in ihrem Zimmer gegenüber.

»Was willst du mit deinem Leben anfangen?«, fragte sie gerade und schaute ihm direkt in die Augen. Tom hielt dem Blick nur wenige Sekunden stand. Dann fixierten seine Pupillen den flackernden Feuerschein in dem runden Metallstövchen.

»Keine Ahnung, aber das werde ich noch herausfinden.«

Vorsichtig nippte er an dem heißen Jasmintee.

»Das Wichtigste ist, irgendetwas in dieser beschissenen Welt zum Positiven zu verändern. Eine Spur zu hinterlassen.«

Tom nahm ihren Blick wieder auf. »Und, was glaubst du? Wo liegt für dich der Sinn?«

Daria lächelte versonnen.

»Wenn ich wüsste, was zu tun ist, würde ich jetzt sofort aufstehen und damit anfangen.«

Tom inhalierte das feine Aroma der dampfenden Flüssigkeit. Er liebte diese Abende, an denen sie viele Stunden über das Leben philosophierten. Lange Gespräche, nur kurz unterbrochen, wenn Brigitte, Darias Mutter, an die Tür klopfte, um eine kleine Stärkung zu servieren. Frisch geschmierte Brothäppchen, selbst gebackene Kekse oder einfach nur ein paar frische Früchte, die sie am Morgen auf dem Markt erstanden hatte.

Daria war so gescheit und so schön. Tom konnte sich nicht daran sattsehen, wie sie da vor ihm saß, die von dem batikbunten Kleid verhüllten Beine zum Schneidersitz gekreuzt, den Oberkörper kerzengerade aufgerichtet. Ihr ebenmäßiges Gesicht, das von dunkelblondem Haar gerahmt wurde, welches ihr in sanften Wellen auf die Schulter fiel. Ihre Mundwinkel umspielte stets ein keckes Lächeln, das in scharfem Kontrast zu ihren funkelnd blauen Augen stand, in denen eine stumme Melancholie wohnte. Augen die weinten, ohne Tränen. Selbst wenn die Lippen lachten. Ein

Zusammenspiel, das Daria eine geheimnisvolle, tiefgründige Note verlieh, die Tom in seinen Bann zog. Augen, die Daria manchmal zusammenkniff, um weit Entferntes zu erkennen. Sie hatte ihm einmal anvertraut, dass sie ein ganz klein wenig kurzsichtig sei, und er hatte versprochen, dieses Geheimnis zu hüten wie den wertvollsten aller Schätze.

Sie schnappte sich ihre Gitarre, stimmte kurz die Saiten und griff dann die wenigen Akkorde, die es benötigte, um eine Tonfolge aus dem Klangkörper zu holen, die »Blowin' in the Wind« ziemlich ähnelte. Nur dass ihr Gesang ganz anders klang als die näselnde Stimme von Bob Dylan.

»Blowin' in the Wind« spielten alle, die Gitarre spielten, und alle spielten Gitarre. Das Stück hatte nur vier Akkorde: C, F, G und a-Moll. Vielleicht war dieser Song nur deshalb in ihrer Generation noch eine Art Hymne, weil er so einfach zu spielen war. Dylan hatte das Lied geschrieben, als sie geboren wurden, doch auch heute fehlte es an keinem einzigen Lagerfeuer. Neben »House of the Rising Sun« von den Animals – doch dafür musste man schon sechs Griffe beherrschen.

Nach einem letzten »the answer is blowin' in the wind« stimmte Daria noch den Refrain von »Love Me Tender« an. »Remember the King of Rock 'n' Roll«, rief sie aus, dann legte sie das Instrument wieder beiseite.

»Was willst du denn verändern – dich oder den Rest der Welt?«

Daria grinste schelmisch, als hätte sie eine überraschende Pointe gesetzt. Tom überlegte. Er wollte keine banale Antwort geben, aber ihm fiel gerade auch nichts Bedeutsames ein.

»Ich glaube, das gehört beides zusammen. Wir können die Welt unserer Eltern nur neu gestalten, wenn auch wir anders sind als unsere Mütter und Väter«, hörte er sich sagen. Das klang irgendwie ganz logisch, doch Tom war nicht sicher, ob sich wirklich ein tieferer Sinn in dem verbarg, was er da gerade von sich gegeben hatte.

Süß, dachte Daria. Irgendwie ist er schon süß. Diese paar Bartfussel, das picklige, von schwungvollen Locken gerahmte Gesicht – aus dessen Mitte eine etwas zu wuchtig geratene Nase ragte –, dieser schlaksige Körper und dann dieser Gang, der mal so wirkte, als würde Tom einfach nur Arme und Beine von sich werfen, um voran zu kommen, dann wieder, als würden seine Füße magnetisch am Boden haften. Toms Teddyschlurfgang.

Tom war ein kleines Mysterium. Schüchterner, klüger und sensibler als die meisten anderen Jungs, aber auch bestürzend ungelenk und so gar nicht sexy. Weil diese Mischung die Mädchen kaum betörte, wurde er auch von den Jungen nicht als Konkurrent ernst genommen. Dann gab es noch den Tom, der bei jeder Politaktion ganz vorn mit dabei war und der nicht nur die gängigen Parolen nachplapperte, sondern die Argumente dazu lieferte. Schon mit elf Jahren hatte er in der S-Bahn mit einer selbst beklebten Blechbüchse über 200 Mark für hungernde Kinder in Äthiopien gesammelt. Die Bilder der abgemagerten Säuglinge hatten ihn nicht schlafen lassen. Er verstand nicht, wie alle um ihn herum einfach ihren Beschäftigungen nachgehen konnten, während in Afrika jeden Tag Hunderte Kinder verreckten.

Seit dieser Zeit hatte Tom eine feine Antenne für Unrecht und Leid entwickelt und viel über Politik gelesen. Auf diesem Terrain wurde er von allen anerkannt. Er setzte sich mit vielem auseinander, konnte organisieren, war engagiert und redegewandt. Aber seine angespannte Unbeholfenheit verhinderte, dass er von denen, die angesagt waren, als einer der ihren angesehen wurde.

Doch warum empfand sie selbst diese unerträglich arroganten Typen mit ihrem dummen Rumgemackere und ihren saublöden, mädchenfeindlichen Sprüchen anziehender als Tom? Warum reichte nur »nett« zu sein einfach nicht aus? Eigentlich hätte Tom eine tolle Freundin verdient gehabt, aber das schien ihr eher ein frommer Wunsch. Sie mochte ihn wirklich gern, hatte ihn liebgewonnen, und doch fehlte etwas Wesentliches. Dabei machte sie sich sowieso nicht so viel aus Jungs, aber wenn es einem mal gelingen würde, ihr das Herz zu brechen, dann würde es bestimmt so ein bescheuertes Macker-Exemplar sein und nicht so ein herzensguter Junge wie Tom.

»Warst du gestern auf Harrys Fete?«, erkundigte er sich unvermittelt.

Sie lächelte ihn an und nickte.

Tom war nicht eingeladen gewesen, wieder einmal. Nichts mit Mädchen zu haben bedeutete, sich nur sporadisch auf Gästelisten wiederzufinden, selten dabei zu sein, wenn die Post abging in mit muffigen Matratzen ausstaffierten Kellerräumen, deren einzige Dekoration aus mit Tesafilm befestigten Postern der angesagten Gruppen aus der *Bravo* bestand. Engtanz-Partys in schummriger Beleuchtung, auf denen sich alle an dem Drum aufgedrehter Bässe, selbst gemixter Bowle, stickiger Luft und dem anderen Geschlecht berauschten. Es waren Wundertüten-Abende: Man lag plötzlich knutschend in der einen oder stockbesoffen in der anderen Ecke, wurde von entnervten Eltern aus dem Haus katapultiert und in ein Taxi gesetzt, nachdem man das Rosenbeet vollgekotzt hatte.

Tom lag nie knutschend in einer Ecke, stockbesoffen schon gar nicht, und niemals hatte er in irgendwelche Rabatten gekübelt.

Eine Freundin zu haben war das Ticket für diese heißen Feten, an deren Ende oft nicht ganz klar war, wer nun mit wem ging. Nicht selten hatte eine Herz-Dame im Rausch der Sinne gleich mehrfach Ja gesagt und ein Herz-Bube sich erst versprochen, dann aber noch ein besseres Angebot bekommen.

»Hey, träumst du?«, riss Daria ihn aus seinen Gedanken.

Tom erschrak. »Nö – und wie war es so bei Harry?«

»Das Übliche, du hast nichts versäumt.«

Da war Tom sich nicht so sicher. Er wäre gern »in«, gern dabei gewesen, wenn das passierte, was in den Tagen danach den Flurfunk in seiner Schule bestimmte. Wer mitlästern wollte, durfte nichts verpassen.

»Und irgendwelche neuen Pärchen?« Die Frage sollte belanglos klingen.

Wieder lächelte Daria geheimnisvoll. »Dein feiner Freund Schelsky hat Fanny angebaggert, das wird spannend.«

»Aber Fanny ist doch mit Burckhard aus der Elften zusammen?!«

»Deshalb wird's ja spannend,« erwiderte Daria. »Aber jetzt lass uns nicht weiter tratschen, sondern über Wichtigeres reden.«

***

»Hast du 'ne Kippe dabei?«

Andy fingerte eine Packung Stuyvesant aus der Gesäßtasche seiner Jeans. »Hier, hab ich meinem Alten geklaut.«

Schelsky riss die Box auf, griff sich eine Zigarette und zündete sie hastig an.

»Bist du irgendwie nervös?«

»Ich glaub, ich habe gestern Mist gebaut.«

»Auf Harrys Fete?«

»Ja«, druckste Schelsky rum.

»Erzähl!« Andy richtete sich erwartungsvoll auf und zündete sich auch eine an.

»Ich war betrunken, und dann hab ich's bei Fanny versucht.«

»Bei Fanny? Die geht doch gerade mit Burckhard.«

»Eben. Aber ich fahr echt total auf sie ab. Und als Burckhard im Nebenraum war, hab ich sie halt 'n bisschen angegraben.«

»Und?«

»Nix und! Sie hat so getan, als würde sie gar nicht mitkriegen, dass ich an ihr rumfummle. Hat weder meine Hand weggeschoben noch irgendwie mitgemacht. Total komisch.«

»Und dann?«

Schelsky nahm einen tiefen Zug. »Dann kam Burckhard wieder rein, ich bin ein Stück von ihr weggerückt, und irgendwann hat er sie mit seinem Mofa nach Hause gebracht. Nach 'ner Dreiviertelstunde kam er zurück und hat mich rundgemacht. Was mir denn einfiele, seine Freundin anzubaggern und dass Fanny nun ganz verwirrt sei ...«

»Oh, die arme Fanny.« Andy konnte ein Grinsen nicht unterdrücken.

»Jedenfalls hat er mir gedroht, ich solle gefälligst meine Finger von ihr lassen, sonst gäb's was auf die Fresse. Die blöde Kuh hat ihm sofort alles erzählt.«

»Wow! Lässt du jetzt die Finger von ihr?«

Schelsky drückte die Kippe aus. »Muss ich ja wohl. Burckhard geht mir ja echt am Arsch vorbei, aber bei Fanny bin ich jetzt vermutlich total unten durch. Mensch, was hab ich mich blamiert.«

»Wart's ab!«

»Was willst du damit sagen?«

»Ruhe bewahren!« Andys Grinsen hatte jetzt etwas Verschwörerisches. »Ich kenne Fanny besser als du. Die findet es ganz geil, angebaggert zu werden.«

Schelsky wusste, dass Andy und Fanny für ein paar Wochen zusammen gewesen waren. Vor knapp einem halben Jahr. Überhaupt hatte Fanny angeblich mit fast allen Jungen der Klasse schon irgendwas gehabt. Er hatte mit Andy nie über dessen kurze Liaison mit Fanny gesprochen, jedenfalls nicht über die spannenden Details. Jungs redeten nicht über so was.

Zudem war Schelsky damals eifersüchtig auf Andy gewesen. Seit Fanny eine Stufe übersprungen und vor einem Jahr in ihrer Klasse gelandet war, hatte er nur noch Augen für sie. Ihre nach allen Seiten abstehende Naturkrause, die stark an einen Afro-Look erinnerte, war ein absoluter Blickfang. Ein noch größerer Hingucker aber waren die Sommersprossen, mit denen ihre blasse Haut übersät war, obwohl ihre dunkelbraunen Haare nicht der geringste Rotton zierte. Ihre etwas gedrungene Figur hatte bereits deutlich weibliche Formen, und es gefiel Fanny, zu betonen, was es schon zu betonen gab. Während die meisten Mädchen unter Schlabber-Pullovern ihre Rundungen versteckten, trug sie stets eng anliegende Tops und T-Shirts.

Doch immer wieder musste Schelsky mit ansehen, wie andere Jungs ihm Fanny vor der Nase wegschnappten. Sie war zwar die Jüngste in ihrer Klasse, hatte aber eindeutig die größte Erfahrung mit Jungs. Sie war anders als die anderen Mädchen, mehr schon eine richtige Frau. Ihre Art zu gehen, ihre Art, sich zu kleiden, vor allem aber ihr Augenaufschlag machten ihn ganz wuschig. Seit Wochen konnte er sich nicht mehr auf den Unterricht konzentrieren. Er musste sie anfassen, sie küssen. Er spürte eine zarte, wilde Gier nach den Regionen, die ihre kurzen Röcke noch verbargen.

Gestern Abend war ihm alles egal gewesen, auch dass sie gerade mit Burckhard zusammen war, der einen Kopf größer und doppelt so breit war wie er selbst. Jetzt bereute er, so forsch gewesen zu sein.

»Wenn sie es ganz geil gefunden hätte, wäre sie doch nicht gleich zu Burckhard gerannt, um sich bei ihm auszuheulen.« Schelsky griff erneut nach der Stuyvesant-Packung.

»Du verstehst nicht viel von Mädchen und noch weniger von Fanny«, schmunzelte Andy. Schelsky hatte das Gefühl, sein Freund wollte ihn auf den Arm nehmen. Er mochte nicht weiter über Fanny reden und wechselte das Thema.

Sie lästerten gerade über ihre Mitschüler, als im Flur das Telefon klingelte. Schelsky hörte, wie seine Mutter den Hörer abhob, ein paar Worte sagte. Dann näherten sich ihre Schritte. Schnell drückte er seine Zigarette aus. Ohne anzuklopfen riss seine Mutter die Tür auf.

»Wie oft habe ich dir verboten zu rauchen?«.

Sie rauchte selbst Kette, war aber der Meinung, dass sich so was für einen Fünfzehnjährigen nicht gehörte.

»Telefon für dich!«

»Wer?«

»Irgendein Mädchen, hab den Namen nicht verstanden.«

Leicht beklommen schlich Schelsky in den Flur.

»Hallo?«

»Hallo Schelsky!«

Es war Fanny.

»Ja, äh, was willst du?« Schelsky spürte eine Enge in seiner Brust, die ihm das Atmen schwermachte.

»Ich möchte dich nachher sehen.« Sie machte eine kurze Pause. »Hier bei mir!«

Fanny klang distanziert und ein wenig geschäftsmäßig. Es gelang ihm nicht heraushören, ob sie noch sauer auf ihn war.

»Okay, wann?«

»Um vier?«

»Ja, ja gut. Ich werde da sein.«

»Also, bis dann.«

Schon hatte sie aufgelegt, und Schelsky, der den Hörer noch immer ans Ohr gepresst hielt, tutete nur das Besetztzeichen entgegen. Was bitte war das denn? Er atmete tief durch. Hatte er tatsächlich während des Gesprächs die Luft angehalten? Verwirrt trottete er in sein Zimmer zurück, wo ihn Andy neugierig erwartete.

»Fanny?«

Schelsky schluckte. »Ja.« Er klang kleinlauter, als er wollte.

»Ja und? Erzähl schon!«

»Ich soll zu ihr kommen.«

Andy grinste über die ganze Breite seines Gesichts.

»Das klingt doch ganz verheißungsvoll.«

Schelskys Hals fühlte sich trocken an.

»Sie will mich bestimmt wegen gestern zur Rede stellen. Vielleicht ist Burckhard auch da.«

Andys Grinsen wurde noch breiter.

»Glaub ich nicht. Die will ganz was anderes. Lass dich mal überraschen.«

Schelskys Gedanken kreisten um das, was ihn gleich erwartete, während er auf seinem Hollandrad zu Fanny fuhr. Er kannte zwar ihre Adresse, hatte das Haus, in dem sie mit ihren Eltern und ihrer jüngeren Schwester lebte, aber noch nie betreten. In dem kleinen Vorgarten kniete eine Frau mittleren Alters vor einem Beet und jätete Unkraut. Als Schelsky zögernd sein Rad abstellte, winkte sie ihm zu.

»Hallo, ich bin Fannys Mutter. Und du musst Schelzke sein.«

»Schelsky!«

»Hast du keinen Vornamen abbekommen?«, erwiderte sie und lächelte ihn freundlich an.

Doch das hatte er. Stefan! Was in seiner Altersstufe kein individueller Name war, sondern ein Sammelbegriff. Er war einer von drei Stefans in der Klasse. Wenn der Lehrer ihn aufrief, antwortete stets ein mehrstimmiger Chor. Inzwischen wurde nur noch ein Stefan bei seinem Vornamen gerufen. Der zweite hieß inzwischen Mütze, weil er immer so ein komisches Cappy auf dem Kopf hatte, und bei ihm selbst war einfach der Vorname weggefallen. Aus Stefan Schelsky war Schelsky geworden.

»Ist gestrichen worden«, murmelte er. Er hatte keine Lust auf lange Erklärungen.

»Okay. Weißt du, wo Fannys Zimmer ist?«

»Nein.«

»Einfach rein, die Treppe hoch, bis zum Ende, und dann stößt du dir schon die Nase an ihrer Tür.«

»Danke, Frau Martens.« Gerade rechtzeitig war Schelsky noch Fannys Nachname eingefallen.

Doch Frau Martens war schon wieder mit ihrem Beet beschäftigt.

Mit wachsweichen Knien nahm Schelsky die Stufen der sehr engen und steilen Treppe. An ihrem Ende atmete er noch einmal tief durch, bevor er sich traute anzuklopfen.

»Schelsky? Komm rein.«

Er öffnete die Tür mit der Gewissheit, dass sein wummernder Herzschlag im ganzen Raum zu hören war. Nach einem Blick ins Zimmer aber erhöhte sich die Pulsfrequenz um ein Vielfaches. Fanny saß auf ihrem Bett und lächelte ihn an. Sie trug einen Bikini, dessen Oberteil ihre Brüste kaum bändigen konnte und dessen Höschen ebenfalls äußerst stoffsparend ausfiel. Schelsky rang sich ein »Hallo« ab. Unfähig auch nur ein einziges weiteres Wort zu sagen, ließ er seinen Blick ungläubig zwischen den beiden Textilfetzen hin und her wandern. Für einen Augenblick erinnerte er sich an eine Figur aus einem Robert-Crumb-Comic, deren Augen beim Anblick einer nackten Schönheit etwa einen halben Meter aus den Höhlen traten. Genauso musste er jetzt aussehen. Nachdem zumindest eine Art Schnappatmung wieder eingesetzt hatte, presste Schelsky mit letzter Anstrengung ein »Schön, dich zu sehen, Fanny« heraus.

Er war entzückend, wie er dastand. Gestern noch forsch, ganz der Eroberer einer verbotenen, weil längst in Besitz genommenen Insel, jetzt stand er völlig neben sich und war kaum fähig, auch nur einen zusammenhängenden Satz zu sprechen. Jungs waren so einfach aus der Fassung zu bringen. Du musstest ihnen nur ein wenig nackte Haut präsentieren, sie kokett anlächeln und dir – wie in einem schlechten Film – ein-, zweimal mit der Zunge verführerisch über die Lippen fahren, schon konntest du mit ihnen alles machen. Es machte Spaß, mit ihren Begierden zu spielen. Schelskys Blick hatte sie schon seit dem ersten Tag in der neuen Klasse gespürt. Er hatte sie oft, wie unter Hypnose, minutenlang nur angestarrt. Aber er war zu schüchtern gewesen, sie anzusprechen, und gab es doch mal eine Fete, auf der sie das Gefühl hatte, er würde sich trauen, war ihm stets ein anderer Junge zuvorgekommen. Dass er nun ausgerechnet gestern Abend all seinen Mut zusammengenommen hatte, obwohl Burckhard ganz in der Nähe war, kam unerwartet, hatte ihr aber imponiert. Es war aufregend, fremde Hände zu spüren, die sich unter ihrer Bluse ungeschickt den Weg zu ihren Brüsten bahnten, während ihr Freund gleich nebenan war. Sie war feucht geworden. Sie hatte schon mit einigen Jungs etwas gehabt, aber noch nie mit zweien gleichzeitig. In dem Moment, in dem ihr dieser Gedanke kam, wusste sie, dass sie genau das jetzt wollte. Sie wollte beide. Plötzlich kam es ihr ganz albern vor, dass sie jedes Mal eine Beziehung beendet hatte, wenn sie Lust hatte, mit einem anderen zu knutschen und mehr. Schelsky oder Burckhard? Schelsky und Burckhard! Das klang gut. Sie würde es genießen, beide zu haben, und sie würde es genießen, ihren wenigen Freundinnen davon zu erzählen. Natürlich wusste Fanny, dass diese Freundinnen sie hinter ihrem Rücken manchmal als Schlampe bezeichneten. Aber sie spürte auch den Neid, der sich dahinter verbarg. Und sie spürte ihre eigene Überlegenheit, wenn ihre Freundinnen der Reihe nach mit den Jungen gingen, die sie schon ausprobiert hatte, derer sie überdrüssig geworden war, von denen sie aber wusste, dass sie sie jederzeit wiederhaben könnte, wenn sie es nur drauf anlegte. Jungen waren wirklich schlicht gestrickt und jederzeit verfügbar.

Sie schaute Schelsky ungeniert zwischen die Beine und sah, dass er längst erigiert war. »Setz dich zu mir«, sagte sie. Es war ein sanfter Befehl. Schelsky kam ihrer Aufforderung ein wenig zögernd nach. In seinem Kopf, und nicht nur dort, fuhr alles Karussell. Die unterschiedlichsten Hormone verschütteten sich verschwenderisch in seinem Körper, und hätte er nicht den begründeten Verdacht gehabt, dadurch verdammt viel zu verpassen, wäre er gern auf der Stelle ohnmächtig geworden. Was immer das alles bedeutete – seine Angst, er sei hier herbestellt worden, um gehörig den Kopf gewaschen zu bekommen, war wohl unberechtigt gewesen.

»Du bist mir nicht böse wegen gestern?«, fragte er, um letzte Zweifel zu zerstreuen.

»Mache ich den Eindruck, dass ich grad schwer sauer auf dich bin?«

»Nein. Eigentlich gar nicht.«

»Na also!«

»Und nun?«

»Solltest du vielleicht genau das fortsetzen, womit du gestern begonnen hast! Jetzt sind wir ungestört.«

Sekunden später hatte Schelsky Fanny von ihren textilen Alibis befreit, kurz darauf war auch er ganz FKK. Eng umschlungen wälzten sie sich über die Matratze, die Lippen aufeinandergepresst, seine Hände ihren Körper unsicher, aber gierig ertastend, ihre Finger versierter und gezielter. Als ihm gerade durch den Kopf schoss, dass er wohl gleich das erste Mal mit einem Mädchen schlafen würde, spritzte Schelsky bereits ab. Verlegen schaute er Fanny an.

»Boah, du hast es aber eilig!«

»Ich, ähm, weißt du, also ...«

»Schon gut, ich hoffe nur, das war noch nicht alles.«

Sie schliefen an diesem Nachmittag nicht miteinander. Er traute sich nicht, sie zu fragen, sie ergriff keine Initiative. So ertasteten sie einander nur, berührten sich überall. Zwei Stunden später lagen sie erschöpft nebeneinander, noch immer nackt.

Schelsky nahm seinen ganzen Mut zusammen, die Frage zu stellen, die ihn die ganze Zeit schon beschäftigte.

»Und was ist mit Burckhard?«

»Den treffe ich morgen.«

KAPITEL 2

18. Oktober 1977: Drei palästinensische Flugzeugentführer werden in den frühen Morgenstunden auf dem Flughafen von Mogadischu von deutschen Spezialeinheiten erschossen. Mit ihnen stirbt der Plan, die im Hochsicherheitstrakt Stuttgart-Stammheim inhaftierten Gefangenen der »Rote Armee Fraktion« freizupressen. Auch die sind wenige Stunden später tot: Andreas Baader wird wie Jan-Carl Raspe erschossen in seiner Zelle aufgefunden, Gudrun Ensslin erhängt am Fensterkreuz. Selbstmord sagt der Staat, Mord behaupten seine Kritiker.

Tom hatte es in der großen Pause erfahren. Von Timo, der es im Radio gehört hatte. Eilig lief er zu Schelsky, um ihn zu informieren. Völlig außer Atem fand er ihn in einer Gruppe von Mitschülern vor dem Schultor.

»Sie haben sie umgebracht!«

»Wen?« Schelsky sah ihn verständnislos an.

»Andreas, Gudrun und Jan-Carl!«

»Weeen?«

»Sie haben Baader, Ensslin und Raspe ermordet. In Stammheim. Heute Nacht. Timo hat es mir gerade erzählt!«

Einen Moment herrschte Schweigen.

Dann fragte Schelsky, nur um überhaupt etwas zu sagen: »Bist du dir sicher?«

»Timo hat erzählt, dass sie tot sind. Nur Irmgard Möller lebt noch. Sie soll aber schwer verletzt sein.«

Schelsky wusste noch immer nicht, was er dazu sagen sollte.

»Die haben sie gelyncht, eiskalt gelyncht!« Tom war nicht zu stoppen. »Als Rache für Mogadischu. Wenn die Gefangenen tot sind, kann niemand mehr versuchen, sie freizupressen.«

Das klang ganz logisch, fand Schelsky. In den Frühnachrichten hatte er gehört, dass ein mobiles Einsatzkommando mit der Bezeichnung GSG 9 die entführte Lufthansa-Maschine im somalischen Mogadischu gestürmt, die Geiseln befreit und die Entführer, bis auf eine junge Palästinenserin, erschossen hatte. Mit der Erstürmung hatte sich der Austausch der Stammheimer Gefangenen gegen die Flugpassagiere zerschlagen. Nun waren also auch sie tot. Das ganze Töten löste bei Schelsky Beklemmungen aus, ohne dass er in dieser Spirale der Eskalation Täter und Opfer noch auseinanderhalten konnte.

»Wir müssen was tun!«, setzte Tom erneut an.

»Was sollen wir denn tun?«

Tom packte Schelsky am Parka und zog ihn zur Seite. Als er sicher war, dass die anderen sie nicht hören konnten, flüsterte er: »Wir machen eine Aktion. Heute Nacht!«

»Was denn für eine Aktion?«

Schelsky war sich nicht sicher, ob er Tom für dessen politisches Engagement bewunderte oder ihn einfach nur anstrengend fand. Ja, auch er selber war irgendwie links, aber Tom war der, der die Ansagen machte, der die Welt erklärte und immer wieder fand, sie müssten sich einmischen. Schelsky glaubte nicht, dass es viel bewirken konnte, wenn sich ein paar Mittelstufenschüler irgendwo einmischten. Die Welt, die es zu verändern galt, weigerte sich standhaft, davon Kenntnis zu nehmen.

Tom lief auf Hochtouren. »Ich hab schon eine Idee«, raunte er.

»Was denn?«

»Wir werden ein Zeichen setzen.« Tom lächelte verschwörerisch. »Können wir uns bei dir treffen? Um acht? Ich sag noch Paul und Timo Bescheid, und du informierst Andy.«

Schelsky fand keinen Grund, Nein zu sagen. Er war nicht mit Fanny verabredet, und seine Mutter würde keine Probleme machen.

»Ich würde aber gerne wissen, was du vorhast.«

»Eine kleine Aktion. Hier an der Schule. Ein Zeichen setzen. Du wirst schon sehen.«

Das war alles, was er aus Tom herauslocken konnte.

Tom überlegte, ob er Schelsky bitten sollte, noch das eine oder andere Utensil zu besorgen, das sie heute Nacht brauchen würden. Das Lackspray, das Metallschild, den Schraubenzieher. Doch es war sicherer, sich selber darum zu kümmern. Bei Schelsky konnte man nie wissen, ob er wirklich alles erledigte.

»Hast du was, um dich zu vermummen? Eine Sturmhaube, ein Pali-Tuch?«

Schelsky nickte. Er besaß beides.

»Gut, dann um acht bei dir. Und vergiss nicht, Andy mit ins Boot zu holen.«

Timo und Paul würden auch dabei sein. Paul war eigentlich mit Cornelia, seinem neuen Schwarm verabredet gewesen, versprach aber, trotzdem zu kommen. Eine illegale Nacht-und-Nebel-Aktion zu versäumen kam überhaupt nicht infrage. Am Nachmittag besorgte Tom im Baumarkt alles Notwendige. Die Morde von Stammheim, sie würden jetzt auch an ihrer Schule zum Thema werden.

Den Nachmittag zog Tom sich in sein Zimmer zurück. Sein Vater würde zwar erst so gegen 18 Uhr nach Hause kommen, aber er wollte ihm keinesfalls begegnen. Nicht heute, an diesem Tag. Tom schaltete seinen Radiorekorder ein. Sie versuchten tatsächlich, es als Selbstmord hinzustellen. Als ob jeder Gefangene im Stammheimer Hochsicherheitstrakt mal eben eine Waffe besorgen konnte, um sich hinzurichten. Die Anwälte der Gefangenen sprachen von Mord, bekannten aber, dass sie noch wenig über die genauen Todesumstände wüssten. Irmgard Möller hatte tatsächlich überlebt. Sie war mit einem Messer attackiert worden. Tom war sicher, dass sie sie auch noch umbringen würden, damit sie nicht auspacken konnte, was in dieser Nacht geschehen war. Irmgard Möller war so gut wie tot.

Kurz nach sechs hörte er, wie sein Vater die Haustür öffnete, offenbar bestens gelaunt. Er begrüßte seine Frau und kam gleich zum Thema. Dass »die Verbrecher ihre gerechte Strafe bekommen« hätten, vernahm Tom durch die geschlossene Tür seines Zimmers, und dass es früher »solche langhaarigen Bestien gar nicht gegeben« habe. Mit denen hätte »man kurzen Prozess gemacht«.

Abgesehen davon, dass Andreas Baader seine Haare nie besonders lang trug, hatte sein Vater natürlich recht. Ja, früher. Da waren die Bestien in Deutschland noch kurzgeschoren gewesen. Und die Prozesse waren wirklich sehr kurz gewesen, weil das Urteil schon vorher feststand und die Tötungsmaschinerie nicht ins Stocken geraten durfte. Früher, als alles besser war, bis auf diesen bedauerlichen Betriebsunfall mit den Juden, als noch »Zucht und Ordnung« herrschten und fleißig Autobahnen gebaut wurden. Tom konnte es nicht mehr hören. Es gab Tage, da war er sicher, in der Lage zu sein, seinem eigenen Vater an die Gurgel zu gehen.

Als sein Vater im Wohnzimmer Platz genommen hatte, um die Abendzeitung zu lesen, huschte Tom in die Küche, wo seine Mutter vor dem Herd stand.

»Ich muss noch mal weg, ich esse heute nicht mit, Mutti.«

Sie drehte sich um und sah ihn irritiert an.

»Wo willst du denn noch hin?«

»Zu Schelsky, Mathe üben.«

»Aber warum so spät, mein Junge?«

»Schelsky hatte vorher keine Zeit, wegen seiner Freundin. Am besten, ich schlafe auch bei ihm.«

»Frag da bitte Vati!«

Das war zu erwarten gewesen. Seine Mutter entschied fast nichts allein. Das Sagen im Haus hatte allein sein Vater. Ohne große Zuversicht unternahm Tom einen weiteren Anlauf.

»Aber du weißt doch, dass Vati Schelsky nicht mag. Und wir müssen echt noch viel üben. Das schaffen wir nicht, wenn ich noch nach Hause muss.«

Seine Mutter sah Tom unverwandt an. Sie schüttelte den Kopf und wandte sich wieder ihren Töpfen zu.

»Du fragst Vati, oder du bleibst hier!«

Resigniert schlich Tom ins Wohnzimmer, wo sein Vater inzwischen begonnen hatte, die eingegangene Post mit der Schere zu traktieren. Er schnitt die Ecken, auf denen die Briefmarken klebten, aus den Kuverts und versenkte sie anschließend in einem mit Wasser gefüllten Glasschälchen. Seit Tom sich erinnern konnte, schwebten überall im Haus abgelöste Marken in durch Klebstoff eingetrübtem Wasser, während das abgelöste Papier auf den Grund sank. Ein schwerer Eichenschrank voller Alben verengte den Flur der Wohnung. In den meisten befanden sich Marken aus dem Deutschen Reich und den ehemals deutsch besetzten Gebieten, daneben gesellten sich ein paar Pappkartons mit Feldpost, den Briefen deutscher Wehrmachtsangehöriger von der Front.

Sein Vater schaute nur kurz auf, als Tom den Raum betrat.

»Hallo Vati«, begann Tom ohne Umschweife. »Ich muss gleich noch mal los, Mathe üben.«

Hans erhob seinen Blick noch immer nicht.

»Wann bist du wieder zurück?«

»Ich wollte eigentlich da übernachten. Damit wir mehr Zeit haben zu üben.«

»Wo?«

»Ähem, bei Schelsky.«

Jetzt endlich sah sein Vater ihn an. Mit einem Blick, der nichts Gutes verhieß.

»Bei Schelsky? Das ist doch dieser langmähnige Junge, ohne Vater. Kommt nicht infrage. Spätestens um neun bist du wieder zu Hause.«

Um neun würden sie noch nicht einmal aufgebrochen sein. Das, was Tom vorhatte, würde mindestens bis Mitternacht dauern.

»Ich habe es ihm versprochen. Wir müssen noch richtig büffeln. Du willst doch, dass ich eine gute Arbeit schreibe.«

»Ich glaube kaum, dass dir gerade dieser Schelsky dabei helfen kann. Der Junge ist sowieso nicht der richtige Umgang für dich. Übernachten kommt nicht infrage.«

Es war hoffnungslos. Tom suchte fieberhaft nach einer Lösung. Er konnte unmöglich um neun Uhr zurück sein. Er konnte aber genauso wenig riskieren, dass sein Vater bei Schelskys Mutter anrief, wenn er länger fortblieb. Dann würde alles auffliegen.

»Schelsky ist echt ganz gut in Mathe geworden«, log er. »Der wird noch ein richtiger Streber. Bitte Vati, ich verhau die Klausur sonst.«

»Ich glaube wirklich nicht, dass du diesen Schelsky als Nachhilfelehrer brauchst. Was sagt Mutti dazu?«

Immer wenn diese Frage kam, war es Tom gelungen, seinen Vater so weit zu verunsichern, dass er am liebsten keine eigene Entscheidung treffen wollte.

»Ich glaube, sie hat nichts dagegen. Aber sie wollte, dass du auch gefragt wirst.«

»Gut«, sagte Toms Vater. »Dieses eine Mal. Aber in Zukunft übernachtest du nicht mehr in diesem Hottentotten-Haushalt. Und wenn die Arbeit nicht mindestens eine Zwei wird, ist es mit diesem ständigen Verabreden sowieso vorbei. Dann wird sich mal auf den Hosenboden gesetzt.«

Tom bedankte sich und verließ den Raum, bevor sein Vater es sich anders überlegen konnte.

***

Fanny und Daria waren bummeln gewesen. Ihre Ausbeute bestand in einem dunkelroten Halstuch für Daria, zwei Tops für jede von beiden und einem Armreif aus bunt gefärbten Holzperlen. Nun aßen sie Abendbrot bei Daria, gemeinsam mit deren Eltern und Clara, ihrer Adoptivschwester. Fanny mochte Darias Eltern, die sich ihr gleich bei ihrer ersten Begegnung nur als Brigitte und Till vorgestellt hatten. Sie waren ganz anders als ihre eignen, bei weitem nicht so spießig, nicht besonders religiös und viel, viel fortschrittlicher. Fanny wusste, dass die beiden sogar regelmäßig demonstrierten: gegen die Aussperrungen beim bundesweiten Druckerstreik, die neuen Sicherheitsgesetze gegen die Baader-Meinhof-Gruppe und ihre Sympathisanten und gegen die Hetzkampagnen der *Bild*-Zeitung, deren unseriöse Machenschaften der Enthüllungsjournalist Günter Wallraff gerade aufgedeckt hatte. Und sie hatten vor acht Jahren die in Saigon geborene Waise Phuong adoptiert, um zumindest für einen Menschen die Folgen des Vietnamkrieges, in dem Deutschland in Nibelungentreue an der Seite der US-Regierung gestanden hatte, zu lindern. Das war Clara, genauer Clara Rosa Phuong Hartung.

An diesem Abend wirkten Brigitte und Till beklommen. Während des Abendessens lief die Stereoanlage. Als die Nachrichten kamen, drehte Till den Lautstärkeregler auf.

»Diese Schweine haben sie doch tatsächlich umgebracht«, murmelte er, bevor er sich den nächsten Bissen einverleibte. Daria und Fanny wussten, wovon er sprach. Doch obwohl die Nachricht vom Tod Baaders, Ensslins und Raspes schon auf dem Schulhof die Runde gemacht hatte, fühlten sie sich zu wenig informiert, um das Thema aufzugreifen. Im Radio hieß es, es sei eindeutig Selbstmord gewesen.

Auch Brigitte schwieg, nickte nur dann und wann zustimmend, wenn ihr Mann etwas sagte, und kümmerte sich stattdessen darum, dass jeder genug Nachschlag erhielt. Sie hatte viele Köstlichkeiten aufgefahren, dabei auch ihre selbst zubereitete Avocadocreme, die Fanny löffelweise in sich hätte hineinschaufeln können. Sie wusste aber auch, dass einige Speisen und Getränke im Hause Hartung geächtet waren. Das Imperialistengesöff Coca-Cola sowieso, Burger natürlich auch, und selbst bei Zitrusfrüchten wurde es knifflig. Die einen stammten aus dem Apartheidstaat Südafrika, die anderen aus dem faschistischen Spanien des Diktators Franco, wieder andere aus dem sonnigen Kalifornien. San Francisco galt zwar als Geburtsstätte der Flower-Power-Bewegung, doch auf der anderen Seite war auch Kalifornien nicht mehr als nur ein Bundesstaat der aggressiven USA, die für die Grauen in Vietnam und den weltweiten Rüstungswettlauf hauptverantwortlich waren. In dieser unübersichtlichen Gemengelage entschied sich Brigitte für Äpfel aus dem Alten Land, die sie geschält und entkernt in mundgerechten Stücken darbot.

Till dachte weiter laut nach. »Das ist eine Kriegserklärung an den Rechtsstaat. Solche Exekutionen politischer Gefangener hat es zuletzt unter Hitler gegeben. Mit dieser Terroristenhysterie treibt uns die SPD geradewegs in einen neuen Faschismus. Ha, gerade die SPD! Kaum dürfen die Sozialdemokraten mit diesem feinen Herrn Schmidt mal regieren, da hebeln sie schon das Grundgesetz aus und kehren zur Lynchjustiz zurück.«

Nein, Till war offenbar kein glühender Anhänger der deutschen Sozialdemokratie.

Nach dem Essen verzogen sich die beiden Freundinnen in Darias Zimmer, nicht ohne von Brigitte noch ein Schälchen mit Gebäck in die Hand gedrückt zu bekommen. Daria kochte einen Yogi-Tee, legte eine Scheibe von Leonard Cohen auf und hockte sich mit überkreuzten Beinen vor Fanny.

»Was denkst du über Stammheim?«, fragte Fanny.

»Ich weiß es nicht«, antwortete Daria. »Ich habe keine Ahnung, ob die umgebracht wurden oder sich selbst getötet haben. Für mich ist beides möglich.«

Fanny überlegte, ob sie Darias Einschätzung übernehmen sollte. Sie verstand nicht viel von Politik, fand aber, dass ihre Freundin eine Menge Ahnung davon hatte und oft Sachen sagte, die klug klangen. Um auf dem Schulhof mitdiskutieren zu können, borgte sie sich Darias Meinung manchmal aus.

Fanny mochte Daria. Vielleicht war sie sogar ihre engste Vertraute. Trotzdem war es schwierig. Daria war keine, mit der man über die Stränge schlagen und so richtig Spaß haben konnte. All ihren Mitschülern galt sie als vernünftig und klug. Ein wenig altklug vielleicht. Etwas spröde. Natürlich war sie Stufensprecherin. Fanny kam sich in ihrer Gegenwart manchmal furchtbar unwissend vor. Nur wenn sie auf Jungs zu sprechen kamen, hatte sie viel mehr zu erzählen als Daria. Nur kamen die beiden Freundinnen hier selten auf einen gemeinsamen Nenner – wobei das Thema natürlich immer eine Rolle spielte, wenn sie sich trafen.

»Wie läuft es mit Schelsky?«, erkundigte sich Daria nach einer Pause.

»Gut. Ich mag ihn. Er hat so was Süß-Wildes. Und er ist verrückt nach Sex.«

»Welcher Junge ist das nicht?!« Darias Frage klang wie eine Feststellung. »Und was ist mit Burckhard?«

Fanny nahm noch schnell einen Schluck Tee, bevor sie antwortete.

»Der ist ganz anders. Reifer. Nicht so draufgängerisch. Zärtlicher. Und irgendwie auch klüger, aber manchmal ein bisschen langweilig.«

»Schläfst du immer noch mit beiden?«

»Ja, aber mit Schelsky öfter.«

»Weiß er, dass du es immer noch mit Burckhard tust?«

»Ja. Macht ihm aber nichts aus. Glaub ich jedenfalls.«

»Und weiß Burckhard von Schelsky?«

»Nö. Das würde ihn verletzen. Deshalb rede ich mit ihm nicht drüber.«

Es entstand eine kurze Pause, in der Fanny den unausgesprochenen Vorwurf ihrer Freundin wahrnahm. Daria suchte Augenkontakt, aber Fanny wich ihm aus. Verlegen strich sie sich durch ihre nicht zu bändigenden Haare.

»Und was ist mit dir und den Jungs?«

»Nichts Neues. Ich kann warten.«

»Warten worauf? Die Boys stehen auf dich. Obwohl du allen die kalte Schulter zeigst, wirst du auf jede Party eingeladen. Warum flirtest du nicht mal?«

Daria überlegte einen kurzen Moment, bevor sie antwortete. Es stimmte: Sie wurde immer und überall eingeladen. Sie glaubte, dass sie eigentlich ganz hübsch war, und doch war sie fast sicher, dass kein Junge auf schmutzige Gedanken kam, wenn er sie anschaute. Niemand hätte sich getraut, einfach ihre Brüste anzustarren. Das war ihr recht. Den Jungen galt sie als unnahbar, vielleicht auch als ein wenig asexuell, und so ließen sie sie in Ruhe.

»Weil mir keiner so richtig gefällt«, antwortete Daria. »Und ich möchte es beim ersten Mal nur mit einem, bei dem ich mir ganz sicher bin. Das ist für mich schon was Besonderes.«

»Aber so endest du noch als alte Jungfer!«

Daria legte ein entwaffnendes Lächeln auf.

»Ich glaube nicht, dass ich mit gerade mal fünfzehn schon eine alte Jungfer bin. Ich lass mir einfach Zeit. Und mit zwei Jungen gleichzeitig, wo nur der eine vom anderen weiß, das wäre mir eh viel zu kompliziert.«

Diese kleine Spitze musste ja noch sein, dachte Fanny.

Aber so ganz unrecht hatte Daria ja nicht.

***

»Okay«, hob Tom an. »Ich habe mir das Ganze folgendermaßen vorgestellt.«

Timo, Paul, Andy, Schelsky und er hatten es sich auf dem Matratzenlager im Kellerraum gemütlich gemacht, den Schelsky sich eingerichtet hatte und in dem er sich häufiger aufhielt als in seinem etwas klein geratenen Jugendzimmer, zwei Stockwerke höher. Außer den Matratzen befanden sich nur noch ein kleiner Ölradiator in dem Raum – der die Kälte des Herbsttages verscheuchte – und eine alte Teekiste, die als Tisch diente. An den Wänden klebten zwei Poster: Alice Cooper und die Rolling Stones mit Mick Jagger in Front.

Tom hatte das Wort ergriffen, und die anderen lauschten. Detailliert stellte er seine Pläne vor, beschrieb den Ablauf und erklärte, wer wann was genau tun sollte. Der Hausmeister würde vor dem Fernseher hocken oder bereits schlafen, sein Köter ebenso. Das Blechrechteck hatte Tom bereits zugesägt, blau lackiert und weiß beschriftet, sodass es von weitem dem Schild mit dem Namen ihrer Schule verblüffend ähnelte.

Während Tom seinen Monolog hielt, entpackte Paul ein in Staniol eingewickeltes Mitbringsel, zerbröselte es und stopfte die Krümel in die kleine Pfeife, wo er sie mit Tabak vermischte. Der Stoff war gut, und alle fünf nahmen ein paar tiefe Züge.

»Nur ein Pfeifchen«, hatte Tom gemahnt. »Wir müssen fit sein.«

Um halb zehn brachen sie auf, kurz vor zehn waren sie an der Schule. Sie zogen ihre Sturmhauben über, schoben Tücher über Mund und Nase und fanden sich saucool, wie sie vermummt über das Schultor flankten. Während sie Toms Pläne ausführten, warfen sie sich Victory-Zeichen zu, und einmal ballte Tom die Faust zum roten Gruß.

Paul hätte gern zwischendurch noch einen durchgezogen, das hätte ihn beruhigt. Glaubte er. Einmal mussten sie hinter die Hibiskus-Hecke flüchten, als ein Wagen so langsam am Schultor vorbeirollte wie ein Polizeiwagen auf nächtlicher Streife. Doch es war falscher Alarm.

Nach einer Dreiviertelstunde waren sie fertig. Auf dem Rückweg feixten sie, wie der Direktor wohl aus der Wäsche gucken würde, wenn er am nächsten Morgen den Sprühspruch auf der Außenwand der Turnhalle entdeckte. »BRDigt den faschistischen Unrechtsstaat! Baader, Ensslin und Raspe leben in unseren Herzen!« Das Schild mit dem Namen der Schule hatten sie als Souvenir mitgenommen. An seiner Stelle prangte nun ein neues: »Baader-Meinhof-Institut«.

Kurz nach Mitternacht lagen Tom und Schelsky nebeneinander auf den Kellermatratzen – aufgekratzt und unfähig, ein Auge zu schließen. Paul hatte seinen Bobble vergessen und Schelsky die Hinterlassenschaften zu einem Joint verarbeitet. Genüsslich malten sie sich den Tumult aus, der auf dem Schulgelände herrschen würde, sobald ihre Verschönerungen entdeckt worden waren.

Als die Müdigkeit endlich einsetzte, wechselte Tom noch schnell das Thema.

»Wie läuft es eigentlich mit Fanny?«

»Gut. Macht echt viel Spaß.«

Die nächste Frage fiel ihm schwer. Fettnäpfchengefahr! Aber schließlich siegte Toms Neugier.

»Und hat sie nebenbei immer noch was mit Burckhard?«

Schelsky gähnte.

»Ich glaube schon. Aber sie lässt es mich nicht spüren. Deshalb ist es mir egal.«

Als Tom langsam wegdämmerte, fragte er sich, ob er seinem Freund das glauben sollte.

KAPITEL 3

16. Februar 1978: Um die RAF zu bekämpfen, streicht Bundeskanzler Helmut Schmidt kurzerhand die Grundrechte zusammen und nennt das »Anti-Terror-Gesetz«. Zuvor hatte ein Herr Herold vom Bundeskriminalamt die Schuld an zahlreichen Ermittlungspannen weit von sich gewiesen: Nur die unzureichenden Möglichkeiten seines Dienstes, alles und jeden rund um die Uhr zu kontrollieren und zu überwachen, hätten dazu geführt, dass viele der Gesichter, die so grimmig von den Fahndungsplakaten blickten, noch immer nicht durchgekreuzt werden konnten. So wie die Zahlen auf einem Lottoschein.

Der Lernstandsbericht fiel eindeutig aus: »Beim derzeitigen Leistungsstand scheint eine Versetzung in die Vorstufe der Oberstufe ausgeschlossen zu sein. Auch die Erteilung eines Realschulabschlusses am Ende des Schuljahrs ist gefährdet.« Fünfen in Mathe, Physik und Chemie, dazu noch eine äußerst wacklige Vier in Englisch reichten dicke aus, um Schelskys Zukunft auf dem Gymnasium ein baldiges Ende zu bereiten.

Mit dem Halbjahreszeugnis hatte er einen Brief mit nach Hause bekommen, in dem seine Eltern gebeten wurden, sich am heutigen Tag zusammen mit ihrem Sohn zu einem Gespräch über dessen weitere Schullaufbahn im Klassenraum einzufinden. Sie hatten davon kaum Notiz genommen. Weder sein Vater noch seine Mutter waren bereit, Schelsky zu begleiten. Sie müssten arbeiten und könnten nicht einfach früher gehen, hatten beide fast gleichlautend behauptet und damit das Thema für beendet erklärt. Außerdem hätten sie seine miserablen Noten ja nicht zu verantworten.

Sie interessieren sich nicht für mich, dachte Schelsky. Nicht ein bisschen. Sie haben sich noch nie für mich interessiert.

Nach ihrer Trennung vor vier Jahren hätten sowohl sein Vater wie auch seine Mutter ihn und seinen Bruder Jochen gerne beim jeweils anderen gelassen. Weil aber beide auch keinen Unterhalt zahlen und das Kindergeld einstreichen wollten, hatten sie schließlich doch um das Sorgerecht für die beiden Brüder vor Gericht gestritten. Der Richter urteilte: Schelsky und Jochen würden bei ihrer Mutter leben, ihr Vater musste zahlen und bekam die beiden Jungen an jedem zweiten Wochenende. Er holte sie am Freitag von der Schule ab und lieferte sie montags wieder dort ab. So mussten sich seine Eltern nicht begegnen. Was sie seit der Scheidung auch kein einziges Mal mehr getan hatten.

Schelskys Vater hatte inzwischen eine neue Frau, seine Mutter wechselnde Liebhaber. Da sie bei ihrem Vater kein eigenes Zimmer hatten, mussten die beiden Brüder an den Wochenenden auf einer Couch im Wohnzimmer schlafen. Bei ihrer Mutter teilten sie sich einen kleinen Raum, ein Doppelstock-Bett und einen Kleiderschrank. Nur ein schmales Regal und einen eigenen Schreibtisch besaß jeder von ihnen. Ein übertriebener Luxus. Jochen brauchte den Schreibtisch nicht mehr, da er nach seinem Schulabgang vor zwei Jahren in einer Tischlerei als Lehrling untergekommen war, Schelsky hatte ihn noch nie gebraucht, da er aus Prinzip keine Hausaufgaben erledigte. Sechs Stunden Schule mussten reichen, hatte er sich geschworen. Sie reichten nicht. Jedenfalls nicht für eine Versetzung in die Oberstufe.

Zum verabredeten Termin saß Schelsky nun allein auf der Fensterbank im Schulflur. Als er seinen Klassenlehrer Robert Keller auf dem Linoleum des langen Ganges auf sich zukommen sah, beschloss Schelsky, das Beste aus der Situation zu machen. Nur was ist das Beste, wenn man gerade erfahren hat, dass nichts mehr geht?

»Wo sind deine Eltern?«, fragte Keller. Schelsky zuckte wortlos die Achseln, und Keller schüttelte stumm den Kopf. Mehr gab es nicht zu sagen.

Schelsky empfand eine tiefe Abneigung gegenüber Robert Keller. Er empfand überhaupt eine tiefe Abneigung gegenüber allen Lehrern, die bei seinen Mitschülern beliebt waren, weil sie jünger und lockerer waren als die anderen Pauker. Sie trugen lange Haare, meist Bärte, oft Nickelbrillen, immer Jeans und ließen sich von ihren Schülern duzen. Sie hatten beim Lagerfeuer immer eine Gitarre dabei, im Unterricht eine zwanghafte Vorliebe für Gruppenarbeit und wollten ständig wissen, ob man gerade familiäre Probleme habe oder in der Klasse nicht so gut zurechtkomme. Sie taten so, als sei das Verhältnis von Lehrern und Schülern ein fröhliches, fast gleichberechtigtes Miteinander, und begannen die Stunden, in denen Klausuren geschrieben wurden, mit einem »Wir schreiben heute eine Klassenarbeit«. Natürlich schrieb nie einer der Lehrer auch nur einen einzigen Satz, und natürlich machte es sie später irgendwie betroffen, wenn sie mal wieder Fünfen oder Schlimmeres verteilen mussten. Sie waren die größten Heuchler unter der Sonne, gesellschaftskritische Vollspießer und zu allem

Überfluss noch die heimlichen Helden vieler seiner Mitschülerinnen, die sie anschwärmten wie Popstars. Es gab Gerüchte, dass einige der Pädagogen diese Zuneigung tatkräftig erwiderten und ihren Schulbankgroopies heimlich intime Kenntnisse in Fächern beibrachten, die gar nicht auf dem Lehrplan standen. Schelsky wollte gar nicht wissen, was an diesen Gerüchten dran war. Ihn überkam Ekel bei dieser Vorstellung. Und Neid.

Keller setzte sich an sein Pult und zog einen Stuhl für Schelsky zu sich heran. Er lächelte ihn freundlich an und begann das Gespräch.

»Eigentlich wollte ich ja auch mit deinen Eltern sprechen. Nun gut, dann müssen eben wir beide vorlieb miteinander nehmen.«

Er zwinkerte ihm kumpelhaft zu. Schelsky reagierte nicht darauf.

»Deine Noten kennst du ja, und es besteht wenig Anlass zu der Hoffnung, dass wir dich versetzt kriegen. Du bist nicht blöd, aber eben ein fauler Hund. Wenn du dich auf den Hosenboden setzt, kriegst du vielleicht noch mit Ach und Krach deinen Realschulabschluss, aber das wird kein Zeugnis sein, mit dem es Spaß macht, sich auf Lehrstellensuche zu begeben.«

Keller machte eine Pause, sah Schelsky an, der aber nicht den Eindruck machte, als wolle er etwas erwidern. Also fuhr Keller fort.

»Wir haben auf der Zeugniskonferenz deinen Fall ausführlich erörtert und schlagen dir Folgendes vor: Du wiederholst die zehnte Klasse, versuchst noch etwas zuzulegen und gehst hier in einem Jahr mit einer passablen mittleren Reife raus.«

Dann fügte er etwas leiser hinzu: »Du hast dann theoretisch sogar noch die Chance, in die Oberstufe zu kommen. Dazu müsstest du dich aber ganz gewaltig steigern.«

Schelsky wusste nicht, wie das gehen sollte. Es sei denn, er würde seinen eisernen Vorsatz brechen, Hausaufgaben mit konsequenter Nichtachtung zu bestrafen. Das hatte er nicht vor.

»Und?«, erkundigte sich Keller, noch immer in Erwartung irgendeiner Reaktion.

Schelsky zuckte die Achseln.

»Okay, mein Junge. Lass es dir durch den Kopf gehen. Noch ein Jahr Schule ist in deiner Situation bestimmt nicht das Schlechteste«, schloss Keller seinen ungeplanten Monolog.

Da konnte Schelsky ihm sogar zustimmen. Wenn es bloß nicht so verdammt peinlich wäre, eine Ehrenrunde zu drehen. Alle seine Freunde würden in der Oberstufe sein, sich aufs Abi vorbereiten, während er sich zur mittleren Reife quälte. Fanny, die ein Jahr jünger war als er, sollte nun als Elftklässlerin mit einem Zehntklässler gehen? Es gab ein ungeschriebenes Gesetz, dass das nicht ging. Die meisten Mädchen gingen mit Jungs, die zwei, drei Jahre älter waren, mindestens aber in derselben Stufe. Eine Elftklässlerin, die mit einem Zehntklässler zusammen war, das hatte es – soweit er da den Überblick hatte – noch nie gegeben.

***

Goethes Faust würde im kommenden Halbjahr das erste Thema im Deutschunterricht sein. Robert Keller hatte ihnen gesagt, es könne nichts schaden, sich schon einmal ein wenig schlau über das Werk und seinen Autor zu machen, nachzuschauen, ob der Klassiker auch im Bücherschrank der Eltern zu finden sei. Keller hatte mit der Klasse gewettet, dass in mindestens der Hälfte aller Elternhäuser Goethes bekanntestes Werk im Regal verstaube. Die Schüler hatten dagegengehalten, und Keller sie aufgefordert, beim Nachschauen nicht zu schummeln, nur um die Wette zu gewinnen.

Tom schätzte Keller. Er, Mitte dreißig und erst wenige Jahre im Schuldienst, hatte immer ein offenes Ohr für die Sorgen und Nöte seiner Schüler. Und Keller mochte Tom offenbar auch, obwohl er sich redlich bemühte, seine Sympathien gleichmäßig auf alle in der Klasse zu verteilen und niemand zu bevorzugen. Keller unterrichtete Deutsch, und es stand schon fest, dass er in der Oberstufe den Deutsch-Leistungskurs übernehmen würde. Tom würde ihn wohl belegen, Daria auf alle Fälle, Fanny vielleicht und Schelsky wohl kaum. Nicht weil er sich für Literatur nicht interessierte – das auch –, sondern weil er wohl nicht versetzt werden würde. Goethes Faust würde vermutlich das letzte Werk sein, das er für die Schule würde lesen müssen.

Tom glaubte, das Buch in der weißen Schleiflack Schrankwand im Wohnzimmer, dem einzigen hellen Möbelstück im ganzen Haus, schon einmal gesehen zu haben. Doch jetzt, wo er vor dem klobigen Schrank stand, konnte er den Faust in keinem der Regale entdecken. Rilke, Remarque, Ringelnatz und ein Dr. Sauerbruch waren da versammelt, Buchrücken an Buchrücken, aber kein einziger verdammter Goethe.

Dafür fiel Toms Blick auf ein anderes schmales Büchlein, das sich schon bei erster Durchsicht als Schatz entpuppte: Es hieß »Kellys kleines Ehebuch« und trug den Untertitel »Sexuelle Fragen für Verlobte und Eheleute«. Menschen, die diesen beiden Gruppen nicht angehörten, durften nach Dr. Kellys Auffassung offenbar keinen Sex haben, der für den Mediziner aus genau fünf Grundstellungen samt einiger weniger Variationen bestand.

Tom steckte den Band in seinen Hosenbund und suchte weiter. Er öffnete auch die Schubladen des ornamentverzierten Schrankensembles, die ebenfalls mit Büchern vollgepackt waren. Auch hier kein Goethe. Dafür massenweise Büroklammern und Pfeifenreiniger, daneben eine leicht angelaufene Medaille vom Schützenverein und ein verstaubtes Fotoalbum mit Ledereinband. Tom schlug es auf und blätterte darin. Er erkannte sofort seinen Vater. Auf den Bildern der ersten Seiten war er nicht älter als acht, höchstens neun Jahre. Er stand steif zwischen seinen zum Klassenfoto postierten Mitschülern, zeigte sich stolz auf einem neuen Fahrrad, dann in Front eines altertümlichen Reisebusses vor der Abfahrt zu einer Kinderlandverschickung.

Tom wusste kaum etwas aus der Vergangenheit von Hans, seinem Vater. Neugierig blätterte er weiter. Sommer mit Freunden am See, Schulabschluss, dann weitere Seiten mit immer mehr Fotos, auf denen sein Vater in einer uniformähnlichen Kluft und dann wieder in einem weißen Arztkittel zu sehen war. Zusammen mit Personen, die offenbar seine Kollegen waren – Krankenschwestern und Ärzte.

Hans, inzwischen Mitte fünfzig, war Arzt. Er hatte, seit Tom denken konnte, seine eigene kleine Praxis. Weil er Medizin studierte und seine ärztlichen Kenntnisse hier gebraucht worden seien, habe er nie an die Front gemusst, habe er nie zur Waffe greifen und auf einen Menschen zielen, nie töten müssen, hatte seine Mutter Tom einmal erzählt. Mehr gab es über diese Zeit offenbar nicht zu berichten. Sein Vater sprach nie über das Leben unter Hitler, es waren zwölf Jahre, die in seiner Vita nicht existierten. Diese Sprachlosigkeit hatte in Tom den Verdacht genährt, dass es da etwas gab, was verschwiegen werden musste. Er hatte viel über die Nazi-Zeit gelesen und wusste, dass nach Ende des Krieges niemand mehr Nazi gewesen sein wollte. Das Schweigen seines Vaters ließ Toms Misstrauen wuchern wie ein Geschwür.

Tom blätterte weiter. Sah seine Mutter, jung und im geblümten, knielangen Rock, scheu posierend. Betrachtete mal vergilbte, dann wieder rotstichige Fotos mit medizinischen Apparaturen im Hintergrund. Ein Bild hatte sich aus dem Falz gelöst. Es zeigte drei Männer im Arztkittel und eine sehr junge Frau in Schwesterntracht. Die Männer, darunter sein Vater, lachten in die Kamera. Auf der Rückseite standen, mit Bleistift geschrieben, einige kaum noch lesbare Worte. Tom holte sich eine Lupe aus dem Sekretär seines Vaters und versuchte den Text zu entziffern. Nach einigen Minuten detektivischer Arbeit hatte er ihn rekonstruiert:

»Rothenburgsort 1944, Wilhelm, Karl, Ortrud und ich.«

Tom rechnete nach. Sein Vater musste damals 22 Jahre alt gewesen sein. Zu jung für ein abgeschlossenes Medizinstudium, aber alt genug, um als letztes Aufgebot schon nach ein paar Semestern als Arzt übernommen zu werden.

Tom wusste nicht warum, aber er notierte das Gelesene auf einen Zettel.

In diesem Moment wurde die Haustür aufgeschlossen. Tom legte das Album eilig an seinen Platz zurück, schob die Schublade zu und zog den Pullover über das Ehebüchlein. Als sein Vater den Raum betrat, stand Tom wieder vor der Schrankwand und klebte mit seinen Augen an den Titeln auf den Buchrücken.

»Guten Abend, mein Junge, suchst du etwas Bestimmtes?«

»Ja Vati, hast du Goethes Faust? Brauch ich für die Schule.«

Toms Vater runzelte die Stirn. »Faust! Das haben sie doch mit dem Gründgens verfilmt. Großartiger Streifen!«

»Ich brauche aber das Buch und nicht den Film«, wandte Tom entnervt ein.

»Das habe ich nie besessen. So und nun wasch dir die Hände. Es gibt gleich Essen.«

***

Er schiebt echt 'nen Depri, dachte Fanny. Schelsky war nun schon eine halbe Stunde bei ihr. Er bekam die Zähne kaum auseinander und hatte nur kurz berichtet, dass er die zehnte Klasse wohl wiederholen werde. Er hatte keine Lust auf Reden, keine Lust auf Sex, keine Lust auf irgendwas. Wortlos hatte er ihren kleinen Schwarz-Weiß-Fernseher angeschaltet und sich in die erstbeste Sendung vertieft. Fanny ärgerte sich über seinen Auftritt, gleichzeitig tat er ihr leid. Sie dachte darüber nach, wie sie ihn aufmuntern könnte. Ihr Blick fiel auf das Tarot-Deck auf ihrer Kommode.

»Soll ich dir die Karten legen?«

»Was?«

»Ich könnte mit dir in deine Zukunft blicken.«

»Bloß nicht!«

»Vielleicht passiert demnächst ja was ganz Tolles!«

Fanny hatte vor kurzem ihre Begeisterung für Tarot-Karten entdeckt. Die Bedeutung der 22 Symbole der Großen Arkana kannte sie inzwischen in- und auswendig, bei den 56 Karten der Kleinen Arkana musste sie noch ab und zu nachschlagen.

Sie hatte sich zwei Decks besorgt: Die mit opulenten Bildern und Symbolen ausgestaltete Version des britischen Okkultisten Aleister Crowley und die schlichtere Variante, die nach dem angloamerikanischen Esoteriker Arthur Waite und seinem Londoner Verleger William Rider benannt worden war, obwohl die Zeichnungen auf den 78 Karten allesamt von einer Frau namens Pamela Coleman Smith stammten.

Es ist typisch, dachte Fanny, dass die wahre Schöpferin der Bilder nahezu unbekannt ist. Hätte ein Mann die einzelnen Symbole illustriert, der Kartensatz wäre zweifelsfrei nach ihm benannt worden. Fanny beschloss deshalb, das Rider-Waite-Tarot in Coleman-Smith-Tarot umzutaufen und zu ihrem Lieblingsdeck zu erklären.

»Bitte!«, bettelte sie. Die Vorstellung, Schelsky den ganzen Abend beim fernsehgucken zuzuschauen, gruselte sie.

»Also gut.« Schelsky wandte sich ihr zu. »Was muss ich tun«?

»Nur eine Karte ziehen!«

Sie ließ ihn mischen. Schelsky zog den Turm, die sechzehnte Karte der Großen Arkana.

»Der Turm steht für Veränderung«, dozierte Fanny. Es machte ihr Spaß, ihre neu gewonnenen Erkenntnisse an den Freund zu bringen. »Sie zeigt an, dass dir die Strukturen, in denen du lebst, zu eng geworden sind. Du musst dich aus ihnen befreien, auch wenn alles ins Wanken gerät.«

Schelsky huschte ein Lächeln übers Gesicht. Das, was Fanny erzählte, klang gut. Klang nach Aufbruch, nach Befreiung, war eine Aufforderung sich auszuprobieren. Plötzlich bekam er einen Anflug guter Laune.

Er beugte sich vor und küsste sie. Als sich ihre Lippen voneinander lösten, strahlte er sie an.

»Danke, du Hexe!«

***

Die Abendstunden gehörten ganz ihr selbst. Ihre Eltern saßen im Wohnzimmer und lasen, wie fast jeden Abend, dicke Bücher oder blätterten in Zeitschriften herum. Daria setzte sich einen Tee auf, zündete zwei Kerzen an, breitete graues Umweltschutzpapier vor sich aus und legte den Füller bereit. Sie ließ die Gedanken fließen. Aus dem Nebenzimmer kamen Geräusche. Clara, die schon längst hätte schlafen sollen, war noch wach.

Clara war ihr einziges Geschwisterchen. Daria hatte von Anfang an gewusst, dass Clara keine Schwester aus Mamas Bauch war. So hatte Brigitte das genannt und dann ergänzt, Clara sei eine Schwester aus einem anderen Land. Eine Schwester, wo die Mama, aus deren Bauch sie gekommen war, nicht mehr lebte. Auch sie selbst sei aus dem Bauch einer anderen Mama gekommen, hatte Brigitte ihr in genau dem verschwörerischen Tonfall erzählt, in dem man streng gehütete Geheimnisse weitergibt. Aus dem Bauch einer unbekannten Mama. Einer Mama, die sie nicht hatte behalten können. Dass wusste Daria, seit sie knapp drei Jahre war. Brigitte hatte ihr mit ausgeschmückten Details berichtet, wie Till und sie Daria in einem Krankenhaus ausgesucht und das kleine Bündel an einem verschneiten Tag über vereiste Straßen vorsichtig in sein neues Zuhause gebracht hatten. Es war eine wild-romantische Geschichte, voller Liebe, Zuneigung und kleinen Gefahren, auch wenn diese sich nur auf den Straßenverkehr bezogen. Eine Wunschkindgeschichte. Eine Geschichte, die ganz ohne Storch auskam.

Daria dachte selten daran, dass sie und Clara adoptiert worden waren. Till war ihr Vater, Brigitte ihre Mutter, Clara ihre Schwester. So einfach war das. Claras unverkennbarer asiatischer Einschlag verriet jedem, dass sie nicht das leibliche Kind ihrer Eltern war. Darias Adoption war nie ein Thema. Sie sah Till und Brigitte zwar nicht sonderlich ähnlich, aber das fiel niemandem auf. Manche Fremde entdeckten sogar Gemeinsamkeiten. Die Augen der Mutter, das Kinn des Vaters. Daria grinste ihre Eltern allwissend an, wenn solche Kommentare nichts ahnender Menschen auf sie niederprasselten. Und ihre Eltern lächelten verschämt zurück.

Ihre Eltern, die immer auf der richtigen Seite standen; Anwälte der Armen, Geknechteten, Unterdrückten, Anwälte des Friedens und der Bewahrung der Natur, die seit kurzem Umwelt hieß. Von ihnen hatte sie gelernt, dass Geld nicht wichtig sei. Dass Besitz nur eine Quelle des Neides ist. Der Besitz von Büchern war etwas anderes. Bücher waren Kulturgut, die meisten anderen Sachen hingegen Konsumgut.

Daria hatte immer gedurft, was sie wollte. Die Verbote, von denen ihre Mitschülerinnen berichteten, kannte sie nicht. Stubenarrest hatte sie nie bekommen. Fernsehverbot gab es auch nicht. So sah es zumindest Till. Dass es nur eine schmale Auswahl an Sendungen gab, die einen nicht verblödeten oder durch und durch reaktionär waren und deshalb zu Hause niemals geschaut wurden, war etwas ganz anderes als ein Verbot, hatte Till ihr einmal erläutert. Das war Boykott aus Überzeugung. Und es wurde viel boykottiert in Darias Elternhaus. Western waren tabu, weil dort der Völkermord an den indianischen Ureinwohnern verniedlicht wurde, Science Fiction, weil dort die weiße Herrenrasse ihre Eroberungsfeldzüge vom Erdball ins ganze Universum ausdehnte.

Darias Einwurf, dass die Crew des Raumschiffs Enterprise ethnisch ziemlich breit gefächert war, Officer Uhura und Lieutenant Sulu kaum der weißen Herrenrasse zugerechnet werden konnten, beeindruckte Till nicht. Dass hier eine international zusammengesetzte Besatzung unter dem Kommando eines weißen Amerikaners namens James T. Kirk stehe, zeige doch nur den wahren Geist, der sich in den Drehbüchern verberge. Da ließ ihr Vater nicht mit sich reden.

Reden ließ er auch nicht mit sich, wenn es um andere Exporte des US-amerikanischen Kulturimperialismus ging. Fast alles, was von der anderen Seite des Atlantiks nach Europa schwappte, galt es abzulehnen. Nur zu Jeans hatte Till keine eindeutige Meinung. Sie symbolisierten zwar den amerikanischen Western-Style, waren amerikanischer als der Union Jack, doch Bundfaltenhosen oder gar diese geriffelten Cordhosen waren unglaublich spießig. Und Daria mit Röcken und Kleidern auszustatten hätte bedeutet, ihr eine geschlechtsneutrale Erziehung zu verweigern.

Jeans waren eine Ausnahme. Es kam fast nie vor, dass Till zu etwas keine Meinung hatte, und er brauchte selten länger als ein paar Sekunden, sie sich zu bilden. In seiner Welt herrschten Gegensätze. Yin und Yang.

Gut und Böse. Schwarz und Weiß. Alles, was nicht in das Schema passte, war grau. Niemals bunt.

Kapitalismus war böse, Sozialismus gut. Die USA waren schwarz, Kuba war weiß, die Sowjetunion aber grau wie Jeans. Bullen waren böse, Demonstranten gut. Das sollte sich erst Jahrzehnte später ändern, als die Nazis sich wieder trauten, auf deutschen Straßen aufzumarschieren. Ab diesem Zeitpunkt gab es auch gute und böse Demos.

Till las *Spiegel* und *Konkret*, Brigitte *Emma* und *Courage*. Natürlich war auch sie in einer Frauengruppe, in der sie und ihre Mitstreiterinnen Kampagnen für die Legalisierung der Abtreibung entwickelten. Ansonsten war Till dafür zuständig, dass die Familie immer eine korrekte Meinung hatte. Er sagte an, Brigitte nickte. Er entwarf Polemiken, redete sich regelmäßig in Rage, und Brigitte hörte ihm stumm zu. Till ihr Sabbelpapa. Brigitte ihre Schweigemama.

Daria schob eine Kassette, deren Songs sie selbst zusammengestellt hatte, in den Rekorder. Getragene, meist melancholische Lieder, die das Herz weinen ließen. Leonhard Cohens »Suzanne«. Ralph McTells »Streets of London«. Terry Jacks's »Seasons in the Sun«. Manchmal landete auf ihrem Plattenteller auch Klassik, die sie billig erstanden hatte, ohne groß darauf zu achten, welchen Komponisten sie mit zu sich nach Haus genommen hatte. Bis auf Brahms, Mozart, Beethoven, Schubert Smetana oder Vivaldi, dessen Vier Jahreszeiten sie am meisten liebte, waren Daria die Namen ohnehin fremd.

Es war ihr Ritual: Wenn der Tee genau drei Minuten gezogen war, füllte Daria das glasierte Tonschälchen, das sie von ihrem ersten Aufenthalt bei der Bruderschaft in Taizé mitgebracht hatte, mit dem heißen Gebräu und starrte auf das Papier. Dann schrieb sie die erste Zeile, trank einen Schluck, schrieb die zweite, las das Ganze, nahm das Blatt und zerknüllte es. So verbrachte sie Stunden, bis die Müdigkeit sie übermannte. War der Abend erfolgreich, dann überlebte ein mit manchmal acht, manchmal zwölf Zeilen beschriebenes Blatt unbeschädigt und wanderte anschließend in eine Mappe, auf die sie unbescheiden das Wort »Werke« geschrieben hatte.

Darias Welt war die Sprache. Ihre Briefe plauderten vergnügt und beschwingt wie eine Operette. Ihre Gedichte aber waren schwer und dramatisch wie eine Oper.

Fast all ihre Gedichte, die sie bislang verfasst hatte, kreisten um dasselbe Thema: der Mensch isoliert in seiner Welt. Unverstanden, von den Mächtigen beherrscht, drangsaliert, manipuliert und ausgegrenzt. Ein tragisch-gebrochener Held im Kampf um ein sinnvolles Leben. Oder eben eine Heldin. Lyrik durfte nicht süßlich schmecken und schon gar nicht auf der Zunge zergehen. Sie musste wahr sein, und die Wahrheit schmeckte bitter. Mehr als jedes andere Gedicht liebte Daria die »Todesfuge« von Paul Celan, die den ganzen Holocaust in die Nussschale eines einzigen Satzes bettete: »Der Tod ist ein Meister aus Deutschland.«

Daria fischte ihre Brille von einem der aufgetürmten Bücherstapel, setzte sie auf, stellte sich ans Fenster und starrte in die konturenlose Nachtschwärze, um ihre Gedanken zu ordnen. Es gab da draußen nichts mehr zu sehen, was es hätte rechtfertigen können, dass sie das schnöde Kassengestell mit dem wuchtigen schwarzen Rahmen auf der Nase trug. Doch Daria mochte sich mit Brille, auch wenn sie sie in der Öffentlichkeit nur selten zur Schau stellte. Während einige Klassenkameradinnen mit Kontaktlinsen herumexperimentierten, war sie der unerschütterlichen Auffassung, dass solche Linsen nur etwas für eitle Tussen seien und einem vollkommen überholten weiblichen Schönheitsideal Vorschub leisteten. Brillen hingegen waren gesichtsprägend. Was wäre Brecht ohne seine Nickelbrillen, Sartre ohne das dicke Horngestell mit den ebenso dicken Gläsern. Ein stabiles schlichtes Kassengestell zeigte, dass solche Nebensächlichkeiten wie makelloses Aussehen egal waren, weil man mit weit Wichtigerem beschäftigt war.

Daria setzte sich zurück an ihren Schreibtisch, trank einen Schluck Tee und schrieb weiter. Niemals zeigte sie jemandem ihre Gedichte. Nur einmal, vor knapp einem Jahr, hatte sie eine Ausnahme gemacht. Ein Füllfederhalter-Hersteller hatte in der *Zeit* zu einem großen Wettbewerb der Alltagslyrik aufgerufen. Daria hatte fünf Gedichte, die sie für besonders gelungen hielt, weil sie noch schwermütiger als all die anderen waren, in einen Umschlag gesteckt und zur Auflockerung noch ein Liebesgedicht dazugelegt, das sie inzwischen jedoch ungemein trivial und entsetzlich schnulzig fand.

Sie hatte zunächst keine Reaktion auf ihre Einsendung bekommen und längst vergessen, dass sie ihre lyrischen Ergüsse verschickt hatte. Vergangene Woche dann steckte in der Post ein Paket für sie. Absender war ein Verlag, den sie nicht kannte. In dem Umschlag fand sie ein Buch, in dessen Autorenverzeichnis ihren Namen, auf der dahinter angegebenen Seitenzahl Zeilen, die sie genau kannte. Es war ausgerechnet das Liebesgedicht. Nur einen Moment fühlte Daria sich geschmeichelt, dann erkannte sie: Die Welt, sie war noch nicht reif für ihre Kunst.

Inzwischen langweilte es sie, Gedichte zu lesen, Gedichte zu schreiben. Sie hatte ihre Liebe zum Theater entdeckt. Dürrenmatts Klassiker, Ionescos absurde Schauspiele, Dario Fos Farcen. Vor einigen Wochen hatte sie selbst begonnen, ein Drama zu schreiben. Sie hatte Sardu und Miknu geschaffen, zwei bleiche Helden, die optisch eine Kreuzung aus den endlos auf Godot wartenden Geschöpfen Samuel Becketts, Michael Endes grauen Herren und dem Zauberer Pan Tau waren. Sie trugen zu kleine Anzüge am Körper und alberne Melonen auf dem Kopf. Figuren, die Daria auf einer imaginären Bühne stundenlang über Lebenssinn und Entfremdung philosophieren ließ. Gerade ließ sie die Schergen – gesichtslos uniformierte Stechschrittbösewichte – einmarschieren und ihre Melonenmännchen bedrohen:

»Wer lacht hier, hat gelacht?

Wer hier lacht, schafft Verdacht, dass er aus Gründen lacht.«

Daria liebte solche Sätze weit mehr als ihre schwülstige Liebeslyrik, die es zwischen zwei Buchdeckel geschafft hatte.

Vielleicht, eines Tages, wäre die Welt ja doch bereit für ihre Kunst.

KAPITEL 4

13. Juli 1978: Grün ist erst mal ein wenig braun-stichig, als der erzkonservative CDU-Politiker Herbert Gruhl seine »Grüne Aktion Zukunft« gründet, die zu einem wichtigen Vorläufer der Grünen wird.

Sie saßen am gedeckten Frühstückstisch, hatten das Tischgebet gesprochen, wobei Fanny wie immer tonlos ihre Lippen bewegte. So hatten sie sich geeinigt. Fanny musste das »Komm, Herr Jesus, sei unser Gast und segne, was du uns bescheret hast« nicht mehr laut mitsprechen, aber sie sollte zumindest die Hände für diesen Moment falten und die Lippen synchron bewegen, hatte ihr Vater befohlen. Fanny hatte sich in die Gebetspantomime gefügt. Zur sonntäglichen Predigt kam sie schon lange nicht mehr mit in die Kirche, aber die Psalmen und all die Lieder würde sie nie wieder aus ihrem Kopf kriegen: »Herr, deine Liebe ist wie Gras und Ufer ...« Wie sie diesen ganzen christlichen Quatsch hasste! Nie wieder Gebete, nie wieder Choräle, nie wieder Abendmahl! Das war es, was sie mit der noch erschreckend fernen Volljährigkeit verband.

Ihr Vater frühstückte wie jeden Morgen ein Schälchen Haferschleim, ein Ei – genau viereinhalb Minuten gekocht – und eine Scheibe Brot mit Hüttenkäse. Dabei referierte er, woran vor dem Urlaub noch zu denken war. Fanny hörte nicht zu. Jedes Jahr Dänemark. Immer Lolland. Immer derselbe Campingplatz, derselbe Wohnwagen, dieselbe Zeitspanne, dieselben Urlaubsvorbereitungen, derselbe Vortrag ihres Vaters, Jahr für Jahr.

Alles war eng in diesem Haus. Die dunklen Eichenmöbel, rustikal und wuchtig, die die kleinen Räume noch winziger erschienen ließen. Es gab Gardinen mit Bordüre, geblümte Tischdecken, Kruzifixe im Flur, Unmengen von Nippes auf der Anrichte, Bibelsprüche in altdeutscher Schrift, gerahmt auf der grün gemusterten Tapete.

Alles stand immer genau am selben Platz, seit Jahren und wohl für immer. »Ordnung ist das halbe Leben«, war eine der Lieblingsweisheiten ihres Vaters. Als Fanny ihn einmal gefragt hatte, woraus denn nun die andere Hälfte Leben bestehe, hatte er keine Antwort gewusst. Ihr Vater hatte viele solcher Redewendungen im Repertoire, und in den meisten kamen Begriffspaare wie »Rechte und Pflichten« oder »Müßiggang und Laster« vor.

Obwohl ihr Vater solche Sinnsprüche bei jeder Gelegenheit, die er für geeignet hielt – und davon gab es viele –, rezitierte, gelang es Fanny, sich die meisten der Sprüche nicht zu merken. Es gab unnützes Wissen und völlig unnützes Wissen, zu dem diese ganzen Binsenweisheiten zählten. Sie durften keinen Raum in ihrem Hirn beanspruchen. Nur Sinnsprüchen, die Vokabeln wie Spaß und Lust enthielten, würde sie einen Platz in ihrem Merkzentrum einräumen. Ihr Vater aber kannte keine Lebensweisheiten, in denen solche Begriffe vorkamen. Fanny bezweifelte, dass er die Wörter überhaupt kannte. Zu seinem aktiven Wortschatz gehörten sie jedenfalls nicht.

Fannys Mutter hatte es seit Jahren irgendwie geschafft, den eigenen Mann aus dem Zimmer ihrer Tochter fernzuhalten. Vielleicht war es auch Hartmuts fortgeschrittene Arthrose, die ihn hinderte, sich die steilen Stufen, die zum ausgebauten Dachgeschoss führten, hinaufzuquälen. In den beiden winzigen Zimmern, die Fanny und ihre Schwester bewohnten, war es hell und freundlich. Petra hatte ihre Wände mit Pferdepostern zutapeziert. Fanny dagegen hatte sich für Rockstars entschieden, deren Mähnen ihr Gesicht verdeckten und deren nackte Oberkörper vor Schweiß glänzten. Von diesen Postern wusste ihr Vater nichts. Er wusste auch nichts von ihren Jungengeschichten. Natürlich nicht. Er durfte es nie erfahren. Für ihn stand es außer Frage, dass Fanny in ihrer Hochzeitsnacht das erste Mal Sex haben würde. »Eine Rose kann nur einmal erblühen«, pflegte er zu sagen. Zwar blieb ihm nicht verborgen, dass Fanny manchmal Besuch hatte, aber es lag außerhalb seiner Vorstellungskraft, dass eine Fünfzehnjährige, dazu noch seine Tochter, etwas Unsittliches mit einem Jungen veranstaltete. Wenn Schelsky oder Burckhard bei ihr waren und die quietschende Haustür die Rückkehr ihres Vaters ankündigte, legte Fanny nur einen Finger auf ihre Lippen. Bevor die Jungen nach Hause fuhren, ordnete sie schnell noch deren Kleidung und kämmte ihnen einmal durch die Haare. Dann beschnupperte sie ihre Freunde und schickte sie ins Bad, wenn sie fand, dass sie nach Sex müffelten. So präpariert konnten sie ihrem arglosen Vater zum Abschied freundlich die Hand schütteln, ohne ihn auf richtige Gedanken zu bringen.

Ihre Mutter war Fannys Vertraute. Claudia drückte stets ein Auge zu – und manchmal auch zwei –, wenn Fanny Jungsbesuch hatte. Ihr war nicht verborgen geblieben, dass ihre Tochter sehr früh angefangen hatte, sich für Jungs zu interessieren. Doch sollte sie Fanny jetzt einsperren? Sie entschied, dass sie Fannys Kontakte zum anderen Geschlecht nicht verhindern, sondern nur ihren Anteil dazu beitragen konnte, dass sie folgenlos blieben. Fanny war dreizehn gewesen, da hatte sie ihr auf verschlungenen Wegen die Pille besorgt und noch eine Packung Kondome obendrauf gepackt. »Sicher ist sicher«, hatte sie gesagt und sich ein verschwörerisches Lächeln abgerungen.

Fanny hatte nie verstanden, warum ihre Mutter ihren Vater geheiratet hatte, damals Mitte der Fünfziger. »Er ist ein herzensguter und braver Mensch«, hatte ihre Mutter geantwortet, als Fanny sich getraut hatte, diese Frage zu stellen. Wie trist musste das Leben mit einem Mann sein, dem seine Frau so ein Zeugnis ausstellte?

Sie selbst konnte an ihrem braven, pflichtbewussten Vater nichts entdecken, was irgendjemand hätte aufregend finden können. Sein – und damit auch ihr eigener Alltag – war eingegossen in wiederkehrende Rituale und strukturiert durch feste, minutiös einzuhaltende Zeiten. Es gab immer zur selben Stunde Essen, am Freitag immer Fisch, am Sonntag stets Braten. Ihr Vater verließ stets zur gleichen Zeit das Haus und kehrte jeden Abend zur gleichen Zeit von der Arbeit heim. War er zu früh dran, parkte er zwei Blocks weiter und ließ die Minuten verstreichen. Zu spät kam er nie.

An diesem Morgen bedrückte Fanny die Enge ihres Elternhauses mehr als sonst. Die Aussicht auf Dänemark drückte ihr die Kehle zu. Nachdem der Vortrag ihres Vaters geendet hatte, zog sie sich auf ihr Zimmer zurück. Sie beschloss, dass sie in diesem Sommer das letzte Mal mitkommen würde nach Lolland. Sie stellte sich an ihr Fenster, das eigentlich nur eine Dachluke war und von dem aus sie einen guten Überblick über ihre Siedlung hatte.

Die Straße, in der sie mit ihrer Familie wohnte, grenzte zwei Stadtteile voneinander ab: den der Ärzte und Unternehmer von dem der Angestellten und braven Beamten. Im Stadtteil der Ärzte waren die Wege sauberer als im Beamtenviertel, die Hecken höher, die Häuser geräumiger, die Gärten größer, genau wie die davor geparkten Autos. Alles war eine Dimension opulenter, die Proportionen aber waren dieselben. Auf dieser Straßenseite gab es Platz für viele kleine Leben, mit kleinen Bedürfnissen, kleinen Gehältern und kleinen Träumen, gegenüber waren die Wünsche, die erfüllten und unerfüllten, und der Gehaltsscheck eine Nummer größer. Und knapp zwei Kilometer weiter, im Ghetto, war alles noch zwei Spuren kleiner, nur die Häuser waren viele, viele Stockwerke höher.

Hier wie dort wurden ganz normale Leben gelebt. Wecken um halb sieben, frühstücken, Kinder in die Schule, Eltern zur Arbeit, neun Stunden, zwischendrin Mittagspause, um fünf in den Feierabendstau, Hausaufgaben kontrollieren, Abendbrot, Tagesschau, Quiz oder Spielfilm, Zähneputzen, Licht aus, gute Nacht. Tag für Tag, Woche für Woche, Monat für Monat, Jahr für Jahr.

Als kleine Farbtupfer im Alltagsgrau die Wochenenden mit Sportschau, Kinobesuch oder Gottesdienst, die Urlaube auf dem Campingplatz oder im möblierten Apartement – Meer oder Berge – und die Feste: Geburtstage, Konfirmationen, Hochzeiten, Beerdigungen. Am Ende Rente, Verfall, Siechtum, Tod. Bestattet in nobler Eiche, schlichter Fichte oder preisgünstig eingeäschert im Urnengrab. Ganz normale Existenzen, die keine Spuren hinterließen, ganz alltägliche Tode, die nur kleine Lücken rissen.

Fanny wollte kein kleines Leben, keinen kleinen Tod. Sie schauderte bei der Vorstellung, die wenige Zeit, die ihr gegeben war, so zu verbringen. Sie schauderte, wenn sie morgens die Nachbarn sah, die sich – so wie ihr Vater auf die Minute pünktlich – mit einem Kuss auf die Stirn von ihren Kindern nebst Gattin verabschiedeten und mit Tasche unterm Arm, Hut auf dem Kopf und starrer Miene auf den Weg machten, sich zu einem grauen Strom zu vereinigen, der sich jeden Morgen in die Straßen und Bahnhöfe ergoss und in den immer selben Büros und Werkshallen mündete. Ihr Vater mittendrin. Lebende Tote, Alltagszombies, funktionierende und beliebig austauschbare Rädchen einer allumspannenden Maschine.

Nein, so würde sie nicht werden. Niemals! Kein Rädchen, kein Tropfen des grauen Stroms, kein Zombie. Sie würde lebendig bleiben. Sich jeden Tag neu erfinden. Neugierig sein, alles kosten, alles probieren. Nur wie genau sah so ein neugieriges, erfindungsreiches, lebendiges Leben, das nachklang, aus? Die Beantwortung dieser Frage musste noch ein paar Tage warten. Aber sie würde daran arbeiten. Und eine Antwort finden. Das wusste sie genau.

***

Als er am vereinbarten Ort eintraf, wurde Tom von Goldberg schon erwartet. In dem karg eingerichteten Büro befand sich noch ein weiterer Mann. Beide Männer begrüßten Tom, und Goldberg fragte, ob er ihm einen Tee anbieten dürfe. Als er das Teewasser aufsetzte, fiel Tom zum ersten Mal auf, wie gebeugt Goldbergs Rücken war.

Er hatte Goldberg eine Woche zuvor kennengelernt, als Referent zum Holocaust.

Das Dritte Reich, der Zweite Weltkrieg und die planmäßige Vernichtung von Millionen von Juden sollten in der Klasse unbedingt noch durchgenommen werden, bevor ein kleinerer Schwung der Zehntklässler mit einem Realschulzeugnis der Schule für immer Lebewohl sagte. Schelsky, das stand inzwischen fest, gehörte nicht zu dieser Gruppe – er würde die Klasse wiederholen.

Astrid Teufler, die junge Geschichtslehrerin, der mancher Schüler mehr als einen verstohlenen Blick zuwarf, packte das Thema mit viel Engagement an. Mit etwas zu viel Engagement, fanden einige Eltern, die sich nach dem Studium der Lernunterlagen ihrer Kinder vertraulich an die Schulleitung gewandt hatten, weil man »dieses Thema so ja nicht unterrichten« könne. Da fehle es Frau Teufler vielleicht doch an Ausgewogenheit und an Erfahrung, zudem hätte die andere Seite ja auch Verbrechen begangen.

Um den Unterricht etwas ausgewogener zu gestalten, hatte schließlich ein Referent der Vertriebenenverbände über das Unrecht, das »uns Deutschen« zuteilgeworden sei, referiert, bevor ein ehemaliger KZ-Insasse über sein Leben unter Hitler berichten durfte. Der Mann hieß Aaron Goldberg, war Jude und Mitglied der Vereinigung der Verfolgten des Naziregimes, kurz VVN, und brachte den Schülern das Grauen seiner eigenen Erfahrungen im Dritten Reich nahe. Alle lauschten gebannt. Nur Schelsky war eingeschlafen. Seit klar war, dass er nicht in die Oberstufe versetzt würde, hatte er mit dem Thema Lernen konsequent abgeschlossen. Als er leise zu schnarchen begann, fand Tom das entsetzlich peinlich.

Während Goldberg darüber berichtete, wie er zwei Jahre im Konzentrationslager Buchenwald überlebt hatte, kreisten Toms Gedanken um das Fotoalbum aus dem Schleiflackschrank. Es hatte ihn in den vergangenen Tagen immer wieder magisch angezogen. Zwei Dutzend der ausgeblichenen Schwarz-Weiß-Fotos waren während des Krieges aufgenommen worden. Männer und Frauen, sein Vater meist mittenmang, lachten immer wieder aufs Neue in die Kamera. Präsentierten ihre Zahnreihen und gute Laune. Tom hatte zuvor nicht geahnt, dass in diesen Jahren gelacht, gelacht und immer wieder gelacht worden war.

Mehrfach hatte sich Tom das Bild angeschaut, auf dem sein Vater und dessen Kollegen im Arztkittel in die Kamera grinsten. Die Rothenburgsorter Klinik, das hatte er inzwischen herausgefunden, gab es heute noch; sie war – schon seit 1898 – ein Kinderkrankenhaus. Hatte sein Vater seine medizinische Karriere als Kinderarzt begonnen? Das Foto gab Tom sein Geheimnis nicht preis.

Am Ende der Stunde hatte Tom all seinen Mut zusammengenommen und war auf Goldberg zugegangen. Der Mann mit dem langen, wallendgrauen Haar und dem dichten, gekräuselten Vollbart mochte gut sechzig Jahre alt sein. Auf der Nase trug er ein Horngestell mit dicken, runden Gläsern, durch die er Tom jetzt neugierig musterte.

»Was möchtest du, Junge?«

»Herausfinden, ob mein Vater irgendwie an den Verbrechen der Nazis beteiligt war«, flüsterte Tom.

Auch Goldberg senkte seine Stimme. »Wie kommst du darauf?«

»Er verteidigt Hitler noch heute, und ich habe alte Fotos gefunden, die ich nicht einordnen kann.«

Goldberg sah Tom prüfend an. Dann fischte er einen Stift aus der Innenseite seines Mantels, griff nach einem herumliegenden Zettel, notierte darauf eine Telefonnummer und gab Tom das Papier.

»Ruf mich an, wenn du Fragen hast!«

Tom erwiderte dankbar seinen Blick. Fragen hatte er viele.

Zwei Tage später verbrachte Tom den halben Nachmittag vor dem Telefon.

Was wollte er Goldberg denn fragen?

Was beunruhigte ihn überhaupt?

Er hatte nichts als ein Bild von vier Ärzten, die in die Kamera lachten. Trotz des Krieges lachten. Aber das war kein Verbrechen.

Schließlich gab Tom sich einen Ruck und wählte die Nummer, die auf dem Zettel stand. Er hatte Goldberg sofort am Apparat.

»Hallo, hier ist Tom Bartels. Sie waren vorige Woche in unserer Klasse und haben mir am Ende der Stunde ihre Nummer gegeben. Können sie sich an mich erinnern?«

Er konnte das Schmunzeln durch die Leitung hören.

»Natürlich kann ich das. Was möchtest du wissen?«

»Alles«, sprudelte es aus Tom heraus. »Das ist es ja gerade, dass ich gar nichts weiß. Nichts darüber weiß, was mein Vater getan hat, als Hitler an der Macht war.«

Goldberg hörte geduldig zu. Als Tom geendet hatte, fragte er:

»Hast du Informationen, was dein Vater in den Kriegsjahren gemacht hat? War er an der Front?«

»Nein«, sagte Tom. »Er war angehender Arzt. Hat studiert, bis man seine Kenntnisse in der Heimat benötigte. Dann hat er wohl im Krankenhaus gearbeitet.«

»Weißt du, in welchem?«

»Ich glaube hier in Hamburg, in Rothenburgsort. Da gibt es ein Kinderkrankenhaus.«

Tom erzählte von den lachenden Ärzten auf dem Foto und nannte die Namen, die er entziffert hatte.

»Ich möchte ganz sichergehen, dass mein Vater sich nicht schuldig gemacht hat. Zumindest nicht mehr als andere, die das System nicht aktiv bekämpft haben.«

Tom hörte, wie Goldberg einen tiefen Luftzug nahm. Sekunden, die sich dehnten, herrschte Schweigen. Dann räusperte sich der alte Mann.

»Willst du dich wirklich der Vergangenheit deiner Familie stellen? Glaubst du, du bist stark genug dafür?«

Die Frage machte Tom Angst.

»Ja! Ja, unbedingt. Ich muss wissen, ob mein Vater Schuld auf sich geladen hat.«

»Was ist mit deiner Mutter?«

»Sie ist zu jung. Als der Krieg zu Ende ging, war sie elf.«

»Gut.« Goldberg machte eine weitere Pause, und Tom meinte zu spüren, wie das Hirn seines Gegenübers arbeitete. »Wir sollten uns treffen. Das ist kein Thema fürs Telefon. Wann hast du Zeit, Junge?«

»Jeden Nachmittag nach der Schule.«

»Kannst du am Donnerstag um vier in unserem Büro sein?« Tom notierte die Adresse.

»Ich werde da sein«, versprach er.

»Glaubst du, du bist stark genug dafür?«

Goldbergs Satz hatte sich in Toms Kopf festgesetzt.

Stark genug wofür?

Warum hatte der alte Mann diese Frage gestellt?

»Das ist Frank Derschau. Herr Derschau ist Historiker und arbeitet eng mit uns zusammen«, beantwortete Aaron Goldberg die Frage, die Tom noch gar nicht gestellt hatte. »Ich habe ihn hergebeten, weil er einige deiner Fragen sicher viel besser beantworten kann als ich.«

Was für ein Aufwand für so ein Gespräch, dachte Tom. Ihm war mulmig zumute.

Goldberg deutete auf zwei schon etwas abgewetzte Polster. »Setzt euch.« Als die beiden Gäste der Aufforderung nachgekommen waren, schenkte er Tee ein, platzierte ein Schälchen verzuckerter Kekse auf dem Tisch und wandte sich an Tom.

»Erzähl mir, was du von der Zeit zwischen 1933 und 1945 weißt.«

Tom fing an zu berichten. Von Hitlers Machtergreifung, seinen Kriegsplänen, der blutigen Verfolgung der Opposition, der Reichskristallnacht, dem Blitzkrieg gegen Polen, dem Warschauer Ghetto, von Auschwitz und den anderen Vernichtungslagern, von Leichenbergen, von dem Zusammenschluss der Alliierten, von Hitlers Niederlage und Selbstmord. Derschau und Goldberg hörten ihm zu, ohne eine Miene zu verziehen.

Als Tom geendet hatte, ergriff Goldberg das Wort.

»Was denkst du? Wie geht die Generation deiner Eltern mit dieser Vergangenheit um?«

Wieder sprudelte es aus Tom nur so heraus. Hörte er sich Satzfetzen sagen wie »unbewältigte Geschichte«, die »Täter sind wieder in verantwortungsvolle Positionen gekommen«, über das Grauen werde »systematisch geschwiegen«, die Nazi-Zeit für »abgeschlossen erklärt«. Derschau und Goldberg lauschten konzentriert, wechselten zwei, drei Mal einen flüchtigen Blick.

»Du hast recht«, sagte Goldberg schließlich. »Und das Gemeine ist, dass durch das große Schweigen dir und deiner Generation die Chance genommen wird, eine Haltung zu dieser Vergangenheit zu finden. Ihr habt keine Schuld an dem, was vor eurer Geburt geschah, aber ihr habt auch keine Chance, euch mit der Schuld eurer Väter und Großväter, Mütter und Großmütter auseinanderzusetzen.« Der alte Mann machte eine kurze Pause, in der seine Worte sich im Raum ausbreiteten. Dann fuhr er fort. »So steht ihr der Vergangenheit unmündig gegenüber, unfähig, aus ihr zu lernen und Verantwortung für eine Zukunft zu übernehmen, in der sich das Vergangene niemals wiederholen darf.«

Die Sätze Goldbergs klangen in Tom nach. Schuld und Verantwortung, das waren große Begriffe. Tom wollte etwas sagen, aber Goldberg schnitt ihm das Wort ab.

»Sich mit der Vergangenheit auseinanderzusetzen heißt aber oft auch, auf Sachen zu stoßen, die man lieber nicht sehen möchte – die einem die eigenen Vorfahren, die engste Familie in einem neuen Licht erscheinen lassen, einem Licht, das viele Schatten wirft. Schweigen kann Familien zerstören, aber auch das Reden über das Unfassbare kann alles verändern. Der Weg zur Erkenntnis ist oft schmerzhaft. Bist du dir sicher, dass du ihn beschreiten willst?«

Tom nickte. Er glaubte, seine Stimme würde versagen.

»Gut«, sagte Goldberg. »Das habe ich gehofft und mich trotzdem davor gefürchtet. Erzähl uns jetzt alles, was du über die Aktivitäten deines Vaters während des Krieges weißt.«

Tom berichtete in knappen Worten über seine wenigen Erkenntnisse. Als er zum Ende gekommen war, meldete sich erstmals Derschau zu Wort. Sein Tonfall war gemächlich.

»Mein lieber Junge. Wie Aaron schon berichtet hat, bin ich Geschichtswissenschaftler. Für die VVN habe ich über die Arbeit der Kinderklinik Rothenburgsort im Nationalsozialismus Material zusammengetragen. Es ist sehr bedrückendes Material.«

Toms Herz wurde von einer Faust zusammengedrückt.

»Zwischen 1941 und 1945 wurden hier mehr als 50 Kinder getötet. Kinder, die behindert waren, die meisten geistig, einige auch körperlich – im Sprachgebrauch der Nazis sogenannte Reichsausschusskinder, lebensunwertes Leben, das vernichtet gehörte, um der Volksgesundheit nicht zu schaden.«

Derschau blickte auf und musterte Tom, als versuche er, dessen Gedanken zu lesen. Tom nickte nur schwach, um Derschau zu signalisieren, er solle fortfahren.

»Das Ganze geschah unter der Leitung von Klinikchef Wilhelm Bayer. Ich vermute, dass er der Wilhelm auf dem Foto ist. Bayer war NSDAP-Mitglied, Hauptsturmführer der SA und führendes Mitglied des NS-Ärztebundes. Und es gab auch eine Ortrud, die Assistenzärztin Ortrud von Lamezan. Sie ist nachweislich an den Kindstötungen beteiligt gewesen. Der Name deines Vaters und ein Arzt namens Karl sind mir bislang nicht untergekommen, aber ich stehe mit meinen Recherchen noch am Anfang. Und man kann nicht sagen, dass sich die heutige Klinikleitung überschlägt, mich zu unterstützen.«

Tom versuchte, das Gehörte zu begreifen. Mit Schweiß auf der Stirn erhob er sich aus dem Polster, wankte zum Klo und übergab sich. Mit hochrotem Kopf kam er ein paar Minuten später in den Büroraum zurück. Fragen brannten in seiner Seele.

»Was ist mit Bayer und den anderen Ärzten passiert. Wie wurden sie bestraft?«

Wieder ergriff Derschau das Wort.

»Bayer wurde nach dem Krieg entlassen und in Hamburg angeklagt. Die Anklage sollte auf Mord lauten, wurde dann aber auf Totschlag abgeschwächt. Doch Bayer und seine Mitangeklagten kamen ohne jede Strafe davon. Bayer behielt seine Zulassung als Arzt, da ihm laut Ärztekammer keine schweren sittlichen Verfehlungen vorzuwerfen waren. Er praktizierte noch jahrelang unbehelligt in der eigenen Arztpraxis. Vor sechs Jahren ist er gestorben.«

Tom konnte das Gehörte kaum glauben. Es bestätigte alles, was er über das Nazi-Grauen und die Zeit danach dachte. Nur dass das hier kein verwackelter alter Schwarz-Weiß-Film mit unbekannten Darstellern war. Das hier war in Farbe, scharf gestellt, und eine der tragenden Rollen war mit seinem Vater besetzt. Man musste nicht an der Front gewesen sein, um für die Nazis zu töten.

Goldberg rückte auf dem Sofa ein Stück nach vorne. Er sprach langsam, fast andächtig. »Wir haben lange überlegt, ob wir das alles erzählen sollen, weil wir ahnen, was die Wahrheit bei dir anrichten kann. Aber du hast ein Recht auf die Geschichte deiner Familie. Es gibt keinen anderen Weg. Doch bedenke: Das Foto allein ist kein Beweis dafür, dass dein Vater irgendetwas mit den Kindstötungen zu tun hatte. Du musst mit ihm darüber reden.« Goldberg machte eine kurze Pause, um das Gesagte wirken zu lassen. Dann fuhr er mit fester, ruhiger Stimme fort: »Wenn du Rat oder Unterstützung dabei brauchst, haben wir ganz hervorragende Fachleute, die dich auf dem Weg, der jetzt vor dir liegt, begleiten können.«

Tom wollte keine Hilfe. Er brauchte auch keinen Beweis. Und erst recht kein Gespräch mit seinem Vater, in dem dieser alles abstritt. Tom wollte schreien. Schreien, nur schreien. Und nie wieder aufhören damit.

***

Schelsky war nicht zu erreichen. Das Freizeichen tutete Tom unerbittlich entgegen. In seiner Verzweiflung beschloss er, eine andere Nummer zu wählen. Daria war sofort am Apparat.

»Ich muss dich sehen.« Toms Worte klangen atemlos.

»Was ist los, Tom?«

»Mein Vater hat für die Nazis Kinder getötet. Behinderte Kinder. Ich hab's heut erfahren. Ich kann nicht nach Haus.«

»Dann komm her«, bot Daria ohne zu zögern an und fügte gewohnheitsmäßig hinzu: »Willst du noch mit uns essen?« Der Satz war noch nicht raus, da schämte sie sich bereits für diese unpassende Reaktion.

»Nein, sei nicht bös. Ich kann gerade nicht auf Small-Talk am Abendbrottisch.«

»Gut, dann sei um acht bei mir.«

»Danke. Und Daria ...«, Tom spürte, wie er rot anlief, »... kann ich bei euch übernachten?«

»Wenn unser altes Sofa bequem genug für dich ist, gerne. Meine Eltern haben bestimmt nichts dagegen.«

Sie redeten die ganze Nacht, das heißt, Tom redete, und Daria hörte zu. Sie konnte verstehen, was in ihm vorging. Nein, sie konnte es nicht verstehen. Ihre Eltern waren links. Waren abonniert darauf, auf der richtigen Seite zu stehen. Zeigten, wo immer es ging, Flagge gegen Nazis. Warnten unablässig vor einem neuen Dritten, vor einem Vierten Reich. Sahen die Gefahr des Faschismus hinter jeder Straßenecke lauern, erkannten die Fratze des Nationalsozialismus in jedem zweiten CDU-Politiker wieder. Nein, sie konnte nur versuchen, sich vorzustellen, wie Tom jetzt zumute war.

Sie saßen beieinander, und Tom war ihr in seiner ganzen Verzweiflung plötzlich sehr nah. Daria imponierte, wie er litt, wie ihn die neuen Erkenntnisse aus der Bahn warfen. Er hatte immer ein schwieriges Verhältnis zu seinem Vater gehabt, ihm immer unterstellt, ein verkappter Nazi zu sein. Nun gab es die schreckliche Gewissheit, dass Hans Bartels mitschuldig war am Tod vieler Kinder. Dass er als Arzt, statt Leben zu retten, Leben zerstört hatte. Indirekt oder direkt. Durch Unterlassung oder Mitwirkung.

Immer wieder konnte Tom die Tränen nicht zurückhalten. Immer wieder stockte seine Stimme. Immer wieder musste er tief Luft holen, um weiterzureden. Die Gemüsestückchen, die Darias Mutter ihnen hingestellt hatte, rührte er nicht an. Wenn sein Hals vom vielen Reden ausgetrocknet war, nahm er nur einen Schluck Tee.

»Was willst du jetzt tun?«, fragte Daria.

»Keine Ahnung. Ich weiß nur, ich kann nicht nach Hause zurück. Nicht zu meinem Vater.«

»Wenn du ihn fragst, was er damals getan hat …«

»… wird er nicht drüber reden. Oder alles abstreiten. So wie er die ganzen Jahre nicht drüber gesprochen hat. Er war nicht an der Front, er hat keine Waffe auf einen Menschen gerichtet, von den KZs nichts gewusst. Freigesprochen von der Geschichte, unschuldig in jeder Hinsicht.«

»Und wenn du dir Unterstützung suchst, nicht allein mit ihm sprichst?«

»Du glaubst doch nicht, dass mein Vater vor fremden Menschen über seine Vergangenheit redet? Ach übrigens, ich habe da ein paar Kinder umgebracht«, äffte Tom die Stimme seines Vaters nach. »Hat man damals so gemacht. Waren nur Behinderte. Die hätten eh ihr ganzes Leben lang gepflegt werden müssen und doch nix auf die Reihe bekommen. Wissen Sie, in Kriegszeiten wird jeder gebraucht, um den Feind zu bekämpfen. Da kann man sich die Betreuung Schwachsinniger einfach nicht leisten.« Dann sprach er wieder mit unverstellter Stimme. »Wie stellst du dir das vor?«

Daria wusste es nicht. Sie hatte für so eine Situation keine Ratschläge im Gepäck.

Ob sein Vater ihn bereits von der Polizei suchen ließ? Tom war es egal. Nie wieder würde er nach Hause zurück. Nie, nie wieder! Alles andere würde sich zeigen. Später.

Als die Vögel ihr akustisches Aufwärmprogramm begannen, schliefen sie ein. Tom musste nicht aufs Sofa. Er lag eng an Daria geschmiegt auf ihrer Matratze, nur ein Nachthemd und eine dünne Decke von ihr entfernt. An jedem anderen Morgen hätte er so niemals einschlafen können, hätte die ganze Zeit Daria einfach nur angeschaut. Doch dazu war er jetzt nicht in der Lage. Er schloss die Augen, inhalierte ihren Duft. Sie atmen zu hören, gleich neben sich, war ein lieblicher Trost.

***

Schelsky hatte sich den Kopfhörer über die Ohren gezogen und den Lautstärkeregler weit aufgedreht. »Never Mind the Bollocks« drehte sich auf dem Plattenteller. Vor einigen Wochen hatte er den Punk für sich entdeckt: dreckig, subversiv, provokativ. Mit knallbunt gefärbten Haaren und einer Sicherheitsnadel in der Wange konnte man die Spießergeneration seiner Eltern noch schocken. Schelsky überlegte, ob er sich in den Ferien die

Haare zum Irokesen stutzen und seine Klamotten komplett austauschen sollte. Er würde seine Klasse verlassen, eine Ehrenrunde drehen, um in einem Jahr einen passablen Realschulabschluss hinzubekommen. Eine gute Gelegenheit also für einen radikalen Imagewechsel. Was aber würde Fanny sagen, wenn er plötzlich als Punk vor ihr stand. Würde sie sich schlapp lachen? Schluss machen? Sein neues Outfit geil finden?

Er sollte sie zumindest vorwarnen.

Seit klar war, dass seine Schullaufbahn ohne Oberstufe und Abitur auskommen würde, war er noch mehr in die Musik abgetaucht. Bis tief in die Nacht hörte er die immer selben Punkscheiben, morgens fand er kaum aus dem Bett. In der Schule ging es eh um nichts mehr. Nach den Sommerferien konnte er wieder durchstarten. Und Musik in einer Band machen. Sid Vicious spielte noch schlechter Bass als er selbst, trotzdem oder gerade deswegen hatte er es zum Punkstar gebracht.

Musik war immer schon Schelskys Ding. Der erste Held seiner Jugend war Brian Connolly, der Leadsänger von Sweet gewesen. Während Schelsky der Pubertät mit großen Schritten entgegeneilte, landete Sweet einen Chartbreaker nach dem anderen. Vier junge Männer, die Haare eine Kreuzung aus Pagenschnitt und Nackenspoiler, mischten die Jugend auf. Melodischer Glamour-Rock, doch für seine Eltern einfach nur Krach.

Nur T. Rex, lange Schelskys zweitliebste Band, waren bei der älteren Generation noch schlechter beleumundet. Frontman Marc Bolan entsprach genau ihrem Bild eines »Verwahrlosten«, der eindeutig zu viele Drogen nimmt. Womit sie vermutlich sogar recht hatten. Und der Drummer Mickey Finn war so hager, als hätten seine Selbstversuche mit bewusstseinserweiternden Stoffen bei ihm galoppierende Schwindsucht ausgelöst.

Sweet war ein wenig cleaner, etwas glamouröser, nicht ganz so düster. Ihr »Teenage Rampage« klang nach fröhlicher Jugendrevolte, »The Children of the Revolution«, von Mark Bolan ins Mikro gehaucht, klang eindeutig verschwörerischer. Sweet war Mainstram, T. Rex mochten die, die heimlich rauchten.

Brian Connollys Glamourlook hatte Schelsky vor ein paar Jahren zu seinem bislang größten Fehlkauf verleitet. Mit zwölf hatte er seiner Mutter so lange in den Ohren gelegen, ihm eine »Glitzerjacke« zu bestellen, die die *Bravo* im Angebot hatte, bis sie entnervt den Widerstand aufgab. Das gute Stück, das stolze 49 Mark kostete, bestand aus einem wenig atmungsaktivem silberglänzendem Material und erinnerte entfernt nicht nur an das Bühnenoutfit von Brian Connolly, sondern auch an das der Rockröhre Suzi Quatro, die mit ihrem Hit »48 Crash« gerade die Charts gestürmt hatte. Auf der nächsten Party, zu der er eingeladen war, trug Schelsky seine Silberjacke voller Stolz, was aber von den anderen nur mit kollektivem Kopfschütteln und Kicherattacken quittiert wurde. Nach zehn Minuten landete das teure Stück zerknüllt in einer Ecke, am Tag danach in der Mülltonne. Doch der Kurzauftritt hatte einen bleibenden Eindruck hinterlassen. Schelsky wurde über ein halbes Jahr auf keine Party mehr eingeladen. Wieder einmal hatte sich sein Klamottengeschmack als wenig stilsicher entpuppt.

Danach hatte er Genesis, Pink Floyd und Led Zeppelin gehört. Und die Rolling Stones. Heimlich auch die Beatles. Die Frage Beatles oder Stones riss einen tiefen Graben in die Klasse. Beatles waren Kaffee mit Milch, lieblicher Wein, Norwegian Wood, Zigarette mit Filter, Sex mit Kondom, Peace for the World. Stones, das hieß rauchen, saufen, ficken, fighten – Satisfaction pur. Nicht dass sie solche Sachen schon getan hätten, aber beide Bands standen für Schelsky und seine Freunde für grundverschiedene Projektionen ihrer Zukunft: Rentenversicherung oder Rock 'n' Roll, Keep Clean oder Live Fast, Love Hard, Die Young. Man konnte nur Paul McCartney oder Mick Jagger lieben. Schelsky liebte Jagger und Lennon.

Schelskys neue Helden hießen Johnny Rotten und Paul Simonon. Er hatte sich die wichtigsten Scheiben der wichtigsten Punkbands bereits auf Kassette gezogen, um sie auch im Urlaub auf seinem Kassettenrekorder abspielen zu können. Das alte Loewe-Gerät fraß zwar die eine oder andere Kassette, doch der regelmäßige Bandsalat war der Preis dafür, auch in den Ferien nicht ohne seine Lieblingsmusik auskommen zu müssen. Zwei Wochen Dänemark mit seinem Vater, danach zwei Wochen Haffkrug mit seiner Mutter standen an, das jährliche Austauschprogramm eines Scheidungskindes. Jochen kam nicht mehr mit. Er hatte nur zwei Wochen Sommerurlaub. Die wollte er mit Maria, seiner Freundin, allein verbringen.

Für Reisen nach Frankreich oder Italien fehlte das Geld. Trotzdem war Schelsky froh, aus der engen Wohnung seiner Mutter einmal rauszukommen. Nur Fanny würde er vermissen. Er hatte Angst, dass sie in den Ferien etwas mit einem anderen Jungen anfangen könnte. Zum ersten Mal spürte er ein Gefühl in sich aufkommen, das er bislang nur aus Beschreibungen anderer kannte. Trotzdem war es eindeutig identifizierbar: bohrende Eifersucht.

KAPITEL 5

7. August 1978: Nach wochenlanger Diskussion zieht Baden-Württembergs Ministerpräsident Hans Filbinger mit seinem Rücktritt die Konsequenz aus seiner Vergangenheit als NSDAP-Mitglied und Nazi-Richter, der – stets nach Recht und Gesetz – für vier Todesurteile mitverantwortlich war. Verfehlungen, die allerdings nicht so gravierend sind, dass er auch seine Ämter als CDU-Landesvorsitzender und stellvertretender Bundesvorsitzender gleich mit an den Nagel hängen muss.

Der Radiowecker sprang an, und obwohl die Musik Schelsky mitten aus den Träumen riss, erkannte er Barry Gibbs Stimme sofort. »How deep is your love, how deep is ...« Schelsky zog sich die Bettdecke über den Kopf. How deep was his love? Seit Tagen musste er unentwegt an Fanny denken. Ihr Lachen, ihre Stimme, vor allem aber ihr warmer Körper fehlte ihm. Fanny auf Lolland, Schelsky auf Fünen – sie waren nur 130 Kilometer voneinander entfernt und doch füreinander unerreichbar. Tage ohne Fanny waren Tage ohne Licht. Schelsky hatte sie gefragt, ob er sie in Lolland besuchen kommen sollte, doch Fanny hatte nur den Kopf geschüttelt.

»Geht nicht wegen meinem Vater.«

So träumte er sie sich nachts herbei. Nackt. Träumte ihren Hals, an dem er sich so gern festsaugte, bis sie ihn von sich stieß und ihn zum hundertsten Mal belehrte, dass sie Knutschflecke hasse, träumte ihre Brüste, träumte ihren Hintern, träumte ihre Scham. Meist wachte er mit schmerzhaft erigiertem Penis auf und krallte sich an den verblassenden Traumbildern fest, während er sich Erleichterung verschaffte.

Schelsky rieb sich die Augen und fuhr sich durch den Haarkamm. Zwei Tage bevor sie nach Dänemark aufgebrochen waren, hatte er sich getraut und die Haare an beiden Seiten abrasiert. Die verbliebene Bürste hatte er knallrot gefärbt. Seine Mutter war außer sich gewesen, und als sein Vater und dessen neue Flamme Marlies ihn bei ihr abholten, um gemeinsam mit ihm nach Dänemark aufzubrechen, hatten die beiden kurz Augenkontakt aufgenommen, und Marlies hatte kaum merklich den Kopf geschüttelt. In ihren Blicken lag etwas Fassungsloses.

Schelsky schälte sich aus dem Bett und tappte in das kleine Bad. Obwohl er reichlich Schlaf bekommen hatte, fühlte er sich zerschlagen. Er wusch sich das Gesicht. Aus dem Wohnzimmer drang das Geräusch der Kaffeemaschine an seine Ohren und der Geruch aufgebackener Brötchen in seine Nase. Er warf sich ein Sweatshirt über und setzte sich wortlos an den Tisch.

»Guten Morgen!«, grüßte Kurt ein wenig zu schwungvoll. Dabei ließ er die Zeitung, hinter der er bis eben noch verschwunden war, zu Boden gleiten.

»Moin«, nuschelte Schelsky zurück, ohne die Lippen zu bewegen.

»Guten Morgen, schön, dass du auch schon da bist«, ätzte Marlies.

Sie ließ keine Gelegenheit aus, ihn spüren zu lassen, dass sie ihn nicht gerade ins Herz geschlossen hatte. Mit spitzen Bemerkungen nörgelte sie ständig an ihm herum. Mal benahm er sich einfach unerzogen, stets tat und sagte er das Falsche, und wie er rumrannte, diese Klamotten und jetzt diese Frisur, das ging überhaupt nicht. Kurzum: Er war unerwünscht.

Sie frühstückten schweigend, und Schelsky wusste, dass sie ihn die ganze Zeit im Auge behielt und einen Grund suchte, ihn zu tadeln. Schon an dem Nachmittag, als sein Vater ihm seine »neue Liebe« vorgestellt hatte, ahnte Schelsky, dass er und Marlies fortan in inniger Abneigung miteinander verbunden sein würden. Er hatte recht behalten.

Alles, was zur Vergangenheit seines Vaters gehörte und ihn damit verband, wurde eliminiert. Nachdem Kurt mit ihr zusammengezogen war, hatte sie innerhalb von nur zwei Monaten alle Möbel, die noch aus der Ehe mit Schelskys Mutter stammten, ausrangiert. Sie verpasste ihm einen neuen Haarschnitt, ein neues Aftershave und neue Klamotten. Am liebsten hätte sie alle Erinnerungen an die Vergangenheit einfach ausgelöscht.

Sie waren mit dem Frühstück fast fertig, da warf Schelskys Vater ihr einen unauffälligen Blick zu, den sie mit einem ebenso unauffälligen Nicken quittierte. Dann wandte er sich seinem Sohn zu.

»Hey Sportsfreund, wollen wir beide gleich mal einen kleinen Spaziergang zusammen machen?«

Schelsky schaute nur kurz auf und kaute angestrengt an seinem letzten Bissen. Als keine weitere Reaktion kam, fügte sein Vater hinzu:

»Ich würde gern etwas mit dir besprechen.«

Das klingt so formell, das klingt gar nicht gut, dachte Schelsky. Statt zu antworten stand er auf, ging zur Garderobe und schnappte sich seine Turnschuhe.

Drei Minuten später befanden sie sich auf dem Weg zum Strand. Sie gingen ein paar Minuten schweigend nebeneinander, bevor sein Vater das Gespräch begann.

»Also Sportsfreund, ich muss dir etwas sagen.«

Klang auch nicht gut. Schelsky sagte nichts.

»Es ist nämlich so …« Sein Vater wand sich, und Schelsky wartete ab.

»Also, es ist so: Marlies und ich werden aus Hamburg wegziehen.«

Schelsky war wie vom Blitz getroffen.

»Aha. Wohin denn?«

»Wir werden nach München gehen, im Oktober. Marlies hat da einen guten Job gefunden, und wie du weißt, lebt ein großer Teil ihrer Verwandtschaft in Süddeutschland.«

Und ein großer Teil deiner Verwandtschaft lebt hier, fauchte Schelsky innerlich. Er sagte kein Wort und bemühte sich, möglichst unbeteiligt zu gucken.

Als könne er Schelskys Gedanken lesen, fuhr sein Vater fort:

»Die Entscheidung ist mir nicht leichtgefallen, aber Marlies ist mein neues Leben. Das musst du verstehen. Das verstehst du doch, oder?«

Sie hat es geschafft, dachte Schelsky. Jetzt hat sie es tatsächlich geschafft, die Brücken zu seinem bisherigen Leben zu kappen.

Kurt war erleichtert, dass Schelsky weder protestierte noch in Tränen ausbrach.

»Ich wusste doch, dass du das verstehst. Und die Ferien können wir ja weiter zusammen verbringen. Und in der Schulzeit hat dieses ständige Hin und Her doch sowieso viel Unruhe gestiftet. Und du fühlst dich doch auch ganz wohl bei deiner Mutter, oder?!«

So ist es also, wenn man seinen Vater verliert, dachte Schelsky. Nicht dass sie sich besonders nahestanden. Aber nun wurde er einfach aus dem Alltag gestrichen, zum Ferien-Sohn herabgestuft.

»Weißt du …« Kurt begann zu flüstern und winkte Schelsky mit einer verschwörerischen Geste zu sich heran. »... Marlies ist schwanger. Das wissen wir auch erst seit ein paar Tagen. Deshalb ist es gut, wenn sie jetzt einen Job antritt, in den sie nach der Schwangerschaft wieder einsteigen kann. Und wenn das Baby da ist, ist es auch ganz gut, wenn ein paar Verwandte in der Nähe sind.«

Er hatte also bald eine neue Komplett-Familie. Und für die alte gab es keine Verwendung mehr.

Schelsky kämpfte mit den Tränen und verlor.

»Hey Sportsfreund, was ist denn? Zwischen uns ändert sich doch nichts, also fast nichts. Ich kann mich doch nicht gegen Marlies entscheiden.«

Aber gegen Jochen und mich, dachte Schelsky und ärgerte sich über die Träne, die seine Wange herunterkullerte.

»Ich bin ja nicht aus der Welt. Alles nicht so schlimm, wirst schon sehen.«

Dann herrschte wieder Schweigen zwischen Vater und Sohn. Wortlos und gedankenversunken stapften sie zurück zu ihrer Ferienhütte.

Zum Strand kam Schelsky nicht mit an diesem Mittag. Marlies schien es ganz recht, dass sie nun Zeit hatte, Kurt zu befragen, wie das Gespräch gelaufen sei.

***

Die Luft duftete verschwenderisch nach Rosmarin und Thymian. Sie spazierten über die sanften Hügel des Burgund, kletterten über Weidezäune, suchten und fanden verschlungene Wege, liefen durch verwilderte Gärten, sprangen über kleine rauschende Bäche, kauften Croissants in schmalen Gassen mit uralten Häusern, und manchmal nahm Daria wie selbstverständlich Toms Hand. Es waren Tage voller Sonne. Alles fühlte sich unendlich leicht an, und es gab kostbare Momente, in denen Tom die vergangenen Wochen einfach vergaß.

Die letzten Tage vor den Ferien waren aufreibend gewesen. Als er gemeinsam mit Daria in die Schule gekommen war, hatte ihn Robert Keller sofort zur Seite genommen und in einen kleinen Raum neben dem Schulsekretariat geführt, der sonst von dem Beratungslehrer genutzt wurde. Mit einer Handbewegung bedeutete er Tom, sich zu setzen. Dann nahm er ihm gegenüber Platz. Mit sorgenvoller Miene suchte er Toms Blick.

»Dein Vater hat heute Morgen hier angerufen. Du warst die Nacht nicht zu Hause. Was ist los?«

Tom überlegte, was er sagen sollte. Dann entschloss er sich, die ganze Geschichte zu erzählen. Berichtete von seinem Vater, berichtete von seinem Fund, berichtete von Goldberg und Derschau und seinen neuen, furchtbaren Erkenntnissen. Keller unterbrach ihn kein einziges Mal. Als Tom fertig war, fragte er:

»Was willst du jetzt tun?«

»Ich weiß es nicht. Aber ich gehe nicht nach Haus zurück. Auf keinen Fall.«

Die Antwort klang fest.

Keller strich sich mit Daumen und Zeigefinger über seinen gestutzten Vollbart.

»Wo bist du untergekommen?«

»Bei Daria.«

»Wissen ihre Eltern Bescheid?«

»Noch nicht, wir haben sie heute Morgen nur kurz gesehen.«

»Willst du dort bleiben – und vor allem: Kannst du dort bleiben?«

»Ich glaube schon. Ja.«

»In ein paar Tagen beginnen die Ferien. Ich vermute, dass Daria mit ihren Eltern und ihrer Schwester in den Urlaub fährt?«

»Sie fährt ohne ihre Familie. Mit einer Jugendgruppe. Nach Frankreich. Vielleicht kann ich sie begleiten.«

Keller holte tief Luft. »Ich fürchte, das werden deine Eltern nicht erlauben. Auch wenn dein Vater in der Vergangenheit Unrecht getan haben sollte – was nicht bewiesen ist –, so ist er doch sorgeberechtigt und kann bestimmen, wo du dich aufhältst. Du wirst in dein Elternhaus zurückkehren müssen.«

»Niemals!«, schoss es aus Tom heraus.

Einen kurzen Moment schwiegen Lehrer und Schüler. Sahen sich ernst an.

»Gut. Ich werde heute Nachmittag mit deinem Vater sprechen. Und du redest mit Darias Eltern, wie lange du dort unterkriechen kannst. Ich möchte, dass du dort heute Abend telefonisch erreichbar bist. Ich werde mich melden, dann sehen wir weiter.«

Mit diesen Worten erhob sich Keller und ging zur Tür. Tom folgte ihm.

»Ich muss jetzt unterrichten. Geh in deine Klasse. Du hörst von mir.«

Tom konnte dem Unterricht kaum folgen. Seine Mitschüler, die mitbekommen hatten, dass irgendwas los war, musterten ihn neugierig. Immer wieder tauschte er Blicke mit Daria. In der großen Pause nahm Schelsky ihn zur Seite.

»Ey Mann, was ist los?«

»Stunk zu Hause. Ich bin abgehauen!«

»Echt?« Schelsky sah ihn ungläubig an. »Wieso denn?«

»Weil mein Vater ...« Tom führte den Satz nicht zu Ende. »Ich möchte da jetzt nicht drüber reden. Lass uns in den nächsten Tagen treffen, ja!?«

Obwohl Schelsky vor Neugierde platzte, ließ Tom ihn stehen. Den Rest des Schultages verbrachte er wie in Trance. Er war froh, als der Gong zum letzten Mal für diesen Tag erklang.

Till war entsetzt von Toms Entdeckungen. »Da siehst du es mal wieder, Brigitte, sie sind alle davongekommen«, machte er seiner Empörung Luft. »Papa, hör auf!« Daria bedachte Till mit einem strafenden Blick. Es ging hier einzig und allein um Tom. Und seinen Vater.

Er könne erst mal bei ihnen bleiben, versprachen Darias Eltern, und Tom fielen Lawinen vom Herzen. Durchatmen! Er fühlte sich klein und heimatlos, elender als irgendwann in seinem bisherigen Leben. Bis Daria den Satz sagte:

»Wenn du möchtest, kannst du mit mir nach Taizé kommen.«

Tom wusste nur, dass Taizé eine ökumenische Bruderschaft im Osten Frankreichs war. Er fand es komisch, dass Daria in ihren Ferien einen Mönchsorden besuchte. Doch das war jetzt egal. Er hatte Daria auch in den Vatikan oder die Hölle begleitet.

Keller hatte mit Toms Vater gesprochen. Hatte ihm aber verschwiegen, warum Tom fortgelaufen war und wo er sich aufhielt. Hans hatte ihn angebrüllt, die Weigerung des Lehrers, ihm, dem Vater, den Aufenthaltsort seines Sohnes zu nennen, nicht akzeptiert, hatte mit Schulleitung und Schulaufsicht gedroht, damit, dass Keller die längste Zeit Lehrer gewesen sei, wenn er nicht sofort sage, wo Tom stecke. Keller war standhaft geblieben, kühl und ruhig. Hatte Hans lediglich versichert, er könne garantieren, dass Tom gut untergebracht sei. Am Ende fehlten Toms Vater die Worte. Zähneknirschend willigte er ein, dass sein Sohn noch eine weitere Nacht fortbleiben werde, nicht ohne den Lehrer anzugehen, »dass Sie für alles, was meinem Sohn zustößt, die volle Verantwortung tragen«. Keller hatte zugestimmt und versprochen, sich am nächsten Tag telefonisch zu melden.

Nachdem Keller mit Till telefoniert hatte, wurden aus der einen Nacht vier Wochen. Tom wusste nicht wie, aber Keller hatte es geschafft, seinen Vater zu überzeugen, dass es keine gute Idee sei, Tom jetzt zu zwingen, mit seiner Familie an die Ostsee zu fahren. Im Gegenzug hatte Keller Tom die Zusage abgerungen, am Ende der Ferien nach Hause zurückzukehren. Nach einem Gespräch mit seinen Eltern, das er selbst moderieren würde.

Tom hatte eingewilligt. Ich kann, dachte er, die Zusage ja immer noch zurückziehen. Dann aber würde Keller wohl nicht mehr auf seiner Seite stehen.

In der Communauté von Taizé, in der etwa siebzig Geistliche seit einigen Jahren ein Konzil der Jugend veranstalteten, das Jugendgruppen aus der halben Welt anzog, war eine große Grünfläche mit hellen Großraumzelten bepflastert, ordentlich in Viererreihen angeordnet. Daneben hatten andere Besucher ihre Zweimannzelte aufgeschlagen: eine Wiese voller bunter Zelttupfer. Auf dem Parkplatz drängelten sich Camper und ausgebaute Kleinbusse, überall saßen Grüppchen junger Leute, sangen, von der Gitarre begleitet, Gospels, Kirchenlieder und Folksongs. Eine Mischung aus Pfadfinderlager und Woodstock, nur ohne Bühnenshow, Open-Air-Sex und Drogenexzesse.

Hunderte Jugendliche verbreiteten eine wuselige, friedensbeseelte Atmosphäre. Tom war froh, dass sie in keinem Großzelt, sondern in einem alten, efeubewachsenen Herrenhaus am Rande von Cluny untergekommen waren – einer wegen der Überreste ihrer im zehnten Jahrhundert errichteten Abtei berühmten Kleinstadt, die etwa zehn Kilometer entfernt von der Bruderschaft lag. Sie, das waren zehn Jugendliche, von denen er neben Daria noch zwei Jungen kannte, die in seine Stufe gingen. Angeführt wurde der kleine Tross von dem Sozialpädagogen der benachbarten evangelischen Gemeinde, einem vollbärtigen, wuschelköpfigen Mittdreißiger, der auf den Namen Roland hörte. Zu elft hatten sie dicht gedrängt in den Gemeindebus gepasst, mit dem sie die lange beschwerliche Strecke in anderthalb Tagen zurücklegten. Tom hatte Glück gehabt. Nur weil ein Junge kurz vor Ferienbeginn an einer akuten Blinddarmreizung erkrankt war, konnte er einspringen.

Mehrmals am Tag nahmen sie in dem weißen, flachen Kirchenbau an den Andachten teil, sangen Psalmen und meditierten. Tom war beeindruckt, dass über tausend Jugendliche, die hier auf dem Boden hockten, so still waren, dass man eine Stecknadel hätte fallen hören. Während dieser Stille schob sich immer wieder sein Vater in Toms Gedanken. Und die Angst vor der Heimkehr und allem, was dann kommen würde.

Tom gefiel Taizé. Das Konzil der Jugend war ganz anders als alles, was er bislang mit Kirche verbunden hatte. Es war gelebte Gemeinschaft. Ihm gefiel es aber vor allem, mit Daria zusammen hier zu sein.

Am zweiten Abend, Tom spülte das Geschirr, und Daria trocknete ab, hatte er sie ganz unvermittelt gefragt: »Glaubst du an Gott?« Daria überlegte nur kurz und untermalte ihre Worte mit diesem schelmischen Lächeln, an dem Tom sich nicht sattsehen konnte. »Nicht an den Mann mit weißem Rauschebart, der in den Wolken thront«, sagte sie und fuhr sich dabei durch die Haare. »Aber ich mag die Botschaften des Neuen Testaments: Jesus' bedingungslose Solidarität mit denen, die in der Gesellschaft nichts zählen, die ausgestoßen und verachtet werden. Daran will ich glauben.«

Abends saßen sie oft in der Gruppe zusammen. Aßen Spaghetti oder Gemüseaufläufe mit selbst gepflückten Kräutern und tranken roten Wein. Roland fand, hier in Frankreich gehöre auch im Alter von fünfzehn oder sechzehn ein Glas Bordeaux oder Côtes du Rhône einfach zum Abendessen. Sie sprachen über die Eindrücke des Tages, über die Andachten in der Communauté, über die Welt und Gott, christliche Ethik und Politik.

Tom beteiligte sich am aktivsten, wenn ihre Gespräche um aktuelle politische Themen kreisten. Daria steuerte am liebsten etwas zu abstrakteren, philosophischen Fragen bei.

Es war der letzte Tag in Frankreich, ihr letzter Spaziergang. Die Sonne brannte vom fast wolkenlosen Himmel. Wieder hatte Daria Toms Hand genommen, sie aber nicht wie sonst nach kurzer Zeit wieder losgelassen. Auf einer Wiese voller wildem Mohn breiteten sie sich im hohen Gras aus, nahmen Wasser, Baguette und Camembert aus dem Rucksack und ließen es sich schmecken.

Als sie satt waren, zog Daria sich das Top über den Kopf und reckte ihren entblößten Oberkörper der Sonne entgegen. Tom kämpfte mit der in ihm aufsteigenden Hitze. Er senkte verschämt den Kopf und konnte seinen Blick doch nicht von ihren sanften Rundungen und den kleinen Brustwarzen nehmen. Daria blieb das nicht verborgen. »Iss sie nicht ganz auf mit deinen Blicken«, sagte sie grinsend.

Tom lief knallrot an. Er zog sein T-Shirt ebenfalls aus, legte sich neben sie und schloss die Augen, ohne dass das Bild ihrer Brüste verschwand. Er hörte sein Herz pochen. Als sie ein paar Minuten in der Sonne gebrütet hatte, fingerte Daria eine Tube Sonnencreme aus ihrem Rucksack, öffnete sie, drückte etwas von der weißen Emulsion auf ihre Hand und begann, sie auf Toms Oberkörper zu verreiben. Tom stockte der Atem. Darias Hände kreisten zärtlich auf seinem Oberkörper. Seine Hose spannte entsetzlich. Er wünschte sich an einen anderen Ort und doch an keinen anderen als diesen. Wollte entrinnen und wollte zugleich, dass das hier nie mehr aufhörte.

Er war wirklich süß, wie er dalag. Zu Stein geworden. Grenzenlos verwirrt, voll Scham, voll Schüchternheit und voll Begierde. Es war so einfach. Wenn ein Mädchen einem Jungen ihre Brüste zeigte, war er so elektrisiert, als würde er alle sieben Weltwunder zugleich betrachten. Sie alle waren Geisel ihrer Hormone und Sehnsüchte, gepolt auf äußere Reize. Meist empfand Daria das als unangenehm. Vor Tom aber hatte sie keine Angst. Er würde nie etwas tun, was sie nicht wollte. Sie niemals bedrängen. Sie konnte das Tempo bestimmen. Ihre Fingerkuppen registrierten, wie weich sich seine Haut anfühlte. Sie wollte seine Hände spüren, ganz sanft, nicht fordernd. Nachdem sie die Creme verrieben hatte, reichte sie ihm die Tube.

»Jetzt darfst du mich eincremen.«

Dann legte sie sich statt auf den Bauch wieder auf den Rücken.

Ohgottohgottohgott, dachte Tom. Er glaubte, sich verhört zu haben, aber die Cremetube in seiner Hand und Darias erwartungsvoller Blick ließen keinen Zweifel zu. Er quetschte einen kleinen Klecks Creme auf seine Handfläche. Sie sollte nicht merken, dass er zitterte. Er hatte noch nie die Brüste eines Mädchens berührt. Er massierte die Creme zuerst an den Seiten ein, tastete sich dann langsam in Richtung ihres Bauchnabels vor und dachte fieberhaft darüber nach, wie viel Abstand seine Hände zu ihrem Gürtel halten sollten. Gab es unsichtbare Grenzen, die seine Finger nicht überschreiten durften? Als ihr gesamter Bauch von der Emulsion glänzte, atmete er möglichst unhörbar einmal tief ein, nahm allen Mut zusammen und legte seine Hand auf eine ihrer Brüste. Als Daria sie nicht empört wegschlug, begann er auch hier den Sonnenschutz langsam zu verteilen und wanderte schließlich auf die andere Seite. Tom war sicher, dass während der ganzen Zeit, die diese schweigsame Prozedur dauerte, seine Atmung ausgesetzt hatte.

Seine Hände fühlten sich gut an auf ihrer Brust. Ganz vorsichtig, sanft, tastend. Sie genoss diese Berührungen, war amüsiert von seiner Verlegenheit. Mehr würde sie ihm heute nicht erlauben.

Doch genau in diesem Moment beschloss Daria, dass Tom der Junge sein würde, der als erster mit ihr schlafen dürfe.

***

Zehn Minuten nachdem sein Vater mit Marlies das Haus verlassen hatte, begann Schelsky seinen Koffer zu packen, weitere zwanzig Minuten später verließ er das Haus. Er blickte nicht zurück. Fanny hatte ihm ihre Urlaubsadresse notiert, damit er ihr schreiben konnte.

Eine der Dänemark-Karten seines Vaters ließ Schelsky mitgehen. Von Skåstrup musste er über ganz Fünen trampen, um Langeland und dort die Fähre nach Lolland zu erreichen. Er stellte sich an den Middelfartvey und hielt den Daumen raus. Die meisten Autos, die an ihm vorbeirauschten, waren mit Kindern und Schwimmreifen voll beladen. Einige Autofahrer schüttelten nur den Kopf, als sie ihn erblickten. Mit der neuen Frisur war das Trampen nicht leichter geworden. Es dauerte fast eine Stunde, bis ein VW-Käfer mit dänischem Kennzeichen anhielt. Sein Fahrer, ein beleibter Ladenpächter, nahm ihn mit nach Odense. Er redete ohne Pause auf Schelsky ein, der die dänischen Sätze nicht verstand. Was den Fahrer nur dazu ermunterte, noch eindringlicher auf Schelsky einzureden und dabei so wild zu gestikulieren, dass er die Hände kaum noch ans Steuer bekam.

Von Odense führte eine Schnellstraße direkt nach Svendborg. Ein junger Mann in einem alten Auto nahm ihn unter der Bedingung mit, dass er sich mit ein paar Kronen an den Autobahngebühren beteiligte. Zwei Lifts später stand er im Hafen von Spodsbjerg, blickte auf den Großen Belt und schaute zu, wie die Fähre aus Lolland anlegte, um Dutzende von Familienkutschen, Lieferwagen, Fahrradfahrern und Spaziergängern auszuspucken.

Der Mann in dem kleinen Ticketcenter musterte ihn prüfend, als er das Billett für die Überfahrt lösen wollte. Sein Blick wanderte von oben nach unten und anschließend noch einmal von unten nach oben. Dann aber gab er Schelsky anstandslos den Fahrschein.

Schon auf der Fähre lernte Schelsky ein junges, kinderloses Pärchen aus Herford kennen, das sein nächster Lift werden sollte. In Nakskov, am Bahnhof, wurde er herausgelassen. Von hier aus war es nicht mehr weit nach Hummingen – Fanny-Town –, aber die Straßen waren schmal, und es gab wenig Verkehr. Fast zwei Stunden brauchte Schelsky für ein Dutzend Kilometer. Es war fast acht Uhr am Abend, da hatte er den Campingplatz erreicht und erkundigte sich nach dem Stellplatz der Martens. Aus dem Inneren des Wagens drang Licht. Durch das Plastikfenster konnte er sehen, dass die gesamte Familie am Abendbrottisch saß. Es half nichts, er musste klopfen. Sekunden später öffnete Fannys Mutter ihm die Tür.

»Hallo, was machst du denn hier? Das ist ja eine Überraschung!«

»Schelsky ist hier«, rief sie in den Wagen hinein. Noch bevor er eintreten konnte, war Fanny aufgesprungen und eilte ihm entgegen.

»Hey, was ist passiert?« Sie schaute ihn mit sorgenvoller Miene an.

»Abgehauen«, murmelte Schelsky. »Mein verehrter Herr Vater hat mir gerade schonend beigebracht, dass er vorhat, in den Süden zu ziehen.« Ein Kloß verschloss seinen Hals und machte ihn sprachlos. Fannys Mutter reichte ihm ein Glas Wasser. Schelsky nahm einen hastigen Schluck und begann zu husten.

»Zieht mit seiner Tusse fort.« Er räusperte sich und hob an, seinen Vater zu imitieren. »Die Entscheidung ist mir nicht leichtgefallen, aber Marlies ist mein neues Leben. Das verstehst du doch, Sportsfreund?«

Fanny sah ihn entsetzt an. Aus dem Innern des Wagens meldete sich ihr Vater zu Wort, der Störungen nicht schätzte und zudem nur jedes zweite Wort verstanden hatte.

»Darf ich auch noch mal erfahren, was hier los ist?«

»Gleich, Papa!«

Fanny trat einen Schritt vor und zwang Schelsky damit, vom Eingang des Wohnwagens zurückzuweichen. »Das klingt nicht gut.« Sie gab ihm einen schnellen Kuss auf den Mund. »Aber wie stellst du dir das hier jetzt weiter vor? Du kennst doch meinen Vater.«

Schelsky zuckte die Achseln. Es gab einsame Momente im Leben und sehr einsame. Der jetzige gehörte eindeutig zu der zweiten Kategorie.

»Hab mir noch keine Gedanken gemacht. Wollte einfach zu dir.«

Oh Scheiße, klingt das kleinlaut, dachte Fanny. Der Kerl hat aber auch wirklich 'ne schlechte Phase – erst nicht versetzt, dann macht sich Papa dünne. Sie ertappte sich dabei, mütterliche Gefühle für ihren Freund zu empfinden.

»Warte kurz, ich rede mit meinem Vater.«

Sie drehte sich um und ließ ihn stehen. Von draußen nahm Schelsky wahr, wie sie mit einem freundlichen, aber auch sehr bestimmten Tonfall auf ihren Vater einredete.

»Papa, Schelsky hat Probleme mit seinem Vater. Er muss heute hier übernachten.«

»Das ist ein wenig eng«, protestierte Fannys Vater.

»Wir werden schon eine Lösung finden«, schaltete sich ihre Mutter ein. »Aber nur unter einer Bedingung!« Sie trat einen Schritt aus dem Wohnwagen und baute sich direkt vor Schelsky auf. »Du rufst jetzt deinen Vater an, damit er sich keine Sorgen macht.«

»Die Hütte hat kein Telefon«, gab Schelsky zu bedenken.

Claudia dachte kurz nach. »Dann meldest du dich bei deiner Mutter. Dein Vater hat sie sicher schon informiert.«

Hatte er nicht. Fanny begleitete Schelsky zur Telefonzelle und hielt seine Hand, als er die Nummer von Zuhause wählte. Es dauerte genau so lange, wie man vom Fernsehsessel zum Telefon im Flur brauchte, dann war sie am Apparat. Schelsky erzählte in knappen Worten, was geschehen war. Als seine Mutter antwortete, bemerkte er einen stillen Triumph in ihrer Stimme, gepaart mit dem Unbehagen, ihren Sohn bald wieder zu Hause und damit keine sturmfreie Bude mehr zu haben.

»Wenn du willst und es passt, kannst du gern noch ein paar Tage bei deiner Freundin bleiben.«

»Passt eher nicht«, sagte Schelsky.

»Dann ruf mich morgen wieder an, wann du zurückkommst«, antwortete seine Mutter.

Claudia schlief mit ihren beiden Töchtern im oberen Teil des Fahrzeugs auf der Matratze, die sonst als Ehebett diente. Schelsky und Fannys Vater lagen sich gegenüber auf den schmalen Sitzbänken, auf denen gewöhnlich Petra und Fanny schliefen. Hartmut hatte auf dieser Aufteilung bestanden, die Fanny und Schelsky auf Distanz zueinander brachte. Er wollte nicht als Kuppler gelten, nicht bei Minderjährigen und schon gar nicht bei seiner Tochter.

In dieser Nacht musste sich Schelsky Fanny nicht herbeiträumen, und doch wachte er erneut mit einem schmerzhaft erigierten Glied auf. Nur dass diesmal Fanny neben seiner schmalen Pritsche kauerte und abwechselnd ihre Hand und ihr Gesicht unter seiner Bettdecke verschwinden ließ. Er kannte sie gut genug um zu wissen, dass es sie erregte, es ihm zu besorgen, während ihr Vater nur einen halben Meter entfernt schlief. Schelsky schloss die Augen. Er kam so gewaltig, dass er in seinen Oberarm beißen musste, um nicht alle zu wecken. Fanny beugte sich über ihn und küsste seinen Mund, während sie seine Hände auf ihre Brüste legte. Als er anfangen wollte, sie zu kneten, schüttelte sie sanft den Kopf und grinste ihn an. Im nächsten Moment war sie im »Ehebett« verschwunden. Doch Schelsky glaubte, noch immer ihre Hand unter seiner Decke zu spüren.

KAPITEL 6

1. Februar 1979: Persien heißt jetzt Iran, einen Schah nennt man nun Ayatollah. Der Unterschied zwischen Schah und Ayatollah besteht in einem Turban. Schiiten und Sunniten sind nicht dasselbe. Der Ayatollah ist ein Schiitenführer, und er kehrt an diesem Tag aus dem französischen Exil nach Teheran zurück. Das tut er so überraschend, dass niemand genau weiß, wie er sich schreibt. Khomeini? Chomeini? Jomeini? Und auch nicht genau, wie er sich spricht: Komähnie? Chommeni? Und ebenfalls nicht, ob er zu den Guten oder den Bösen gehört. Der Schah war ein Böser, aber sind die Feinde der Bösen automatisch die Guten? Und ist ein Gottesstaat nun besser oder schlechter als eine Militärdiktatur?

»Die erste Vereinigung mit einer Jungfrau kann schwierig sein oder auch nicht. Das hängt hauptsächlich von der Weite des Scheideneingangs sowie von der Größe des männlichen Gliedes ab. Man sollte nicht zu sagen brauchen, dass der Mann in der Brautnacht sehr rücksichtsvoll und zartfühlend sein muss. Naht der Augenblick heran, in dem er sein Mannesrecht auszuüben hat, soll

die Frau umworben und liebkost werden, bis sie entflammt ist, wobei Bedacht darauf genommen werden muss, dass sie nicht erschrickt. Ist das Eindringen des männlichen Gliedes nicht möglich, ohne daß die Frau Schmerzen erleidet, so soll zugewartet werden, bis der Arzt Abhilfe schaffen kann.«

Schulter an Schulter lasen Tom und Schelsky sich gegenseitig Passagen aus Kellys kleinem Ehebuch vor. Sie mussten immer wieder abbrechen, weil sie vor Lachen weder vernünftig atmen, geschweige denn lesen konnten. Sie hielten sich ihre Bäuche, während sie die besten Stellen der Aufklärungsschrift abwechselnd rezitierten und dabei immer wieder in markerschütterndes Gelächter ausbrachen. Das Kapitel »Die Brautnacht«, über das sie sich gerade hermachten, trieb ihnen Tränen in die Augen.

»Und, wie war die Brautnacht mit Fanny? Musstet ihr auch den Arzt rufen?«, brachte Tom nach Luft ringend hervor und begann erneut, sich zu schütteln vor Lachen.

»Ich glaube kaum, dass die Braut noch Jungfrau war – nur der Bräutigam!«, erwiderte Schelsky.

Sie hatten schon auf dem Weg zu Toms Elternhaus einen Joint geraucht, dessen Wirkung ihre albern-ausgelassene Stimmung noch verstärkte. Toms Vater war noch nicht zu Hause, und sie genossen ihr Beisammensein.

Tom war am Ende der Sommerferien wieder zu Hause eingezogen. Robert Keller hatte ihn begleitet, um mit ihm und seinen Eltern Regeln für das zukünftige Miteinander abzusprechen. Die Atmosphäre hätte frostiger nicht sein können. Toms Vater hatte mit jedem seiner Worte deutlich gemacht, dass er sich die Einmischung eines Lehrers in seine Privatangelegenheiten verbiete. Keller aber war unbeirrt geblieben, hatte betont, dass es ihn sehr wohl etwas angehe, wenn einer seiner Schüler von zu Hause abhaue und sich wochenlang weigere zurückzukehren. Wenn es keine Einigung gebe, sehe er sich gezwungen, das Jugendamt einzuschalten.

Hans kochte innerlich vor Wut, doch die Drohung, staatliche Stellen auf den Hals gehetzt zu bekommen, zwang ihn schließlich einzulenken. Nach zwei Stunden hatten sie die Regeln vereinbart: Tom erhielt einen Schlüssel für die Wohnungstür und einen für sein Zimmer, sodass er sich zurückziehen konnte, wann immer er ungestört bleiben wollte. Er durfte die Freunde nach Hause mitbringen, die er wollte, ohne dass diese Hausverbot riskierten. Tom verpflichtete sich im Gegenzug, die festgelegten

Zeiten, zu denen er zu Hause sein sollte, einzuhalten und nicht wieder unangekündigt das Weite zu suchen. Es ging um friedliche Koexistenz unter einem Dach.

Toms Mutter saß die ganze Zeit schweigend dabei, noch immer nicht begreifend, warum alles so gekommen war. Dass Tom von zu Hause weggelaufen war, empfand sie als persönliche Niederlage – und dass sein Lehrer nun ihre kleine Familie durchleuchtete, ebenfalls.

Als die Regeln abgestimmt waren, steuerte Keller frontal auf den Anlass von Toms Flucht zu.

»Herr Bartels, da ihr Sohn vor allem deshalb nicht mehr nach Hause zurückgekehrt ist, weil er vermutet, dass sie im Dritten Reich Schuld auf sich geladen haben könnten, halte ich es für sinnvoll, wenn sie darüber das Gespräch mit Tom suchen.«

Unverwandt blickte er Toms Vater an, der, um Haltung bemüht, knallrot anlief und mit seinen Blicken Giftpfeile in Richtung des Lehrers schickte.

»Herr Keller, an diesem Punkt verbitte ich mir jede Einmischung.« Seine Stimme bebte. »Ich werde mit Sicherheit gegenüber niemandem, der diese Zeit nur aus Büchern kennt, Rechenschaft über mein Handeln ablegen.« Hans Bartels' Körper war bis in den letzten Muskel gespannt, als er mit drohendem Unterton fortfuhr: »Weder Sie noch Tom können ermessen, wie es war, in dieser Zeit zu leben und welche Kompromisse man eingehen musste, um zu überleben. Da brauche ich keine Belehrung, und es gibt auch nichts, wofür ich mich rechtfertigen müsste. Und jetzt sollten wir das Thema ganz schnell beenden!«

»Wie Sie meinen«, antwortete Keller, nahm den Blick von Tom auf und zuckte mit den Schultern.

Seitdem ging es unterkühlt zu im Hause Bartels. Tom und sein Vater gingen sich aus dem Weg. Hedwig aber fraß den Kummer in sich hinein.

Nun saß Tom mit Schelsky in seinem Zimmer, die Tür von innen abgeschlossen, als gelte es, den familiären Stress auszusperren.

Schelsky las Tom gerade das Kapitel über »die Stellungen beim Geschlechtsverkehr« vor, in dem der Autor die fünf »grundlegenden Paarungsformen« referierte, »die sich natürlich vielfach abwandeln« ließen. Tom stellte sich vor, wie Schelsky es mit Fanny machte. Welche Stellungen sie wohl schon zusammen ausprobiert hatten? Schelskys Geschichten mit

Mädchen waren immer schon der Stoff gewesen, der Tom feuchte Träume bescherte. Zwar hatte Schelsky vor Fanny noch mit keiner geschlafen, aber schon viele geküsst und ihre Körper mit seinen Händen erforscht. Er hatte es leicht bei Mädchen. Immer war er Tom zwei, drei Schritte voraus. Als er schon knutschte und fummelte, gab es die Lippen und die warme Haut der Mädchen nur in Toms Fantasie. Als er das erste Mal Darias Brüste berührte, schlief Schelsky schon regelmäßig mit Fanny. Schelsky war in, auch jetzt als Punk, er selbst noch immer ziemlich out. Und er war sein einziger Freund.

Jungs, die angesagt waren, trafen sich normalerweise nie mit den Außenseitern der Klasse. Es gab eine kaum verrückbare Grenze zwischen der Gruppe der Angesagten und dem Rest. Tom war am äußeren Rand dieser Grenze, auf der Ersatzbank der Angesagten gelandet. Fiel jemand aus, durfte er manchmal einspringen. Bekam auf Klassenreisen manchmal das letzte freie Bett im Schlafsaal der Angesagten, die letzte Einladung für die Fete, wenn mehrere andere Jungs abgesagt hatten, wurde beim Fußball als Letzter gewählt, durfte aber meist nur mitspielen, wenn ohne ihn eine ungerade Zahl von Kickern das Wählen erschwert hätte.

Es gab noch eine zweite Clique in ihrer Klasse, die Tom aber mied. Sie bestand aus sechs unangenehm physik- und chemiebegeisterten Jungen, von denen vier schon früh wenig elegante Kassengestelle mit überragend dicken Gläsern auf ihrer Nase trugen. Die Mitglieder dieser Gruppe legten eine auffällige Vorliebe für großkarierte Holzfällerhemden, noch größer karierte Pullunder, Cordhosen in fröhlichem Braun-Beige und Tennissocken an den Tag, die früher vermutlich einmal weiß gewesen waren.

Zwei von ihnen waren gerade Mitglied der Jungen Union geworden. Der eine der beiden war ein großer, schlaksiger Typ, der den Spitznamen »Karotte« angeklebt bekommen hatte und dessen Gesicht noch pickelübersäter war, als alles was sonst in der Klasse an hormonell bedingten Pubertätsauswüchsen zur Schau gestellt wurde. Der zweite hieß Walter und sah genauso aus. Walter war vermutlich schon mit Seitenscheitel und hyperaktiven Talgdrüsen an den Haarwurzeln auf die Welt gekommen. Er hatte sich zudem die appetitliche Angewohnheit zugelegt, jeden Kadaver, den er am Straßenrand fand, aufzulesen. Er packte die Tierleichen sorgfältig ein in Butterbrotpapier, das er immer mit sich führte, trug sie nach Hause und stopfte sie dort aus.

Aufgrund seines äußeren Erscheinungsbildes und des exquisiten Hobbys hatte Walter es eigentlich schon schwer genug. Nachdem aber Mitte der Siebziger der bis dahin unbekannte Blödel-Barde Mike Krüger mit dem Song »Mein Gott, Walter!« seinen Durchbruch feiern konnte, hatte er keine gottverdammte Chance mehr.

Einmal hatte Tom Walters Tiermausoleum betreten, doch die Masse der steifgestopften Tiere und der Leichengeruch, der sich tief in den Fußboden und die Tapeten eingesaugt hatte, ließen ihn drei Nächte in Folge schlecht träumen. In allen Traumsequenzen tauchte Seitenscheitel-Walter auf – mal als Wiedergeburt des Dr. Frankenstein, dann wieder als Inkarnation des Dr. Mabuse.

Dass das Thema Walter und das andere Geschlecht nicht existierte, auch in den perfidesten Fantasien nicht denkbar war, verstand sich von selbst. Im Vergleich zu Walter war Tom ein Mädchenschwarm, doch um das erlebbar zu machen, hätte er zusammen mit Walter und einem Dutzend Mädchen auf einer einsamen Insel stranden müssen.

Nein, zur Clique von Dr. Mabuse und Karotte wollte Tom nicht gehören, selbst nicht an Tagen, wo alle Angesagten ihn mit konsequenter Nichtbeachtung straften. Alle außer Schelsky. Der blieb sein Freund, auch wenn er sich vor den anderen dafür rechtfertigen musste. Schelsky stand zu ihm. Und deswegen, nicht wegen des Mangels an Alternativen, mochte er Schelsky so.

»Wird der Coitus interruptus nur vereinzelt als Verlegenheitsmethode ausgeübt, so ist er für beide Partner ganz unschädlich«, las Schelsky gerade. *»Aber gewohnheitsmäßig ausgeübt ist er – weil widernatürlich – für Mann und Frau unbedingt schädlich.«*

Schelsky hatte ein Dauergrinsen aufgelegt, während er las. Er hatte seinem Iro inzwischen ein vierfarbiges Regenbogenmuster zukommen lassen, seine Turnschuhe mit schwarzem Klebeband umwickelt und die zerschlissene Jeans mit Sicherheitsnadeln und selbst eingenähten Stoffstücken komplettiert. Ein mottenzerfressener Pulli und Nietenarmbänder rundeten das Kunstwerk ab – seine schwarze Lederjacke war von ihm mit allem verziert worden, was der örtliche Eisenwarenhändler im Angebot hatte. Tom bewunderte seinen Freund für den Mut, sich so zu präsentieren.

»Auch ist der Coitus interruptus in sittlicher Beziehung höchst anfechtbar, da er die Empfängnisverhütung zum Zentralereignis macht. Man kann

ihn, ohne zu übertreiben, die Sünde wider den heiligen Geist der Liebe nennen«, beendete Schelsky das Kapitel zur Geburtenregelung und reichte das kleine Ehebuch an Tom zurück. Die Lektüre des schmalen Bandes hatte inzwischen etwas an Witz verloren, trotzdem suchte Tom nach weiteren Höhepunkten der Formulierungskunst des Autors.

Schelsky vertiefte sich in Toms Gesicht, als der mit großen Gesten die Geschichte von Onan, der von Gott getötet wurde, weil er seinen Samen verschwendete, zum Besten gab. Er ist der einzige Freund, der mir geblieben ist, dachte er. Seine früheren Klassenkameraden nahmen kaum noch Notiz von ihm, seit er abgestuft worden war. Und die Jungen seiner neuen Klasse empfand er als unreif, wollte mit ihnen nicht mehr zu schaffen haben als unbedingt nötig. Auch mit Fanny kriselte es seit ein paar Wochen, und schulisch hatte ihm die Ehrenrunde bislang noch nicht den erhofften Durchbruch verschafft. Tom hat von all dem noch nichts mitgeschnitten, dachte Schelsky. Er sieht in mir wohl immer noch einen, der überall angesagt ist. Schelsky sah keinen Grund, dieses Bild zu korrigieren.

Lediglich seine neue Band, die Elbpunks, machte Schelsky noch Spaß, doch das Leben als Punk war verdammt anstrengend. Nie war es möglich, davon eine Auszeit zu nehmen. Selbst wenn er mal nicht mit seinen neuen Kumpels am Bahnhof abhing, um die Blicke auf sich zu ziehen und Kopfschütteln zu ernten, wurde er auf der Straße wie ein Exot im Zoo angegafft. Kam irgendetwas in seinem Umfeld abhanden oder ging kaputt, war klar, dass jemand, der so herumlief, der Schuldige sein musste. Er war als Asozialer und Kinderschreck beschimpft worden, hatte unzählige Male von Fremden den Tipp bekommen, sich mal zu waschen und arbeiten zu gehen. Dass er noch die Schule besuchte, ließen sie nicht gelten. Da würde er doch wohl sowieso nur schwänzen, bekam er dann unaufgefordert zu hören und erntete empörte Beschimpfungen, wenn er solche Kommentare mit gestreckten Mittelfinger beantwortete.

***

Daria wartete in der Teestube. Sie waren um sechs Uhr verabredet gewesen, doch wie üblich kam Fanny zu spät. Der Raum im Dachgeschoss des Gemeindehauses war bereits gut gefüllt. Die Gäste, alle so zwischen 13 und 17 Jahre alt, tranken Tee, knabberten Salzgebäck, unterhielten sich mit gedämpfter Stimme, spielten eines der Spiele, die sich in dem Einbauschrank zuhauf stapelten. Der Raum, dessen einzige gerade Wand durch eine Pinnwand und ein Kirchentagsplakat verziert wurde, das nur noch an drei Reißzwecken hing, strahlte Ruhe aus. Die schrägen Dachwände holzvertäfelt, der Tresen, die Tische und auch die Stühle, alles aus hellem Holz. Auf jedem der Tische stand ein Teelicht.

Daria hatte einen Gewürztee bestellt, und das kräftige Gebräu wurde in einer bauchigen Kanne aus unglasiertem Naturton serviert, samt kleinem Tonbecher und Tonstövchen. Daria nahm den Tee vom Tresen, baute das kleine Ensemble vor sich auf, zündete das Teelicht an und platzierte es in der Mitte des Stövchens. Sie liebte die Atmosphäre dieses Raums, seine ruhige Lebendigkeit. Keine schrillen Töne, keine grellen Farben.

Und keine schnellen Bewegungen, fügte sie in Gedanken hinzu, als Fanny hereinplatzte. Polternd und atemlos. Noch während sie den Reißverschluss ihrer Jacke öffnete, begrüßte sie Daria. Die anderen Anwesenden nahmen kurz Notiz von ihr, vertieften sich dann aber wieder in ihre Gespräche und Spiele.

Fanny wollte keinen Tee, nur ein Wasser, und plauderte gleich munter drauflos. Stress in der Schule, schlechte Mathenote. Stress mit Burckhard, der inzwischen von Schelsky wusste und sie nicht länger teilen wollte. Stress mit ihrem Vater, der an ihrer, aus seiner Sicht, zu offenherzigen Kleidung rummoserte und so langsam misstrauisch wurde, ob sie mit Schelsky und Burckhard tatsächlich nur Schularbeiten machte. Er hatte irgendwie in Erfahrung gebracht, dass der eine Klassenstufe höher, der andere seit vergangenem Sommer eine Stufe unter Fanny war. Wer also gab wem worin Nachhilfe?

»Wir müssen gleich rüber«, unterbrach Daria nach einer knappen halben Stunde Fannys Redefluss. Sie leerte ihren Becher, nahm die Freundin bei der Hand und führte sie in den »Gesprächsraum« gleich nebenan, in dem bereits eine Handvoll Mädchen in ihrem Alter sich die Zeit vertrieben. Schon mehrfach hatte Daria Fanny gefragt, ob sie nicht mal Lust hätte, zur Mädchengruppe mitzukommen. Fanny hatte stets abgewinkt, vor drei Tagen aber überraschend erklärt, sie wolle sich das Ganze jetzt doch mal anschauen.

Pünktlich um sieben betrat Roswitha den Raum: eine stämmige Mittdreißigerin, mit langen, rot gefärbten Kräuselhaaren. Automatisch setzte sich jedes Mädchen auf einen der Stühle, die im Kreis angeordnet waren. Auch Roswitha nahm Platz, genau vis-à-vis von Fanny. Als es ruhig geworden war, beugte sie sich leicht nach vorn. Die Blicke der Mädchen wanderten in ihre Richtung. Roswitha musterte alle Anwesenden kurz, bevor sie begann. »Wir begrüßen heute ein neues Mädchen.« Sie deutete auf den Stuhl ihr gegenüber. »Das ist Fanny, eine Freundin von Daria, die hier mal reinschnuppern möchte.« Sie ließ den Blick durch die Runde schweifen, so als erwarte sie Buh-Rufe oder donnernden Applaus. Dann nahm sie die Neue ins Visier. »Hallo Fanny. Wir wollen hier eine vertrauensvolle Atmosphäre schaffen, in der ihr über alles reden könnt, ohne dass Jungs dabei sind: über Schulprobleme, über eure Eltern, über eure Hobbys, euren Körper, über Freundschaft, über Sex über Liebe. Es gibt kein Thema, das tabu ist. Doch wir werden nicht nur reden, wir wollen uns auch über Rollenspiele und andere Übungen selbst erfahren und besser kennenlernen. Ich denke, Daria hat dir schon ein wenig darüber erzählt, was dich hier erwartet.«

Fanny nickte. Sie fühlte sich unwohl, weil alle Blicke auf ihr ruhten.

Roswitha fuhr fort. »Wie jede Gruppe haben wir Regeln.« Sie ergriff einen Zettel und reichte ihn Fanny. »Hier sind ein paar Gesprächsregeln, die sich auch in unserem Kreis bewährt haben. Fanny begann zu lesen:

1: Vertritt dich selbst in deinen Aussagen. Sprich per »Ich« und nicht per »Wir« oder per »Man«.

2: Wenn du eine Frage stellst, sage, warum du das tust und was deine Frage für dich bedeutet.

»Du kannst dir die Regeln zu Hause ganz in Ruhe durchlesen. Versuche nicht, sie auswendig zu lernen, sondern nimm sie in dir auf, indem du dir überlegst, warum sie Sinn machen könnten.« Roswitha richtete sich auf und ließ ihren Blick kreisen. »Lasst uns mit einem Blitzlicht beginnen.«

Ein Mädchen nach dem anderen berichtete, wie es ihm gerade ging und was es beschäftigte. Fanny wunderte sich über die Offenheit, mit der die anderen von sich erzählten. Als sie selbst an der Reihe war, formte ihr Mund nur ein paar karge, inhaltsleere Sätze.

Die Themen der Sitzung waren schnell ausgemacht. Manuela, eine große, zerbrechlich wirkende Gestalt, mit in der Mitte streng gescheitelten, kohlenschwarzen, nur leicht gewellten Haaren, die ihr von einem hellen Teint geprägtes Gesicht einschlossen, hatte Stress mit ihrem Freund, der gegen ihren Willen »endlich« mit ihr schlafen wollte. Simone, klein, drahtig und mit feuerroten Haaren gesegnet, hatte »wieder mal« Ärger mit ihren Eltern, wieder mal Hausarrest und war deshalb wieder mal heimlich hier.

Roswitha forderte Manuela auf, mehr zu erzählen. Die anderen Mädchen hörten geduldig zu, während Manuela berichtete, wie ihr Freund sie bedrängte, mal schmollend, mal fordernd, mal mit kleinen Erpressungen, mal mit angedeuteten Handgreiflichkeiten. Als sie fertig war, gaben ihr die anderen ein Feedback, schilderten, wie das Gesagte auf sie gewirkt, was es »mit ihnen gemacht« hatte und was ihnen dazu einfiel.

Am Schluss stellte Roswitha zwei Stühle in die Mitte. Sie bat Manuela sich einen Platz auszusuchen und nahm ihr gegenüber Platz. »Ich bin jetzt dein Freund«, erklärte Roswitha und schlüpfte augenblicklich in die Rolle. Sie wollte von Manuela wissen, warum sie es denn nicht wolle, ob sie ihn nicht liebe, sie seien doch schon seit Wochen zusammen. Sie drohte, Schluss zu machen, wenn Manuela weiter rumzicke, erklärte dann wieder, was für ein begehrenswertes Mädchen sie doch sei. Manuela hielt geduldig dagegen, dass sie noch nicht so weit sei und selbst entscheiden wolle, wann die Zeit gekommen sei. Nach zehn Minuten tauschten beide die Rollen. Manuela schlüpfte in die Haut ihres Freundes, Roswitha in Manuelas. Wieder stritten die beiden angeregt, nur dass es Manuela nicht gelang, Roswitha in die Enge zu treiben. Roswitha ging in die Offensive, drohte nun selbst mit Liebesentzug und parierte die Attacken des von Manuela gemimten Freundes elegant. Nach weiteren zehn Minuten sagte Roswitha »Stopp« und bat erst Manuela, dann die anderen zu berichten, wie sie die vergangenen zwanzig Minuten erlebt hätten. Manuela sagte, das Rollenspiel habe ihr sehr geholfen und sie fühle sich nun nicht mehr schuldig dafür, dass sie nicht alles mache, was ihr Freund wolle. Daria pflichtete ihr bei: »Wenn er mit dir Schluss macht, weil du nicht mit ihm schläfst, dann sei froh, dass du ihn los bist: Du hast was Besseres verdient.« Manuela nickte dankbar.

Die Sitzung neigte sich dem Ende zu, nachdem auch Simone ihre Probleme geschildert und viele Anstöße geerntet hatte. Roswitha versprach, sie werde mit ihren Eltern reden, sobald Simone das wolle. Roswitha blickte erst auf ihre Armbanduhr, dann in die Runde. »Zum Schluss noch eine kleine Übung. Bildet einen Kreis!« Mit einer Handbewegung winkte sie Fanny heran.

»Stell dich in die Mitte.«

Etwas unsicher trat Fanny in den Kreis.

»Jetzt schließ die Augen. Wiege deinen Oberkörper hin und her und lass dich irgendwann einfach in eine Richtung fallen.«

Fanny schaute sie zweifelnd an.

»Vertrau mir, es wird dir nichts geschehen.«

Fanny schloss die Augen. Begann sanft zu schwingen. Kreiste immer mehr, schwang schließlich, wie eine außer Kontrolle geratene Abrissbirne, verlor das Gleichgewicht, glaubte einen Moment hart aufzuschlagen, spürte dann Hände, Arme, Körper, die ihren Fall aufhielten, sie auffingen, sie wieder aufrichteten. Als sie die Augen öffnete, war die Angst weg. Gern hätte sie sich sofort noch einmal fallen lassen.

Sie schoben ihre Räder auf dem Weg nach Hause. Der Himmel war den ganzen Tag bedeckt gewesen. Es war nicht klirrend kalt, aber eine feuchte Kühle kroch langsam unter ihre Klamotten.

»Und?« erkundigte sich Daria. »Wie hat es dir gefallen?«

»Ganz gut«, antwortete Fanny. Sie musste nicht lange überlegen. Anfangs war ihr alles etwas fremd gewesen, doch schnell waren ihr die anderen Mädchen vertraut geworden. Sie konnte sich schon nach diesem einen Mal vorstellen, in der Gruppe mehr von sich preiszugeben.

»Kommst du wieder?«, fragte Daria, während sie um eine Ecke bogen.

»Klar« sagte Fanny. »Jetzt geht der Spaß doch erst richtig los.«

KAPITEL 7

28. März 1979: Ab sofort reicht ein Wort, um in der Debatte um die Sicherheit von Atomkraftwerken entscheidend zu punkten: Harrisburg. Dort in Pennsylvania bricht in dem nigelnagelneuen Atomkraftwerk Three Mile Island das Kühlsystem zusammen. 200 000 Menschen müssen evakuiert werden, weil der Reaktordruckbehälter zu bersten und damit die Freisetzung von Millionen radioaktiver Teilchen droht. Vielleicht sogar eine Kernschmelze, das soll noch schlimmer sein. Eine Woche später ist die Gefahr gebannt und die Welt nicht mehr so sicher wie zuvor. Neben Blitzkriegen und Bombenanschlägen gibt es jetzt eine neue Bedrohung, die GAU genannt wird: Der Größte Anzunehmende Unfall, der allerdings gar nicht der größte anzunehmende Unfall in einem Atommeiler ist. Das ist nämlich der Super-GAU. Damit das alles nicht ganz so gefährlich klingt, heißen Atomkraftwerke jetzt offiziell Kernkraftwerke. Und die Mülllager für den ausgebrannten Atomschrott tragen nun die naturnahe Bezeichnung Entsorgungspark.

»Sturmfreie Bude«, hatte Daria verkündet, und alle waren ihrem Ruf gefolgt: Andy, Fanny, Manuela, Tom und auch Schelsky. Till, Brigitte und Clara waren nach den Frühjahrsferien, die sie mit Daria in Vietnam verbracht hatten, noch eine Woche in Ho-Chi-Minh-Stadt geblieben, auf der Suche nach Claras Wurzeln. Clara sollte endlich das Land ihrer Väter kennenlernen. Und ihrer Mütter, wie Brigitte betonte. Till hatte es organisiert, dass Daria mit einem Angehörigen der Deutschen Botschaft von Hanoi zurück nach Frankfurt fliegen konnte, um rechtzeitig wieder in der Schule zu sein.

Am Tag vor ihrer Abreise war sie mit Clara in einem der wenigen Supermärkte in Hanoi gewesen, deren Regale gut gefüllt waren. »Ich bin nicht enttäuscht«, sagte Clara. Sie nahm einen Beutel Reis aus dem Regal und packte ihn in die mitgebrachte Einkaufstasche. »Ich habe zwar keine Onkels und Tanten gefunden, aber ein Land, wo viele so aussehen wie ich. Trotzdem sind sie ganz anders, und sie sprechen eine fremde Sprache.«

Daria ging ein paar Meter voraus, wandte ihren Blick aber nicht von ihrer Schwester ab. »Aber ich mag Vietnam. Ich möchte hier bald wieder hin.«

Trotz der lärmenden Geräuschkulisse im Supermarkt hörte Daria ihrer Schwester aufmerksam zu. Sie hatten die vergangenen Wochen kaum über die Reise, die einer Spurensuche glich, miteinander gesprochen. Daria hatte für Clara so gehofft, dass die Fährten ihrer Familie noch auffindbar wären. Sie waren es nicht. Alle Recherchen waren bislang im Sand verlaufen. Sie hatten keine Verwandten von Clara gefunden, nicht in Hanoi und nicht in Ho-Chi-Minh-Stadt. Nirgendwo. Nun hatte Till beschlossen, noch eine Woche dranzuhängen, nichts unversucht zu lassen. Till empfand es als Niederlage, keine Verwandten von Clara gefunden zu haben. Clara nicht. »Es ist spannend für mich, das Heimatland meiner anderen Eltern kennenzulernen«, fuhr sie fort, eine große runde Frucht auf ihren Händen balancierend. Wie ihre kleine Schwester das sagte, wirkte sie auf Daria plötzlich sehr reif. War das ein Thema, das erwachsen machte?

Daria selbst war nie auf die Idee gekommen, ihre »andere« Mutter zu suchen. Oder ihren anderen Vater. Es gab in den Unterlagen, die Till und Brigitte hüteten, einen Namen und eine alte Adresse ihrer leiblichen Mutter. Sie hätte sie ausfindig machen können. Till und Brigitte hätten ihr geholfen. Aber es gab in ihr keinen Impuls, sich auf die Suche zu begeben. Vielleicht weil es jederzeit möglich war, damit zu beginnen. Ihr fehlte nichts.

Oder doch?

Es gab ein kleines schwarzes Loch am Anfang ihrer Existenz, das neun Monate im Mutterleib und ein paar Monate danach verschluckt hatte. Und es gab ein paar wenige Fragen an diese andere Mutter, die alle mit warum und wieso anfingen. Doch dieses Warum, dieses Wieso, hatte keinen vorwurfsvollen Unterton. Es gab nur Neugierde. Wie bei einem Buch, das man gefunden, gelesen und verstanden hatte, obwohl die ersten zehn Seiten fehlten. Die Story funktionierte, und doch blieb die Frage, ob dieses erste verschollene Kapitel noch irgendeine Überraschung, irgendeinen Hinweis für ein noch tieferes Verständnis der ganzen Geschichte bereithielt.

Seit ihrer Rückkehr vor vier Tagen hütete Daria nun das Haus. Eine super Gelegenheit, ein wenig Kommuneleben auszuprobieren. Sie versammelten sich jeden Nachmittag nach Schulschluss in dem zweigeschossigen Einfamilienhaus aus rotem Backstein. Daria hatte sämtliche Matratzen und Polster, die sie auftreiben konnte, in den Keller geschleppt, wo »das Lager« entstanden war. Im Wohnzimmer luden Andys und Schelskys Konzertgitarren zum Spielen ein. Fanny hatte noch eine Bongo beigesteuert. Der Kühlschrank war randvoll mit Delikatessen: Hatten sie am Montag noch beim nahen Discounter korbweise Grundnahrungsmittel – wozu vor allem Wein, Bier, Chips, Nudeln, Instant-Saucen und Schokolade zählten – käuflich erstanden, hatte Andy am Dienstag den Startschuss zu einer »antikapitalistischen Aneignung« von Lebensmitteln gegeben, die sie »einklaufen« nannten. Aus den Taschen seiner Winterjacke hatte er feinste Waren des örtlichen Delikatesshändlers gezogen: französische Gänseleberpastete, Büsumer Hummercremesuppe und englische Orangenmarmelade, die zwar teuer war, dann aber doch keiner von ihnen mochte. Andy hatte ein Paar Stellen aus Dario Fos »Bezahlt wird nicht« vorgelesen, und nach kurzer Diskussion fühlten sie sich mit den italienischen Arbeitern und ihrem revolutionären Kampf gegen die Bonzen, deren Waren von ihnen durch Diebstahl vergemeinschaftet wurden, solidarisch und durch die Praxis der Tat verbunden. Seitdem steigerten sie sich in einen wahren Klaufrausch hinein, stahlen nicht nur Kulinarisches und übertrumpften sich mit ihrer Beute: Lebensmittel, Klamotten, ein Teeservice und mehrere LPs, die aufgrund ihrer Größe besonders schwer unbemerkt zu entwenden waren, stapelten sich auf der Anrichte im Wohnzimmer wie Präsente auf einem Geburtstagstisch.

Maßstäbe hatten Schelsky und Tom am zweiten Tag ihres Kommunelebens gesetzt. Schelsky hatte in dem Musikgeschäft, das im Untergeschoss des benachbarten Einkaufszentrums untergebracht war, durch sein Outfit und ein möglichst auffälliges Verhalten die Aufmerksamkeit sämtlicher Angestellter auf sich gezogen. Während er eine Regalwand inspizierte, an der teure Kabel und anderes Gitarrenzubehör hing, schirmte er durch seinen Körper die Waren, die er von der Wand nahm, von den Blicken der Angestellten ab. Immer wieder nestelte er nervös an seiner mitgebrachten Fransentasche herum, holte Sachen heraus, ließ etwas hineingleiten und schaute sich dabei auffällig unauffällig um. Die drei Angestellten des Ladens hatten ihn im Visier, versuchten ihn das aber nicht merken zu lassen, und wechselten heimlich Blicke miteinander. Der einzige männliche Verkäufer baute sich im Eingangsbereich auf, tat so, als würde er Preisschilder auswechseln, und ließ Schelsky, der sich gerade wieder nervös umsah, nicht aus den Augen.

Tom nutzte die Aufmerksamkeit, die Schelsky auf sich zog, um den Laden unbemerkt zu betreten. Im Rücken des Verkäufers nahm er eine E-Gitarre aus dem Ständer und zupfte an ihren lautlosen Saiten. Der Verkäufer drehte sich nicht um, und auch seine beiden Kolleginnen behielten Schelsky weiter fest im Blick. Mit einer schnellen Handbewegung entkabelte Tom die Gitarre, zupfte dabei noch immer ihre Saiten und trat dann – ohne jede erkennbare Hektik – aus dem Laden, das Instrument an seine Brust gepresst, sodass es für das Personal nicht zu sehen war. Gemessenen Schrittes entfernte er sich vom Laden und blieb sogar vor dem einen oder anderen Schaufenster der benachbarten Geschäfte stehen, um nicht gehetzt zu wirken. Die Passanten nahmen keine Notiz von ihm. Erst als er in der Tiefgarage angekommen war, pumpte mächtig Adrenalin durch seinen Körper, und er begann zu laufen, rannte immer schneller, bis er mit seiner Trophäe den benachbarten Park erreicht hatte. Niemand folgte ihm.

Schelsky wartete noch drei, vier Minuten, nachdem Tom aus seinem Blickfeld verschwunden war, dann steuerte er den Ausgang an. Der Verkäufer stellte sich ihm in den Weg.

»Guten Tag, junger Mann. Ich würde gern einmal einen Blick in ihre Tasche werfen.«

»Was soll denn der Scheiß?«, motzte Schelsky.

»Bitte! Ich kann sonst auch die Polizei holen.«

Gelangweilt reichte Schelsky ihm den Beutel.

Der Verkäufer warf einen Blick auf den Inhalt, nahm einzelne Gegenstände heraus und konnte doch nicht mehr entdecken als einen Notizblock, ein Taschenbuch und ein offenbar benutztes Stofftaschentuch. Inzwischen waren auch die beiden Verkäuferinnen herbeigeeilt, um ihren Kollegen zu unterstützen.

»Okay«, sagte der Mann. »Jetzt würde ich gerne noch einen Blick in die Taschen ihrer Jacke werfen.«

Schelsky funkelte ihn böse an. »Ey Mann, nur weil ich bunte Haare habe, glauben sie wohl, sich alles erlauben zu können!«

»Machen Sie bitte keinen Ärger. Wenn Sie nichts eingesteckt haben, ist die Sache in einer Minute erledigt.«

»Dann will ich aber auch 'ne Entschuldigung«, maulte Schelsky.

»Die sollen sie bekommen, aber erst mal hätte ich gern die Jacke.«

Schelsky tat, als würde er darüber nachdenken. Die drei vom Musikgeschäft wechselten erneut bedeutungsvolle Blicke.

»Und wenn ich Nö sage?«

»Dann warten wir hier gemeinsam auf die Polizei.«

Schelsky stieß einen betont lauten, extraresignierten Seufzer aus, als er sich der Lederjacke entledigte und sie dem Verkäufer gab. Sofort machten sich die drei über den Inhalt der Taschen her, erbeuteten aber nur eine Packung Drehtabak, ein fast leeres Portemonnaie und ein weiteres, ziemlich vollgerotztes Taschentuch. Sie sahen sich verständnislos an, und der Verkäufer zuckte mit den Schultern.

Schelsky hatte inzwischen auch das Futter seiner Hosentaschen nach außen gewendet.

»War's das jetzt, oder hätten sie Vergnügen dran, wenn ich mich noch nackt ausziehe und sie mein Arschloch auf der Suche nach Diebesbeute durchleuchten?«

»Muss nicht sein«, sagte der Verkäufer. »Dann haben wir uns wohl geirrt.«

»Uuund?«

»Und was?«

»Die versprochene Entschuldigung?!«

Jetzt seufzte der Verkäufer. »Gut. Entschuldigen Sie bitte die Unannehmlichkeiten.«

»Geht doch. Und Mädels – was ist mit euch?«

Die Verkäuferinnen sahen sich ratlos an.

»Ja, wart ihr nicht dabei? Habt ihr mich nicht verdächtigt?«

»Tschuldigung«, sagte die eine.

»Tschuldigung«, sagte auch die andere.

»Warum nicht gleich so«, erwiderte Schelsky. »Hat denn hier keiner mehr Kinderstube genossen?«

Dann streifte er sich die Jacke über und zog es vor zu gehen, bevor sie die verschwundene E-Gitarre bemerkten.

Als er das Einkaufszentrum verließ, schaute er sich mehrfach um, doch offenbar folgte ihm niemand. Er nahm auf dem Weg zu Daria einen kleinen Umweg durch ein am Alsterlauf gelegenes Waldstück, um ganz sicher zu sein, dass kein Wagen ihm folgte. Als er bei Daria eintraf, waren Tom und die neue Gitarre schon an Bord.

»Gitarre da, Verstärker da, jetzt müssen wir nur noch ein Anschlusskabel besorgen, und die Post geht ab« – Tom ließ ein Plektron über die klanglosen Saiten gleiten.

Schelsky grinste Tom an, zog ein Kabel aus dem Hosenbund und verband das Instrument mit dem Verstärker der Stereoanlage.

»Du hast tatsächlich ...?«, sagte Tom lachend.

»Ich habe ihnen angeboten, mich nackig zu machen, wollten sie aber nicht«, grinste Schelsky zurück.

Er warf einen Blick auf das andere frisch erbeutete Diebesgut auf der Anrichte. Es waren seit gestern vor allem ein paar LPs dazugekommen – Pink Floyd, Deep Purple und Jimi Hendrix – sowie diverse Bücher, die Andy hatte mitgehen lassen. Auftragsdiebstähle! Fanny hatte Castanedas »Lehren des Don Juan« bestellt, Daria Hesses »Glasperlenspiel« und Tom Brechts »Kaukasischen Kreidekreis«. Da die Bücher – bis auf Castaneda – im Buchladen nicht vorrätig waren, hatte Andy sie unter falschem Namen bestellt, sich aushändigen lassen und dann – nach einigem Gestöber in diversen Regalen – mit den frisch angelieferten Exemplaren die Buchhandlung verlassen, als beide Verkäuferinnen von Kunden abgelenkt waren. Da der Diebstahl irgendwann sicher auffallen würde, war Andy mit der Bahn extra in einen Stadtteil gefahren, wo niemand sein Gesicht kannte. Bücher, die man klaufen wollte, extra zu diesem Zweck zu bestellen, sei extrem cool, fand Manuela, und Andy genoss ihre Komplimente in der Pose des verwegenen Outlaws.

Fanny klaufte vorwiegend Klamotten, teures Zeug, dass sie sich sonst nicht hätte leisten können. Daria stahl nicht. Sie fand einklaufen gehen zwar generell nicht verwerflich, hatte aber Angst, ertappt zu werden, und keinen Spaß an Mutproben. Und sie hoffte, dass die anderen, sollten sie doch einmal erwischt werden, die Polizei nicht zu ihr, nicht zu der Räuberhöhle führen würden, die hier in den vergangenen Tagen entstanden war. Sie hatte keine Lust auf Stress mit ihren Eltern. Jeden Abend rief Brigitte sie an. Daria hielt dann ihren linken Zeigefinger vor den Mund, damit die anderen wussten, dass sie jetzt mucksmäuschenstill sein mussten. Brigitte erzählte kurz von ihrem Tag in Ho-Chi-Minh-Stadt und fragte Daria, ob sie allein gut zurechtkomme. »Klar Mama«, antwortete Daria jedes Mal und stellte jedes Mal aufs Neue fest, dass es ihr noch immer etwas ausmachte, ihre Mutter zu belügen.

So waren fast drei Tage vergangen. Tom fand, das Leben fühlte sich endlich echt an. Wild und verwegen. Und er war mittendrin. Stand nicht nur am Rand, schaute nicht nur zu wie all die vergangenen Jahre. Zu Hause fühlte sich nichts echt an. Seinem Vater ging er aus dem Weg; und wenn sie zu den Mahlzeiten am selben Tisch saßen, beschwiegen sie sich nach Kräften. Sprachen sie doch einmal miteinander, dann nie über die Vergangenheit seines Vaters. Nie über die Klinik in Rothenburgsort. Nie über die todgeweihten Kinder. Nie über in eine Kamera lachende Ärzte.

Seine Mutter versuchte die bleierne Schwere, die im Raum hing, wann immer Tom und sein Vater sich begegneten, zu überspielen. Sie redete, wenn die beiden sich stumm gegenübersaßen, sie machte lustige Bemerkungen, wenn die Spannung mit Händen zu greifen war, sie tat alles, um die Situation aufzulockern, und Tom spürte, wie sie dabei zerrieben wurde. Jeden Tag ein Stück mehr. Sie war unentschieden. Sie war machtlos. Sie litt. Sie verzweifelte.

Es ist gut, wenn ich hier bald rauskomme, auch für sie, dachte Tom. Er musste so bald wie möglich ausziehen – frei sein, wieder atmen können.

Und leben.

Echt, verwegen, wild.

Schelsky drehte meist schon vor der Schule sein erstes Tütchen, das er zusammen mit Andy durchzog. »Am Morgen ein Joint und der Tag ist dein Freund«, skandierte er jedes Mal, wenn er das glühende Bauwerk weiterreichte, so lange, bis Tom ihn darauf hinwies, dass ein ohnehin etwas abgestandener Spruch durch ständige Wiederholung nicht frischer wurde. Danach begleitete Schelsky jede neue Tüte mit einem »Hast du Haschisch in den Taschen, hast du immer was zu naschen«, und Tom gab es auf, seinen Freund zu belehren. Die anderen stiegen erst am Abend ein, wenn die Nudelberge oder die Fertigpizzen verputzt und die erste Flasche Valpolicella gemeinsam geleert war. Dann kreiste ein Joint nach dem anderen, bis alle sich die Bäuche hielten vor Lachen und noch mehr Nudeln in sich reinschaufelten. Als sie das dreckige Geschirr raustrugen, entwickelte sich ein spontanes Küchenkonzert. Andy klemmte sich die Mülltonne zwischen die Beine und begann sie mit den Handflächen zu bearbeiten, Fanny trommelte auf den Herdplattenabdeckungen herum, Daria entlockte zwei bauchigen Weingläsern, die sie sanft aneinanderstieß, hohe Klänge, und Schelsky modellierte vibrierende Basstöne, indem er mit Zeige- und Mittelfinger an seiner Unterlippe herumzupfte und dabei ein Brummen ausstieß.

Zwei Flaschen Wein und etliche Joints später fielen alle wild durcheinander auf das Matratzenlager. Nur Schelsky nicht, dem war schlecht, und er wagte nicht, das Klo zu verlassen. Tom schmiegte sich in dem nur von einem Teelicht beleuchteten Raum an Daria, und ihre Hände waren nun fast überall. Fanny lag auf Andy, spürte durch ihre beiden Jeans sein erigiertes Glied und grinste ihn möglichst kühn an. Es war schon fast zwei Jahre her, dass sie das letzte Mal mit ihm geschlafen hatte, und Fanny beschloss, nicht noch einmal zwei Jahre zu warten, bis sie es wieder tat.

Manuela lag ziemlich stoned in der Ecke. Als Schelsky endlich vom Klo kam, rückte Fanny von Andy mit einer ruckartigen Bewegung ab und wandte sich Schelsky zu. Kurz darauf lag Schelsky mit nacktem Oberkörper auf dem Rücken, zwischen Fanny und Tom, die langsam ihre Finger über seine Seiten, seinen Bauch, den Hals und seine Brust kreisen ließen. Schelsky hielt die Augen geschlossen. Fanny grinste Tom an, ermutigte ihn, mit seinen Fingern forscher zu werden. Andy robbte zu ihnen, suchte sich ein freies Fleckchen Haut und bearbeitete es so zärtlich, wie keiner der anderen es ihm zugetraut hatte. Überall waren jetzt Hände. Schelsky grunzte wohlig.

Daria kauerte sich hinter Tom, umarmte ihn und begann, an seinem Ohrläppchen zu knabbern. »Macht es dir Spaß?«, fragte sie ihren Freund, und als der sich nur verlegen nach ihr umsah, aber nicht antwortete, fügte sie hinzu: »Es sieht schön aus, wie du ihn streichelst.« Dann küsste sie Tom, beugte sich über Schelsky und ließ ihre Hand zu denen der anderen wandern. Schelskys Körper war eine Landkarte, auf der viele Reisende ihre Runden drehten, sich trafen, sich auswichen, sich für Sekunden begegneten. Finger streichelten Hände. Fanny suchte und fand den Blick von Daria, die ihr direkt gegenübersaß, getrennt nur durch Schelskys Körper, der sich jetzt unter den vielen Berührungen wand wie eine Schlange. Wie auf ein geheimes Zeichen beugten sich beide Mädchen nach vorn. Ihre Lippen trafen sich einen halben Meter über Schelskys Bauchnabel. Ihre Zungen spielten miteinander und hörten nicht wieder auf.

Inzwischen war auch Manuela aufgewacht und zu den anderen gekrabbelt. Sie starrte seit Minuten regungslos und verwirrt auf das bunte Treiben, nicht in der Lage, irgendetwas zu tun. Tom küsste jetzt Daria, während sich ihre Finger auf Schelskys Rippenbogen trafen. Fannys Lippen gesellten sich zu den Mündern der Küssenden, Tom sah Daria fragend an, und als sie nickte und lächelte, legte er seine Lippen auf Fannys. Es wurde kein Wort gesprochen, nur aus den beiden Boxen drang leise Musik vom Plattenteller: »Nights in white satin, never reaching the end. Letters are written, never mean to be send – cause I love you, loooove you!«

Andy liebkoste mit seinen Lippen Fannys Nacken, ließ seine Hand aber weiter über Schelskys Oberkörper kreisen und spürte mit den Fingerkuppen, was seinen Augen bislang verborgen geblieben war. Schelsky hatte drei Brustwarzen, eine kleine, verkümmerte Zitze spross etwa zehn Zentimeter unter seiner regulären Brustwarze, der rechten, aus seiner Haut. Bevor er darüber nachdenken konnte, warum ihm diese anatomische Besonderheit noch nie aufgefallen war, notierte er aus dem Augenwinkel, wie plötzlich Leben in die versteinerte Manuela kam. Mit einem Ruck zog sie ihr Kleid über den Kopf und legte Andys untätige Hand auf eine ihrer schweren Brüste, die nun neugierig vor ihrem Körper schaukelten. Tom konnte seinen Blick von der nur noch mit einem Slip bekleideten Manuela nicht abwenden, bis Daria ihre Hand auf seine Augen legte. »Sollst nur meine Titties so gierig anschauen«, sagte sie kopfschüttelnd und knuffte ihm sanft ihren Ellenbogen in die Seite. Dann legte sie seine Finger auf ihre eine Brust, nahm Fannys Hand und führte sie zu der anderen.

Der Plattenteller drehte sich längst nicht mehr, und Daria beugte sich über die Kerze und löschte mit einem einzigen Atemstoß das Licht. Überall waren nun Körper, waren Hände, die diese Körper entblößten und liebkosten. Wessen Haut, wessen Hände, wessen Mund, Junge oder Mädchen, das war für einen Moment belanglos. Am Ende fanden sich Paare zusammen. Tom und Daria, die ihren Fingern freien Lauf ließen, sich aber mehr nicht trauten und im Dunkeln neidvoll auf die Silhouette von Fanny starrten, die auf Andys Becken wilde Bewegungen ausführte. Ein tanzender Schattenriss, ungehemmt und laut in ihrer Lust. Manuela hatte Schelskys Hand zwischen ihre Beine geführt und versucht, seine Finger zu reanimieren. Doch Schelskys komatöser Schlaf ließ sich nicht unterbrechen, und so tauschte Manuela Schelskys Hand gegen die eigene aus und brauchte – die auf und ab tanzende Fanny fest im Blick – nicht lange, sich zu erleichtern.

Bevor Tom einschlief, beschloss er, das wahre Leben, das Leben voller Lust und Spaß, voller Abenteuer und Zärtlichkeit, nie wieder aus seinen Händen gleiten zu lassen.

Es hatte ihn in diesen Tagen erstmals besucht. Nun sollte es Dauergast bleiben.

KAPITEL 8

29. Juli 1979: Es ist ein sonniger Tag, an dem Herbert Marcuse an den Folgen eines Hirnschlags stirbt. Die breite Öffentlichkeit nimmt kaum Notiz von dem Tod des Philosophen. Jemand, der mit seiner Beschreibung des eindimensionalen Menschen in der kapitalistischen Gesellschaft zu einer der geistigen Väter der weltweiten Studentenbewegung geworden war, eignet sich nur in sehr intellektuellen Kreisen als Popstar.

Seit einer Woche waren sie unterwegs. Die Züge waren überfüllt von jugendlichen Backpackern, die wie Schelsky und Tom der Sonne und den Küsten Frankreichs, Italiens und Spaniens entgegen reisten. Selten fanden sie einen Sitzplatz, drängelten sich in den Gängen vor den Zugabteilen, waren erschöpft, aber frei. Schelsky hatte wenig Überzeugungskraft aufbieten müssen, seine Mutter zu überzeugen, dass er alt genug war, durch halb Europa zu gondeln. Sie hatte ihm das Interrail-Ticket bezahlt, mit dem er die meisten Züge nutzen konnte, und ihm noch 100 Mark in seine Reisekasse getan.

Tom hatte sich lange mit seinem Vater gestritten, ob es eine gute Idee sei, dass ein Sechzehnjähriger ohne erwachsene Begleitung bis ans Mittelmeer reist. Er hatte es Tom verboten, doch Tom war trotzdem aufgebrochen. »Du kannst ja die Polizei holen«, hatte er seinem Vater hinterhergerufen und dann das Haus einfach verlassen, den Rucksack auf dem Rücken, das Sparbuch mit dem Notgroschen in der Tasche.

Sie schliefen in Zügen oder billigen Absteigen, auf Bahnhöfen und einmal auf einem Zeltplatz, schauten sich in Barcelona die Sagrada Familia und das Picasso-Museum an, ernährten sich in Frankreich von Baguette, Camembert und Côtes du Rhône, dann in Spanien von Tortillas, Olivenbrot und Rioja, sprachen unentwegt englisch, hatten kleinere Probleme an den Grenzen und fühlten sich die ganze Zeit unglaublich erwachsen.

Abends saßen sie beisammen, redeten und redeten, tranken dabei viel roten Wein. Sie rauchten noch mehr Zigaretten, aber nur selten Dope, weil es ihnen zu gefährlich schien, mit Drogen in den Taschen zu reisen. Schelskys Schulkarriere war endgültig zu Ende, mit kaum besserem Abschluss als ein Jahr zuvor, und nach langem Suchen hatte er eine Lehrstelle als Elektroinstallateur gefunden. Zum Vorstellungstermin hatte er die Jacke mit den Nieten und die zerrissene Jeans im Schrank gelassen, den Iro geschoren und dessen Überreste mit den seit ein paar Wochen wieder auf der gesamten Kopfhaut sprießenden Haaren zu einem modischen Kurzhaarschnitt vereinigt, von dem er nicht wusste, ob er ihn ziemlich abgefahren finden sollte oder ob er zu sehr nach Zeitsoldat aussah. Im September sollte die Lehre beginnen, und Schelsky hatte wenig Hoffnung, dass ihm nun die beste Zeit seines Lebens bevorstand.

Tom hingegen wollte raus, nur raus. Das Zerwürfnis mit seinem Vater war in offenen Hass umgeschlagen. Fast täglich hörte er von Hans, er sei nicht länger sein Sohn, doch die von Tom erhofften Konsequenzen dieser Erkenntnis waren bislang ausgeblieben. Denn da gab es noch diesen anderen, gebetsmühlenartig vorgetragenen Satz: »Solange du noch deine Füße unter meinen Tisch stellst …« Genau das wollte Tom nicht mehr tun.

Seit Wochen verhandelte er mit seinem Vater über seinen Auszug, und zuletzt war alles nur noch eine Frage des Geldes gewesen. Sein Vater wollte dem missratenen Sohn nicht auch noch sein »Lotterleben« finanzieren und Tom das Geld, das er für eine eigene Wohnung, für Essen und Kleidung brauchte, nicht von einem Mann annehmen, von dem er nicht wusste, wie weit er an der Tötung wehrloser Kinder beteiligt gewesen war. Doch Toms Stolz und sein Drang, endlich dem Elternhaus den Rücken zu kehren, waren kaum miteinander in Einklang zu bringen. Er hatte versucht, mehr darüber in Erfahrung zu bringen, was vor rund 35 Jahren in der Rothenburgsorter Klinik geschehen war, aber er war bislang kaum fündig geworden.

Darüber redeten die beiden Freunde, und sie sprachen auch viel über Fanny und Daria, die zeitgleich gemeinsam mit ihrer Mädchengruppe – oder hieß es schon Frauengruppe? – irgendwo in der südschwedischen Einöde Urlaub machten.

Seit der Nacht, in der Fanny auf Darias Matratzenlager mit Andy geschlafen hatte, gab es ständig Zoff zwischen ihr und Schelsky. Je stärker er spürte, dass er sie verlieren würde, umso mehr klammerte, umso eifersüchtiger wurde er. Er misstraute ihr, stellte ihr nach und wollte sie endlich einmal nur für sich allein. Vor allem aber wollte er sie nicht verlieren. Sein Vater war über alle Berge, seine Mutter zeigte ihm, dass sie ihn nur als Ballast empfand, durch das Ende seiner Schulzeit würden auch die Klassenkameraden aus seinem Leben verschwinden. Nicht auch noch Fanny. Sie musste bleiben.

Tom und Daria schliefen seit zwei Monaten regelmäßig miteinander, fast immer bei Daria und manchmal, wenn die Sonne heiß brannte, auch irgendwo draußen in der freien Natur. Seit sie in der Mädchengruppe war, hatte sie ihm zahlreiche Bücher zum Lesen gegeben – feministische Literatur. Bücher, in denen die Mädchen toll und die Jungs doof waren, egoistisch, schwanzgesteuert, verständnislos und unfähig zuzuhören. Tom hatte jedes dieser Bücher verschlungen. Er wollte anders sein als diese Jungs aus den Büchern: sensibel, liebevoll und zugewandt. Daria hatte ihm endlose Vorträge über die weibliche Sexualität und den männlichen Chauvinismus gehalten, hatte ihn in die Geheimnisse des weiblichen Zyklus eingeführt und ihn einmal mit einem Spekulum tief in ihr Inneres schauen lassen. Tom fand die Aussicht nicht sonderlich berauschend, aber er würdigte den gewährten Einblick in Darias intimste Körpersphären als tiefen Vertrauensbeweis.

Am Morgen dieses achten Tages ihrer Reise waren sie in Peñíscola angekommen, hatten den Strand erobert, einen beeindruckenden Blick genossen auf die auf einem Felsen thronende Zitadelle, deren Mauern die Altstadt wie eine Faust umschlossen, und noch keinen Platz zum Schlafen gefunden. Vielleicht war es möglich, auf einer Mole zu übernachten, unter der Sternentapete, umgeben von dem Geräusch am Strand zerschellender Wellen. Schelskys Kinn war mittlerweile von einem beeindruckend dichten Bartteppich verhüllt, während Toms Flaum so spärlich und lückenhaft spross, als wäre er die Herberge einer fresssüchtigen Mottenkolonie.

Sie breiteten den Inhalt ihrer Rucksäcke am Strand aus, legten sich auf den Sand und ließen ihre Haut von der Wärme streicheln, bis ihnen zu heiß war. Sie kühlten sich im Mittelmeer ab, sie tollten wie junge Hunde im Wasser umher. Alles war leicht. Der Alltag schien Lichtjahre entfernt. Als die Sonne am höchsten stand, entdeckten sie eine kleine Strandbar. Zur Feier des Tages teilten sie sich eine Pizza mit Schinken und bestellten zwei kleine Cola dazu. Sie beobachteten die Familien, die hier zu Mittag aßen, und tauschten Blicke mit zwei Mädchen aus, die ein paar Tische weiter entfernt saßen und in ihrem Alter waren.

»Wir geben ihnen einen aus«, schlug Schelsky vor. Noch bevor Tom protestieren konnte, hatte er schon den Kellner zu sich gewunken, zwei Eisbecher Venezia geordert und ihn beauftragt, diese »to the table with the nice girls« zu bringen. Dann grinste Schelsky erwartungsfroh vor sich hin und ließ sich auch von Toms Hinweis, ihr karges Budget gebe solche Eskapaden nicht her, die Vorfreude nicht vermiesen. »Luft und Liebe reichen mir, das kostet nichts«, posaunte er in einem merkwürdigen Singsang aus. Tom fragte sich, ob seinem Freund die viele Sonne nicht gut bekommen war.

Die mit bunten Schirmchen dekorierten Eisbecher kamen auf einem Tablett herangerauscht. Als die beiden Mädchen den Kellner fragend anschauten, drehte dieser den Kopf in Richtung von Tom und Schelsky. Die Blonde zog ein fragendes Gesicht, die Brünette lächelte ihnen zu, und Schelsky quittierte ihre Blicke mit einer angedeuteten Verbeugung. Tom, der wusste, dass er gerade knallrot angelaufen war, zwang sich dazu, zurück zu lächeln, brachte aber nur ein schiefes Grinsen zustande. Die Blonde und die Brünette verputzten ihr Eis. Als sie fertig waren, winkte Schelsky sie an ihren Tisch. Die Mädchen tauschten einen Blick, standen auf und kamen zu ihnen. Nach einer halben Minute wussten Schelsky und Tom, dass die beiden Französinnen waren, Natalie und Veronique hießen, auf einem nahen Zeltplatz untergekommen waren und dass die Verständigung auf Englisch mit ihnen nicht leicht werden würde.

Sie vertrieben sich die Zeit mit einem Spaziergang, der sie in die Altstadtgassen von Peñíscola führte. Natalie und Veronique verschwanden in einem kleinen Supermarkt und kamen nach ein paar Minuten mit zwei Laib hellem Brot, einer großen Flasche Rioja und einem Stück Serrano-Schinken, direkt aus der Pape geschnitten, wieder heraus. Sie alberten herum, tauschten spitze Bemerkungen und ergänzten diese – wo ihnen die Worte fehlten – durch pantomimische Einlagen. Irgendwann flanierten Schelsky und Natalie händchenhaltend durch die verwinkelten Gässchen, und über die paarweise Zuordnung war damit für diesen Abend entschieden. Veronique und Tom sahen sich an, errieten ihre Gedanken – wir sind die Übriggebliebenen, na und? –, und bald hatten sich auch ihre Hände gefunden. Natalie mochte die etwas attraktivere von beiden sein, Veronique aber war gesprächiger und witziger. Tom dachte kurz an Daria, doch verscheuchte er den Gedanken gleich wieder.

Sie tranken den Wein, als sich der Strand in der Dämmerung langsam leerte. Schelsky traktierte den Schinken mit seinem Fahrtenmesser, Natalie pulte Orangen, die die Mädchen am Tag zuvor in einer am Straßenrand gelegenen Plantage von den Bäumen gepflückt hatten. Aus der Schale riss sie kleine Figuren und ließ die anderen drei raten, was sie darstellten. Sie mussten die Schalenreste mit dem Feuerzeug ausleuchten. Längst hatte die Sonne sich verabschiedet, und nur der aufgehende Halbmond spendete noch ein wenig Licht.

»Swimming time«, rief Veronique plötzlich aus und streifte sich mit einer Bewegung, die zugleich schüchtern und kokett war, Rock und Bluse ab. Sie packte – nun nackt – Toms Hand ganz fest und zog ihn mit einem Schwung in den Stand. Mit einer geschickten Handbewegung öffnete sie den Gürtel seiner Jeans, ebenso geübt auch Knopf und Reisverschluss, und zog ihm Hose und Slip in einem Zug von den Hüften. Tom schlüpfte umständlich aus den Hosenbeinen und zerrte sein T-Shirt über den Kopf. Er schaute sich nach Schelsky und Natalie um und sah, dass auch die beiden dabei waren, sich gegenseitig zu entkleiden.

Sie stürmten ins Meer, planschten, spritzten sich Wasser ins Gesicht und versuchten einander unterzuduckern. Das Mondlicht brach sich auf den sanften Wellen, und Tom konnte sich nicht sattsehen an den wippenden Brüsten der beiden Französinnen, die die Wellen ab und zu freigaben. Das war das Leben, das pralle Leben, und er, er war mittendrin. Noch nie hatte er eine solche Unbeschwertheit verspürt, eine solche Lust auf den Augenblick und die Verheißung des nächsten Moments.

Veronique schwamm auf ihn zu, stellte sich vor ihn, trat einen, den letzten Schritt auf ihn zu und presste ihre nasse Haut an seine. Sie küssten sich, bis sie das Gleichgewicht verloren, untertauchten und sich dabei voneinander lösten. Als Tom wieder auftauchte, sah er die miteinander verschmelzenden Körper von Natalie und Schelsky im weichzeichnenden Mondschein, ein Bild so schön, dass es fast Kitsch war. »A very nice couple«, flüsterte Veronique, die seine Gedanken erneut gelesen hatte, in Toms Ohr. »But we are the more beautiful couple, and the hotter one as well.«

Sie nahm seine Hand, zog ihn in Richtung Strand, und als das Wasser nur noch bis zu ihren Knien reichte, begannen sie zu rennen ohne sich loszulassen. Sie stürzten sich auf ihre Handtücher und rieben sich gegenseitig trocken. Veronique schlang ihr Badetuch erst um Toms, dann um ihre eigenen Hüften, zog das Handtuch wie eine Schlinge immer fester, bis ihre Körper sich ganz eng aneinanderschmiegten. »Mon dieu«, stieß sie hervor, als sie seinen erigierten Schwanz spürte, der sich gegen ihren Bauch presste.

Schelsky genoss das Spiel. Er wollte dieses Mädchen, er würde es bekommen, und er würde es genießen. Und er brauchte nicht einmal Schuldgefühle zu haben. Er verlor Fanny jeden Tag ein Stück mehr, und wenn er sie schon nie ganz für sich gehabt hatte, so sollte auch sie ihn mit allen Mädchen teilen müssen, die ihm gefielen.

Er schmiegte sich von hinten an Natalies Rücken, tupfte und rieb die Tropfen sanft von ihrer Haut, und seine Hände verweilten, nur durch das dünne Handtuch von ihrem Körper getrennt, der nach Meeressalz und Sonnenöl duftete, auf ihren Brüsten und zwischen ihren Beinen. Dann ließ er das Handtuch in den Sand gleiten und drehte sie zu sich. Ihre Zungen trafen sich, spielten miteinander, wurden immer gieriger. Nach ein paar Minuten löste sich Natalie von ihm, breitete das Handtuch ganz aus, legte sich auf den Rücken und öffnete die Beine. »Come to me«, sagte sie, und Schelsky ließ sich nicht zweimal bitten. Ohne Umschweife drang er in sie ein, viel zu geil, um noch irgendeine Pirouette zu drehen, auf dem Weg zum Gipfel seiner Lust. Sein Blick wanderte hin und her zwischen Natalies kleinen, im Takt seiner Stöße wippenden Brüste und der Silhouette von Tom und Veronique, kaum zwanzig Meter entfernt, doch im schwachen Schein des Mondes nur schemenhaft zu erkennen. Tom lag auf dem Rücken, verschmolz im matten Licht mit dem Strand, und Veronique saß auf ihm und ritt sich mit schnellen Bewegungen in Ekstase.

Toms Kopf hatte sich wieder eingeschaltet. Sie ist mir so verdammt fremd, dachte er, während er ihren Rhythmus, der viel schneller, hektischer war als Darias, genoss. Ein fremder Körper, ein fremdes Stöhnen, fremde Gerüche, doch es war so überraschend schön, dass er glaubte zu träumen. Bis gerade eben hatte er nur gewusst, wie schön es war, mit Daria zu schlafen. Er hatte sich nie vorgestellt, wie es mit einer anderen wäre. Lust und Vertrautheit, das war eins gewesen. Nun ließ er sich fallen in diese Fremdheit, war beteiligt und auch genießender Beobachter, ließ Veronique den Takt bestimmen, betrachtete ihren sich auf und ab bewegenden Körper, suchte hinter der Gardine ihrer schulterlangen Haare nach dem Ausdruck ihrer Augen, griff nach ihren tanzenden Brüsten, ließ die Welt los, ging ganz hinein in seine Lust, verströmte sich in ihrem Schoß, hörte wie hinter einer Trennscheibe, wie sie seinen Erguss mit einem schrillen Schrei quittierte und sich noch fester an ihn presste, und wurde im selben Moment von einer Welle tiefer Melancholie ergriffen und fortgerissen. Er war glücklich, er war traurig, beschwingt und wehmütig – alle Gefühle, die er kannte, bahnten sich jetzt zeitgleich ihren Weg in ihm. Er steckte noch in ihr, doch Veronique hatte aufgehört, sich auf ihm zu bewegen. Er packte sie mit beiden Händen an den Hüften und hob sie von seinem Körper, küsste sie wie zum Abschied auf den Mund und drehte sich zur Seite, weg von ihr.

»Give me a little time, please, just a moment«, hörte er sich sagen, während er in den Sternenhimmel hineingesogen wurde und sich irgendwo im Universum verlor.

Sie saßen im Schneidersitz beieinander, noch immer nackt. Schelsky hatte einen Joint gebaut und ließ ihn kreisen. Er plapperte in einer Art Kreativ-Englisch unentwegt auf Natalie und Veronique ein, und Tom bezweifelte, dass die beiden Französinnen auch nur die Hälfte verstanden. Er selbst saß still in der Runde, hin- und hergerissen zwischen dem Nachhall des gerade vergangenen Erlebnisses, das mit einem Blick auf die nackten Brüste und die Scham der beiden Mädchen sofort wieder an Farbe gewann, und warmen Gedanken an Daria, die sofort Schuldgefühle in ihm auslösten. Er drängte sie zurück. Dass es ohne tiefe Gefühle so lustvoll sein konnte, hätte er nicht gedacht. Sich hineinfallen lassen in die Situation, bereit sein für das Unerwartete, neugierig darauf, was im nächsten Moment passiert. Das Leben sollte ihn umarmen, er war bereit. Daria war plötzlich weit entfernt: Er konnte ihr Bild vor seinem inneren Auge nicht scharf stellen, hatte ihren Geruch nicht in der Nase, ihre Stimme nicht im Ohr. Scham darüber kämpfte mit Lebenslust und hatte in diesem Moment nicht den Hauch einer Chance, die Oberhand zu gewinnen.

Schelsky registrierte, wie der Joint seine Zunge löste und er die Sprachbremse nicht mehr fand. Er war betört von dem Rausch der vergangenen Stunde und spürte doch den drohenden Absturz im Nacken, der mit der Stille kommen würde. Alles löste sich auf: sein Elternhaus, die Schulzeit, die Zeit mit Fanny. Flüchtige Erlebnisse waren kein Heilmittel gegen die Ohnmacht, immer wieder verlassen zu werden. Der Rausch, der sie begleitete, betäubte den Schmerz, doch wenn er nachließ, schlug er umso härter auf dem Boden auf. Deshalb musste Schelsky reden. Konnte keine Stille zulassen. Im Gespräch bleiben, bis die Müdigkeit ihn überwältigte.

Natalie stand auf und zog Veronique zu sich hoch. »Salut! Time to go to bed, time to sleep.« Sie beugten sich zu Tom und Schelsky herunter und gaben jedem der beiden einen flüchtigen Abschiedskuss.

»What are your plans for tomorow?«, erkundigte sich Tom, während er sich aus dem Sand schälte und seine Klamotten abklopfte.

»Tomorow we have to leave. Our holidays are over and our boyfriends are still waiting for us in Paris«, antwortete Veronique. Dann fügte sie mit einem schelmischen Grinsen hinzu: »To do the same things to us, you have done this evening.«

Verblüfft von der Offenheit der Mädchen gingen sie schweigend nebeneinander, als sie Natalie und Veronique zu ihrem Zelt begleiteten. Nach einem weiteren Abschiedskuss trennten sich ihre Wege. Es gab keine ausgetauschten Telefonnummern oder Adressen, kein »lass uns mal schreiben«. Es war der Abschied des flüchtigen Moments.

Auf dem Weg zu ihrem Schlafplatz dauerte es noch einige Zeit, bis Schelsky die Sprache wiederfand. »Zwick mich mal«, forderte er Tom auf. Tom tat, wie ihm befohlen, was Schelsky mit einem kurzen, spitzen Aufschrei und einem dahingefluchten »doch nicht so doll, du Idiot« quittierte.

»Also kein Traum«, fügte er hinzu.

»Dann hätten wir auch dasselbe geträumt«, sagte Tom.

Sie lagen zwei Meter voneinander entfernt in ihren Schlafsäcken. Beide auf dem Rücken, beide den Blick in die Sternenflut des Himmels gerichtet, beide tief in ihren Gedanken und dem in ihnen rumorenden Gefühlschaos, das irgendwann von der aufsteigenden Müdigkeit betäubt wurde.

***

Das Haus lag nur rund 300 Meter von einem kleinen See entfernt, war von mächtigen Nadelbäumen umgeben und besaß einen kleinen Vorgarten mit zwei Blumenbeeten und einer kräuterbewachsenen Rabatte. Es war einstöckig, verfügte über einen ausladenden, fast quadratischen Gemeinschaftsraum, eine Küche, groß genug, um auch mit fünf Personen gleichzeitig zu kochen, und fünf Schlafräume mit Etagenbetten. Vittaryd, in der südschwedischen Provinz Ljundby gelegen, war ein touristisch zwar erschlossenes, doch auch verschlafenes Örtchen. Die nächste Einkaufsmöglichkeit in Ljundby war elf Kilometer entfernt, die am Kattegat gelegene schwedische Westküste sogar noch ein bisschen weiter. Sie waren hier ganz unter sich.

Fanny, Daria und Manuela hatten sich einen der Schlafräume geschnappt, der eigentlich für vier Personen gedacht war. Da sie nur zwölf

Mädchen waren, blieben einige Betten leer. Roswitha, die sie mit einem Kleinbus in diese Einöde gebracht hatte, schlief in einem eigenen Raum. Der Tagesablauf variierte kaum. Eines der Zimmer bereitete das Frühstück vor, war das benutzte Geschirr dann gespült und die Witterung einigermaßen trocken, ging es nach draußen. Sie hatten bereits mehrere kleine und größere Seen umrundet, waren auch zweimal mit dem Bus zum Kattegat gefahren, um ausgedehnte Strandspaziergänge zu unternehmen.

Nach der Rückkehr in das Haus setzte sich die Gruppe ein erstes Mal zu einer »Runde« zusammen, nach dem anschließenden Abendbrot ein zweites Mal. Sie sprachen über alles: über ihre Eltern, die Schule, ihre Freunde, ihre Träume, über Sex, die Beziehungen in der Gruppe. Sie machten am Anfang der Runde »Blitzlichter«, in denen sie sich in knappen Worten mitteilten, wie es ihnen ging und was sie gerade beschäftigte, gaben sich eifrig Feedback, stellten Konflikte in Rollenspielen nach, machten Familienaufstellungen. Und wenn sie erschöpft waren, leitete Roswitha eine Meditation an, in der sie sich auf eine Fantasiereise begaben.

Roswitha zeigte ihnen immer neue Übungen, um an ihre verschütteten Gefühle, ihre Traumata, Aggressionen und Enttäuschungen heranzukommen. Die Übungen hießen »Gewitter«, »Ängste kennenlernen« oder »Selbstverleugnung«.

Die Sitzungen waren intensiv. Sie spülten verdrängte Katastrophen, verborgene Ängste und ungelöste Konflikte an die Oberfläche – oft mit der Wucht eines Dammbruchs. Die Mädchen lachten, weinten, schrien, und ab und zu brach eines von ihnen einfach zusammen. Sabine, so stellte sich jeden Tag ein wenig mehr heraus, war von ihrem älteren Bruder offenbar missbraucht worden. Bettinas Vater hatte sich eigentlich einen Jungen gewünscht und ließ seine Tochter das täglich spüren. Rosi hatte Stress mit ihrem Freund, der sie ganz offensichtlich betrog. Iris wurde von allen in ihrer Klasse geschnitten. Fanny hatte Probleme mit gleich zwei eifersüchtigen Freunden, bislang aber nicht den Mut gefunden, sich von einem oder gar beiden zu trennen. Jedes der Mädchen hatte ein Thema, das es beschäftigte. Und Roswitha hatte offenbar für jedes Problem Techniken, um der Lösung auf die Spur zu kommen. Sie zog neue Übungen aus dem Hut, wie ein Zauberer weiße Kaninchen.

Das Oberthema aber waren Jungen und Mädchen, Männer und Frauen. Roswitha, die selbst mit einer Frau zusammenlebte, brachte ihnen die

Grundlagen einer feministischen Patriarchatskritik bei. Die Mädchen erfuhren, dass sie überall unterdrückt wurden: in der Familie, in der Schule, in Beziehungen, beim Sex, auf dem Arbeitsmarkt. Männer waren potenzielle Täter, Frauen geborene Opfer. Das galt es zu verändern. Roswitha hatte die Schlussfolgerungen aus ihrer Analyse bereits gezogen: Sie ging Männern aus dem Weg, verbrachte ihre Freizeit nur mit Frauen. In einem benachbarten Stadtteil bereitete sie gerade mit ein paar Freundinnen die Eröffnung eines Frauencafés vor, in dem Männer nichts zu suchen haben würden.

Roswitha ermutigte die Mädchen, sich auch körperlich einander zu nähern, sich zu berühren, zu streicheln, sich ihre Körper zu zeigen. Fanny fand das verwirrend, Daria ganz normal.

Fanny hatte zwei Tage zuvor ihre Beziehung zu Schelsky und Burckhard in der Gruppe besprochen. Einige Mädchen hatten ihr neidvoll, andere mit Unverständnis zugehört. Anschließend hatten sie lange über Treue und Eifersucht geredet. Eifersucht, das hatten sie mit Roswithas Hilfe schnell herausgefunden, war immer ein besitzergreifendes Gefühl, das nur Zerstörung mit sich brachte. Treue musste freiwillig sein. Voraussetzung für eine gelungene Beziehung war sie nicht.

Am Ende dieser Runde sagte Fanny, dass sie aus dem heutigen Abend mitnehme, sich wohl von beiden – Burckhard wie Schelsky – zu trennen, um nicht ständig die Eifersuchtsattacken von gleich zwei Jungen abwehren zu müssen. Daria sagte, sie fände Treue schön, wenn beide es wollten. Treue wäre ein Versprechen, sich aufeinander zu konzentrieren und nicht jeder Versuchung nachzugeben. Liebe könne auch durch selbst auferlegten Verzicht wachsen.

Es war schon kurz vor Mitternacht. Manuela beschloss, mit Bettina und Sabine noch einen nächtlichen Spaziergang um den See zu machen. Fanny und Daria zogen sich auf ihr Zimmer zurück und bewaffneten sich mit Stift und Papier. Am Vormittag hatten sie beschlossen, heute endlich die Briefe an ihre Liebsten zu schreiben.

Daria setzte sich an den kleinen quadratischen Tisch, der in eine Ecke des kargen Raums gezwängt worden war, fingerte ihren Montblanc-Füller – ein Geburtstagsgeschenk ihres Vaters – und den Briefblock aus grauem Umweltschutzpapier aus ihrer abgewetzten Ledertasche und kreuzte unter dem Stuhl die Beine. Sie blinzelte Fanny an, die es sich auf ihrer Matratze bequem gemacht hatte, einen College-Block auf den Knien, und gedankenverloren an ihrem Kugelschreiber knabberte. Dann begann Daria als Erste zu formulieren.

Lieber, liebster Tom,
unsere kleine Gruppe mit sich selbst beschäftigter Mädchen hat sich gerade aufgelöst. Die einen marschieren mit Taschenlampen bewaffnet um den See, Fanny und ich sitzen in unserem Zimmer und haben gerade ein großes Wettschreiben begonnen. Fanny sitzt auf ihrem Bett und schreibt an ihren und deinen Freund Schelsky, aber ich befürchte, es wird kein Liebesbrief, sondern es geht um Trennung. Da hast du es besser, weil ich dir wohl einen sehnsuchtsschmachtenden Brief schreibe – Kitschalarm! Aber ich vermisse dich wirklich und das, obwohl du ein Junge bist. Ich hoffe, du weißt das zu schätzen. Ich bekomme durch die Gruppe gerade mal wieder mit, was für oberflächliche, selbstsüchtige, eingebildete, unreife, schwanzfixierte Kommunikationsidioten die meisten Jungen sind. Die Mädels lassen kein gutes Haar an ihren Freunden. Da habe ich wohl noch mal Glück gehabt, auch wenn ich im Alltag ziemlich oft an dir rummäkele. Du bist bei den Jungen offenbar der Einäugige unter den Blinden – oh du, mein zuckersüßer Zyklop!

Apropos Blindheit – es ist zum Kotzen, aber ich bin schon wieder kurzsichtiger geworden. Heute überfiel mich ein Nachhall des Entsetzens, das mich überkam, als ich zum ersten Mal eine Brille verschrieben bekam. Mir wurde damals auf der Stelle klar, dass ich mittelfristig blind sein würde und zur Bewältigung dessen las ich mich quer durch eine ganze Bibliothek von Teenie Büchern über tragische Schicksale behinderter Menschen.

Auch Fanny hatte inzwischen begonnen, ihre Gedanken in Buchstaben zu verwandeln. Sie hatte angefangen zu schreiben, ohne eine klare Vorstellung, wohin ihr Brief steuern würde.

Hi Schelsky!
Ich habe mich mit meinem Block und einem Stift aufs Bett ver-

zogen, um dir zu schreiben. Zwei Meter entfernt sitzt Daria und schreibt ebenfalls einen Brief, an Tom. Wir werden morgen wohl beide Briefe gemeinsam einwerfen und dann gespannt darauf warten, welcher Brief das Wettreisen gewinnt und ob sie vor oder nach euch in Hamburg ankommen.

Ich habe viel nachgedacht und in mich hineingehört in den letzten Tagen, und auch die Gruppe hier hat mir geholfen, meine Gedanken und Gefühle zu sortieren. Mir ist klargeworden, dass es so mit uns nicht weitergehen kann. Wenn wir uns treffen, öden wir uns oft nur an. Ich spüre deine versteckten Vorwürfe wegen Burckhard und wegen dem, was mit Andy gelaufen ist, als wir bei Daria waren. Aber du redest nicht offen drüber. Stattdessen verhältst du dich mir gegenüber genervt und aggressiv, zeigst mir auf diese Art, dass du verletzt bist. Ich weiß, dass du seit Wochen nicht gut drauf bist – wegen deines Schulabgangs und wegen deiner Eltern, die dich nicht so wertschätzen, wie du es verdient hättest. Aber mit deiner Art, das nicht offen zu zeigen und die Stimmung zwischen uns zu verderben, kann und will ich nicht mehr umgehen. Weil du mies drauf bist, willst du, dass auch ich mich schlecht fühle. Und so nerven wir uns an, ohne uns gegenseitig noch etwas geben zu können.

Die Feder von Darias Füller glitt schnell und behände über das Papier. Daria liebte es, Briefe zu schreiben, ihre Gedanken und Gefühle zu ordnen, indem sie sie formulierte, ohne unterbrochen zu werden.

Du sonnst dich jetzt bestimmt an einem Strand im Süden. An der portugiesischen Algarve, an der spanischen Costa del Sol oder an der französischen Atlantikküste. Bist umgeben von lauter braungebrannten Bikini-Schönheiten und kannst bestimmt deine Augen nicht abwenden. »Guck weg!«, möchte ich dir zurufen, oder guck meinetwegen hin, aber lass die Finger von ihnen. Ich weiß ja, dass Jungens so unglaublich verführbar sind, wenn sie nur ein paar lange Beine und ein paar wackelnde Brüste sehen. Sind dann bemitleidenswert schwache Wesen, die einfach nicht Nein sagen können. Aber hüte dich, mein Lieber: anschauen ja, anfassen nein!

Bei mir musst du kaum Angst haben, dass ich Unsinn mache. Ich bin umgeben von Mädchen und kein Mann weit und breit. Aber ätsch – fühl dich ja nicht zu sicher. Vielleicht beschließe ich ja, lesbisch zu werden, und brenne mit einem Mädchen durch.

Fanny kam so langsam in Fahrt. Ihre Gedanken flossen immer schneller auf das Papier, und es tat ihr gut, nicht unterbrochen und in eine Grundsatzdiskussion verwickelt zu werden, bevor sie überhaupt ausgesprochen hatte, was sie gerade beschäftigte.

»Die Liebe ist ein Kind der Freiheit.« Ich habe keine Ahnung, von wem dieser Satz ist, ich weiß nur, er ist wahr. Warum darf ich nicht lieben, wen ich will und wann ich es will, warum ist meine Liebe nichts wert, nur weil ich noch andere Menschen liebe.

Ich fand es immer sehr schön, dass es dir offenbar nichts ausgemacht hat, dass ich mich wegen dir nicht von Burckhard getrennt habe. Weil du einfach das genossen hast, was ich zu geben bereit bin, ohne immer zu fragen, ob es noch andere Männer in meinem Leben gibt, weil du mich geliebt hast, ohne mich einzuschränken, habe ich mich so wohl bei dir gefühlt. Das hat sich in den vergangenen Monaten verändert. Du versuchst mir permanent ein schlechtes Gewissen zu machen, und das tut weder dir noch mir gut.

Ich lerne hier in der Gruppe, dass ich nur mir selbst gehöre, niemand anderem. Mädchen richten sich ganz oft danach, was Jungen wollen, passen sich deren Bedürfnissen an und finden dann gar nicht mehr heraus, wie sie selber leben möchten. Ich habe immer versucht, meinen Weg zu gehen. Und ich kann keinen Freund gebrauchen, der mich dabei bremst – und schon gar nicht zwei von der Sorte. Ich weiß das klingt jetzt hart für dich, aber ich will dir einfach ehrlich mitteilen, was ich derzeit fühle. Auf diese Ehrlichkeit hast du einen Anspruch.

Mit jeder Zeile wuchs die Sehnsucht. Okay, dann sondere ich eben Schwülstiges ab, dachte Daria. Kleine Trennungen über große Entfernungen bringen das wohl mit sich.

Du bist mir schon verdammt wichtig geworden und das bestimmt nicht nur, weil wir jetzt auch miteinander schlafen. Nein, du bist mir wirklich ins Herz gewachsen, bist nicht nur mein Freund, bist mein Mensch. Dieses »Mein-Mensch-Gefühl« ist sehr wärmend. Siehst du, jetzt habe ich mein Kitsch-Versprechen eingelöst, aber es ist einfach wahr: Wenn ich mit dir zusammen bin, fühle ich mich geborgen, kann so sein, wie ich bin, muss keine Rolle spielen.

Ich freue mich auf unser Wiedersehen und zähle die Tage. Möchte dir viel davon erzählen, was wir hier erlebt und besprochen haben – da könnte aber 'ne Überdosis Mädchengespräche auf dich zukommen. Hältst du das aus? Und ich will Spaziergänge mit dir am Elbstrand, kochen mit dir und schon zwischendurch alles aufessen, Fahrrad fahren in der Dunkelheit zum Baggersee, Nacht- und Nacktbaden, will reden, lieben und ganz viel mit dir lachen. Lachen ist Erkenntnis – wusstest du das schon? Ich jedenfalls freue mich auf viele erkenntnisreiche Abende mit dir. Fühl dich umarmt und ganzkörpergeknutscht.

Deine Daria

Sie legte den Füllfederhalter zur Seite und betrachtete ihr Werk. Warum kippt meine Schrift immer so nach rechts weg, fragte sie sich. Ich werde daran mal ernsthaft arbeiten müssen. Doch bis auf diese leichte Schräglage gefiel ihr das Schriftbild. Eleganter als Toms Fünftklässler-Krickel-Krakel war es allemal. Sie blickte hoch und sah, dass Fanny immer noch schrieb. Sie sah angestrengt aus. Das Schreiben schien für sie mehr Arbeit als Freude zu sein.

Schluss machen per Brief ist unfair. Aber du sollst, wenn wir uns in Hamburg wiedersehen, gewarnt sein, dass ich so nicht mehr will. Das betrifft übrigens auch, falls dich das tröstet, Burckhard, der mich schon viel länger als du ausbremst, ohne dass ich mich bislang gewehrt hätte. Ich will keine Fesseln mehr, keinen Käfig, kein ständig schlechtes Gewissen. Ich will leben, lieben, wen ich will, neugierig sein dürfen – nicht nur, aber auch auf andere Menschen, von denen manche womöglich Männer sind. Ich will mich entwickeln, voranschreiten dürfen, und niemand soll mir dabei

Handschellen anlegen oder gar einen Keuschheitsgürtel. Lass uns reden und schauen, wie es weitergeht, wenn wir beide wieder daheim sind.

Deine Fanny.

Als auch Fanny ihren Stift weggelegt hatte, sahen sich die beiden Mädchen an.

»Und?«, fragte Daria.

»Trennungseinleitungsbrief«, antwortete Fanny.

KAPITEL 9

13. Januar 1980: In Karlsruhe wird eine Partei gegründet, die gar keine Partei sein möchte, sondern eine Anti-Parteien-Partei. Sie wird die Grünen heißen, doch ihre Gründer sind sich überhaupt nicht grün. Klar ist nur, dass es darum geht, die Welt zu retten. Doch über die Frage, wie man so was anstellt, gehen die Meinungen zwischen den konservativen Schöpfungsbewahrungs-Ökologen und den umweltbewegten Hardcore-Sozialisten weit auseinander. So gibt es erst mal kein Programm, dafür aber wild schlagende Parteiflügel und das Bekenntnis, sowieso nur der verlängerte Arm aller Anti-Atom-Initiativen und Friedensbewegten zu sein.

Sie trafen sich bei Tom, so wie man sich seit Wochen immer bei Tom traf, wenn man sich traf. Sie kamen von drei verschiedenen Schulen und hatten ihr gemeinsames Ziel fest im Blick: eine Friedenswoche, in der ihre Mitschüler – und Mitschülerinnen – wie Daria stets ergänzte, die wahren Hintergründe des Nato-Nachrüstungsbeschlusses erfahren sollten.

Ein Monat war es nun her, da hatten die Mitgliedsstaaten des westlichen Verteidigungsbündnisses die Stationierung von US-amerikanischen Mittelstreckenraketen mit Atomsprengköpfen und Marschflugkörpern auch auf dem Territorium der Bundesrepublik beschlossen, um die Sowjetunion an den Verhandlungstisch zu zwingen. Die aber hatte bereits angedroht, den Nato-Beschluss mit der Stationierung eigener Atomraketen zu beantworten. Plötzlich war ein Atomkrieg im dicht besiedelten Mitteleuropa für viele Menschen in greifbare Nähe gerückt. Überall wurden Demonstrationen gegen die Nato-Pläne organisiert, zu denen Zehntausende erwartet wurden. Auch auf dem Schulhof war der Nachrüstungsbeschluss seit Wochen das Thema Nummer eins.

Todde, ein Zwölftklässler aus der benachbarten Gesamtschule, war als Erster auf die Idee gekommen, eine Friedenswoche zu organisieren. Tom hatte die Idee begeistert aufgegriffen und seine neue Wohnung für ein erstes Treffen zur Verfügung gestellt. Seit drei Monaten wohnte er nun nicht mehr zu Hause, sondern auf 22 Quadratmetern unter dem Dach. Ein winziges Bad, in dem beim Scheißen die Knie gegen die Tür stießen, eine nicht größere Küche, ein Quadratmeter Flur, dafür aber ein passables, quadratisch geschnittenes Zimmer, in dem sich nun gerade 21 Oberstufenschüler drängten. Auch Daria und Fanny, Andy und Manuela waren dabei. Schelsky fehlte. Seit ihrer Trennung vermied er jeden Kontakt zu Fanny. Zum ersten Mal war er richtig froh, nicht mehr auf ihre Schule zu gehen. Und da die Schulzeit sowieso schon graue Vorzeit war, machte es für ihn sowieso keinen Sinn, irgendeine Schulfriedenswoche vorzubereiten. Fand Schelsky.

Für Tom war es normal, dass seine Bude gerammelt voll war. Er war der Erste der Klassenstufe, der nicht mehr zu Hause wohnte, eine eigene hundert Prozent sturmfreie Bude hatte. Hier fanden die geilsten Feten statt, hier konnte man unkontrolliert einen durchziehen. Bei Tom war immer was los und Tom nun mega-in. Es hatte nach seinem Auszug keinen Monat gedauert, da war aus dem ewigen Außenseiter ein sehr begehrter Mitschüler geworden. Wenige Wochen hatten für einen kompletten Imagewechsel genügt. Die eigene Wohnung wirkte Wunder. Und auch die Mädchen fanden plötzlich, dass Tom ein affengeiler Typ sei. Zu Hause ausgezogen, also quasi erwachsen.

Tom genoss das plötzliche Interesse an seiner Person, auch wenn die Gründe für seinen kometenhaften Aufstieg leicht durchschaubar waren. Es war egal warum; wichtig war nur, nicht mehr am Rand zu stehen. Beliebt sein hatte mit inneren Werten nicht viel zu tun. Diese Wahrheit ließ sich leichter akzeptieren, wenn man angesagt war.

Tom hätte auf Wolken geschwebt, wäre da nicht der Dauerstress mit Daria gewesen. Seit er ausgezogen war, mäkelte sie permanent an ihm herum. Warf ihm vor, er würde nur noch feiern, hätte zu wenig Zeit für sie, sei oberflächlich geworden. Kaum begann er zu leben, bremste sie ihn aus.

Wollte sie nur den unsicheren Außenseiter, den sonst niemand mochte? Lebte sie an ihm ihr Helfersyndrom aus? Sie konnte doch froh sein, mit einem Jungen zusammen zu sein, um den sie nun immer mehr Mädchen beneideten.

Sie diskutierten lange. Die einen wollten einen Friedensreader zu allen wichtigen Themen machen, andere eine Ausstellung, wieder andere eine Podiumsdiskussion, und dann war da noch die Idee, ein Theaterstück auf die Bühne zu bringen. Am Ende beschlossen sie, alles zu machen. Daria wollte die Redaktion des Readers in die Hand nehmen und sich um eine Auswahl von Gedichten kümmern, mit denen die einzelnen Kapitel eingeleitet wurden. Todde, der ein begnadeter Zeichner war, wollte Karikaturen zur Ausstellung beisteuern. Tom erklärte sich bereit, die Podiumsdiskussion zu organisieren und zu leiten. Fanny wollte das Theaterstück schreiben, zusammen mit Sabine, einer Zehntklässlerin aus der benachbarten Gesamtschule. Sie war die Jüngste der Gruppe und die Einzige, die noch nicht in der Oberstufe war. Sie war frech und ungeheuer wortgewandt, hatte tintenschwarze Haare und konnte Falten auf ihrer Nase ziehen; ein Anblick, den Tom einfach zuckersüß fand. Zum ersten Mal fühlte er sich in Darias Gegenwart zu einem anderen Mädchen hingezogen. Heimlich warf er Sabine Blicke zu, wenn Daria gerade mit anderen Dingen beschäftigt war.

Blöder Arsch, dachte Daria. Sitzt hier mit mir in einem Raum und flirtet diese Ziege an. Sofort verbot sie sich die Ziege, das war in höchstem Maße frauenunsolidarisch. Schließlich war es Tom, der sich von diesem Wimperklimper-Dekolleté-zurechtrück-Charme umgarnen ließ. Und Tom war mit ihr zusammen und musste sie nicht vor allen brüskieren, indem er diese Sabine hechelnd anstarrte, sowie er sich einen Augenblick unbeobachtet wähnte. Wenn Tom etwas nicht war, dann subtil, und im Moment wünschte sie sich, er wäre es. Sie hatte schon mehrere mitleidige Blicke von Fanny geerntet, gerade von Fanny, die selbst nichts ausließ. Seit sie Schelsky und Burckhard innerhalb von 24 Stunden abserviert hatte, war sie wieder permanent auf Jagd, und an williger Beute mangelte es nicht. Auch jetzt flirtete Fanny gerade ganz unverhohlen mit Todde.

Seit dem Sommer war alles anders mit Tom. Er hatte nur wenig vom Urlaub mit Schelsky erzählt, und als sie ihn freiheraus fragte, ob da ein Urlaubsflirt gewesen sei, hatte er gekniffen. Sein Schweigen war schlimmer, als wenn er ihr etwas gebeichtet hätte. So schlug ihre Fantasie Kapriolen, und sie hasste sich selbst für ihre Eifersucht.

Sie hatte Fanny auf Schelsky angesetzt, der sich prompt verplappert hatte. Irgendwas war da mit zwei Französinnen gelaufen. Doch bevor Fanny noch mehr Einzelheiten aus ihm herausholen konnte, hatte sie die Beziehung beendet.

Tom war seit dem Sommer distanzierter. Er verschloss sich, wich ihren Fragen aus, und wenn sie miteinander schliefen, wich die Zärtlichkeit, das Gefühl des ganz besonderen Moments, immer mehr der Routine. Seit seinem Auszug war Tom wie verwandelt. Die Aufmerksamkeit, die er nun genoss, war ihm gehörig zu Kopf gestiegen. Er musste überall mitmischen, ballerte sich mit Terminen zu, so als würde der Traum, einmal im Mittelpunkt zu stehen, zerplatzen, wenn er nur irgendetwas Wichtiges versäumte. Seine neue Selbstsicherheit stand auf tönernen Füßen. Tom erlaubte sich kaum noch Schwäche zu zeigen, auch ihr gegenüber nicht. Er mutierte immer mehr zum coolen Macho, süchtig nach Anerkennung jeder Art. Er wurde immer oberflächlicher, immer langweiliger. Bestätigung war ein süßes Gift.

Wahrscheinlich waren alle Jungen so. Aufgeblasen, selbstsüchtig und auf ihrer Jagd nach Applaus fähig zu jedem Betrug und zu jedem Selbstbetrug. Tom war keine Ausnahme. Er war nur anders gewesen, als niemand etwas mit ihm zu tun haben wollte. Nun war er zum Star der Stufe mutiert, mit den dazu gehörigen Allüren.

Er wäre eine Sünde wert, dachte Fanny. Dieser Todde verursachte ein Bauchkribbeln wie zehn Tüten Brausepulver. Sie wollte ihn haben. Und sie würde ihn kriegen. Wie sie bisher noch jeden bekommen hatte. Doch sobald sie das hatte, was sie wollte, wurde es ihr schnell überdrüssig. So war es jedes Mal. Nur Schelsky und Burckhard waren eine Ausnahme gewesen. Vielleicht aber auch nur, weil sie sich so gut ergänzten. Und weil es sich so schön verrucht anfühlte, mit beiden zu schlafen und seit vergangenem Jahr auch immer wieder mal Andy als kleine Zwischenmahlzeit zu vernaschen. Seit dem Intermezzo auf Darias Matratzenlager trafen sie sich alle paar Wochen nur zu dem einen Zweck: miteinander Spaß zu haben. Andy hatte Schelsky und Burckhard überlebt. Er war stets verfügbar und stellte keine Ansprüche. Gut so!

Es war ihr schwergefallen, Burckhard und Schelsky abzuschießen. Burckhard hatte mit bitterem Zynismus reagiert. Schelsky war fassungslos. Er hatte nur still dagesessen und ziemlich erfolglos mit den Tränen gekämpft. Hatte kein einziges Wort gesagt, war irgendwann aufgestanden, hatte ihre Zimmertür hinter sich zugeknallt und ward nicht mehr gesehen. So ein Abschied brach ihr das Herz. Dass sie Schelsky fortan gar nicht mehr sah, nährte die Sehnsucht, verdünnte aber auch schnell ihre Gefühle. Zwei Tage nach der Doppeltrennung, die sie innerhalb von 24 Stunden durchgezogen hatte, hatte sie sich auf einer Fete gnadenlos betrunken und anschließend auf einem Parkplatz von einem Typen ficken lassen, den sie vorher noch nie gesehen hatte und den sie auch nicht wiedersehen wollte. Sie fühlte sich schäbig danach, doch irgendwie hatte sie das, genau das und genau so, in diesem Moment gebraucht, um sich selber zu spüren. Nun lag zwischen der Trennung und der Gegenwart diese kleine dreckige Episode, mit der sie sich auseinandersetzen konnte. Dadurch rückte der doppelte Abschied in weitere Ferne. An Burckhard dachte sie heute, vier Monate nach ihrer Trennung, nur selten. An Schelsky noch oft. Was er im Moment wohl gerade tat?

***

Schelsky lag auf seinem Bett und hatte sich die Decke übers Gesicht gezogen. Er wusste genau, dass sie jetzt beieinander saßen. Tom und Daria und Fanny, ach Fanny. Nur er war nicht dabei. Raus aus der Schule, raus aus der Beziehung, raus aus allem, was ihm wichtig war. Stattdessen stand er nun jeden Morgen um sechs Uhr auf und lernte elektrische Messungen durchzuführen, Schaltpläne zu verstehen und Leitungen samt der dazugehörigen Anschlüsse zu verlegen. In der Berufsfachschule büffelte er Physik, und abends traf er sich meist mit seiner Band in einem umgebauten Kriegsbunker. Sie hatten sich »Golden Shit« genannt, spielten laut und schräg; es wurde viel getrunken, gekifft und ganz selten auch mal gekokst. Morgens kam Schelsky oft kaum aus dem Bett, schon mehrfach hatte er sich krankmelden müssen. Doch die Abende im Bunker waren das Einzige, was nach echtem Leben schmeckte. Ohne sie hätte er sich gefühlt wie im Sarg. Sie waren den Stress mit seinem Meister wert, der ihn schon mehrfach verwarnt hatte.

Fanny ging ihm nicht aus dem Kopf. Sie wanderte unter seiner Schädeldecke hin und her, grüßte ihn aus seinen Träumen, schlich sich immer wieder in seine Gedanken ein und verwandelte sie zu Tagträumen. Er sah sie lachend, er sah sie tanzend, er sah sie fluchend, er sah sie nackt. Schelsky hatte gehofft, sie bald zu vergessen, doch statt schwächer wurde diese verdammte Sehnsucht jeden Tag etwas stärker.

Nachdem Fanny mit ihm Schluss gemacht hatte, glaubte er zuerst, es würde sich schon alles wieder einrenken. In zwei Tagen, zwei Wochen oder zwei Monaten. Inzwischen waren vier Monate vergangen. Genauer: vier Monate, sechs Tage. Schelsky schaute auf die Uhr. Und genau zwei Stunden und etwa siebzehn Minuten. Vier Monate, sechs Tage, zwei Stunden, siebzehn Minuten, in denen sich nichts eingerenkt hatte. Monate, Tage, Minuten in denen dieser scheiß Trennungsschmerz sich weigerte, adiós zu sagen. Jeden Morgen beim Aufwachen, wenn er zuerst an sie dachte, war er schon da. Hartnäckig wie Mundgeruch. Oder Fußpilz. Oder beides zusammen.

Er wünschte sich, dass Fanny unter der Trennung so litt wie er selbst. Doch wenn er etwas über sie hörte, was immer seltener vorkam, dann, dass es ihr gut gehe. Dass neue Jungen am Start seien. Dass sie traurig, dass sie deprimiert sei, hörte er nie.

Schelsky öffnete die kleine Dose, die ihren festen Platz am Kopfende seines Bettes hatte, und nahm das staniolumpackte Kügelchen heraus, legte es auf den Teelöffel mit der verrußten Unterseite und erhitzte es mit einem Feuerzeug. Als es sich weich und warm anfühlte, brach er ein Stück ab, zerbröselte es über einem Häufchen Tabak und stopfte die Mischung in seine kleine, dunkle Pfeife. Er hielt das Feuerzeug über die Pfeifenöffnung und sog den Rauch tief ein. Die Droge nahm dem Schmerz die Spitze. Alles war für einen Moment nicht mehr ganz so wichtig. Doch hinterrücks schlich sich eine tiefe Melancholie an.

Er hätte die Trennung von Fanny verkraftet, doch dass sie so ganz und gar nicht mehr in seinem Leben war, nahm ihm dem Atem, so als ob sich eine eiserne Faust um seinen Brustkorb legte. War aus seinem Leben verschwunden, so wie sein Vater, den er seit über einem Jahr nicht mehr gesehen hatte. Der ihm Briefe schrieb, zu Weihnachten und zu seinem Geburtstag. Fanny schrieb ihm keine Briefe. Fanny gab es nicht mal mehr als Tinte auf Papier.

Schelsky ließ den Inhalt der Pfeife verglimmen und kämpfte mit einer aufsteigenden Übelkeit. Er schwang sich vom Bett, griff seinen Bass und traktierte die Saiten. Wut im Bauch und Verzweiflung im Herzen waren gute Gefühle für Punk. Schelsky nahm sich vor, mehr Musik zu machen. Und weniger zu rauchen.

KAPITEL 10

4. Juni 1980: Im Morgengrauen stirbt der Traum von der »Republik Freies Wendland«. Bulldozer walzen Hütten nieder, Räumpanzer bringen Türme zum Einsturz. 6.000 Polizisten tragen 2.500 Demonstranten fort, die eingehakt am Boden kauern. Die Fußtritte, Schlagstockhiebe und büschelweise ausgerissenen Haare hätten eigentlich nicht notgetan, doch sicher ist sicher. »Gorleben soll leben«, singen die Freien Wenden, während sie fortgetragen werden: »Wir werden es erleben.«

Es gab keine Musik. Stattdessen überschlug sich die Stimme eines Reporters. Sekunden später saß Tom senkrecht im Bett, so wach, als hätte der Radiowecker ihn bereits vor Stunden aus dem Schlaf gerissen. Schon der aufgeregte Tonfall des Mannes vom Hörfunk, der sich in seine Träume mischte, hatte ihm verraten, was passiert war. Nun, wo er den Sinn der Worte entschlüsseln konnte, bestand kein Zweifel mehr. Die Freie Republik Wendland wurde geräumt. Ein riesiges Polizeiaufgebot beendete die Besetzung der Fläche über dem Gorlebener Salzstock, der später als Atommüllendlager dienen sollte.

Zwei Tage zuvor war er noch dort gewesen, hatte den Anfang der Schulwoche geschwänzt und das Wochenende im Wendland ausklingen lassen. Vier Wochen war er jeden Freitag nach Gorleben aufgebrochen und jeden Sonntag oder eben Montag nach Hamburg zurückgekehrt. Hatte eine Hütte mit aufgebaut, stundenlang diskutiert und abends am Lagerfeuer musiziert. Er hatte Jesse kennengelernt und Klaus und Wolf. Verena und Angelika. Ute. Sie waren alle ein paar Jahre älter als er. Die meisten von ihnen studierten, einige arbeiteten schon. Mit ihnen hatte er gelebt. Es hatte nur wenige Tage gebraucht, da war in diesem Hüttendorf ein Gefühl von Heimat entstanden. Das Gefühl einer Zugehörigkeit, die Tom in seinem Elternhaus so nie gespürt hatte, und das auch seine kleine Wohnung, in der niemand auf ihn wartete, nicht auslösen konnte.

Tom stellte das Radio lauter und zog sich wie in Trance an. Hubschrauber kreisten über dem Platz. Pferdestaffeln waren aufgezogen. Hunde kamen zum Einsatz. 6.000 Polizisten in voller Kampfmontur warteten auf ihre Befehle. Die ersten Demonstranten wurden weggeschleift. Die Stimme im Radio sprach von einem überharten Polizeieinsatz und einigen Verletzten. Schweres Räumgerät hatte die ersten Hütten bereits dem Erdboden gleichgemacht. Doch das alles, sagte die Stimme auf UKW, sei nur der Anfang.

Tom überlegte keine Sekunde. Heute würde in seinen Kursen kein planmäßiger Unterricht stattfinden. Kein Alltag, während das Camp plattgemacht wurde. Und er musste nach Gorleben. Zwar war das ganze Einsatzgebiet großräumig abgesperrt worden, wurden selbst Presseausweise nicht als Eintrittscoupon akzeptiert, doch er hatte schon eine Idee, wie er zur Räumung vordringen würde. Er war Teil des Camps. Sein Platz war dort.

Tom verstaute die Dias, die er im Wendland gemacht hatte, seinen alten Projektor und den Radiowecker in seiner Umhängetasche, stopfte sich einen Toast in den Mund und schwang sich auf sein ausgedientes Postrad. Er trat in die Pedale und erreichte den Schulhof eine Viertelstunde vor Unterrichtsbeginn. Er stürmte in den Kursraum. Kurz bevor der Deutschkurs begann, hatte er den Projektor mit den Dias bestückt, die er nun in einer Endlosschleife an ein Stück weiße Wand neben der Tafel warf. Aus dem Radio, das er voll aufgedreht hatte, dröhnte die Stimme aus dem Wendland. Als Robert Keller den Raum betrat, war alles angerichtet.

»Wir machen heute kein Deutsch«, sagte Tom bestimmt. »Das Hüttendorf wird geräumt.«

»Hab ich schon gehört«, sagte Keller. Er schaute sich in seinem Kurs um. »Okay«, fuhr er fort. »Wer will heute Döblin interpretieren, und wer will, dass wir die Räumung akustisch miterleben?«

Die Abstimmung fiel eindeutig aus.

»Dann leg mal los, Tom«, sagte Keller, bot Tom seinen Stuhl an und suchte sich einen Platz in der letzten Reihe.

Tom setzte sich aufs Pult. Er ließ die Bilder, die sich nun in seinem Rücken abwechselten, und die Live-Reportage von der Räumung wirken. Seine Augen schimmerten feucht, als er in einer Pause von seinen Erlebnissen in den vergangenen Wochen berichte. Roman, der auch ein paar Tage auf dem besetzten Platz gelebt hatte, ergänzte Toms Ausführungen. Keller ließ sie machen und griff nicht ein. Döblin nahm sich eine Auszeit. Die Realität ist heute in unserer Schule zu Gast, dachte Tom: Herzlich willkommen!

Als die anderthalb Stunden vorbei waren, packte Tom seine Sachen zusammen und verließ, so schnell es ging, den Kursraum. In der Tür stieß er mit Keller zusammen. »Gut gemacht«, grinste Keller ihn an und legte ihm die Hand auf die Schulter. »Gut, dass du die Sache in die Hand genommen hast. Ich hätte das nicht gedurft.«

Als Tom das Schulgelände verließ, mischte sich Stolz in die Traurigkeit über die Räumung. Er hatte den Widerstand in seinen Kurs getragen, ohne ihn hätte ganz normaler Unterricht stattgefunden. Nun hatte er selbst seinen kleinen Beitrag für die Bewegung geleistet. War irgendwie beteiligt gewesen. Doch nun musste er an die Front – dorthin, wo seine neuen Freunde sich dem Polizeistaat widersetzten.

Tom warf zwei Groschen in den Münzschlitz und wählte Schelskys Nummer. Er wusste, das Schelsky meist tagsüber zu Hause rumhing, seit er seine Lehre geschmissen hatte. Niemand ging an den Apparat. Tom ballte die Faust: Komm Schelsky, sei zu Hause, bitte! Es dauerte eine kleine Ewigkeit, da wurde der Hörer abgenommen. Eine verschlafene Stimme nuschelte Schelskys Namen.

»Ich bin's, Tom!«

»Was gibt's?«

»Bist du nüchtern?«

»Bis auf ein kleines morgendliches Pfeifchen zum Appetitanregen ja. Wieso?«

»Mach deine Maschine startklar, wir fahren ins Wendland!«

»Was? Wohin?«

»Nach Gorleben. Du kannst dich um die Anti-Atom-Bewegung verdient machen. Alles andere erklär ich dir gleich – bin in zehn Minuten bei dir.«

Tom hängte ein. Er hatte keinen Bock auf lange Debatten am Telefon. Schelsky hatte einen Nachteil: Er interessierte sich immer weniger für Politik, so wie er sich überhaupt immer weniger für seine Umwelt interessierte. Er hatte aber auch einen unschätzbaren Vorteil: Er hatte eine fahrbereite

Maschine. Sein Vater hatte ihm zu seinem achtzehnten Geburtstag, der nun auch schon ein halbes Jahr zurücklag, eine Kawasaki geschenkt und sogar noch 500 Mark für die Fahrstunden dazugepackt. »Nun kenne ich«, hatte Schelsky gesagt, »den Preis für ein schlechtes Gewissen«. Was ihn nicht davon abhielt, Geld und Maschine anzunehmen und schon bald seine Fahrprüfung erfolgreich abzulegen.

Schelsky starrte auf den Telefonhörer. Hallo – was war das denn für ein Überfallkommando? Seit Tom auf einer Welle der Anerkennung schwamm, Mr. Wichtig geworden war, stellte er keine Fragen mehr, äußerte keine Bitten, sondern erteilte Befehle. Das nervte. Das nervte sogar gewaltig. Alle sollten springen, wenn der Herr meinte, es sei jetzt notwendig. Und wenn er die kurze Sequenz richtig eingeschätzte, dann musste Mr. Wichtig mal wieder die Welt retten und brauchte einen Chauffeur. Toller Job!

Schelsky schaltete das Wega-Radio an und fand seine Vermutung bestätigt. Was er zu hören bekam, klang wie eine Live-Reportage eines ebenso heiseren wie atemlosen Reporters über die spannenden Schlussminuten eines Fußballspiels, nur dass das Team Grün nicht mit Bällen, sondern mit Knüppeln hantierte und seine eher defensiv ausgerichteten Gegner nicht den Hauch einer Siegchance hatten. Er hatte die Bauplatzbesetzung nur am Rande zur Kenntnis genommen, wusste wenig darüber, doch nun begriff er schnell, dass es vorbei war. Aber wozu irgendwo hinfahren, um einer Schlacht beizuwohnen, die schon verloren war? Auf der anderen Seite hatte ein Abstecher ins Wendland, ein Durchbrechen der Polizeiketten, alle Zutaten für ein kleines Abenteuer. Da kündigte sich eine gelungene Abwechslung in seinem eintönigen Alltag an. Okay, der Chauffeur würde Gas geben!

Als Tom eintraf, schwangen sie sich sofort auf Schelskys Kawasaki. Auf der Autobahn holte Schelsky alles aus der Maschine raus, und Tom, der tausend Tode starb, presste sich ängstlich an ihn. Kurz hinter Dahlenburg versperrten ihnen stacheldrahtverzierte Eisengitter, hinter denen sich ein Dutzend Polizeibeamte postiert hatten, den Weg. Schelsky wendete und bog, sowie sie aus dem Blickfeld der Polizisten verschwunden waren, auf einen Waldweg ab. Sie fuhren über holprige Wege, durch Tannenschonungen, über Äcker und Wiesen. Mehrfach mussten sie die Maschine über niedrige Zäune wuchten, um ihre Fahrt fortzusetzen. Das schmeckte nach Abenteuer und Rebellion.

Die Hubschrauber, die lärmend über dem Hüttendorf kreisten, wiesen ihnen den Weg. Nach einer Biegung hielten sie plötzlich auf eine Kette aus mehreren Hundert Beamten in voller Kampfmontur zu. Vor diesem Sperrgürtel hatten sich Demonstranten versammelt, die bereits geräumt worden waren. Manche beschimpften die Polizisten, manche riefen etwas in die Absperrung hinein, einige hielten sich an den Händen und sangen. Schelsky lehnte die Kawasaki gegen einen Baum und verstaute ihre Helme. Zu Fuß nahmen sie Kurs auf den Polizeiriegel, bis sie sehen konnten, was sich dahinter abspielte. Tom starrte an den Polizeikräften vorbei auf die letzte Gruppe sitzender Blockierer, die noch nicht abgeräumt worden war. Knapp 70 Männer und Frauen, umgeben von einer Übermacht an Polizisten. Sie hatten sich eingehakt und sangen aus Leibeskräften:

»Wir woll'n keine Polizisten, wir woll'n keine Staatsgewalt.
Bullenterror, Bürokraten, eure Herzen, die sind kalt.
Hey Cops, schmeißt den Knüppel weg!«

Die ersten Beamten näherten sich den sitzenden Demonstranten. Griffen in die Menschenketten, schlugen auf Schultern, verdrehten Arme. Menschen schrien vor Schmerz, ihre Nachbarn fauchten die Polizisten an. Die anderen aber sangen.

»Der Kampf um unsere Heimat, das ist nicht nur ein Wort.
Das Wendland ist befreit, wir gehen hier nicht fort!«

Knüppel flogen, schwere Stiefel verteilten Tritte in die Nierengegend. Mit schmerzverzerrtem Gesicht versuchte eine junge Frau, deren Beine ein Polizist bereits gepackt hatte, sich an ihren Nebenmann zu klammern. Dann beendete ein Hieb auf ihre Fingerkuppen ihre Gegenwehr. Ihr Nebenmann versuchte, den Knüppel zu greifen, fasste ins Leere und erhielt einen Hieb auf den Rücken. Er schrie so laut, dass Tom ihn noch in hundert Meter Entfernung hören konnte. Die anderen aber, sie sangen weiter.

»Wir woll'n keine Dorfplatzräumung, nehmt den anderen in den Arm.
Bäume pflanzen, Hütten bauen, uns're Herzen werden warm.
Hey Wenden – wat mutt, dat mutt!«

Inzwischen waren die Ketten der Sitzblockade auseinandergerissen, die meisten Demonstranten abgeräumt. Ganze Hundertschaften standen herum und betrachteten lächelnd, wie ihre Kollegen den letzten Widerstand erstickten. Ist das gleiche Lächeln wie auf dem Foto meines Vaters?, schoss es Tom kurz durch den Kopf. Es waren nun kaum noch ein Dutzend

Atomgegner auf dem Platz. Sie hatten sich, so gut es ging, ineinander verkeilt und erwarteten den finalen Einsatz. Und sangen.

»Der Kampf um unsre Heimat, das ist nicht nur ein Wort.
Das Wendland ist befreit, wir gehen hier nicht fort!«

Dann gab es nur noch einen, den letzten Sitzblockierer. Und niemanden, an dem er sich festhalten konnte. Als ihn zwei Beamte forttrugen, erstarb sein Gesang. Doch nun setzten die ein, die außerhalb der Polizeikette den Einsatz beobachteten. Und auch Tom sang, sang falsch und laut, sang, als sänge er um sein Leben: »Das Wendland ist befreit, wir gehen hier nicht fort!«

Tom stand das Wasser in den Augen. Er ballte die Fäuste in den Taschen seines Parkas. Nie zuvor war er so unglaublich wütend gewesen. Alles, was ihm bisher falsch vorgekommen war, fühlte sich plötzlich richtig an. Die RAF-Parolen, dass diesem Staat allein mit friedlichem Protest nicht beizukommen sei. Dass nur Bomben etwas verändern können. In diesem Moment wünschte sich Tom einen Sprengsatz. Eine Detonation, mit der er ein Zeichen setzen könnte. Die wegbomben, die für das, was er hier sah, verantwortlich waren. Die mit grauen Panzern diesen bunten Protest überrollten. Atomkonzern-Bosse, Politiker, Polizeipräsidenten. Sie alle würde er, ohne mit der Wimper zu zucken, einfach in die Hölle schicken. Wumm und weg. So also fühlte sich Hass an.

Noch immer stand ein einsamer Turm auf dem geräumten Bohrplatz, wurden Demonstranten mit Platzwunden von den Sanitätern versorgt. Ein Arzt half einer Frau, der die Polizisten den Arm ausgekugelt hatten. Tom entdeckte unter den Verletzten viele Gesichter, die er kannte, Menschen, mit denen er noch vor wenigen Tagen gebaut, gegessen und diskutiert hatte.

Das ist Punk, dachte Schelsky. Purer Punk. Das ehemalige Hüttendorf als Schlachtfeld. Dutzende Räumpanzer und Wasserwerfer, Polizeieinheiten, so weit das Auge reichte, Menschen, die der Polizeigewalt trotzten, sich nicht provozieren ließen. Der Hass der Bullen auf die Besetzer, wegen denen sie Überstunden schieben mussten, der Hass der Besetzer auf die Bullen, die ihren friedlichen Protest wegknüppelten und niederwalzten. Er hatte Lust, sich mit ein paar Bullen zu prügeln. Nur es waren zu viele.

Obwohl ihn der Konflikt um das geplante Atomlager nicht besonders interessierte, war er am richtigen Ort. Hier ging die Post ab. Die vergangenen Wochen hatte er fast nur abgehangen. Allein zu Haus oder mit den anderen am Bahnhof. Ohne Lehrstelle, ohne Perspektive, ohne Plan, dafür mit zu viel Drogen. Das alles fühlte sich nicht wirklich gut an. Hier zu sein, Wut zu tanken, fühlte sich besser an.

***

Daria hatte ihren Radiorekorder eingeschaltet und hörte mit. Ein Hubkran näherte sich gerade dem Turm, auf dem die letzten Besetzer kauerten. Mehrere Beamte eines Mobilen Einsatzkommandos versuchten, das Turmgerüst mit Strickleitern zu erklimmen. Der Mann im Radio sprach von vielen verletzten Demonstranten. War Tom darunter? Sie wusste, dass er ins Wendland gefahren war. Wusste nicht wie und mit wem. Sie hatten nach dem Deutschkurs nicht mehr miteinander geredet. Er hatte sie nicht gefragt, ob sie mitkommen wollte. Solche Auseinandersetzungen waren Jungenssache. Männersache. Mackersache.

Sie war ein wenig stolz auf ihn gewesen, wie er den Kurs umfunktioniert, das Wendland in den Unterrichtsraum gebracht hatte. Gleichzeitig nervte sie seine Selbstgefälligkeit, diese Ich-hab-den-totalen-Durchblick-und-erkläre-mal-kurz-die-Welt-Attitüde. Tom war ein anderer geworden. Er veränderte sich in einem rapiden Tempo. Von dem unsicheren, sensiblen Außenseiter, in den sie sich einst verliebt hatte, war nichts mehr übrig. Er hatte sich als ständig nach Applaus heischender Polit-Macho neu erschaffen. An einer Wand seiner Wohnung hing seit neuestem ein Che-Guevara-Plakat. Der Guerillero als Popstar. Und Tom glaubte, selbst ein kleiner Che zu sein. Ob Havanna oder Gorleben – irgendwo auf der Welt gab es immer gerade einen Ort, der befreit, der den Klauen des Kapitalismus entrissen werden musste.

Tom war der Macher, sie selber die stille Beobachterin, auch ihres eigenen Lebens. So wie sie dem Treiben der anderen zusah, so blickte sie auch auf sich selbst. Sie sprach und handelte, aber zeitgleich hörte und sah sie sich dabei zu. Sie analysierte, was passierte, und stand als unbeteiligte Zuschauerin neben dem, was geschah. Sie blickte auf die Realität, und die Realität blickte unverwandt zurück. Manchmal gab sie sich selber Regieanweisungen.

Irgendwann hatte sich eine pergamentene Wand zwischen sie und ihre Umwelt geschoben. Vielleicht war sie auch immer schon dagewesen. Ein unsichtbarer Vorhang zwischen ihr und der Bühne des Lebens. Sie konnte eintauchen in das, was Leben hieß, doch meist tauchte sie auch schnell wieder auf und blickte von außen auf die Dinge.

Sie bewunderte die anderen um ihre Leichtigkeit. Beneidete sie. Fanny vor allem. Fanny lebte einfach drauflos, mit koketter Wildheit. Was sie tat, tat sie ganz. Sie purzelte durch das Leben, griff dabei wahllos nach allem, was sich bot, verschlang es, genoss es und warf es weg, wenn es langweilig geworden war.

Daria tat nie einfach irgendetwas. Sie überlegte immer, was sie tat. Tat es dann oder ließ es bleiben und wusste stets genau warum. Alles hatte Bedeutung. Sie fühlte sich nie leicht. Während sie irgendwas tat, gab es immer noch eine Flut von Gedanken in ihrem Kopf, die sich nicht stoppen ließ. Nie herrschte Stille in ihr. Vor allem wenn sie versuchte einzuschlafen, lärmten die vielen Gedanken.

Wie gern hätte sie diesen verdammten Kopf einfach mal abgeschaltet und drauflosgelebt. So wie Fanny. Vielleicht war Fanny aus diesem Grund auch ihre beste Freundin und Tom, der Hansdampf des linken Rebellentums, aus fast demselben Grund nicht mehr ihr Freund. Aktionismus und Oberflächlichkeit waren Geschwister. Tom und sie sahen sich nur noch selten, sprachen kaum miteinander, und der Sex, den Tom inzwischen von ihr einforderte, wie früher von seiner Mutter die warme Mahlzeit, war lieblos geworden. Er genoss, dass sich nun auch andere Mädchen für ihn, den großen Politmacker mit der eigenen Bude, interessierten. Früher hatte er sich für sie interessiert. Heute interessierte er sich nur noch für sich.

Typen wie Tom, sie waren kaum noch von ihren Vätern zu unterscheiden. Ständig auf Trab, ungeheuer wichtig, Macher ohne Tiefe und Selbstreflexion. Die Ziele hatten sich verändert: Die Männer mussten keine Kriege mehr führen und kein Land aus Ruinen wiederaufbauen. Heute ging es darum, eine demokratischere Gesellschaft aufzubauen. Ohne Nazis, ohne Waffen, ohne Atomenergie. Das war ein Fortschritt. Nur die Strukturen dieser Kerle, sie waren immer noch dieselben.

Manchmal sehnte sich Daria nach dem Körper einer Frau. Nach einer Frau, die ihren Körper mit dem Wissen liebkoste, was einer Frau wirklich Lust verschaffte. Lustvoll liebkosen statt stumpf ficken. Nie wieder ein vorgetäuschter Orgasmus, damit auch er sich gut fühlte. In der Oberstufe war es inzwischen in Mode gekommen, eine Prise schwul, ein Körnchen lesbisch zu sein. »Ein bisschen bi schadet nie«, war zur meistzitierten Parole geworden. Wer seine Neigung zum eigenen Geschlecht nicht entdeckte, galt nun plötzlich als Spießer.

Bisexualität, so hatte Woody Allen einmal treffend bemerkt, ist die doppelte Chance auf ein Samstag-Abend-Date. Daria verbrachte zwar keine Wochenenden in Einsamkeit, aber auf Männer und Frauen zu stehen machte die Auswahl einfach größer. Die Vorstellung, mit einer Frau zu schlafen, fühlte sich zwar nach Kopfgeburt an, aber sie hatte keine Lust auf diese mackernden Kerle oder auf ihre eigenen umtriebigen Finger angewiesen zu sein, wollte ihre Sexualität leben und erleben. Und das, so hatte ihnen Roswitha immer und immer wieder eingetrichtert, sei für eine emanzipierte Frau eines der wichtigsten Themen. Jahrhundertelang war nur die Lust der Männer wichtig gewesen, waren Frauen nur Objekte männlicher Triebbefriedigung. Damit musste Schluss sein.

Daria dachte an Angelika, die neu in ihrer Frauengruppe war. Eine schlanke rothaarige Frau, mit kleinen festen Brüsten, mit einer Stupsnase, unglaublich frechen Augen und einem wahnsinnlichen Mund. Zum ersten Mal fühlte sich Daria von einer Frau angezogen. Auch körperlich. Trotzdem fiel es ihr schwer, sich Sex mit Angelika vorzustellen. Den Bildern ihres Kopfkinos fehlte Tiefenschärfe.

***

Sie machten Tantra. Todde hatte ein Übungsbüchlein besorgt, nach dessen Anleitung sie sich nun massierten und streichelten. Sie rieben sich mit ätherischen, aromareichen Ölen ein und probierten asiatische Düfte aus. Tantra ist ganz anders als tumbes Ficken, dachte Fanny. Sie genoss die Berührungen und das konzentrierte Spiel ihrer Finger und ihrer Körper.

Toddes hagerer Körper, der nur aus Sehnen und Muskeln zu bestehen schien, übte auf sie eine unbändige Faszination aus. Er fühlte sich kantig an, hatte nichts Weiches an sich, und es reizte sie, mit ihren Fingerspitzen über jeden Millimeter seiner Haut zu gleiten.

Fanny hatte sich auf seinen Schoß gepflanzt und ihre Beine hinter seinem Rücken gekreuzt. Sie hatten sich aufeinander eingeschwungen, sahen sich konzentriert in die Augen und schleusten mit tiefen, gleichmäßigen Atemzügen die Luft durch ihre Lungen. Fannys Lust war ruhig und intensiv. Sie spürte, wie die Energie zwischen ihnen hin und her floss und die Erregung nicht nur in ihrem Becken wirkte, sondern sich ihren Weg bis in den Kopf bahnte. Diese Art, sich nah zu sein, hatte nichts Verschämtes.

Tarot und Tantra, Massagen und Meditationen – mit ungebremster Neugier suchte Fanny nach neuen Wegen, sich selbst und ihre Umgebung wahrzunehmen. Das war alles höchst spannend. Die fernöstlichen Lehren warfen einen ganz anderen Blick auf die Welt, als dieser eng und muffig gewordene christliche Glaube ihres Vaters oder die seelenlosen naturwissenschaftlichen Gleichungen, mit denen in der Schule die Welt in Formeln zerhackt wurde. Harmonie, Energie, Wandlung, Spiritualität, Licht, Bewusstheit und Ganzheitlichkeit waren die Kategorien, die ihre neue Perspektive bestimmten.

Längst hieß sie in der Schule und in ihrer Frauengruppe die »Hexe«. Doch hinter der Skepsis ihrer Freundinnen lag ganz viel Neugierde. Regelmäßig legte sie Manuela und Simone die Karten. Sie wunderte sich selber, wie oft die Zeichen und Symbole genau zu dem passten, was die anderen Mädchen wissen wollten.

Wenn sie allein war, verschlang Fanny alles, was sie über »die spirituelle Herausforderung« und »hundert Wege zur Besinnung und Selbstfindung« in die Finger bekam. Durch Castanedas komplette »Lehren des Don Juan« hatte sie sich längst durchgefressen. Vor zwei Tagen hatte sie ein neues Buch entdeckt, das sie kaum noch aus der Hand legen konnte. Es hatte einen knallorangen Einband und trug den verheißungsvollen Titel »Ganz entspannt im Hier und Jetzt«. Ein bekannter Polit-Reporter hatte sein Tagebuch über den Weg zu dem indischen Guru Bhagwan veröffentlicht. Der fernöstliche Meister und sein Ashram in Poona waren seitdem in aller Munde. Sinnsuchende aus aller Welt zog es in Scharen in den Ashram, in dem der bärtige Prediger täglich in seinen Lectures die Welt erklärte.

Überall in der Republik schossen Bhagwan-Meditationszentren wie Pilze aus dem Boden, und auch in ihrer Schule trugen die ersten Mitschüler leuchtendes Orange zur Sandale und geschmacklose Holzperlenketten, an denen Medaillons mit dem Bild des bärtigen Meisters baumelten. Sosehr Fanny das Poona-Tagebuch verschlang, so wenig behagte ihr die farbenfrohe Kostümierung. Uniformität hasste sie auch in grellen Farben.

Als sie versuchte, neben Todde einzuschlafen, zogen tausend Gedanken durch ihren Kopf. Sie war auf dem Weg, fühlte sich lebendig und im

Aufbruch begriffen. War es normal, dass sie gar nicht wusste, wonach sie suchte. Irgendetwas, das sie nicht zu greifen bekam, fehlte in ihrem Leben. Und es fehlte auch jemand in ihrem Leben, und sie wusste auch wer: Schelsky. Nur warum sie sich ausgerechnet nach ihm sehnte, warum sie ihn vermisste, während sie neben dem viel schöneren und reiferen Todde lag, das wusste sie nicht.

KAPITEL 11

25. August 1980: Hätte Olaf Ritzmann sein Demonstrationsrecht nicht wahrgenommen, er hätte länger gelebt. Mit 15.000 Menschen protestiert er in Hamburg gegen den Wahlkampfauftritt des Kanzlerkandidaten Franz Josef Strauß, den CSU-Rechtsaußen aus Bayern. Bei einem Schlagstockeinsatz der Polizei am Bahnhof Sternschanze, nach der Schlusskundgebung, flüchtet der 16-jährige Tischlerlehrling auf die Gleise. Noch bevor er wieder auf den Bahnsteig zurückklettern kann, erfasst ihn ein Zug. Jede Hilfe kommt zu spät.

»Was soll der Scheiß?«, brüllte Fannys Vater am Frühstückstisch. Er brüllte nie, und er sagte niemals Scheiß. Die Lage war also ernst.

»Was soll das bedeuten, du heißt jetzt Nabajata?«

»Navajata!«, korrigierte das Mädchen, das bis eben noch Fanny geheißen hatte.

»Dann eben ... ist mir doch scheißegal, ob Navajata, Nabajata oder Nasanata – solange du hier in meinem Hause lebst, heißt du Fanny. Fanny!!! Und nicht anders. Verstehst du!«

»Hartmut, reg dich doch nicht so auf«, versuchte Fannys Mutter zu beschwichtigen, die Augen anklagend auf ihre Tochter gerichtet.

»Ich soll mich nicht aufregen?!?« Claudias abwiegelnde Worte brachten Fannys Vater noch mehr in Rage. »Meine Tochter lässt sich von so einem indischen Scharlatan einen neuen Namen verpassen und läuft mit dem Bildnis dieses zugewachsenen Gurus an einer albernen Kette durch die Gegend, und ich darf mich nicht aufregen?«

Fannys Vater hasste es, sich aufzuregen, und deshalb tat er es eigentlich nie. Er hatte immer alles duldsam als Prüfung angenommen, was der Herr ihm auferlegt hatte. Dass seine Tochter sich vom Christentum abgewandt hatte, inzwischen auch nicht mehr in die Kirche mitkam, das hatte er geschluckt. Aber dass sie den Herrn nun mit diesem indischen Guru betrog, war nicht mehr hinnehmbar. Was würden die Nachbarn denken, wenn sie Fanny sahen, mit diesem lächerlichen Hippie-Kleid und dieser lächerlichen Kette. Ihr musste doch klar sein, dass das auf ihn zurückfiel.

»Das geht doch bestimmt bald wieder vorbei«, insistierte Fannys Mutter und forderte mit einem Blick ihre Tochter flehentlich auf, ihr zuzustimmen und die Situation nicht noch weiter aus dem Ruder laufen zu lassen. Petra betrachtete amüsiert die Situation.

»Geht es nicht!«, beharrte Fanny, die jetzt Navajata hieß, stampfte einmal effektvoll mit ihrem rechten Fuß auf und verschränkte die Arme vor der Brust.

»Ich will diesen Namen hier im Haus nicht noch einmal hören und dieses Götzenbild nicht noch einmal sehen. Sonst landet es samt dieser dämlichen Kette postwendend im Müll«, polterte Hartmut.

Ja, es war Zeit, ein Machtwort zu sprechen. Zufrieden mit sich selbst nahm Fannys Vater einen Schluck Tee, während seine Tochter ohne ein weiteres Wort das Esszimmer verließ und dabei nicht vergaß, die Zimmertür mit Schwung hinter sich zuzuknallen.

Vorgestern war das Paket bei ihr eingetroffen, frankiert mit zwei fremdländischen Briefmarken und versehen mit diversen Stempeln. Fanny hatte ihre Bedenken gegen die Uniformität der orangenen Trachten und den unverhohlenen Führerkult der Sannyasins über Bord geworfen und sogar eine Diskussion mit Tom überstanden, der hinter beidem »faschistoide Züge« witterte. Ihre Neugier auf das Abenteuer Bhagwan war größer als alle Ressentiments. Als die heiß ersehnte Fracht endlich vor ihr lag, konnte sie es kaum erwarten, sie zerrte und riss an dem Klebeband herum, und als das Papier endlich vor ihr in Fetzen lag, kam ein kleiner weißer quadratischer Karton zum Vorschein. Als Fanny auch diesen geöffnet hatte, lag sie, in sich verschlungen wie eine Natter, vor ihr: ihre Mala. Auf dem Papier, das der Kette wie ein Beipackzettel beilag, stand der Name, den Shree Rajneesh in seiner Weisheit für sie auserwählt hatte. Ihr neuer Name.

Fanny war von diesem Moment an Vergangenheit. Ab heute gab es nur Ma Prem Navajata.

***

Zum ersten Mal hatte Tom eine Affäre nebenbei. Das Dolce Vita, das er nach seinem Auszug aus dem Elternhaus genoss, galt es in vollen Zügen auszukosten. Daria war zwar ein tolles und schlaues Mädchen, aber auch ein wenig brav. Sabine hingegen war keck. Schon als sie gemeinsam die Friedenswoche vorbereiteten, hatten sie sich belauert. Daria war meistens dabei gewesen, sodass sie nur heimliche Blicke tauschen konnten. Tom kam sich schäbig vor, doch der Reiz des Verbotenen perlte nicht an ihm ab. Zudem war Treue sowieso ein Relikt aus vergangenen Spießer-Zeiten. Auch Daria hatte ihm nie gesagt, dass sie von ihm erwarte, dass er ihr treu sei. Sie wünschte es sich nur. Und das war viel schlimmer. Er konnte mit ihr einfach nicht darüber reden. Nicht einmal den kurzen Urlaubsflirt mit Veronique, die ihm nichts bedeutete und die er nie wiedersehen würde, hatte er Daria gestanden. Sie hätte ihn nicht beschimpft, ihm keine Szene gemacht. Sie wäre einfach nur enttäuscht gewesen. Und traurig. Er hätte sich auf ewig mit einem schlechten Gewissen rumplagen müssen, sich schuldig gefühlt für etwas, was eigentlich doch ganz natürlich war. Stattdessen fühlte er sich schuldig, weil er zu feige war, die Karten offen vor Daria auf den Tisch zu legen.

Dass Sabine auf die Nachbarschule ging, machte es einfacher. Sie war erst fünfzehn, mit ihren dunklen Haaren und ihren Haselnuss-Augen der klassisch südländische Typ, und sie liebte es rumzuknutschen. Nach einer Fete an einem ausgesucht lauen Sommerabend erwischte sich Tom dabei, eng umschlungen mit ihr dieser Lieblingsbeschäftigung nachzugehen. Sabines Küsse schmeckten fordernd, verlangten nach mehr. Tom war es nicht gelungen, sich Daria vor sein inneres Auge zu rufen, was die Voraussetzung dafür gewesen wäre, während des Knutschens zumindest halbwegs ernsthaft über Treue, Moral und jene Tugend nachzudenken, die mit dem altmodischen Begriff Redlichkeit am besten umschrieben war.

Als sie ihren Unterkörper an seinem rieb und seine rechte Hand ihre linke, überraschend üppige Brust aus dem BH befreite, um sie intensiv zu kneten, gab es kein Zurück mehr. Jeder Treueschwur verdiente es jetzt gebrochen zu werden, jeder Skrupel gehörte in die hinterste Ecke verbannt. Allein, dass Sabines sehr liberale Mutter dann doch nicht so liberal war, dass ihre Tochter ohne jede Vorwarnung bei fremden Jungen nächtigen oder sie einfach mitbringen durfte, verhinderte, dass es noch in dieser Nacht zum Äußersten kam.

Zwei Tage später saß Tom erst bei Gebäck auf dem Sofa von Sabines Mutter Susanne, um weitere zwei Stunden später in Sabines Bett einen noch bequemeren Platz zu ergattern. Hier erfuhr er, dass Mama ihrer Tochter bereits vor einem guten Jahr die Pille besorgt hatte und Sabine seitdem mit diversen Männern geschlafen hatte, darunter einem Bekannten ihrer Mutter, der die vierzig bereits überschritten hatte. Sie kam auf zwölf Liebhaber. Zwei Stunden später waren es dreizehn geworden.

Tom war nun regelmäßig bei Sabine. Sie aßen oft Abendbrot mit Susanne, die allein mit ihrer Tochter lebte – oder frühstückten zu dritt. Susanne nahm offenbar an, dass er Sabines neuer fester Freund war. Ein Irrtum, den weder er noch Sabine aufklärten.

Sabine wusste von Daria, Daria ahnte höchstens etwas von Sabine. Sie hatte feine Antennen dafür, wenn ihm ein anderes Mädchen gefiel. Allmählich schwanden Toms Schuldgefühle. Er fand es einfach toll, eine Affäre zu haben. Er genoss die Tage, an denen er sowohl mit Daria wie Sabine schlief. Hatte er nicht das verdammte Recht, alles nachzuholen, was er vor seinem Auszug versäumt hatte? Nein, ihn plagte kein Gewissen und schon gar kein schlechtes.

Obwohl seine Haare inzwischen etwa 20 Zentimeter zu lang waren, um als idealer Schwiegersohn durchzugehen, verstand Tom es, Mütter für sich einzunehmen. Das war so bei Brigitte und auch bei Susanne. Er nahm sich Zeit mit ihnen zu plaudern, bot all das, was ihm an Höflichkeit und Manieren zur Verfügung stand, auf und erzielte damit enorme Wirkung. Brigitte hatte ihn längst adoptiert, und als er einmal vor der verabredeten Zeit vor Sabines Haustür stand, hatte Susanne ihm Tee serviert und mit Plätzchen abgefüllt, um mit ihm anschließend angeregt über Gott und die Welt zu diskutieren. Dass er ihre mäßig geschickten Versuche, von ihm etwas mehr über ihre eigene Tochter zu erfahren, lächelnd überging, schien sie nicht einmal zu stören. Er war als Sabines Freund, der er nicht war, akzeptiert, und das bot ihm schon bald die Möglichkeit, regelmäßig über Nacht zu bleiben.

Morgens servierte Susanne dem meist etwas übernächtigten Paar frischen Orangensaft und knackige Aufbackbrötchen. Dann verabschiedete man sich, Susanne in Richtung Arbeit, Tom in Richtung Schule, oder wenn die Nacht zu wenig Schlaf bereitgehalten hatte, in Richtung eigenes Bett.

Oder er fuhr – wie heute – direkt zu Daria. Sie hatte ihn gebeten, sie zu ihrer Frauenärztin zu begleiten. Die Entscheidung Pille, Spirale oder »Phragi«, was als spröde Langform Diaphragma bedeutete, stand an, und natürlich war es Ehrensache, dass Tom als emanzipierter und frauenbewegter Mann Präsenz zeigte. Er war etwas spät bei Daria, und nach einem kurzen Begrüßungskuss schwangen sie sich auf ihre Räder, sie voran, er folgend, da er nur eine vage Ahnung hatte, wo die Praxis der Ärztin sich befand. An einem weißgetünchten Neubau hielt Daria an. Sie hielt ihm die Tür auf, und Tom hatte nicht mal mehr die Zeit, das Türschild kurz zu mustern, um den Namen der Ärztin aufzuschnappen. Den zu kennen gehörte zum Pflichtprogramm eines frauenbewegten Partners. Doch sie würde sich ihm ja gleich vorstellen, und er würde ihren Namen dann wie eine Vokabel auswendig lernen, um ihn selbst im Schlaf parat zu haben.

Als Daria aufgerufen wurde, wollte sie kurz alleine ins Behandlungszimmer. Ihn ankündigen, hatte sie gesagt. Also wartete er brav noch zwei Minuten, bis auch er schwungvoll eintrat und der Ärztin die Hand zur Begrüßung entgegenstreckte. Er blickte in ihr Gesicht, und seine Bewegung fror ein. Im weißen Ärztekittel neben dem gynäkologischen Stuhl, den Daria gerade ziemlich umständlich erklomm, stand Susanne.

Susanne, mit der er noch vor anderthalb Stunden gefrühstückt hatte.

Er wusste nicht, wer von beiden über die Gegenwart des andern mehr erschrocken war, er ahnte nur, dass er gerade tomatenrot anlief. Was würde sie nur über ihn denken? Festgewurzelt standen sie sich gegenüber, keiner fähig, ein Wort zu sagen. Es war Daria die, irritiert von der eingetretenen Schockstarre, die Stille durchbrach.

»Hallo? Was ist los? Kennt ihr euch?«

»Nein, woher denn?«, lautete Toms reflexhafte Reaktion. Er spürte, dass sein Gesicht noch immer glühte. Seine Worte erweckten Susanne aus ihrem Wachkoma, sie reichte ihm die Hand und nannte ihren ihm längst bekannten Namen. »Tom, Tom Bartels«, stotterte es aus ihm heraus, während er um Fassung rang. Er konnte nur hoffen, dass Susanne den Begriff der ärztlichen Schweigepflicht im Notfall auch gegen ihre Patientinnen auslegte. Dies war ein Notfall. Ein falsches Wort und er war verloren.

***

Schelsky hörte sein Herz wummern. Seit Stunden tigerte er in seinem Zimmer auf und ab, unfähig, sich auf irgendetwas zu konzentrieren. In ein paar Minuten würde sie vor ihm stehen. Das erste Mal seit einem Jahr. Es gelang ihm nicht, seine Atmung in einen gleichmäßigen Rhythmus zu zwingen. Immer wieder musste er tief Luft holen, wie ein alter, lungenkranker Mann.

Fanny hatte ihn angerufen. Einfach so. Nach knapp zwölf Monaten totaler Funkstille. Sie hatte drauflosgeplaudert, als hätten sie sich bloß mal zwei Wochen nicht gesehen. Wollte wissen, wie es ihm gehe und was er denn so treibe. Er war gerade noch in der Lage gewesen, sich ein paar »Ganz gut«, »Ach so« und »Ja, wirklich?« abzuringen. Während er den Hörer an sein Ohr presste, flutete ein Cocktail aus Glücks- und Stresshormonen seinen Körper und sein Hirn.

Fast ein Jahr lang hatte er sich Fanny planmäßig abgewöhnt. Hatte Tom zuletzt unter Aufbietung all seiner Kräfte gar keine Fragen mehr nach ihr gestellt. In den vergangenen Wochen hatte er sich des Öfteren dabei ertappt, mehrere Stunden überhaupt nicht an sie gedacht zu haben. Dann war er ziemlich stolz auf sich. Als sie ihm die Frage stellte, ob er nicht Lust habe, sie zu sehen, dachte er: nein, auf keinen Fall, und sagte: »Ja, warum eigentlich nicht.« Eine Minute später waren sie verabredet gewesen. Nun würde sie in wenigen Minuten vor ihm stehen.

Fanny schloss ihr Rad ab und warf einen Blick auf das Fenster von Schelskys Zimmer. Wieder hier zu sein machte ein Kribbeln ganz tief im Bauch. Als sie ihn angerufen hatte, hatte er kaum ein Wort herausgebracht. War das Desinteresse? Fühlte er sich überrumpelt? Fanny hatte beschlossen, dass er von ihrem spontanen Anruf einfach kalt erwischt worden war.

Was wollte sie hier? Warum konnte sie die Akte Schelsky nicht einfach schließen? Warum kam er ihr immer wieder in den Sinn? Was wollte sie noch von ihm? Fanny hatte eine Antwort auf diese Fragen gesucht. Sie hatte keine gefunden. Also musste sie ihn sehen, um Klarheit zu erhalten.

Schelsky warf einen Blick auf seine Armbanduhr. Sie war seit sechs Minuten überfällig. Das war nicht viel. Fanny war nie besonders pünktlich gewesen. Doch heute dehnten sich die Sekunden zu einer kleinen Ewigkeit.

Vielleicht hatte sie es sich anders überlegt. Vielleicht hatte er ihren Anruf nur geträumt.

Fanny nahm Kurs auf die Haustür des Wohnblocks. Warum sehnte sie sich nach Schelsky, obwohl sie Todde hatte? Es war immer noch nett mit Todde. Er war ein Typ, um den ihre Freundinnen sie beneideten. Das Problem war nur, dass er das wusste. Er ließ sie spüren, wie umschwärmt er war und dass sie dankbar sein musste, weil er sich für sie entschieden hatte und jeden Tag neu entschied.

Mit der eigenen Wirkung aufs andere Geschlecht zu kokettieren, das war ihr Spiel. Sie hatte es immer genossen, umschwärmt zu sein. Sie hatte es ihre Partner immer spüren lassen, dass sie nur mit den Fingern schnipsen musste, um einen anderen zu kriegen. Dass Todde ihr jetzt den Spiegel vorhielt, war ziemlich unfair.

Seine Arroganz war faszinierend, aber sie sorgte dafür, dass sie sich klein fühlte neben ihm. Es war unmöglich, an seiner Seite zu wachsen. Dass sie seit einigen Tagen nur noch die orangenen Lunghis der Sannyasins trug, hatte er mit einem milden, viel zu altväterlichen Lächeln quittiert. Wie würde Schelsky darauf reagieren?

Sie hatte den Eingang erreicht und klingelte. Lang-kurz-lang. Ihr Erkennungszeichen. Ob Schelsky sich noch daran erinnerte? Auch er hatte sie stets umschwärmt. Aber nicht auf diese untertänige Art anderer Jungs, die ihr schnell langweilig wurden. Er hatte ihr gezeigt, dass er sie wollte, dass er sogar bereit war, sie zu teilen, und hatte trotzdem immer seinen eigenen, störrischen Kopf gehabt. Todde war viel männlicher, viel schöner, viel souveräner als Schelsky. Schelsky war eine Mischung aus unsicherer kleiner Junge und trotziger Rebell, der nie fürchtete, irgendwo anzuecken. Eine Mischung, die sich in ihr Herz krallte.

Aber Schelsky war auch immer das Opfer gewesen, der, der von allen verlassen wurde und allein zurückblieb. Diese Attitüde ließ immer weniger Platz für Lebensfreude zwischen ihnen. Für sein Scheitern machte er immer nur die anderen verantwortlich. Seine Eltern, seine Lehrer, nie sich selber und zum Schluss auch sie. Sie hatte diese sauertöpfische Attitüde irgendwann einfach nicht mehr ertragen. Deshalb hatte sie Schluss gemacht. Und er – der von allen Verlassene – hatte sich mal wieder bestätigt gefühlt.

Es hatte geläutet. Lang-kurz-lang. Als müsse er sich dennoch vergewissern, warf Schelsky einen Blick aus dem Fenster. An die Hecke gelehnt stand Fannys Rad. Kein Zweifel möglich. Sollte er vielleicht einfach nicht aufmachen? So tun, als sei er nicht zu Hause? »Du bist jämmerlich, Schelsky«, schalt er sich für diesen Gedanken. »Kneifst den Schwanz ein, nur weil deine Ex zu Besuch kommt.« Er ging zur Wohnungstür und drückte entschlossen auf den Türöffner. Hörte kurz darauf den immer noch vertrauten Klang der Schritte. Sein Herz war viel lauter. Es schlug bis zum Hals. Die Schritte kamen näher, und dann sah er sie. Eine Apfelsine auf Füßen, war sein erster Gedanke. Das war nicht nett gedacht. Und auch der Situation völlig unangemessen, fand Schelsky.

»Hi!« Ihre Stimme klang unsicher.

»Hi!« Er starrte sie an. Sie trug ein wallendes, knallorangenes Gewand, das fast bis zum Boden reichte. Um ihren Hals baumelte eine Kette aus dunklen, runden Holzperlen, die in einem ebenso runden Holzmedaillon mündeten, aus dem ihn schwarz-weiß zwei Augen anstarrten. Die untere Hälfte des kleinen Fotos wurde komplett von einem Gestrüpp aus Barthaaren ausgefüllt, das ihn unweigerlich an Karl Marx erinnerte.

»Das ist Bhagwan«, sagte Fanny.

»Aha«, sagte Schelsky.

»Er ist ein Lehrmeister aus Indien«, klärte sie ihn auf. In ihren Augen hatte sich ein Glanz ausgebreitet, den er zuvor noch nie bei ihr gesehen hatte.

»Lehrmeister«, wiederholte er ungläubig und zuckte die Schultern.

Fanny hängte ihre Jacke an die Garderobe, bevor sie fortfuhr: »Er hat in Poona einen Ashram aufgebaut, in den ganz viele Menschen strömen, um zu meditieren und ohne Neid, Eifersucht und Missgunst miteinander zu leben. Sie kommen von überall – aus Europa, den USA, Australien ...«

»Du meinst, sie kommen aus den Hochburgen der westlichen Zivilisation, gelangweilte Kinder der Konsumgesellschaft, auf der Suche nach dem Sinn.« Noch immer starrte Schelsky ungläubig auf den Meister im Medaillon.

»Du verstehst das nicht«, fiel Fanny ihm ins Wort. »Bhagwan ist echt klug, du musst einmal eine seiner Lectures hören. Und er hat die besten Meditationslehrer und Therapeuten der ganzen Welt in Poona versammelt. Ich werde auch dahinfahren und Sannyas nehmen«.

»Ashram – Lectures – Sannyas.« Schelsky schwirrte der Kopf.

»Sannyas nehmen ist so eine Art Inkarnationsritus. Bhagwan legt dir die Hand auf die Stirn und gibt dir einen neuen Namen. Anschließend darfst du die Mala tragen.« Aus Fanny sprudelte es nur so heraus.

»Einen neuen Namen? Die Mala tragen?«

»Das hier!« Sie deutete auf die Kette auf ihrer Brust. Mit 108 Perlen aus Rosenholz und dem Medaillon mit dem Konterfei des Meisters. »Man kann sie mit dem neuen Namen zwar auch zugesandt bekommen, aber es ist irgendwie besser, das Ganze in Indien dann noch einmal offiziell zu machen.«

»Sieht aus wie so eine Kette aus Plastikkugeln, mit denen man im Cluburlaub auf Ibiza bezahlt. Weiche Kügelchen statt harter Währung – is ja echt super alternativ, total ausgeflippt.« Schelsky hatte die Faxen dicke.

»Mach dich nur lustig.« An die Stelle des schimmernden Glanzes in Fannys Augen war jetzt Wut getreten. »Wenn du Bhagwan nicht ernst nimmst, dann nimmst du mich auch nicht ernst. Und wenn du mich nicht ernst nimmst, dann kannst du mir auch weiterhin gestohlen bleiben. Ich weiß schon, warum ich mit dir Schluss gemacht habe.«

Mit diesen Worten griff sich Fanny ihre Jacke, ging ohne Schelsky noch eines Blickes zu würdigen zur Tür und ließ sie schwungvoll ins Schloss fallen. Es war nun schon das zweite Mal an diesem Tag, dass sie sich türknallend aus dem Staub machte.

Schelsky sah ihr halb amüsiert, halb betrübt nach. Ihr Wiedersehen hatte er sich irgendwie anders vorgestellt. Er wusste nicht genau wie, aber anders. In zwei Wochen wird sich die Schwärmerei für den asiatischen Vollbartträger gelegt haben, dachte er.

Nur ob Fanny dann noch einmal bei ihm anklopfen würde?

»Verdammter Idiot«, dachte Fanny, während sie ihr Fahrradschloss öffnete. Zumindest von Schelsky hatte sie erwartet, dass er sie nicht niedermachte, nur weil sie jetzt eine Sannyasin war. Zumindest er hätte mal genauer hinsehen können, warum sie diesen Schritt gemacht hatte und was es ihr bedeutete. Heute hätte er mal richtig bei ihr punkten können. Aber er war genauso ein Blödmann wie alle anderen.

***

Darla lag auf ihrem Bett und starrte an die Decke. Was hatte sie da nicht mitgeschnitten? Als würde gleich eine Bombe explodieren, so hatten sich die Minuten in der Praxis angefühlt. Was hatte Frau Dr. Ring für merkwürdige Blicke mit Tom gewechselt? Und was hatte Tom ihr verschwiegen? Und was verschwieg er ihr überhaupt alles? Sie wusste, dass er eine Affäre hatte, und sie glaubte, mit Sabine. Aber Tom war nicht bereit, darüber zu reden. Ob sie jetzt der Fraktion der Eifersüchtigen angehöre, hatte er sie gefragt und dabei das Wort eifersüchtig wie ein Schimpfwort klingen lassen. Ob sie ihm eine Szene machen wolle, hatte er sie angegiftet. Solche selbstgefälligen Attacken verletzten. Innerlich hatte Daria längst Abschied von Tom genommen. Den Tom, in den sie sich einmal verliebt hatte, gab es nicht mehr. Die Trennung war längst vollzogen. Nur ausgesprochen war sie noch nicht. Manchmal trafen sie sich noch und schliefen miteinander. Liebloses Rumgeficke.

Seit drei Wochen hatte Daria Sex mit Angelika. Das fühlte sich gut an. Obwohl sie sich in der Frauengruppe bislang nur ein wenig kennengelernt hatten, war da von Beginn an eine besondere Vertrautheit zwischen ihnen. Angelika war nicht das erste Mal mit einer anderen Frau zusammen. Ihre Finger und ihre Zunge wussten genau, was sie zu tun hatten, um Daria Lust zu verschaffen. Es war eine ganz andere Form von Leidenschaft und Zärtlichkeit als mit Tom, viel näher, viel intimer. Trotzdem brauchte sie ab und zu einen Männerkörper.

Sie hatte so lange gewartet, bis sie das erste Mal mit Tom geschlafen hatte, und das unausgesprochene Versprechen, es irgendwann zu tun, hatte zuvor eine wunderbare Spannung zwischen ihnen aufgebaut. Heute machten sie es immer miteinander, wenn sie sich sahen. Nur Spannung, die gab es zwischen ihnen nicht mehr. Daria nahm sich vor, bei nächster Gelegenheit Schluss zu machen. Sie hatte sich entliebt, und es kam ihr schäbig vor, die Hülle ihrer Beziehung noch aufrechtzuerhalten, um ab und zu seinen Schwanz in sich zu spüren. Darauf hatte sich nun also Toms Bedeutung reduziert, und diesen Platz konnte wirklich ein anderer einnehmen. Nur die Hoffnung, es könnte wieder so werden, wie es war, hatte sie bislang davon abgehalten, einen Schlusspunkt zu setzen. Eine Hoffnung, die längst keine Nahrung mehr fand.

***

Im Radio hörte Tom die Nachricht, dass ein Demonstrant von einem fahrenden Zug überrollt worden war und nun um sein Leben kämpfte. Es sah nicht gut aus. Die Kundgebung gegen den Kanzlerkandidaten Franz Josef Strauß war schon zu Ende, da löste die Polizei die Menge mithilfe ihrer Schlagstöcke auf. Demonstranten waren vor den anrückenden Polizeikräften auf die Gleise geflüchtet. Ein Sechzehnjähriger hatte es offenbar nicht geschafft, sie rechtzeitig wieder zu verlassen. Sie haben ihn vor den Zug getrieben, dachte Tom.

Das Desaster mit Daria war in diesem Augenblick vergessen. Die Atmosphäre in der Praxis war zum Schneiden gewesen. Susanne hatte sich wenig anmerken lassen, aber ihm einige irritierte Blicke zugeworfen. Daria hatte gespürt, dass etwas nicht stimmte.

»Was war das denn?«, hatte sie gefragt, nachdem sie die Praxis verlassen hatten, aber keine Antwort von ihm erhalten. Den Rest des Vormittags hatten sie sich angeschwiegen. Tom war froh, als ihre Wege sich trennten.

»Sie haben ihn getötet.« Dieser Gedanke setzte sich in Toms Kopf fest. Er rief Andy und Schelsky, die alten Kumpels, an und dazu noch ein paar neue, die er im Wendland kennengelernt hatte. Am Ende waren sie zu sechst.

Sie traten die Strauß-Plakate um und verarbeiteten sie zu Kleinholz. Auf die Großstellwände, die sich nicht umtreten ließen, schrieben sie mit ihren Spraydosen BRD=Mörderstaat. Sie stachen mit dem Fahrtenmesser in die Reifen teurer Bonzenwagen, brachen Mercedessterne als Trophäen vom Kühler und sangen dabei den Song der Scherben:

»Macht kaputt, was euch kaputt macht.«

Dieses System kannst du nur noch wegbomben, dachte Tom, der fand, dass ihm die schwarze Hasskappe vortrefflich stand. Nimmst dein Demonstrationsrecht wahr und wirst als Belohnung von den Bullen vor den Zug getrieben. Mit demokratischen Mitteln ließ sich jedenfalls nichts ändern. Wenn dieses Schweinesystem Gewalt säte, dann sollte es auch Gewalt ernten. Kein Problem!

Das ist besser als diese Bhagwan-Scheiße, dachte Schelsky. Meditieren für den Frieden, Yoga gegen Atomkraft, das ist doch alles Quatsch. Laut sein, dieser verkommenen Spießergesellschaft den blanken Arsch zeigen, das war angesagt. Oder machte zumindest mehr Sinn. Und auch mehr Spaß.

Sie hinterließen eine Spur der Verwüstung bei ihrem Zug durch den Stadtteil. Schütteten sich zu und ließen den Joint kreisen. Waren Rebellen und unverwundbar. Und unvorsichtig. Als sie am Eingang einer Grünfläche dabei waren, eines dieser hässlichen Großplakate mit vereinten Kräften aus den Angeln zu heben, sahen sie die Schattenmänner, die sich von hinten anschlichen, nicht und hörten auch nicht deren schnelle Schritte. Plötzlich waren sie da. Die Wendländer hatten sie den Bruchteil einer Sekunde früher bemerkt als die anderen und stoben auseinander. Andy lief in den Park, aber ein Schattenmann war schneller. Als Schelsky begriff, was da gerade passierte, hatte ihm schon jemand die Arme auf den Rücken gedreht.

Tom war es noch gelungen, hinter ein Gebüsch zu hechten. Er kauerte am Boden. Der Zivilfahnder stand nur zwei Meter von ihm entfernt und suchte mit seiner Taschenlampe die Umgebung ab. Es grenzte an ein Wunder, dass er Tom nicht längst schon erspäht hatte.

Später, auf dem Rücksitz des Polizeiwagens, fragte sich Tom, wieso er, als er da im Unterholz hockte, nicht auf die Idee gekommen war, die Spraydose und die erbeuteten Mercedessterne einfach neben sich abzulegen. Nun beulte das Zeug seine Winterjacke aus, und er wurde es nicht mehr los. Er lieferte der Polizei alles, was sie brauchte, um die drei, die sie erwischt hatte, nicht nur wegen des Plakats, sondern wegen ihres gesamten Feldzugs gegen das System zur Verantwortung zu ziehen. Das konnte teuer werden, sehr teuer.

Das grelle Deckenlicht blendete Schelsky. Er konnte noch immer nicht begreifen, wie ihnen das hatte passieren können. Ein hinter einer Schreibmaschine aufgebauter, recht korpulenter Beamter verhörte ihn und hämmerte ununterbrochen mit seinem Zeigefinger auf die Tasten der Maschine. Schelsky hatte Probleme, den Fragen des Dicken inhaltlich zu folgen. Alles in seinem Kopf fühlte sich zäh an, wie Klebstoff. Bekifft von den Bullen vernommen zu werden war wirklich ein Albtraum.

Tom hatte seine Jeansjacke angelassen und schwitzte. Obwohl noch Sommer war, waren die Heizkörper auf der Wache aufgedreht. Ein Polizist hatte ihm die Jacke abnehmen wollen, um sie an die Garderobe zu hängen. Genauso gut hätte ihm Tom gleich die Sterne und das Spray in die Hand drücken können.

Der Beamte trat auf ihn zu, tastete seine Beine ab und arbeitete sich langsam nach oben. Tom trat der Schweiß auf die Stirn. »Haben Sie Ihren Ausweis dabei?«, erkundigte sich der Beamte, dessen Hände der Jackentasche bereits bedrohlich nahe gekommen waren. »Einen Moment«, erwiderte Tom, wand sich aus dem Griff des Polizisten und tastete in der anderen Jackentasche nach seiner Börse. Wortlos reichte er sie dem Beamten, der sie öffnete und Toms Ausweis entnahm. Er drückte Tom das Portemonnaie in die Hand und verschwand mit dem Ausweis in Richtung Fotokopierer. Als er Tom das Dokument nach ein paar Minuten zurückgab, setzte er die Leibesvisitation nicht fort.

Zwei Stunden lang wurden die drei Jungen einzeln und getrennt verhört. Sie sagten übereinstimmend aus, dass sie die drei, die hatten flüchten können, nicht näher kannten. Schelsky erzählte, sie hätten sich ihnen angeschlossen, als sie an dem Plakat schon zugange waren. Andy und Tom gaben zu, es auf das Wahlplakat abgesehen zu haben, verweigerten aber weitere Aussagen. So wenig wie möglich sagen, diese Faustformel im Umgang mit der Polizei war ihnen allen geläufig.

Kurz nach Mitternacht wurden sie wieder auf freien Fuß gesetzt. In Toms Jacke klöterten noch immer sechs Kühlertrophäen und die fast leere Spraydose. Die drei redeten nicht viel, bevor sie auseinandergingen. Jeder war für sich mit den Ereignissen der vergangenen Stunden und dem, was da auf sie alle noch zukommen würde, vollauf beschäftigt.

KAPITEL 12

28. Februar 1981: 80.000 Demonstranten und 10.000 Polizisten messen ihre Kräfte am Bauzaun des geplanten Atomkraftwerks Brokdorf in der Wilstermarsch. Knüppel, Hubschrauber und Wasserwerfer gegen Molotowcocktails und Zwillen – die »Schlacht um Brokdorf« fordert mehr als 200 Verletzte.

Das rote, in der Nachkriegszeit gebaute Backsteingebäude lag in einem Hinterhof. Der Eingangsbereich wirkte hell und freundlich, viel Weiß und alle möglichen Gelb- und Rottöne, in Licht getaucht. Ein Mann in orangener Kutte und Sandalen, der Navajata ganz offenbar kannte, kam ihnen mit federndem Schritt entgegen und streckte Schelsky seine Hand entgegen. »Willkommen bei Bhagwan – du wirst bereits erwartet.«

Was sollte das nun wieder heißen?, fragte sich Schelsky.

Nichts hatte sich in den vergangenen Wochen gelegt. Statt abzuklingen, verbreitete sich der Bhagwan-Kult wie Grippe und infizierte immer neue Opfer. Auch Rena und Anne, Peter und »Nobs«, der eigentlich Norbert hieß, hatten inzwischen nur noch Orangefarbenes im Kleiderschrank. Das Virus machte auch vor jüngeren Jahrgängen nicht halt. Jeden Tag färbte sich der Schulhof mehr mit verschiedenen Gelb- und Rottönen. Seit etwa drei Wochen schmückten auch die ersten Mädchen aus der Mittelstufe ihr Dekolleté stolz mit der Mala.

Obwohl ihr erstes Wiedersehen nach der Trennung einen katastrophalen Verlauf genommen hatte, hatten Navajata und Schelsky doch gemerkt, wie sehr sie immer noch aneinander hingen. Seit ihrem zweiten Treffen schliefen sie wieder miteinander. Aber es war anders als früher. Sphärische Klänge, duftende Körperöle und Tantra-Rituale, die Navajata ihm beibrachte, prägten ihre Zusammenkünfte. Schnickschnack, fand Schelsky. Sie wollte ein Fest ihrer Körper, er wollte schnörkellosen Sex.

Sie sahen sich viel seltener als früher. Schelsky wollte mit dem ganzen Oh-du-mein-indischer-Meister, Oh-du-mein-Guru-Gesülze nichts zu tun haben. Infolgedessen hatte er auch mit Navajata nicht so viel zu tun, wie er eigentlich wollte. Sie nahm ihm sein Desinteresse standhaft übel.

Navajata ging inzwischen mehrfach in der Woche ins Sannyasin-Center. Die Frauengruppe hatte sie aufgegeben. Schelsky erfuhr nicht viel über die Kurse, die sie belegt hatte, nur, dass sie in der Gruppe meist halb oder sogar ganz nackt waren und Berührungen austauschten. Das reichte. Schelsky bekam diese Bilder nicht aus dem Kopf.

»Jeder ist frei zu lieben, wen er will, sagt Bhagwan«, klärte Navajata ihn eines Tages auf. »Liebesenergie ist die wichtigste Energie überhaupt, sie muss fließen, fließen zwischen zwei oder mehreren freien Menschen.«

»Aha«, murmelte Schelsky. Sein Mund fühlte sich trocken an.

»Du kannst niemanden besitzen«, dozierte das Mädchen, das früher einmal Fanny war, weiter. »Bhagwan sagt, die sexuellsten Menschen sind auch die intelligentesten Menschen.«

»Is ja fein. Sag mal, vögelt ihr eigentlich in eurer Gruppe? So alle quer durcheinander, jeder mit jedem?« Man muss ja auch mal auf den Punkt kommen, dachte Schelsky.

Navajata errötete leicht und schüttelte ungläubig den Kopf. »Darum geht es doch gar nicht, das ist doch gar nicht wichtig. Wichtig ist, Berührungsängste abzubauen, eigene Energien fließen zu lassen, Verklemmtheiten zu überwinden, offen für die Energien des anderen zu werden, die eigenen Gefühle zuzulassen, deinen spontanen Eingebungen zu folgen.«

»Wirklich?«, fragte er.

Klingt wie »ficken, ficken, ficken!«, dachte er.

Navajata schien seine Gedanken erraten zu haben. »Wichtig ist, dass sexuelle Kontakte etwas ganz Natürliches sind. Du musst mit jemandem nicht fest liiert sein, um diese Energie zu spüren.«

»Ich will mir aber nicht vorstellen, dass du dich von irgendwelchen vollbärtigen Swamis vögeln lässt.« Schelskys Stimme überschlug sich.

»Ist es dir lieber, sie wären glatt rasiert?«, Navajata grinste ziemlich unverschämt.

Sie verarscht dich, dachte Schelsky. Sie lässt sich von der ganzen Gruppe bumsen und verarscht dich auch noch. Er kochte innerlich, hielt aber die Klappe.

»Du kannst ja mal mitkommen!«

»Ich soll was?«

»Die Gruppen stehen auch Nicht-Sannyasins offen. Erleb doch einfach selber einmal, was da abgeht.«

»Vielleicht will ich aber gar nicht so genau wissen, was da abgeht. Vielleicht will ich auch gar nicht, dass da irgendwas abgeht, was mit dir und irgendwelchen Bhagwan-Jüngern zu tun hat.«

Navajata grinste erneut. »Du bist ein ganz schöner Spießer geworden.«

»Nur, weil ich will, dass meine alte neue Freundin nicht ständig zu irgendwelchen esoterisch angehauchten Rudelbumstreffen geht, bin ich ein Spießer? Und du bist dann wohl so was von progressiv, total weit vorn und befreit.«

»Ich bin entspannt«, antwortete Navajata. »Was man von dir allerdings nicht behaupten kann. Du bist viel zu verkrampft und verkopft!«

»Nur, weil ich mich in größeren Menschengruppen vorzugsweise bekleidet aufhalte, beim Sex gerne zu zweit bin und mich nicht mit permanenten Urschreien von meiner Vergangenheitslast befreien muss? Okay, dann bin ich gerne etwas verkopft und verklemmt.«

Zwei Wochen später hatte Navajata ihn so weit. Nun begleitete er sie also tatsächlich ins Bhagwan-Zentrum, zur dynamischen Meditation.

Navajata schob Schelsky in einen Hinterhof. Auf einmal befanden sie sich in einem Gebäude, dessen Interieur ganz in cremigen Orangetönen gehalten war. Im Flur begegneten ihnen nur wenige Frauen, aber lauter Swamis, die darum zu konkurrieren schienen, als Jesus-Darsteller der Oberammergauer Passionsspiele ausgewählt zu werden: in Tuch gewandet, schulterlange Haare, Rauschebart, beseelter Blick.

Sie zogen ihre Schuhe aus und betraten einen großen, weißgetünchten Raum mit hohen Wänden und breiten Fenstern, der Schelsky spontan an eine Turnhalle erinnerte, was wohl vor allem an der Sprossenwand lag, die eine der beiden schmaleren Seiten des Raums fast vollständig abdeckte. Die andere Wand war mit dicken, blauen Matten verkleidet, die Schelsky aus dem Sportunterricht vom Bodenturnen kannte. Überall lagen Kissen unterschiedlicher Größe verstreut.

»Das ist unser Meditationsraum«, flüsterte Navajata ihm zu.

»Wirklich? Ich dachte das ist eure Nasszelle.«

Ein verächtlicher Blick traf ihn.

Aus den vier unter der Decke aufgehängten, riesigen Lautsprechern ertönte rhythmusbetonte Meditationsmusik. Leben kam in die etwa zwei Dutzend Anwesenden. Körper begannen sich zu den Klängen zu bewegen, zu winden, zu wiegen, zu strecken. »Atme so schnell und so tief ein und aus, wie du kannst«, lautete die Anweisung des Meditationslehrers. Schelsky inhalierte nach Kräften. Spürte, wie schnell der Sauerstoff durch seinen Körper strömte, ihn mit Energie auflud. Bis die Stiche kamen. Erst im Schulterbereich, dann auf der rechten Brustseite. Ein Blick auf Navajata. Sie hielt die Augen geschlossen, pumpte Luftmassen in sich hinein und aus sich heraus und war schon in einer anderen Welt angekommen.

»Explodiere! Lass alles raus, was ausbrechen will«, lautete der Befehl für die zweite Phase der Meditation. »Werde total verrückt, schreie, kreische, hüpfe, tobe herum, sei total!«

Sei total peinlich, übersetzte Schelsky.

Ein Swami hämmerte seit Minuten ein Stoffkissen auf den hölzernen Boden, dessen Nähte längst aufgeplatzt waren. Eine korpulente Mittvierzigerin schleuderte mit ungeheurer Wucht ihren üppigen Körper durch den Raum, den Kopf so puterrot, als würde sie jeden Moment kollabieren. Der Raum war angefüllt mit Schreien und stampfenden Lauten. Während er alibimäßig seinen Körper bewegte, taxierte Schelsky einen Anwesenden nach dem anderen. Bis plötzlich zwei Hände sich auf seine Schultern legten. Erschreckt blickte Schelsky in die klaren blauen Augen des Lehrers, die ihn eindringlich fixieren.

»Geh aus dir heraus«, forderte der Ober-Swami ihn auf. »Du bist nicht bei der Sache, so hast du nichts davon!«

Hüpfen hieß die nächste Phase. »Springe mit erhobenen Armen auf und ab und rufe dabei Huh! Huh! Huh! So tief aus dem Becken heraus, wie du nur kannst!«, lautete diesmal die mitleidlose Aufgabenstellung. »Rufe aus dem Becken heraus«, wiederholte Schelsky still. »Und atme dabei mit den Knien oder höre mit dem Bauchnabel«, fügte er in Gedanken hinzu. Schelsky hüpfte. Nach ein paar Dutzend Sprüngen kam er wie ein nasser Sandsack auf dem Boden auf. Mit Locker-nach-oben Federn war es vorbei, stattdessen stemmte er seinen Körper wie ein Tonnengewicht in die Höhe. Der Schweiß perlte ihm von der Stirn, er war durch. Navajata, die direkt neben ihm hüpfte, war keine Erschöpfung anzumerken. Wie schwerelos katapultierte sie ihren Körper in die Höhe, ließ ihre Brüste hüpfen und federte die Sprünge elegant mit ihren Knien ab.

Doch es kam noch härter. Schelykys Körper befand sich gerade in der Luft, als die durchdringende Stimme des Lehrers befahl: »Stopp!« Augenblicklich verharrten alle in der Bewegung, verwandelten sich im Bruchteil einer Sekunde zu starren Statuen mit merkwürdig verdrehter Körperhaltung. Eine ewig lange Viertelstunde hieß es nun: Stillstand total. Schelsky hatte noch Glück, dass er mit beiden Beinen auf dem Boden gelandet war. Doch die ausgebreiteten Arme ließen sich nur wenige Minuten in Position halten. Erst kam der Schmerz, dann sackten sie wie bleierne Schwingen nach unten. Schelskys Blick fiel auf den Swami, der zu Beginn das Kissen malträtiert hat. Mühelos und storchengleich balancierte er seinen bewegungslosen Körper die ganze Zeit auf einem Bein.

Zum Schluss hieß es: tanzen. »Tanze deine Lebendigkeit und nimm sie in den Tag hinein«, lautete die Botschaft des Lehrers. Zum ersten Mal waren Schelsky die Leute um ihn herum egal. Der Raum und alles um ihn herum löste sich auf. Sein Körper bewegte sich wie von selbst zur Musik.

»Wie war's?«, strahlte Navajata ihn an. Ihr ganzes Gesicht glühte.

»Geht so.«

»Das ist alles, was du dazu zu sagen hast?«

»Na, ich fand's schon ziemlich heftig aber irgendwie auch interessant.«

»Aber irgendwie auch interessant«, äffte sie ihn nach.

»Erwartest du, dass ich jetzt sage: Ey, darauf habe ich mein Leben lang gewartet. Wie konnte ich bislang nur existieren, ohne zu meditieren. Ha, seit heute hat mein Leben einen Sinn!«

»Blöder Affe!«

»Ich mein es ernst, was erwartest du für eine Reaktion?«

»Eine ehrliche ...«

»Ich war ehrlich!«

»... und eine etwas tiefschürfendere als irgendwie auch interessant.«

»Okay ich fand's gut, auch wenn ich jetzt total groggy bin. Bist du nun zufrieden?«

»Du steckst einfach voller Vorbehalte!«

»Vielleicht habe ich ja nur einfach keine Lust, dich an irgend so einen Guru zu verlieren!«

»Wieso siehst du das Ganze eigentlich immer nur als Bedrohung für dich und freust dich gar nicht, dass es mir guttut?«

»Vielleicht wäre ich gern derjenige, der dir guttut.«

»Bist du ja auch, aber es gibt eben nicht nur dich auf der Welt.«

Schon wieder so ein Satz, der ihm einen Stich versetzte.

Der nächste Programmpunkt lautete: schwitzen in Stille. Als sie die finnische Sauna betraten, war Schelsky froh, dass nur wenige sich hier eingefunden hatten. Der Kissenmörder und die fette Mittvierzigerin waren unter ihnen.

Schelsky hatte nie verstanden, was am gemeinschaftlichen Saunen so toll sein sollte. Die Vorstellung, aneinandergedrängt mit sechzig total verschwitzten Nackten – deren Ausdünstungen durch massiven Einsatz künstlicher Aromen übertüncht werden musste – in einem völlig übertemperierten Raum zu sitzen, war gruselig. Pobacke an Pobacke, wie Hühner auf der Stange, nein eher wie in einer Legebatterie. So viel geballte Leibesfülle, so viel Brust- und Bauchfleisch, so viel Oberschenkel- und Gesäßfett schlug ihm einfach auf den Magen. Zwischen dem ganzen Schwabbelwabbel konnte er die vereinzelten Schönheiten, die sich seinen Augen hier ganz unverhüllt präsentierten, überhaupt nicht genießen. Und dann diese bescheuerten Saunaaufgüsse: Fichtennadel und Minze waren ja noch ganz okay, aber Slibowitz oder Honigmelone? Wie zum Teufel riecht eigentlich Honigmelone? Und ein Zimtaufguss? Honeymilk? Waldmeister-

Pistazie? Oder gar Pflaume? Warum nicht gleich auch noch die Duftnoten Pferdeapfel und Orangenhaut? Oder Edamer und Leberwurst? Aioli und Lauchzwiebel?

***

Obwohl das Adrenalin noch immer durch seinen Körper gepumpt wurde, konnte Tom die Augen kaum offen halten. Die Abi-Prüfungen waren nicht mehr weit, die Friedenswoche stand unmittelbar bevor, die Demonstration vor dem Bauzaun war zu Ende gegangen und steckte ihm noch in den Knochen. Nun saß er wieder im Bus und im Stau fest, irgendwo in der Wilstermarsch. Hier war der Konvoi am Morgen von der Polizei gestoppt worden.

Über Felder und gefrorene Wiesen hatten sie sich von hier aus zu Fuß durchgeschlagen. Kilometerweit bei eisiger Kälte. Durchgefroren kamen sie am Bauzaun an und landeten im totalen Chaos. Wasserwerfer wirbelten Demonstranten wie Spielzeuge durch die Luft, Tränengas verätzte schon bald Toms Augen. Irgendjemand aus seiner Gruppe drückte ihm einen Molotowcocktail in die Hand. Er zündete die Lunte an, holte aus und schleuderte die Flasche in Richtung der Polizeieinheiten.

Mach kaputt, was dich kaputt macht.

Im Tränengasnebel sah er nicht, wo sie aufschlug und welche Wirkung sie entfachte.

Danach wurde er gejagt. Mit Ronny und Joe, die er im Bus kennengelernt hatte, flüchtete er vor den anrückenden Polizeikräften. »Spring«, rief Ronny, als ein mit dünnem Eis bedeckter Entwässerungsgraben ihnen den Weg versperrte. Tom zögerte einen Augenblick, da durchfuhr ein bohrender Schmerz Arm und Nacken. Der Schlagstock war auf seiner Schulter niedergegangen. Im selben Moment füllten sich seine Augen mit Tränen. Dann sprang er, landete auf der Kante des berstenden Eises, krallte sich am gefrorenen Ufergestrüpp fest und zog seine Beine aus dem klirrend kalten Wasser.

Auf den Feldern wurden sie von Polizeihubschraubern im Tiefflug attackiert. Sie mussten sich immer wieder auf den hart gefrorenen Boden werfen, um nicht von den Kufen erwischt zu werden. Eine Aktion ohne Sinn. Pure Bullengewalt.

Wieder musste Tom mit anschauen, wie Bekannte und Freunde von der Polizei misshandelt wurden. Er sah ihre schmerzverzerrten Gesichter, wenn Knüppel oder schwere Polizeistiefel sie trafen, wenn ihnen der Arm auf den Rücken gedreht und dabei auch schon mal ausgekugelt wurde. Das nannte sich Atomstaat. Und das erinnerte ihn an die verwackelten Schwarz-Weiß-Bilder von Hitlers Gestapo-Terror. Nur war das hier in Farbe.

Es dämmerte längst, als sie in kleinen Grüppchen den Bus erreichten. Einige von Toms Mitfahrern sahen reichlich ramponiert aus. Drei Plätze blieben frei. Hatten sie den Rückweg nicht rechtzeitig gefunden, oder hatte die Polizei sie einkassiert? Jeder berichtete, was er erlebt hatte. Es klang wie Krieg. Sie waren die Guten, das war klar. Der Aggressor hatte auf der anderen Seite des Zauns gestanden: uniformiert, bewaffnet, fest entschlossen, den Bauplatz zu verteidigen. Für die Atomindustrie, gegen die Menschen.

Die ganze Rückfahrt hielt Tom seine schmerzende Schulter. Den linken Arm konnte er kaum bewegen. Er bekam Salbe, die brannte, aber nicht half. Er musste noch in die Schule, bei den letzten Vorbereitungen für die Friedenswoche helfen. Und dann, nur noch ins Bett. Wenn er denn überhaupt schlafen konnte mit seiner schmerzenden Schulter und dem steifen Arm.

***

Daria war sauer. Stinksauer. Sie mussten noch Dutzende Stelltafeln montieren und fertig beschriften, sie mussten noch Tausende gedruckter Bögen zu Readern zusammenheften, und sie waren zu sechst. Sechs von fast dreißig. Jetzt, am Abend bevor die Friedenswoche begann und noch Unmengen von Arbeit auf sie alle wartete, waren noch sechs übrig geblieben.

Eine Handvoll Mitschüler – und leider auch Mitschülerinnen – waren abgesprungen, nachdem die Schulleitung begonnen hatte, Druck aufzubauen. Die Ausstellung sei einseitig, nur die Amerikaner würden als Aggressor dargestellt, hatte Direktor Pietzke, den sie nur Piefke nannten, getönt und genaue Auflagen gemacht, um was die Ausstellung ergänzt werden müsse. Keine russische Rakete, kein russischer Panzer durfte auf den Tafeln fehlen. Ein paar besonders provokative Thesen über die westdeutsche Rüstungspolitik mussten ebenso verschwinden wie die Stellwand über Nazi-Größen, die in der Bundesrepublik wieder hohe Posten innehatten, und die über den Vietnamkrieg. Er könne den Zusammenhang zum Thema der Friedenswoche, das ja schließlich der Rüstungswettlauf zwischen Ost und West und nichts anderes sei, nicht erkennen, hatte Pietzke seinen Auftritt als großer Zensor begründet. Er hatte alle Schüler, von denen er wusste, dass sie die Woche mit organisierten in sein Rektorenzimmer einbestellt und ihnen klipp und klar angekündigt, dass die Ausstellung nur mit den von ihm verfügten Änderungen oder gar nicht stattfinden würde. Natürlich hatte Pietzke das staatsbürgerliche Engagement der Versammelten gelobt. Im selben Atemzug aber hatte er angemerkt, es wundere ihn schon sehr, dass Schüler, die sich gerade mitten in den Abiturprüfungen befanden, für solche Aktivitäten noch Zeit aufbringen könnten. Da dürfe sich dann später keiner beklagen, wenn die Zensuren nicht wie erwartet ausfallen würden.

»Ist das eine Drohung?«, hatte Tom mit unüberhörbarer Angriffslust gefragt.

»Wo denken Sie hin? Nur eine Feststellung«, hatte Pietzke aalglatt geantwortet.

Doch die Warnung hatte gewirkt. Einige Schüler des Abschlussjahrgangs hatten sich bald nach der Audienz beim Rektor Stück für Stück aus den Vorbereitungen zurückgezogen und ihr Ausscheiden mit dem zunehmenden Abi-Stress begründet. Doch selbst von den Verbliebenen war heute Abend nicht mal die Hälfte dabei, die Vorbereitungen abzuschließen.

Besonders von ihren Freunden fühlte Darla sich im Stich gelassen. Tom musste in Brokdorf die Welt retten und würde – wenn es irgendwie noch zu schaffen war – vielleicht später noch in die Vorbereitungen einsteigen. Fanny wollte Schelsky endlich einmal das Bhagwan-Center zeigen. Außerdem sei es ihr derzeit wichtiger, erst einmal ihren inneren Frieden zu finden, hatte sie gesagt. Und dazu trägt es bestimmt nicht bei, dass du Todde über den Weg läufst, hatte Daria in Gedanken hinzugefügt. Dass Fanny wieder mit Schelsky rumtechtelte, hatte Todde nicht amüsiert. Sie hatten gestritten, Fanny hatte dabei ihr Sprüchlein von der Liebe, die ein Kind der Freiheit sei, aufgesagt und Todde ihr nur den Mittelfinger gezeigt, bevor er kopfschüttelnd ihr Zimmer verließ. Seitdem herrschte Funkstille zwischen den beiden.

»Kannst du mir mal helfen?«, riss Todde sie aus ihren Gedanken. Er hatte eine Kleberolle abgespult und hielt ihr eine Schere hin. Mit dem Ellenbogen fixierte er eines der »Ergänzungsplakate« an der Stellwand. »Klar«, sagte Daria. Er schaute ihr dabei eine Sekunde zu lang und eine Nuance zu spitzbübisch in die Augen. Ein Flirtblick mit diesem Hauch selbstverliebter Arroganz, dem sie sich nicht entziehen konnte – trotz aller Vorsätze, auf Männer, die ihre Wirkung kannten und mit ihr spielten, nicht reinzufallen. Eine Sekunde Herzstillstand. Scheiße, der wickelt mich um den Finger, dachte Daria. Und stellte fest, dass sie gerade Gefallen daran fand, sich einwickeln zu lassen.

Tom kam nicht mehr. Die Zeiger der Pausenhallenuhr zeigten halb vier Uhr morgens, da waren endlich alle Reader zusammengetackert und alle Stellwände entschärft.

Sie standen vor dem Schultor und hatten die anderen gehen lassen. Todde drehte sich eine Filterlose und zündete sie an.

»Rauchst du?«

»Nein.«

»Meinst du, es macht überhaupt noch Sinn, sich für zwei Stunden hinzulegen?«

»Besser als nichts.«

Halb war sie zu aufgeregt, um längere, vielleicht auch charmantere Sätze zu bilden, halb wollte sie ihm die Arbeit nicht abnehmen. Du blöde unemanzipierte Tusse!, dachte sie. Willst dich hier wie ein klassisches Weibchen verführen lassen. Der Gedanke ließ sie ihre Kaninchenstarre augenblicklich abwerfen.

»Wollen wir nicht ...«, hob die Schlange an.

»... miteinander schlafen?«, ergänzte das Kaninchen und wunderte sich über sich selbst.

Einen Moment sah es so aus, als wolle die überrumpelte Schlange von ihrer Beute ablassen.

»Warum nicht?«, sagte er und klang verdutzt.

»Dann lass uns ein kuscheliges Plätzchen suchen. Wir haben nicht mehr viel Zeit«, erwiderte das Kaninchen, das sich gerade ziemlich emanzipiert vorkam.

KAPITEL 13

5. Juni 1981: Die Nachricht steht in keiner Zeitung, und erst viel später geht der 5. Juni als der Tag, an dem Aids bekannt wurde, in die Geschichte ein. Nur zwei Seiten umfasst der im wöchentlichen Report der amerikanischen Gesundheitsbehörde erscheinende Bericht der Ärzte Michael Gottlieb und Wayne Sandera. Sie berichten über fünf junge homosexuelle Männer aus Los Angeles, die an einer extrem seltenen, tödlich verlaufenden Lungenentzündung erkrankt waren, ausgelöst durch einen Einzeller, der Patienten befällt, deren Immunsystem komplett lahmgelegt ist. Zwei Jahre wird es noch dauern, bis der Auslöser, das HIV-Virus, entdeckt ist, wenige Jahre später hat es die Sexualmoral weltweit verändert. Freie Liebe ist ein tödliches Risiko geworden, und die Kondom-Industrie verkauft mehr Überzieher denn je. Trotzdem werden 30 Jahre später mehr als 25 Millionen Menschen an der Krankheit gestorben sein.

Es war ihr letzter gemeinsamer Schultag. Sie hatten ihre Zeugnisse in der Hand und ab jetzt für immer schulfrei. Daria hatte den erwarteten Schnitt von 1,6, Navajata, deren abgelegter Name zu ihrem Ärger auf dem Zeugniskopf prangte, erstaunliche 1,9, Tom passable 2,4. Er hatte wenig für die Schule getan, seitdem er von zu Hause ausgezogen war. Die Prüfungen, für die er kaum gelernt hatte, hatten ihn erschöpft. Geschichte, Philosophie, Deutsch, all das war für ihn kein Problem gewesen, nur in Mathe und Chemie war er in den letzten Semestern abgestürzt. Es gab Wichtigeres, als für die Schule zu pauken, hatte er entschieden. Es galt, diese Scheiß-Welt zu verändern.

Die erste Quittung, die er dafür bekommen hatte, wies keinen allzu hohen Betrag aus. Ein milde gestimmter Jugendrichter hatte ihn, Andy und Schelsky lediglich zu einer geringen Geldstrafe und jeweils zwanzig Stunden Sozialdienst im örtlichen Jugendzentrum verurteilt. Zwar hatte der Jurist sich am Schluss bemüßigt gefühlt, eine kleine Moralpredigt über Gewaltfreiheit im Allgemeinen und die Grenzen politischen Engagements im Speziellen zu halten, doch hatte er es den dreien sogar als Charakterstärke ausgelegt, dass sie die entkommenen Mittäter nicht verpfiffen.

***

Schelsky bekam an diesem Tag kein Abi-Zeugnis. Er schob stattdessen Frühschicht in der Universitätsklinik. Das tat er seit Anfang des Monats, und er würde es noch fast 16 Monate tun müssen. Mit schon jetzt nur mäßiger Begeisterung.

***

Auch Tom hatte inzwischen die Musterung über sich ergehen lassen. Dass er mit einem Cocktail aus Koffein und diversen verschreibungspflichtigen Medikamenten seinen Kreislauf attackiert hatte, hatte sich ausgezahlt. Schon nach fünf Kniebeugen war er dem Kollaps nahe. Er wurde »vorübergehend vom Wehrdienst zurückgestellt«, wobei vorübergehend zwei Jahre bedeutete. Dann würde er irgendwo irgendeinen Studienplatz haben – zumindest auf dem Papier –, sodass sie ihn auch dann nicht einziehen konnten. Ansonsten blieb noch immer die Flucht nach Berlin, dem Mekka aller Kriegsdienstverweigerer. Nein, er würde bestimmt nicht durch den Schlamm robben, nicht üben, auf andere Menschen zu schießen, und er würde sich auch nicht dazu zwingen lassen, als billige Hilfskraft Alten oder Kranken den Hintern abzuputzen. Er würde schwänzen.

***

Sie saßen im Park und tranken. Tom hatte Apfelkorn besorgt, Andy Rum mitgebracht, irgendjemand hatte zwei Paletten Bier angekarrt. Die Stimmung war ausgelassen. Alle redeten wild durcheinander, manche lallten schon. Nur Daria hatte mit ihrer Melancholie zu kämpfen. Der Abschied schmerzte. Wen würde sie wiedersehen? Mit wem noch in einem Jahr Kontakt haben? Freundschaften würden zerbrechen, kleine wie große. Ihre Wege gingen auseinander. Niemand wusste, wohin sie führten. Studiengänge, Berufsausbildungen, Reisen, fremde Städte, andere Länder. Das machte ihr ein wenig Angst, weil eben das Unbekannte, was vor einem liegt, immer auch Angst macht.

Noch einmal würden sie Gelegenheit haben, Abschied voneinander zu nehmen. Ende Juli würden sie sich auf Korsika treffen, auf der Brücke, die den Dorfkern des kleinen Küstenorts Porto mit dem Strand verband.

Navajata, Tom, Andy, Manuela – alle würden dabei sein. Selbst Schelsky hatte sich zwei Wochen Urlaub genommen.

Und danach? Sie würden studieren, sie würden arbeiten, sie würden Kinder bekommen, vermutlich für Reihenhäuser sparen, Kompromisse im Job machen. Würden sie allmählich so werden wie ihre Eltern? Würde sie so werden wie ihre Mutter, die sich immer stärker in sich zurückzog, so als wohne in ihr ein Geheimnis, dass sie hüten musste. Daria hatte in den vergangenen Monaten mehr und mehr den Kontakt verloren, ihre Mutter war ihr von Tag zu Tag fremder geworden.

Die Gedanken rissen Daria in einen Abwärtsstrudel. Die anderen feierten, betranken sich, hatten blendende School's-out-forever-Laune. Daria hatte nur mit zwei Glas Sekt angestoßen und dabei nicht gewusst, worauf.

***

Am Abend war in der Schulaula Abifeier angesagt, das große Finale. Alle hatten sich hübsch rausgeputzt, bis auf Tom, der sich der Kleiderordnung konsequent verweigerte. Seine Schuhe sahen aus, als klebe noch der Matsch aus den Brokdorfer Gräben an ihnen, seine Jeans hatte ein Loch, sein Hemd lag in Knitterfalten wie das Gesicht von Altkanzler Willy Brandt. Trotzkopf, dachte Daria, als sie ihn sah.

Sie erschienen paarweise. Tom und Sabine, Daria und Todde, Navajata mit Schelsky, den wiederzusehen sich viele freuten. Zu seiner punkigen Frisur trug er erstmals in seinem Leben Krawatte. Er musste ihnen aus den Niederungen der Arbeitswelt berichten, von der abgebrochenen Elektrikerlehre, den Knochenjobs beim Bau, die er zwischendurch angenommen hatte, um Kohle zu verdienen, dem Zivildienststress im Krankenhaus. Er fing viel Lob ein, dass er das durchstand, und viele Was-für-ein-Glück-dass-ich-bald-studiere-Blicke, die er an sich abperlen ließ.

Es war voll, es war laut, es wurde getrunken. Die ersten Schnapsleichen lagen schnarchend in den Beeten, an mehreren Stellen wurde sich geräuschvoll übergeben. Auch einige Lehrer hatten mehr als genug. Mathelehrer Meier, dessen Trinkfreudigkeit ihm den Spitznamen »Der blaue Bomber« eingebracht hatte, mühte sich, sein Image zu festigen. Auch Keller hatte einen über den Durst getrunken, wirkte weniger standfest als sonst und kämpfte mit Zungenlähmung.

Die ersten Abiturienten hatten begonnen, die Schule auseinanderzunehmen. Jedes Jahr gab es nach der Abi-Feier verklebte Schlösser, zerschlagenes Mobiliar, geklirrte Scheiben. Ein paar Tausend Euro für die nötige Reparatur waren im Schuletat fest eingeplant.

Navajata streifte über den Schulhof, auf dem zahlreiche dreigeschossige Gebäude in Pavillonbauweise untergebracht waren, und nahm Abschied von jedem Fleck. Genau hier hatten sie vor ewigen Zeiten immer Gummitwist gespielt. Hier hatten sie abgehangen und heimlich geraucht. Und dort hatte sie mal mit Andy geknutscht, ganz öffentlich, mitten auf dem Hof. Die Erinnerungen flossen. Sie war kaum 50 Meter von der Aula entfernt, doch von den Feierlichkeiten war hier kaum noch etwas zu hören. Nur sehr vereinzelt begegneten ihr Mitschüler. Sie schlenderte den schmalen Gang zwischen dem Fachraumtrakt und dem Oberstufenhaus entlang. Plötzlich stellte sich ihr jemand in den Weg. Sie brauchte einen Augenblick, um ihn in der Dunkelheit zu erkennen. Es war Keller. Er war offensichtlich stark angetrunken.

»Na«, lallte er Navajata an. »Herschlichen Glückwunsch zum Abi!«

»Danke«, entgegnete Navajata und wendete sich um, als wolle sie gerade den Rückweg antreten.

Keller trat einen Schritt vor. Für seinen Zustand erstaunlich gewandt packte er sie am Arm. »Du willst doch nicht schon gehen. Bleib doch noch ein bisschen hier.«

»Lassen Sie mich los«, fauchte Fanny. »Ich möchte zurück in die Aula.«

»Das kannst du doch auch später noch machen.« Keller verdrehte die Augen. »Zuerst einmal sollten wir beide uns miteinander beschäftigen.«

»Lassen sie mich sofort los«, wiederholte Navajata, diesmal schneidender. Furcht kroch in ihr hoch.

»Warum so abweisend?«, lallte Keller ohne den Griff zu lockern. »Du bist doch sonst nicht so 'ne Prüde.«

»Sie lassen mich jetzt sofort los!«, befahl Navajata und versuchte, sich loszureißen.

»Ich würde gern mal wissen, was du unter deinem orangenen Kleidchen trägst.« Keller versuchte den Stoff zu fassen zu kriegen, griff aber ins Leere. Navajatas Pupillen waren geweitet. Was passierte hier?

»Guck mal, du machst es doch mit jedem. Na gut, mit fast jedem. Ich hab dich ja schon seit Jahren beobachten dürfen, wie du den Jungs Flausen in den Kopf setzt. Kleine unartige Fanny, pardon: Navajata! Glaub nich, dass mich das ganz unberührt gelassen hat. Ich bin zwar dein Lehrer, aber auch nur ein Mann. Und so wie du dich gibst, da willst du es doch.« Während seines ganzen Monologes fuchtelte Keller mit seinem Zeigefinger vor Fannys Nase rum. Sein Blick war glasig.

»Wenn Sie mich nicht sofort loslassen, schreie ich«, fuhr Navajata ihn an, während sie weiter versuchte, ihren Arm aus seinem Griff zu winden. Ergebnislos.

»Nich schreien!«, lallte Keller. »Schau mal: Ab heute bin ich nich mehr dein Lehrer. Ab heute ist das keine Unzucht mit Abhängigen mehr, wenn wir es miteinander tun. Ab heute ...«

Navajata überlegte fieberhaft, was sie tun sollte. Würde er ihr den Mund zuhalten, wenn sie versuchte, um Hilfe zu rufen? Würde er sie noch härter anpacken, wenn sie ihn wegstieß?

Keller fabulierte unterdessen weiter. »Du willst es doch auch! Du willst es doch nicht immer nur mit diesen kleinen unerfahrenen Jungen, die noch Pubertätspickel haben. So eine wie du, die steht doch auf richtige Männer.«

Navajatas Gedanken wurden durch sich nähernde Schritte unterbrochen. Gleich darauf hörte sie, wie jemand ihren Namen rief. Es war Schelsky. »Hier bin ich Schelsky!«, rief sie, bevor Keller reagieren konnte. Wütend funkelte der Lehrer sie an, lockerte aber augenblicklich seinen Griff. Im nächsten Moment war Schelsky bei ihnen.

»Hi, hab dich schon überall gesucht.« Schelsky war außer Atem.

»Ich wollte auch gerade zurück zur Aula«, erwiderte Navajata und bedachte Keller mit einem Wir-sprechen-uns-noch-Blick.

»Hallo, Herr Keller«, sagte Schelsky.

»Hallo Schelsky«, murmelte Keller mit schwerer Zunge. »Schön, dass du auch gekommen bist.« Navajata sah, wie sich Schweißtropfen auf Kellers Stirn sammelten. »Komm Schelsky, wir gehen jetzt«, sagte Navajata, hakte sich ein und ließ Keller stehen.

»Er wollte dich was?«, fragte Schelsky mit bebender Stimme. Sie hatten sich abseits der feiernden Menge am Rand des Schulparkplatzes auf einen Bordstein gehockt. »Er wollte Sex mit mir, und wenn du nicht gekommen wärst, hätte er vermutlich versucht, ihn zu erzwingen«, wiederholte

Navajata, vermied aber bewusst das Wort Vergewaltigung. Obwohl sie noch immer unter Schock stand, war sie unsicher, ob Keller mitten auf dem Schulgelände wirklich so weit gegangen wäre. Schelsky federte in den Stand. »Ich polier dem Kerl die Fresse!«

Navajata hielt ihn am Ärmel fest. »Lass das, du kriegst nur Ärger.«

Schelsky sah sie fragend an. »Na und wenn schon.«

»Lass es!«

»Dann sollten wir wenigstens zum Schulleiter gehen!«

»Zu Pietzke – tolle Idee.« Navajata schüttelte den Kopf. »Und dann? Keller wird alles abstreiten oder vielleicht sogar behaupten, ich hätte ihn angemacht. Es gibt keine Zeugen. Vergiss es!«

»Aber du kannst doch nicht einfach gar nichts tun.« Schelsky drehte sich eine Zigarette. Seine Hände zitterten. »Und wenn ich behaupte, ich hätte gesehen, wie er dich angrabscht und hätte gerade noch dazwischengehen können?« Er guckte sie erwartungsvoll an. Ihre Bestätigung blieb aus. »Dann machst du dich strafbar. Toller Plan!!« Sie nahm Schelsky die Zigarette aus der Hand und zündete sie sich an. Es gab Momente, da vergaß Navajata, dass sie überhaupt nicht rauchte. Drei Lungenzüge und einen Hustenanfall später erklärte sie: »Wir lassen es auf sich beruhen. Keller sitzt eh am längeren Hebel. Und so schlimm war's auch wieder nicht.«

»Klang aber eben noch anders«, wandte Schelsky ein. Er wusste, dass Navajata sich entschieden hatte, den Mantel des Schweigens über den Vorfall auszubreiten, und dass er sie davon nicht würde abbringen können. Aber er wollte sich nicht kampflos geschlagen geben.

»Ist ja nicht wirklich was passiert«, sagte Navajata und stand auf. »Und mit Keller habe ich in Zukunft nichts mehr zu tun. Lass uns wieder zu den anderen gehen.« Schelsky trottete ihr nach. Er hatte Keller noch nie gemocht und nun endlich einen Grund dafür.

»Was ist los?«, fragte Daria. Sie hatte Navajata beobachtet, wie sie gedankenversunken neben der Tanzfläche stand. Auf der Bühne zeigten gerade ein paar Mädchen und Jungen aus der Abgangsklasse eine einstudierte Rock-'n'-Roll-Nummer mit keckem Hüftschwung und akrobatischen Einlagen. Navajatas Blick war den Tänzern nicht gefolgt, sondern ging teilnahmslos ins Leere.

»Was ist los?«, wiederholte Daria, nachdem Navajata nicht geantwortet hatte.

»Nichts«, maulte Navajata. »Lass mich in Ruhe.«

Einen Augenblick überlegte Daria, ob sie sich mit dieser Antwort zufriedengeben sollte. Dann entschied sie sich dagegen. Mit den Worten »Komm, lass uns mal 'ne Runde frische Luft schnappen«, zog sie Navajata weg von der Tanzfläche in Richtung Ausgang, nicht ohne Schelsky einen bedeutungsvollen Blick zuzuwerfen, von dem aber weder Absenderin noch Adressat so ganz genau wussten, was er genau bedeuten sollte. Navajata sperrte sich anfänglich dagegen, fortgeschleift zu werden, gab ihren Widerstand aber bald auf. Es würde gut tun, mit Daria über den Vorfall zu reden, nur würde sie damit, die Angelegenheit aus der Hand geben. Denn eines war klar: Daria, die Hardcore-Feministin, würde einen solchen Übergriff nicht unter den Teppich kehren. Doch Navajata wollte gar keine große Welle.

Sie ließ sich von Daria mehrfach bitten, dann fasste sie in knappen Worten ihre Begegnung mit Keller zusammen. Daria reagierte wie erwartet. Sie war aufgebracht, und ihre Augen glühten wie die eines Racheengels.

»Dieser Arsch, den knöpfen wir uns vor!«

Daria hatte stets viel von Robert Keller gehalten und auch abseits des Unterrichts oft mit ihm über Literatur diskutiert. Sie duzten sich, und Daria hatte sich mit Robert und seiner Frau Anna ab und zu auch privat getroffen. Einmal hatte sie den beiden für ein paar Stunden dabei geholfen, Holzdielen in ihrer neu erworbenen Eigentumswohnung zu verlegen. Auch Marie, die knapp zweijährige Tochter der Kellers, hatte sie einmal gesittet und sollte das – so war es ausgemacht – noch öfter tun, sofern sie nach der Schulzeit in der Stadt bliebe.

Und nun?, fragte sich Navajata – nun reichte also eine betrunkene Entgleisung Kellers aus, um aus Freundschaft in Sekunden Feindschaft werden zu lassen. Sie selbst hatte Keller fast schon verziehen, konnte es gut dabei bewenden lassen, ihm in Zukunft einfach aus dem Weg zu gehen. Daria konnte das nicht. Von einer zur anderen Sekunde war Robert, der nette Lehrer, der auch Tom damals so toll im Streit mit seinem Vater unterstützt hatte, zu Keller, der Inkarnation des pozentiellen Vergewaltigers mutiert.

»Wir werden ihm eine Lektion erteilen«, sagte Daria. Es war ihr anzusehen, dass in ihrem Kopf gerade unter Hochdruck kühne Pläne geschmiedet, wieder verworfen und gleich darauf durch neue, noch verwegenere ersetzt wurden.

»Hey, bitte mach keinen Scheiß, Daria!«, flehte Navajata, die es nun doch bereute, sich ihrer Freundin offenbart zu haben. »Keine Angst«, entgegnete Daria, die zum ersten Mal an diesem Tag den Kokon der Melancholie abgestreift hatte. »Nichts passiert ohne dein Einverständnis, aber das wirst du schon geben.« Navajata kannte Daria nun schon sechs Jahre. Aber dieses hinterhältige Lächeln, das sie gerade aufgelegt hatte, kannte sie noch nicht.

KAPITEL 14

29. Juli 1981: Ist es die Hochzeit des Jahrhunderts, des Jahrzehnts oder doch nur des Jahres? Ist es eher eine Traum- oder eine Märchenhochzeit? Ganz real geloben sich an diesem Mittwoch die gerade 19 Jahre alte Lady Diana Spencer und der 30 Jahre alte britische Thronfolger Charles, Prince of Wales, in der Londoner St.-Pauls-Kathedrale Treue, bis das der Tod sie scheide. Dass selbst dieser Hochzeitstag, den Tausende live auf Londons Straßen und 750 Millionen Menschen vor den Fernsehschirmen verfolgen, für das königliche Paar kein glücklicher Tag ist, wird sich erst später herausstellen.

Die Spaghetti waren al dente, die Sauce war prima gewürzt und der Wein viel schmackhafter als der Chianti und der Lambrusco aus den Anderthalbliter-Flaschen. Sie hatten sich eine Woche nur von Baguette, Camenbert und billigem Fusel ernährt. Das Mahl, das sie jetzt genossen, war dagegen ein Traum, doch ohne gleichzeitige Selbstbeschimpfung ungenießbar.

»Wir sind Verräter«, murmelte Andy, während er sich eine Gabel Spaghetti in den Mund schob, »miese dreckige Verräter.«

»... und Streikbrecher dazu«, ergänzte Schelsky. »Und Charakterschweine!«

»Aber, wie sagte schon Brecht: Erst kommt das Fressen, dann die Moral«, zitierte Andy.

»Da hat er recht gehabt«, murmelte Schelsky, während sein Unterkiefer heftige Kaubewegungen machte.

»Ich befürchte nur, das hat er eher als Anklage, denn als Bestandsaufnahme gemeint«, warf Andy ein.

»Mist«, entgegnete Schelsky.

»Aber es ist verdammt, so verdammt lecker«, stöhnte Andy und rülpste.

»Stimmt«, sagte Schelsky und nahm einen Schluck von dem köstlichen Wein.

Das Essen war Judaslohn, eindeutig. Den ganzen Vormittag hatten sie mit Jean-Claude am Strand verbracht. Sie hatten dem jungen Korsen mit dem braungebrannten, makellosen Oberkörper geholfen, Surfbretter und dickbauchige Segel an den Strand zu schleppen, hatten auf das Equipment aufgepasst, wenn er ins Mittelmeer stach, um einen Surfer, der seine Fähigkeiten offensichtlich überschätzt hatte, wieder an Land zu lotsen, hatten seine Powerhalsen bewundert und auch, wie er scheinbar mühelos auf dem Brett tänzelte. Jean-Claude hatte ihnen eine Menge über das Leben auf der Insel erzählt und sie ihm nicht weniger über ihren Alltag im fernen Deutschland. Navajata und Manuela waren schon am Tag zuvor nach Porto aufgebrochen, und so konnten es die Jungen genießen, wie Jean-Claude Schwärme junger Touristinnen anzog, die all ihre Flirtkünste aufboten, um ihm zu gefallen. Sonne, Surfen, Mädchen und Meer – ein Paradies. Das Leben schmeckte nach Langnese-Werbung.

Dann war es zum Streit gekommen. Jean-Claude wollte von Monsieur Chevallier, dem dickbäuchigen Besitzer der Surfschule und der ihr angeschlossenen Strandbar, seinen Lohn für die vergangenen Tage haben. Der Monsieur hatte sich geweigert. Andy und Schelsky hatten von dem, was sie sich an den Kopf warfen, kein Wort verstanden. Schließlich hatte Chevalier Jean-Claude unter wüsten Beschimpfungen davongejagt. Schelsky und Andy hatten nicht mal mehr die Zeit, sich von ihm zu verabschieden.

Sie hatten auf einer Düne gehockt und waren gespannt, was nun geschehen würde. Jean-Claude kam nicht zurück. Ein Dutzend Bretter und nicht eingerollte Segel lagen verwaist am Strand. Sie wollten sehen, wie der dicke Chevallier sie eigenhändig zurück in den Verschlag schleppte. Sie würden es genießen, als Rache für ihren betrogenen neuen Freund. Vielleicht würden sie Chevallier sogar anfeuern. Voller Häme. Sollte er sie doch auch vertreiben.

Aber Chevallier machte keine Anstalten, selbst Hand anzulegen. Das war deutlich unter seiner Würde. Stattdessen kam er auf Andy und Schelsky zu und baute sich vor ihnen auf. Er sagte etwas auf Französisch. Sie zuckten mit den Schultern. Chevallier wechselte die Sprache.

»Hey Boys, you are hungry?«

Sie waren hungrig, weiß Gott.

Ohne ihre Antwort abzuwarten, fuhr der Mann mit dem wuchtigen Schnauzbart fort: »You like Spaghetti Bolognese and a glass of fine wine?«

Allein die Worte lösten bei Schelsky und Andy erhöhten Speichelfluss aus.

»Yes«, stotterte Schelsky und mischte unter das Yes den fragenden Unterton, wie sie dieses Angebot zu verstehen hätten.

»You can eat, you can drink as much as you like«, fuhr Chevalier fort. Die Siegesgewissheit, die sich in seinen Augen spiegelte, gefiel Schelsky ganz und gar nicht. »But before you have to bring all this stuff« – er zeigte auf die verwaisten Bretter und Segel – »to that place.« Er deutete auf den Schuppen. Erneut wartete er die Reaktion der beiden nicht ab. »It will take you not more than twenty minutes«, hörten sie ihn sagen. Dann sah er sie erwartungsvoll an.

Schelsky spürte den Bolognese-Geschmack schon im Gaumen. Er hatte plötzlich das Aroma eines trockenen Beaujolais in der Nase. Das war eindeutig zu viel. In ihrem Rucksack wartete nur ein Stück versandeter Weichkäse und abgestandenes Mineralwasser auf sie. Wenn das hier das Paradies war, dann war Chevallier eindeutig die Schlange. Und er und Andy – waren sie eine Doppelausgabe von Eva?

Sie wechselten mehrere Blicke. Der erste war ein Was-sollen-wir-bloß-tun?-Blick, gefolgt von einem Ich-kann-einfach-nicht-widerstehen-Blick, der schließlich von einem Das-erzählen-wir-aber-niemandem-schwöres!-Blick abgelöst wurde. Schön, wenn man sich wortlos versteht, dachte Schelsky. Ohne formal einzuwilligen, ohne sich auch nur mit einem Wort für das Angebot zu bedanken, standen sie auf und gingen zum Strand, nahmen Bretter und Segel und schleiften sie mit missmutigen Mienen durch den Sand. 25 Minuten später waren sie fertig. Als sie die Strandbar betraten war der Tisch schon gedeckt.

***

Daria hatte die drei Welpen Wisch, Wasch und Wusch genannt. Einen ganzen Tag lang hatte sie die zehn drolligen kleinen Mischlinge beobachtet, hatte mit ihnen herumgetobt und dabei das Gefühl, Gott zu spielen, über

Leben und Tod entscheiden zu müssen, keinen Augenblick verdrängen können. Die alte Hündin von Pascale und Morris war völlig entkräftet. Sie hatte trotz ihrer elf Jahre nicht nur diesen Rekordwurf hingelegt, jetzt musste sie die tapsigen Bälger auch noch säugen. Die Mühe würde umsonst sein, hatte Pascale Daria erklärt. Es gab genug Hunde hier auf Korsika, und auch sie hatten keinen Bedarf nach einem weiteren Streuner. Alle Welpen würden in wenigen Tagen ertränkt werden.

In der Nacht vor ihrer Abreise hatte Daria Todde bedrängt, hatte gefleht und ihn mit all ihrem Charme umgarnt. Sie könnten doch ein paar Welpen mitnehmen, wenn sie am nächsten Tag nach Porto weitertrampten. Die süßen Puschel würden sie doch bestimmt ganz schnell loswerden. Es könne doch nicht sein, dass alle Hundebabys getötet würden.

»Bitte, bitte!«, hatte sie gefleht, wie ein kleines Mädchen. Sie hasste diese Mädchen-Masche, die sich gar nicht mit ihrem sonstigen Auftreten vertrug, wusste aber, dass sie wirkt. Und schließlich war es ja für einen guten Zweck.

»Wie stellst du dir das vor?«, hatte Todde nur gefragt.

Dann malte er ein Schreckensszenario über das Trampen mit kleinen Hunden. Als sei es nicht schon ohne Viecher schwer genug, auf dieser Insel einen Lift zu bekommen. Nur vollbeladene Familienkutschen und ein paar geschäftige Einheimische, die Anhalter keines Blickes würdigten. Daria hatte die These gewagt, dass gerade so ein paar zuckersüße Vierbeiner auch den hartherzigsten Autofahrer zum Halten bringen würden. Zum Schluss hatten sie nur noch darüber gestritten, wie viele Welpen sie begleiten würden. Daria war gewillt, um jedes Hundeleben zu kämpfen, Todde lehnte es kategorisch ab, mehr als zwei Hunde mitzunehmen. Am Ende gelang es Daria, noch ein drittes Tier vor dem baldigen Erstickungstod zu bewahren. Dafür hatte sie nun einen schlecht gelaunten Freund. Es war der erste Urlaubsabend, an dem sie nicht miteinander schliefen. Doch da es der Rettung eines Lebens diente, war Daria bereit, Verzicht zu üben. Ficken wurde sowieso überbewertet, meist hatten ja eh nur die Kerle was davon.

Fast eine Woche hatten sie auf dem kleinen Hof von Pascale und Morris in der Nähe von Bastelica gelebt. Sie waren mit ihnen früh morgens aufs Feld gegangen, hatten Weizen gedroschen und reife Früchte geerntet und hatten mit ihnen und Pascales Eltern bis tief in die Nacht an dem langen Esstisch in der umgebauten Scheune Brot, Käse und Oliven mit viel rotem Wein hinuntergespült. Die Zeit verrann hier nicht. Montage fühlten sich wie Dienstage an, Dienstage wie Sonntage, Sonntage genau wie Donnerstage. Es gab keine Zeitung, keinen Fernseher, nur ein kleines Kofferradio als Nabelschnur zur Welt oder dem, was die Medien zur Welt erklärten. Es gab Felder, Sonne, Regengüsse, Arbeit und Pausen und eben Thula, die gebärfreudige, sich mit ihrem Nachwuchs verausgabende Hündin.

Wie wäre es, einfach hier zu bleiben?, hatte Daria sich gefragt. So ungefähr ein Leben lang Obst und Getreide in den korsischen Bergen anzubauen. Tag für Tag, bis die Kraft nachließ und das Zahnfleisch die braun gewordenen Zähne nicht mehr halten konnte. Viele Hunde, ein paar Schafe, Kinder machen, sein eigenes kleines Reich aufbauen, fernab der Hektik der Städte. Die Idee war verführerisch, und doch wusste Daria, dass sie nach ein paar Tagen Abschied nehmen, Pascale und Morris nie wiedersehen würde.

Als die Stunde gekommen war, adieu zu sagen, sammelte Daria Wisch, Wasch und Wusch ein und kam sich wie eine Mörderin vor, als sie einen letzten Blick auf die sieben anderen, namenlos gebliebenen Welpen warf. Sie drückte Pascale und Morris an sich und ahnte, dass sie die beiden vermissen würde, sobald sie in dem ersten Wagen sitzen würde, der sie Richtung Porto brachte.

Todde sollte recht behalten: Mit jungen Hunden zu trampen war eine Herausforderung, und da sie nicht mal eine Leine besaßen, mussten sie mal Wasch, mal Wisch, mal Wusch, mal allen dreien zugleich hinterherjagen oder sie im letzten Moment vor einem vorbeirasenden Auto retten. Doch auch Daria sollte recht behalten: Es hielten zwar nicht häufiger Wagen an als sonst, aber die, die anhielten, taten es auch, weil der Anblick der kleinen Knäule ihr Herz in Sekundenschnelle erweichte. Und auch Darias Prophezeiung, dass sie schnell Abnehmer für die Welpen finden würden, sollte sich bestätigen. Wasch gefiel einem Korsen, der einen neuen Jagdhund suchte, und verließ sie – sehr zu Toddes, weniger zu Darias Freude – schon nach zwei Lifts. In Wisch verliebte sich eine stark parfümierte und toupierte Pariserin, und Daria überlegte kurz, ob ein langes Leben als Schoßhündchen angenehmer war als ein früher Tod. Wusch begleitete sie bis Porto. Als sie sich zwei Crêpes gönnen wollten, fand der Besitzer des Standes Gefallen an Wusch, und noch bevor Daria ihn verschenken konnte, hatte Todde ihn schon gegen vier Crêpes mit Schokoladensauce eingetauscht, was Daria ganz schlimm herzlos fand. Die Crêpes aber schmeckten köstlich, und so kamen sie mit vollem Magen und ohne Hunde am vereinbarten Treffpunkt an.

Ein wenig graute ihr davor, auf Navajata zu treffen. War sie noch sauer wegen der nächtlichen Aktion bei Keller? War ihr nicht klar, dass man so einen schwanzgesteuerten Mann, der dazu noch Lehrer war, zwingen musste, sich mit seinem Übergriff auseinanderzusetzen? Ja, er sollte seiner Frau erklären müssen, was die Parolen an ihrer Hauswand zu bedeuten hatten. Er sollte ins Schwitzen kommen, um seinen Job fürchten. Ohne so eine Lektion würde er so etwas doch wiederholen. Und ob die nächste Schülerin, an der er sich vergreifen würde, so ungeschoren davonkäme wie Navajata, stand in den Sternen. Gerade sie musste doch ein Interesse daran haben, dass Keller sich selbst im Zaum hielt.

***

»Ich fand die Aktion scheiße«, maulte Navajata. Sie drückte etwas Sonnencreme auf ihre Hand und begann, sie auf Manuelas Rücken zu verreiben. »Aber Daria musste ja die Hardcore-Feministin geben, und du hast brav mitgemacht.« Navajata warf Manuela einen gespielt bösen Blick zu. »Ich hätte es gern einfach dabei bewenden lassen, weil so was doch nichts bringt.«

»So was« war eine nächtliche Sprühaktion an der Fassade des Hauses von Robert Keller gewesen. Daria hatte die Frauengruppe über Kellers »sexistischen Übergriff« informiert, und da alle Navajata noch aus deren einjährigem Gastspiel in der Gruppe kannten, waren sie sofort bereit gewesen, Rache für ihre Ehemalige zu üben. Nur mit Navajata, deren Rufnummer sie alle besaßen, hatte niemand gesprochen. Niemand außer Daria.

»Du kannst das nicht einfach auf sich beruhen lassen. Dann macht der das doch immer wieder«, hatte Daria auf sie eingeredet. Ihr missionarischer Eifer war kaum zu ertragen. »Wir müssen ein Zeichen setzen, Nava! Du bist fein raus, weil du nicht mehr auf der Schule bist, aber denk auch an die anderen Mädchen, die Keller schutzlos ausgeliefert sind. Es muss einfach bekannt werden, was das für einer ist.«

Doch was war Keller überhaupt für einer? Er war immer für seine Schüler dagewesen, hatte immer ein offenes Ohr gehabt, hatte oft geholfen, wenn es Konflikte mit den Eltern gab. Einige aus ihrer Stufe waren mit ihm sogar befreundet, so wie Daria bis vor kurzem auch. Auf der Abi-Feier hatte er sich danebenbenommen, ohne Zweifel. War unter Alkohol vom verständnisvollen Pädagogen zum testosterongesteuerten Chauvischwein mutiert. Ja, sie hatte seine Anmache nicht nur als unangenehm empfunden, sondern es auch mit der Angst zu tun bekommen, als er sie am Arm packte. Trotzdem glaubte sie nicht, dass er sie wirklich ins Gebüsch gezerrt hätte. Kellers Übergriff war ein Ausrutscher. Die vielen Jahre, die er sie als Klassenlehrer und später als Tutor auf ihrem Weg durch die Pubertät begleitet hatte, waren deshalb nicht ausgelöscht. Navajata hegte keine Rachegelüste und wollte keine Vergeltung. Doch Daria ließ sich nicht stoppen.

»Keller darf nicht ungeschoren davonkommen«, redete sie auf Navajata ein.

»Was Keller getan hat, geht nur mich was an«, entgegnete Navajata, doch Daria schnitt ihr das Wort ab. »Das geht alle Frauen was an, weil wir alle potenzielle Opfer solcher Typen sind.«

Es war hoffnungslos, mit Daria darüber zu streiten.

Drei Tage später war Daria zu ihr geradelt gekommen. »Auf ein Eis«, hatte sie gesagt, und noch bevor sie die Waffel in der Hand hielt, erneut losgelegt.

»Wir machen es morgen Abend, so um elf, wenn es dunkel ist. Es geht nur um ein paar Sprüche an seinem Haus. Nimm dir für die Zeit am besten was vor, wo dich viele Leute sehen. Alibi – du weißt schon.«

Das Leuchten in Darias Augen war Navajata unheimlich. »Wer ist wir?«, fragte sie, bekam aber nur die Antwort: »Das musst du nicht wissen.«

»Du hast mir versprochen, dass du nichts unternimmst, womit ich nicht einverstanden bin«, unternahm Navajata einen letzten Versuch, von dem sie wusste, dass er ins Leere laufen würde.

»Das ist doch ’ne voll softe Aktion«, erklärte Daria. »Damit kannst du doch wohl leben.«

Konnte sie kaum, musste sie aber. Warum hab ich ihr das bloß erzählt?, dachte Navajata. Ich hätte es wissen müssen.

Den Abend verbrachte Navajata in Bhagwan-Center, wo sie mit vielen Mas und Swamis sprach, um in Erinnerung zu bleiben. Am nächsten Morgen weckte sie um acht das Telefon. Sofort erkannte sie Kellers Stimme. Augenblicklich war sie hellwach.

»Hallo Navajata«, sagte Keller, der sich bislang immer geweigert hatte, sie mit ihrem Sannyasin-Namen anzusprechen.

»Hallo«, erwiderte Navajata.

»Steckst du dahinter?«, fragte Keller ohne Umschweife. Er klang ernst, aber ruhig.

»Wohinter?«

Sie hörte, wie Keller tief einatmete. Er schien zu überlegen, wie er das Gespräch fortsetzen sollte.

»Heute Nacht ist die Fassade unseres Hauses mit Parolen besprüht worden. Parolen, die mich als Chauvi, als geilen Bock und als Lehrer bezeichnen, der sich über seine Schülerinnen hermacht.« Keller machte eine kurze Pause.

»Navajata, es gibt nur eine einzige Situation, in der ich mir etwas vorwerfen kann. Du weißt, wovon ich rede. Und deshalb kannst eigentlich nur du dahinterstecken.«

»Ich war gestern Abend bis spät im Bhagwan-Center – das kann ich beweisen«, sprudelte es aus Navajata heraus.

»Beruhige dich«, sagte Keller. Seine Stimme klang fest. »Ich gehe auch nicht davon aus, dass du selbst hier warst. Wahrscheinlich hast du deinen Freundinnen davon erzählt, und das ist auch dein gutes Recht.« Erneut machte Keller eine kurze Pause. »Ich möchte, dass du weißt, dass es mir leidtut. Ich habe einen Fehler gemacht. Aber ich finde es unfair, dass ihr meine Familie da mit reinzieht und meinen Job gefährdet.« Wieder holte Keller tief Luft. »Wenn du willst, können wir darüber sprechen, was passiert ist. Aber bitte bring mich nicht in eine Situation, in der ich mich wehren muss, um meine Zukunft und die meiner Familie zu retten – wer immer auch dahintersteckt, überzieht es nicht!«

Navajata war sprachlos. Die Mischung aus Verständnis, Reue und unterschwelliger Drohung setzte ihr zu.

»Ich habe das nicht gewollt«, stotterte sie. »Ich fand das scheiße, wie Sie sich verhalten haben, aber ich habe mit dieser Sprühaktion nichts zu tun.« Allmählich fand Navajata die Sprache wieder. »Natürlich wissen ein paar Freundinnen von mir davon, und was die daraus machen, dafür kann ich nichts.«

»Es wäre trotzdem schön, wenn sich so was nicht wiederholt«, sagte Keller noch immer mit kontrollierter Stimme.

Navajata nickte stumm. Das konnte Keller natürlich nicht sehen, aber sie glaubte, dass er ihr Nicken irgendwie wahrnahm.

»Gut«, sagte Keller. »Dann haben wir uns ja verstanden. Und das Angebot, noch mal zu reden, steht. Ich will mich vor dieser Auseinandersetzung nicht drücken.«

Reden! Was gibt es da zu reden?, dachte Navajata. Sie wollte nicht darüber sprechen. Nicht mit Keller, nicht mit Daria. Es war passiert, es war unschön, Keller hatte seine Lektion erhalten, Keller hatte sich entschuldigt. Es gab dazu nichts mehr zu sagen.

»Bist du ernsthaft sauer auf mich?« Manuelas Worte rissen Navajata aus ihren Gedanken.

»Äh nein, nicht wirklich.« Manuela hatte Navajata gestanden, bei der »Verschönerung« von Kellers Haus dabei gewesen zu sein. »Ist schon okay. Lass uns einfach nicht mehr drüber reden.«

Die beiden verbrachten den halben Tag am Strand, sahen den Wellen zu. Im Norden der Bucht thronte der alte genuesische Turm, das Wahrzeichen Portos, auf einem ins Meer ragenden Felsen. Am Nachmittag machten sie sich im Ort auf die Suche nach bekannten Gesichtern. Mehr als ein Dutzend Freunde hatten zugesagt, Punkt acht auf der Brücke zu sein. Navajata und Manuela waren gespannt, ob alle ihr Ziel rechtzeitig erreichen würden.

***

Tom klammerte seine Finger um die Metallstreben des Gepäckträgers, stemmte seine Füße auf die Stoßstange und starrte am Heck des Busses vorbei auf die verbrannte Macchia. Die gesamte Vegetation des Tales war dem Feuer zum Opfer gefallen, zwischen verkohlten Stämmen und zu Kohlenstoff verwandeltem Buschwerk bahnte sich zart neues Grün den Weg ans Licht. Überall auf der Insel gab es weite Landstriche, die der Feuersbrunst zum Opfer gefallen war. Die wenigsten Brände waren der mangelnden Vorsicht der Inselbewohner oder der Heerschar von Touristen, die im Sommer wie Heuschrecken über die Insel einfielen, zu verdanken. Sie waren das Werk korsischer Separatisten, die immer wieder Brände legten und Ferienanlagen in die Luft sprengten, um ihrer Forderung nach Unabhängigkeit von der verhassten französischen Staatsmacht Nachdruck zu verleihen.

Vor ein paar Tagen hatten Tom und Sabine in einer Kaschemme in Corte zwei junge Korsen kennengelernt, die aus ihrer Sympathie mit der Nationalen Befreiungsfront Korsikas und ihrem Hass auf Frankreich keinen Hehl machten. Tom hatten die jungen zornigen Männer imponiert, die die Bombenanschläge ohne Wenn und Aber verteidigten. Kämpfer für eine gerechte Sache, bereit, nicht nur zu reden, sondern auch zu handeln. Stolze Heißsporne wie sie hatten Korsika schon vor Jahrhunderten den Beinamen »Insel der Aufsässigen« eingebracht. Ihr Kampf schmeckte nach Freiheit und Abenteuer, sie kämpften für eine Idee und waren bereit, dafür auch Jahre hinter Gitter zu verschwinden. So wollte auch er selbst sein: verwegen, entschlossen und furchtlos.

Seit Tom mit Jacques und Philippe, wie sich die beiden genannt hatten, getrunken und geredet hatte, war Korsika nicht mehr das Urlaubsidyll für ihn, sondern eine Insel voller Widersprüche, voller Gegensätze, voller Kämpfe. Er schulte sein Auge, die Spuren der Anschläge zu erkennen, und fand sie nun in jedem Dorf, an jeder Ecke. Hier herrschte ein Krieg, von dem die meisten Touristen nichts bemerkten und der in ihren bunten Reiseführern nicht stattfand.

Zehn Tage schon war er mit Sabine durch Korsika getrampt. Ihre Beziehung hatte sich verändert, seit dieser Begegnung der besonderen Art in der Frauenarztpraxis. Sabines Mutter hatte zwar keine Fragen gestellt, war aber fortan auf Abstand zu ihm gegangen. Sabine hatte zu spüren bekommen, dass Susanne ihre Meinung über Tom grundlegend korrigiert hatte. Die Zeiten, als er wohlgelitten wie ein zukünftiger Schwiegersohn in ihrem Haus ein und aus ging, waren vorbei. Susanne hatte Sabine, die gerade sechzehn geworden war, nur nach nächtelangen Diskussionen, deren Inhalt Tom nicht kannte und auch lieber gar nicht kennen wollte, erlaubt, mit ihm nach Korsika zu trampen.

Ihre Tour war voller kleiner Abenteuer gewesen. Am Vierwaldstätter see übernachteten sie in einem Rohbau und mussten am frühen Morgen vor den anrückenden Bauarbeitern flüchten. Kurz vor Livorno nahm ein Trio kläffender Köter Kurs auf sie und löste damit bei Sabine eine Panikattacke aus. Tom umschloss kurzerhand ihre Taille mit beiden Händen, hob sie wortlos ein Stück in die Höhe und setzte sie auf eine Mauer. Dann trat er den Kläffern todesmutig entgegen, brüllte sie an und schlug sie damit überraschenderweise in die Flucht. Die Aktion war so ungemein lässig rübergekommen, dass Tom anschließend vor Kraft kaum laufen konnte.

Dass Trampen auf Korsika kein reines Vergnügen war, hatten sie schnell bemerkt. Oft standen sie stundenlang mit ausgestrecktem Daumen am Straßenrand und sahen den vorbeifahrenden Wagen hinterher. Ab und zu verlangsamte ein Fahrer das Tempo, wenn er Sabine erspähte, um sofort wieder zu beschleunigen, wenn Tom in sein Blickfeld rückte.

Unter denen, die sie mitnahmen, befanden sich auffällig viele Schrate. An diesem Morgen hatte sie kurz hinter Bastia ein weiß gekleideter hagerer Mittvierziger eingesammelt, der sich statt mit Vornamen nur als Kind des Lichts vorstellte und ihnen während der Fahrt die Philosophie der Liebe und Vergeistigung eines ihnen bis dato unbekannten Gurus in allen Facetten ausbreitete. Direkt danach las sie ein nicht weniger redseliger Glatzkopf auf, den sie auf Anfang sechzig schätzten. Er weihte sie in die irre spannenden Geheimnisse von Warentermingeschäften ein.

Der nächste Fahrer, diesmal mit Freundin auf dem Beifahrersitz, war wenig gesprächig, zeichnete sich dafür aber durch einen trüb-verwaschenen Blick aus. Mitten auf den unbefestigten Serpentinen hinter L'Île Rousse, an deren Rändern die Hänge steil in die Tiefe abfielen, öffnete die Beifahrerin das Handschuhfach, holte eine aufgezogene Spritze heraus und setzte die Nadel an einer Vene ihres fahrenden Freundes an. Sie drückte eine Flüssigkeit in die Ader und erklärte auf Nachfrage ohne Zögern, dass ihr Liebster ab und zu ein wenig Heroin benötige.

»Wirkt sich das positiv auf seine Fahrsicherheit aus?«, hatte Tom besorgt gefragt.

»Mal so, mal so«, hatte die Beifahrerin geantwortet, während sie die leere Spritze zurück in das Handschuhfach legte. Im nächsten Ort fiel Tom ein, dass sie hier noch einen Freund besuchen und doch nicht bis Calvi mitfahren würden.

Auch der nächste Lift war nicht wirklich vertrauenerweckend. Kurz nachdem sie eingestiegen waren, erklärte ihnen die Enddreißigerin, Typ brave Hausfrau, dass sie eigentlich nie Tramper mitnehme. Nur heute, da habe sie ihre Brille vergessen und brauche jemanden, der ihr die Aufschriften der Ortsschilder vorlese. Im Laufe der kurzen Fahrt, noch immer über unbefestigte, kurvenreiche Gebirgspässe, mussten Tom und Sabine feststellen, dass ihre Fahrerin auch die größten Buchstaben nicht erkennen konnte und faktisch nur über die Sehkraft eines Maulwurfs verfügte. Die Kurven bewältigte sie offenbar eher intuitiv. Tom fiel ein weiterer Freund ein, der in einem kleinen Dorf an der Strecke wohnte und sich über einen spontanen Besuch sicher sehr freuen würde.

Wenige Kilometer hinter Calvi erwartete sie die nächste Überraschung. Ein alter VW-Bus mit Gummersbacher Kennzeichen hielt an. Doch war er bis unter die Decke vollgestopft mit jungen Menschen, die gerade den Weg zu Gott fanden und ihrer Freude darüber lautstark mit christlicher Erweckungslyrik Ausdruck verliehen. Das Gepäck würde im Bus noch Platz finden, versprach der Gruppenleiter, sie selbst könnten sich auf die hintere Stoßstange des Busses stellen und sich am Dachgepäckträger festhalten. Sabine schüttelte den Kopf, während Tom gleichzeitig nickte.

»Komm wir machen es. Wenn es dunkel wird, bevor wir weiterkommen, sind wir nicht mehr rechtzeitig in Porto«, sagte er.

Sabine schüttelte erneut den Kopf, plötzlich erkennend, dass sie einen total wahnsinnigen Freund hatte. Sie trafen rechtzeitig in Porto ein und hatten auf der Fahrt neben einer Unmenge christlichen Liedguts noch etwas sehr Religiöses gelernt: zu beten.

***

Zuerst entdeckte Navajata Timo und Paul, die an einem Kiosk nach Postkarten Ausschau hielten, denen sie nicht das Prädikat »völlig verkitscht« verleihen müssten. Nachdem sie sich überschwänglich in die Arme gefallen waren und Wangenküsse ausgetauscht hatten, leisteten sie sich zur Feier des Tages erst vier Milchkaffee, dann zogen sie gemeinsam zu den beiden Zelten, die Navajata und Manuela nahe der Flussmündung aufgebaut hatten. Hier war noch Platz für drei, vielleicht vier weitere Zelte, sodass sie alle zusammenbleiben konnten. Zum verabredeten Treffpunkt erschienen auch Todde und Daria, Tom und Sabine. Nur von Schelsky und Andy fehlte jede Spur.

Die acht setzten sich an den Fuß der Brücke und sahen den Fischkuttern zu, die von der zu einem kleinen Hafenbecken ausgebauten Mündung des Porto aus Kurs auf die offene See nahmen. Nirgends auf der Insel türmten sich die Wellen höher auf als in der Bucht von Porto, deren Strand durch die vorgelagerten Felsen auf beiden Seiten das schmale Ende eines Trichters bildete. Die kleinen Boote wurden regelmäßig von den anstürmenden Brechern wieder zurück ins Hafenbecken gespült, von wo aus sie einen neuen Anlauf unternahmen, sich hinein in die Meeresfluten zu kämpfen.

Während sie dieses Schauspiel beobachteten, erzählten sich die Neuankömmlinge ihre Erlebnisse der vergangenen Tage. Die Sonne versank soeben hinter den Bergen, da sahen sie die Silhouetten von Andy und Schelsky auf sich zukommen. Sie wirkten etwas abgehetzt und hatten ebenfalls eine Geschichte im Gepäck, die sich um einen Verrat und einen riesigen Topf Spaghetti drehte.

Die beiden bauten ihre Zelte auf, während Paul und Timo ein Lagerfeuer entfachten. Die Jungen aber hielt es nicht lange am Feuer. Sie wollten noch »den Ort unsicher machen« und zogen von dannen. Die Mädchen wärmten sich weiter an den lodernden Flammen und redeten wild aufeinander ein.

Porto war gerade dabei, sich zur Nacht zu betten. Die Läden waren längst verriegelt, die Laternen erloschen, nur aus zwei Kneipen drang noch Licht auf die Straße, und auch die Eisdiele hatte erstaunlicherweise geöffnet. Eine Gruppe junger Korsen saß vor einem leeren Tisch und unterhielt sich angeregt. Fünf Jungen, alle mit kurzem dunklem Haar, hatten ihre Arme um die Schultern von jeweils einem Mädchen gelegt, sodass auch für den unbeteiligten Beobachter sofort klar wurde, wer sich hier wem versprochen hatte.

Wie Halbstarke, polternd und dröhnend, fielen Timo, Andy, Tom, Paul, Schelsky und Todde in die nächtliche Idylle ein. Der Rotwein, den sie am Lagerfeuer aus Flaschen getrunken hatten, hob ihre Laune. Als sie entdeckten, dass hier noch Publikum auf sie wartete, trafen sich ihre Blicke, und wie auf ein geheimes Zeichen hin legten sie los. Andy näherte sich mit ausladenden Gesten der Eistheke, zog eine Waffel aus dem Ständer, hielt sie prüfend vor seine Augen, pfiff einmal anerkennend und führte sie dann effektvoll, wie der Feuerschlucker seine brennende Fackel, in seinen Mund ein, um sie dort zu zermahlen. Er blickte dem Eisverkäufer tief in die Augen, wartete auf irgendeine Reaktion, und als die ausblieb, wiederholte er die Nummer noch einmal, diesmal noch theatralischer. Todde hatte sich inzwischen vor dem Tisch der jungen Korsen aufgebaut und jonglierte mit nicht vorhandenen Bällen, von denen er immer wieder mal einen fallen ließ, um sich anschließend mit einem vielfältigen Mienenspiel über sein Missgeschick zu ärgern.

Tom nahm eine Speisekarte vom Tisch, studierte sie und schüttelte den Kopf. Er nahm sie mit auf die andere Seite der Straße und ließ sie in einem Briefkasten verschwinden. Er zog und zerrte, doch auch seine Hand blieb in dem Postkasten verschwunden. Nachdem er sie mit einer Kaskade unverständlicher Laute auf sein Malheur aufmerksam gemacht hatte, kam erst Schelsky, zog und zerrte an ihm, dann Timo, der an Schelsky zog und zerrte und schließlich Paul, der Timos Brustkorb mit beiden Händen umfasste und an dem Freund zerrte und zog. Eine halbe Minute ließ Tom die drei mit lautem Gestöhne an ihm herumzerren, dann entschied er, dass der Briefkasten seine Hand wieder freigab, und alle vier strauchelten und purzelten effektvoll auf die nicht mehr befahrene Straße.

Die korsischen Mädchen lachten. Ihre Freunde lachten nicht. Sie sahen dem Spektakel teilnahmslos zu. Der Eisverkäufer stand mit verschränkten Armen hinter der Kühltruhe und musterte das bunte Treiben ohne erkennbare Regung. Das Lachen der Mädchen aber inspirierte die sechs Jungen und so ließen sie sich immer neuen Schabernack und neue Pantomimen einfallen. Timo schritt auf die korsische Gruppe zu, verbeugte sich tief und machte ihnen seine Aufwartung, indem er sich mit großer Geste einen unsichtbaren Hut vom Haupt zog. Tom setzte sich mit dem Rücken zu der Gruppe auf die Lehne eines der Stühle und versuchte sich in Schattenspielen.

Er hörte noch Schritte auf sich zukommen, doch bevor er sich umdrehen konnte, traf ihn der Schlag.

Tom segelte von der Lehne, versuchte den Stuhl noch zu packen zu kriegen, um seinen Fall zu dämpfen, landete aber hart auf dem Asphalt. Er schmeckte Blut. Als er sich mit seiner Zunge über die brennende Unterlippe fuhr, spürte er, dass sie aufgeplatzt war. Am Boden liegend versuchte er die Orientierung zu gewinnen. Ein Tritt traf ihn in den Magen. Der Schmerz war nicht das Schlimmste – es war die Ungewissheit, wie weit das hier gehen würde. Er hatte sich noch nie geprügelt, jedenfalls nicht über die üblichen Schulhofbalgereien hinaus. Und vor allem war er noch nie verprügelt worden.

Die Mädchen lachten nicht mehr. Der Eisverkäufer hielt die Arme noch immer verschränkt. Durch die leicht gespreizten Beine des Angreifers hindurch konnte Tom sehen, dass auch Todde und Andy inzwischen am Boden lagen. Timo stand noch und versuchte die Schläge, die auf ihn niedergingen, zu parieren. Schelsky war mit einem der Korsen in eine Art Ringkampf verwickelt. Nur Paul konnte er nicht sehen, er hatte offensichtlich die Beine in die Hand genommen, statt seinen Freunden beizustehen.

Eine Ewigkeit von drei, vier Minuten setzte es Prügel. Dann ließen die Korsen von ihnen ab, setzten sich wieder zu ihren Freundinnen und legten ihre Arme wieder auf deren Schultern. Die Geschundenen hingegen schleppten sich zu einem nahen Brunnen, wo sie sich sammelten. Sie sahen erbärmlich aus. Schelsky hatte ein blaues Auge, Todde hielt sich die schmerzende Schulter, Toms Mundpartie war verschmiert mit angetrocknetem Blut.

»Was war das denn?«, murmelte Schelsky fassungslos.

»Die ticken doch nicht ganz sauber,« tat Timo kund.

»Fühlt sich nach korsischer Ausdrucksweise von Eifersucht an«, analysierte Todde.

»Ich hätte euch ja gerne geholfen, aber ich dachte, es ist vielleicht besser, wenn zumindest einer nicht verprügelt wird und noch Hilfe holen kann«, sagte Paul, und niemand antwortete.

»Wir haben noch Glück gehabt«, bemerkte Todde, der als Erster den Humor wiederfand. »Auf dieser Insel herrscht noch Vendetta, die gute alte Blutrache.«

»Hab ich gemerkt«, sagte Tom. Sie sind wirklich verdammt stolz, diese Korsen, dachte er: Aber auch verdammt humorfrei.

Als sie zurück ans Lagerfeuer kamen, aus dessen Flammen längst Glut geworden war, fühlten sie sich wie kleine Helden, die in der verlorenen historischen Schlacht erbittert Widerstand geleistet hatten, wie Veteranen, deren tiefe Wunden und amputierte Glieder Zeugnis von dem Einsatz ablegten, mit dem sie bis zuletzt gekämpft hatten. Sie ließen sich von den Mädchen bemitleiden, ließen sich verarzten, erzählten wild durcheinander von ihren heroischen Taten, und je weiter die Nacht fortschritt, umso geschmückter war die Geschichte ihrer Niederlage. Nur Paul hatte sich schon früh in sein Zelt zurückgezogen, der Feigling unter den Mutigen, der Abtrünnige. Jeder von ihnen wäre geflüchtet, wenn er gekonnt hätte, dachte er: jeder von ihnen!

Tom, Schelsky, Navajata und Daria waren die Letzten, die in den frühen Morgenstunden an der Glut ausharrten. Im Dorf verteilte ein Lieferwagen bereits frische Zeitungen, mit den Bildern der königlichen Hochzeitszeremonie. Sie waren betrunken, ein wenig bekifft und ziemlich schwermütig. In zwei Tagen würden sie sich trennen, eigene Wege gehen. Gut, Schelsky und Navajata waren ein Paar, die Mädels und auch die Jungs untereinander befreundet, nur Tom und Daria nach ihrer Trennung noch nicht zu Freundschaft miteinander bereit. Nun würden sie sich verstreuen, sich an unterschiedlichen Universitäten einschreiben, in unterschiedliche Städte ziehen, sich nicht mehr am Beginn des Schuljahrs automatisch sehen. Denn auch Schelsky war ja immer dabei gewesen, wenn an der Schule was los war oder sie sich – wie hier in Korsika – privat trafen. Sie waren ein Team.

Vier junge Menschen ertranken an einem verglimmenden Lagerfeuer am kleinen korsischen Fluss Porto in Melancholie und vorweggenommenem Trennungsschmerz. Sie waren nur noch zu Sätzen fähig, die gelallt waren und vor Pathos trieften. Tom setzte den ersten kleinen Schnitt an seine Pulsader, dann folgten Daria, Navajata und Schelsky. Sie rieben ihre Wunden aneinander und wurden zu Blutsbrüdern und zu Blutsschwestern. Auch Tom und Daria, die dabei einen so vielsagenden Blick miteinander wechselten, dass sie selbst nicht wussten, was alles er genau bedeuten sollte. »Wir werden uns nicht aus den Augen verlieren und immer füreinander da sein«, lautete der Schwur, der das Ritual begleitete. Ein ewiger Bund als Therapie gegen Zukunftsangst.

KAPITEL 15

1. Oktober 1982: Mit einem »konstruktiven Misstrauensvotum« beginnt im Bonner Bundestag die Zeit der »geistig-moralischen Wende«. Herr Kohl löst Herrn Schmidt als Regierungschef ab, und das Wahlvolk muss sich an keinen neuen Vornamen gewöhnen. Der neue Kanzler, der die sozialdemokratische Vorherrschaft für lange Zeit beendet, wird wegen seiner Kopfform als »Birne« verspottet. Später wird »Birne« als »Kanzler der Einheit« in die Geschichtsbücher drängen. Doch bis es so weit ist, erfährt man nur, dass dem neuen Helmut sein pfälzischer Saumagen genauso viel bedeutet wie dem alten Helmut seine Mentholzigarette.

Liebe Daria,
wenn Du diesen Brief liest, bin ich schon fort. Bin an einem Ort, den ich Dir im Moment nicht preisgeben kann. Ich habe lange – über Jahre – mit mir gerungen, diesen Schritt zu tun. Heute gehe ich fort, verlasse meine Familie; verlasse zuallererst Till, der mir die Luft zum Atmen nimmt. Doch damit verlasse ich auch Clara und Dich. Da ich nicht will, dass Till weiß, wo ich stecke, kann ich auch Dir nicht verraten, wo ich bin. Ich werde mich melden, doch wartet nicht darauf: Das kann dauern.

»Warum?«, wirst du fragen, und ich bin sicher, dass mein Schritt dich überraschen wird. Auch vor Dir habe ich verborgen, wie es mir geht und was mich antreibt. Ich habe geschwiegen, weil mir die Kraft für die notwendige Auseinandersetzung gefehlt hat und noch immer fehlt. Verzeih mir meine Feigheit.

Es ist nicht leicht zu erklären, warum ich euch verlasse, gerade weil Till euch kein schlechter Vater war und mir immer ein guter Mann sein wollte. Er hat mich nie seelisch gequält, er hat mich nicht belogen, ich wüsste nicht, dass er mich betrogen hätte, und geschlagen hat er mich auch nie. Doch was ich nicht mehr aushalte ist: Er bestimmt alles, bestimmt mich und mein Leben. Er meint es vielleicht nicht einmal böse, doch wenn es darum geht, eine Entscheidung für unsere Familie und damit auch für mich zu treffen, dann legt er eine Selbstgewissheit an den Tag, die keinen Widerspruch duldet.

Darias Hände, die den Brief hielten, zitterten. Sie hatte Mühe, den Inhalt der Sätze, die vor ihr verschwammen, zu begreifen. Zu unwirklich war der Inhalt dessen, was sie las.

Ein Scherz lautet: »Ich bin Demokrat. Wenn wir uns einig sind, geht es nach dir, wenn wir uneinig sind, nach mir.« Was witzig klingt, ist für mich zu meiner kleinen ganz privaten Hölle geworden, aus der ich flüchten muss, bevor ich lebendig zu Asche verbrenne.

Ob ich mein Studium aufgeben wollte? Ich wusste es nicht, aber Till hat für uns entschieden. Ob ich mich ganz auf die Erziehung von Clara und dir konzentrieren sollte? Ich wusste es nicht, aber Till hat mich überzeugt, es zu tun. Wir wären uns bestimmt oft einig geworden, wie wir leben und was wir denken sollten, doch dazu kam es nie. Till hat stets bestimmt, was das Richtige und was das Falsche sei, und ihm wäre nie auch nur in den Sinn gekommen, dass ich woanders stehen, anders fühlen, anders handeln könnte.

Dein Vater ist kein schlechter Mann, er kann liebevoll sein, ist schlau und fortschrittlich. Aber ohne es zu merken, hat er mich an die Wand gedrückt, mir die Luft genommen und mich schrumpfen lassen. Ich bin jeden Tag ein wenig kleiner geworden und habe mich jeden Tag weniger gespürt. Ich war die Frau deines Vaters, aber nicht mehr Brigitte. Ich bin kleiner und auch stummer geworden. Habe resigniert, nicht mehr den Mund aufgemacht, weil ich wusste, dass dein Vater so lange auf mich einreden würde, bis ich aufstecke.

Ja! schrie etwas in Daria. Ja, du hast ja recht! So hatte sie es selbst empfunden, doch nie hatte sie sich Gedanken darüber gemacht, weil die Beziehung ihrer Eltern immer schon so gewesen war. Till bestimmte, Brigitte bestätigte. Wie blind war sie gewesen, nicht zu erkennen, wie ihre Mutter darunter litt. Sie, die sich seit Jahren mit Frauenschicksalen in einer von Männern dominierten Welt auseinandersetzte, hatte ihre eigene Mutter aus dem Blick verloren.

Till hätte mich nie freiwillig gehen lassen. Er hätte an mir gezerrt und gezogen, bis ich geblieben und noch kleiner und stummer geworden wäre. Er hätte einfach nicht verstanden, wieso er mir die Luft zum Atmen nimmt. Deshalb meine feige Flucht in ein neues Leben, mein Verrat an Clara und auch an Dir. Verzeih mir, dass ich nicht stärker, nicht mutiger sein konnte.

Das Bedürfnis zu gehen, eines Tages einfach fort zu sein, ist seit Jahren gewachsen. Nun stehst Du, Daria, kurz vor deinem Auszug und hast Freundinnen gefunden, die du sehr gern hast, mit denen zusammen du dich engagierst und leben willst. Und selbst Clara ist seit wenigen Tagen 18 und steht vor ihrem Abitur. Ihr seid jetzt fast erwachsen, sodass ich endlich gehen darf.

Suche nicht nach mir, wenn die Zeit reif ist, werde ich mich melden.

Deine Mama

Viermal hatte Daria den Brief gelesen, ihre Tränen hatten einen Teil der tintenen Buchstaben längst auf dem Papier zerfließen lassen. Tausende Gedanken explodierten gleichzeitig in ihrem Schädel, von denen sie keinen einzigen festhalten konnte. Unter ihr tat sich ein Abgrund auf. In ihr war nur noch Schmerz, nichts hatte daneben Platz. Sie glaubte sich aufzulösen. Noch zweimal musste sie den Brief lesen, bis sich in ihr die Fragen formulierten, die sie fortan begleiten sollten. Fragen an sich selbst, Fragen an ihre Mutter. Fragen, auf die es keine Antwort gab.

Ihre Mutter hatte sie verlassen. Und Daria hatte nichts von ihrer bevorstehenden Flucht geahnt, bis sie an diesem Tag nach Hause gekommen war und das Haus leer vorgefunden hatte. Nero, der Schnauzermischling, den Till Brigitte vor einem Jahr geschenkt hatte, schlug nicht an und eilte auch nicht mit wedelndem Schwanz auf sie zu. Als sie die Haustür aufschloss, umgab sie eine lärmende Stille. Dann sah sie, dass das Vertiko aus dem Wohnzimmer verschwunden war. Gleich darauf erkannte sie, dass das Haus halb leer geräumt und alle persönlichen Gegenstände ihrer Mutter fehlten – ihrer Mutter, die sich erst wenige Stunden zuvor von ihr verabschiedet hatte wie an jedem anderen Alltag. Dann musste es schnell gegangen sein, nach einem bis ins Detail ausgeklügelten Plan. Eine generalstabsmäßig inszenierte Flucht.

Wie konnte ihre Mutter so schauspielern?

Wieso hatte sie selber nichts gespürt?

Szenen der vergangenen Jahre jagten durch ihren Kopf, aus denen sich mit dem Wissen der Gegenwart Hinweise auf das Unglück und die Fluchtpläne ihrer Mutter herauswringen ließen. War ich all die Jahre blind?, fragte sich Daria. Sie hatte nicht darauf geachtet, was fehlte: Brigittes Arm, der beim Strandspaziergang um seine Taille gelegt war; Tills Hand, die auf der ihren ruhte, wenn sie beieinander saßen; der zärtliche Blick, wenn er abends nach Hause kam und sie ihn begrüßte. All das hatte es nicht mehr gegeben. Und ihr war das nie aufgefallen.

Wie fern war ihr Brigitte – der Mensch, der ihr am meisten bedeutete – die ganze Zeit gewesen? Wie fremd war sie ihr geworden? Nun war ihre Mutter weg, unerreichbar, und hatte sie nicht einmal in ihre Pläne eingeweiht.

Verlassen.

Verlassen von der eigenen Mutter.

Zum zweiten Mal.

Nie war es für Daria ein Problem gewesen, dass ihre leibliche Mutter sie weggegeben hatte. Deren Nein aus Not – so war Daria sicher – war ein großes Ja gefolgt: das von Brigitte, die für sie ihre wirkliche Mutter war. Nun wurde sie zum zweiten Mal verstoßen. Wieder ging eine Mutter von ihr fort. Daria überfiel in diesem Augenblick die Ahnung, dass ihre Frühgeschichte sie gerade einholte. Es gab ein neues Thema: verstoßen werden. Sie ahnte, dass auch Claras Mutterwelt nun aus der Bahn geraten würde. Die Geschichte der unverwandten Schwestern, sie erzählte sich seit diesem Moment anders.

Und Till, den sie in etwa einer Stunde zu Hause erwartete? Er würde die Welt nicht mehr verstehen. Zum ersten Mal würden ihm die Worte fehlen. Hatte er etwas geahnt? Daria konnte es sich nicht vorstellen. Heute war ihre Mutter gegangen, schon kommende Woche würde sie ihr folgen und mit Francesca und Dörthe, die sie in ihrem Germanistikstudium kennengelernt hatte, eine Frauen-WG aufmachen. Und auch Clara war schon auf dem Absprung.

Daria merkte, dass tief in ihr etwas zersprang, das keinen Namen hatte. Etwas, von dem sie bis eben nicht gewusst hatte, dass es das gab. Etwas, das ihr Zentrum gewesen war und nun nicht mehr existierte. Es war, als hätte sie ein ganz zartes »Pling« vernommen, als es zerstört wurde. Unhörbar und unüberhörbar zugleich.

***

»Okay, dann hau ich eben ab.« Schelsky schmiss Fanny den Satz vor die Füße. Das war's dann wohl gewesen.

Er hatte keinen Bock mehr, sich immer nach ihr zu richten. Und noch weniger Bock, zu Hause auf sie zu warten, während sie um die halbe Welt gondelte, auf der Suche nach sich selbst. Er konnte sich keine ausgedehnten Selbstfindungsreisen leisten. Und er hatte auch keine Lust mehr, sich ständig umzustellen: Gerade hatte er sich an »Navajata« so gewöhnt, dass ihr neuer Name ihm noch vor ihrem alten einfiel, er nicht ständig Fanny dachte, aber Navajata sagen musste, da hatte es sich ausgenavajatat. »Ich bin ab heute keine Sannyasin mehr«, hatte sie ihm unmittelbar vor Reisebeginn eröffnet und das ganze Orange wieder aus dem Rucksack gekippt. Dann hatte sie ihn angestrahlt, wie die Glücksbotin, die einen Lottogewinn verkündet: »Du darfst mich ab heute wieder Fanny nennen.«

Fanny – Navajata – Fanny. Schelsky hatte null Bock auf dieses blödsinnige Hin und Her. Nun trug seine Freundin also keine Mala mehr – nach Poona, wo der Ashram des gerade von ihr abgesetzten Meisters stand, wollte sie aber trotzdem. »Einmal sehen, wie es da ist«, hatte sie gesagt und etwas von Meditationen gemurmelt, die nur in Poona angeboten würden. Und dann wollte sie natürlich nach Goa, wo die legendären Drogenpartys der Hippiegemeinde stattfanden. Auch nach Kathmandu. Und Bali sowieso. Dann vielleicht Kabul.

Sicher konnte man sein halbes Leben in bunten Klamotten mit einem um die Stirn gewickelten Batiktuch über den Erdball trampen, um in irgendeinem abgelegenen Kaff durch Zufall doch noch seine innere Mitte, sein spirituelles Ich zu finden. Vielleicht war das der Weg von Navajata, die jetzt wieder Fanny hieß, und vielleicht morgen schon einen neuen Namen trug. Sein Weg, das wusste Schelsky, war es jedenfalls definitiv nicht.

Wobei er nicht die geringste Ahnung hatte, wie sein Weg aussehen würde. Nach dem Ende seiner Zivildienstzeit hatte er vor allem auf Baustellen gejobbt, um sich das nötige Geld für Klamotten, Essen, Schallplatten, ein paar Drogen und die Wohnung zu verdienen, die er seit einem halben Jahr zusammen mit Tom bewohnte. In dieser Zeit hatte er vor allem gelernt, mitten in der Nacht aufzustehen und bereits mittags Alkohol in sich hineinzuschütten, ohne dass seine Arbeitsleistung darunter litt. Er soff jetzt mehr, kiffte dafür weniger und wusste, dass es das auf Dauer auch nicht sein konnte.

Lediglich die Musik hielt ihn aufrecht. »Golden Shit« hießen jetzt »Johnny hates John«, hatten mit Jessy eine neue Frontfrau mit Gänsehaut garantierender Reibeisenstimme gewonnen, dafür aber Benny, den Schlagzeuger, an Berlin-Kreuzberg verloren. Sie spielten keinen Hardcore-Punk mehr, hatten rockige und melodischere Elemente in ihre Stücke integriert und die Texte auf Jessys vokale Fähigkeiten abgestimmt. Das Konzept trug bereits Früchte. Johnny hates John waren in Jugendzentren und kleineren Clubs aufgetreten, hatten kleine Gagen kassiert und waren vergangenen Sommer sogar zu einem Open-Air-Festival eingeladen worden.

Natürlich würden sie niemals spielen, um irgendwelche Geschmäcker zu bedienen, aber dass sie nun sogar schon eine kleine, treue Fangemeinde hatten, die sie auf ihre Konzerte begleitete, ließ Schelsky nicht unberührt. Musik machen nur im Probenraum war wie Flirten üben vorm Spiegel.

Fannys Stimme holte Schelsky aus seinen Gedanken. »Gut, dann fahr doch!« Sie saßen am Eingang der Felsenhöhle, die sie gemeinsam mit Ted und Terry bewohnten, zwei College-Studenten aus Oklahoma. Die beiden hatten sich entschlossen, aus dem ganzen System für ein Semester auszusteigen – was ihren Erzählungen zufolge nicht ganz einfach war.

»Ich fände es schön, wenn du mich weiter begleitest, kann dich dazu aber nicht zwingen«, setzte Fanny fort und strich sich dabei durch das vom Baden noch feuchte Haar.

Eine weitere Woche Zeit hätte Schelsky noch gehabt, sie viel länger. Kreta ist nur der Anfang, dachte Fanny. Danach würde sie sich nach Asien durchschlagen, über die Türkei und den Iran. Ein Jahr lang hatte sie bis zum Anschlag in verschiedenen Kneipen und Cafés gejobbt, um die Kohle zusammenzukriegen für diesen Trip. Oft hatte sie ab neun Uhr im »Café Lilienthal« schon das Frühstück serviert, um am nächsten Morgen, in aller Herrgottsfrühe, im »Schattenriss«, einer alternativ angehauchten Eckkneipe, die letzten Schnapsleichen auf die Straße zu kehren – ohne zwischendurch auch nur eine Stunde Pause gehabt zu haben. Swami Prakhanda, der für einen großen Filmverleih die ausländischen Streifen bearbeitete, hatte ihr zudem sporadische Einsätze als Synchronsprecherin besorgt, ein Job, der ihr Spaß machte und nicht übel bezahlt war.

In Matala hatte sie in einem Café zwei Tresenschichten pro Woche übernommen. Die Scheine, die so reinkamen, sorgten dafür, dass Fannys Erspartes zurzeit nicht angeknabbert werden musste. Sie hatte sich vorgenommen, sparsam zu haushalten und so lange wie möglich unterwegs zu sein. Vielleicht würde das Ersparte für ein Jahr reichen, vielleicht auch für zwei.

Geld, mit dem Fanny alles hinter sich lassen konnte, was sie beengte. Als an der Autobahn-Raststätte der erste Wagen stoppte, der sie gleich bis nach München mitnahm, durchfloss sie eine Lebensenergie, wie sie noch keine Meditation, keine Tantra-Übung in ihren Körper gepumpt hatte. Das Ziel liegt noch im Nebel, aber was immer mit mir geschieht, es wird etwas Großes sein, war Fanny sich sicher. Ich weiß, ich werde etwas finden, nichts Kleines, Enges, sondern etwas, das mich als ganzen Menschen fordert.

Es gab so viele aufregende Geschichten aus den Ländern im Süden und Osten, die Freunde mitgebracht hatten. Bald würde sie ihre eigenen Erlebnisse draufpacken. Sie würde ferne Kulturen und fremde Menschen kennenlernen, sie würde lernen, ihr Horizont sich weiten. Natürlich würde sie auch den Ashram in Poona besuchen, über den sie so viel gehört und gelesen hatte, auch wenn Bhagwan dort keine Lectures mehr hielt. Obwohl ihr Entschluss feststand, die Mala und den Namen, den der große Meister ihr gegeben hatte, vorläufig abzulegen, weil sie inzwischen an der Bewegung zweifelte, so wollte sie doch einmal mittendrin und offen sein für das, was dann passieren würde. Was immer geschah, es würde gut und richtig sein.

Die ersten Tage war sie froh gewesen, dass Schelsky bei ihr war. Allein durch halb Europa zu trampen wäre Fanny nicht eingefallen. Inzwischen fühlte sie sich sicherer und hatte viele Backpacker kennengelernt, denen sie sich jederzeit anschließen konnte. Schelsky gab ihr nur Starthilfe. Er hatte drei Wochen Urlaub. Auf ihn warteten zahlreiche Jobs, auf sie nur die Fremde und das Abenteuer. Er war wegen ihr nach Süden aufgebrochen, sie aber nicht seinetwegen.

Sie spürten beide, dass ihre gemeinsame Zeit vorbei war. Nach ihrer Trennung war es nicht mehr wie früher gewesen, ihrer Liebe fehlte Aroma, sie schmeckte aufgewärmt. Sie hatten sich verändert, beide waren in unterschiedliche Richtungen losmarschiert. Der Punk und die Eso-Maus – das konnte nicht funktionieren. Es war okay, dass Schelsky nun fuhr, obwohl er noch eine Woche hätte bleiben können. Sie konnte sich nicht einmal mehr erinnern, woran sich ihr Streit entzündet hatte, der eben mit Schelskys Ankündigung, den Heimweg anzutreten, seinen vorläufigen Höhepunkt erreicht hatte. Nein, sie würde ihn jetzt nicht reflexhaft zurückhalten.

Zudem hatte Ted, der hübschere der beiden Amerikaner, mit denen sie die Felshöhle in der Nähe von Agia Galini teilten, ihr eindeutige Blicke zugeworfen, sowie Schelsky ihnen einmal den Rücken zugedreht hatte. Und sie hatte Lust auf den süßen Lockenkopf. Diese Gelegenheit würde sie sich nicht entgehen lassen.

»Gut, dann fahr doch«, hatte Fanny gesagt, und das war genau das gewesen, was er nicht hören wollte. Verdammt noch mal, warum sagte sie nicht: »Bitte bleib!« Hatte sie nicht verstanden, dass er seine Drohung nur ausgestoßen hatte, damit sie ihn zurückhielt? Oder wollte sie es nicht verstehen, weil sie froh war, wenn er sich vom Acker machte? War dies das Ende, das endgültige?

Schelsky starrte Fanny an, als hätte er die Bedeutung ihrer Worte nicht verstanden. In ihrem Blick lag Kälte und Gleichgültigkeit. »Dann fahr doch«, sagten auch ihre Augen.

Ohne ein weiteres Wort kroch Schelsky in die Höhle und kramte sein Hab und Gut zusammen. Als er alles in den Tragegestell-Rucksack gestopft hatte, stand er auf, umarmte Fanny ein letztes Mal wortlos und ging, ohne sich noch einmal umzusehen, zur nächsten Straße, wo er auf einen Wagen wartete, der ihn mitnehmen würde. Am Straßenrand kämpfte er die ganze Zeit mit sich, ob er nicht einfach umdrehen und noch eine Woche bleiben sollte, um sich dann auf eine Art zu verabschieden, die keinen Schlussstrich setzte. Er hatte sich gerade durchgerungen zurückzugehen, da stoppte neben ihm ein Pick-up, und die Beifahrertür öffnete sich.

***

Ohne Vorwarnung schossen Hubert die Tränen in die Augen. Sein Schluchzen wurde immer hemmungsloser und ging schließlich in ein geräuschvolles Flennen über, das seinen ganzen Körper durchschüttelte. Es sah so aus, als könne er gar nicht mehr aufhören. Gerade Hubert!, dachte Tom. Der Neunzehnjährige maß fast zwei Meter, hatte Schultern wie ein Preisboxer und eine Seele, die unberührbar schien, wie in einen Panzer eingegossen. Yad Vashem hatte ihn anscheinend unbeeindruckt gelassen, und zwischen den Requisiten des Holocaust hatte es nur ihm nicht die Sprache verschlagen.

Nun war er stumm, heulte und heulte.

Sie hatten zusammengesessen. Die Gemeinschaft der Kibbuzniks und ihre Gäste. Hatten geredet und geredet an diesem Abend des Abschieds. Über die deutsche Vergangenheit, über die jüdische sowieso, und über die Gegenwart und die Zukunft von Abrahams Nachfahren. Sie hatten gesprochen über Schuld, die der Deutschen, aber auch die der Israelis gegenüber den Palästinensern. Wie diskutiert man als Deutscher solche Fragen im Heiligen Land, mit den Überlebenden des Holocausts, mit ihren Söhnen und Töchtern, hatte Tom sich immer wieder gefragt. Nun war es ganz einfach. Es fand sich keiner unter ihren Gastgebern, der sie, die Gäste aus Deutschland, nicht gänzlich freigesprochen hätte von aller Schuld, von jeder Verantwortung für die Verbrechen ihrer Väter.

»Was könnt ihr dafür?«, hatten sie immer und immer gesagt. Kein Hass, kein Gedanke an Rache, keine Sippenhaftung, keine generationsübergreifende Kollektivschuld. Einfach nur Freundschaft und Neugierde, wie denn im Land der Täter über die Zeit, die nun rund vierzig Jahre zurücklag, gedacht wurde. Die Kinder der Opfer hatten die Kinder der Täter eingeladen, ihre Gäste zu sein, und ihnen Trost gespendet. Das war zu viel für Hubert, den Unberührbaren. Er heulte vor Scham.

Tom legte den Arm auf seine Schulter. Er konnte Huberts Reaktion nachfühlen. Am Vormittag hatten ihm selbst die Tränen mehr als einmal in den Augen gestanden. Das Denkmal für die anderthalb Millionen jüdischer Kinder, die die Nazis ermordet hatten, nahm ihm die Luft zum Atmen. Warum darf ich leben?, dachte Tom. Die Toten hatten Gesichter und Namen bekommen, der Leichenberg bestand plötzlich aus vielen Einzelnen. Doch auch die Täter hatten ein Antlitz bekommen. Und vor jede Mörderfratze schob sich das Bild seines Vaters, verschmolz mit ihm, und plötzlich sah jeder einzelne Täter aus wie er. Die Männer in den weißen Kitteln, die Ärzte, die die Euthanasie-Programme der Nazis umsetzten, auf jedem ihrer Gesichter glaubte Tom ein kaum verborgenes Lächeln zu erkennen, sah sie in seiner Fantasie lachen fröhlich und ungehemmt 30 wie sein Vater auf dem vergilbten Foto. Wie benommen schritt er durch die Hallen, gelähmt vor Angst, im nächsten Gang, im nächsten Raum seinem Erzeuger erneut in den fremden Gesichtern zu begegnen.

Er selbst stammte aus dem Schoß dieser Täternation, begegnete den Mördern von gestern jeden Tag auf der Straße, ohne es zu wissen. Lauter ältere nette Herren, deren freundliches Lächeln ihre Vergangenheit verbarg. Altenheime angefüllt mit Massenmördern.

Drei Wochen waren sie in Israel, diesem Kriegsland auf heiligem Boden gewesen. Lange hatte es auf der Kippe gestanden, ob sie überhaupt einreisen dürften. Die Tour war von August auf Mitte September verschoben worden, weil im Sommer noch der Libanonkrieg im Grenzgebiet gewütet hatte. Einige hatten absagen müssen, da sie ihren Urlaub nicht mehr verlegen konnten, und so war Tom in letzter Minute in die Gruppe gerutscht. Das erste Studienjahr war vorüber, er hatte in den Semesterferien wenig vorgehabt, aber er wollte unbedingt ein paar Tage mit Germaine verbringen, die er in Bielefeld kennengelernt hatte.

Tom hatte im Frühjahr eine frühere Schulfreundin besucht, die in der Behindertenanstalt Bethel ein freiwilliges soziales Jahr ableistete. Abends gingen sie mit Freunden ein Bier trinken, und Germaine, die auch in Bethel arbeitete, war mit dabei gewesen. Sie saßen nebeneinander und fanden sich gleich sympathisch. So sympathisch, dass Germaine darauf bestand, ihm auf dem Nachhauseweg einen kleinen, eitrigen Pickel auszudrücken, der sich am Hals in seiner Haut eingenistet hatte. Er fand ihren Wunsch merkwürdig, doch schließlich gab er nach. Später gingen sie zusammen einen Kaffee trinken, Spaziergänge durch den Botanischen Garten folgten.

Die Zerstörung des Mitessers aber blieb – von zwei harmlosen Knutschereien, die Germaine ihm gewährte – lange die intimste Berührung zwischen den beiden. Sie klärte ihn darüber auf, dass sie es leid sei, von Männern immer nur als Sexualobjekt und nie einfach nur als Mensch wahrgenommen zu werden. Er klärte sie nicht darüber auf, dass er von ihr nicht immer nur als Mensch, sondern gern auch einfach mal nur als Sexualobjekt wahrgenommen werden würde. So turtelten sie miteinander, zärtlich und prüde zugleich. Dass Tom sie nicht haben konnte, steigerte seine Begierde nur. Er kämpfte dagegen an, sich in Germaine zu verlieben, und träumte sie in sein Bett. Nachdem er die ersten Tage bei Bekannten in einer Wohngemeinschaft untergekommen war, vollbrachte Tom das Kunststück, seine letzte Bielefelder Nacht im Schwesternwohnheim von Bethel zu verbringen, in dem Männerbesuch strengstens verboten war. Er hatte ihr versprochen, sich stocksteif neben sie zu legen und seine Finger nicht auf Ausflüge zu schicken. Das hatte er trotz schmerzender Erektion durchgehalten, bis er endlich einschlief, und als Belohnung für seine Zurückhaltung hatten Germaines Finger ihn bei Anbruch der Morgendämmerung zärtlich geweckt. In aller Frühe war er aus dem Fenster geflüchtet. Germaine hatte ihn darum gebeten, um ihren Job nicht zu verlieren.

Nun war er ihr nach Israel gefolgt, wo sie mit einem guten Dutzend Freunden, die in einer evangelischen Jugendgruppe organisiert waren, zwei Wochen in dem Kibbuz Kirjat Schmona leben und arbeiten wollte. Die Idee des Kibbuz faszinierte Tom. Israel faszinierte Tom. Germaine faszinierte Tom. Also nutzte er die Chance, die die frei gewordenen Plätze boten, und schloss sich der fremden Gruppe an.

Kirjat Schmona lag nicht an der Grenze zum Libanon, Kirjat Schmona war die Grenze. Ein Wehrdorf, umzäunt von meterhohem Nato-Draht. Dahinter lag der aschefarbene Todesstreifen, auf dem rund um die Uhr Jeeps patrouillierten und der auch nachts stets ausgeleuchtet wurde, damit er von den in kurzen Abständen voneinander errichteten Wachtürmen lückenlos kontrolliert werden konnte. »Wenn da jemand drauf ist, wird erst geschossen, dann geschaut, wer es war«, hatte ihnen der Chawer, der sie begrüßte, eingeschärft.

Es war etwas gänzlich anderes, den Konflikt zwischen der arabischen Welt und Israel, zwischen Juden und Palästinensern, im fernen Deutschland zu analysieren, als hier in die Nachwehen eines Krieges hineingeschleudert zu werden. Jahrelang hatte Tom sich das Pali-Tuch um den Hals gewickelt, als Zeichen der Solidarität mit dem aus seiner Heimat vertriebenen palästinensischen Volk. Das würde nun nicht mehr möglich sein, auch wenn Tom das Leiden der Palästinenser in diesem besetzten Land noch näher gerückt war. Aber nichts fühlte sich einfach an, es gab zu viele ineinander verhakte Widersprüche, die Tom nicht ordnen, nicht auflösen konnte. Er versuchte es, indem er an Schelsky schrieb, der seit einem Jahr mit ihm zusammenwohnte. Doch er schaffte es auch auf Papier nicht, Klarheit in seine Gedanken zu bringen.

Sie lebten zwei Wochen lang als Kurzzeit-Volunteers in der Gemeinschaft, arbeiteten auf den Feldern, putzten die Räume und bereiteten das Essen vor. Die Bedrohung war immer präsent. Einmal musste Tom den Bunker reinigen, der in der Mitte des Kibbuz im Erdreich untergebracht war und der sich nach jedem Sirenenalarm in Minuten füllte. Und die

Sirenen schrillten oft in diesen Tagen. Die Angst vor Raketenangriffen, die den Kibbuz in den vergangenen Monaten immer wieder heimgesucht hatte, war allgegenwärtig.

Von Kirjat Schmona, das hoch auf einem Hügel lag, konnte man weit in den Libanon und weit hinein auch in den Norden Israels blicken, wo überall kleine Militäreinheiten stationiert waren, die auf den nächsten Einsatzbefehl warteten. Der Kontrast zwischen dieser friedlichen Landschaft und den Spuren des Krieges verfolgte Tom bis in seine Träume. Immer wieder ließ sein Hirn im Schlaf Panzer rollen, Sprengköpfe detonieren und Soldaten durch die Luft fliegen. Obwohl die körperlich harte Arbeit ihn auslaugte, fand Tom in den Nächten nur wenig Schlaf. Nach dem Besuch in Yad Vashem bekam er gar kein Auge zu. Die Dunkelheit um ihn herum ließ die Bilder des Holocausts immer wieder auferstehen und nach seiner Seele greifen. Die unbefangene Art ihrer Gastgeber, die alle Bürden von ihnen nahm, beschämte Tom zutiefst.

Nach dem Abschiedsessen saß Tom neben Germaine auf einer der höchsten Erhebungen des Kibbuz im Schatten einer ausgedienten Propellermaschine im militärischen Tarnfarbenlook, die hier als Blickfang ihre letzte Verwendung fand. Sie genossen das Licht, in das die untergehende Sonne die umgebenden Täler tauchte. Sie sprachen über die Eindrücke, die sie überschwemmten, und über Huberts Zusammenbruch. Über sich und ihre Zukunft redeten sie nicht. Sie hatten in den vergangenen Wochen kaum Zeit zu zweit verbringen können, und das Band zwischen ihnen hatte sich unmerklich gelockert. Sie spürten in diesem Moment, dass es keine gemeinsame Zukunft für sie gab, wenn sie wieder fast dreihundert Kilometer voneinander getrennt sein würden. Sie hatten zusammen nur die eine Nacht in Bethel und diese drei Wochen am Rande des Krieges.

KAPITEL 16

22. Oktober 1983: Über eine Million Menschen protestieren in Bonn, Berlin und Hamburg gegen den Nato-Doppelbeschluss und fordern: Give peace a chance! Auch in Rom, Wien, Stockholm und London feiern Hunderttausende ein Friedensfest. Das ist deutlich mehr als nur das »bisschen Frieden«, das der 17-jährigen Saarbrückerin Nicole noch im Jahr zuvor gereicht hat, den Grand Prix de la Chanson das erste Mal nach Deutschland zu holen.

Die letzten Gläser waren im Hängeschrank untergebracht, und Daria wienerte noch den Boden. Francesca, Dörthe und ein Dutzend andere Germanistinnen wirbelten durch den Raum: Tische und Bänke wurden von hier nach dort verrückt, das Ergebnis verworfen, und die Rumrückerei begann von vorn. Immer mehr Studentinnen trudelten ein, die meisten direkt vom Rathausmarkt, wo Hunderttausende gegen die Stationierung US-amerikanischer Mittelstreckenraketen auf bundesdeutschem Territorium protestiert hatten.

In zwei Tagen sollte das Frauencafé eröffnet werden, das erste an der gesamten Universität. Männer würden keinen Zutritt haben. Monatelang hatte der Fachschaftsrat um den Raum kämpfen müssen, Uni-Gremien hatten rauf und runter diskutiert, bis der Fachbereich endlich grünes Licht gegeben hatte.

Die Stimmung unter den Frauen war euphorisch. Der neue Hit von DÖF flutete den Raum, einige Studentinnen grölten den Refrain lautstark mit, während sie im Takt die letzten Handgriffe erledigten: »Und ich düse, düse, düse im Sauseschritt.«

Daria verrichtete ihre Arbeit still und innerlich abgewandt. Die dröhnende Ausgelassenheit drang nicht zu ihr durch. Alles war wie in Watte gepackt. Nicht nur heute, seit Monaten. Genauer: seit ihre Mutter geflüchtet war. Mit ihrem Fortgang war die Familie einfach zerfallen.

Till hatte den Zustand völliger Fassungslosigkeit bis heute nicht überwunden und angefangen zu trinken. Nach einer halben Flasche Wodka saß er meist zusammengesunken in irgendeiner Ecke des Hauses und flennte wie ein kleines Kind. War er nüchtern, verfiel er in tiefes Schweigen. Innerhalb weniger Wochen war ihr Vater nur noch ein Schatten seiner selbst: depressiv, launisch, unberechenbar und fast nie nüchtern.

Daria floh als Erste. Ihr Umzug in die Frauen-WG hatte ja schon festgestanden, als die Familie noch zu viert gewesen war. Unmittelbar nach ihren Abi-Prüfungen suchte auch Clara das Weite und zog mit Marcus, ihrem Freund, zusammen. Innerhalb eines halben Jahres leerte sich Darias Elternhaus, und nur ihr Vater blieb wie ein vergessenes Requisit zurück. Daria plagten Schuldgefühle, wenn sie an ihn dachte. Sie besuchte ihn, sooft es ging, und war immer wieder ernüchtert über seinen rapide fortschreitenden Verfall. Till ließ sich gehen, es war ihm anscheinend egal, wie er auf seine Umwelt wirkte.

Ein halbes Jahr nach ihrem Auszug hatte Brigitte sich bei Daria gemeldet. Sie wollte ihre Tochter sehen, hatte dabei aber auf einen »neutralen Ort« bestanden. In einem Café, das Daria bis dahin nicht kannte, saßen sie sich steif gegenüber und wussten nicht, worüber sie reden sollten. Brigittes ganze Körperhaltung verriet Abwehr, das Treffen hatte sie mit dem Hinweis begonnen, sie sei nicht gekommen, um sich für irgendetwas zu rechtfertigen. »Jahrelang habe ich alles für euch getan, jetzt bin ich dran«, hatte sie gesagt, und ihr ganzer Körper war bei diesem Satz gespannt gewesen.

Brigitte war umgeben von einem unsichtbaren Panzer. Als sie sich nach einer guten Stunde mit flüchtiger Umarmung von ihrer Tochter verabschiedete, kannte Daria weder ihre Adresse noch ihre Telefonnummer.

Daria war, als habe jemand ihre Wurzeln freigelegt und einfach abgehackt. Alles war außer Balance. Immer wieder versuchte sie zu verstehen, warum der Fortgang ihrer Mutter sie so aus dem Tritt brachte. Schließlich war sie doch selbst gerade dabei gewesen, ihr Elternhaus zu verlassen. Immer wieder fand sie schlaue Erklärungsmuster, die doch letztendlich gar nichts erklärten.

Sie hatte gesucht, aber noch nichts gefunden, was den Schmerz betäubte. Sie hatte sich in sexuelle Beziehungen mit Männern und Frauen gestürzt, hatte in ihrem Germanistik-Studium mehr Kurse belegt, als zu schaffen waren, hatte sich in den Aufbau des Frauencafés gestürzt und schließlich mit Schlaftabletten und Aufputschmitteln, Alkohol und Haschisch experimentiert. Einmal hatte sie einen Trip eingeworfen, nach dem sie aber schlecht draufgekommen war. Ja, sie hatte sogar begonnen, dem inneren Schmerz einen äußeren entgegenzusetzen, indem sie mit einem Messer an ihrem Arm rumritzte. Die ausgeglichene, kopfgesteuerte Daria, die immer alles im Griff hatte, war dabei zu verschwinden. Sie erkannte sich selbst nicht mehr wieder.

Daria schaute sich im Café um, fand, sie müsse stolz sein auf die geleistete Arbeit und voller Vorfreude auf die Einweihungszeremonie am Montag. Sie spürte aber keinen Stolz und keine Freude. Sie spürte gar nichts. Ihren Mitbewohnerinnen ging sie längst aus dem Weg, da sie keine Kraft mehr hatte, immer wieder zu erklären, warum sie so durchhing. Im Grunde wusste sie es ja selbst nicht so genau. Dörthe und Fransesca bemühten sich rührend um sie. Doch auch sie konnten nichts ausrichten gegen den Orkan, der in ihr tobte. Niemand konnte das. Niemand? Vielleicht Tom, dachte sie manchmal. Tom, den hatte sie geliebt, Tom hatte sie erlaubt, ihr nahezukommen. Doch das war lange her. Tom war ein anderer geworden, oberflächlich und süchtig nach Anerkennung. Schon über ein Jahr hatte sie nichts mehr von ihm gehört. Er hatte sich einfach aus ihrem Leben geschlichen.

***

Tom trat das Pedal etwas stärker durch. Der alte orangefarbene Käfer nahm langsam Fahrt auf. Er setzte zum Überholvorgang an. Zwei Tage noch würde er illegal unterwegs sein. Am Dienstag stand die Fahrprüfung an, und Tom fühlte sich schon so unglaublich souverän hinter dem Lenkrad, dass er sie ohne jeden Zweifel bestehen würde. Den Theorietest hatte er bereits fehlerfrei gemeistert.

Der Käfer war jetzt fast neben dem anderen Wagen. Tom blickte durch dessen Seitenfenster. Wie erwartet saß ein älterer Mann hinter dem Steuer, der anscheinend nur noch die Fahrt im ersten Gang beherrschte.

Als Tom seinen Blick wieder auf die Straße richtete, war es bereits zu spät. Aus einer Seitenstraße tauchte die Kühlerhaube eines Mercedes auf. Der Wagen schob sich behäbig einen Meter weit auf Toms Fahrbahn, ohne dass der Fahrer einen Blick auf die Straße warf, die die Motorhaube seines Wagens schon halb blockierte. Zum Bremsen war es zu spät, der Käfer wäre vor dem Mercedes-Kühler nicht mehr zum Stehen gekommen. An dem Rentnerauto kam Tom nicht mehr vorbei, dazu beschleunigte sein alter VW viel zu bedächtig. Und zwischen dem Kühler und dem Wagen, der jetzt mit ihm auf gleicher Höhe lag, gab es erkennbar zu wenig Platz für ein weiteres Fahrzeug – sein Fahrzeug. Die Lage, das hatte Tom in einer Hundertstelsekunde analysiert, war schlicht und einfach ausweglos.

Tom trat weder auf Gas noch auf Bremse, sondern hoffte, sich doch noch irgendwie zwischen beiden Fahrzeugen durchzuquetschen. Er erwischte die Ideallinie. Der Seitenspiegel auf der Beifahrerseite touchierte schwungvoll den Spiegel des Nebenmannes, die Karosserien beider Wagen näherten sich einander auf Millimeter, berührten sich aber nicht. Der Knall kam von der linken Seite. Als sein VW den Mercedes passierte, spürte Tom einen gedehnten Schlag, vernahm Splittergeräusche, und die Fahrertür wölbte bedrohlich nach innen, ihm entgegen. Nur mit Mühe hielt er nach dem seitlichen Aufprall den Käfer auf Kurs.

Als er Sekundenbruchteile später in den Rückspiegel blickte, sah er den Mercedes mit eingedrückter Vorderfront und fehlender Stoßstange noch immer an der Stelle, wo er ihn rasiert hatte. Innerhalb kürzester Zeit wurde sein Spiegelbild kleiner.

Tom überschlug die Folgen eines solchen Unfalls ohne Führerschein und kam nach einem Wimpernschlag zu der Einschätzung, dass der Preis entschieden zu hoch sei. Da er nun ohnehin beschleunigt hatte, blieb nur die Variante volles Risiko. Tom gab Gas und stieg nur sanft auf die Bremse, als die Straße, auf der er sich befand, von einer größeren gekreuzt wurde. Mit quietschenden Reifen schleuderte er um die Kurve, Gebete zum Himmel schickend, dass sich gerade kein Wagen auf der Fahrbahn befinden möge, mit dem er unweigerlich kollidiert wäre. Tom hatte Glück – die Straße war frei.

Selbst wenn sie mein Kennzeichen notiert haben, werd ich das irgendwie deichseln, dachte Tom. Er könnte den Wagen etwa als gestohlen melden. Um aus dem Blickfeld möglicher Verfolger zu geraten, bog er bei erster Gelegenheit nach rechts in eine kleine Seitengasse ein. Es war eine der schmalsten Straßen der ganzen Gegend. Tom glaubte schon entkommen zu sein, da sah er das Hindernis. Zwanzig Meter vor ihm stand ein überbreiter Tanklastzug, dessen bulliger Tank bis weit auf beide Gehwege rag te. Die Größenverhältnisse passen nicht zueinander, dachte Tom noch in einem kurzen Anflug von Galgenhumor, bevor er nervös in den Rückspiegel schaute. Gerade bog ein Mercedes hinter ihm in die kleine Straße ein und rollte langsam auf ihn zu. Die Kühlerhaube des Wagens war total zerbeult.

Toms Hirn rotierte, sein Blut schwamm in Adrenalin. Die Fahrertür öffnete sich, und ein wutschnaubender Mitvierziger eilte auf Tom zu. Er ballte die Faust, so als hätte er damit am liebsten zum Schlag ausgeholt, und baute sich vor Tom auf.

»Sind Sie übergeschnappt?!«, raunzte der übergewichtige Mann Tom an.

»Hätten sie vielleicht mal eine Zigarette für mich?«, antwortete Tom.

Es war eine Bitte aus schierer Not. Tom brauchte jetzt einfach Nikotin. Er brauchte aber vor allem etwas Zeit, eine Idee zu entwickeln, wie er irgendwie halbwegs unbeschadet aus dieser Situation herauskommen könnte. Der Fahrer schüttelte fassungslos den Kopf. Doch dann hielt er ihm tatsächlich eine geöffnete Zigarettenschachtel hin und nahm auch sich selbst eine heraus. Er gab erst Tom, dann sich Feuer.

»Tut mir leid«, sagte Tom mit brüchiger Stimme. Tiefer Kniefall war angesagt.

»Sie haben wohl nicht mehr alle Tassen im Schrank«, wütete der Dicke.

»Lassen sie mich doch erklären«, sagte Tom in beschwichtigendem Tonfall, inhalierte tief den Rauch und fügte zeitgleich in seinem Hirn die Fäden einer Geschichte zusammen, die ihn retten oder in den Untergang führen würde.

***

Schelsky war in Hochstimmung. Am heutigen Abend würden sie das erste Mal im Logo, einem angesagten Club im Uni-Viertel, auftreten. Sogar die lokale Presse hatte, wenn auch in dürren Zeilen, über ihren Auftritt berichtet. Er hatte versprochen, mit Toms Käfer diverse Kabel, Mikrofonständer und schwere Boxen zu transportieren. In einer halben Stunde musste er los. Dass der Wagen, den Tom eigentlich noch gar nicht fahren durfte, mal wieder nicht auf dem Parkplatz stand, begann Schelsky so langsam zu beunruhigen. Tom kam oft zu spät, doch er konnte ihm ja schlecht verbieten, das Fahrzeug zu benutzen. Schließlich war es der frühere Zweitwagen von Toms Eltern, und obwohl zwischen Tom und seinem Vater noch immer totale Funkstille herrschte, hatte seine Mutter es irgendwie hinbekommen, dass der Käfer nun Tom gehören sollte. Seit zwei Wochen stand er bereits auf dem Parkplatz hinter ihrem Haus. »Bis Tom seinen Führerschein hat, fährst nur du den Wagen, Schelsky«, hatte Hedwig den beiden jungen

Männern ins Gewissen geredet, und beide hatten beflissen genickt. Natürlich hielt Tom sich nicht an die Absprache. Er bestand darauf, dass die beste Vorbereitung auf die Fahrprüfung üben, üben und nochmals üben sei. Nur wenn er genügend Fahrpraxis habe, würde er die Prüfung ganz gelassen meistern. Schekskys Einwand, das Fahren ohne Führerschein könne ihn teuer zu stehen kommen, ignorierte er.

»Ich habe nicht vor, mich erwischen zu lassen«, parierte er den Einwurf mit breitem Grinsen.

Nun fuhr Tom also mehr als Schelsky und ließ diesen auch noch des Öfteren warten, wenn er denn mal das Auto brauchte. Nur heute, am Tag des großen Auftritts, könnte er zumindest einmal pünktlich sein, fand Schelsky.

***

»Ich stecke in einer blöden Situation ...« Tom versuchte kleinlaut zu klingen, was ihm nicht besonders schwerfiel.

»Das kann man wohl sagen«, bestätigte der Mercedes-Fahrer. »Ich rufe jetzt erst mal die Polizei!«

»Warten Sie noch einen Moment!«, flehte Tom. Er sog wie ein Verdurstender an der Zigarette. »Der Wagen gehört dem Vater meines Mitbewohners. Ich darf ihn eigentlich gar nicht benutzen. Wenn sein Vater das erfährt und auch noch mitbekommt, dass ich einen Unfall gebaut habe, dann weiß ich nicht, was passiert. Der Mann ist schon weit über siebzig und nicht mehr bei bester Gesundheit.«

»Zeigen Sie mir erst mal ihren Führerschein!«, forderte der Geschädigte unbeirrt.

Tom reagierte nicht, sondern setzte seine Geschichte fort: »Er darf es nicht erfahren. Deshalb würde ich den Schaden gern begleichen, ohne die Versicherung einzuschalten.«

Der Mann stutzte. Jetzt erst schien er wirklich zuzuhören.

Tom nahm einen weiteren tiefen Zug. Er versuchte zu verbergen, dass seine Knie zitterten.

»Ich glaube zwar, dass Sie zumindest eine Teilschuld haben, weil Sie so weit auf die Straße gefahren sind, dass niemand mehr ausweichen konnte, aber ich bin bereit, es nicht darauf ankommen zu lassen.« Diese kleine

Drohung musste sein. Hätte er einen Führerschein, so war Tom sich sicher, würde er keine Schuld an dem Unfall bekommen. Doch hätte und würde zählte jetzt nicht – der Konjunktiv war der Modus der Verlierer.

Der Mercedes-Mann strich sich nachdenklich über das Kinn.

»Ich habe leider meine Papiere zu Hause gelassen, da ich nur kurz einkaufen wollte«, fuhr Tom fort. »Sie haben aber das Kennzeichen, und ich unterschreibe Ihnen, dass ich den Schaden übernehme. Sie bekommen keine Mitschuld und ich keine Anzeige wegen Fahrerflucht. Wir gewinnen beide und können die Sache noch heute regeln.«

Das Angebot schien dem Mann zu gefallen. »Das muss ich erst mit meiner Versicherung besprechen«, wand er – noch immer unschlüssig – ein.

»Das können Sie gerne tun.« Tom warf den Zigarettenfilter in den Rinnstein und fingerte aus seiner auf dem Beifahrersitz liegenden Umhängetasche einen College-Block und einen Kugelschreiber. Auf einer leeren Seite setzte er ein Schuldeingeständnis auf, das er mit Stefan Schelsky unterschrieb. Im Notfall musste Schelsky die Sache irgendwie regeln, der hatte zumindest eine Fahrerlaubnis. Unter die Unterschrift schrieb Tom noch das Auto-Kennzeichen und die Telefonnummer seines Vaters. Die Daten passten nicht zueinander, die Sache durfte keinesfalls auffliegen.

»Das müsste reichen«, sagte Tom, riss das Blatt aus dem Block und hielt es seinem Kontrahenten unter die Nase. »Sie haben meine Daten, sie können also in Ruhe entscheiden.« Nur nicht drängen, dachte Tom. Nur keinen Argwohn wecken.

Der Mann las die Zeilen, nickte und streckte Tom unvermittelt die Hand entgegen. »Ich melde mich heute Nachmittag bei Ihnen, wenn ich das mit meiner Versicherung besprochen habe.« Der Zorn des Mercedes-Besitzers war verflogen. Die Aussicht, dass sich der Unfall, an dem er selbst tatkräftig mitgewirkt hatte, so schnell und problemfrei regeln ließ, hellte seine Laune schlagartig auf.

***

Schelsky stand am Fenster und starrte auf den Parkplatz. Er kochte vor Wut. Tom war längst überfällig. Dass er ihn heute, an seinem großen Tag, hängen ließ, war supermies von ihm. Schelsky überlegte, was er tun sollte. Der Auftritt musste stattfinden, mit oder ohne Käfer. Er beschloss, noch zwanzig Minuten zu warten, bevor er die anderen Bandmitglieder alarmierte. Sie würden schon eine Möglichkeit finden, ihr Equipment rechtzeitig ins Logo zu schaffen.

Rund 200 Zuhörer erwartete der Veranstalter, die ausgehandelte Gage betrug 750 Mark, 150 davon für Schelsky. Mehr hatten sie noch nie für ein Konzert bekommen. Schelsky war seit Monaten chronisch klamm. Die Jobs beim Bau waren derzeit rar, und es würden im Winter noch weniger werden. Schelsky hatte noch knapp vierzig Mark in der Tasche, mit denen er die neun Tage bis Ende Oktober auskommen musste. Dann würde der allmonatliche Scheck von seinem Vater eintreffen, der aber nicht einmal für die Miete reichte, mit der er ohnehin im Rückstand war. Die Gage kam da wie gerufen.

Schelsky warf einen Blick auf seine Armbanduhr. Die zwanzig Minuten waren um. Er wollte gerade zum Hörer greifen, da sah er den Käfer auf den Parkplatz rollen. Schelsky verschlug es den Atem. Die komplette Fahrerseite war eingedellt, der linke Scheinwerfer und Teile der Stoßstange fehlten ganz.

***

Tom hatte seine Mutter sofort erreicht. Er bat sie, seinen Vater anzurufen, der, wie immer um diese Zeit, in seiner Praxis war. Er solle den Laden am Nachmittag schließen und so schnell wie möglich nach Hause kommen. Es handele sich um einen absoluten Notfall. Was denn los sei, wollte Toms Mutter wissen. Er habe jetzt keine Zeit für Erklärungen, kanzelte Tom sie ab. Sein Vater müsse kommen. Er würde ihn brauchen, dringend und sofort.

Zehn Minuten später rief seine Mutter Tom zurück. Vati könnte in anderthalb Stunden zu Hause sein. Tom sagte zu, dann auch da zu sein. Nachdem er aufgelegt hatte, drückte er Schelsky einen Fünfziger für ein Lasttaxi in die Hand. Die Panik, die sein Mitbewohner schob, weil ein paar Utensilien für das Konzert seiner Band noch nicht am Auftrittsort waren, konnte er grad nicht gebrauchen. Wenn jemand ein Recht auf Panikattacken hatte, dann er selbst.

Als sein Vater das Haus betrat, war Tom schon da. Vor Nervosität hatte er in der Zeit, in der er auf ihn gewartet hatte, sämtliche Fingernägel mit seinen Zähnen traktiert und den des linken Mittelfingers dabei so weit eingerissen, dass das Nagelbett blutete.

Tom erhob sich vom Sofa, als sein Vater das Wohnzimmer betrat. Für einen Moment standen sie sich Auge in Auge gegenüber. Hans musterte seinen Sohn mit ernster, unbewegter Miene. Dann fand er als Erster die Sprache wieder. »Was gibt es so Wichtiges, dass ich meine Praxis schließen muss?« In der Frage schwangen zu gleichen Teilen Verwunderung und Anklage mit.

»Ich brauche deine Hilfe, Vati«, wand sich Tom. Nie war ihm ein Satz schwerer über die Lippen gegangen. Sein Vater fixierte ihn unerbittlich und forderte ihn mit einem kaum erkennbaren Nicken auf fortzufahren. Tom hatte keine Wahl. Er erzählte die ganze Geschichte. Die Situation war demütigend.

Als Tom alles berichtet hatte, fragte sein Vater mit tonloser Stimme: »Was erwartest du jetzt von mir?«

»Du musst mir das Geld leihen, um den Schaden zu begleichen«, sagte Tom und gewann den Wettstreit mit dem Frosch in seinem Hals. »Ich habe wirklich keine Wahl. Sonst wird alles noch viel schlimmer.«

»Fahrerflucht, Fahren ohne Führerschein, Urkundenfälschung«, zählte Hans auf. Tom war dankbar, dass kein Triumph in seiner Stimme mitschwang. Dann fragte er bündig: »Wie viel Geld brauchst du?«

Toms Vater sah im Geist das zerbeulte Chassis des Mercedes vor sich. Sein Fahrer würde die Situation nutzen, so viel wie möglich herauszuholen. Aber erst einmal musste er sich melden und überhaupt bereit sein, den Deal ohne Versicherung abzuwickeln.

Schweigend saßen Tom und sein Vater nebeneinander und warteten auf das Läuten des Telefons. Jede Minute schwand ein Stück Hoffnung, die drohende Katastrophe abzuwenden. Als nach fast zwei Stunden der Apparat endlich das so herbeigesehnte Geräusch von sich gab, erschraken Vater und Sohn im selben Moment.

Tom raste zum Telefon, hob den Hörer ab und meldete sich erneut mit Schelsky. Er verstand den Namen des anderen nicht, aber er erkannte die Stimme sofort wieder. Der Mann willigte ein. Die Reparatur würde 4.000 Mark kosten. Wenn er das Geld noch heute in bar erhalte, sei die Sache erledigt. Tom sagte sofort zu und notierte sich die Adresse seines Gesprächspartners.

Toms Vater führte ein Telefonat mit seiner Bank, holte das Geld und fuhr seinen Sohn zu der angegebenen Adresse ganz im Südosten der Stadt. Tom übergab das Geld, dann versicherten die beiden Unfallbeteiligten schriftlich, keine weiteren Ansprüche gegeneinander zu stellen. Zum zweiten Mal an diesem Tag unterschrieb Tom mit Schelskys Namen.

Als er wieder auf dem Beifahrersitz Platz genommen hatte, sagte Tom nur »Danke«. Hans erwiderte nichts. Die Rückfahrt verbrachten sie schweigend. Tom registrierte, wie die Anspannung von ihm abfiel. Sein Vater hatte ihm den Kopf aus der Schlinge gezogen. Er war dagewesen, als er ihn gebraucht hatte. Dafür war er ihm unendlich dankbar. Er war ihm etwas schuldig. Und das war ein Scheißgefühl.

***

Der Fünfzigmarkschein von Tom steckte immer noch in Schelskys Hosentasche. Bollmann, der Schlagzeuger, hatte noch einen Kleinbus organisiert, mit dem das Equipment rechtzeitig im Logo eingetroffen war. Der Laden war tatsächlich brechend voll, und sie legten ihren besten Gig aller Zeiten auf die Bühne. Jessy röhrte die Texte ins Mikro und performte die Songs mit so viel Power, als hätte sie jemand an ein Starkstromkabel angeschlossen. Pete malträtierte seine Gitarre, wie vor ihm wohl nur Jimi Hendrix, Bollmann drosch auf seine Trommeln und Becken ein wie ein Wahnsinniger, und Cliff holte aus dem Keyboard mehr heraus, als eigentlich drinsteckte. Schelsky zupfte die Bass-Saiten, als hätte er nie was anderes getan. Die Atmosphäre wurde durch die niedrige Decke noch dichter, die Luft war geschwängert von Rauch und Schweiß. Fast zwei Stunden verausgabten sich die fünf, bevor sie nach etlichen Zugaben völlig erschöpft ihren verdienten, nicht enden wollenden Applaus entgegennahmen. Sie alle hatten ein wenig Koks geschnupft – ohne wäre so viel Ekstase gar nicht auf die Bühne zu bringen gewesen. Schelsky strahlte ins Scheinwerferlicht und grinste Pete an, als sie sich zum achten oder neunten Mal vor ihrem Publikum verbeugten. Alles war perfekt.

Hinter der Bühne wischten sie den Schweiß in bereitgelegte Handtücher und griffen hastig nach den gekühlten Wasserflaschen. »Great, this was really great!«, schrie Cliff in reinstem Brummie-Dialekt, der jedem Briten sofort verriet, dass er aus Birmingham stammte. Sie tobten ausgelassen durch die kleine Umkleide, energiegeladen wie Duracell-Hasen nach dem Batteriewechsel. Bollmann ließ einen Sektkorken knallen, Schelsky riss ihm die Flasche aus der Hand und setzte sie sich an den Hals, und Jessy sorgte mit einer gezielten Handbewegung dafür, dass er eine unfreiwillige Sektdusche nahm.

In den Trubel hinein klopfte es an der Tür. Ohne eine Reaktion abzuwarten trat Paul, der Clubbesitzer, in die Garderobe. »Ihr wart großartig«, strahlte Paul die fünf an und reckte den gestreckten Daumen in die Luft. »Ich habe euch nicht nur eure Gage mitgebracht, sondern auch jemanden, der mit euch sprechen möchte.«

Paul deutete auf einen jungen, recht schmalen Mann mit geföhnter Frisur, der in einem modischen Anzug steckte und bisher in seinem Schatten gewartet hatte. Der Mann, dessen Optik sich von der ihres Publikums deutlich unterschied, trat zuerst auf Jessy zu, streckte ihr die Hand entgegen und nannte seinen Namen – Dirk Schneider –, bevor er auch die vier Männer begrüßte. Dann rückte er, etwas steif und betont locker zugleich, mit dem Grund seiner Visite raus: »Ich arbeite für Rotlicht Records und habe mir euer Konzert angeschaut.« Er machte eine kurze Pause, in der er alle Bandmitglieder der Reihe nach musterte. »Wir haben euch schon länger im Blick. Könntet ihr euch vorstellen, bei uns ein Album aufzunehmen?«

***

»Heute?«, fragte Petra.

»Heute!«, bekräftigte Fanny.

Doris und Louise nickten bestätigend. Seit knapp einer Woche befand sich Fanny jetzt auf Gili Air, einem kleinen Eiland im Inselreich Indonesien. In den vergangenen Monaten war sie den Backpacker-Pfaden durch halb Asien gefolgt. Sie hatte die Drogenküchen Kabuls gesehen, war in Delhi vor bettelnden Kindern geflüchtet, war von Kathmandu aus in das Himalaya-Massiv aufgebrochen, hatte an den Stränden Goas die Nacht zum Tag gemacht und war in Poona auf den Spuren Bhagwans gewandelt, dessen Ashram noch existierte, obwohl sein Begründer nun in Oregon seine Jünger um sich scharte. Sie hatte Menschen aus aller Welt kennengelernt, die ihr Glück und sich selbst in den Ländern der aufgehenden Sonne zu finden hofften, weit von ihrer Heimat entfernt. Manche nahmen nur eine Auszeit von wenigen Wochen, andere waren bereits seit Jahren auf Achse.

Fanny selbst war nun seit dreizehn Monaten unterwegs. Das Geld wurde langsam knapp, und ihre Neugier auf immer neue Orte und immer neue Menschen ließ spürbar nach. Mein Horizont hat sich geweitet, dachte Fanny, nur was immer ich hier genau gesucht habe, gefunden habe ich es noch nicht. Das Nomadenleben einer Reisenden ließ in ihr das Bedürfnis nach einem Ort wachsen, wo sie bleiben und sich zu Hause fühlen konnte. Es hatte Spaß gemacht, mit immer neuen Männern aus den unterschiedlichsten Ländern durchgelegene Matratzen zu teilen, doch wärmen taten all diese kurzen Begegnungen nicht.

Nun reiste sie seit fast zwei Wochen mit Petra aus Remscheid, Doris, der Berlinerin, und Louise, die in London lebte, wenn sie nicht gerade die Welt erkundete. Gemeinsam waren sie in einem schmalen Longboot von Lombok, der Schwesterinsel von Bali, nach Gili Air übergesetzt. Sie hatten sich mit dem Cidomo, der traditionellen Pferdekutsche, einmal über das kleine Eiland fahren lassen, bis sie zwei direkt am Meer gelegene Bambushütten fanden, die sich als Unterkunft eigneten. Das Wasser war strahlend blau, die Küste von Korallenriffen umgeben, es gab keine Autos auf der Insel und wenig Abwechslung in den Garküchen, in denen das Essen für die Gäste zubereitet wurde. Viel Reis, ein wenig Fisch und noch weniger Gemüse und Früchte.

Heute aber stand eine besondere Spezialität auf dem Speiseplan der vier jungen Frauen: Magic Mushrooms, die hier überall angeboten wurden. Sie setzten sich in ein kleines Restaurant, in dem zwei junge Indonesier, deren langes Haar verriet, dass sie Hippies waren, einen Herd und diverse Pfannen und Töpfe bedienten. Sie schauten sich prüfend an, als wollten sie sich einander noch einmal vergewissern, dann bestellte Louise vier Pilzomelettes und vier Cola. Sie betrachteten den kleineren der beiden Köche, wie er Eier und Pilze zusammenrührte und die entstehende Masse in vier gleich große Portionen teilte. Das Resultat schmeckte leicht modrig, aber der Koch versicherte ihnen, das müsse so sein.

Als sie gemeinsam zurück zu ihren Hütten schlenderten, setzte die Wirkung ein. Doris blieb stehen, holte ihre Kamera aus ihrer Umhängetasche und begann, ihre Füße zu fotografieren. Im Sekundentakt drückte sie auf den Auslöser, und selbst als längst alle Bilder des eingelegten Films verknipst sein mussten, gelang es den drei anderen nicht, sie von der Stelle zu bewegen. Doris schwor, sie könne keinen Fuß mehr vor den anderen setzen.

Petra gab als Erste auf. Sie hatte auf einer angrenzenden Brachfläche zwei Kühe entdeckt, kletterte über den Zaun, der Mensch und Tier voneinander trennen sollte, und rannte, ihren knallroten Wickelrock – den sie von ihren Hüften gelöst hatte – über dem Kopf schwingend, auf die Tiere zu, die postwendend Reißaus nahmen.

Louise und Fanny sahen ihr noch einen Augenblick hinterher, dann schoss auch bei ihnen die Droge mit solcher Macht in die Blutbahn, dass sie beide in ihren jeweils eigenen Kosmos katapultiert wurden. Louise ging mit bedächtigen Schritten an den Strand und begann dort, lila Steine zu suchen. Als Fanny Stunden später nach ihr schaute, sammelte sie unter dem Licht des aufgehenden Mondes noch immer mit absoluter Konzentration, bevor sie schließlich mit der spärlichen Ausbeute von sechs Fundstücken in der Hand auf einer Düne einschlief.

Fanny selbst schwang sich in die Hängematte vor ihrer Hütte, doch das Schaukeln und der Blick in den Himmel bekamen ihr nicht gut. Sie kletterte wieder heraus – was ihr Mühe bereitete – und setzte sich auf eine Bank. Gedanken schossen mit Lichtgeschwindigkeit durch ihren Kopf. Sie wollte sie festhalten. Fanny kramte Block und Stift aus dem Rucksack und begann zu schreiben. Seite für Seite. In einem Wettlauf zwischen Kopf und Hand steigerte sie sich in einen Schreibrausch, schrieb und schrieb, bis der gesamte Block kein leeres Blatt mehr hatte. Sie hatte jeden Gedanken protokolliert, war gespannt darauf, wie all das, was ihr jetzt ungeheuer tiefgründig und weise vorkam, in nüchternem Zustand auf sie wirken würde. Sie hatte kein Gefühl dafür, ob sie gerade den Grundstein für den Gewinn des Nobelpreises für Philosophie (gab es den überhaupt?) legte oder totalen Gedankenschrott zu Papier brachte. Fanny ahnte in diesem Moment nicht, dass sie es nie herausfinden würde. Sie hatte eine Schrift gewählt, die ihr am nächsten Tag völlig fremd sein würde, hatte einfach auf die vertrauten Buchstaben verzichtet und sie durch Zeichen ersetzt, von denen sich später ihr kein einziges mehr erschließen würde.

Als der Rausch am stärksten war, spürte Fanny, dass sich ihr Bewusstsein so weit öffnete, dass sie nun bereit war, die Fragen nach dem Sinn und den unsichtbaren Regeln des Universums und jeglichen Seins an sich heranzulassen und die Antworten zu finden, nach denen die Menschheit seit Jahrtausenden vergeblich suchte. Sie war sich mit einem Mal sicher: Alles würde klarer werden, wenn sie nur erkannte, welches Prinzip dahintersteckte, dass Zwetschgen klein waren, aber vergleichsweise große Kerne hatten, Wassermelonen hingegen ...

Fanny ließ ihre Gedanken fließen, und nur ein paar Minuten später drang sie zuerst zum Kern des Problems durch und fand kurz darauf tatsächlich die Antwort auf alle Fragen der Existenz der gesamten kosmischen Sphäre, die Formel, die wirklich alles erklärt.

Leider vergaß sie sie gleich darauf wieder.

KAPITEL 17

11. März 1985: Ein kleiner Mann mit spärlichem Haarkranz und einer Pigmentstörung auf der Stirn, die wie ein Sylt-Sticker aussieht, bekommt von einem vielen älteren Herrn Wangenküsschen und ist damit der wichtigste Mann im Kreml. Von hier aus wird er sich anschicken, mit den Begriffen Perestroika und Glasnost die Welt zu verändern und den Warschauer Pakt des sozialistischen Ostblocks aufzulösen. Eine nach einem Sternzeichen benannte Rockgruppe aus Hannover wird das später »Wind of Change« nennen, die Masse der Deutschen aber schlicht »Wiedervereinigung«.

Im Spülbecken stapelte sich das dreckige Geschirr. Wie immer. Tom starrte durch die ungeputzten Küchenscheiben in die Märzsonne, die die winterweiße Umgebung zum Funkeln brachte, und kaute lustlos auf seinem Schinkenbrot rum. Im Bad lärmte Schelsky. Tom schob einen Filter in die Vorrichtung und startete die Kaffeemaschine. Vor dem ersten Kaffeeeinschub war Schelsky ungenießbar.

»Moin!«, grüßte Schelsky, ohne die Lippen auseinanderzubringen. Ihm war nicht anzusehen, dass er gerade zwanzig Minuten im Bad verbracht hatte. Seine Frisur, soweit man davon sprechen konnte, erinnerte an einen Haufen fettiger Pommes, an den Lidrändern beider Augen klebte Schlaf.

Sie hatten bis spät in die Nacht an ihrer neuen Platte gearbeitet. Johnny hates Johns Debütalbum »White Shoelaces – red Socks« hatte überraschend gut eingeschlagen. Sie hatten mehr als zehntausend Alben verkauft und über hundert Konzerte gegeben. Schelsky war oft wochenlang auf Tour und konnte von dem, was die Musik abwarf, inzwischen fast leben. Sporadisch stand er noch für einen vergleichsweise üppigen Stundenlohn hinter dem Tresen einer In-Kneipe, deren Besitzer es cool fand, dass der Bassist einer angesagten Band bei ihm kellnerte.

»Heut wieder ins Studio?«, fragte Tom ohne aufzublicken, während sich Schelsky den frisch gebrühten Kaffee in einen großen Becher goss und anschließend fünf Zuckerwürfel in das heiße Gebräu fallen ließ. »Ja, drei Tage noch, dann sind wir durch.« Schelskys Augen strahlten. »Das Ding wird ein Hammer.« Der Erfolg lässt ihn richtig aufblühen, dachte Tom, der Schelsky manchmal um sein momentanes Leben beneidete. Ständig war Party angesagt. Wenn Schelsky nach Hause kam, dann meist mitten in der Nacht. Nicht selten war er in Begleitung, und Tom tat anschließend meist kein Auge mehr zu.

Ja, Johnny hates John hatte sogar ein paar Groupies. Das nahm Schelsky gern mit, und doch war es unverkennbar, dass er derzeit nur Augen für Jessy hatte. Als sie vor anderthalb Jahren zur Gruppe gestoßen war, hatte sie noch einen festen Freund im Gepäck gehabt, der sie meist von den Proben abholte. Irgendwann fuhr Jessy allein nach Haus. Das sprach sich in der Band schnell herum. Fortan hofierten alle vier männlichen Bandmitglieder – zwei von ihnen hatten eine feste Freundin – Jessy nach Kräften. Pete machte schließlich das Rennen und war seitdem von drei Neidern umgeben. Jessy hatte den Erfolg, aber auch Zwietracht in die Gruppe gebracht.

Schelsky schüttete sich eine Handvoll Müsli in die Schüssel und goss sich den nächsten Kaffee ein. »Hast du heut Uni?«, fragte er Tom zwischen zwei Löffeln. Tom nickte. Er stand kurz vor dem Vordiplom, hatte aber vor allem mit der Vorbereitung des nächsten Semesters zu tun. Das sollte ein Streiksemester sein, in dem alle Lehrveranstaltungen boykottiert würden. Nun galt es einen politischen Forderungskatalog zu schnüren, um die Notwendigkeit des Streiks öffentlichkeitswirksam zu begründen.

»Tagsüber Uni, abends Männergruppe«, ergänzte Tom in Erwartung von Schelskys süffisantem Lächeln, das automatisch seine Mundwinkel umspielte, wenn er das Wort Männergruppe nur hörte. Er konnte sich nicht vorstellen, was Kerle in so einer Gruppe veranstalteten.

»Ist das wie eine Frauengruppe, nur ohne Frauen?«, hatte Schelsky einmal gefragt. Die Frage ist nicht ganz schlecht, dachte Tom, machte dann aber komplizierte Ausführungen über das Selbstverständnis von emanzipatorischer Männerarbeit.

»Du gehst doch eh nur wegen deiner Tusse dahin«, hatte Schelsky gesagt und sich gleich darauf für die Tusse entschuldigt. Tom wusste, dass Schelsky Tabea eigentlich mochte. Nur Abhandlungen über die politische Relevanz feministischer Männerarbeit, die mochte er nicht.

Seit über einem Jahr war Tom nun mit Tabea zusammen, der er im Fachschaftsrat des politikwissenschaftlichen Seminars über den Weg gelaufen war. Tabea war nicht nur eine rot gelockte Schönheit mit atemberaubend langen Beinen, sie war auch politisch engagiert und diskutierte brillant. Manchmal erinnerte sie Tom an Daria. Seit er mit Tabea liiert war, spazierte Daria öfter durch seine Gedanken. Was sie wohl so trieb? Oft hatte er sich in den vergangenen Wochen vorgenommen, Daria anzurufen, aber dann war jedes Mal etwas dazwischengekommen.

Tom wusste, dass er um Tabea beneidet wurde, und er genoss es. Mit einer solchen frauenbewegten, klugen und begehrenswerten Frau zusammen zu sein wertete ihn bei seinen Mitstudenten automatisch auf.

Tabea konnte alles, außer rechnen. Er hatte ihr einmal im Scherz die Frage gestellt, wie viele Seiten ein Würfel habe, und sie hatte spontan »vier« geantwortet. Als sie seinen prüfenden Blick bemerkte, hatte sie schnell auf »acht« korrigiert und schließlich, nach seinem Hinweis, dass die Seiten »sogar nummeriert« seien, doch noch zur richtigen Antwort gefunden. Auf Bierdeckeln hatte er ihr die Regeln des Dreisatzes, den sie für ein Referat brauchte, aufgezeichnet. Das war jetzt ein Jahr her. Er wusste, dass die Untersetzer noch heute ein bescheidenes Dasein in Tabeas Handtasche fristeten. Sie waren inzwischen sogar nummeriert, nachdem Tabea mehrfach daran gescheitert war, sie in die richtige Reihenfolge zu bringen.

Schelsky lag nicht ganz falsch damit, dass Tom wegen Tabea seit einem halben Jahr regelmäßig eine Männergruppe besuchte, die in einer Szene-Zeitschrift neue Mitstreiter gesucht hatte. Tabea war natürlich in einer Frauengruppe. Da das Private politisch war, kam dort jedes Beziehungsdetail auf den Tisch, wurde gemeinsam begutachtet und analysiert. Tom wusste das, und es behagte ihm nicht. Er fühlte sich in seiner Beziehung permanent beobachtet, ahnte, wie jedes Fehlverhalten von ihm auf dem feministischen Seziertisch ausgebreitet wurde. Als Tabea ihm dann noch vorwarf, er habe zwar nicht allzu viele Macho-Allüren, thematisiere aber seine Rolle als Mann in einer patriarchal strukturierten Gesellschaft nicht offensiv genug, hatte er sich entschieden, die Anzeige zu beantworten. Beim ersten Treff wurde ihm klar, dass mindestens zwei der angestammten sieben Mitglieder der Gruppe von ihren Femi-Freundinnen in die Gruppe geschickt worden waren, die darin wohl so eine Art Besserungsanstalt witterten, in der ihre Freunde sich mit einer Art Eigenbluttherapie von den Rückständen ihrer patriarchalen Erziehung reinigen konnten. Allerdings hatten die Freundinnen mittlerweile wiederholt Zweifel geäußert, ob dieser therapeutische Erfolg sich in einer gleichgeschlechtlichen Gruppe ohne Aufsicht von Frauen über die männlichen Gehversuche – die sie sich sehr unbeholfen vorstellten – überhaupt gelingen konnte. Auch Tom waren da inzwischen ernsthafte Zweifel gekommen.

***

Das Haus lag am Richardplatz, wenige Minuten von der U-Bahn-Station Karl-Marx-Straße entfernt. Ende der siebziger, Anfang der achtziger Jahre war es erst von einem Spekulanten entmietet und dann von ein paar Autonomen instandbesetzt worden, um nach langen Auseinandersetzungen in die Selbstverwaltung einer alternativen Genossenschaft überzugehen. Etage vier: Drei Frauen, alle Anfang bis Mitte zwanzig, suchten eine »engagierte Feministin« als Mitbewohnerin. Es war das dritte Mal innerhalb von zwei Tagen, dass Fanny sich von einer Frauen-Wohngemeinschaft begutachten ließ. Auch einem gemischtgeschlechtlichen Wohnprojekt hatte sie schon ihre Aufwartung gemacht. Zwei Absagen hatte sie bereits erhalten, von einer der beiden Frauen-WGs aber bislang noch nichts gehört.

Jede dieser Vorstellungsrunden erinnerte sie an eine Inquisition. Sie wurde bei Tee und Keksen durchleuchtet und musste Dutzende Fragen nach ihrem politischen Bewusstsein und in den Frauenwohngemeinschaften vor allen zu ihrem feministischen Engagement beantworten. Sie konnte wenig vorweisen: Die schulische Friedenswoche, die sie mitorganisiert und die evangelische Mädchengruppe, an der sie teilgenommen hatte, nötigten ihren Inquisitorinnen nur ein müdes Lächeln ab. Erfahrungen in organisierter, gern auch militanter Frauenarbeit waren gefragt. Das Gebiet um den Richardplatz war Autonomenland, und Fanny war zweimal als »zu unpolitisch« oder »zu liberallala« durchgefallen. Diesmal hatte sie sich vorgenommen, etwas zu bluffen. Sie brauchte das Zimmer und das mit den Erfahrungen in der Frauenkette, die die erste Demoreihe bildete, wenn Hauereien mit den Bullen zu erwarten waren, das ließ sich ja noch nachholen.

Ihre heutigen Inquisitorinnen hießen Anett, Manu und Gesche.

»Warum willst du in ein autonomes Frauenprojekt?«, erkundigte sich Anett. Die Frage traf Fanny nicht unvorbereitet. Sie war schon zweimal die Einstiegsfrage gewesen.

»Weil ich momentan genug von gemischtgeschlechtlichen Strukturen habe und nach zwei Jahren im Ausland endlich wieder Politik, und zwar autonome Politik machen möchte.« Fanny hörte sich selbst zu und prüfte, ob die Sätze richtig saßen.

»In was für Bereichen hast du denn bislang autonome Politik gemacht?«, hakte Gesche nach.

Fanny erzählte etwas über recht lockere Strukturen, mit denen sie in Hamburg vernetzt sei. Telefonkette und so, dann ab und zu mal ein Plenum in dem linken Kulturzentrum. Solikonzerte vorbereiten und bei der Volxküche mithelfen und dann natürlich Unterstützungsarbeit für die Hafenstraßenbesetzer, aber eben nicht so organisiert, mehr spontan. All das war schlicht gelogen und bewusst schwammig gehalten. Sie wollte nicht nach Namen und bestehenden Gruppen befragt werden, die sie als Autonome hätte kennen müssen.

Manu rümpfte die Nase. Sie schien den Bluff zu wittern.

Vor einem Monat hatte Fanny in Mexiko davon erfahren, dass sie zum Sommersemester einen Studienplatz bekommen hatte. Sonderpädagogik in Berlin. Das traf sich gut. Obwohl sie immer wieder Jobs angenommen und anderen Weltenbummlern für ein paar Dollar die Tarot-Karten gelegt hatte, herrschte in ihrer Reisekasse bedrohliche Ebbe. Zudem hatte sich der Reiz der immer neuen Orte und immer neuen Menschen verbraucht, alles schien sich zu wiederholen. An die Stelle von Fernweh war Heimweh getreten, und finden oder verlieren, fand Fanny inzwischen, konnte man sich in Remscheid genauso gut wie in Rio.

Mitte April sollte das Studium beginnen, gut zwei Monate Zeit also, eine Bleibe in Berlin zu finden. WG-Zimmer waren gerade jetzt zu Semesterbeginn eine begehrte Ware. Sie hatte auf eine Anzeige geantwortet, in der zwei Studenten eine Mitbewohnerin suchten. Als sie sich ihnen vorstellten, verfingen sich die Blicke der beiden nachhaltig in ihrem Dekolleté. Sie erhielt das Angebot, sofort einzuziehen. Fanny bat sich Bedenkzeit aus und ließ nie wieder etwas von sich hören. Ab diesem Zeitpunkt kam für sie nur noch eine Wohngemeinschaft infrage, in der noch andere Frauen wohnten. Es gab viele reine Frauenwohngemeinschaften in Berlin, ihre Bewohnerinnen kamen meist aus dem links-autonomen Spektrum. Fanny hatte versucht, Daria zu erreichen, mit der sie nach wie vor sporadisch Kontakt hielt. Vielleicht konnte sie ihr ja sagen, was sie in einer Frauen-WG erwartete, schließlich lebte sie ja selber in einer. Doch Daria war nicht zu erreichen gewesen.

»Und feministische Arbeit?«, fragte Anett. Sie sei in einer Frauengruppe gewesen, aber vor drei Jahren ausgestiegen, weil ihr die Gruppe nicht politisch genug gewesen sei, zu bürgerlich, eben nicht revolutionär orientiert.

»Was hast du für Ansprüche ans Zusammenwohnen?«, fragte Manu, die eine Stimme hatte, als würde sie täglich 40 Zigaretten rauchen und eine halbe Flasche Whiskey in sich reinschütten.

Ihr sei es wichtig, privat und politisch eine Gruppe zu sein und sich selbstbestimmt in reinen Frauenzusammenhängen zu organisieren, erklärte Fanny. Sie könne sich nicht mehr vorstellen, anders zu wohnen. Die Wahrheit war: Am Ende jeder Vorstellungsrunde sehnte sie sich stärker nach einer eigenen kleinen Wohnung, in der sie sich mit keinerlei fremden Ansprüchen auseinandersetzen musste. Doch die waren in Berlin noch schwieriger zu kriegen als ein WG-Zimmer.

Gesche wollte wissen, ob Fanny eine Lesbe oder eine Hetera sei, und Fanny log sich bi. Auf die Frage, wie sie es denn mit Männerbesuchen halten würde, erklärte Fanny, da würde sie sich ganz nach den anderen richten. Mit Selbstverteidigungserfahrungen könne sie nicht aufwarten, doch das wolle sie bald nachholen. Die Beziehung zu ihren Eltern? Na ja, abgegrenzt.

Nach einer knappen Stunde war der verbale Spießrutenlauf vorbei. Fanny glaubte, sich keinen Patzer geleistet, aber auch nicht sonderlich geglänzt zu haben. Eine erneute Absage drohte. Es würde sicherlich szenigere Mitbewohnerinnen als sie geben. Und auch sie war nicht sicher, ob sie hier wirklich wohnen wollte. Trotz mangelnder Alternative.

»Wir melden uns morgen bei dir«, verkündete Anett, nachdem sie sich erkundigt hatte, wo Fanny zu erreichen sei.

Ein leichter Nieselregen hing über Berlin. Während Fanny zur U-Bahn-Station trottete, studierte sie angestrengt den frisch erworbenen Berlin-Falkplan, der sich schon nicht mehr richtig zusammenfalten ließ. Sie hatte noch ein Vorstellungsgespräch vor sich, Kreuzberg wartete auf sie.

***

»Ich habe heute was ganz Besonderes dabei.« Ronnys Stimme überschlug sich. Er warf seine Jacke auf den Boden und legte das kleine Paket auf den Couchtisch. Dann ging er in die Küche. Daria hörte, wie er sich an der Schublade, in der die Bestecke untergebracht waren, zu schaffen machte. Ein paar Sekunden später kam er mit einem Messer und einem Teelöffel bewaffnet zurück und schloss hinter sich die Tür ab. Er kniete sich vor den Tisch und begann, das Päckchen zu öffnen. Er beugte sich ein wenig vor, damit Daria nicht sah, dass seine Hände zitterten.

Er hat mich noch nicht einmal richtig begrüßt, ärgerte sich Daria. Wenn Ronny in Sachen Drogen unterwegs war, vergaß er alles um sich herum.

»Ein Cocktail«, fuhr Ronny fort. Unter dem Papier kamen zwei kleine Plastikbeutel zum Vorschein, in denen sich ein paar unscheinbare Krumen eines sandsteinfarbenen Pulvers befanden. »Ist total geil das Zeug.« Er mischte den Inhalt beider Päckchen mit etwas Wasser und Ascorbinsäure und bugsierte das Gemisch mit der Messerspitze auf den Löffel.

Daria schwante Schlimmes.

»Ist etwas wenig für uns beide. Wir müssen es drücken.« Ronny kramte das Feuerzeug aus seiner Tasche.

Darauf hatte Daria nur gewartet. »Du weißt genau, dass ich das nicht tue!« Ihre Empörung war nicht gespielt.

»Du musst es probieren«, verscheuchte Ronny Darias Einwand wie eine lästige Fliege. »Es ist wirklich unbeschreiblich!« Er fuhr mit dem Daumen über das Zündrädchen, und die Flamme schoss aus dem Plastikkörper.

Daria trat einen Schritt auf Ronny zu und nahm ihm das Feuerzeug aus der Hand. »Vergiss es«, sagte sie und ließ den kleinen Flammenwerfer in ihrer Hose verschwinden.

»Einmal nur«, bettelte Ronny. Er streckte ihr seine Hand entgegen, doch er bekam das Feuerzeug nicht zurück.

Daria stand der Sinn nach Themawechsel. »Komm, wir müssen noch einkaufen gehen, die Läden schließen gleich.« Sie fasste Ronnys ausgestreckte Hand und zog ihn in die Höhe. Drei Minuten später waren sie auf der Straße. Sie sprachen nicht miteinander, während sie Kurs auf den Supermarkt in der Nachbarschaft nahmen. Ronny murrte vor sich hin, und Daria war in Gedanken versunken.

Sie war sich fremd geworden. Die Szene, die sich gerade in ihrem Zimmer abgespielt hatte, kam ihr unwirklich vor. Oder war es die Daria aus der Schulzeit, die ihr inzwischen unwirklich vorkam? Das Leben entglitt ihr, sie selbst entglitt sich.

Sie hatte keinen Antrieb mehr, keine Ziele, keine Tränen, nicht einmal mehr eine klaffende Wunde. An die Stelle des Schmerzes war Leere getreten. Sie war in keiner Frauengruppe mehr und viel schlimmer: Sie schrieb kaum noch. Wenn sie aber doch einmal ein Gedicht oder einen Tagebucheintrag verfasste, dann kamen aus ihrer Feder Zeilen, die so depressiv und weltzweifelnd waren, dass sie jeden, der sie las, verstören mussten.

Daria hatte das Gefühl, tief in ihr breite sich ein schwarzes Loch, das große Nichts, aus und verschlinge dabei all ihre Lebendigkeit, jede Energie.

Die Zeiten, in denen sie sich in sexuelle Abenteuer und Arbeit gestürzt hatte, um den Schmerz zu lindern, waren vorbei. Lustlos meisterte sie die wenigen Vorlesungen und Seminare, die noch auf ihrem Lehrplan standen. Sie lebte in den Tag hinein, kiffte mit Menschen, die sie Freunde nannte und mit denen sie noch vor zwei Jahren rein gar nichts hätte anfangen können. Ronny, Andrew, Schmittchen und Frederike – alle in ihrem Alter, aber sie alle ohne Abitur oder Studienplatz. Sie hatten schlecht bezahlte Jobs oder Ausbildungsstellen, wenig Interessen und ballerten sich am Wochenende die Birne zu. Das war nicht Darias Welt.

Oder doch? Sie war immer auf der Suche nach etwas, das diese Leere füllen konnte. Sie trank zu viel, kiffte regelmäßig, schmiss den einen oder anderen Trip ein und führte – zusammen mit ihren neuen Freunden – sinnfreie Gespräche mit benebeltem Kopf. Mit Ronny traf sie sich am häufigsten. Er war knapp zwei Jahre jünger als sie, hatte mit Ach und Krach die mittlere Reife bestanden und arbeitete nun als Verkäufer in einem Sportgeschäft. Noch vor zwei Jahren hätte Daria mit Ronny keine zehn Minuten verbringen mögen, weil sie nicht gewusst hätte, worüber sie mit ihm reden sollte. Inzwischen genoss sie es, ihn in ihrer Nähe zu haben. Er war lustig, und sie konnte sich an seinen stahlblauen Augen nicht sattsehen. Aber er konnte ihr Inneres nicht berühren. Und das war gut so.

Ronny warf viel ein, doch die ganzen Drogen schienen ihm wenig auszumachen. Ab und zu legte er eine Line. Zuerst hatte Daria noch darauf bestanden, kein Koks in ihrer Wohnung zu haben. Dann hatte sie mal probiert. Einer kurzen Euphorie, in der sie sich unglaublich wach und energiegeladen fühlte, folgte der Absturz. Sie bekam von einer Sekunde auf die andere Beklemmungen, und selbst Ronnys Anwesenheit machte ihr plötzlich Angst. Koks ist nicht mein Ding, hatte sie entschieden, doch später noch ein, zwei Mal zugegriffen, als nichts anderes im Haus war.

Wenn Ronny zu ihr kam, hatte er fast immer Drogen dabei, und meist beamten sie sich gemeinsam weg. Sie wusste, dass sich Ronny ab und zu auch die Nadel an die Vene setzte. Das war ihr letztes Tabu. Sie hatte ihm verboten, bei ihr zu fixen, und er hatte sich bislang daran gehalten. Nun umspielte sie selbst der Reiz des Verbotenen. Sie hatte Unglaubliches über die Wirkung eines Cocktails, der Mischung von Heroin und Koks, gehört. Wer diesen Flash einmal erlebt hatte, der wollte ihn wiederhaben. »Einmal nur«, hatte Ronny gesagt. Es ist »unbeschreiblich«. Die Worte wanderten durch ihren Kopf. Warum eigentlich nicht? Einmal ausprobieren, um mitreden zu können. Und dann nie wieder. Das konnte doch wohl nicht so schwer sein.

Sie kauften Nudeln und Hack, eine Packung Eis, Brot und Bier. Als sie die Wohnungstür aufschlossen, begegneten sie Dörthe im Flur. Dörthe begrüßte Daria mit einer distanzierten Handbewegung. Ronny würdigte sie keines Blickes. Daria hatte zunehmend Probleme mit ihren Mitbewohnerinnen. Sie warfen ihr vor, sich in ihrem Zimmer zu verbarrikadieren, sich kaum noch in die Gemeinschaft einzubringen. Ronny gaben sie die Schuld dafür. Daria bestritt die Vorwürfe, obwohl sie wusste, dass sie berechtigt waren.

Sie verschwanden in Darias Zimmer. Ronny drehte erneut hinter sich den Schlüssel im Schloss herum. Sonst verschloss hier niemand die Tür. Auf dem Tisch wartete der Löffel mit der pulvrigen Mischung.

Ronny sah Daria fahrig an. Sie merkte, dass er Stoff brauchte. Das Zittern hatte inzwischen seinen ganzen Körper erfasst. Daria erwiderte seinen Blick und nickte ganz sanft mit dem Kopf, während sie ihm das Feuerzeug reichte. Hektisch begann er, das Gemisch aufzukochen. Als er die Spritze aus seiner Umhängetasche nahm, fragte er ohne aufzublicken: »Du auch?« Er rechnete mit ihrem entschiedenen Nein.

Einen Moment lang schwieg Daria.

Dann sagte sie ganz ruhig: »Ja, ich auch.«

***

Die Band arbeitete so konzentriert, dass schon am frühen Abend Roger, der Toningenieur den Daumen hob, weil die letzten vier Songs im Kasten waren. Nun mussten die Tonspulen nur noch abgemischt werden, hatten Roger und der Produzent die Aufgabe, der Musik den letzten Schliff zu verleihen. In knapp drei Monaten würde das Album, das nach der Single-Auskopplung »Psychopharmaka« heißen sollte, auf den Markt kommen. Sie köpften eine Flasche Champagner, ließen den Joint kreisen und genossen das Hochgefühl, das sich einstellte, nun, da die Arbeit getan war und sie ihr zweites Werk bald in den Händen halten würden.

***

Sie waren sieben und hätten unterschiedlicher kaum sein können. Erik, ein dänischer Koloss mit feuerrotem Haar, der Tom stets an Halvar, den Vater des Wikingerjungen Wickie erinnerte, hatte aufgrund seiner zweieinhalb Zentner, die sich auf die knapp zwei Meter Mann verteilten, ganz allgemein Probleme mit Frauen.

Jack war ein britischer Musiker mit dunkler Lockenpracht, dessen deutsche Freundin Sibille zwar seinen bezaubernden Akzent und die vielen Liebeslieder, die er ihr schrieb, mochte, seine feministische Grundbildung aber noch für unzureichend hielt und nun hoffte, dass sie in einer Männergruppe entscheidend vertieft werden würde.

Paul, der sich als freischaffender Künstler durchschlug, war von gleich drei Hardcore-Feministinnen, die sich als Freundinnen abgewechselt hatten, weichgespült und zu einhundert Prozent frauenfreundlich nachjustiert worden. Er hätte ohne weitere Vorbereitung eine Doktorarbeit über den weiblichen Zyklus schreiben können und arbeitete sich permanent daran ab, dass jeder Mann, der mit Frauen mehr als nur kuscheln wollte, den Vergewaltiger in sich noch nicht besiegt habe.

Robert, ein Medizinstudent mit kantigen Gesichtszügen und bereits zurückweichendem Haaransatz, entpuppte sich als Pauls Gegenpol. Er war fest davon überzeugt, dass die ganze Frauen-Power die Männer kastriere, zu entmännlichten Wackel-Dackeln verkommen lasse, die so verunsichert und gesichtslos würden, dass die Frauen irgendwann das Interesse an ihnen verlören. Robert hing ein Trauma im Nacken: Seine Exfreundin, die ihm seinen Männlichkeitswahn ausgetrieben und ihn zu – so erzählte er – »einem aufmerksamen, rücksichtsvollen Frauenversteher« gemacht habe, hatte ihm irgendwann vor die Füße geworfen: »Wenn ich mal einen richtigen Mann brauche, gehe ich auf die Baustelle und hol mir einen.« Diese Ankündigung leitete Roberts Bruch mit der Frauenbewegung ein. Seitdem tauchte er regelmäßig in einer Mucki-Bude auf und suchte den Bauarbeiter in sich. Er träumte davon, dass sich am Ende stolze Frauen und stolze Männer gegenüberständen, starke Persönlichkeiten, die ihr Geschlecht akzeptierten und zwischen denen Reibung und Spannung herrschte. Wahre Frauen mit Kurven, wahre Männer mit Muskeln, wahre Menschen mit Gefühl und Hirn.

Norbert war der Vorzeige-Prolet der Runde. Er hatte als Einziger kein Abitur und keine langen Haare, schraubte den ganzen Tag an Autos herum und suchte in dieser Gruppe vermutlich seine sexuelle Identität, was er aber so nicht benennen konnte. Er wusste spannende Details über seine Affäre zu einem stadtbekannten, bereits in die Jahre gekommenen schwulen Theatermacher zu berichten, der richtige und jüngere Männer mochte und ihm ab und zu teure Geschenke machte. Norbert schlief auch mit Frauen, doch unter ihnen war keine Einzige, die den Begriff Emanzipation auch nur buchstabieren konnte. Er hörte interessiert zu, wenn die anderen Männer von den Problemen mit ihren jeweiligen Freundinnen berichteten, und schüttelte meist nur verständnislos den Kopf.

Der intellektuellste und politisch radikalste unter den Männern war Jean. Er hatte sich in zahlreichen K-Gruppen getummelt und machte nun autonome Politik. Jean sah die ganze Geschlechterfrage in einen weit größeren revolutionären Zusammenhang eingebettet. Sexismus war nach seiner Analyse der »zentrale Nebenwiderspruch« der Gesellschaft, und schon weil diese Formulierung so unglaublich dialektisch klang, mochte Tom die Theorien Jeans. Er schätzte die Radikalität von dessen Ausführungen und seine Gewissheit, dass erst die gewaltsame Abschaffung der kapitalistischen Ausbeutergesellschaft den Geschlechterkonflikt wirklich beseitigen konnte.

Robert sagte gerade: »Alle Studien beweisen, dass die männliche Libido bei Männern, deren Weltbild durch die tägliche Auseinandersetzung mit der Frauenbewegung geformt ist, schwindet. Die Männer wissen nicht mehr, was Frauen von ihnen sexuell erwarten.« Paul wollte protestieren, aber Robert ließ ihn nicht zu Wort kommen. »Statt in die sexuelle Befreiung beider Geschlechter steuern wir gerade hinein in einen neuen Puritanismus. Ängstliche Männer, die nichts als gut erzogen sind, können Frauen aber nicht reizen.«

Nun fuhr Paul dazwischen: »Das ist Quatsch. Frauen können ihre Sexualität doch nur angstfrei leben, wenn sie wissen, dass die Männer in ihrem Bett nur das machen, was sie mögen, und niemals übergriffig werden.«

Jean schaltete sich ein: »Eure Analysen greifen beide viel zu kurz. Wir können uns als Männer und Frauen gar nicht aus unserer Vergesellschaftung befreien, weil das ganze kapitalistische System auf diesen Rollenzuweisungen für den Mann als Ernährer und die Frau als Reproduzentin aufbaut. Weil es kein Richtiges im Falschen gibt, können Entwürfe eines neuen Geschlechterumgangs überhaupt nur in einer klassenlosen Gesellschaft ansatzweise gelebt werden.«

Norbert schüttelte den Kopf. »Also ich fühle mich überhaupt nicht verunsichert, und was meine Freundin will, weiß ich genau«. Er machte eine obszöne Geste, über die die anderen Männer versuchten hinwegzusehen.

»Ich hätte gern überhaupt erstmal eine Freundin, von der ich mich verunsichern lassen könnte«, lautete Eriks Beitrag, und Jack beschwichtigte: »Wünsch dir das bloß nicht, die deutschen Girls sind zwar very sweet, aber auch very strange, weil they all have read these books of Alice Schwarzer.«

»Reden wir eigentlich nur über Frauen oder auch mal über uns und das, was wir eigentlich wollen?«, warf Tom in die Runde.

So diskutierten sie stundenlang.

Als sie sich gegen halb elf voneinander verabschiedeten, nahm Jean Tom zur Seite. »Noch Lust auf einen Wein, ums Eck?« Tom fühlte sich zwar nicht mehr ganz frisch, doch da er Jean mochte, war er neugierig, was dieser noch so spät von ihm wollte, und sagte Ja.

***

Sie zogen ins Downtown, später ins Debuty. Roger, der am kommenden Tag am Mischpult noch Schwerstarbeit zu verrichten hatte, verabschiedete sich als Erster. Kurz nach Mitternacht machte Cliff die Biege, und auch Pete nörgelte herum, dass er gleich tot umfalle. Doch Jessy wollte noch nicht nach Haus. Sie war total aufgekratzt. Viertel vor eins verabschiedete sich Pete genervt von Bollmann, Schelsky und seiner Freundin, die entschlossen war, die Nacht durchzumachen. Sie wechselten noch mal die Kneipe.

Bollmann, Schelsky und Jessy, das war ein explosives Gespann. Die beiden Musiker belauerten sich wie Raubkatzen, während sie versuchten, mit flotten Sprüchen bei ihrer Sängerin zu punkten. Um halb drei strich Bollmann die Segel, gerade als Schelsky seinerseits den Abgang machen wollte.

***

Sie hatten ein Schachbrett zwischen sich aufgebaut, und Tom merkte schnell, dass Jean der versiertere Spieler war. Sie spielten bereits die dritte Partie, und er lag schon wieder einen Turm vorn. Tom dachte nach, wie er die drohende Niederlage noch abwenden konnte.

»Was machst du politisch?«, fragte Jean unvermittelt.

Tom erzählte, dass er in der Uni das Streiksemester mit organisiert hatte und sporadisch eine Stadtteilgruppe der Grünen besuchte, die innerparteilich als besonders links galt. Jean fragte, wie es ihm da gefalle, und Tom antwortete: »So lala.« Was er denn mit der Bewegung 2. Juni oder anderen militanten Gruppen anfangen könne, wollte Jean als Nächstes erfahren. Tom fragte sich, warum Jean das alles wissen wollte. Nach der nächsten Frage platzte es aus ihm heraus:

»Willst du mich eigentlich verhören?«.

Jean lächelte. »Nein, aber vielleicht rekrutieren«, lautete seine Antwort, die wie aus der Pistole geschossen kam.

»MAD? Stasi?«, flachste Tom.

»Eher andere Richtung«, antwortete Jean und versuchte bierernst dreinzuschauen. Sie sahen sich an und mussten beide losprusten.

»Also Mossad!«, folgerte Tom.

Während der vierten Partie, die Tom ebenfalls verlor, erzählte Jean, dass er im autonomen Spektrum organisiert sei. Es gehe ihm darum, nicht nur am bestehenden System herumzudoktern, sondern den bestehenden Verhältnissen einen radikal anderen, sozialrevolutionären Politikansatz entgegenzusetzen. Dazu gehöre auch die Bereitschaft zu einer gewissen Militanz, dort wo es geboten sei.

»Kannst du damit was anfangen?«, fragte Jean und suchte Toms Blick.

Tom konnte. Trotzdem war er verunsichert.

»Warum fragst du gerade mich das alles?«

Jean erklärte Tom, dass er ihn in der Männergruppe beobachtet habe. Immer wieder habe er radikale Ansichten geäußert, die ihm gefallen hätten. Da sei viel Wut in ihm auf das herrschende System.

Tom fühlte sich auf eine sonderbare Art durchschaut, ja entlarvt. Er selbst fand sich in dem, was er sagte, oft gar nicht so radikal. Doch tief in ihm war diese Wut, von der Jean gerade sprach. Enorme Wut. Wut auf einen Staat, in dem die alten Nazis wieder ans Ruder gekommen waren, der die Anti-Atom-Bewegung zusammenknüppeln ließ, der Kommunisten den Eintritt in den Staatsdienst verwehrte, Rechte aber mit Kusshand aufnahm. Regime, die ihre Bevölkerung unterdrückten, wurden mit deutschen Waffen beliefert, Länder, in denen Hunger herrschte, mit Auflagen des Währungsfonds und der Weltbank – hinter denen die Regierungen der Industriestaaten standen – drangsaliert und bewusst in Armut gehalten. Es gab viele Gründe, verdammt wütend zu sein.

Jean schien seine Gedanken zu lesen. »Die Grünen und ein bisschen Uni-Politik, das ist doch nichts für dich. Du denkst und du fühlst viel revolutionärer.« Jean machte eine Pause und gab Tom so Gelegenheit zu widersprechen. Doch Tom blieb stumm.

»Du solltest ein paar Leute kennenlernen, die ähnlich denken wie du und ich und die bereit sind, für ihre Träume zu kämpfen«, fuhr Jean fort. Sein Blick signalisierte Tom, dass dieser Satz als konkretes Angebot gemeint war und sein Gegenüber auf eine Antwort wartete. Tom nickte nur.

Der Rest des Abends ertrank in Alkohol. Sie hatten sich, aus Gründen, die keiner von beiden später noch nachvollziehen konnte, abwechselnd Baileys und Altbier servieren lassen. Diese Kombination zeigte bald Wirkung. Sie vertieften sich vollkommen in ihr Spiel und bekamen nur am Rande mit, wie ein paar herumstehende Kneipengäste, die ihre Züge beobachteten, zunehmend grinsten oder – die bedeutend humorlosere Variante – mit dem Kopf schüttelten. Figuren lernten neue Züge, und das Spielziel verlor zunehmend an Relevanz. Das schwarze Pferd tanzte mit dem weißen Läufer, was doch viel besser war als dieses ewige Sichschlagen, Sichbedrohen, Sich-zur-Aufgabe-Zwingen. Kein Kriegsspiel mehr auf 64 Feldern, stattdessen eine klassenlose Gesellschaft, in der die Bauern nicht verheizt und die Könige nicht gerettet wurden.

***

Schelsky, der einige Gin-Tonic intus hatte, hing mächtig in den Seilen, doch er hatte beschlossen, die Zeit zu zweit mit Jessy bis zur letzten Minute auszukosten. Die Musik war laut, und um sich verstehen zu können, rückten ihre Köpfe immer dichter zusammen. Sie spürten den Atem des anderen, ihre Lippen waren wenige Zentimeter voneinander entfernt, Jessy presste ihren Mund an Schelskys Ohr, um sich verständlich zu machen. Nähe wie ein Funkenflug. Ohne Vorwarnung begann Jessy »Psychopharmaka« anzustimmen, den Titelsong der LP, den sie nicht nur auf Englisch, sondern auch in einer deutschen Version eingespielt hatten. Schelsky hielt Jessy scherzhaft den Mund zu. Mit einem unterdrückten Schrei ließ er los, als er ihre Zähne in seiner Handfläche spürte. Jessy sah ihn entschuldigend an. Ihre Blicke verfingen sich einen Moment zu lang ineinander. Dann trafen sich ihre Lippen.

***

Als sich Jean und Tom erhoben, versagten ihre Beine, als sie zahlen wollten, ihre Artikulationsfähigkeit. Vor der Tür, im Nieselregen, schoss ihnen der Sauerstoff in den Kopf. Sie begannen zu singen, und Tom erklärte Jean mit ausladenden Bewegungen, er sei nicht mehr bereit, diesen lackierten Kampfkatzen am Straßenrand auszuweichen. Stattdessen stieg er über Kofferräume auf Autodächer und über Motorhauben wieder hinunter. Jean konnte sich kaum halten vor Lachen, wie Tom da über die parkenden Autos lief. Er selbst machte sich an dem Stern jedes Mercedes zu schaffen, der am Straßenrand parkte. Betrunkene haben einen Schutzengel, und so stoppte kein Polizist in dieser Nacht ihr Treiben. Irgendwann standen sie vor Jeans Haustür. Tom hatte keine Ahnung, wie er von dort nach Hause kommen würde. Jean schloss auf, zeigte Tom ein Sofa, auf dem er den kurzen Rest der Nacht verbringen konnte, und leerte seine Taschen. Die Beute – 16 Mercedessterne – teilten sie brüderlich. Die Kühlerfigur eines Cadillac, die auch Teil der Beute war, wollte Jean aber unbedingt behalten.

***

»Bereust du mich bereits?«, fragte Schelsky.

»Oh ja«, antwortete Jessy. »Und ich würde gern noch mehr bereuen.« Bei diesen Worten wanderte ihre Hand von seiner Taille hinab in tiefere Regionen.

Schelsky konnte es noch immer nicht fassen, dass er gerade mit Jessy geschlafen hatte. Er betrachtete ihren Körper und fühlte sich ihrer Schönheit nicht gewachsen. Seine strähnigen Haare, seine klobige Nase, seine schmalen Schultern, sein Oberkörper, der, seit die Zeit auf dem Bau vorbei war, zur muskelfreien Zone mutiert war. Dass er hier neben dieser Traumfrau lag, ging eindeutig auf einen Irrtum zurück. Ganz offensichtlich war er vertauscht worden. Gut nur, dass Jessy es augenscheinlich noch nicht bemerkt hatte. Irgendwann in dieser Nacht hatte sich Fanny zwischen sie gedrängt, war Jessy zu Fanny geworden, bevor sie sich wieder in Jessy zurückverwandelt hatte. Obwohl sie seit zweieinhalb Jahren nicht mehr zusammen waren, hatte Schelsky das Gefühl, Fanny zu betrügen. Dabei betrogen sie nur Pete, Jessys Freund, seinen Kollegen, der nun den Preis für sein mangelndes Durchhaltevermögen zahlte.

»Wirst du es ihm sagen?«, wollte Schelsky wissen.

Jessys Hand stoppte für einen Moment ihre Erkundungstour. Sie überlegte, brachte dann aber nur ein »keine Ahnung« heraus.

Pete verschmolz mit Burckhard. Warum gab es immer noch einen anderen? Lebte er, Schelsky, in einem Universum, in dem doppelt so viele Männer wie Frauen existierten? Musste er sich eine suchen, die niemand sonst begehrte? Wartete irgendwo auf ihn eine Frau, die er nicht teilen musste? Und wie sollte es jetzt mit Johnny hates John weitergehen? Hießen sie ab morgen Pete hates Schelsky?

Jessys Hand hatte ihr Ziel inzwischen erreicht. Die erneut aufsteigende Lust vertrieb alle trüben Gedanken. Morgen war plötzlich wieder fern. Heute Nacht aber würde Schelsky jede einzelne Sekunde genießen.

KAPITEL 18

26. April 1986: Die geplante Simulation eines vollständigen Stromausfalls im Block 4 des sowjetischen Atommeilers Tschernobyl setzt Trillionen Becquerel radioaktive Strahlung in die Atmosphäre frei und zeigt ganz authentisch die Folgen des von der Anti-Atom-Bewegung immer wieder prophezeiten Super-GAU auf. Mit der Reaktorkatastrophe stirbt die Behauptung, Kernkraftwerke seien sicher. Sie wird ersetzt durch die These, westliche Kernkraftwerke seien sicher.

»Hallo? Hallo??«

»Hi. Fanny? Hier ist Schelsky!«

»Schelsky? Bist du's? Ich kann dich kaum verstehen!«

»Okay, ich brüll ein wenig in die Leitung!«

»Wo steckst du?«

»Noch in Westdeutschland. Aber schon fast in Berlin!«

»In Berlin?«

»Noch nicht. Aber heut' Abend. Wir haben einen Auftritt!«

»Ich hör dich kaum. Unser Telefon ist kaputt!«

»Wir spielen heute Abend im Tropics. Ab neun! Nähe Tiergarten!«

»Super!«

»Kannst du kommen?«

»Mal schauen. Das ist jetzt ein bisschen plötzlich.«

Ist ja super, dachte Schelsky. Dreieinhalb Jahre Funkstille, und dann ist es zu plötzlich.

»Ich kann dich auf die Gästeliste setzen. Zwei Karten auf deinen Vornamen. Kannst also gern noch jemand mitbringen.«

Aber bitte nicht deinen neuen Freund, setzte Schelsky in Gedanken hinzu. Die Vorstellung, Fanny mit einem anderen Typen zu sehen, tat noch immer weh.

»Ich versuch's einzurichten, okay!?«

»Super! Und komm hinterher in den Backstage-Bereich. Wir können nach dem Konzert noch einen trinken gehen.«

»Gut. Ja, das machen wir!«

Das klingt doch schon besser, dachte Schelsky.

»Lass dich von den Sicherheitsfuzzis nicht abwimmeln. Besteh darauf, dass sie dich zu mir durchlassen.«

»Okay. Wo war das Konzert noch mal?«

»Im Tropics. Irgendwo beim Tiergarten.«

Hört sie mir eigentlich zu?, ärgerte sich Schelsky. Aber vielleicht hatte die Leitung den Namen des Clubs ja tatsächlich verschluckt.

»Okay, ich versuch zu kommen! Bis dann!«

»Bis dann, Fanny. Ich freu mich drauf!«

***

Tom saß über die Tastatur gebeugt und suchte nach flugblatttauglichen Worten zum Aktionstag für die Freilassung der politischen Gefangenen. Seit einer Woche war er stolzer Besitzer eines Computers. Es war keines dieser astronomisch teuren Modelle mit Festplatte, sondern eines mit zwei Diskettenlaufwerken: In dem einen steckte eine Systemdisk, in dem anderen eine Speicherdisk, auf der der Inhalt von zweiunddreißig voll beschriebenen Din A4-Seiten Platz fand. Nun ließen sich Absätze einfach im Text hin und her verschieben, und Korrekturband brauchte auch niemand mehr. Hätte das Gerät jede geschriebene Zeile auch immer brav gespeichert, statt ab und zu in Schockstarre zu verfallen und nicht mehr ansprechbar zu sein, Tom wäre von seiner neuesten Errungenschaft noch entzückter gewesen. Aber auch so leistete das neumodische Teil ihm gute Dienste.

Nur wenn es ihm nicht gelang, einen Text zu formulieren, dann konnte der Computer auch nichts speichern. Toms Gedanken sprangen zwischen Anna und Tabea hin und her. Anna, mit der er noch vor zwei Stunden im Bett gelegen hatte, und Tabea, mit der er seit Schelskys Auszug vor zwei Monaten nun sogar zusammenlebte. Das erste Mal Pärchenwohnen.

Heikle Angelegenheit. Gepaart mit einer offenen Beziehung. Noch heikler. Tabea hatte ihm erklärt, dass es ja ganz normal sei, mal mit jemand anderem Sex zu haben. Das waren die Spielregeln. Es gab aber keine klare Anleitung, ob und in welchem Fall in ihrer offenen Beziehung über solche Sachen gesprochen werden musste. Tabea, die von den Freiheiten dieser auf Eifersuchtslosigkeit fußenden Zweierkiste weit häufiger als Tom Gebrauch machte, hatte ihren eigenen Weg gefunden, die Balance zwischen Offenheit und Verschwiegenheit zu halten. Ab und zu wurde der Druck zu groß. Dann wollte sie sich erwischen lassen, alles beichten, und Tom sollte alles verstehen und ihr sagen, dass alles okay sei. Tom ahnte, dass auch Tabea die vergangenen Stunden nicht allein verbracht hatte. Sie war spät dran.

Im nächsten Moment hörte Tom die Wohnungstür auffliegen.

»Bin wieder da«, trällerte Tabea, während sie aus ihren Schuhen schlüpfte und eine Einkaufstüte auf das Sofa warf.

Tom wusste, dass es nun nur eine einzige angebrachte Reaktion gab: die Frage »Wie war's?«. Wollte sie etwas gestehen, würde sie Hinweise in ihrer Antwort platzieren, die ihn zur Nachfrage zwangen. Dann nahm die Beichte ihren Lauf – er bohrte nach, sie gestand scheibchenweise. So war es immer. Heute sollte es anders laufen, hatte Tom sich vorgenommen. Schon deshalb, weil auch er etwas zu beichten hatte.

»Hi Schatz, bin da«, wiederholte sie, nachdem er auf ihre erste Begrüßung nicht reagiert hatte. Im Untertitel stand die Aufforderung: »Frag mich, wo ich gewesen bin!«

»Ich auch«, antwortete er nur.

Man kann hören, wenn jemand stutzt. Tom hörte es. Nach einer kurzen Pause flötete sie:

»Wieso sagst du: Ich auch?«

»Weil ich noch unterwegs war!«

»Wo denn?«

»Verabredet.«

So macht sie es sonst immer, dachte Tom. Wirft mir kleine Krümelchen hin, die ich aufpicken muss. Lässt sich alles aus der Nase ziehen. Das Ganze könnte direkt Spaß machen, dachte Tom, würde mich nicht grad so ein schlechtes Gewissen plagen.

Sie pickte. »Mit wem denn?« Die Frage sollte beiläufig klingen. Sie tat es nicht.

»Mit Anna.«

»Mit Anna?«

»Mit Anna!«

»Wieso denn mit Anna?«

»Weil wir verabredet waren!«

Inzwischen hatte sich Tabea bis zum Türrahmen des kleinen Arbeitszimmers an Tom herangetastet, der von ihr abgewandt noch immer auf den Bildschirm seines neuen Computers starrte. Sie trat nicht näher an ihn heran, keine Umarmung, kein Kuss.

»Davon hast du mir gar nichts erzählt.«

»Hast du mir denn erzählt, mit wem du heute verabredet warst?« Tom probierte Vorwärtsverteidigung. Tabea überging die Frage. »War's denn schön?« Wieder versuchte sie die Frage so beiläufig hinzuhauchen, als frage sie nach einem Kino- oder Konzertbesuch. Tom vernahm in seinem Rücken das Klicken eines Feuerzeugs. Tabea zündete sich eine Zigarette an, ein untrügliches Zeichen dafür, dass sie nervös war.

»Ja, vermutlich so schön wie bei dir.«

»Was soll das heißen?«

»Na was wohl?« In Toms Stimme schwang jetzt Ungeduld mit. »Du warst mit einem Genossen verabredet, ich mit einer Genossin, und wir hatten wohl beide Spaß.« Tom drehte sich noch immer nicht zu Tabea um, die er kurz schlucken hörte.

»Hast du mit ihr geschlafen?« Die Frage klang kleinlaut. Tom überlegte kurz, was er antworten sollte, doch bevor er sich zu einer Antwort durchringen konnte, unterbrach Tabea seine Gedanken.

»Ich will jetzt kein Geständnis hören, dass du mit ihr geschlafen hast. Wenn du's getan hast, streit's bitte ab!«

Stille.

»Hast du mit ihr geschlafen?«

»Nein.«

»Ist das die Wahrheit? Belüg mich nicht!«

»Okay, ja!«

»Ja?«

»Ja!«

»Du hast mit ihr ...«

»... geschlafen, ja.«

Erst wollen sie es wissen, dann nicht wahrhaben. Frauen tickten merkwürdig.

Es entstand eine kurze Pause, die Tom zur nächsten Attacke nutzte.

»Ich denke mal, du hattest auch gerade Sex!?«

Diesmal scheiterte er daran, möglichst beiläufig zu klingen.

»Mit wem soll ich Sex gehabt haben?«

Das sollte nun entrüstet klingen, war aber nur mäßig überzeugend.

»Das musst du doch am besten wissen!« Nun hieß es nachsetzen.

»Du lenkst ab!«

»Ich bleibe beim Thema: wer heute mit wem Sex hatte.«

Stille. Dann Hysterie.

»Nein!!! Du kannst doch nicht .... Warum? Warum tust du mir das an?«

Dann Tränen.

»Warum machst du es mit anderen? Nicht einmal, ständig! Warum tust du mir das an?«, fragte Tom ungerührt.

»Wie kalt du bist!« Sie wischte sich die Tränen von der Wange, mit einem fast trotzigen Blick.

Dann wieder: »Warum, warum nur?«

»Wohl aus dem gleichen Grund, aus dem du mit anderen Typen schläfst. Weil ich sie mag, weil sie mich reizt, weil ich es ab und zu brauche, mein Selbstwertgefühl zu polieren. Such dir was aus!«

Tabea war außer sich. »Das kannst du mir nicht antun!«

Jedes Mal wenn sie Tom einen Seitensprung gebeichtet hatte, »aus der Enge der Beziehung ausgebrochen war«, wie sie das nannte, hatte Tabea erwartet, dass er verständnisvoll reagierte, seinen Schmerz zurückstellte und schließlich verzieh. Er hatte ihre Erwartungen stets brav erfüllt. Nun hatten sie die Rollen getauscht – eigentlich nicht einmal das –, und schon nahm die Auseinandersetzung ganz andere Formen an.

»Was antun? Hatten wir nicht eine offene Beziehung? Hast du nicht damit angefangen fremdzugehen?«

Fremdgehen war schon ein rechtes Spießerwort. Nur fiel ihm gerade kein besseres ein.

Sie trat schluchzend auf Tom zu und trommelte mit beiden Fäusten auf seinen Oberkörper ein. Die wütenden Schläge kamen ungezielt, trotzdem gelang es ihm nicht, alle abzuwehren.

Ihm reichte es.

»Ich geh jetzt noch mal frische Luft schnappen«, sagte Tom, nachdem er sich von ihren Fäusten befreit hatte.

»Du-gehst-jetzt-nicht!« Es gelang ihr, den Satz auf jeder einzelnen Silbe zu betonen.

»Du wirst mich nicht daran hindern«, verkündete er und warf sich eine Jacke über.

»Du entziehst dich jetzt nicht!« Sie drängte sich im schmalen Flur an ihm vorbei und warf sich nicht ohne Pathos mit dem Rücken gegen die Wohnungstür.

»Ich tue was nicht?«

»Dich der Auseinandersetzung entziehen.«

Unglücklicherweise hatte Tom in diesem Moment den Impuls zu gähnen und gab ihm nach. Was Tabea noch wütender machte.

»Du bist ein scheiß Chauvi-Schwein!«

»Weil ich dasselbe mache wie du?«

»Das ist etwas ganz anderes!«

»Ach ja? Und wieso?«

»Weil hinter deinem Verhalten die Geschichte von Jahrtausenden patriarchaler Herrschaft steht, in der die Frau zur sexuellen Verfügungsmasse degradiert wurde.«

»Und was hat das jetzt genau damit zu tun, dass wir heute beide mit jemand anderem in die Kiste gestiegen sind?«

Tabea legte ihren Hast-du's-noch-immer-nicht-kapiert-Blick auf. »Sehr viel. Weil es aufgrund dieses historischen Hintergrunds eben etwas völlig Verschiedenes ist. Für mich ist das ein Akt der Selbstbefreiung, der mir meine jahrtausendelang geraubte sexuelle Selbstbestimmung wiedergibt. Was du machst, ist aber pure sexuelle Ausbeutung – von mir und übrigens auch von Anna.«

So viel Frauensolidarität musste dann doch sein.

Es ist zwecklos, dachte Tom. Die Geschichte des Patriarchats würde ihn bei jedem Fehlverhalten immer wieder einholen. Er konnte sie nicht neu schreiben, also war er verloren. Für immer Unterdrücker, potenzieller Vergewaltiger, Macho-Schwein.

***

Vor einem Jahr hätte noch alles gut werden können, dachte Daria. Schmerzhaft wurde ihr bewusst, dass sie noch vor gut dreizehn Monaten ein ganz normales Leben gelebt hatte. Okay, es ging ihr damals nicht gut, aber sie hatte noch keinen Blick in den Abgrund geworfen, auf den sie nun in atemberaubendem Tempo zuschoss und der sie zu verschlingen drohte. Konnte ein Menschenleben sich so verwandeln? Nein, so wie es ihr passiert war, konnte sich kein Leben umstülpen. Das war unmöglich, das durfte nicht von Dauer sein.

Daria packte ihre letzten Klamotten in die bereitstehenden Umzugskartons. Das Experiment Frauen-WG war damit vorbei, bevor es richtig anfangen konnte. Therapie oder Auszug war die Wahl, vor die Francesca und Dörthe sie gestellt hatten. Sie hatte sich für Auszug entschieden, weil sie sicher war, es auch so zu schaffen. Sie hatte immer einen starken Willen gehabt. Das würde sich auch diesmal zeigen.

Der erste Schuss hatte sie in ein Körperuniversum unendlicher Schönheit gebeamt. Das mit Kokain vermischte Heroin strömte kaum durch ihre Venen, da breitete sich in ihr eine Wärme aus, die sie mit sich riss. Alles Schwere fiel von ihr ab, Glückshormone schienen sie von Kopf bis Fuß zu überschwemmen, und alles, wirklich alles, fühlte sich für Sekunden großartig an. Ein Moment so voller Euphorie, dass ihr heute noch manchmal die Tränen kamen, wenn sie versuchte, sich in diesen Zustand zurückzufühlen. Ein paar Momente später verklang dieses innere Orchester, aber die Wärme blieb, durchströmte sie wie heiße Schokolade und verwandelte sich in tiefste Geborgenheit. Alles war gut, sie war der Embryo, geschützt und genährt vom Leib der Mutter, sorglos und voller Zuversicht. Als das Gefühl abklang, blieb die Erinnerung. Und die Erinnerung nährte das Bedürfnis, es wieder zu tun. Eine Versuchung, viel zu mächtig, um zu widerstehen.

Daria erinnerte sich, wie in den Tagen nach dem ersten Schuss alles in ihr schrie: Das will ich wiederhaben. Es folgte der zweite Schuss, dann der dritte. Doch der erste Rausch blieb unerreicht, ein verlorenes Paradies. Die Euphorie wurde jedes Mal etwas flacher. Aber da gab es, ohne dass sie es gemerkt hatte, schon kein Zurück mehr.

Heroin wurde Lebensmittel, ganz alltagstauglich am Anfang. Das Gramm reichte zuerst für zwei Wochen, dann für eine und schon nach wenigen Monaten nur noch für einen einzigen Tag. Irgendwann hatte Daria sich gesagt: Ich lass es. Sie hatte sowieso kein Geld, sich Stoff zu besorgen. In der Nacht kam das Gliederreißen. Ihr wurde heiß und kalt und selbst die Nieren taten ihr weh. Ronny, der bei ihr war, gab ihr Pillen. Sie linderten den Schmerz. Daria fragte nicht, was in den kleinen Dragees war.

Seitdem drehte sich ihr Leben um die Droge. Geld besorgen, Stoff besorgen, Codein besorgen, wenn es mal nichts zu drücken gab. High sein, down sein. Funktionieren wurde immer schwerer. Daria schwänzte Seminare. Ihren Studentenjob in der Universitätsbibliothek bekam sie noch irgendwie hin. Sie brauchte das Geld und dringender noch eine Aufgabe und eine Verbindungstür in eine drogenfreie Welt, die sie ab und zu durchschreiten konnte. Längst war sie nur noch mit Ronnys Clique unterwegs. Hier waren alle drauf, einige mehr, andere weniger. Hier musste sie ihre Entzugserscheinungen nicht verbergen, wenn wieder mal kein Stoff greifbar war.

Das andere Tor, dachte Daria, verschließt sich gerade. Francesca und Dörthe hatten stundenlang auf sie eingeredet, sich Hilfe zu suchen, hatten sie in den Arm genommen, dann wieder angeschrien, hatten Ronny WG-Verbot erteilt und ihr schließlich – am Ende ihrer Kräfte – das Ultimatum gestellt. Geh oder lass dir helfen! Aber zwing uns nicht, tatenlos zuzusehen, wie du abstürzt.

Sie hatte die beiden gehasst für den Druck, den sie ausübten, aber auch gespürt, dass sie das einzig Richtige taten. Nur konnten sie sie nicht mehr erreichen, dafür war es bereits seit einigen Monaten zu spät.

Die Türklingel riss Daria aus ihren Gedanken, die ununterbrochen um die Droge kreisten. Sie öffnete. Schmittchen und Ronny traten ein. Für ihren letzten Tag hatten Francesca und Dörthe sein Hausverbot aufgehoben. Ein Blick auf Ronnys Stirn, auf der Schweißtropfen perlten, reichte Daria, um zu wissen, dass er unter Entzugserscheinungen litt, auf Turkey war. Daria warf ihre letzten unverpackten Habseligkeiten in einen Karton und verschloss ihn. Dann begannen sie, Möbel, Kisten und Plastiksäcke in den bereitstehenden Transporter zu schaffen.

Sie würde bei Ronny unterkriechen. Vorläufig. Sie hatten sich vorgenommen, es gemeinsam zu schaffen, sich gegenseitig zu stützen. Kein »H« mehr und kein Koks. Einfach Schluss machen mit dem Teufelszeug. Wenn sie es gemeinsam nicht schaffen sollten, würde Daria sich eine neue Bleibe suchen – das war abgemacht. Nur wo sollte sie hin?

Ich hänge viel tiefer drin, als ich mir eingestehen will, dachte Daria, als sie einen letzten Blick in ihr ausgeräumtes Zimmer warf. Aber ich bin stark. Ich werde es schaffen, ich werde ... ich muss! Ronny drängte zum Aufbruch. Sein Zustand hatte sich in der vergangenen Stunde rapide verschlechtert. Daria klopfte an Francescas Zimmertür und trat ein. Francesca stand auf und durchbohrte sie mit einem Blick, in dem nur wenig Anklage, aber viel Sorge und noch mehr Zuneigung lag. Als die beiden Frauen sich zum letzten Mal umarmten, heulten sie hemmungslos. Am liebsten hätte sich Daria aus der Umarmung nie wieder gelöst.

Francesca legte ihre Hände auf Darias Schultern. Beide Frauen sahen sich aus kurzer Entfernung an.

»Mach's gut«, sagte Daria mit bebender Stimme.

»Du auch«, erwiderte Francesca. Auch ihre Stimme drohte zu brechen. »Und bitte, pass gut auf dich auf!«

***

Fanny war ins Tropics gekommen und hatte Anett, ihre Mitbewohnerin, mitgebracht. Sie hatten das Konzert, das nicht ganz ausverkauft gewesen war, genossen, und Fanny registrierte aus dem Augenwinkel, wie Anett ihr anerkennende Blicke zuwarf, weil sie den Bassisten einer so bekannten Band zur Riege ihrer Verflossenen zählte. Schelsky hatte während des Konzertes Ausschau nach Fanny gehalten, doch das Licht der Scheinwerfer blendete ihn so, dass er sie erst erspähte, als der Gig sich dem Ende näherte. Schlagartig hellte sich seine Stimmung auf.

Nach dem Auftritt war er in den Zuschauerraum gestürmt, um sicherzugehen, dass sich Fanny von der Security nicht abwimmeln ließ. Sie hatte eine Freundin mitgebracht, mit der er brav ein paar Worte wechselte, um ihr dann ein Autogramm auf die nackte Haut zu kritzeln. Anschließend hatte sich die Freundin verabschiedet, und Fanny schlug vor, bei einem Italiener um die Ecke den Abend ausklingen zu lassen. Schelsky, der Berlin kaum kannte, stimmte zu.

Alfredo, der Wirt, hatte die Kerze, die auf dem Tisch thronte, angezündet und ihnen Scaloppine al limone und einen Chardonnay empfohlen. Sie bestellten die Scaloppine, Fanny eine kleine Karaffe von dem Wein, Schelsky lieber ein Bier. Verlegen schauten sie sich an. Es fühlte sich komisch an, nach so langer Zeit im Kerzenschein beieinanderzusitzen.

»Echt ein super Konzert!«, begann Fanny unbeholfen. »Anett fand's auch ganz toll!«

»Das freut mich«, bedankte sich Schelsky artig.

Sie brauchten einige Zeit, um ihre Verkrampfung abzustreifen und sich warm zu plaudern. Nach einer Stunde fühlte es sich an, als hätten sie sich nur eine Woche nicht gesehen. Sie hatten sich viel zu erzählen. Fanny wollte alles über Schelskys musikalische Karriere wissen, Schelsky alles über ihre Reise und ihr heutiges Leben im mauerumschlungenen Berlin. Schelsky musste zugeben, dass es um Johnny hates John nicht zum Besten stand. Die neue Scheibe, als CD und Platte erhältlich, hatte sich zwar gut verkauft, war aber jetzt – ein Dreivierteljahr nach dem Verkaufsstart – aus den meisten Läden wieder verschwunden. Nach der Promotiontour wurden die Auftritte nun seltener und die Locations zunehmend kleiner. Ein neues Plattenprojekt war nicht in Sicht. Stattdessen kursierten Auflösungsgerüchte, die – wie Schelsky zugeben musste – nicht völlig aus der Luft gegriffen waren.

»Wir haben da so ein paar private Probleme miteinander«, umschrieb Schelsky die Situation. Es fiel ihm schwer, Fanny von Jessy zu erzählen und von dem Dreiecksverhältnis zwischen ihr, ihm selbst und Pete, das die Gruppe zu spalten drohte. Auch und gerade weil er Pete vor kurzem endgültig ausgestochen hatte. Dass er, nachdem er bei Tom ausgezogen war, mit Jessy zusammenwohnte, verschwieg er ebenfalls. Schelsky wollte auch gar nichts darüber hören, ob Fanny eine neue Beziehung hatte, und wich mit den Fragen, die er Fanny stellte, dem Thema weiträumig aus.

Fanny registrierte das und streifte das Thema nur ganz kurz, als sie berichtete, dass in ihrer Frauen-WG die Frage, wie viel und was eine Frau überhaupt mit Männern zu tun haben sollte und wie oft sich diese in den WG-Räumen aufhalten durften, ein ständiges Thema war, das sie sehr erschöpfte. Manu und Gesche waren lesbisch, Gesche allerdings erst seit kurzem. Sie hatte sich entschlossen, möglichst wenig mit Männern zu schaffen zu haben. Zu dem Wenigen gehörte definitiv kein Sex und schon gar keine Beziehung. Anett und Fanny hingegen waren, wie es im Szene-Jargon hieß, Heteras. Manu, die den Begriff Kampflesbe für sich nicht als Schimpfwort empfand, mochte keine Männer – vor allem nicht in ihrem Wohnumfeld

– und schätzte Heteras ungefähr so wie Vegetarier passionierte Fleischfresser oder bewusste Nikotinabstinenzler Kettenraucher. »Das ist schon ein ziemlich anstrengendes WG-Thema«, räumte Fanny ein. Schelsky hatte Mühe nachzuvollziehen, warum Frauen sich das Zusammenwohnen schwermachten, nur weil die eine lieber mit Männern, die andere aber lieber mit Frauen ins Bett stieg.

Er sieht gut aus, dachte Fanny. Seine Haare waren wasserstoffblond und außer der abgewetzten Nietenlederjacke, die er trug, erinnerte er nicht mehr besonders an Schelsky, den Punk. Sein Gesicht war ein wenig kantiger geworden – was ihm stand –, sein Teint war etwas bleicher, die Augenringe ausgeprägter, als sie das in Erinnerung hatte. Er sah nach etwas zu wenig Tageslicht und deutlich zu wenig Schlaf aus. Auch fiel Fanny auf, dass sein Haaransatz bereits leicht zurückwich und Ansätze von Geheimratsecken nicht mehr zu verbergen waren. Obwohl er verlebter aussah als noch vor wenigen Jahren, hatte er an Ausstrahlung deutlich zugelegt. Der Erfolg mit Johnny hates John tat ihm sichtlich gut, sein Opfer-Habitus war dem Sexappeal eines erfolgreichen Musikers gewichen. Fanny überlegte kurz, ihn nach Hause mitzunehmen. Doch Sex mit dem Ex war bei Schelsky keine besonders gute Idee. Dass er das Thema amouröse Aktivitäten weiträumig umschiffte, war ein deutlicher Hinweis, dass er über sie noch immer nicht ganz hinweg war. Außerdem hatte sie keine Lust auf Manus schlechte Laune, wenn ein fremder Mann im Bad der WG auftauchte.

Sie sieht gut aus, dachte Schelsky. Ihre Sommersprossen, einst stecknadelkopfgroße, scharf umrandete Punkte, waren inzwischen mehr oder weniger ineinander verlaufen. Die wild wuchernden Locken waren Vergangenheit, die Haare nun raspelkurz und feuerrot. Fanny hatte den alternativen Szene-Schick angenommen. Nicht zu feminin, tough im Auftreten, scheinbar schlampig gekleidet, aber alles mit viel Mühe komponiert, keine Schminke außer etwas Kajal, viel zu weites Schlabber-Sweat-Shirt mit herausgetrenntem Halsbündchen, sodass der Ausschnitt immer wieder über die Schulter rutschte und diese freigab. Autonomenreizwäsche, dachte Schelsky. Sie war nicht mehr die schwebende Sannyasin in den leuchtenden Farben von Sonnenglanz und Citrusfrucht, sondern war ein Berliner Szene-Gewächs geworden. Schelsky gefiel diese Veränderung.

Kurz dachte er darüber nach, ob er versuchen sollte, sie noch einmal zu verführen, riet sich dann aber davon ab. Eine Nacht mit Fanny wäre eine hinreichende Voraussetzung für ein lupenreines Gefühlschaos. Für den Moment reichte es ihm aus, dass sie nach langer Zeit einmal wieder in seinem Leben war. Ab morgen würde er wieder anfangen, sie zu vermissen. Das würde nach einer gemeinsamen Nacht bestimmt nicht weniger werden.

Als Alfredo den Laden schließen wollte, gingen sie eingehakt bis zur nächsten U-Bahn. Er wollte sie zum Abschied kurz auf den Mund küssen, sie ihn auf die Wange. So stießen ihre Nasen aneinander, bevor sich ihre Lippen dann doch trafen und ihre Zungen – ganz ungeplant – auf Entdeckungsreise gingen. Beide überlegten einen Kuss lang noch einmal, ob sie nicht doch die Nacht miteinander verbringen sollten, blieben dann bei ihren Entschlüssen und sprachen auch nicht darüber. Fannys »Jetzt muss ich aber wirklich los« beendete den Abend zu zweit. Mit einem großen Satz sprang sie in die Bahn, deren Türen sich sofort hinter ihr schlossen. Schelsky winkte ihr nach. Er schaute dabei kurz auf seine winkende Hand. Erstmals fiel ihm auf, dass der Bewegungsablauf des Winkens etwas sehr Albernes an sich hat. Er senkte den Arm, vergrub beide Hände in den Taschen und trottete zu dem Gleis, an dem sein Zug einfahren würde.

KAPITEL 19

11. Oktober 1987: In der Badewanne des Zimmers 317 im Genfer Hotel Beau-Rivage endet das Leben des gerade zurückgetretenen schleswig-holsteinischen Ministerpräsidenten Uwe Barschel. Weil er seinen Kontrahenten Björn Engholm bespitzeln ließ und das auch noch bestritt, verlor der Politiker erst die Wahl, dann sein Amt, schließlich seine Ehre und am Ende wohl sein Leben. Doch da die Todesumstände mysteriös bleiben und nie abschließend geklärt wird, ob Barschel sich den todbringenden Medikamenten-Cocktail selber einflößte, bleibt der Tod im Beau-Rivage Stoff für Legenden.

»So ging die Versklavung von Frauen, Rassismus und Sexismus kombinierend, der Herausbildung von Klassen und Klassenunterdrückung zeitlich voraus. Klassenunterschiede wurden, in ihren Anfängen, in Begriffen patriarchaler Beziehungen ausgedrückt und konstituiert. Klasse ist kein von Geschlecht getrenntes Konstrukt; vielmehr wird Klasse in Geschlechterkategorien ausgedrückt.«

Fanny schob das Buch zur Seite und gähnte herzhaft. Ihre Augen brannten. Die Buchstaben verschwammen, es fiel ihr schwer, sie immer wieder scharfzustellen. Manu hatte ihr den Wälzer in die Hand gedrückt, den müsse sie lesen, der werde in Frauenzusammenhängen gerade intensiv diskutiert. Fanny gähnte abermals. Es gab nichts Schlimmeres für sie als feministische Pflichtlektüre. Vielleicht, dachte sie, bin ich einfach zu sexy, um intellektuell zu sein. Ein Gedanke, von dem sie wusste, dass sie ihn – selbst als Scherz getarnt – nie laut aussprechen durfte. Absolut frauenfeindlich, absolut fannyfeindlich, absolut daneben.

Die Frauen, mit denen sie lebte und Politik machte, waren toll. Sie hatten Power, sie waren schlau, sie waren furchtlos, sie setzten sich ein, und all das gab ihnen die Ausstrahlung unnahbarer Amazonen. Für linke Männer war es ein Ritterschlag, mit einer der autonomen Frauen zusammen zu sein, nur dass immer weniger Männer in den Genuss einer solchen Liaison kamen. Fast alle Frauen waren inzwischen zu Lesben konvertiert, die bekennenden Heteras deutlich in der Minderheit.

Fanny erinnerte sich an ein kurzes Gespräch zwischen Manu und Anett, das sie am Vortag in der Küche belauscht hatte.

»Mit Frauen kann ich besser reden und wohnen als mit Männern«, hatte Anett gesagt.

»Wenn das so ist,« hakte Manu ein, »warum schläfst du dann noch mit Männern?«

»Vielleicht machen mich Männer erotisch einfach mehr an!?«

»Hast du es überhaupt schon mal mit einer Frau probiert?«

»Ja, aber da fehlte was – sexuelle Spannung.«

»Du musst die Sexualität mit Frauen erst entwickeln, eine neue, ganz eigene Leidenschaft herstellen, die Vertrautheit der Körper zu genießen, die du so mit einem Mann nicht haben kannst«, erwiderte Manu, nun ganz in ihrem Element. Ohne Anetts Reaktion abzuwarten, fuhr sie fort: »Um dich darauf einzulassen, musst du dich von den Männern ab- und ganz den Frauen zuwenden, damit du deine anerzogenen sexuellen Muster durchbrichst und dich von Männern und ihrer sexistischen Form, dir Anerkennung zu geben, befreist.«

Hetera sein ist nicht leicht in autonomen Frauenkreisen, dachte Fanny. Sie hatte das Glück, dass sie als verloren galt, als unbelehrbar. Sie beging gar nicht erst den Fehler, zu behaupten, mit Frauen besser sprechen und leben zu können als mit Männern. Sie wohnte gern mit Frauen, machte auch gerne Politik mit ihnen, aber es gab auch Kerle, mit denen das gut klappte. Und sie mochte nun mal Männerkörper, mit allem Drum und vor allem Dran. Frauenkörper waren ästhetischer, Männerkörper aber lösten bei ihr Begierde aus. Fanny sah keinen Sinn darin, diese Tatsache zu hinterfragen.

Zurzeit faszinierte sie am meisten der Körper von Marc, einem jungen Hausbesetzer aus Kreuzberg, den sie vor knapp einem halben Jahr in der Nacht zum zweiten Mai kennengelernt hatte. Die Nacht würde ihr lange in Erinnerung bleiben – Fanny empfand sie als ihre Feuertaufe. Die Polizei hatte das traditionelle links-alternative Straßenfest am Lausitzer Platz mit Schlagstöcken und Tränengas aufgelöst, einige ihrer Freunde hatten daraufhin Barrikaden errichtet und angezündet. Kurz darauf brannte halb Kreuzberg. Molotowcocktails und Pflastersteine zwangen die Polizei zum Rückzug, bald darauf klirrten Scheiben, und die ersten Supermärkte wurden geplündert. Fanny war mittendrin und konnte kaum fassen, was sie da sah. Es dauerte lange, bis die Bullen wieder auf der Bildfläche auftauchten und mit ihren Greiftrupps Jagd auf alles machten, was sich bewegte. Fanny war den vorrückenden Einheiten ein paarmal nur ganz knapp entkommen. Sie hatte bei dem Kesseltreiben ihre Bezugsgruppe verloren und fand sich irgendwann mit ein paar unbekannten Demonstranten in einem Hinterhof wieder. Die meisten waren vermummt, und aus einer Hasskappe kam eine Stimme, die sie genau kannte, aber partout nicht einordnen konnte. Bis die Stimme zu ihr sagte: »Fanny?«

Sie nickte, und der Mann zog sich die Maske vom Kopf. Sie brauchte einen Moment, bis sie das Gesicht erkannte, das darunter zum Vorschein kam.

»Tom?«

Die beiden fielen sich in die Arme, während eine Polizeieinheit, wild auf ihre Schilder schlagend, an dem schmalen Eingang zum Hinterhof vorbeipreschte. Tom und Fanny verabreichten sich gegenseitig Kurzfassungen davon, was sie an diesem Abend nach Kreuzberg verschlagen hatte. Inzwischen hatten auch die anderen ihre vor Mund und Nase gebundenen Tücher abgenommen. Einige hatten sich eine Zigarette angezündet.

Fanny drehte sich um und sah geradewegs in das blaueste Blau, in das sie je geschaut hatte – Augen wie ein Stück Himmel. Sie erweiterte ihren Fokus und sah, dass der Rest auch nicht schlecht war. Schmal geschnittenes Gesicht, ein Lächeln, das die Mundwinkel umspielte, kunstvoll verfilzte Dreadlocks. Ein Autonomer zum Niederknien – das gab es selten.

Noch bevor sie sich überlegen konnte, wie sie seinen Namen und seine Adresse rauskriegen konnte, sah sie, wie sich die Umstehenden blitzschnell ihre Masken überstreiften. Ein Bulle hatte einen Blick in den Hof geworfen, sie entdeckt und ein paar Kollegen informiert, die jetzt auf sie zuliefen.

Tom, Fanny und die anderen nahmen die Beine in die Hand, doch eine etwa zwei Meter hohe Mauer versperrte ihnen den Fluchtweg. Fanny sah sich schon unter den Knüppelhieben der heranstürmenden Beamten zusammenbrechen, da verschränkte Mr. Dreadlock seine Hände zur Räuberleiter und hielt sie ihr hin. Sie stieg drauf, und der Mann katapultierte sie ohne Probleme auf den Mauersims. Anschließend zog er sich katzengleich in die Höhe.

Auch Tom hatte den Sims mittlerweile erreicht, wenn auch mit mehr Problemen und den Bruchteil einer Sekunde zu spät. Ein Knüppel traf ihn mit Wucht am Oberschenkel, und Tom brüllte auf, bevor es ihm gelang, sich auf den Sims zu retten und die Mauer zu überwinden.

Drei von ihnen hatten es nicht rechtzeitig geschafft. Mit Entsetzen hörten Tom, Fanny und ihr neuer Begleiter, der sich ihr kurz darauf als Marc vorstellte, die Schreie von der anderen Seite der Mauer.

Auf Schleichwegen, in die Schatten der Häuser und umherstehenden Pkws geduckt, erreichten sie zu dritt schließlich das Haus, in dessen zweitem Stock Marcs Wohngemeinschaft ihr Quartier hatte.

Sie saßen am Fenster, tranken Wein, kifften ein wenig und sahen den Polizeifahrzeugen zu, die mit Blaulicht und Martinshorn mal von links nach rechts, dann wieder in die entgegengesetzte Richtung an ihnen vorbeirauschten. Die Vögel begrüßten längst zwitschernd den Morgen, da bot Marc Tom und Fanny an, bei ihm zu bleiben, bis der Einsatz beendet sei.

Fanny legte sich zuerst auf die Matratze und zog die Bettdecke bis zum Kinn. Tom legte sich auf ihre rechte Seite, Marc auf ihre linke. Fannys Herz klopfte. Sie schloss die Augen und versuchte einzuschlafen. Dann spürte sie eine Hand, die sich von der Seite, auf der Marc lag, unter ihre Decke schob. Kurz darauf folgte eine zweite. Sie öffnete die Augen und schaute in Marcs grinsendes Gesicht. Sie drehte ihren Kopf in die andere Richtung und stellte erschreckt fest, dass Tom seinen Kopf auf die Hand gestützt hatte und sie vielsagend musterte. Kurz darauf fand auch seine Hand den Weg unter ihre Decke.

Es war Fannys erstes Mal zu dritt. Marcs Körper, der sehnig und kantig war, erregte sie unglaublich, und die Vorstellung, unter diesen Umständen auch mit Tom zu schlafen, den sie schon so lange kannte, gab ihr einen zusätzlichen Kick. Sie ließ sich fallen, schloss erneut die Augen, riet Hände, riet mehr, sah, als sie die Augen wieder öffnete, dass auch die Männer sich streichelten und ihre Körper aneinanderpressten. Das Bild elektrisierte sie. Es brannte sich sofort in ihr ein, und fast immer wenn sie in den Wochen danach allein im Bett lag und Lust bekam, holte sie es aus dem Koffer ihrer Erinnerungen wieder heraus und projizierte es auf die Leinwand ihrer geschlossenen Augenlider. Wenn die Diskussionen, ob Frauen nicht nur mit Frauen Sex haben sollten, sie mal wieder ermüdeten, dann beantwortete sie sich die Frage mit einem kleinen Tagtraum, gestohlen aus dieser Mainacht.

***

Der Raum war kahl, quadratisch, spartanisch eingerichtet und die auf sie gerichtete Lampe blendete sie. Sie hatten ihr einen Kaffee hingestellt, der gegen ihr inneres Frösteln und die Schmerzen, die sich langsam in ihrem ganzen Körper ausdehnten, nicht half. In Darias Hirn rotierte es. Sie war gefangen, ganz real, und es gab aus dieser Situation keinen Ausweg.

»Sie geben es also zu?«, fragte der Beamte. Das Tonband lief mit.

Was für eine Frage, dachte Daria. Als ob es etwas zu leugnen gäbe. Die Grenzer mussten einen Tipp bekommen haben. Sie hatten sie an der Grenze ganz gezielt herausgewinkt und Daria und Ronny sofort einer Leibesvisitation unterzogen. Sie wussten genau, wo sie suchen mussten, um fündig zu werden. Die Körperöffnungen, in der sie die kleinen Beutel mit dem ockerfarbenen Pulver versteckt hatten, waren kein besonders originelles Versteck.

»Ja, ich gebe es zu«, gestand Daria mit tonloser Stimme.

»Das machen sie doch nicht das erste Mal«, erwiderte der Beamte. Er unterwarf Daria einem prüfenden Blick.

Das innere Zittern wurde stärker. Sie brauchte Stoff, unbedingt. Oder zumindest etwas gegen den Turkey. Lange würde sie nicht mehr durchhalten.

»Doch«, sagte sie, »das erste Mal.« Sie bemühte sich, überzeugend zu wirken.

»Wo haben sie das Zeug gekauft«, fragte der Beamte und zündete sich eine Zigarette an.

»Irgendwo hinterm Bahnhof.«

»Und wo wollten sie es verkaufen?«

»Ich wollte es nicht verkaufen, ich brauche es für mich«, entgegnete Daria. Ihre Stimme überschlug sich.

»Zwanzig Gramm für den Eigenkonsum. Das glauben Sie sich doch selber nicht!« Der Beamte erhob sich vom Stuhl und beugte sich bedrohlich zu ihr vor. Daria stand der Schweiß auf der Stirn.

»Ich bin drauf, das sehen sie doch selbst.«

»Teures Hobby. Da würde mich schon interessieren, wie Sie sich das finanzieren.« Langsam ließ der Beamte sich wieder in seinen Stuhl sinken.

Der Beamte hatte recht, was er auch wusste. Ihm war aber klar, dass die Frau ihm gegenüber niemals zugeben würde, dass sie Teile der Fracht verkaufen wollte. Besitz und Konsum war das eine, Dealerei das andere. Der Unterschied bestand in etwa zwei Jahren Knast.

Wie weit ist es gekommen, sinnierte Daria. Ich bin nicht nur zum Junkie, sondern auch zur Dealerin geworden, und wenn ich Pech habe, wandere ich bald in den Knast. Ich habe mein Leben weggeworfen und nicht einmal drei Jahre dafür gebraucht.

Vor knapp einem Jahr waren Ronny und sie das erste Mal nach Holland aufgebrochen, um Stoff zu besorgen. Ihr Konsum ließ sich anders nicht mehr finanzieren. Sie hatte sich 10.000 Mark geliehen, und alles war gutgegangen. Zwei Drittel des Stoffs hatte sie verkauft und mit dem Drogengeld nicht nur ihre Schulden bezahlt, sondern auch etwas Kapital für den nächsten Trip über die Grenze zurückgelegt. Der wurde viel schneller notwendig als zunächst geplant. Mit dem Vorrat im Haus drückten sie, wann immer ihnen danach war, und ihnen war immer öfter danach. Die Reserve aus Amsterdam reichte so nicht drei Monate, sondern nur drei Wochen.

»Arbeiten Sie?«, holte die schneidende Stimme des Beamten sie aus ihren Gedanken.

»Ich studiere«, gab Daria zurück.

»Und das Bafög reicht für solche Großeinkäufe!?«, ätzte der Polizist.

»Ich arbeite nebenbei in der Uni-Bibliothek«, antwortete Daria.

»Gut«, sagte der Beamte. »Unsere Hamburger Kollegen haben heute Morgen Ihre Wohnung durchsucht, aber außer ein paar benutzten Spritzbestecken nichts gefunden. Wir lassen Sie jetzt mit der Auflage gehen, sich einmal pro Woche auf einem Revier zu melden.« Der Blick des Beamten suchte Darias Augen. Als sie ihn nicht erwiderte, fuhr er fort: »Und ich persönlich würde Ihnen raten, sich dringend einen guten Anwalt und noch dringender einen Therapieplatz zu besorgen.«

Zehn Minuten später stand Daria auf dem Emmericher Geistmarkt und inhalierte die kühle Oktoberluft. Ronny saß noch immer in der Zelle. Daria wusste, dass sie sich in den kommenden Wochen viele Fragen beantworten musste, wollte sie irgendeine Zukunft haben.

Doch im Moment stellte sich nur eine Frage: Wo bekam sie so schnell wie möglich Stoff her?

***

»Okay«, sagte Dirk Schneider, »wann habt ihr euren Tourneeausklang?«

»In zwei Wochen in Bochum«, antwortete Schelsky und sah Jessy dabei an.

»Gut«, erwiderte Dirk. »Ich denke, damit können wir Johnny hates John auch beerdigen. Es gibt keinen spürbaren Abverkauf der CDs mehr, eine neue Produktion ist nicht in Sicht, und eure letzten Konzerte waren nicht einmal mehr zur Hälfte ausverkauft.« Jessy wollte etwas sagen, doch Dirk schnitt ihr das Wort ab. »Pete ist bereits ausgestiegen und Bollmann auf dem Absprung. Reden wir Klartext: Johnny hates John ist eine lebende Leiche und das Einzige, was wir noch tun können, ist ein definitives Abschiedskonzert in Hamburg oder Berlin zu promoten und zu hoffen, dass eure treuesten Fans das nicht verpassen wollen und noch mal 'ne Halle füllen.« Dirk sah erst Jessy, dann Schelsky an.

»Oder seht ihr das anders?«

»Nicht wirklich«, murmelte Schelsky, dem auch schon aufgefallen war, dass der Abstieg von Johnny hates John sich immer rasanter vollzog.

»Das waren vier geile Jahre, doch die Zeit für diese Form der Musik ist halt vorbei, das geht allen so, die nicht gerade Rolling Stones oder Udo Jürgens heißen«, setzte Dirk seinen Abgesang fort. »Ihr habt nun genau zwei Möglichkeiten. Entweder ihr verdient eurer Geld ab jetzt mit ehrlicher Arbeit, oder wir starten gemeinsam ein neues Projekt.« Er grinste sie an. »Ich habe mit meinen Kollegen gesprochen: Sie glauben auch, dass Jessys Stimme noch immer zieht, und euch beide kann man ja wohl nicht trennen.« Dirk grinste erneut, diesmal etwas unverschämter. »Was denkt ihr darüber?«

»Klingt nicht schlecht«, sagte Schelsky, den der Vorstoß sichtlich überraschte. Unsicher blickte er zu Jessy hinüber.

»Was schwebt dir vor?«, fragte Jessy, an Dirk gewandt.

»Neues musikalisches Konzept, das deine Stimme noch mehr in den Vordergrund stellt, neues Image, weg mit den alten Punk-Elementen, alles ein bisschen softer und marktgängiger«, lautete die Antwort.

Schelsky verzog das Gesicht. Er machte keine Musik, um marktgängig zu sein.

Dirk, dem die mimische Entgleisung nicht verborgen geblieben war, heftete seinen Blick nun auf Schelsky.

»Ihr sollt eure Musik nicht total ändern. Wenn ihr 'nen starken Song habt, darf der gern auch etwas punkig sein; wichtig ist allein, dass es ein starker Song ist.« Dirk ließ seinen Blick über Jessy und Schelsky fliegen, und da beide nicht unbedingt den Eindruck machten, als wollten sie das Wort ergreifen, legte er sofort nach.

»Wichtig ist vor allem die Entscheidung, ob Bollmann dabei ist, egal ob vor oder hinter der Bühne. Er hat die meisten eurer Songs geschrieben. Jessy war the Voice of Johnny hates John und Bollmann the Soul. Mit »Psychopharmaka« hat er bewiesen, dass er auch echte Hits schreiben kann.«

Dirk hob den Kopf und überprüfte, ob seine Gesprächspartner ihm noch aufmerksam lauschten. Dann griff er in die Schublade und kramte ein Päckchen Zigaretten heraus. Er bot Jessy und Schelsky eine an und reichte das Feuerzeug herum.

»Mit Bollmann wird's natürlich kein echter Neuanfang, ohne ihn ist aber das Risiko größer, weil wir dann noch neue Songschreiber für euch bräuchten.« Er nahm einen Zug, bevor er den inneren Widerstreit seiner vorgetragenen Überlegungen in Harmonie auflöste. »Ich denke, Bollmann sollte in Zukunft Songs schreiben, aber nicht mehr mit auf der Bühne stehen. Er wollte doch eh aussteigen. Vielleicht können wir ihn so ja halten.«

Zufrieden lehnte sich Dirk Schneider in seinen Sessel zurück. Er hatte es geschafft, den beiden die Einäscherung von Johnny hates John schmackhaft zu machen. Mit Sicherheit würden sie nicht auf die Erfüllung des noch ein Jahr laufenden Vertrages bestehen. Ein Neustart mit begrenzten Ressourcen. Würde für Rotlicht Records bestimmt nicht teurer werden, als den Kadaver zu nähren – nur zukunftsweisender. Eine kleine Pointe aber hatte sich Dirk noch für den Schluss aufgespart.

»Für dich Schelsky, hätte ich noch einen besonderen Vorschlag.«

Neugierig blickte Schelsky ihn an.

»Bei euren Produktionen hast du dich ja auch stets mit um die technische Seite gekümmert. Wir wissen, dass du ein gutes Gehör hast, weißt, wie man Songs noch interessanter arrangiert, und mit dem Mischpult umgehen kannst.« Dirk versuchte die Wirkung seiner Worte aus Schelskys Mimik abzulesen. Die zeigte ihm, dass seine Schmeicheleien ankamen. »Deshalb würden wir dir gerne das Angebot machen, bei uns als Aufnahmeassistent einzusteigen, oder wie das heutzutage heißt: als Junior Producer.«

Schelsky hätte am liebsten einen Satz gemacht. Gerade hatte er sich an den Gedanken gewöhnt, in Zukunft nicht mehr von der Musik leben zu können und wieder auf den Bau zu müssen, da fiel ihm ganz unvermutet diese Offerte in den Schoß. Er hätte Dirk abknutschen können.

»Ist vorläufig nur eine halbe Stelle und mit 1000 Mark netto jetzt auch nicht so super bezahlt, aber ein Anfang. Ist quasi Ausbildung und Job in einem. Und du kriegst ja noch ein paar Tantiemen und brauchst ja auch Zeit für das neue Projekt.«

Es entstand eine Pause.

»Alles okay?«

»Ja, doch ... alles super!«, stammelte Schelsky Dirk ein antwortähnliches Satzgebilde entgegen. Er hatte Probleme, die Fülle an Informationen zu verarbeiten, mit denen Dirk sie beschoss, seit sie sein Büro betreten hatten. Dirk war ein Überfallkommando, der geborene Vertretertyp. Er hätte, ohne mit der Wimper zu zucken, einem Blinden einen Farbfernseher aufgeschwatzt. Aber Schelsky mochte diesen Typen. Er war untrennbar mit seiner bisherigen Karriere verbunden und hatte Johnny hates John erst auf die Erfolgsspur gesetzt.

Schelsky suchte den Blick Jessys, die ihm nur bestätigend zunickte.

»Du kannst am 1. Januar bei uns anfangen«, nahm Dirk den Faden wieder auf. »Wenn du willst, kannst du gleich unterschreiben.«

***

Sie waren zu sechst und hatten sich neue Namen gegeben, unter denen sie die Operation durchführen wollten. Tom hieß »Sebastian«, Jean trug den Decknamen »Klaus«. Sabine, die einzige Frau der Gruppe, wurde »Annalena« genannt. Es war ein ehernes Gesetz, dass in keiner der revolutionär-autonom agierenden Zellen Klarnamen verwendet wurden. Das bot zumindest einen gewissen Schutz gegen Abhöraktionen und eingeschleuste V-Leute.

Die Luft im Zimmer, dem Gemeinschaftsraum einer Wohngemeinschaft, war verqualmt, alle Anwesenden rauchten, die meisten von ihnen selbst gedrehte Zigaretten. Tom hatte sich neben Sabine auf ein Biedermeier-Sofa mit abgewetztem Bezug gepflanzt, das – wie auch die ausgedienten Teekisten, die als Regale dienten – eine Sperrmüll-Trophäe war. Jean hatte die Mitglieder der Zelle aus verschiedenen antifaschistischen und antiimperialistischen Gruppen und den linken Gefangenenhilfsorganisationen rekrutiert, die die Inhaftierten der RAF und der Bewegung 2. Juni betreuten.

»Die Aktion war ein voller Erfolg«, gab Jean die Debattenrichtung vor. Vor genau sechs Wochen hatten Genossen den Richter Günter Korbmacher vor seiner Villa in Berlin-Lichterfelde abgefangen und durch gezielte Schüsse in den linken Unterschenkel sowie das Knie verletzt und waren unerkannt entkommen. Die Polizei hatte offenbar noch immer keine heiße Spur. Korbmacher war Vorsitzender des Asylsenats des Bundesverfassungsgerichts und damit, so hatten es die Genossen in ihrem Bekennerschreiben formuliert, »ein Vollstrecker moderner Flüchtlingspolitik«. Durch die Schüsse sei er nun »politisch gebrandmarkt« worden.

Tom protestierte. »Schüsse auf Menschen kannst du nicht in die Gesellschaft hinein vermitteln, du isolierst dich von denen, mit denen und für die du diesen Kampf führen willst.«

Sabine stimmte Tom zu, zwei andere Mitglieder der Gruppe aber hielten dagegen. »Okay«, sagte Jean. »Wir müssen die Aktion ja so nicht wiederholen. Aber den rassistischen Umgang mit Flüchtlingen in den Fokus der öffentlichen Debatte zu holen, halte ich für den politisch richtigen

Ansatz.« Jean blickte in die Runde. Niemand widersprach. »Wenn wir keinen Konsens für Aktionen gegen Personen herstellen können, dann lasst uns eben nach einem geeigneten Objekt Ausschau halten, dass für den inhumanen Umgang mit Flüchtlingen steht.

»Ein Abschiebeknast«, entfuhr es Tom ganz spontan.

»Gute Idee«, attestierte Sabine und zwinkerte Tom zu. Die anderen in der Gruppe nickten nur.

»Dann sollten wir mal recherchieren, welche Abschiebeknäste sich für so eine Aktion eignen«, preschte Jean erneut vor. Er rieb sich das Kinn und wartete auf eine Reaktion.

»Wir sollten ganz gezielt in Berlin gucken«, schlug Tom vor. »Dort sind vor gut zwei Jahren sechs inhaftierte Flüchtlinge elendig verbrannt, weil die Schließer bei einem Feuer die Zellen nicht aufgeschlossen hatten.« Tom machte eine Pause, um die Wirkung seiner Worte abzuwarten, und deutete das allgemeine Gemurmel als Zustimmung.

»Diese Katastrophe ist vielen Berlinern noch im Gedächtnis, da können wir andocken«, legte er nach.

Es fühlte sich gut an, eine ganz konkrete Aktion zu planen, um ein Zeichen zu setzen. Jeder Gebrauch von Sprengstoff oder gar Schusswaffen brachte den Zellen automatisch eine erhöhte Aufmerksamkeit und den Stempel »Terroristen« ein. Tom hatte schon vor längerem für sich entschieden, dass Gewalt gegen Sachen für ihn ein völlig legitimes Mittel der politischen Auseinandersetzung war, Gewalt gegen Menschen aber nicht infrage kam. Außer in Ausnahmefällen. Tyrannenmord war okay, Hitler hätte man frühzeitig umbringen sollen und auch einige Herrscher im Trikont, die ihre Völker blutig unterdrückten, hätten es nicht anders verdient gehabt. In Befreiungskriegen ließ sich Waffengewalt oft nicht vermeiden, solange die Diktatoren nicht bereit waren, freiwillig abzudanken.

Nun würde auch er ein sichtbares Zeichen setzen, sich mit dem Verfassen von Flugblättern und langweiligen Demos nicht zufrieden geben, sondern das System direkt angreifen. Ein Gedanke, der Tom elektrisierte. Er würde sich die Mittel des politischen Kampfes nicht mehr von seinen Gegnern vorschreiben lassen, sondern nur von seiner eigenen Moral und der politischen Vernunft.

Legal? Illegal? Scheißegal! hieß die Devise.

KAPITEL 20

9. November 1989: Nach 28 Jahren fällt das meistgehasste Bauwerk Deutschlands, welches das Land in Ost und West, DDR und BRD geteilt hat. Eigentlich wollte SED-Mitglied Günter Schabowski nur ein neues Reisegesetz vorstellen, doch ein paar missglückte Formulierungen führen dazu, dass noch in der Nacht Tausende DDR-Bürger die bislang hermetisch abgeriegelte Grenze stürmen und vorsorglich beginnen, die Mauer zu demontieren. Mit dem Ende des »antiimperialistischen Schutzwalls« beginnt unwiderruflich das Ende der deutsch-deutschen Teilung, der DDR und auch des Warschauer Pakts. Damit »zusammenwächst, was zusammengehört«, so Ex-Bundeskanzler Willy Brandt, wird das sozialistische Deutschland dem kapitalistischen Deutschland schnell an-gegliedert; wiedervereinigt sagen die einen, annektiert die anderen, die sich einen demokratischen Sozialismus in Deutschland gewünscht hätten.

Sie kamen in der Dunkelheit. Geschmeidig wie drei Wiesel und ständig um sich blickend. Sah man von den drei düsteren Gestalten ab, waren die Bürgersteige vollkommen menschenleer. Schon die Lehrter Straße war kaum noch befahren gewesen, nur einige Taxis waren an ihnen vorbeigebraust, ohne dass deren Fahrer sie beachtet hatten. In der kleinen Seitengasse, die zu einer der Außenmauern des Abschiebeknastes führte, gab es keinen Verkehr mehr um diese Zeit. Zwei streunende Katzen waren die einzigen Lebewesen, die ihren Weg kreuzten.

Toms Herz pochte bis zum Hals. Sie schlichen weiter. Vierzig Meter noch. Sabine lief vor und spähte um die Ecke. Sie sollte Schmiere stehen, Jean und Tom warnen, wenn sich aus der Kruppstraße, wo sich schräg gegenüber die Moabiter Polizeidirektion befand, Gefahr näherte. Wegen des großen Polizeikomplexes hatten sie zunächst Abstand davon genommen, den Anschlag auf den Abschiebeknast zu verüben. Bis Jean erklärt hatte, es sei doch total cool, quasi direkt vor den Augen der Polizei ein Loch in die Knastmauer zu sprengen.

Noch zwanzig Meter, noch zehn.

Tom trug die abgewetzte Aktentasche mit dem selbst gebauten Sprengsatz. Den Zünder würden sie so einstellen, dass er in einer Stunde explodieren würde. Die Backsteinmauer hatte eine Einbuchtung an einer Stelle, die nicht im Blickfeld der Kamera lag, die auf ihrer Krone montiert war. Hier hielten sich keine Fußgänger auf und schon gar nicht um halb vier, dem Zeitpunkt der geplanten Detonation. Personen, das war wichtig, durften nicht verletzt werden.

Sie richteten ihre Augen auf Sabine, die signalisierte, dass die Luft rein war. Dann verschwanden Tom und Jean in der Einbuchtung, öffneten die Tasche, machten sich an dem Zünder zu schaffen, verschlossen die Tasche wieder und verbargen sie unter einigen Rhododendron- und Kieferzweigen, die sie mitgebracht hatten. Fünf Minuten später befanden sie sich schon wieder auf der Lehrter Straße. Seit sie die Tasche abgestellt hatten, erwartete Tom, dass jeden Moment ein Dutzend Beamte des Sondereinsatzkommandos aus irgendwelchen Hauseingängen springen, ihnen die Arme auf den Rücken drehen, sie zu Boden bringen und die Mündungen von schussbereiten Maschinenpistolen auf sie richten würden. Es lief einfach alles zu glatt.

Sie würden Berlin getrennt verlassen. Jean schon am Nachmittag, Tom am darauffolgenden Morgen, und nur Sabine wollte noch das Wochenende bleiben. Tom war in einem besetzten Kreuzberger Haus untergekommen, wo niemand dumme Fragen stellte.

»Wir haben es geschafft«, flüsterte Sabine Tom zu und ballte die Faust. In ein paar Stunden würde auch die Redaktion der Taz ihre Arbeit aufnehmen und die eingegangene Post ordnen. Dann dürfte ihr Bekennerschreiben entdeckt werden.

***

»Sie sind gut, wirklich gut«, sagte Schelsky. Er hörte sich reden und glaubte sich kein Wort.

Bollmann schien es ähnlich zu gehen. Er guckte Schelsky skeptisch an.

»Echt?«

»Doch, doch. Sehr brauchbar. Musst vielleicht hier und da noch ein bisschen feilen.«

Nichts war gut. Die Texte waren kompletter Schrott. Ohne Kraft. Ohne Witz. Ohne Biss. Ohne Magie. Bollmann hat keine Ideen mehr, dachte Schelsky. Da brennt nichts mehr in ihm.

Sie hatten im vergangenen Jahr in neuer Besetzung und mit dem neuen Namen »Opas Tante« tatsächlich noch eine CD auf den Markt gebracht. Bollmann hatte alle Texte schreiben sollen, doch da die meisten zu flach waren, hatte Rotlicht Records noch einen Songschreiber engagiert, und auch Jessy und Schelsky hatten jeweils ein Stück beigesteuert. Die CD war trotzdem gefloppt. Ein paar treue Fans von Jessys Stimme hatten dafür gesorgt, dass immerhin noch 1.000 Exemplare über den Ladentisch wanderten.

Nun hatte Bollmann neue Melodien komponiert und sie mit Texten bemäntelt. Für ein neues Album. Für den Durchbruch von Opas Tante. Bollmann war sicher ein netter Kerl. Doch das Texten hatte er offensichtlich verlernt, seit er nicht mehr auf der Straße lebte und sich von Drogen und Müll ernährte. Bollmann hatte die Kohle aus den Bandauftritten in Fortbildung angelegt. Er beherrschte jetzt diverse Programmiersprachen. Die Branche boomte, und Bollmann hatte tatsächlich einen gut bezahlten Job gefunden. Seitdem wurde er selbst immer fetter und die Aussagekraft seiner Zeilen immer dünner. Schelsky, der inzwischen als Tontechniker bei Rotlicht Records auf eine Dreiviertelstelle aufgestockt hatte – was hieß, gut vierzig Stunden malochen für den Lohn von dreißig –, hatte sich inzwischen damit abgefunden, dass seine Karriere als Punkrockstar sich dem Ende näherte. Auch im Radio spielten sie nur noch selten »Psychopharmaka«.

»Okay«, sagte Schelyky, während er sich eine Zigarette anzündete. »Mach die Lyrics noch ein bisschen kantiger, dann zeige ich sie Dirk.« In diesem Moment wurde die Haustür aufgeschlossen, und Schelsky war froh, das Thema nicht weiter verfolgen zu müssen. Jessy stolperte herein, bewaffnet mit zwei schweren Einkaufstüten. Ohne diese abzustellen, versetzte sie der Tür mit ihrem Fuß einen Schubs, sodass sie ins Schloss fiel. Sie begrüßte Bollmann, gab Schelsky einen Wangenkuss und verschwand mit ihrer Supermarkt-Beute in der Küche. Nur eine Minute später stand sie wieder vor der Couch, in der sich die beiden Männer flegelten. Sie fixierte Schelsky mit strengem Blick.

»Ich muss mit dir reden!«

Bloß jetzt kein konfliktorientiertes Beziehungsgelabere, dachte Schelsky. Jessys scharfer Tonfall verriet ihm, dass etwas anlag. Sie bedeutete ihm mit einer Kopfbewegung, den Raum mit ihr zu verlassen, Schelsky aber wünschte soziale Kontrolle.

»Also schieß los. Was gibt's? Bollmann und ich haben keine Geheimnisse voreinander.«

Jessy stöhnte leise und resigniert.

»Ich komme gerade von Frau Fischer«, erklärte sie nach kurzer Pause, betonte den Satz äußerst nachdrücklich und sah Schelsky direkt in die Augen.

Frau Fischer, Frau Fischer? Schelskys Speicherplatte ratterte, doch er brachte den Namen nirgends unter. Jessy sah ihn weiter streng und prüfend an.

»Ach, von Frau Fischer. Wie geht es ihr?«

Jessys Blick verdunkelte sich.

»Wie es ihr geht? Solltest du mich nicht lieber fragen, wie es mir geht, wenn ich von meiner Frauenärztin komme?«

Mit untrüglichem Gespür dafür, dass das Gespräch dabei war, eine spannende Wende zu nehmen, spitzte Bollmann die Ohren.

»Okay, ja natürlich – wie geht es dir?«

»Ich bin schwanger!«

Schelskys Hirn schaltete augenblicklich auf null.

»Wieso? Warum? Von wem?«

»Von dir, du Idiot!«

»Aber ich dachte, du könntest gar keine ...«

»So können Ärzte sich irren.« Es klang seltsam triumphierend, wie Jessy das sagte.

Bollmann genoss es, diesem historischen Moment beizuwohnen.

»Bist du sicher?«, stammelte Schelsky.

»Achte Woche!«

Schon wieder dieser triumphierende Besitzerstolz in Jessys Stimme. Schelsky unternahm einen letzten kleinlauten Versuch.

»Du machst keinen Scherz?«

»Mit so was macht man keine Scherze, du Volltrottel!«

»Herzlichen Glückwunsch, Schelsky!«, bemühte sich Bollmann das Paargespräch, das ihm etwas festgefahren schien, von außen zu beleben. Erwartungsfroh streckte er Schelsky seine Hand entgegen.

Schelsky erwidere den Händedruck mechanisch.

Bollmann sah in fragend an.

Jessy hatte ihr Sag-jetzt-nichts-falsches-Lächeln aufgelegt.

»Is ja toll«, hörte Schelsky sich sagen. Okay, Begeisterung klang anders.

»Schön, dass du dich so mit mir freust, Schatz.« Jessy hatte sich auf Sarkasmus verlegt.

»Nein, wirklich«, stotterte Schelsky. »Es kommt nur so ... so plötzlich.«

Papa, dachte er. Ich werde Papa. Papa Schelsky! Wie hörte sich das denn an? Das Adrenalin pumpte ihm Dutzende Bilder zeitgleich ins Hirn. Er beim Wickeln, er mit Augenringen kurz vor dem Morgengrauen, während sein Baby die Koliken plagen, er mit Kinderwagen auf langweiligen Spielplätzen, vertieft in Gespräche über den biologisch wertvollsten Babybrei, er beim Füttern mit vollgekleckertem T-Shirt ...

Das ist großartig, Liebling, wollte Schelsky sagen, doch ein Frosch hatte seine Stimme komplett verschluckt. Er brachte nur ein Krächzen heraus. Bollmann und Jessy sahen ihn fassungslos an. Schelsky wusste, dass er jetzt etwas sagen muss. Und zwar augenblicklich. Sein Hirn war leer gefegt.

»Ich glaube, ich muss mich übergeben«, brach es spontan, aber ehrlich aus Schelsky heraus. Jessys vernichtender Blick verriet ihm, dass er soeben den falschesten aller falschen Sätze ausgesprochen hatte.

***

Daria betrachtete sich im Spiegel. Was sie sah, hatte nicht viel mit dem Spiegelbild zu tun, das ihr jahrelang jeden Morgen begegnet war. Ihre Wangen waren eingefallen, die graue Haut schmiegte sich eng an Schädel- und Wangenknochen und ließ den Totenkopf erahnen, den sie verdeckte. Die Augen lagen tief in den Höhlen und waren schwarz umrändert. Sie sah nicht aus wie Mitte zwanzig, eher wie Ende dreißig. Sie musterte die blauen Flecken, die ihre Arme überzogen.

Ich sehe geil aus, dachte Daria. Richtig schön kaputt. Das, was ihr entgegenblickte, war ein ehrliches Gesicht, das ihren Schmerz genauso ausdrückte wie das Gefühl, irgendwo zwischen Leben und Tod zu schweben. Eine morbide Schönheit.

Sie hatte Glück gehabt. Das Amtsgericht hatte sie wegen illegalen Drogenbesitzes zu einer Freiheitsstrafe von sechs Monaten verurteilt und diese für drei Jahre zur Bewährung ausgesetzt. Daria war wieder bei ihrem Vater eingezogen, hatte sich für die Diplomprüfung angemeldet und auf Anraten ihres Anwalts begonnen, sich um einen Therapieplatz zu kümmern. Obwohl sie noch keine Zusage bekommen hatte, beeindruckte dieses Gesamtpaket das Gericht so, dass der Vorsitzende Richter am Ende etwas »von guter Sozialprognose« murmelte und das Urteil milder als erwartet ausfiel.

Weil Daria immer noch glaubte, es alleine schaffen zu können, hatte sie die Sache mit dem Therapieplatz wieder aus den Augen verloren. Ihr Vater saß ihr im Nacken. Als sie nach der Nacht im Grenzknast wieder zu Hause angekommen war, hatte sie auf dem Küchentisch ihrer Wohnung, die von der Polizei völlig auf den Kopf gestellt worden war, einen Zettel vorgefunden.

»Liebe Daria. Ich weiß, was passiert ist. Du kannst immer zu mir kommen. Dein Till.«

Sie trennte sich von Ronny. Sie musste aus der Wohnung raus. Till nahm sie nur unter der Bedingung auf, dass sie so schnell wie möglich in Therapie gehe. Das war längst über ein Jahr her. Als Till gemerkt hatte, dass Daria die Sache schleifen ließ, hatte er sich dahintergeklemmt. Nun sollte es im Frühjahr losgehen. Ein Jahr lang würde sie aus dem Verkehr gezogen werden. In einer kleinen Stadt, weit im Süden, in der Nähe von Stuttgart. Mehr wusste Daria nicht.

Mehr denn je war jeder Tag eine Hölle. Ohne Druck kam sie nicht mehr aus dem Bett, doch nur selten hatte sie Stoff. Sie nahm Tabletten gegen den Schmerz. Besorgte sich aus dubiosen Quellen Methadon, das seit kurzer Zeit auf dem Markt war. Immer wieder versuchte Daria einen kalten Entzug, wenn sowieso kein Heroin zur Hand war. Daneben jobbte sie noch in einer Kneipe und schrieb in jeder Minute, in der es ihr Zustand zuließ, an ihrer Magisterarbeit. Die musste noch fertig werden, bevor die Pforten der Entzugsklinik sich hinter ihr schlossen.

Daria blätterte in dem Tagebuch, das sie seit einigen Monaten führte. Sie flog über die meist kurzen Einträge und blieb immer wieder am Text hängen.

13. September 1988

Ich stehe vor dem Nichts. Meine Familie ist zerstört, mein Körper ist zerstört, meine Zukunft, mein Leben. Ich bin jetzt 26 und ganz unten angekommen. Ich darf gar nicht daran denken, welche Wege mir noch offenstanden, als ich die Schule verließ. Die großen Träume sind längst zerstört, doch zumindest meinen Studienabschluss muss ich noch gebacken kriegen, irgendwie!

22. September

Wofür jeden Tag aufstehen? Wozu Zähne putzen, frühstücken, arbei-

ten, den Druck aushalten? Wofür? Heroin ist das Einzige, was mir mein Glück zurückgibt, ein zweifelhaftes Glück. Heroin ist ein Minutenstoff. Wenn ich mir was drücke, ist alles fast wie früher, doch die Illusion ist nur von kurzer Dauer.

7. Oktober
Ich habe Papa beklaut, was er nie, nie, nie erfahren darf! Seit ich Geld habe, drücke ich wieder jeden Tag. Ich hänge viel tiefer drin, als ich mir selber zugestehe. Ich muss mich entscheiden, wohin mein Weg führt. Neuanfang und Leben oder Droge und Tod? Das klingt pathetisch, doch es gibt nur diese beiden Wege, und ich stehe auf der Kippe. Ich bin mir sicher, dass ich von der Droge losküme, wenn da jemand wäre, der mich so liebt, wie ich bin, und mit dem Zeug nix zu tun hat. Nur wo finde ich diesen Menschen?

21. Oktober
Die Schmerzen sind unerträglich. Heute Nacht hatte ich wieder grausame Krämpfe, die meinen ganzen Körper durchgeschüttelt haben. An Schlaf war nicht zu denken. Warum tue ich mir das noch an? Ein letzter Schuss, ein letzter kurzer Flash, dann die Erlösung, nie mehr Schmerz, Ruhe für immer. Mit einem einzigen Druck hätten alle Qualen ein sofortiges Ende. Wie lange kann ich dieser Verlockung noch widerstehen?

6. November
Paps ist großartig. Er hilft mir, wo er nur kann, und lässt nicht locker, wenn es um Therapie geht. Wenn ich einen Therapieplatz vorweisen kann, muss ich nicht in den Knast, ist sich Dr. Schüssler, unser Anwalt, sicher. Papa reißt sich für mich den Arsch auf, und trotzdem hege ich böse Gedanken: Musste ich erst abstürzen, um seine Solidarität so zu spüren? Braucht er mich nun als neuen Lebensinhalt, um seine innere Leere zu füllen? Ich weiß, ich tue ihm unrecht. Mama hat erfahren, dass ich Drogenprobleme habe, aber sie kennt nicht das Ausmaß. Ich habe es am Telefon nicht geschafft, ihr die Wahrheit über meinen tatsächlichen Zustand zu sagen. Sie fand das, was ich ihr erzählte, trotzdem »übertrieben dramatisch«.

Danke! Meine große klaffende Mamawunde wird sich so niemals schließen.

8. Dezember

Juhuuuuuuu! Fünf Tage durchgehalten, fünf Tage keinen Druck. Ich weiß, ich muss es schaffen, sonst ist mein Leben zu Ende, bevor es überhaupt richtig begonnen hat.

Sie hatte es nicht geschafft. Nach einer Woche hatte sie sich einen Belohnungsschuss – nur einen einzigen – gesetzt, vier Tage später hatten ihre Junkie-Freunde sie besucht und etwas dabei. Zwei weitere Tage fuhr sie Stoff ein, um einer Depression zu entkommen. Danach war sie wieder drauf.

Im Januar hatte sie Besuch von den Bullen bekommen, die auf der Suche nach Ronny war, der sich wegen zahlreicher aufgeflogener Drogengeschäfte auf der Flucht befand. Zwei Wochen später war er bei ihr aufgetaucht und dabei Till direkt in die Arme gelaufen. Der hatte ihn hochkant aus dem Haus geworfen. Sie hatten sich heimlich getroffen und eine Nacht miteinander im Wald verbracht. Die Nähe tat ihr gut. Doch als Daria Ronny aufforderte, sich den Behörden zu stellen, war er ausgerastet und abgehauen. Daria las weiter.

20. März

Pa will mich jetzt wirklich zwingen, Therapie zu machen. Ich wehre mich dagegen, weil ich immer noch die Hoffnung habe, es alleine hinzubekommen.

Diese Hoffnung war in den vergangenen Wochen in sich zusammen geschrumpft. Immer wieder hatte Daria versucht aufzuhören, jedes Mal war sie nach ein paar Tagen gescheitert. Ihre begonnene Magister-Arbeit war längst in einer Schublade verschwunden. Sie war nicht mehr in der Lage, sie fortzusetzen.

Daria legte ihre Notizen beiseite. In zwei Monaten sollte es losgehen. Wende oder Ende. Sie zählte die Tage. Angst hatte sie nur vor der Entgiftung am Anfang. Was danach kommen würde, war ihre wohl letzte Chance.

***

Sie saßen in der Küche und starrten gebannt auf den tragbaren Fernseher. Das dreckige Geschirr, das sich mal wieder im Abwasch stapelte, interessierte gerade niemanden. Was da geschah, war unglaublich, es passierte in Echtzeit und nur ein paar Kilometer entfernt. Zuerst waren nur wenige durch die einen Spalt breit geöffneten Grenzübergänge gelassen worden, jeder einzeln kontrolliert wie durch ein Nadelöhr, während Tausende Wartende von hinten drückten. Dann hatten die Grenzer irgendwann die Schlagbäume geöffnet und Menschenmassen ergossen sich nach Westberlin. Vom Westen aus waren einige Mutige auf die drei Meter breite Mauerkrone vor dem Brandenburger Tor geklettert und hatten sie in Beschlag genommen. Einige begannen mit mitgebrachten Hämmern den Betonwall Stück für Stück zu demontieren, andere sprühten Graffiti auf die Wand: »Die Mauer muss weg.«

Anett, Gesche, Manu und Fanny standen die Münder offen. Das, was da in verwackelten Bildern geschah, stellte die Welt auf den Kopf. Nicht nur Berlin, die ganze Weltordnung, die Teilung zwischen Ost und West, Kapitalismus und Sozialismus, alles bröckelte mit der Mauer. Die Härchen auf Fannys Arm richteten sich seit Stunden immer wieder auf. Das Gefühl, dass gerade was total Historisches passierte, war überwältigend.

»So eine Scheiße«, murmelte Manu, während sie nervös an ihrer Zigarette zog.

»Wieso Scheiße?« Anett war irritiert.

Manu sah Anett fragend an. »Eh, schau dir doch diese Idioten an. Strömen wie Lemminge über die Grenze, um sich hier irgendeinen Schrott zu kaufen. Und deswegen bricht da jetzt die letzte Alternative zu dieser ganzen kapitalistischen Scheiße zusammen.«

»Tolle Alternative«, bemerkte Fanny und schob sich eine Handvoll Gummibärchen in den Mund. »Das hatte doch alles mit Kommunismus gar nichts mehr zu tun.«

Gesche überlegte kurz, ob sie Fanny zustimmen oder widersprechen sollte.

»Vielleicht kriegen wir ja jetzt ein vereinigtes Deutschland, mit einer Mischung aus Sozialismus und Kapitalismus.« Dann stand sie auf und richtete die beiden Antennen des kleinen Fernsehers neu aus. Das Bild flimmerte nun weniger.

»Ein vereinigtes Deutschland nur das nicht«, polterte Manu. »Auf ein neues großdeutsches Reich hab ich überhaupt keinen Bock. Und wenn das hier ein einziger Staat wird, dann werden unsere West-Kapitalisten die DDR doch einfach schlucken, davon träumen die doch schon lang.« Manu hatte sich in Rage geredet. Mit einem Seitenblick auf Gesche fügte sie hinzu: »Und das mit deiner Mischung des Besten aus Ost und West kannst du vergessen, das wird Kapitalismus pur.«

»Dann müssen wir halt dafür kämpfen, dass genau das nicht passiert«, warf Fanny ein. Ihre Augen klebten weiterhin an der Mattscheibe. Die Bilder gaben ihr das Gefühl, etwas Grundlegendes nicht zu verstehen.

»Wie willst du denn das machen?«, entgegnete Manu. »Willst du unserer Regierung und den Konzernen sagen: Bitte, bitte macht doch ein bisschen auf Sozialismus, auf einen ohne Mauer und Stacheldraht. Die werden doch die Gelegenheit nutzen, alles, was nicht im kapitalistischen Fahrwasser schwimmt, mit Stumpf und Stiel auszurotten.«

»Und deshalb wäre es besser, die Grenze mit ihren Todesstreifen würde bleiben – oder was?« Auch Anett kam nun langsam in Fahrt.

»Kapierst du es nicht? Der Kapitalismus bekommt die Weltherrschaft. Alle Träume von Gleichheit und Schwesterlichkeit kannst du endgültig begraben. Kommunistische Ideen sind tot – aus und vorbei. Die Linke ist auf lange Sicht weltweit zerschlagen.« Manus Kopf glühte vor Erregung.

Im Sanyo-Fernseher erklommen nun auch die ersten Ostberliner die Mauer und tanzten auf ihrer Krone.

»Mir wird schlecht, wenn ich mir das weiter anschauen muss.« Manu simulierte einen Würgreiz.

»Diese Flachwichser verraten jedes Ideal für 'ne Banane und 'ne Ananas.«

»Die Ideale hatte doch längst die SED verraten«, bemühte sich Fanny ein Bein in die Diskussion zu kriegen, die sie eigentlich gar nicht führen wollte. Sie erhob sich, ging zur Garderobe und schnappte sich ihre Lederjacke. »Also ich muss dahin. Ich muss das jetzt sehen. Kommt eine mit?« Anett nickte und sprang auf.

In diesem Moment klingelte das Telefon. Fanny, die neben dem Apparat stand, hob den Hörer ab.

»Hallo?"

»Fanny?«

»Ja! Tom, bist du's?«

»Yes! Bin im Moment in Berlin, mitten in diesem ganzen Irrsinn. Und du hockst zu Hause rum?«

»Ich wollte gerade mit Anett aufbrechen und mir den Zusammenbruch des Sozialismus live anschauen.«

»Ist irre, was?«

»Ich begreif's nicht!«

»Wollen wir uns treffen, Spaziergang durchs Brandenburger Tor?«

»Meinst du wirklich?«

»Ja, egal wohin das führt, ich will das miterleben.«

Eine Stunde später trafen sie sich an der Mauer vor dem Brandenburger Tor. Es war nach Mitternacht, und es herrschte Volksfeststimmung. Menschen lagen sich in den Armen, sangen, und der Alkohol floss in Strömen. Tom half erst Anett, dann Fanny mit einer Räuberleiter auf die Mauerkrone, auf der sich Hunderte Menschen tummelten. Auch in der Sperrzone rund um das Brandenburger Tor, das bis jetzt mauerumschlossen von allen Seiten eine einsame Existenz geführt hatte, wimmelte es von Menschen. Die drei starrten einen Augenblick ungläubig hinunter auf die Menschenmassen, die dort flanierten, wo sich gestern noch ein Todesstreifen befunden hatte. Dann kletterten sie vorsichtig von der Mauer und mischten sich unter das freudentrunkene Volk. Fanny inhalierte die Stimmung. Die Frage, wohin das alles führen sollte, musste bis übermorgen warten. Jetzt galt es einfach, dabei zu sein.

Tom war nicht bei der Sache. Im Radio hatten sie noch nicht über den Anschlag berichtet, aber in der Taz, die schon am Abend in der Kneipe verkauft worden war, hatte es den erwarteten Artikel gegeben. Der Reporter berichtete, der Sprengsatz habe ein dreißig mal vierzig Zentimeter großes Loch in die Außenmauer des Knastes gerissen, und zitierte einige Sätze aus dem Bekennerbrief, in dem sich ein Kommando Augustaplatz über die »kapitalistische Konzeption« ausließ, »das Asylrecht zur Waffe im internationalen Krieg der Klassen zu schmieden«.

Durch den Zeitungsbericht war die Tat nun offiziell. Er wurde als Terrorist gesucht. Hatten sie irgendetwas übersehen, waren sie beobachtet, gar gefilmt worden? Hatten sie Spuren am Tatort hinterlassen? Lief die Fahndung nach ihnen schon auf Hochtouren? Würden die Handschellen klicken, wenn er versuchte, Berlin zu verlassen?

Ich habe einfach nicht die Nerven für solche Sachen, dachte Tom. Er sah im Geist sein Konterfei auf einem Fahndungsplakat. Noch während er versuchte, das Bild vor seinem inneren Auge scharf zu stellen, kam jemand und kreuzte es durch. So wie die Gesichter der Gesuchten der Rote Armee Fraktion auf den Fahndungsplakaten mit schwarzem oder rotem Filzstift durchgekreuzt wurden, wenn ihre Besitzer tot oder lebendig gefasst worden waren.

Das Gefühl, das Tom seit Stunden die Luft abschnürte, fühlte sich überhaupt nicht nach Revolutionsromantik und dem Heldentum der Guerilla an – es war die Erkenntnis, fortan in jedem Moment damit rechnen zu müssen, verhaftet zu werden und für Jahre hinter Gittern zu verschwinden. Er hatte gehofft, der Freudentaumel hier an der Mauer und Fanny würden ihn ablenken, doch die Angst war größer.

Fanny hatte sich bei ihm eingehakt. Sie blinzelte ihn fragend an.

»Was ist los Tom, du wirkst so weit weg!«

»Nichts, gar nichts«, erwiderte Tom. »Ich muss das alles hier erst mal verdauen.«

Er klang nicht überzeugend. Fanny zuckte die Schultern, gab sich dann aber mit der Antwort zufrieden.

Sie standen vor dem Brandenburger Tor. Hunderte fotografierten sich gegenseitig vor dem Bauwerk. Auch Fanny und Tom posierten zwischen den Säulen und ließen sich ablichten. Beide kamen sich in dem Moment ein wenig spießig vor.

Aber Fotos konnte man ja auch wieder vernichten.

KAPITEL 21

11. Februar 1990: Mit der Freilassung des schwarzen Freiheitskämpfers Nelson Mandela nach fast 28 Jahren Haft beginnt in Südafrika das Ende der Apartheits-Politik. Es ist ein weißer Präsident, der kurz zuvor die Aufhebung der strikten Trennung der Rassen und der einseitigen Privilegierung der weißen Minderheit verkündet hat und den Mandela vier Jahre später als erster schwarzer Regierungschef seines Landes beerben wird.

Jessy war im fünften Monat und die Schwangerschaft auf den ersten Blick noch nicht zu erkennen. Ihr Bauch straffte sich nur leicht, und im Kleiderschrank fand sich noch immer keine Umstandsmode. Jeden Abend drückte Schelsky sein Ohr auf die langsam wachsende Wölbung, so fest wie ein Indianer es auf die Schienen presste, um die Schwingungen des Metalls aufzunehmen, die ihm verrieten, wie weit das große Feuerross noch entfernt war.

Indianer waren besser ausgebildet gewesen, stellte Schelsky fest. Er konnte nur ein undefinierbares Glucksen hören, und er spürte auch nicht, dass das Baby austrat oder sich drehte.

»Ich glaub, es hat sich bewegt«, verkündete er in regelmäßigen Abständen und bemühte sich, dabei möglichst freudvoll zu grinsen. War er so unsensibel oder gab das Bauchdeckeabhören wirklich nicht mehr her?

»Wir kriegen ein Kind«, sagte Jessy, und Schelsky war doch ganz froh, dass das nach seinen biologischen Kenntnissen so nicht stimmen konnte.

Doch wo immer es ging, wurde gemeinsame Schwangerschaft simuliert. Schelsky rauchte nicht mehr, das heißt, nur noch heimlich, und fand bald heraus, dass Jessy dasselbe tat.

»Nur ganz manchmal«, sagte sie.

Schelsky trank auch nicht mehr, das heißt, nur noch heimlich, und fand bald heraus, dass Jessy dasselbe tat.

»Nur ab und zu«, sagte sie.

Seitdem gab es Stress zwischen ihnen. Schelsky sah die Bilder verkrüppelter Neugeborener vor sich, die aus Jessys Leib schlüpften, und machte ihr Vorwürfe, bis er las, dass eine positive Grundstimmung der Mutter während der Schwangerschaft ganz wichtig für das Baby sei. Also machte er Jessy keine weiteren Vorwürfe und trank und rauchte stattdessen mehr – noch immer heimlich. Es war wie damals auf dem Schulklo.

Der heutige Tag ging mit einem ganztägigen Geburtsvorbereitungskurs für Paare und alleintragende Frauen drauf. Sie saßen in einem hell und freundlich eingerichteten Raum im Geburtshaus, wo Jessy das Kind zur Welt bringen wollte. Jede volle Stunde gab es eine kurze Pause, und Gundula, die Kursleiterin, reichte Kräutertee, an dem Schelsky brav nippte, obwohl er noch ungenießbarer war als der Hagebuttentee, den einst alle Jugendherbergen der Republik auf ihrem Speiseplan hatten. Die Männer hockten meist im Schneidersitz auf den mit abwaschbaren Bezügen bespannten Matratzen, während die Frauen sich so bequem wie möglich darauf drapierten und ihre Bäuche streichelten. Die Schwangeren machten Übungen, die helfen sollten, sich während der Geburt zu entspannen, und ihre Männer machten mit. So, als wäre es wichtig, einen vernünftig ausgebildeten Ersatzmann dabeizuhaben, der bei der Geburt im Notfall einspringen könnte.

»Jetzt gebärst du mal 'ne halbe Stunde, okay!? Du weißt ja, wie es geht. Ich muss mich wirklich mal ein bisschen ausruhen. Ist dann auch nicht geschlechterdiskriminierend.«

Schelsky hatte bereits das Hecheln gelernt, eine bevorzugte Geburtsatemtechnik, die er selbst nie würde anwenden müssen. Aber Mann war ja solidarisch. Also hechelte Schelsky nach Kräften und hoffte, dass er dabei nicht ganz so blöd rüberkam wie die neun anderen Männer, die aussahen wie Bernhardiner in der Sahara.

Die meisten Frauen waren Anfang bis Mitte dreißig, einige auch schon um die vierzig. Jessy war die zweitjüngste im Raum, nur eine 21-jährige Studentin war noch jünger als sie. Alle Frauen berichteten ausführlich über ihre Schwangerschaften, und die männlichen Begleiter nickten bestätigend.

Danach hatten sie die Arme nach vorne ausgestreckt und den Befehl erhalten, sie fünf Minuten nicht absacken zu lassen. Nach zwei Minuten kam der Schmerz, nach spätestens vier Minuten siegte die Schwerkraft. Der Schmerz sollte die Geburtswehen simulieren und den Männern ein Gefühl dafür geben, was die Frauen während der Geburt zu leisten hätten. Schelsky konnte sich nicht vorstellen, dass Arme in der Luft halten und Baby bekommen, sich auch nur entfernt ähnlich anfühlten. Aber er wollte ja kein Spielverderber sein.

Als er die Übung, die er zuvor schon in dem Buch »Geburtstraining für Männer« entdeckt hatte, einmal zu Hause versuchte, fragte Jessy, was er da tue.

»Ich kriege grad unser Kind«, antwortete Schelsky, und Jessy verließ wutschnaubend den Raum, nicht ohne die Tür effektvoll hinter sich zuzuwerfen.

Schwangerschaft war eine Zeit der Missverständnisse und Gereiztheiten.

»Ihr werdet das Kind schon schaukeln«, sagte Gundula, als Schelsky sich gerade darauf konzentrierte, sich einen Schluck Tee einzuflößen, ohne das Gesicht zu verziehen. »Deshalb machen wir jetzt einen philippinischen Fruchtbarkeitstanz: Schwingt ...«

Gundula musste ihre Anmoderation unterbrechen, weil Schelsky sich bei ihren letzten Worten an seinem Tee verschluckt und diesen als Fontäne vor sich auf dem Boden verteilt hatte. Nun rang er laut hustend nach Atem. Paul, der neben ihm saß, schlug ihm ohne Vorwarnung zwei Mal so heftig auf den Rücken, dass es Schelsky vorzog, den starken Hustenreiz irgendwie zu unterdrücken, um nicht als Beefsteak zu enden. Jessy musterte ihn peinlich berührt, Gundula mit strengem Blick. Nachdem Schelsky den Tee aufgewischt hatte, fuhr sie fort: »Bewegt euch weich und geschmeidig, wie Gazellen. Das trainiert euren Beckenboden. Dann drehte sie den CD-Player auf, und der Raum wurde von asiatisch anmutenden Klängen erfüllt. Tonfolgen, die Schmerz in Schelskys Ohren brachten.

Die Frauen erhoben sich schwerfällig von den Matratzen und ließen sich dabei von ihren Partnern aufhelfen. Erst als alle aufgestanden waren und begannen, sich in die Klänge hineinzuwiegen, begriff Schelsky, dass auch hier wieder die Männer gefragt waren.

Schelsky machte sich auf die Suche nach seinem Beckenboden, hatte aber nur eine vage Ahnung, wo dieser zu lokalisieren sei. Was hilft Jessy mein austrainierter Beckenboden, wo immer er sich auch befinden mag, und was vor allem nützt es ihr, wenn ich mich hier zum Affen mache?, überlegte er.

Schelsky hockte noch immer im Schneidersitz auf dem Boden und starrte auf die angeschwollenen Bäuche, die nun in Höhe seiner Augen in sanft kreisenden Bewegungen hin- und hergeschwungen wurden. Als er sich erheben wollte, merkte er, wie ihm übel wurde. Er wusste, dass er in diesem Zustand nicht im Entferntesten fähig war, sich zu diesem Klangschrott gazellengleich zu bewegen.

***

Marcs Atem ging schwer. Er hatte sich halb von Fanny heruntergerollt. Sein linkes Knie ruhte auf ihrer Scham, und sein linker Arm umschlang ihre Taille. Sie spürte, wie Marcs Samen langsam zwischen ihren Pobacken hinabrann. Sie liebte dieses Gefühl.

»Du weißt, dass ich dir jetzt wegen Vergewaltigung meine Freundinnen auf den Hals hetzen könnte«, flüsterte Fanny Marc ins Ohr und grinste ihn unverschämt an. Marc erwiderte verschlafen ihren Blick. Es gelang ihm nicht abzuschätzen, wie viel Ernst sich in Fannys Bemerkung verbarg.

»Ich bekenne mich schuldig im Sinne der Anklage der feministischen Inquisition«, erwiderte er und grinste etwas verlegen zurück. Gleichzeitig fingen sie an loszuprusten. Fanny griff sich ein Kissen und schleuderte es Marc ins Gesicht.

»Das ist nicht witzig!«, protestierte sie und bemühte sich, ganz verteufelt finster dreinzublicken.

»Total nicht«, erwiderte Marc. Auch er hatte jetzt eine todernste Miene aufgelegt. Dann griff er hinter sich und katapultierte das Kissen zurück. Fanny wich reaktionsschnell aus, und das Geschoss landete in einem Bücherregal.

Wenn ich gerade sauer auf ihn wäre, hätte ich ihn echt ans Messer liefern können, spann Fanny den Gedanken weiter, der ihr ein leichtes Kribbeln bescherte. Sie war noch gar nicht richtig wach gewesen und hatte keinen Sex gewollt. Marc hatte nicht lockergelassen, hatte sie stimuliert, bis ihre Gegenwehr erstarb und war dann einfach in sie eingedrungen. Schließlich war es ziemlich geil gewesen war, erfüllte aus Perspektive ihrer Freundinnen aber ganz eindeutig den Tatbestand der Vergewaltigung.

»Nein heißt Nein« lautete die Devise. Fanny fand den Slogan gut, weil er Männer in ihre Schranken wies. Kerle, die kein Nein akzeptierten und hinterher beteuerten, sie habe es doch auch gewollt, obwohl sie das Gegenteil behauptet hatte, landeten am Pranger.

Doch es gab Grenzfälle. Dass es sie mitunter sogar anmachte, wenn Marc ihr Nein einfach ignorierte, würde sie niemals zugeben. Nicht gegenüber Marc, nicht gegenüber ihren Freundinnen. Ihre Sexualität genügte manchmal einfach nicht gehobenen feministischen Ansprüchen.

Männergewalt war und blieb ein zentrales Thema in den Frauenzusammenhängen, in denen sie sich nun schon seit einigen Jahren bewegte. Sie waren ihr inzwischen lieb und vertraut geworden, und trotzdem war da ein Hauch von Fremdheit geblieben. Irgendwie tickte sie ein bisschen anders als die Frauen, mit denen sie sich umgab. Sie musste an Daria denken. Die hätte hier gut reingepasst. Was sie wohl jetzt so trieb?

***

Tom saß auf dem Fahrersitz seines Renaults. Er hatte den Motor abgestellt und Darias Brief auf seinen Knien ausgebreitet. Er blickte auf die hinter einem riesigen Walnussbaum versteckten Mauern des Backsteinkomplexes, hinter denen sich irgendwo Daria befinden musste. Daria, seine erste große Liebe. Er hatte oft an sie gedacht in den vergangenen Jahren. Sehr oft sogar. Er hatte sie vermisst. Er hatte sie niemals angerufen. Er hatte sie komplett aus den Augen verloren, seit sich nach der Schulzeit ihre Wege getrennt hatten. Er hatte nie erfahren, dass sie abgestürzt war. Jetzt fragte er sich, wie das passieren konnte, und fand keine Antwort.

Als er ihren Brief vor vier Tagen erhalten hatte, war es zuerst, als sei er gerade gestern fortgegangen. Diese Schrift, die Melodie ihrer geschriebenen Worte, all das überschüttete ihn mit einem Schwall an Erinnerungen, die sich ganz frisch anfühlten. Als er den Brief las, schoben sich die Jahre zwischen sie. Es war nicht nur die Geschichte ihres Absturzes über viele Monate, die ganz fremd klang und die er mit der Daria, die er kannte, nicht in Einklang brachte. Es war die Schrift, die sich verändert hatte, eckiger geworden war und auch ein wenig krakelig. Und auch die Sätze, die er las, hatten nicht mehr die Magie früherer Zeilen. Er hatte Darias Briefe geliebt, ihre Art draufloszuschreiben, ihre verwegenen Wortspiele, ihre feine Ironie, die vielen kleinen und großen Frechheiten, die sie ihm an den Kopf warf. Darias Briefe lesen hieß Dauerschmunzeln. Doch dem Brief, den er jetzt vor sich in der Hand hielt, war das Lachen vergangen, auch wenn Daria sich bemüht hatte, ihn flockig klingen zu lassen.

Lieber Tom,
es ist schon ein bisschen her, ich hoffe, du erinnerst dich noch schwach an mich. Knabenhafte Figur, ein paar Wellen im dunkelblonden Haar und ab und zu zusammengekniffene Augen, um besser erkennen zu können, was um mich herum passiert. Dämmert's? Noch ein Tipp: Wir haben Händchen gehalten – mehr als einmal, soweit ich mich erinnern kann –, und irgendwann durftest du mich nackt sehen und dann sogar .... Aber lassen wir das, es ist mehrere Leben her. Ich denke, der Groschen ist gefallen, und du hast jetzt das Bild des Mädchens mit den kleinen Brüsten und der chronischen Sehschwäche vor deinem inneren Auge.

Wie lang ist es jetzt her, dass wir uns nicht gesehen haben? Rhetorische Frage – ich weiß es natürlich: über acht Jahre. In dieser Zeit ist viel passiert in meinem Leben, und leider war nicht viel Schönes dabei. Meine Mutter hat die Familie über Nacht verlassen, ich bin ein wenig (kleine Untertreibung!) aus dem Tritt gekommen und habe angefangen, mit Drogen zu experimentieren. Die haben schon bald eher mit mir rumexperimentiert, und man kann das Experiment mit Fug und Recht als gescheitert betrachten. Meine Versuche, es zu beenden, haben mich nun ganz in den Süden verschlagen, in eine Drogentherapie in Fellbach. Die Trennung fällt gar nicht so leicht, und ich habe hier nun ein Jahr lang Zeit, sie zu vollziehen.

Seit ich hier bin, weiß ich auch, dass ich ein klitzekleines Stück Hilfe ganz gut gebrauchen könnte. Zuletzt habe ich mich fast nur mit anderen Junkies umgeben. Auf Drogen sein bringt das so mit sich. Nun haben mir kluge Therapeuten den klugen Rat gegeben, um diese Bekannten einen großen, großen Bogen zu machen. Das scheint mir schlau zu sein. Als ich mich gedanklich von meinen Junkie-Kumpels verabschiedet habe, sind mir die Freunde von früher eingefallen. Die aus der Schule. Die, die sich am Lagerfeuer geschworen hatten, sich niemals aus den Augen zu verlieren. Haben wir alle nicht besonders gut hinbekommen. Ich auch nicht.

Du denkst jetzt bestimmt: Sie meldet sich über Jahre nicht und holt mich, wenn es ihr schlecht geht, wie Kai aus der Kiste. Könnte es gut verstehen, wenn du so empfindest. Mir ist es wichtig, dass du dich zu nichts verpflichtet fühlst. Das würde auch nicht funktionieren. Wenn du es willst, wirklich willst, dann setz dich in dein Auto und düse einmal quer durch unsere Republik. Nur erschrick nicht: Die vergangenen Jahre haben Spuren hinterlassen, auch äußerlich. Und ich trage jetzt eine Brille. Eine mit strengem schwarzem Rahmen. Hier ist kein Platz für übertriebene Eitelkeit.

Wenn das Kapitel Daria Hartung für dich aber abgeschlossen ist, dann könnte ich das auch absolut verstehen. Dann bleib im schönen Hamburg, und denk einfach ab und zu mal an mich.

Ich wäre dann nicht enttäuscht. Nur im Moment bin ich ein wenig unsicher – darf ich jetzt

Deine Daria

unter den Brief setzen. Erlaubst du mir diese kleine Intimität?

Tom blickte durch die Frontscheibe seines Wagens. Es war ihm nicht möglich, diesen Brief zu lesen, ohne dass die Zeilen irgendwann verschwammen. Er hatte es ein Dutzend Mal versucht und war genauso oft gescheitert.

Daria hatte die Zeit vergessen. Sie hatte nach dem Frühstück die Küche geputzt und musste gleich die Spülmaschine ausräumen, um die Tische fürs Mittagessen zu decken. Die erste Therapiephase hieß vor allem arbeiten, arbeiten und noch mal arbeiten. Struktur in den Alltag bringen, nannten das die Therapeuten.

Plötzlich stand Tom vor ihr. Keine drei Meter entfernt. Gerd, der sich um die organisatorischen Abläufe in der Einrichtung, dem ehemaligen Herrenhaus einer Ziegelei, kümmerte, hatte ihm den Weg gewiesen.

Er sah sie nur an und bewegte sich nicht.

»Hallo Daria.«

»Hallo Tom, schön, dass du da bist.«

Daria fuhr sich mit der Hand durch die Haare. Sie hatte das Gefühl, krebsrot angelaufen zu sein. Verlegen musterte sie Tom und versuchte, in seinen Augen zu lesen, was ihr Anblick in ihm auslöste.

Tom versuchte zu verbergen, dass er schlucken musste. Die Frau, die ihm gegenüberstand, war zweifelsfrei Daria. Und doch hätte er sie auf der Straße, im Vorübergehen, niemals erkannt. Ihre Wangen waren eingefallen, die Gesichtszüge kantig geworden. Ihre Kleidung erschien wahllos zusammengestellt. Gut acht Jahre hatten sie sich nicht gesehen, doch die Frau, die direkt vor ihm stand und ihn verlegen anlächelte, erschien ihm zwanzig Jahre älter als seine Erinnerungs-Daria.

Sie umarmten sich und fanden kaum noch auseinander. Sie lauschten ihren Gefühlen. Einen Moment fühlte es sich an wie früher, im nächsten Augenblick aber ganz fremd. Sie riecht anders als früher, bemerkte Tom, als sie sich an ihn schmiegte. Doch in ihrem neuen Geruch wohnte noch ihr alter.

Sie gingen auf den Hof und hakten sich unter. Versuchten in Minuten acht Jahre aufzuholen, lauerten auf Blicke und Gesten des anderen, die ihnen bekannt vorkamen. Das kecke Lächeln, das er an Daria so gemocht hatte, fand Tom nicht wieder. Das stumme Weinen hatte sich nun ganz Darias Ausdruck bemächtigt. Daria erzählte von ihrer Drogenkarriere, von der Entgiftung vor wenigen Wochen und über den Alltag in der Therapieeinrichtung, der anstrengend war und trotzdem gut. Tom berichtete von seinem Studium, das er im vergangenen Jahr endlich abgeschlossen hatte, von dem Volontariat bei der Lokalzeitung, das bald beginnen würde, und er vermied es, von Tabea und der Krise, die beide gerade an den Rand der Trennung brachte, zu erzählen. Doch vor allem versuchte er zu begreifen, dass die Frau neben ihm wirklich Daria war. Er lernte die Chronologie ihrer Sucht kennen, doch es gelang ihm nicht, ein Gefühl dafür zu entwickeln, was da passiert war. Daria war nicht mehr Daria, sie war ihr Schatten.

Alles kam Daria vertraut vor. Tom hatte sich verändert, doch die Falten um seine Mundwinkel und die leichten Schatten unter seinen Augen waren nur neu hinzugekommen ohne den Tom, den sie entsann, zu verdrängen. Er sah reifer aus, die nicht ganz frische Rasur verriet, dass sein Barthaar jetzt dicht stand, während ein genauer Blick ihr zeigte, dass sein Haar bereits etwas dünner geworden war. Auch sein Gang war jetzt männlicher, und doch war aus dem Teddyschlurfgang nur ein Braunbärschlurfgang geworden, schwerer, kraftvoller, aber noch immer ein bisschen latschig. Seine Stimme hatte immer noch denselben Klang.

Sie schlenderten durch einen nahe gelegenen Park, Hand in Hand inzwischen. Einen kurzen Moment hatte Daria das Bedürfnis, Tom zu küssen, doch sie gab dem Impuls nicht nach. Sie wusste nicht, ob sie Tom meinte oder einfach nur mal wieder küssen wollte.

Nach gut anderthalb Stunden mussten sie sich trennen, Darias Pflichten riefen. Sie umarmten sich, fanden noch schwerer wieder auseinander als nach ihrer Begrüßung und versprachen einander, sich bald wiederzusehen. Sie wussten nicht, ob dieser neue Schwur mehr war als ein pflichtschuldiges Bekenntnis.

Daria sah durch die Butzenscheiben des Hauses, wie Tom in den Wagen stieg, ihn wendete und davonfuhr. Eine unsichtbare Faust umklammerte ihr Herz, drückte kurz fest zu und gab sie dann wieder frei. Sie stürzte sich in die Arbeit, nahm um sich herum überall die Geräusche der Gruppe war und fühlte sich allein.

Tom hatte den Wagen gewendet und sah das Haus im Rückspiegel immer kleiner werden, bis es hinter einer Kurve ganz verschwand. Er war unfähig, einen klaren Gedanken zu fassen. Bilder der vergangenen zwei Stunden tanzten um ihn herum und lösten die unterschiedlichsten Gefühle aus. Vor allem war da Trauer. Trauer darüber, wie Darias Leben verlaufen war, Trauer, dass er sich nicht um sie gekümmert, rein gar nichts mitbekommen hatte. Er fühlte sich schuldig.

»Du bist zeitlebens für das verantwortlich, was du dir vertraut gemacht hast«, rauschte ihm eine Zeile aus dem Kleinen Prinzen durch den Kopf.

Trauer und Schuldgefühle wurden umarmt von der Angst. Würde sie es schaffen? Oder sollte nach der Therapie wirklich alles von vorn beginnen? Er nahm sich vor, den Kontakt zu halten. Noch einmal würde er Daria nicht gehen lassen.

***

Fanny schnappte sich ihr altes Postrad und radelte los. Ihr Ziel lag nur ein paar Hundert Meter von ihrer Frauen-WG entfernt, in einer umgebauten Fabriketage. Zusammen mit Anett, Manu und Gesche hatte Fanny einen Wendo-Kurs belegt.

Wendo, das hieß Weg der Frauen. Dahinter verbargen sich sehr effektive und einfache Kampftechniken, um einen Angreifer schlagartig außer Gefecht zu setzen. Wie machst du als körperlich schwache Frau jemanden platt, der viel mehr Muskelkraft hat?, lautete die Frage, auf die es eine simple Antwort gab: Zielt dahin, wo es wirklich wehtut. Mit den Fingern in die Augen, zum Beispiel. Seid bereit zu verletzen, um euch zu schützen. Das war, fand Fanny, Frauenpower pur.

Die Techniken beruhten auf der Grundlage verschiedener asiatischer Kampfsportarten, waren aber von einer Gruppe Lesben weiterentwickelt worden. Sie mussten, so lautete der Schwur, streng geheim bleiben.

Die Frauen, acht an der Zahl, hatten sich umgezogen und saßen auf weichen, blauen Kunststoffmatten im Kreis. Renate, die Trainerin, hielt eine kurze Ansprache und schaute der Reihe nach jeder der Frauen in die Augen. »Ihr müsst jederzeit bereit sein, für euch zu sorgen, auch im Konfliktfall«, sagte sie in ruhigem Tonfall und fixierte dabei Anett.

»Frauen«, fuhr sie fort und suchte Fannys Blick, »verteidigen sich gegen männliche Übergriffe vor allem deshalb nicht, weil sie sich nicht so wertschätzen, dass sie bereit wären, sich mit größtem Einsatz zu schützen. Sie wehren sich nicht, weil ihnen beigebracht wurde, dass sie es nicht wert sind, dass jemand anderes für sie leidet. Leid ist Frauensache. Deshalb:

Wenn ihr angegriffen werdet, nehmt euch so wichtig, wie ihr euer eigenes Kind wichtig nehmen und deshalb verteidigen würdet. Greift an, weicht nicht zurück, wenn das nicht mehr geht.«

Fanny versuchte, Renate zuzuhören, doch ihre Gedanken schweiften ab. Sie war müde, bei Marc hatte sie wenig Schlaf bekommen. Sie dachte an ihre Abschlussprüfung kommende Woche. Dann war sie endlich fertig. Ausgebildete Sonderpädagogin. Neun Jahre nach Schulabschluss würde endlich die Zeit des ewigen Lernens und der nicht enden wollenden Prüfungen vorbei sein.

Im Hintergrund rauschte an ihr vorbei, dass Renate gerade referierte, angegriffene Frauen würden sich auch deswegen oft nicht wehren, weil sie glaubten, sie seien an dem Konflikt selbst schuld, hätten sich irgendwie falsch verhalten und den Täter so provoziert. Dieses Schuldgefühl, und nicht etwa Angst oder körperliche Unterlegenheit, wären der Grund, warum Frauen einsteckten, aber nicht austeilten. Das habe irgend so eine amerikanische Studie erwiesen.

Würde sie in Berlin bleiben? Sollte sie nach Hamburg zurückgehen? Zog es sie an einen ganz anderen Ort? Fanny wusste es nicht. Alles würde sich finden. Alles war im Fluss.

Verschwitzt stieg Fanny unter die Dusche und genoss, wie der warme Strahl ihr das Salz von der Haut wusch. Manu, die neben ihr gerade ihr raspelkurzes, derzeit wasserstoffblond gefärbtes Haar schamponierte, erinnerte sie mit einem verschwörerischen Blick daran, dass der Tag noch nicht zu Ende war. Fanny und ihre drei Mitbewohnerinnen waren noch mit einer Handvoll anderer Szene-Frauen aus dem Viertel verabredet. Es gab da noch etwas zu erledigen.

Manu, Anett, Gesche und auch Fanny gehörten einer Gruppe autonomer Frauen an, die sich die Neuköllner Kampfkatzen nannten. Sie waren gut organisiert und stets bereit zuzuschlagen. Nachts flanierten sie in regelmäßigen Abständen in kleinen Gruppen über ihren Kiez und hielten Ausschau nach Kerlen, die einer Frau dumm kamen. Zwischendurch klebten sie noch ein paar Plakate für das nächste Soli-Konzert im Autonomen Zentrum.

Wenn eine von ihnen sich bedroht fühlte, setzte sie eine Telefonkette in Gang, in der rund zweihundert Frauen aufgereiht waren. Spätestens zwanzig Minuten später trafen die ersten Frauen da ein, wo die Bedrohung war.

Die Baseballschläger, die stets griffbereit unter ihren Betten lagen, brachten sie mit.

Fanny machte es Spaß, mit den Frauen auf Patrouille zu gehen. Gemeinsam mit ihnen fühlte sie sich stark und jeder Situation gewachsen. Meist kamen sie zu spät, und die brenzlige Situation war längst bereinigt. Doch sie fand es aufregend, einfach loszuziehen und jederzeit bereit zu sein, einen Mann in die Flucht zu schlagen.

Nicht alles, was die Kampfkatzen taten, fand Fanny okay. An den Strafaktionen für die als Vergewaltiger an den Pranger gestellten Männer nahm sie nur selten teil, weil sie die Situation meist nicht eindeutig fand. »Die Definitionsmacht, ob es eine Vergewaltigung war, liegt immer bei der Frau«, hatte ihr Manu schon tausendmal erklärt. Fanny dachte dann meist an ihren Abi-Ball und Lehrer Keller. Hatte sie da die Definitionsmacht gehabt?

Fanny wollte auch diesmal nur Schmiere stehen vor dem Altbau, in dem sich die WG ihres heutigen Opfers befand. Sie wusste nur, dass er Klaus hieß. Seine Freundin Ronja hatte die Kampfkatzen informiert. Klaus habe mit ihr geschlafen, während sie besoffen auf dem Bett lag, hatte Ronja berichtet. Sie konnte sich zwar an nichts erinnern, doch ein achtlos auf den Boden geworfenes gebrauchtes Kondom gab den eindeutigen Hinweis, dass es so gewesen sein musste.

Von Ronja hatten sie den Tipp erhalten, dass Klaus jeden Sonntagabend das Haus verließ, um an einem Antifa-Plenum teilzunehmen. Nun standen sie vor der Tür seiner WG und lauschten den Geräuschen. Aus der Wohnung drang kein Ton nach draußen. Manu holte einen Dietrich aus ihrer Tasche und begann sich an dem Schloss zu schaffen zu machen. Die Wohnung war dunkel, alle Bewohner offenbar ausgeflogen. Manu trat als Erste ein und schickte Fanny mit einer Handbewegung zurück auf die Straße.

Fanny postierte sich auf der gegenüberliegenden Straßenseite, zündete sich eine Zigarette an und hielt nach verdächtigen Personen Ausschau, die sich dem Haus näherten. In ihrer rechten Hand hielt sie ein Walkie-Talkie umklammert. Hier Schmiere zu stehen fühlte sich wild und gefährlich an, und selbst wenn ihr Klaus ein wenig leid tat, hatte er es bestimmt irgendwie auch verdient. Fanny wollte sich darüber jetzt keine Gedanken machen.

Sie blickte auf die geschlossenen Fenster der Wohnung, durch die keine Geräusche drangen, und stellte sich vor, wie ihre Freundinnen gerade mit ihren Baseballschlägern das Mobiliar rasierten. Zehn Minuten später war der Spuk vorbei. Die Eingangstür öffnete sich, und die Kampfkatzen verließen in kleinen Gruppen das Haus. Einige Frauen hatten etwas unter den Arm geklemmt, das Fanny in der Dunkelheit nicht genau erkennen konnte. Erst als sie sich wieder mit ihren Freundinnen vereinte, erkannte sie, dass diese Teile der Plattensammlung des Frauenfeindes hatten mitgehen lassen.

KAPITEL 22

17. Januar 1991: Nach Ablauf des letzten Ultimatums der Vereinten Nationen beginnt mit der Operation »Wüstensturm« der erste weltweit live im Fernsehen übertragene Krieg. Bei Chips und Bier kann man nun zuschauen, wie amerikanische Bomben Bagdad und Basra in Schutt und Asche legen. Das ist die Rundfunkgebühr durchaus wert.

Tom wachte von seinem eigenen Schrei auf. Zumindest glaubte er, geschrien zu haben. Oder war auch das nur ein Traum gewesen – der Traum, der sich ständig wiederholte?

Er starrte auf die roten Leuchtziffern des Digital-Weckers: 5.34 Uhr. Zu früh, um aufzustehen. Doch er wusste, dass es auch keinen Sinn machte, wieder einzuschlafen. Die Träume würden sofort zurückkehren.

Sie kamen in Kampfmontur, mit kugelsicheren Panzerwesten, schweren Waffen, ihre Gesichter unter Helmen mit getöntem Visier verborgen. Sie jagten ihn. Über Straßen, über die Dächer, über die er flüchtete, durch leere Fabrikhallen. Er rannte davon, schlug Haken, versteckte sich in Hauseingängen oder hinter Müllcontainern, versuchte sich in der Masse der Passanten einer Einkaufsstraße unsichtbar zu machen. Was immer er tat, es war umsonst. Sie schnappten ihn. Jedes Mal.

Die Träume hatten kurz nach ihrem Sprengstoffanschlag begonnen. Zahlreiche Hamburger und Berliner Wohngemeinschaften hatten im Winter und im Frühjahr unangemeldeten Besuch vom Staatsschutz bekommen. Die Ermittler beschlagnahmten Berge von Papier und ein paar Computer.

Aus den Durchsuchungsbeschlüssen ging hervor, dass die frühmorgendlichen Visiten in Zusammenhang mit diversen unaufgeklärten Anschlägen standen, die verschiedenen Autonomen Zellen zugerechnet wurden. Der Berliner Anschlag stand stets mit auf der Liste.

Noch hatten die Fahnder, soweit Tom das beurteilen konnte, niemanden festgenommen, der in engem Kontakt zu ihrer Zelle stand. Aber die Schlinge zog sich zu. In der Szene herrschte Unruhe. Adressbücher wurden vernichtet, Notizen verschlüsselt, Briefe und politische Pamphlete verschwanden kiloweise im Altpapier.

Ich bin einfach nicht aus dem Holz eines Guerilleros geschnitzt, dachte Tom. Seit sie die Sprengladung gezündet hatten, sah er an jeder Ecke Fahnder, die ihm auflauerten. Er hatte geglaubt, sein Verfolgungswahn würde mit der Zeit abflauen. Das Gegenteil war der Fall. Toms Angst steigerte sich von Tag zu Tag. Und die Verfolgungsjagden, die er am Anfang nur alle paar Wochen träumte, waren inzwischen ein zuverlässiger nächtlicher Begleiter geworden. Schreckten sie ihn nicht schon in der Nacht aus dem Schlaf, so wachte er am Morgen schweißgebadet auf. Manchmal wünschte er sich heimlich, sie würden ihn endlich festnehmen. Damit der Spuk ein Ende habe.

Tom schälte sich aus dem Bett und schlurfte ins Badezimmer, wo er den Kopf unter den aufgedrehten Wasserhahn schob. Er startete die Kaffeemaschine und studierte die Morgenzeitung auf der Suche nach Themen. Sein Volontariat war gut angelaufen, fand Tom. Er fühlte sich als fester Bestandteil der Redaktion, auch wenn seine politische Meinung von der seiner meisten Kollegen doch entscheidend abwich. Trotzdem fühlte er sich in seiner Arbeit geschätzt. Dass er schnell gelernt hatte, präzise zu recherchieren und die so gewonnenen Erkenntnisse in schwungvolle Sätze zu kleiden, brachte ihm einen gewissen Respekt ein. Obwohl er noch nicht einmal ein Jahr dabei war, hatten sie ihm bereits einen Redakteursvertrag in Aussicht gestellt. Damit war nicht nur ein passables Gehalt, sondern auch die Aussicht verbunden, über wichtigere Themen als den lokalen Feuerwehrball und die Sitzung des Gemeinderates zu schreiben.

Tom schenkte sich Kaffee ein, drehte das Radio an und hörte die Morgennachrichten. Er machte sich Notizen und ging in Gedanken die Termine des Tages durch. Er genoss es, so in den Tag zu starten. Seit Tabea vor einem halben Jahr ausgezogen war, lebte er allein. Es gab niemanden mehr, der ihm schon am Frühstückstisch Gespräche aufdrängte. Der einzige Nachteil daran war, dass die Miete den Großteil seines Volontärssalärs verschlang. Da die Tage angefüllt waren, hatte er selten Zeit, sich einsam zu fühlen. Zudem mangelte es ihm nicht an weiblichem Zuspruch. Seine neuste Eroberung hieß Leonore, mit der er gern noch länger zusammengeblieben wäre, hätte er nicht das untrügliche Gefühl gehabt, dass sie in ihn verliebt war. Tom liebte nicht zurück, er schlief einfach nur mit ihr. Er mochte diese sachliche Ebene. Für große Gefühle gab es zurzeit keinen Platz. Die Trennung von Tabea war ohne große Dramen nicht zu haben gewesen, und die Besuche bei Daria in der Therapieeinrichtung – drei waren es gewesen – hatten ihn stets aufgewühlt und sein Herz berührt. Das reichte erst mal für mindestens ein Jahr. Und der Alltag war zu aufreibend, um noch Kraft für endlose abendliche Problemgespräche zu bündeln. Doch Tom hegte den Verdacht, dass seine unbefangene Art, mit Leonore umzugehen, falsche Signale setzte. War er nicht verliebt, hatte er keine Angst von einer Beziehung verschlungen zu werden. Hatte er keine Angst, musste er sich nicht künstlich abgrenzen. Grenzte er sich nicht ab, wirkte er zugewandt und gelöst. Das konnte, so hatte er bereits während früherer für ihn belangloser Liebschaften erfahren, zu Missverständnissen führen.

Tom räumte das dreckige Geschirr in die Spüle. Als er versuchte mit einem Blick nach draußen das Wetter einzuschätzen, stellte er fest, dass die Fenster mal wieder geputzt werden mussten. Fenster putzen war noch schlimmer als Klo schrubben, und auch darin glänzte er nicht. Überhaupt fiel der Haushalt meist der knapp bemessenen Zeit zum Opfer. Es gab Ecken, in die er lieber niemals wieder schauen wollte, genug Hausstaub, um sofort bei jedem Besucher eine Allergie auszulösen, und daneben noch einen erheblichen Renovierungsbedarf in der Bude. Als Erstes musste das Holz weg. Irgendein geschmacksfreier Vormieter hatte fast jede freie Wand mit Fichte vertäfelt, als Fichte an der Wand noch modern war. Das musste in den Siebzigern passiert sein, doch inzwischen waren die Neunziger angebrochen. Allein die Furcht davor, was hinter dem Holz zum Vorschein kommen würde, hatte Tom bislang daran gehindert, es von den Wänden zu reißen.

Doch das musste warten. Da Toms Schlüsselbund mal wieder nicht an dem dafür vorgesehenen Platz lag, verplemperte er viel Zeit mit Suchen. Er war spät dran.

***

»Okay, Sie können die Wohnung haben.« Daria und Johannes sahen einander staunend an. Eine bezahlbare Wohnung mit zweieinhalb Zimmern, mitten in der Kölner Südstadt, und sie brauchten nur noch zu unterschreiben. Dabei hatten sie gar nicht lange suchen müssen. Das Leben nahm spürbar Fahrt auf und ließ die Vergangenheit weit hinter sich.

Seit sie am Jahresende gemeinsam die Therapieeinrichtung verlassen hatten, wurden sie von vielen kleinen Wundern begrüßt. Daria hatte entschieden, nicht wieder nach Hamburg zu gehen. Nicht zurück zu den Leuten, die drauf waren. Fernhalten von der Szene. Sie hatte sich an mehreren Universitäten um einen Studienplatz in Germanistik beworben, und die Kölner Universität hatte sie angenommen. Sie hatte sich um ein Volontariat bei einer Stadtillustrierten beworben und war zum Bewerbungsgespräch eingeladen worden. Der Verleger, der kaum älter war als Daria, hatte sie zur Seite genommen und mit ihr über ihre Sucht gesprochen. Sie hatte ihre Bewerbung nicht manipuliert, ihre gerade beendete Therapie nicht verschwiegen. Der Verleger lobte ihren Mut und ihre Aufrichtigkeit und sagte ihr zu, sich für sie einzusetzen. Eine Woche später lag die Zusage im Briefkasten ihres Vaters.

Da meinte es jemand gut mit ihr.

Auch Johannes, den sie in der Therapie kennengelernt und mit dem sie nun den drogenfreien Neustart wagen wollte, hatte einen Job gefunden – bei einer Spedition. Nichts Tolles, aber ein Anfang.

Daria nahm den Füllfederhalter als Erste und unterschrieb. Sie blinzelte Johannes versonnen an, bevor sie den Stift an ihn weiterreichte. Es war noch gar nicht lange her, da war sie sich sicher gewesen, nie wieder mit einem Mann zusammenzuziehen. Die Sucht hatte alles durcheinandergewirbelt. Die Geschlechterfrage nahm gerade keinen vorderen Platz auf ihrer Prioritätenliste ein.

Neuanfang, Neuanfang, jubilierte eine Stimme in ihr. 1991 würde ihr Jahr werden. Sie würde nun richtig durchstarten. Die Zeit, in der sie fast täglich daran gedacht hatte, ihrem Leben ein Ende zu setzen, schien weit entfernt. Gefühltes Mittelalter. Schon gar nicht mehr wahr.

Sie hatte in der Therapie so viel über sich und die Sucht gelernt, dass sie dieselben Fehler nicht noch einmal machen würde. Natürlich war sie nicht so naiv zu glauben, sie sei nun geheilt, für immer clean. Jetzt, wo sie ohne Kontrolle nur noch für sich selbst verantwortlich waren, nahm der Suchtdruck wieder zu. Wer einmal gedrückt hat, braucht nur mit offenen Augen durch eine Stadt zu laufen, um sofort zu erkennen, wo es Stoff gibt. Niemand würde sie zur Rechenschaft ziehen. Doch sie wollten es gemeinsam schaffen.

»Wir sind stark, wir brauchen das nicht«, sagte Daria zu Johannes.

»Wir sind stark, wir brauchen das nicht«, sagte Johannes zu Daria.

Wohnung, Studium, Job – und das alles innerhalb von drei Wochen. Das Leben schmeckte plötzlich wie Erdbeertorte mit Sahne.

Daria nahm den Vertrag, den nun auch Johannes unterschrieben hatte, und reichte ihn zurück an den Makler. Der sagte »Herzlichen Glückwunsch!«, und das so abwesend, als gratuliere er nur sich selbst.

Sie traten auf die Zülpicher Straße, und sogar die Sonne lachte sie an. Ein gemalter Tag, dachte Daria. Sie hatten den Vertrag in der Tasche und den ganzen restlichen Tag frei. Fast frei, denn Daria hatte noch einen Termin. Beim Augenarzt. Sie hatte beschlossen, ihre Verweigerungshaltung aufzugeben und sich diese blöden Dinger zu besorgen, die man direkt aufs Auge setzte. Ein neues Leben verlangte auch ein neues Outfit. Und wenn sie mit Linsen nicht klarkam, lag das Kassengestell ja noch immer auf Reserve in ihrer Schublade.

***

Es war mal wieder nett. Entsetzlich nett. Leonore hatte ein fruchtiges Curry gekocht, Toms Leib-und-Magen-Rotwein aufgetischt und zum Dessert noch eine schaumige Mousse gezaubert. Nun saß sie ihm gegenüber, sog an einer Zigarette und sah ihn mit herzförmigen Augen an.

Er hatte sie auf einer Fete kennengelernt, auf der sie sich nach einigen Prosecco ihm an den Hals geworfen hatte. Er hatte Lust, also nahm er sie mit. Die Freiheiten, die Tabeas Auszug mit sich brachten, galt es auszukosten. Leonore galt als flatterhaftes Wesen. Er wusste, dass einige der männlichen Gäste der Party schon was mit ihr gehabt hatten. Weil sie als leicht zu erobern galt und bei ihrer Kleidung eine auffällige Vorliebe für Violetttöne bewies, hatte ihr jemand ohne ihr Wissen den Spitznamen »lila Wanderpokal« angeklebt.

Nun saß der Pokal Tom gegenüber und wollte nicht weiterwandern. Sie wird zur Klette, dachte Tom, während er gleichzeitig registrierte, dass alles, was sie ihm erzählte, ihn zu langweilen begann. Er musste sie loswerden, bevor es zu spät war.

Tom putze seinen Mund an der von Leonore kunstvoll zu einer lustigen Figur gefalteten Serviette ab und bedankte sich artig für das Essen. Dann sagte er ganz unvermittelt:

»Leonore, es ist zu Ende.«

Er wartete auf ihre Reaktion. Sekunden verrannen. Zu viele Sekunden. Leonore schaute ihm entrückt in die Augen und sagte kein Wort.

»Wir können Freunde bleiben«, fügte er hinzu, um die Stille zu vertreiben.

Schweigen. Ihr Blick noch immer entrückt.

»Okay, ich geh dann mal, ja?!«

Er stand auf. Ihre Augen folgten seiner Bewegung. Er war schon fast aus der Tür, da öffnete sich doch noch ihr Mund.

»Du liebst mich, du stehst nur nicht dazu.«

Bitte???? Hätte die Situation ihm nicht einen gewissen Ernst abverlangt, Tom hätte schallend gelacht.

»Ich bin deine Traumfrau. Und das macht dir Angst.«

Unter mangelndem Selbstbewusstsein litt Leonore jedenfalls nicht. Sie richtete sich auf, legte eine Hand in die andere und fügte hinzu:

»Du kannst die Nähe nicht aushalten, weil du weißt, dass das zwischen uns etwas ganz Großes ist.«

Etwas ganz Großes – eher eine mittelmäßige Affäre, die nun endgültig beendet ist, schoss es ihm durch den Kopf.

»Diese Seelenverwandtschaft zwischen uns ist zu stark für dich. Deshalb willst du fliehen, aber du kannst vor deinen Gefühlen nicht weglaufen«, ergänzte sie.

Mit jedem neuen Satz legte sich mehr Glanz auf ihr Gesicht.

»Leonore, hör mal«, sagte Tom, ohne zu wissen, wie dieser Satz weitergehen sollte. Aber der Anfang hatte schon mal den richtigen Tonfall. Eher noch zu nett.

»Sag nichts«, unterbrach sie ihn. »Höre einfach in dich hinein, und lass deine Gefühle in dir aufsteigen.«

Er wollte nichts aufsteigen lassen. Seine Gefühle für Leonore fielen gerade stark ab.

»Pass mal auf ...«, startete er einen neuen Anlauf.

Sie wollte etwas erwidern, doch diesmal war er schneller.

»... es war wirklich sehr schön mit dir, aber unsere Zeit ist vorbei. Sei mir nicht bös, ich kann das nicht mehr.«

»Weil du unfrei bist«, warf Leonore ein. Strahlend.

»Weil ich was?«

»Weil du nicht frei mit deinen Gefühlen umgehst. Weil du ein Gefangener deiner Angst vor wirklicher Nähe bist, der Furcht davor, dich richtig einzulassen.«

Tom war es immer wichtig gewesen, eine Beziehung sensibel zu beenden. Die richtigen Worte für das Unvermeidliche zu finden, die Frau auf der Schwelle zur Ex nicht noch durch dumme Formulierungen zu verletzen. Das setzte allerdings voraus, dass sein Gegenüber seine Trennungsabsichten auch irgendwie ernst nahm. Er musste schärfer werden.

»Ich habe keine Angst vor Nähe, ich habe im Moment nur Angst davor, dass du nicht raffst, dass ich gerade Schluss mit dir gemacht habe.«

»Weil es das genaue Gegenteil von dem ist, was du wirklich willst.«

»Aha. Und woher weißt du, was ich wirklich will?«

»Weil ich dich beobachtet habe, seit wir zusammen sind. Und dein ganzes Verhalten nur die eine Botschaft hatte – dass ich deine große Liebe bin.«

Konnte es sein, dass hier irgendwo gerade eine versteckte Kamera mitlief? Er schaute sich kurz um, konnte aber nichts entdecken.

»Und wie war mein eindeutiges Botschaftsverhalten?«

»Du hast keine Spiele gespielt, du warst nie verkrampft.«

»Vielleicht weil ich keine Angst davor hatte, dich zu verlieren.«

»Ja, weil du dir in deinem tiefsten Innern sicher warst, dass wir zusammengehören.«

»Bist du vielleicht schon mal auf die Idee gekommen, dass ich keine Angst hatte, dich zu verlieren, weil du mir nie so viel bedeutet hast?«

In so einem hoffnungslosen Fall kam man mit Sensibilität einfach nicht weiter.

»Das glaub ich nicht«, warf sie ein. Doch zum ersten Mal lag Zweifel in ihrer Stimme.

»Es ist aber so. Ich mag dich. Sex mit dir macht Spaß. Aber ich liebe dich nicht. Eindeutig nicht.«

»Wirklich nicht?«

»Wirklich nicht!«

»Du hast mich also die ganze Zeit getäuscht!«

»Ich habe dich was?«

»Du hast mich getäuscht. Spielst mir etwas von großer Liebe vor, benimmst dich, als könnte nichts uns je mehr trennen.«

»Na hör mal, ich habe dir nichts vorgespielt.«

»Hast du doch!« Ihr Ton war jetzt merklich aggressiver geworden. Das Strahlen war verglommen.

»Ich habe nie behauptet, dass ...«

Sie schnitt ihm das Wort ab.

»Das brauchtest du auch nicht, es reicht schon, wie du dich verhalten hast. Du hast mich in die Irre geführt, mich benutzt.«

Gleich sagt sie noch, ich hätte mit ihren Gefühlen gespielt, fuhr es ihm in den Kopf.

»Du hast mit meinen Gefühlen nur gespielt.«

»Hab ich nicht!«

»Hast du, du Schwein!«

Das Klärungsgespräch nahm jetzt doch eine unangenehme Wende, deshalb beschloss Tom, es abzukürzen.

»Ich gehe jetzt. Wenn du dich beruhigt hast, können wir ja noch mal miteinander reden.«

»Wenn du jetzt gehst ...«

Er wusste nicht, ob sie die Drohung noch weiter ausführen wollte, da sie von einem Heulkrampf geschüttelt wurde.

»Tut mir leid. Ich wollte dich nicht verletzen.«

Wie fade das klang. Schlusssätze waren noch nie seine Stärke gewesen.

»Wenn du jetzt gehst ...«, wiederholte sie unter Tränen.

»Wenn ich jetzt gehe, dann was?«

»Du wirst schon sehen!«

Er verließ ihr Zimmer, warf die Tür hinter sich zu. Auf der Straße angelangt, sog er die frische Luft ganz tief in seine Lunge.

Dann hörte er den Schrei.

Er hastete die Treppenstufen hoch, schloss die Tür mit dem Schlüssel auf, den er noch von ihr hatte, sah zuerst das Blut, dann das Messer, dann noch mehr Blut. Er trat ihr das Messer aus der Hand, versuchte mit einer Bluse, die sie achtlos neben ihr Bett geworfen hatte, den Blutfluss zu stoppen. Sie wehrte sich. Er ohrfeigte sie zweimal, dann gelang es ihm, das Kleidungsstück auf die Wunde zu pressen. Er verknotete die Bluse an ihrem Arm und eilte zum Telefon. Zehn Minuten später war der Krankenwagen da.

»Die Wunde ist nicht wirklich bedrohlich«, bemühte sich der Sanitäter, ihn zu beruhigen.

***

»Auf dich Fanny!« Manu prostete ihr zu. Es war ihr letzter Abend in Neukölln. Der Abschied nach fast sechs Jahren. Fanny starrte auf ihr Sektglas. Darf ich das noch trinken?, fragte sie sich. Manu schaute sie erwartungsvoll an. Fanny überlegte kurz, dann schob sie die Bedenken zur Seite und nahm einen Schluck.

Anett räusperte sich, baute sich vor Fanny auf und streckte ihr die Hände entgegen, auf denen sie ein flaches Paket balancierte. »Für dich«, sagte sie nur und wirkte verlegen.

Fanny bedankte sich und begann, das Paketband zu lockern. Sie stellte sich ungeschickt an dabei. Sie war eindeutig nicht bei der Sache.

Gesche reichte Fanny eine Schere. Nachdem das Band zerschnitten und das Klebeband entfernt war, kam unter dem Geschenkpapier ein Buch mit einem marmorierten Umschlag zum Vorschein. Fanny blätterte die Seiten auf und fand Fotos aus den vergangenen Jahren und einige Gedichte, die ihre Mitbewohnerinnen für sie verfasst hatten.

Ich müsste jetzt gerührt sein, dachte Fanny. Doch das Gefühl drang nicht zu ihr durch. Sie schloss erst Gesche, die ihr immer etwas fremd geblieben war, dann Anett und schließlich Manu in ihre Arme. Anett war ihr in den Jahren eine enge Freundin gewesen. Mit Manu geriet sie in Streit, wann immer sie mehr als zwanzig Minuten beieinandersaßen. Was immer sie sagte, schien Manu zum Widerspruch zu provozieren. Und stets kam sie dann dozierend daher, so selbstgewiss, als hätte sie die Wahrheit gepachtet. Manu war unendlich anstrengend. Und trotzdem hatte ihr Dauerzwist die Frauen aneinandergeschweißt. In nächtelangen Diskussionen hatten sie zwar nie, kein einziges Mal Einigkeit erzielt, sich aber gegenseitigen Respekt erworben. Fanny hatte gelernt, Manus Gesinnungs-TÜV standzuhalten. Obwohl Manu ihr ständig das Gefühl gab, die politischen Zusammenhänge nicht wirklich durchblickt zu haben und so auch nicht richtig dazuzugehören, hatte sie der toughen, unfehlbaren und sich nie irrenden Manu einen Platz in ihrem Herzen eingeräumt. Reibung hatte Wärme erzeugt.

Fanny hatte das Gefühl, ihren Freundinnen etwas zu nehmen, weil sie nicht bei der Sache war und sich wünschte, allein zu sein. Sie wollte nicht darüber sprechen, nicht einmal mit Anett. Nicht heute, vielleicht in ein paar Tagen. Doch dann würde sie wieder in Dannenberg sein, wo sie seit nun zwei Wochen arbeitete. In Berlin und Hamburg hatte sie keine Chance gehabt, in Dannenberg aber hatte die dortige Sonderschule sie mit Kusshand genommen. Nun war sie also in der Berufswelt gelandet. Es machte ihr Spaß, den Kindern, die vielfältige Entwicklungsstörungen und Behinderungen mitbrachten, etwas beizubringen.

Hitzacker, wo sie in Zukunft leben würde, war ein verschlafenes Örtchen. Neben der alteingesessenen Landbevölkerung hatte es eine ganze Horde alternativ angehauchtes Stadtvolk hierher verschlagen, das von Landkommunen, Bio-Brot und einer atomkraftfreien Zukunft träumte; hier, unweit von Gorleben, das als Endlager für hochradioaktiven Kraftwerksmüll vorgesehen war. Solche Leute, unter denen sie sich früher heimisch gefühlt hatte, waren ihr ein wenig fremd geworden. Die Berliner Autonomen, in deren Kreisen sie sich seit Jahren mit immer größerer Selbstverständlichkeit bewegt hatte, waren ihr nie ganz vertraut geworden. Sie saß eindeutig zwischen den Stühlen.

Anett hatte einen Joint gedreht und reichte ihn ihr. Wieder schoss ihr die Frage in den Kopf, die sie fortan begleiten würde. Darf ich das? Sie entschied sich für ein »heute noch« und inhalierte einen tiefen Zug. Sofort wurde ihr etwas schwindelig.

Marc! Marc drängte sich heute ständig in ihre Gedanken. War ja auch logisch, an diesem Tag. Sie hatten sich getrennt, vergangene Woche. Ganz sachlich. Fernbeziehung war keine Perspektive. Liebe, vor allem zwischen Männern und Frauen, war sowieso nur ein Konstrukt zur Stabilisierung der bürgerlichen Gesellschaft und zur Verschleierung des Patriarchats. Hinter ihr lauerte schon der Horror der Kleinfamilie.

Das alles hatte Fanny in ihren Berliner Jahren gelernt und konnte es im Schlaf herunterbeten. Deshalb würde die Trennung auch kein Problem sein. Deshalb nicht. Das Problem lag woanders. Das Problem war die Farbe Rot. Dieses leuchtende, gesättigte Rot im Röhrchen ihres Schwangerschaftstests.

***

Schelsky schloss die Wohnungstür auf. Er war hundemüde. Den ganzen Tag hatte er am Mischpult gehockt. Er steckte gerade in den Aufnahmen für die neue CD einer Independent-Band, von der Rotlicht Records einiges erwartete. Auch am Wochenende würde er arbeiten müssen. Dann war das Gröbste geschafft. Endlich.

Da er Jessy versprochen hatte, um sieben Uhr zu Hause zu sein, hatten sie heute zeitig aufgehört. Die Band hätte gern noch weitere takes eingespielt, und so war er ein wenig in Ungnade gefallen. Dafür musste er morgen nun schon in aller Herrgottsfrühe raus.

Als er die Tür öffnete, vernahm er bereits Amelie. Dann sah er Jessy. Sie kam aus der Küche, mit Amelie im Arm, direkt auf ihn zu. Ohne ein Wort der Begrüßung reichte sie ihm das quäkende Bündel. »Hallo Amelie!« Schelsky presste seine Tochter an sich.

»Sie schreit schon den ganzen Tag«, sagte Jessy. »Keine Ahnung, was sie hat.«

Auf alle Fälle hatte sie eine volle Windel. Das war unüberriechbar.

»Bin echt fertig«, setzte Jessy hinzu. Sie sah so erschöpft aus, wie er sich fühlte.

»Muss noch mal raus. Ist noch 'ne Probe angesetzt.«

Sie sang jetzt in einer anderen Band. Rockigere Sachen. Kommerzieller.

»Die abgepumpte Milch steht im Kühlschrank, für dich sind noch ein paar Nudeln im Topf«, sagte Jessy, während sie sich hastig den Mantel überwarf. Sie gab ihm einen flüchtigen Kuss auf die Wange und ihrer Tochter einen wesentlich innigeren auf die Stirn.

»Bin so gegen elf, halb zwölf zurück.«

Die Tür fiel ins Schloss.

Komm kleine Maus, dachte Schelsky, heut zeigen wir Mama mal, was für ein prima Team wir sind.

Amelie schrie.

Und schrie.

Und schrie.

Er legte sie auf die Kommode, wickelte sie und lüftete anschließend durch, was dringend nötig war.

Sie weinte.

Er trug sie in der Wohnung auf und ab, schaukelte sie dabei in seinem Arm.

Sie weinte.

Er sang ihr etwas vor.

Sie weinte lauter.

Er stopfte ihr den Schnuller in den Mund.

Sie kaute ihn durch. Himmlische Ruhe im Raum. Dann spuckte sie ihn aus. Und schrie erneut.

Hatte sie Koliken? Schelsky gab ihr das Fläschchen. Sie trank und begann gleich wieder zu weinen. Als alles nichts half, legte er sie auf den Rücksitz seines alten Peugeot und fuhr mit ihr durch die umliegenden Vororte. Nach etwa zwanzig Minuten schlief sie ein. Schelsky genoss die Stille. Er hielt an einer Tankstelle, kaufte Kippen und zwei Dosen Bier und fuhr mit gedämpfter Vorfreude wieder zurück. Als er sie ganz vorsichtig aus dem Babysitz nahm, wachte Amelie auf. Und begann zu schreien.

Er legte sie auf das Sofa und schaltete den Fernseher an. Manchmal beruhigte sie das.

Heute nicht.

Wann lernst du endlich sprechen?, fragte sich Schelsky. Wann wirst du mir endlich sagen, was los ist? Er setzte sie auf den Hochstuhl und versuchte es mit Babybrei. Amelie war satt. Als er einen Augenblick nicht aufpasste, schlug ihr Arm ihm den Löffel aus der Hand. Der Brei spritzte ihm auf Hemd und Hose.

Kleine miese Tochter!

Er konnte die Augen kaum noch offen halten. Er klemmte sie in den Hochstuhl und ließ sie schreien. Im Badezimmer säuberte er seine Kleidung mit einem feuchten Tuch und betrachtete sein Ebenbild im Spiegel. Er sah grau aus. Tiefe Falten hatten sich unter seinen Augen in die Haut gegraben. Sein bekleckertes Hemd spannte. Wie Jessy hatte auch er während der Schwangerschaft zugelegt. Nur dass sie die Pfunde längst wieder runterhatte.

Schelsy hob seine schreiende Tochter aus dem Hochstuhl und legte sich mit ihr auf die Polstergarnitur. Irgendwas läuft hier verkehrt, dachte er. Total verkehrt. Er erinnerte sich an die Zeit ihrer Konzerte. An wilde Partys, mit zu viel von allem. Er dachte an ausgedehnte Motorradtouren. Die Maschine stand seit über einem Jahr ungenutzt in der Garage rum. Schelsky nahm sich vor, sie am Wochenende zu wienern und durchzustarten. Allein! Dann fiel ihm ein, dass am Samstag doch dieser Geburtstag von Tante Gerda war, der älteren Schwester von Jessys Mutter. Und den Rest der Zeit würde er im Studio hocken. Aber das Wochenende danach. Bestimmt!

Schelsky war so mit seinen Tagträumen beschäftigt, dass ihm gar nicht aufgefallen war, dass Amelie nicht mehr lärmte. Sie war eingeschlafen.

Er holte ein Glas aus der Vitrine und füllte es zur Hälfte mit Bourbon. Er leerte es in einem Zug und goss nach. Er spürte, wie die Anspannung langsam aus seinem Körper wich. Vorsichtig bettete er Amelie in ihr Kindernest. Wie ein Einbrecher entfernte er sich auf Zehenspitzen behutsam aus dem Kinderzimmer. Schluppte in seine Pantoffeln, warf den Mantel mit dem Fellkragen über und riss die Balkontür auf. Eiskalte Luft strömte ihm entgegen.

Seit Amelie auf der Welt war, wurde in der Wohnung nicht mehr geraucht. Jessy hatte das so bestimmt und Schelsky vergeblich dagegen protestiert. Abends, wenn Amelie schon schlief, könne man doch mal eine und selbstverständlich gut lüften hinterher. Jessy hatte ihn nur verständnislos angeschaut und auf die Balkontür gedeutet.

Da stand er nun. Zwischen Schneeresten auf gefrorenem Boden in Hausschuhen. Rauchte gegen die klirrende Kälte an. Tolle Nummer! Und drinnen fing Amelie gerade wieder an zu jammern.

Er drückte die Zigarette aus und sprintete ins Kinderzimmer. Sie verstummte, als er sie hochnahm. Vorsichtig versuchte er, sie wieder hinzulegen. Kaum war Amelie wieder in der Waagerechten, begann das Schreien erneut. Er nahm sie hoch, sie wurde ruhig; er legte sie wieder ins Bett – sie schrie.

Für eine Sekunde überkam ihn das Bedürfnis, sie zu schütteln, bis sie wieder ruhig wäre. Sofort fielen ihm die Horrorgeschichten über totgeschüttelte Babys ein, und er verbannte in einem Anflug schlechten Gewissens den Gedanken.

Bitte, Amelie, bitte! Es ist genug!

Er blickte auf die Uhr. Fünf nach elf. Jessy würde bald wieder da sein.

Er ging zum Kühlschrank, griff sich eine der beiden Bierdosen und versuchte sie einhändig zu öffnen, während der andere Arm Amelie umschlang. Er stellte sich ungeschickt an. Eine Bierfontäne spritzte sie beide nass. Amelie begann zu glucksen. Die Bierdusche gefiel ihr.

»Brave Amelie«, sagte er. »Nur nicht wieder weinen!«

Amelie dachte nicht dran zu weinen. Sie lächelte ihn erschreckend munter an. Schelsky konnte die Augen kaum noch offen halten.

Komm Jessy, komm!

Er griff nach dem Spielzeug, nach Weichem und Rundem, ließ sie betasten, greifen, umklammern und wegschleudern. Jedes Mal, wenn sie etwas meterweit von sich warf, gickerte sie vergnügt. Schelsky jagte gerade einem Ball hinterher, da hörte er Jessys Stimme auf dem Anrufbeantworter.

»... wird später werden, Schatz, aber ihr scheint ja schon zu schlafen. Beneide euch darum!«

Bevor er den Hörer zu fassen bekam, hatte Jessy aufgelegt. Das Telefon tutete ihn nervös an.

Im Kinderzimmer krakeelte Amelie. Sie wollte bespaßt werden.

»Gleich Amelie, bin gleich bei dir«, rief er durch den Flur in ihre Richtung und nahm den Umweg über den Kühlschrank. Diesmal öffnete er das Bier mit beiden Händen. Dann kehrte er zu Amelie zurück, die ihn erwartungsvoll ansah.

Bespiel mich, sonst fang ich sofort an zu heulen, sagte ihr Blick. Schelsky nahm noch einen großen Schluck, dann kniete er sich neben seine Tochter: kleines Miststück!

»Hey, wach auf!« Jessys Stimme brachte Schelsky wieder zu Bewusstsein. Er musste eingeschlafen sein. Er rappelte sich hoch und merkte, dass die Wirkung von Bourbon und Bier inzwischen eingesetzt hatte. Er schaute zu Amelie und sah, dass sie sein Bier über ihre Puppen verteilt hatte. Ihr Finger blutete. Sie hatte sich offenbar am Dosenverschluss geschnitten. Er drehte sich um und blickte direkt in Jessys strafenden Blick.

»Hey!«, murmelte Schelsky.

»Du hast 'ne Fahne wie ein Bierkutscher«, zürnte Jessy. »Das Kinderzimmer stinkt nach Schnaps, deine Tochter blutet, und du schläfst neben ihr deinen Rausch aus. Bist du eigentlich noch ganz dicht!?«

»Also, ich …«

»Ich hatte 'nen anstrengenden Tag mit Amelie und 'ne anstrengende Probe. Und du bist offenbar nicht mal in der Lage, vier Stunden auf deine Tochter aufzupassen, zu einer Zeit, wo sie längst schlafen sollte. Toller Vater!«

»Weißt du. Eigentlich …«!

»… eigentlich habe ich mir jetzt mal etwas Ruhe verdient. Du hast ja offenbar schon hervorragend geschlafen. Ich still sie jetzt noch mal, und dann kann sie heute Nacht ja mal bei dir schlafen. Vorausgesetzt, du bist noch nüchtern genug, die Verantwortung zu übernehmen.«

Sie musterte ihn mit prüfendem Blick und kam zu dem Schluss, dass Schelsky noch betreuungstauglich war.

»Es ist so, also ich bräuchte …«, nahm Schelsky einen weiteren Anlauf.

»Okay, ich wickele und stille die Kleine noch mal«, fiel Jessy ihm ins Wort. »Der Rest ist dein Job. Und schmeiß dir noch ein Kaugummi gegen den Mundgeruch ein.« Bevor Schelsky noch etwas antworten konnte, hatte Jessy sich Amelie geschnappt, auf den Wickeltisch gelegt und sie ausgezogen. Dabei drehte sie Schelsky, der noch immer nach Worten suchte, den Rücken zu.

»Ist noch was?«, bellte sie ihn an, ohne sich umzudrehen.

»Nein, nein eigentlich nicht …«

Er verließ den Raum wie ein geprügelter Hund, schlich ins Bad, putzte sich die Zähne und wusch sein graues Gesicht mit kaltem Wasser, um wieder klar zu werden. Als er zehn Minuten später in dem Bett lag, das seit Amelies Geburt in seinem Zimmer stand, reichte ihm Jessy ihre Tochter. Sie herzte Amelie und gab ihm einen flüchtigen Kuss auf die Wange. Dann ging sie ins Schlafzimmer und löschte das Licht.

»Na, dann machen wir beiden Hübschen uns mal 'ne ruhige Nacht«, flüsterte Schelsky Amelie zu. Er musterte sie mit verschlafenem Blick.

Amelie sah gar nicht müde aus.

KAPITEL 23

22. August 1992: Das Fernsehen bietet nun auch an kriegsfreien Tagen ein buntes Unterhaltungsprogramm: Echte Ossi-Jugendliche werfen im Rostocker Stadtteil Lichtenhagen echte Brandsätze in ein echtes Asylantenheim, und über hundert echte Vietnamesen kommen nur durch Glück mit dem Leben davon. Echte Polizisten stehen daneben und greifen nicht ein, und echte Politiker nutzen die günstige Gelegenheit, die das Pogrom ihnen bietet, um die Einschränkung des Asylrechts zu fordern. Denn je weniger brennbare Asylbewerber es gibt, desto geringer ist natürlich die Versuchung, sie anzuzünden. Der echte Brandanschlag bringt im Fernsehen echte Quote. Und viel Stoff für echt endlose Talkshow-Debatten.

Daria lag auf dem Rücken. Sie hatte die Vorhänge zugezogen, um sich vor dem Sonnenlicht zu schützen. Ihre Glieder schmerzten. Neben ihr wälzte sich Johannes unruhig hin und her.

Sie drehte sich auf die Seite, nahm das Döschen, das neben ihrer Matratze lag und schluckte die restlichen Remedacen-Tabletten herunter. Irgendwie musste sie durch den Tag kommen. Durch diesen besonderen Tag. Andy hatte sie eingeladen. Er war vor zwei Tagen dreißig geworden und feierte am heutigen Abend. Sie würde sie alle wiedersehen: Tom, Fanny, Schelsky, Manuela und noch eine Handvoll Mitschüler aus vergangenen Tagen. Menschen, die sie kannten, bevor sie auf Droge kam, und von denen viele über ihr weiteres Schicksal nichts wussten.

Würden sie es ihr ansehen?

Einmal süchtig, immer süchtig: Diese Botschaft hatte sie nun endgültig gelernt. Ein Jahr Therapie hatte sie durchgehalten. War ohne Probleme clean geblieben. Vier Monate hatte sie es nach ihrer Entlassung geschafft. Und sich dann innerhalb von Sekunden alles kaputt gemacht.

Mit ihr und Johannes zusammen war die Sucht in die neue Wohnung gezogen. Sie klopfte nicht an, sie schlich sich heimlich durch die Hintertür hinein und breitete sich ganz allmählich bei ihnen aus. Sie warfen nichts ein, aber sie redeten darüber. Jeden Tag ein wenig mehr. Sie hatten die Droge nie ganz losgelassen, und die Droge hatte sie nie ganz losgelassen. Ob sie sich an ganz besonderen Festtagen nicht doch mal einen Druck gönnen sollten? Oder das Zeug zumindest mal rauchen? Eine Nase Koks vielleicht? Die neue alte Freiheit lockte, es tun zu können, ohne dass ihnen der Rausschmiss aus der Therapie drohte.

Johannes hatte zwei Jahre in Mönchengladbach gelebt und kannte die dortige Szene. Bald schon waren alte Kontakte wieder aufgenommen, und ihre Wohnung war zwar noch drogenfreie Zone, aber die Gestalten, die sie bevölkerten, waren alles andere als clean. Daria merkte, wie die Sucht sie umzingelte und langsam Besitz von ihnen ergriff. Sie erinnerte sich an eine Stelle, die sie einmal bei Thomas Mann gefunden hatte. Das »bloße Nein ist an sich kraftlos und im Voraus zum Scheitern verurteilt«, lässt Mann den Erzähler in Mario und der Zauberer sagen: Pure Verweigerung breche irgendwann in sich zusammen, wenn nicht ein positives Ziel dahinterstehe. Vielleicht ist es das, was uns fehlt, dachte Daria.

Vier Monate hatten sie sich nicht eingestanden, dass sie dem Abgrund jeden Tag einen Schritt näher kamen. Eines Tages war es so weit. Daria kam nach Hause, und ein Blick in Johannes' Augen genügte ihr, um zu wissen, dass er ihren gemeinsamen Kampf verloren hatte. Seine Haut war aschgrau, die Pupillen zu Punkten geschrumpft, die Mimik total verändert. Sie kannte Johannes nur clean. Dieser Anblick ließ alles in ihr zusammenkrampfen. Sie rannte zum Klo und übergab sich.

»Komm, nimm mich«, flüsterte ihr die Droge einschmeichelnd zu. »Ich nehme alle Schmerzen von dir. Ich mach es dir warm, weich und gemütlich.« Es dauerte noch zwei Wochen, da gab auch Daria den Widerstand auf, folgte der Verheißung und spürte, dass nichts mehr war wie früher. Der Kick war flach und schmeckte schal. Doch für eine Umkehr war es zu spät.

Seitdem kämpfte sie wieder. Glaubte in einem Moment, es sei kein Problem, erneut aufzuhören, und kapitulierte im nächsten. Sie drückte wieder regelmäßig. Nicht jeden Tag, aber mehrmals die Woche. Und wenn sie es ein paar Tage nicht tat, schrie ihr Körper nach dem Stoff.

Heute würde sie nichts nehmen. Sie würde es nicht brauchen. Heute stand eine Zeitreise in die drogenfreie Vergangenheit an. Zu Menschen, die eine andere Daria kannten. Für einen Abend würde sie sich zurückverwandeln. Für einen Moment würde die Zeit stillstehen, und die vergangenen Jahre würden nur ein böser Traum sein.

»Und was hast du gemacht, die letzten zehn Jahre?«

Sie war noch dabei, sich eine Geschichte zurechtzulegen. Alle würden hohe Ansprüche an ihren Lebenslauf stellen. Daria, die Musterschülerin.

Daria, die Intellektuelle. Daria, von der sie eine Bomben-Karriere erwarteten. Hochschulprofessorin. Führende Verlagsmitarbeiterin. Schriftstellerin. Das war der Erwartungshorizont, mit dem sie rechnen konnte. Sie würde erzählen, dass sie in Köln als Redakteurin arbeitet und dass sie ein paar Jahre ausgesetzt hatte, weil es ihr nicht so gut ging. Das musste reichen. Sie hatte keine Lust, sich eine Biografie zu dichten, aber es mussten auch nicht gleich alle wissen, wie es ihr wirklich ergangen war. Lange hatte sie überlegt, ob sie nicht absagen sollte. Doch der Sprung in eine Zeit, wo alles noch gut war, reizte sie. Sie würde es sich beweisen, dass sie in diesem Umfeld die Droge nicht brauchte. Vielleicht ein paar Tabletten gegen den Entzug. Mehr nicht.

Tom würde sie in Hamburg am Bahnhof in Empfang nehmen und sie würde bei ihm übernachten. Er lebte allein. Und er wusste von ihrer Sucht. Bei ihm brauchte sie sich nicht zu verstellen.

Daria zog sich an und kochte einen starken Kaffee. Sie zündete sich eine Zigarette an und starrte die Spinnweben an, die sich zwischen Wand und Decke ausgebreitet hatten. Sie versuchte, sich an die alten Freunde zu erinnern. Viele Bilder, die vor ihr erstanden, blieben blass. Zu viel war geschehen in der Zeit.

Johannes machte noch immer keine Anstalten aufzuwachen. Sein Laken war dreckig und an einigen Stellen eingerissen. Wir verwahrlosen langsam, schoss es Daria durch den Kopf, aber sie hatte in diesem Moment keine Lust, darüber nachzudenken. Sie trat vor den Spiegel, setzte die Kontaktlinsen ein und versuchte, sich die Spuren der vergangenen Jahre wegzuschminken. Als sie nach zwanzig Minuten mit dem Ergebnis noch immer unzufrieden war, gab Daria auf. Sie schrieb noch einen Zettel für Johannes, rief ein Taxi und schulterte den gepackten Rucksack. In einer halben Stunde würde der Zug am Hauptbahnhof abfahren, der sie in die Vergangenheit brachte.

***

Tom war bereits um sieben Uhr aufgewacht. Länger schlief er auch am Wochenende selten. Die zwei freien Tage reichten nicht aus, um einen Gang zurückschalten. Wenn er überhaupt mal zwei freie Tage am Stück hatte. Sechs Tage pro Woche erschien die Zeitung, was meist hieß, dass auch er sechs Tage im Einsatz war. Das war anstrengend, aber es füllte ihn aus. Seit er Redakteur geworden war, befand er sich auf der Überholspur. Schon wurde er als neuer stellvertretender Chefredakteur des Tageblatts gehandelt. Das bedeutete bei fünf Festangestellten in der kleinen Redaktion zwar keinen kometenhaften Aufstieg, schmeichelte ihm, dem jüngsten Mitglied des Teams, aber schon ein wenig. Er wusste, dass andere Zeitungen bereits auf ihn aufmerksam geworden waren. Keine Frage, er war dabei durchzustarten. Die Welt lag ihm zu Füßen. Es würde nicht mehr lange dauern, dann würde er der Provinzzeitung den Rücken kehren. Wenn er so weitermachte, dann würden irgendwann auch die großen Zeitungen und Magazine bei ihm anklopfen. *Zeit*, *Spiegel*, *Stern*, das war die Liga, in die er gehörte. Er würde die großen Geschichten schreiben, Skandale aufdecken, die die Republik erschüttern, und die wichtigen Kommentare zur Lage der Nation verfassen.

Seine Sätze würden Einfluss haben, sie würden von den wichtigen Leuten diskutiert werden. Keine Frage, er, Tom Bartels, würde mitmischen, wenn es darum ging, die Welt von morgen zu gestalten. Er würde korrupten Politikern auf die Finger hauen und die, die für eine sozialere, gerechtere und ökologischere Zukunft kämpften, fänden in ihm einen mächtigen Bundesgenossen. So konnte er mehr ausrichten als mit einem Sprengsatz an der Außenmauer eines Abschiebeknasts. Dafür lohnte es sich reinzuhauen. Das hatte mit Karrierestreben nun wirklich nichts zu tun.

Das Tageblatt war nur eine Durchgangsstation. Hier konnte er üben und sich die ersten Meriten verdienen. Zwei Monate war es gerade her, da hatte er einen Stadtrat abgesägt, der mit unerlaubten Tricks einem Vetter einen dicken Bauauftrag zugeschanzt hatte. Nicht seinen Kollegen, ihm waren diese Machenschaften gesteckt worden. Er hatte wie ein Besessener recherchiert, die fehlenden Mosaiksteine zusammengetragen und den Stadtrat dann auf kleiner Flamme gegrillt. Bewusst war er nicht gleich mit allen Informationen an die Öffentlichkeit gegangen, sondern hatte den Mann vor sich hergetrieben und immer wieder neue Fakten nachgelegt. Der Politiker hatte sich in seinem eigenen Lügengespinst so verfangen, dass er schließlich nicht mehr herausfand. Am Ende blieb ihm nur noch der Rücktritt.

Selbst die großen Hamburger Zeitungen hatten, wenn auch nur am Rande, über den Fall berichtet. Sein Name war ins Gespräch gekommen, und er war sogar in die Talkshow eines gerade gegründeten Lokalsenders eingeladen worden. Die wurde zwar nur von einer höchst überschaubaren Zuschauerzahl verfolgt, aber das war ein Anfang.

Während er einen Kaffee aufsetzte und sich die erste morgendliche Zigarette anzündete, plante Tom den Tag. Das Frühstück mit ausgiebiger Zeitungslektüre war ihm heilig. Um neun Uhr würde er in die Redaktion fahren und noch den voraussichtlichen Aufmacher für die Montagsausgabe fertigmachen. Das hatte den Vorteil, dass er dann am Sonntag nicht mehr in die Redaktion musste. Um zwölf traf er sich mit einem Informanten, der ihm etwas über angeblich katastrophale Zustände im örtlichen Altenpflegeheim stecken wollte. Die Geschichte klang vielversprechend. Am Nachmittag würde er Daria am Bahnhof abholen und mit ihr noch etwas Zeit verbringen, bevor sie gemeinsam zu Andy aufbrachen.

Auch den Sonntag hatte er noch ganz für Daria reserviert. Es war der erste gänzlich unverplante Sonntag seit Monaten. Die obligatorischen Wochenendbesuche bei seinen Eltern hatte er vor einem Jahr eingestellt. Sie hatten sich doch sowieso nichts mehr zu sagen, und jedes Mal wenn er in dem Haus, in dem er aufgewachsen war, einkehrte, empfand er die Atmosphäre noch bedrückender als das Mal zuvor. Die Wohnstätte seines Vaters, der inzwischen seine Praxis aus Altersgründen aufgegeben hatte, hatte sich in eine überdimensionierte Gruft verwandelt. Durch meinen Auszug, dachte Tom, ist alles Leben aus dem Haus entwichen, in dem mein Vater gemütlich auf seinen Verfall wartet und sich von Mutti dabei bewirten lässt.

Tom warf schwungvoll die Wohnungstür zu und stieg in den Audi, der den alten Renault ersetzt hatte. Auch er war gebraucht, hatte aber deutlich weniger Jahre auf dem Buckel als sein Vorgänger und war schon deshalb standesgemäßer. Er drehte den Zündschlüssel um, und mit dem Motorengeräusch ertönte das Wummern der Boxen, für deren Einbau er eine Stange Geld auf den Tisch gelegt hatte.

Tom parkte aus, genoss den Hi-Fi-Sound und fand das Leben schön. In zwei Monaten würde auch er die Dreißig knacken, doch das machte ihm keine Angst. Wenn ihn nicht gerade eine Panikattacke am Kragen packte, in der er sich als verurteilter Bombenleger in einer fensterlosen Zelle dahinvegetieren sah, hatte er richtig Lust auf Zukunft. Und diese Attacken überfielen ihn inzwischen seltener. Auch seine Träume wurden kaum noch von mobilen Greiftrupps bevölkert. Drei Jahre nach dem Anschlag hatten die Ermittler den Fall bestimmt schon zu den Akten gelegt. Und auf den Aktendeckeln würde sich schon bald eine hübsche Schicht Staub ablagern. Längst hatte er den Kontakt zu den anderen Mitgliedern seiner Zelle abgebrochen. Diese Jugendsünde, wie er es inzwischen nannte, würde ungeahndet bleiben. Er war noch mal davongekommen.

***

»Schelsky, kannst du dich bitte mal um deine Tochter kümmern!« Jessys Stimme schallte durch die ganze Wohnung und vermischte sich mit Amelies wüstem Gekreische. Das Kinn voll Rasierschaum stolperte Schelsky durch die Badezimmertür in den kleinen Flur und eilte ins Wohnzimmer.

Hier bot sich seinen Augen ein interessantes Bild: Palme auf kreischendem Kind auf Blumenerde auf Teppich. Amelie hatte offensichtlich versucht, die Erde aus dem Blumentopf formschön im Zimmer zu verteilen, woran sie nur durch eine schwankende Yucca, deren ausgegrabene Wurzeln keinen Halt mehr fanden, gestoppt wurde. Ob sie nun weinte, weil sie ihre Erdarbeiten nicht zu Ende führen konnte oder weil die fallende Palme sie unsanft gestreift hatte, blieb ihr Geheimnis. Auf alle Fälle aber war das ein Fall für die Schelsky-Aufräumpolizei.

Die aber hatte gar keine Zeit für einen Großeinsatz. In einer halben Stunde musste Schelsky im Studio sein, noch ein paar takes abmischen. Immerhin hatte er danach frei. Das erste Mal seit zwei Monaten verließ er an einem Samstagabend das Haus. Fast immer hatte Jessy am Wochenende Proben oder Konzerte. Und Jessy fand, dass Amelie zu klein sei, sich jetzt auch noch an abendliche Fremdbetreuung zu gewöhnen. Bis sie sich vollständig in der Kindertagesstätte eingelebt habe, würden sie weitere Veränderungen ihres Tagesablaufs heillos überfordern. Was in der Praxis hieß, dass Schelsky die Abende mit Thomas Gottschalk verbrachte und meist noch vor dem Sportstudio einschlief. Von Punk war das ziemlich weit entfernt.

Nachdem er Amelie von Erde und Palme befreit und beruhigt hatte, schüttete Schelsky widerwillig die Erde mit den Händen zurück in den Topf. Er fragte sich, was Jessy gerade so Wichtiges zu tun habe, dass sie sich nicht an seiner Stelle um das kleine Chaos kümmern konnte. Er entdeckte sie in der Küche. Sie gruppierte gerade ein paar Blumen, die sie am Morgen auf dem Markt erstanden hatte, zu einem Strauß. Da war sie natürlich unabkömmlich.

Schelsky ballte die Faust und öffnete sie Sekunden später wieder. Er hatte beschlossen, sich nicht aufzuregen. Heute hieß es feiern, und er würde sich nicht die Laune verderben lassen. Er freute sich auf die alten Schulkameraden und war gespannt darauf, was aus ihnen geworden war.

Würde er mit einem mittelmäßigen Job und einem Kind mithalten können?

Wollte er überhaupt mithalten?

In was für Kategorien dachte er da plötzlich?

Von sich selbst ertappt eilte Schelsky zurück ins Bad und setzte seine Rasur fort. Er überlegte, ob er zur Feier des Tages einen Schlips – den einen Schlips, den er besaß – umbinden sollte. Schließlich entschied er sich dagegen. Wenn er schon zunehmend verbürgerlichte, musste er diese bedrohliche Entwicklung ja nicht auch noch zur Schau stellen.

***

Ist ja super, dachte Fanny: Wenn man mal jemanden braucht, ist niemand da. Sie hatte mehr als ein halbes Dutzend Telefonate geführt und genauso viele Absagen erhalten. Ihre Kollegin Silke, die ebenfalls alleinerziehend war, hatte am frühen Morgen abgesagt. Sie könne Finn nun leider doch nicht über Nacht zu sich nehmen, da ihre Mutter plötzlich krank geworden sei und sie sofort nach Bamberg müsse. Anschließend hatte Fanny in ihrem Bekanntenkreis herumtelefoniert. Doch alle, die sie erreichte, fühlten sich damit überfordert, eine Nacht einen fremden Säugling zu beherbergen. Zwischen den Zeilen bekam sie den Vorwurf zu hören, allein schon ihr Ansinnen, den eigenen Sohn für einen Partybesuch irgendwo zu parken, brandmarke sie eindeutig als Rabenmutter. Ihre Eltern hatte Fanny nicht erreicht. Sie würden am Wochenende mit ihrem Wohnmobil aus Dänemark zurückkommen. Doch ob heute oder morgen, das wusste Fanny nicht.

Finn war vergangene Woche ein Jahr alt geworden. Standhaft weigerte er sich noch immer, laufen zu lernen. Das Tempo, mit dem er krabbelte, war mittlerweile rekordverdächtig. Seit knapp einem Monat war er nun im Kindergarten und Fanny vor zweieinhalb Wochen in ihre Schule zurückgekehrt. Sie hatte hier nur ein halbes Jahr gearbeitet, bevor sie in den Mutterschutz ging und anschließend ein Erziehungsjahr absolvierte. Schulleiter Dr. Franz Reinhold war von Fannys Schwangerschaft alles andere als begeistert gewesen. Es hatte sie einige Mühe gekostet, ihm klarzumachen, dass sie tatsächlich noch nicht schwanger gewesen sein konnte, als sie sich für die freie Stelle an seiner Schule beworben hatte. Doch auch nachdem er ihr nicht mehr unterstellte, ihn absichtlich getäuscht zu haben, besserte sich seine Laune kaum. Die Schule hatte eine dünne Personaldecke, und Ersatz für Fanny war schwer zu finden.

Fanny hob Finn hoch und strahlte ihn an. Finn strahlte zurück.

»Will Finn heut mit Mami auf eine Party gehen?«, fragte Fanny.

Finn strahlte sie weiter an.

»Und wenn Finn müde wird, kann er dort auch ein Nickerchen machen.«

Finn strahlte noch immer, was Fanny als Bestätigung für ihre Pläne auffasste.

Nein, sie würde sich dieses Fest nicht entgehen lassen. Das Leben als alleinerziehende Mutter war hart genug. Es bestand nur noch aus Job, Finn und Haushalt. Jede Verabredung, jeder Kinobesuch, bei dem Finn nicht mitkommen konnte, erforderte einen solchen logistischen Aufwand, dass sie es meist lieber gleich bleiben ließ.

Wenn Kleinfamilie die bürgerliche Hölle war, wo genau befand sich dann eine alleinerziehende Mutter? Sie sehnte sich nach Marc. Sie hatten keinen Kontakt mehr. Nachdem sie Marc aufgeklärt hatte, dass er Vater werden würde, hatte er sich nie wieder bei ihr gemeldet. Nun fahndete das Sozialamt nach ihm, um Unterhalt einzukassieren. Das Geld, das sie mit ihrer Teilzeitstelle auf der Sonderschule verdiente, reichte vorn und hinten nicht zum Leben, und auch mit den sporadischen Zuwendungen ihrer Eltern langte es nicht für Miete, Kleidung, Nahrung und Windeln zugleich.

Sie war in die Babyfalle getappt.

Sie hatte wochenlang darüber nachgedacht abzutreiben. Jede Frau hat das Recht dazu, sagte sie sich. Doch während sie das dachte, spürte sie, wie ihre Erziehung nach ihr griff. Unworte wie Sünde und ungeborenes Leben breiteten sich wie ein Krebsgeschwür in ihr aus. Kurz bevor die Frist ablief, wurde Fanny klar, dass sie es nicht wegmachen lassen konnte. Eine innere Stimme, die ihr bis dahin unbekannt gewesen war, ließ sie davor zurückschrecken.

Natürlich war sie heute froh über ihre Entscheidung. Finn war ihr ganzes Glück, und auch wenn das Leben mit ihm verdammt anstrengend war, so bekam nun alles, was sie sah, eine neue Farbe. Sie hatte in Poona und Kathmandu vergebens die eine Herausforderung gesucht, die so groß war, ihre ganze Persönlichkeit in Anspruch zu nehmen. Nun hatte die Herausforderung sie gefunden.

***

Brennende Fackeln wiesen den Gästen den Weg. Obwohl noch nicht einmal die Dämmerung eingesetzt hatte, säumte ein Dutzend von ihnen die kieselbelegte Hauseinfahrt auf beiden Seiten. Später, so hatte es Andy geplant, würde auch die Hausfront mit lichtstarken Halogen-Strahlern angeleuchtet werden. Lichterketten in den Rhododendren betonten das Grün. Andy hatte sich entschlossen, daheim zu feiern, um allen Gästen sein schickes Haus zu zeigen. Er war nun dreißig, und er hatte etwas vorzuweisen. Eine hübsche Frau, zwei niedliche Kinder, einen geräumigen Neubau und noch dazu ein schnittiges Auto in der Garage. Dass Auto und Haus nicht annähernd abgezahlt waren, musste niemanden interessieren. Das Geschäft, das er mit seiner Frau aufgebaut hatte, lief blendend. Sie ließen an mehreren asiatischen Standorten Babybekleidung für den europäischen Markt herstellen. Die Löhne auf den Philippinen und in Korea waren so niedrig, dass er es sich sogar leisten konnte, freiwillig ein paar Pfennige draufzulegen. »Bei uns sind die Arbeitsbedingungen besser als bei der Konkurrenz«, pflegte er dann zu sagen. Und das war nicht mal gelogen. Er, Andreas Brunner, sorgte in Asien für sozialen Fortschritt.

Er hatte zugelegt. Die vielen Geschäftsessen forderten ihren Tribut. Dafür nahm die Zahl seiner Haare rapide ab. Auf der Stirn hatten sich die vorderen Reihen bereits stark gelichtet, auf dem Hinterkopf breitete sich die Tonsur wie ein Flächenbrand aus. Bald würde er sich den Schädel rasieren müssen, wollte er nicht zu den Männern gehören, die lichtes Haar zu komischen Frisuren formten, getrieben von dem Wunsch zu verbergen, was nicht mehr zu verbergen war.

Erfolgreiche Männer müssen nicht attraktiv sein, sagte sich Andy stets, wenn sein zurückweichendes Haupthaar und die wachsende Wampe ihn zu sehr deprimierten. Erfolg und Geld ersetzten, was an Attraktivität allmählich verschwand. Männer, die Erfolg ausstrahlten, würden nie Probleme bei Frauen haben.

Inzwischen empfand Andy auch keine Scham mehr, für Sex zu bezahlen. In Asien war das einfach üblich. Es gehörte dazu. Da schossen in den Touristenmetropolen die Bordelle wie Pilze aus dem Boden, und ein Mann aus dem Westen konnte nach Einbruch der Dunkelheit keinen Fuß vor den anderen setzen, ohne angekobert zu werden. Zuerst hatte er sich noch geziert und etwas von Unterdrückung der Frauen, Zwang und Ausbeutung vor sich hingemurmelt, wenn er den Schritt beschleunigte, um den Damen des Gewerbes zu entkommen. Nachdem er aber einmal in einer Bar schon so angetrunken gewesen war, dass er keinen ernsthaften Widerstand mehr leisten konnte, hatte er sich in sein Schicksal gefügt. Inzwischen hatte er erkannt, dass die Frauen, die sich prostituierten, in ihren Gesellschaften keine andere Chance hatten zu überleben. Arbeitsplätze waren rar, die Löhne am Boden. Irgendwann hatte er sich gefragt, ob es für eine Frau attraktiver sei in einem der Betriebe, die für ihn produzierten, als Näherin zu arbeiten oder mit ihm für Geld zu schlafen. Seine Antwort fiel eindeutig aus und das schlechte Gewissen von ihm ab. Eine Prostituierte, die das Glück hatte, an ihn zu geraten, hatte einwandfrei mehr Spaß als ihre Freundin an der Nähmaschine und zudem ein vielfaches Einkommen, selbst wenn man die üppigen Abgaben an ihren Zuhälter, den Bordellbetreiber oder den Barbesitzer abzog. Seit Andy das einmal so konkret durchdacht hatte, war ihm klargeworden, dass er auch den Frauen etwas Gutes tat. Die patriarchalen Verhältnisse in Asien konnte er schließlich nicht ändern. Aber ein paar Frauen ein besseres Leben zu bescheren war eine durchaus verdienstvolle Aufgabe. Da wahre Wohltäter ihr gutes Werk nie an die große Glocke hängten, verschwieg er selbst seiner Frau sein ganz privates Frauenförderungsprogramm.

Andy sah sich in seinem Garten um, der sich allmählich füllte. Mit Genugtuung notierte er die Komplimente für sein kleines Anwesen, die er bei der Begrüßung seiner Gäste lächelnd entgegennahm. Er hatte es geschafft. Auch deshalb war die Zahl Dreißig keine Bedrohung mehr.

***

Schelsky nahm den Helm ab. Er hatte die Gelegenheit genutzt, sein Motorrad aus der Garage zu holen und durch den Abendwind zu brausen. Das hatte er lange nicht mehr gemacht. Seit Amelie den Kindergarten besuchte, brachte er sie entweder vor der Arbeit hin oder holte sie hinterher ab. Für Kindertransporte aber war die Honda gänzlich ungeeignet.

Er hatte die Fahrt genossen und extra noch ein paar Umwege gemacht, um das Vergnügen zu verlängern. Er nahm sich vor, wieder öfter auf die Maschine zu steigen. Jessy wollte, dass er sie ganz abschaffte. »Du kommst ja sowieso nicht dazu«, hatte sie gesagt und vorgerechnet, was sie aus dem Verkaufserlös noch für das Kinderzimmer anschaffen könnten. Schelsky hatte den Vorstoß nicht kommentiert. Er würde sich nie von seiner Maschine trennen. Sie war der letzte Zipfel Freiheit, den es in seinem Leben noch gab.

Schelsky verstaute seinen Helm und nahm Kurs auf das Haus, auf der Suche nach dem Gastgeber. Etwas protzig, dachte er. Er stellte sich die Frage, ob er vielleicht nur neidisch war, verwarf den Gedanken aber gleich wieder. Dann prallte er auf Andy. Er musste zweimal hinschauen, bis er ihn erkannte. Andy war dick geworden. Sein Haar lichtete sich bereits stark. Man sah ihm nicht an, dass er erst vor zwei Tagen dreißig geworden war.

Sie begrüßten sich überschwänglich, und noch während sie sich in den Armen lagen, dachte Schelsky darüber nach, ob sein eigener zurückgehender Haaransatz auch so einen fatalen Eindruck hinterließ wie Andys schwindende Haarpracht. Er musterte Andy noch einmal genau, verglich das, was er sah, mit der Erinnerung an sein eigenes Spiegelbild und kam zu dem Schluss, dass dieses deutlich besser abschnitt.

»Schelsky, wie ist es dir ergangen?«, tönte Andys Bass.

»Gut so weit, kann nicht klagen«.

»Was treibst du, erzähl!«

Schelsky berichtete im Schnelldurchlauf von den vergangenen Jahren. Musikerkarriere, frühe Vaterschaft, nun ordentlicher Job und Familie. Die Vorstellung, diese Zusammenfassung am heutigen Abend noch zwanzig Mal herunterbeten zu müssen, gruselte ihn. Nun war Andy an der Reihe, seine letzten Jahre zu referieren. Er ordnete seine biografischen Daten als Heldengeschichte an. Die Sätze strotzten vor Superlativen.

»Wie findest du mein Haus?«, wollte Andy wissen, nachdem Schelsky ihm eine anerkennende Bemerkung aus eigenem Antrieb schuldig geblieben war.

»Schön, wirklich sehr schön«, stammelte Schelsky. »Mir wär's vielleicht etwas zu weit draußen.«

Ein Blick in Andys Gesicht verriet Schelsky, dass dieser auf eine etwas andere Antwort spekuliert hatte. Es entstand eine Pause. Schelsky fiel gerade nicht ein, worüber er jetzt mit Andy sprechen konnte, und auch sein Gegenüber hatte das Begrüßungspulver offenbar schon verschossen. In diesem Moment hörte Schelsky eine vertraute Stimme und drehte den Kopf in Richtung Eingangspforte. Er hatte sich nicht getäuscht, Tom betrat gerade das Grundstück. Er kam auf ihn zu und hatte eine Frau untergehakt, die Schelsky irgendwie bekannt vorkam. Fieberhaft versuchte er die Erscheinung, die da auf ihn zuschritt, einer früheren Mitschülerin zuzuordnen. Erst als sie nur noch zwei Meter von ihm entfernt war, identifizierte Schelsky die Frau: Es war tatsächlich Daria.

Daria erkannte Schelsky schon von weitem. Er unterhielt sich gerade mit dem Gastgeber, dem man die Jahre, die vergangen waren, wirklich ansah. Schelsky hingegen hatte sich kaum verändert. Sein Haar war vielleicht etwas schütterer geworden, sein Gesicht eine Nuance markanter und sein Stil hatte sich geändert. Der Punk war tot, statt Nieten und schwarzem Leder trug er nun eine braune Wildlederjacke mit Fransen im Western-Look. Ansonsten war er äußerlich derselbe geblieben. Ein Gefühl der Freude überkam sie bei seinem Anblick. In diesem Moment schaute Schelsky sich zu ihnen um, und Daria strahlte ihn an. Doch Schelsky strahlte nicht zurück. Er hatte nur Augen für Tom. Nun endlich wanderte sein Blick auch zu ihr, doch statt zurückzulächeln, schaute er sie nur fragend an. Es dauerte einen Augenblick, bis Daria begriff, dass er sie schlicht nicht erkannte. Ein Stich fuhr ihr in die Brust. Im nächsten Moment aber hellte sich Schelskys Blick auf. Er trat einen Schritt auf sie zu und fiel erst ihr, dann Tom in die Arme. Eine Sekunde lang war alles so wie früher.

Fanny fluchte vor sich hin. Sie hatte am Straßenrand geparkt, das kleine Licht im Fond des Wagens angeknipst und den Stadtplan so auseinandergerissen, dass es ihr nicht gelingen würde, ihn wieder ordnungsgemäß zusammenzufalten. Nun versuchte sie sich auf der Karte zu orientieren, was ihr nur mühsam gelang. Dabei war sie eh schon spät dran.

Immerhin war es ihr noch gelungen, ihre Eltern zu erreichen und Finn bei ihnen unterzubringen. Sie hatte es nach ihrer Ankunft in Hamburg noch einmal von einer Telefonzelle aus versucht und prompt Erfolg gehabt. Ihre Eltern waren erst ein paar Minuten zuvor wieder zu Hause eingetroffen. Erstaunlicherweise hatte Vater ihr sogar seinen Opel Ascona geliehen, nicht ohne allerdings eine längere Predigt zu halten, deren Inhalt sich problemlos auf zwei Worte reduzieren ließ: Fahr vorsichtig! Tatsächlich hatte sie länger nicht hinter dem Steuer eines Wagens gesessen und fühlte sich unsicher. Sie hätte gern einen eigenen Wagen gehabt, um die vielen Fahrten, die sie im Alltag zu bewältigen hatte, schneller zu erledigen. Doch ein Auto war gerade nicht finanzierbar.

Es dauerte ein paar Minuten, dann hatte Fanny sortiert, wo sie war und wo sie hinmusste. Ihr Ziel war nur noch ein paar Hundert Meter entfernt.

Tom spürte, wie angespannt er war. Was daran lag, dass Daria angespannt war. Er hatte sie am Bahnhof abgeholt und sofort registriert, dass sie schlecht drauf war. Seine bohrenden Fragen hatte sie schmallippig beantwortet. Nähe zwischen ihnen wollte sich nicht einstellen. Er fand in einem zähen Verhör heraus, dass Daria offenbar wieder auf Droge war und dass sie die Fragen, die sie auf Andys Geburtstag erwarteten, fürchtete. Immer wieder ging ein Zittern durch ihren Körper, wie ein lang gezogener Schüttelfrost.

»Hast mich nicht gleich wiedererkannt, Schelsky?« Daria legte keine Anklage in ihre Frage.

»Nicht sofort, also ich mein ... du hast dich verändert.« Schelsky stand die Schamesröte im Gesicht. Er tapste verlegen von einem Bein aufs andere.

»Da hast du recht. Du hast ja bestimmt von Tom gehört, dass es mir nicht so gut ging.«

»Ja, geht's dir denn jetzt wieder besser? Alles okay?«

»Besser ja, okay wäre dann doch ein wenig übertrieben.«

»Gut. Ich meine, gut, dass es dir besser geht.«

Schelsky hörte sich reden und wollte augenblicklich im Erdboden versinken. Es gelang ihm nicht, seine Verkrampfung abzuschütteln, die sich in einer wirklich erbärmlichen Unbeholfenheit äußerte. Er hatte als Punk und während seiner Musikerkarriere nun wirklich genug Kontakt zu Leuten gehabt, die auf Droge waren. Er hatte Abstürze erlebt, zugedröhnte Freunde total ausrasten sehen – nichts war ihm fremd. Nun stand er wie ein Volltrottel vor Daria und fand die passenden Worte einfach nicht.

Daria bereute es in diesem Moment, hierhergekommen zu sein. Wenn Schelsky schon so krampfte, wie würde es dann erst den anderen ergehen. Der Abend würde ein Spießrutenlauf für sie werden. Die Hoffnung, dass einfach alles ein paar Stunden lang so sein würde wie früher, war eine Illusion.

Die Bürgersteige vor Andys Haus waren bereits zugeparkt. Fanny stellte den Opel zwei Hauseingänge entfernt ab und machte sich zu Fuß auf die letzten paar Meter Wegstrecke. Soweit sie wusste, hatte Andy einige ihrer ehemaligen Klassenkameraden eingeladen. Fanny musste schmunzeln, als ihr der Gedanke kam, dass sie in den kommenden Stunden wohl einer ganzen Anzahl von Männern begegnen würde, mit denen sie während der Schulzeit mal im Bett gewesen war. Eine amüsante Vorlage für einen Abend, an dem sie endlich mal wieder kinderfrei war.

»Wollen wir uns ein wenig setzen?«, fragte Schelsky, der seine Lockerheit noch immer nicht wiedergefunden hatte. In diesem Moment unterbrach sie Andy, der gerade mit Tom die üblichen Begrüßungsfloskeln ausgetauscht hatte und nun Kurs auf Daria nahm. Sollte auch ihn ihr Aussehen verstört haben, so ließ er es sich zumindest nicht anmerken. Routiniert begrüßte er Daria mit zur Schau getragener Herzlichkeit, um ihr sogleich zu erklären, wo sie Buffet, Getränke und Toiletten finde.

Schelsky nutzte die Pause, um sich zu sammeln. Daria und der Drogensumpf, das waren einfach zwei verschiedene Welten. Paralleluniversen, die sich nun an einem Punkt geschnitten hatten. Das Ergebnis dieser Schnittmenge stand ihm direkt gegenüber und stürzte ihn in einen Zustand bisher nicht gekannter Verwirrung.

In diesem Augenblick betrat Fanny die Bühne. Sofort wandte sich Andy von Daria ab und lief Fanny mit weit ausgebreiteten Armen entgegen. Daria wandte sich wieder Schelsky zu und deutete auf einen Mauervorsprung, abseits des Geschehens. »Ja, lass uns dahin setzen.«

Fanny hatte das Grundstück kaum betreten, da sah sie schon Andy auf sich zueilen. Er ist ganz schön dick und kahl geworden, war ihr erster Gedanke. Dann presste er sie auch schon wie eine Würgeschlange an sich und überschüttete sie mit Komplimenten. Als er sich wieder von ihr gelöst hatte, um nun ohne Punkt und Komma auf sie einzureden, nahm sie sich Zeit, ihn genau zu mustern. Sie suchte nach Spuren des Andys in ihrer Erinnerung. Sie fand sie in seinen Augen. Andy hatte seinen Lass-es-uns-tun-Baby-Blick aufgelegt, mit dem er sie immer wieder rumgekriegt hatte. Mit keinem anderen Jungen hatte sie es über Jahre immer wieder gemacht, egal ob sie einen Lover oder er eine Freundin hatte. Diesen Blick, mit dem er sie auszog, hatte er noch immer im Repertoire. Dazu plusterte er sich vor ihr auf und ignorierte konsequent die anderen neu ankommenden Gäste und die strafenden Blicke, die seine Ehefrau ihm zuwarf.

Es dauerte einige Zeit, bis sich alte Vertrautheit einstellte. Wobei sie sich ja nie wirklich vertraut gewesen waren. Sie hatten dieselben Freunde gehabt, gehörten zur selben Clique – mehr nicht. Doch damit gab es eine gemeinsame Vergangenheit, an die sie anknüpfen konnte. Daria fühlte sich von Minute zu Minute besser aufgehoben bei Schelsky, dessen Nervosität nun langsam abfiel. Er hörte ihr konzentriert zu und stellte die richtigen Fragen. Und ließ immer wieder Bemerkungen in ihr Gespräch einfließen, mit denen er Daria nicht wie eine Exotin behandelte.

Tom hatte sich unter die Gäste gemischt und vom Buffet genascht, das ein Catering-Service komponiert hatte. Er hatte viele bekannte Gesichter entdeckt und schon ein halbes Dutzend Male seine letzten zehn Jahre als Kurzfassung zum Besten gegeben und genauso oft die Instant-Biografien seines jeweiligen Gegenübers mit gespieltem Interesse zur Kenntnis genommen. Er hatte verwackelte Kinderfotos mit den von ihm erwarteten überschwänglichen Kommentaren zur Kenntnis genommen und brav die Frage beantwortet, ob auch er schon Kinder habe oder zumindest welche wolle. Er fragte sich gerade, was ihn auf diesen Jahrmarkt der Eitelkeiten verschlagen hatte, da knuffte ihm jemand in die Seite. Tom fuhr herum und starrte direkt in Manuelas Gesicht. Er erkannte sie sofort, obwohl Kajal und Lidschatten ihrem Ausdruck eine ihm bislang unbekannte Note gaben. Die ungeschminkten Zeiten, sie waren lange vorbei.

Daria spürte, wie die Kälte in ihr hochkroch. Auch wenn sie sich bei Schelsky wohlfühlte, strengte es sie an, in ihre Vergangenheit einzutauchen. Nicht verheilte Wunden brachen auf, während sie ihre Geschichte erzählte. Trotzdem war es gut, hier ein Stück abseits der anderen zu sitzen. Aus dem Augenwinkel bekam sie mit, dass andere über sie tuschelten und sie mit verstohlenen Blicken musterten. Aber niemand trat direkt auf sie zu und begrüßte sie. Ihre Geschichte oder das, was die anderen darüber zu wissen glaubten, machte offensichtlich die Runde. Sie fühlte sich wie eine Aussätzige. Viel schlimmer aber war, dass die lange Drogenabstinenz – zwei Tage war sie nun ohne Stoff – nach ihr griff. Die Tabletten, die sie gegen die schlimmsten Entzugserscheinungen mit nach Hamburg genommen hatte, waren längst verbraucht. Ihre Gelenke begannen zu schmerzen, und sie nahm Schweißperlen auf ihrer Stirn wahr. Auch Schelsky registrierte ihren Zustand. Zweimal hatte er sie schon gefragt, ob alles okay sei und er irgendetwas für sie tun könne. Sie hatte nur mit dem Kopf geschüttelt und einfach weitergeredet. Sie kämpfte gegen den Turkey und wusste, dass sie den Kampf schon bald verlieren würde.

Manuela hatte sich zwischen Tom und seinen Gesprächspartner gedrängt, der die Gelegenheit nutzte, sich noch einmal dem Buffet zuzuwenden. Tom musterte sie von oben bis unten und versuchte, das, was er sah, mit seinen Erinnerungen in Einklang zu bringen. Aus dem etwas pummeligen Mädchen war eine attraktive, wohlgeformte Frau geworden. Manuela trug ein eng anliegendes Abendkleid mit einem atemberaubenden Dekolleté. Ihre Brüste waren schon immer ein Hingucker gewesen, in dieser Verpackung aber waren sie umwerfend. Es fiel Tom nicht leicht, seinen Blick wieder Manuelas Gesicht zuzuwenden. Sie quittierte Toms umherirrenden Blick mit einem vielsagenden Lächeln, zündete sich eine Zigarette an und begann sogleich, ihn nach seinen Erlebnissen der vergangenen Jahre auszufragen.

Fanny hatte Daria und Schelsky entdeckt und eilte freudestrahlend auf sie zu. Beim ersten Mal, als sie die zwei begrüßen wollte, hatte sich noch

Andy zwischen sie geschoben. Nun war der Weg frei. Die beiden waren offensichtlich sehr in ein Gespräch vertieft. Schelsky hing mit ernster Miene an Darias Lippen. Daria schien es nicht gut zu gehen. Ihre ganze Haltung sah eigentümlich verkrampft aus, und ihr Blick ging ins Leere. Fanny hatte von Darias Drogenproblemen gehört, doch ihre einst beste Freundin in diesem Zustand zu sehen war ein Faustschlag in den Magen.

Sie kippt gleich um, sorgte sich Schelsky. Darias Zustand verschlechterte sich von Minute zu Minute. Er kannte diese nervöse Unruhe, die einen Junkie überkam und seinen Blick flattern ließ. Er musste sich etwas überlegen, bevor Daria hier öffentlich kollabierte. In diesem Moment sah er Fanny auf sie zukommen. Die Frauen umarmten sich innig, dann durfte er Fanny in die Arme schließen. Es war noch immer etwas Besonderes, Fanny zu spüren. Das hatte etwas von: Sein erstes Mädchen vergisst man nie. Sofort kamen sie ins Gespräch, so als hätten sie sich erst vor kurzem gesehen. Obwohl er selbst Vater war, versetzte es ihm einen Stich, dass Fanny auch ein Kind hatte. Früher hatte er mal gedacht, wenn mal ein Kind, dann mit Fanny. Nun hatte die Realität ihn überholt.

Im Zeitraffer berichteten sie sich, was sie nicht voneinander wussten, und nahmen sich vor, in Zukunft zumindest regelmäßig miteinander zu telefonieren. Schelsky begann sich unwohl zu fühlen. Mit Fanny wild aufeinander einreden, das hätte er genossen, gleichzeitig aber wollte er sich um Daria kümmern, die sich an ihrem Gespräch nicht beteiligte. Er drehte sich zu ihr, um sie einzubeziehen, und erschrak. Daria war weg.

Es war nicht zu übersehen, dass Manuela mit ihm flirtete. An jedem anderen Tag hätte Tom dieses Flirren, das zwischen ihnen in der Luft lag, genossen und das Spiel aktiv mitgestaltet. Jetzt war er aber in Gedanken bei Daria. Er machte sich Sorgen und musste unbedingt noch mit ihr sprechen, bevor sie nach Köln zurückfuhr. Manuela war eindeutig die richtige Frau zum falschen Zeitpunkt. Zentimeter um Zentimeter schob sie sich näher an ihn heran. Sie nutzte die Gunst der Abenddämmerung. Tom war unschlüssig, ob er lieber einen halben Schritt zurückweichen sollte. In diesem Moment nahm er am Rande seines Blickfelds eine hektische Bewegung wahr. Er erkannte Schelsky. Kaum hatte der auch Tom entdeckt, steuerte er auf ihn zu. Er wirkte aufgeregt.

»Daria ist fort!«

»Was?«

»Daria ist weg. Ich habe schon überall nach ihr gesucht.«

»Sag das noch mal!«

»Gerne, wenn du es dann kapierst: Daria ist spurlos verschwunden.«

***

Daria hatte dem Taxifahrer die Adresse genannt, und sie hatten schon den halben Weg zurückgelegt. Sie war wortlos gegangen, weil sie weder die Zeit für Erklärungen hatte noch die Lust, etwas zu rechtfertigen, das nur sie selbst anging. Tom hatte sie in der anbrechenden Dämmerung nicht entdecken können. Er würde sich Sorgen machen und sauer sein. Doch darauf konnte sie jetzt keine Rücksicht nehmen. Irgendwann später, wenn das Schlimmste überstanden war, würde sie Tom aus dem Bett klingeln und ihm alles erklären. Sie schämte sich entsetzlich. Die Hoffnung, das Wiedersehen mit den früheren Freunden würde ihre Probleme für ein paar Stunden einfach ausblenden, war naiv gewesen. Sie hätte es wissen können. Sie hatte es nicht wissen wollen.

In ein paar Minuten würde sie bei Dr. Stefan Berninger klingeln. Der Allgemeinarzt war ein Szenetipp. Er war bereit, Junkies etwas gegen die schlimmsten Schmerzen in die Hand zu drücken – Tag und Nacht. Mit ein paar Tabletten würde sie die Nacht überstehen. Ohne hatte sie keine Chance.

***

Andy hatte Fanny abgefangen, als sie zusammen mit Schelsky den Garten durchstreifte, auf der Suche nach Daria. Nein, er habe Daria auch nicht gesehen, hatte er ihnen mitgeteilt und darauf bestanden, Fanny kurz zu entführen, um ihr einmal das Haus zu zeigen. Es dauere nur ein paar Minuten, hatte er betont und angeboten, ihnen bei der Suche zu helfen, wenn Daria dann noch immer nicht wieder aufgetaucht sei.

Mit unverhohlenem Stolz zeigte Andy Fanny die Räume; die offene Küche, das großzügig geschnittene Wohnzimmer, die Kellerräume mit der eingebauten Hausbar. Nun waren sie im Obergeschoss angelangt. Andy öffnete eine Tür, und vor ihnen breitete sich ein geräumiges Schlafzimmer aus, in dessen Mitte ein breites Bett thronte. Als Andy sie schief angrinste, wusste sie, was nun geschehen würde. Augenblicklich setzte in ihr ein Chaos ein. Sie konnte sich nicht mit Andy vergnügen, wenn Daria draußen irgendwo umherirrte, sie musste sofort wieder in den Garten und Tom und Schelsky bei der Suche helfen. Gleichzeitig spürte sie, wie der Gedanke, es noch einmal mit Andy zu treiben, hier in dessen Ehebett, sie augenblicklich feucht machte. Die Vorstellung war wunderbar schmutzig.

»Ich muss jetzt wirklich runter, Daria suchen«, hörte sie sich sagen. Es war ein Satz, den sie aussprach, um ihn zumindest einmal gesagt zu haben. Andy nahm davon keine Notiz. Er verschloss mit der einen Hand die Tür, während sich die andere bereits am Gürtel seiner Hose zu schaffen machte. Sein Grinsen war noch schiefer geworden. »Die wird schon nicht abhandenkommen«, antwortete er und öffnete bereits den obersten Knopf seiner Anzughose. Im gleichen Moment ließ Fanny sich aufs Bett fallen und streifte den Rock über ihre Hüfte.

***

Daria musste dreimal klingeln, dann hörte sie eine männliche Stimme aus der Gegensprechanlage. »Ja bitte?« Daria erzählte in knappen Worten, woher sie die Adresse hatte und worum es ging. Dann vernahm sie das Summen des Türöffners. Sie eilte ein paar Stufen hoch. Dr. Berninger erwartete sie an der geöffneten Wohnungstür, nur mit einem Bademantel bekleidet. Er bat sie in seine Wohnung und schloss die Tür hinter sich. Ohne ein Wort mit Daria zu wechseln, rückte er ihr einen Stuhl zurecht und setzte einen Tee auf. Dann fragte er sie, was sie benötige. Ein paar Minuten später hielt sie die begehrten Tabletten auf der Handfläche. Sie schluckte sie gierig ohne Flüssigkeit. Berninger sah sie besorgt an und schüttelte unmerklich den Kopf. Dann fragte er sie, ob sie noch in therapeutischer Behandlung sei. Daria verneinte. Die Tabletten fingen bald an zu wirken. Sie wollte jetzt nicht reden, sie wollte zu Tom. Sich bei ihm entschuldigen. Sie schnappte sich ihre Jacke, doch Berninger stellte sich ihr in den Weg.

»Sie gehen nirgends mehr hin«, sagte er bestimmt.

Panik stieg in Daria auf.

»Sie brauchen keine Angst zu haben«, fuhr der Arzt mit ruhiger Stimme fort. Er deutete auf eine Tür.

»Dahinter verbirgt sich mein Gästezimmer, es ist Ihres für heute Nacht.« Berninger strich sich durch seinen ergrauten Bart, bevor er fortfuhr. »Ich werde es nicht verantworten, dass Sie in diesem Zustand noch auf die Straße gehen.«

***

Sie waren gerade in vollem Gange, da klopfte es an der Schlafzimmertür. Andy stoppte mitten in der Bewegung. Von draußen hörten sie die Stimme von Andys Ehefrau.

»Andy, bist du da drin?«

Mit einem Satz war er aus dem Bett und zog sich eilig die Hose über den Hintern. Er bedachte Fanny mit einem grimmigen Nur-wegen-dir-hab-ich-jetzt-den-ganzen-Ärger-Blick und schleuderte ein »Ja Schatz, bin gleich da« in Richtung der verschlossenen Tür. Auch wenn es Fanny extrem peinlich war, in flagranti erwischt zu werden, mischte sich in ihre Panik auch ein Stück Schadenfreude. Das hatte dieser geile Bock nicht anders verdient, und vielleicht würde es seiner Frau ja die Augen öffnen. Im selben Moment schämte sich Fanny für ihren Opportunismus. Eben noch hatte der Gedanke, hier im Ehebett mit Andy dessen Frau zu betrügen, sie so erregt, dass sie nicht widerstehen konnte. Nun, wo sich das Blatt schlagartig gewendet hatte, fand sie es nur richtig, dass Andy auf frischer Tat ertappt wurde.

Doch für moralische Selbstgeißelungen blieb nun keine Zeit. Während Andy schon auf dem Weg zur Tür war, ordnete sie mit einer Hand notdürftig ihre Kleidung, während sie mit der anderen Hand die Tagesdecke glattstrich.

Der Blick, der sie erwartete, verriet, dass es nichts zu vertuschen und zu beschönigen gab. Eiskalt blickte Andys Frau erst ihren Mann, dann Fanny an. Jedes »Du verstehst das jetzt völlig falsch« hätte die Situation nur noch schlimmer gemacht.

»Wir sprechen uns noch«, sagte Andys Frau, tötete Fanny kurz mit ihren Augen und machte dann auf dem Absatz kehrt. Sie schritt die Treppen hinunter, ohne die Ertappten noch eines Blickes zu würdigen. Schon ein Stockwerk entfernt, schleuderte sie Andy hinterher:

»Und dieses Flittchen verlässt sofort unser Haus!«

Andys Frau stürmte an Tom und Schelsky vorbei, die vor der Terrassentür auf Fanny warteten. Beide waren so mit Darias Verschwinden beschäftigt, dass sie nicht mitbekamen, wie sich direkt vor ihren Augen ein Ehedrama abspielte, in dem Fanny, die nun kurz hinter Andy das Haus verließ, eine tragende Rolle spielte. Tom kam mit einem Ausdruck auf Fanny zu, in dem sich Vorwurf und Sorge zugleich spiegelten.

»Schön, dass du auch schon da bist. Sie ist tatsächlich verschwunden«, sagte er. »Ich weiß nicht, was wir jetzt tun sollen.«

Sie beratschlagten kurz und kamen überein, dass es keinen Sinn machte, die Polizei zu rufen. Gemeinsam verließen sie die Feier und suchten die umliegenden Straßen nach Daria ab. Von einer Telefonzelle aus rief Tom bei sich zu Hause an, doch niemand nahm ab. Erst als er auflegte, fiel ihm auf, wie sinnlos der Anruf gewesen war. Daria hatte überhaupt keinen Schlüssel für seine Wohnung.

Schließlich gaben sie ihre Suche auf. Tom und Schelsky gingen noch einmal auf das Grundstück zurück, auf dem die Feier langsam verebbte, um sich von Andy zu verabschieden. Zuvor brachten sie noch Fanny, die es plötzlich sehr eilig hatte, zu ihrem Auto. Sie müsse jetzt dringend ihre Eltern als Babysitter ablösen, erklärte Fanny, und die beiden sollten Andy noch schön von ihr grüßen. Zwei innige Umarmungen und ein Versprechen später – dass Tom sich sofort bei ihr melde, wenn Daria wieder auftauchen sollte – brauste sie davon.

Schelsky und Tom passierten die Toreinfahrt und gingen den Kiesweg zurück. Die Fackeln waren längst niedergebrannt. Auf der Suche nach Andy begegnete ihnen Manuela. Sie warf Tom einen strafenden Blick zu und fragte ihn, wo er so lange gewesen sei. Tom gab keine Antwort.

»Kannst du mich noch mitnehmen?«, fragte Manuela.

Vor einer Stunde hatten sie herausgefunden, dass sie nur rund zwei Kilometer voneinander entfernt wohnten. Tom nickte. Ihm fiel kein Grund ein, ihr die Mitfahrgelegenheit zu verweigern. Kurz darauf verabschiedeten sich alle drei von Andy, der ziemlich angeschlagen wirkte. Als Schelsky ihn von Fanny grüßte, verzog er das Gesicht zu einer süßsauren Miene.

Schelsky schwang sich auf seine Maschine und ließ den Motor aufjaulen. »Melde dich sofort, wenn du was von Daria hörst«, war der letzte

Satz, den er Tom zurief, bevor er sein Visier herunterklappte. Kurz darauf verschwand er im Dunkel der Nacht.

Manuela nahm auf dem Beifahrersitz Platz.

»Was war los, und wo ist Daria abgeblieben?«, fragte sie Tom.

Tom erzählte ihr während der Fahrt die ganze Geschichte. Es tat gut, darüber zu reden.

***

Nachdem er sie mit den Örtlichkeiten vertraut gemacht hatte, gab Dr. Berninger Daria eine frische Zahnbürste, die er für solche Situationen in seinem Spiegelschrank aufbewahrte. Er stellte eine Flasche Wasser neben ihr Bett, das er zuvor frisch bezogen hatte. Morgen würde er mit Daria über die nächsten Schritte reden, die notwendig waren, den Kampf gegen die Sucht erneut aufzunehmen. Wie immer in solchen Situationen fühlte er sich hilflos. Er hatte zu viele junge Menschen kennengelernt, die den Kampf gegen die Droge wenig später verloren hatten.

Daria war dankbar für Berningers Fürsorge. Die Tabletten linderten den schlimmsten Schmerz, und sie würde wohl ein paar Stunden schlafen können. Bevor sie sich zur Ruhe bettete, versuchte sie noch einmal, Tom zu erreichen. Nur der Anrufbeantworter sprang an.

»Tom es tut mir leid. Mir ging es nicht so gut. Jetzt ist alles im Lot, mach dir keine Sorgen. Ich bin in medizinischer Obhut. Morgen erkläre ich dir, was passiert ist, okay? Schlaf gut und vielen Dank für alles.«

Dann legte sie auf und fiel nach wenigen Minuten tatsächlich in einen tiefen Schlaf.

***

Toms Wohnung lag quasi auf dem Weg zu Manuela. Er hatte versprochen, sie nach Hause zu bringen, wollte zuerst aber seinen Anrufbeantworter abhören. Vielleicht hatte sich Daria ja gemeldet. Manuela, die nicht so lange in seinem Wagen warten wollte, begleitete ihn. Tom schloss die Wohnungstür auf und eilte, ohne die Jacke abzulegen, zum Anrufbeantworter. Erleichterung überkam ihn, als er Sekunden später Darias Stimme hörte. Er rief sofort bei Schelsky an und teilte ihm die frohe Botschaft mit.

Fannys Eltern wollte er jetzt nicht mehr wecken, der Anruf musste warten. Dann beschloss Tom, sich einen Whiskey zu genehmigen, bevor er Manuela nach Hause brachte.

Er öffnete die Flasche, fischte zwei Gläser aus einer kleinen Vitrine und schenkte beide halbvoll. Manuela ließ sich auf sein Sofa gleiten, prostete ihm zu und nahm einen kräftigen Schluck.

Während Toms Gedanken unaufhörlich um Daria kreisten, sackte die aufsteigende Müdigkeit ihm bleischwer in die Knochen. Manuela hingegen schien immer munterer zu werden. Und redseliger. Tom erfuhr, dass sie schon bald nach dem Abitur geheiratet hatte, am Anfang auch glücklich gewesen war, doch der Alltag hatte die Ehe schnell auf die Probe gestellt. Ihr Mann Wolfgang habe sich bald nur noch um seine Firma gekümmert, ihr immer weniger Beachtung und Zeit geschenkt und sie schließlich nur noch wie ein Requisit behandelt. Zudem hatte er sie wohl betrogen, und nun hatte sie die Konsequenz gezogen und war ausgezogen.

Sie redet wie ein Wasserfall, dachte Tom und gähnte herzhaft. Sie will gar nicht wissen, was ich darüber denke. Warum erzählt sie mir das alles? Hat sie keine beste Freundin?

Tom erwischte sich dabei, dass er Manuela nur noch mit einem halben Ohr zuhörte und verstohlen auf das Zifferblatt seiner Armbanduhr starrte. Er wollte, dass sie geht.

»Ich bring dich jetzt mal nach Hause«, sagte er, während er sich erhob. Aber Manuela dachte gar nicht daran zu gehen.

»Setz dich wieder«, sagte sie nur.

Dann stellte sie unmissverständlich klar, dass sie heute bei ihm übernachten werde. Und dass sie es immer schon geahnt habe, dass zwischen ihnen noch mal was laufen würde. Dabei setzte sie ein Ich-bin-das-Geschenk-du-musst-mich-nur-noch-auspacken-Grinsen auf, das ungeheuer verführerisch wirken sollte.

Jetzt muss sie sich noch über die Lippen lecken, dann ist das Klischee perfekt, war das Einzige, was Tom noch zu denken imstande war.

Manuela, inzwischen schon ziemlich angeschickert, wollte noch etwas trinken. Als Tom nachschenkte, nutzte sie die Gelegenheit, näher zu rücken. Als er sich wieder setzte, schmiegte sie sich an ihn und begann sein Ohrläppchen mit Zähnen und Zunge zu bespielen.

»Ich will mit dir schlafen!«, hauchte sie.

Dieser Vorstoß kommt zehn Jahre zu spät, dachte Tom und erinnerte sich, dass er während des letzten Schuljahres des öfteren Anstalten unternommen hatte, Manuela in sein Bett zu kriegen. Aus irgendeinem Grund hatte sie ihn aber nie rangelassen.

Schon rekelte sie sich betont lasziv auf seiner Brust. Die Situation erschien Tom so absurd, dass er Angst hatte, gleich ziemlich laut loszulachen. Wo bitte war hier der Notausgang?

Sie federte aus dem Sitz, streckte ihm die Hände entgegen, so als wollte sie ihn aus dem Sofa ziehen, und hauchte ihm noch ein »Komm« entgegen, während sie ihn anzwinkerte und ihr Kopf eine Bewegung in Richtung Schlafzimmer machte.

Wie sag ich's ihr?, fragte er sich, während er sich ganz breit und schwer machte auf dem Sofa, so schwer, dass ihn kein Kran mehr weghieven könnte. Dann sagte er es einfach: »Ich will nicht!«

Als würde sie Stopptanz spielen, gefror Manuelas Bewegung. Sie schaute ihn völlig fassungslos an. Der schlichte Drei-Wort-Satz schien sie total zu überfordern.

»Du willst nicht?«

Sie hört auch noch schlecht, dachte Tom, während Manuela immer noch damit beschäftigt schien, den Inhalt seines Satzes zu erfassen. Er ärgerte sich darüber, wie selbstverständlich sie davon ausging, er stünde allzeit bereit, wenn sie sich nach Jahren an ihn erinnerte, weil sie von ihrem Mann gerade die Schnauze voll hatte.

»Das meinst du nicht im Ernst!«

»Doch, sorry – ich habe gerade keine Lust und muss erst mal die Sache mit Daria verkraften.«

»Ich mache dir nach Jahren so ein Angebot, und du schlägst es aus? Das glaub ich jetzt nicht.«

»Mir ist wirklich nicht danach, sorry!«

»Das tust du nur aus Trotz, weil du früher nicht randurftest.«

»Nein, wirklich nicht.«

»Du willst mich verletzen, mir das Gefühl geben, ich sei unattraktiv.«

»Nein, ich habe bloß keine Lust. Ich bin keine Maschine mit Anschaltautomatik.«

Manuelas Mienenspiel veränderte sich. Jetzt wird sie wütend, dachte Tom.

»Ihr Macker müsst auch immer den Bestimmer spielen. Euer männliches Selbstverständnis erträgt es einfach nicht, wenn ihr mal nicht die Initiative ergreift. Kaum steht eine Frau mal zu ihren Bedürfnissen, zieht ihr den Schwanz ein. Was bildet ihr euch eigentlich ein!?«

»Das ist es nicht, Manuela. Ich bin einfach hundemüde.«

»Du bist ein Idiot«, schrie sie, und aus ihren Augen schossen Giftpfeile auf ihn zu. Tom dachte daran, wie oft er sich schon so eine Abfuhr geholt hatte. Und was geschehen wäre, hätte er so reagiert wie jetzt Manuela.

»Mir reicht's«, schäumte sie, verließ das Zimmer und machte sich an der Garderobe zu schaffen. Kurz darauf vernahm Tom, wie sich die Tür öffnete.

»Dann hol dir doch einen runter!«, rief sie ihm nach, dann knallte die Tür zu.

Tom griff nach seinem Glas. Er hatte keine Ahnung, wie sie jetzt nach Hause kam, doch das war ihm auch egal. Er fragte sich, ob er das alles nur geträumt hatte. Aber das zweite Glas, an dem noch Lippenstift klebte, belehrte ihn eines Besseren.

***

Das Haus ihrer Eltern war dunkel. Alle schliefen. Leise drehte Fanny den Schlüssel im Schloss, bis die Tür aufsprang. Da sie barfuß gefahren war, musste sie nicht einmal mehr ihre Schuhe ausziehen. Sie ging ins Bad, putzte sich die Zähne, wusch sich Gesicht und Unterleib. Sie strich sich mit einem Finger durch die Scheide und beroch die an der Kuppe klebende Feuchtigkeit. Das Ergebnis war eindeutig: Genau in dem Moment, als seine Frau an die Tür klopfte, musste Andy in sie hineingespritzt haben. Sie rechnete nach. Jeden Tag musste sich ihre Regel einstellen. Da sie seit Monaten keinen Sex hatte, nahm sie die Pille schon seit längerem nicht mehr. Risiko, dachte sie. Doch das war so gering, dass sie beruhigt einschlafen konnte.

***

Schelsky wälzte sich hin und her. Obwohl er wusste, dass die Nacht in ein paar Stunden schon wieder vorbei sein würde, kam er nicht zur Ruhe. Er ließ das lange Gespräch mit Daria, bei dem er fast nur Zuhörer gewesen war, noch einmal an sich vorbeiziehen. Er hatte gewusst, dass sie Drogenprobleme hatte, aber er war nie auf die Idee gekommen, sich bei ihr zu melden. Warum nicht? Schelsky fand in dieser Nacht keine Antwort. Und keinen Schlaf.

KAPITEL 24

1. November 1993: Mit dem Inkrafttreten des Vertrags von Maastricht wird die Europäische Union mit einem gemeinsamen europäischen Binnenmarkt wirtschaftliche Realität. Und schon wird an eine gemeinsame Währung gedacht, die dann vielleicht ganz europäisch Euro heißen könnte.

Die Wand war fleckig, das enge Treppenhaus seit Jahren nicht gestrichen worden. Es roch nach Bohnerwachs. So ein Zeug benutzt doch eigentlich niemand mehr, dachte Schelsky. Ist total aus er Mode gekommen. Während er eine nach der anderen Stufe nahm, versuchte er sich vorzustellen, dass er hier vielleicht bald jeden Tag die Treppen hochsteigen würde. Der Gedanke war ihm fremd.

Daria schloss die Tür auf. Der Geruch frischer Farbe schlug ihnen entgegen. Die weiß gestrichenen Wände kamen ihm besonders niedrig vor. Er war hohe Wände gewohnt, die sich durch Stuckleisten von der Decke absetzten. Hier gab es keinen Stuck, und wenn Schelsky sich auf die Zehenspitzen stellte, konnte er mit den Fingerspitzen die Decke fast berühren.

Sie sahen sich schweigend in der leeren Wohnung um. Zwei Zimmer, ein kleines Duschbad, eine mittelgroße Küche mit E-Herd und Nachtspeicherofen; 54 Quadratmeter waren schnell erkundet.

»Hältst du das wirklich für eine gute Idee?«, fragte Daria unvermittelt und strich sich durchs Haar. Sie betrachtete Schelsky aufmerksam, so als stünde in seinem Gesicht die Antwort auf die Frage geschrieben, ob es ein kluger Plan war zusammenzuziehen. Schelsky zuckte mit den Schultern. »Na ja, wir werden ja sehen, ob's funktioniert.«

Seit dem heutigen Tag war Daria ganz offiziell Mieterin der Wohnung dritter Stock, links. Backsteinfassade, Nachkriegsbau. Belebte Straße, mittelattraktiver Stadtteil. Nichts Besonderes also. Doch erst mal eine Basis, von der aus sie sich ihre Heimatstadt neu erschließen konnte.

Würde das passen: Daria und Schelsky? Ein Junkie mit einem Nicht-Junkie. Vielleicht war es ihre einzige Chance. Doch würde Schelsky es packen?

Schelsky strich sich verlegen übers Kinn. Wir können es doch zumindest versuchen, dachte er. Wenn's schiefgeht, zieh ich halt irgendwo anders hin.

Daria hatte Johannes rausgeworfen. Sein Absturz hatte sich zuletzt ungebremst vollzogen, und es war nicht möglich, mit ihm zusammenzuwohnen, ohne mitgerissen zu werden. Er drückte längst wieder täglich und hatte keine Wahl mehr, als sich das Geld, das er dafür brauchte, auch auf illegalem Wege zu besorgen. Einmal in der Woche stand die Polizei vor ihrer Haustür, und auch Darias Einkünfte waren vor Johannes nicht sicher. Wo immer sie in den vergangenen Wochen ihr Geld versteckt hatte, er hatte die Wohnung durchwühlt und es gefunden. Irgendwie musste er auch an ihre PIN-Nummer gekommen sein: Ihr Konto war noch stärker im Dispo als sonst, und es gab mehrere Abhebungen, die sie eindeutig nicht vorgenommen hatte.

»Und wird Jessy deine Tochter zu einer Drogensüchtigen in die Wohnung lassen?« Daria öffnete einen Küchenschrank mit weißem Kunststofffurnier und prüfte mit ihrem Zeigefinger, wie viel Staub auf den oberen Regalbrettern wohnte, die sie von unten nicht einsehen konnte. Nach ihrer Flucht aus Köln war sie zuerst zurück zu ihrem Vater gezogen, der inzwischen in einer kleinen Wohnung in der Nähe des Universitätsviertels lebte. Sie hatte sich fünf Nächte lang auf einer Couch verknotet, die zum Schlafen kaum geeignet war, und hatte als Belohnung eine starke Verspannung im Schulterbereich davongetragen. Wenn sie ihren linken Arm auch nur leicht bewegte, fuhr der Schmerz ihr in den Nacken.

»Ich kann ihr ja sagen, dass du inzwischen clean bist. Und du musst ja nicht direkt vor Amelies Nase drücken.«

Schelsky überlegte, wie er es Jessy beibringen würde, dass er zu Daria zog. Natürlich hatte er ihr in besseren Zeiten von Darias Heroin-Konsum erzählt. Das stellte sich nun als Fehler heraus.

Seit zwei Wochen hatte Schelsky Amelie nicht mehr gesehen. Er übernachtete bei unterschiedlichen Bekannten und war ständig auf Achse. Er konnte gar nicht mehr genau sagen, woran sich der Streit entzündet hatte, der ihn aus dem Haus getrieben hatte. Es war um Alltagskleinigkeiten gegangen, und ein Wort hatte das andere gegeben. Bis er plötzlich im Flur stand und sein ganzer Körper bebte, als er Jessy anschrie:

»Du kannst deinen Scheiß echt alleine machen. Ich hau ab!«

»Dann geh doch. Ich halt dich bestimmt nicht auf!«

Das war der letzte Satz, den er gehört hatte. Kurz darauf hatte er die Haustür zugeschlagen. Von draußen. Fast im selben Moment bereute er seinen Auftritt. Er wäre sofort zurückgekehrt, hätte er in der Eile nicht vergessen, seinen Schlüssel einzustecken. Die Vorstellung, zu klingeln und Jessy um Einlass zu bitten, war demütigend. Also ging er und setzte sich erst einmal ins nächste Café.

Seitdem hatte Schelsky weder Jessy noch Amelie zu Gesicht bekommen. Er hatte einmal angerufen, aber Jessy hatte sofort wortlos aufgelegt.

Daria kontrollierte die Klospülung und machte sich an ein paar Spinnweben zu schaffen, die den Platz zwischen Klokasten und Wand ausfüllten. Schelsky öffnete das Küchenfenster und schloss es wieder. Es musste neu eingestellt werden.

Als sie wieder auf die Straße traten, erwartete sie ein schon winterkühler, aber sonniger Tag. Sie fuhren mit der Bahn an einen Elbanleger und beobachteten die Containerfrachter, die die Elbe stromaufwärts krochen. Schelsky hatte auf einmal das Bedürfnis, seinen Arm schützend um Daria zu legen. Sie ließ es geschehen, weil sie wusste, dass er nicht mehr wollte als das. Seit Andys Geburtstagsfest hatten sie sich ein paarmal gesehen, und stets hatte Schelsky jede Annäherung vermieden, die sie hätte falsch verstehen können. Er hatte ihr einfach nur zugehört und versucht, sich in sie hineinzufühlen. Und er hatte schnell gemerkt, dass jemand, der noch nie an der Nadel gehangen hatte, keine Chance hatte zu begreifen, was in einem Junkie vor sich ging.

***

»Nein Mama, ich werde nicht kommen!«

Tom ließ seine Stimme fest klingen. Er wollte das Gespräch so schnell wie möglich beenden. Weder hatte er Lust, sich mit seiner Mutter darüber zu streiten, warum er sich schon so lange nicht hatte blicken lassen, noch die Zeit dazu. Er musste innerhalb der nächsten zweieinhalb Stunden noch zwei Zeitungsseiten füllen und vorher noch ein Gespräch mit seinem Chef hinter sich bringen, bei dem er nicht wusste, was ihn erwartete.

»Bitte Tom. Muss ja nicht gleich morgen oder übermorgen sein.« Die Stimme seiner Mutter hatte etwas Flehendes. »Er baut wirklich ab. Und ich weiß, dass er dich gerne sehen würde, auch wenn er das niemals zugeben würde. Du kennst ihn ja.«

Ja? Kannte er seinen Vater wirklich? Tom bezweifelte das. Was wusste er schon über ihn? Das Band zwischen ihnen war zerschnitten. Und Tom sah keinen Grund, es wieder zusammenzuknoten.

»Empfindest du eigentlich überhaupt nichts für deinen Vater?«, fragte sie, nachdem Tom eine Antwort schuldig geblieben war. Der Tonfall seiner Mutter hatte jetzt von Flehen auf Anklage gewechselt.

Das ist eine gute Frage, dachte Tom. Was empfinde ich eigentlich für meinen Vater? Hass? Gleichgültigkeit? Ist da noch ein Rest Liebe für ihn, den ich nur verdränge?

»Doch schon«, stammelte Tom und ärgerte sich im selben Moment darüber, dass es seiner Mutter stets gelang, ihn in die Enge zu treiben. Warum begann er immer wieder, sich zu rechtfertigen?

»Ich muss jetzt wirklich Schluss machen«, fügte er hinzu, bevor seine Mutter noch etwas sagen konnte. »Ich ruf dich die kommenden Tage mal an.« Ohne eine Erwiderung abzuwarten, legte er auf. Natürlich würde er sich nicht bei ihr melden. Und er hatte auch keine Lust, sich Gedanken über seinen Vater zu machen.

Kaum hatte er aufgelegt, da klingelte schon wieder das Telefon; diesmal aber mit einer anderen Tonfolge, die verriet, dass es sich um einen hausinternen Anruf handelte. Tom nahm ab und hatte Monica Jessen, die Sekretärin von Klaus Velbert, am Apparat.

»Kommst du Tom!? Klaus wartet schon auf dich.«

Tom warf einen Blick auf seine Armbanduhr. Er war bereits überfällig. Klaus Velbert ließ man nicht warten.

Zwei Minuten später stand Tom auf der Schwelle zu Velberts Büro. Der Chefredakteur winkte ihn herein und bot ihm mit einer dezenten Handbewegung einen Platz an. Velbert, der nur Maßanzüge trug, wirkte immer wie aus dem Ei gepellt. Er maß fast 1,90 Meter, war Mitte vierzig und hatte trotz seines Alters kein graues Haar und kein Gramm zu viel vorzuweisen. Er erkundigte sich, ob Tom seinen Kaffee mit Milch nehme, und erteilte Monica den entsprechenden Auftrag. Er bot Tom ein Zigarillo an, den Tom aber ablehnte, da er den Geschmack nicht mochte. Als der Kaffee dampfend vor ihnen stand und Monica das repräsentative Büro wieder verlassen hatte, räusperte Velbert sich kurz zum Zeichen, dass er das Gespräch nun beginnen wollte.

»Tom, du fragst dich sicher, warum ich mit dir sprechen will?«, begann Velbert mit wohltemperierter, wenngleich etwas sonorer Stimme. Tom nickte nur, unsicher, was für eine Antwort er geben sollte. Er hatte keinen blassen Schimmer, was ihn erwartete. Nur dieses unangenehme Gefühl in der Magengrube, welches sich stets einstellte, wenn ihn ein Vorgesetzter zu sich zitierte.

Velbert schien nicht mit einer Antwort gerechnet zu haben. Unbeirrt fuhr er fort.

»Zuerst einmal: Du bist jetzt ein halbes Jahr bei der Hamburger Abendpost, und wir sind so zufrieden mit dir, wie wir uns das erhofft hatten. Du recherchierst gut, hast eine flotte Schreibe, kooperierst gut mit deinen Kollegen ...«

Tom fragte sich, worauf der kleine Vortrag hinauslaufen sollte. Nach dem Lob konnte es nicht ganz dicke kommen, doch ein »aber« lag in der Luft. Velbert hatte ihn kaum für ein paar warme Worte in sein Büro zitiert. Und für eine Beförderung war es nach einem halben Jahr eindeutig zu früh.

»... und zeigst einen unermüdlichen Einsatz. Wenn du so weitermachst, stehen dir bei uns viele Türen offen. Trotzdem gibt es ein paar Kleinigkeiten, die wir einmal besprechen sollten.«

Jetzt kommt es, dachte Tom. Das Kribbeln im Magen wurde augenblicklich stärker. Tom fragte sich, ob er wohl gerade rot angelaufen war. Er bemühte sich, auf seine Atmung zu achten.

»Wir wissen ja beide, dass du politisch eher links stehst. Das ist ja so weit okay; jeder hat hier das Recht auf seine eigene Meinung. Wir sind ja schließlich pluralistisch aufgestellt.«

Velbert quittierte seine letzte Bemerkung mit einem kurzen Auflachen, so als hätte er gerade einen besonders guten Scherz gemacht. Dabei wippte das Omar-Sharif-Bärtchen auf seiner Oberlippe hin und her. Tom überlegte, ob es angesagt war mitzulachen. Da sich hier aber ein Witz auf seine Kosten anbahnte, übte er lieber Verzicht.

»Ich würde mir aber wünschen, dass du diese linken Überzeugungen auch mal gegen den Strich bürstest, mal überraschender wirst in deinen Kommentaren. Einfach mal den Blick erweitern, die Perspektive wechseln.«

Daher wehte also der Wind. Er sollte eingenordet, auf Linie gebracht werden. Seine Haltung ändern.

»Du weißt, Tom, dass wir eine eher konservative Leserschaft haben. Die haben durchaus nichts dagegen, auch mal eine etwas radikalere Position aufgetischt zu bekommen. Aber eben nicht immer.«

Sie haben doch gewusst, wen sie da holen, dachte Tom. Und radikale Positionen brachte er in der Abendpost sowieso nie unter. Als radikal galten hier schon die Grünen.

»Manchmal sind es wirklich nur Kleinigkeiten, etwa der Sprachgebrauch«, setzte Velbert seinen Monolog unbeirrt fort, während er den Rest seines ausgedrückten Zigarillos im Aschenbecher verschwinden ließ. »Neulich hast du etwa über diese Demonstration berichtet, auf der dann schließlich Steine flogen.«

Tom wusste sofort, wovon Velbert sprach. Vor einigen Wochen hatten ein paar Hundert Autonome gegen das Verbot der linken Zeitschrift *radikal* demonstriert. Wasserwerfer und Schlagstöcke hatten die bis dahin friedliche Demo aufgelöst. Es hatte mehr als 50 Festnahmen gegeben. Daraufhin hatte eine Handvoll vermummter Protestierer brennende Barrikaden errichtet und die anrückende Polizei mit einem Steinhagel empfangen. Dem Feuer war auch ein parkendes Auto zum Opfer gefallen.

»Ja, daran erinnere ich mich gut«, antwortete Tom, um auch mal wieder an dem Gespräch teilzunehmen.

»Gut. Und wie hast du diese vermummten Gestalten bezeichnet? Mal als Autonome, mal als Antiimperialisten. Was sollen sich unsere Leser denn bitte unter Antiimperialisten vorstellen?«

Velbert nahm langsam Fahrt auf.

»Die kennen nicht mal den Begriff und kapieren überhaupt nicht, was du da schreibst. Ob da autonome Antiimps oder antiimperialistische Autonome auf die Straße gehen, das versteht niemand, und das interessiert auch niemanden. Wer sich vermummt und Steine schmeißt, ist ein Chaot. Das versteht der Leser!«

Tom überlegte, ob es Sinn machte, zu widersprechen. Sollte er Velbert irgendetwas darüber erzählen, dass es die Polizei gewesen war, die die Situation hatte eskalieren lassen? Oder dass Chaoten ein Kampfbegriff ist, der diese Gruppen ihrer politischen Ziele enthebt? Er ließ es bleiben. Er würde bei Velbert sowieso nicht durchdringen. Velbert diskutierte nicht, Velbert ordnete an. Er suchte keinen Widerspruch, sondern Zustimmung. Einem Velbert gab man keine Widerworte. Jedenfalls nicht ungestraft.

»Ich werde es mir merken«, sagte Tom und versuchte gar nicht, besonders begeistert auszusehen. Velbert sollte schon merken, dass Tom sich nur fügte, weil er das Sagen hatte.

»Das habe ich nicht anders von dir erwartet«, setzte Velbert nach und rückte sich seine dunkelrote Krawatte zurecht. »Und wie gesagt Tom, du wirst es noch einmal sehr weit bringen.«

***

»La le lu
Nur der Mann im Mond schaut zu
Wenn die kleinen Babys schlafen
Drum schlaf auch du.«

Fanny sang die Strophe schon zum dritten Mal. Finn war längst eingeschlafen, aber Thorben weinte unaufhörlich. Er hatte keine Koliken, er hatte gerade die Brust bekommen und eine neue Windel. Warum also hörte er nicht auf zu plärren? Sie würde zu spät kommen.

Einmal wollte sie ausgehen, und gerade dann kam Thorben nicht zur Ruhe. Ahnte er, dass sie ihn heute Abend für ein paar Stunden verließ?

Annika hatte sich hinter Fanny auf den roten Kinderstuhl gesetzt. Sie wechselte fragende Blicke mit Fanny. »Er schläft gut ein und auch meistens bis zum frühen Morgen durch«, hatte Fanny ihr gesagt. Doch Thorben schien nichts davon zu wissen, dass er ein guter Schläfer war.

»Wenn er nicht bald Ruhe gibt, blasen wir es ab«, stöhnte Fanny. »Das Geld bekommst du trotzdem.« Sie wollte es sich nicht gleich mit Annika, der Tochter eines Kollegen, verscherzen. Es war nicht leicht gewesen, eine Babysitterin zu finden. Auch wenn sie eigentlich kein Geld für solche Extras erübrigen konnte, hatte Fanny sich vorgenommen, zumindest einmal im Monat auszugehen. Ein Abend zum Drauffreuen, ein Abend, der verhinderte, dass ihr die Decke auf den Kopf fiel.

»La le lu

Vor dem Bettchen steh'n zwei Schuh
Und die sind ganz genauso müde
Gehn jetzt zur Ruh.«

Langsam schien Thorben sich in den Schlaf zu weinen. Aus dem Geplärre war erst ein leises Jammern geworden, nun kamen nur noch einzelne Schluchzer über seine Lippen. Die Augen waren seit einer Minute geschlossen und die Kauleisten zermahlten den Schnuller. Fanny sang weiter. Ein letzter, tiefer Seufzer, dann war Thorben eingeschlafen.

Leise schlichen sich Fanny und Annika aus dem Zimmer. Während sie Annika noch letzte Fragen zum Thema abgepumpte Milch beantwortete, schrieb sie ihr die Telefonnummer der Elbterrassen auf. Für den Notfall. Dann schlüpfte sie in ihre Turnschuhe, schnappte sich die Tüte mit den Pumps und warf sich die Jacke über. Sekunden später war sie im Hausflur verschwunden.

Außer Atem kam sie bei den Elbterrassen an. Sie war so schnell geradelt, dass sie nur wenige Minuten zu spät war. Hastig wechselte sie die Schuhe. Sie betrat den rustikal gestalteten Gastraum und entdeckte sofort Christoph, der an einem Ecktisch die Speisekarte studierte. Als er Fanny bemerkte, hellte sich sein Blick auf. Er federte aus dem Stuhl, eilte Fanny entgegen, umarmte sie und nahm ihr die Jacke ab.

Verlegen lächelten sie sich an, als sie gemeinsam Platz nahmen. Fanny verschanzte sich erst mal hinter der Speisekarte, um Christophs Blicken nicht ausgesetzt zu sein. Christoph hatte die Karte bereits zur Seite gelegt. Er bemühte sich, mit seinem Feuerzeug die Kerze anzuzünden, was nach einigen Fehlversuchen auch gelang.

»Hast du schon gewählt?«, fragte Christoph steif.

Fanny nickte. Christoph machte der Bedienung ein Zeichen, dass sie sich entschieden hatten. Der Mittfünfziger, im klassischen Kellner-Schwarz-Weiß, nahm ihre Bestellung auf. Als er damit fertig war, gab es kein Entrinnen mehr.

Sie hatten sich vier Tage nach Thorbens Geburt das erste Mal gesehen – auf dem Standesamt. Während ihre Mutter auf Thorben aufpasste, hatte sich Fanny aufgemacht, ihn offiziell anzumelden. Herr Buchtmann, wie Christoph mit Nachnamen hieß, nahm die Daten in seinem Computer auf. Als er auf dem von Fanny ausgefüllten Formular in der Rubrik, die für die Daten des Vaters vorgesehen war, nur das Wort »unbekannt« fand, hob er seinen Blick und musterte Fanny genau. Dann sagte er, mit dem Zeigefinger auf das Feld deutend:

»Sind Sie sicher, dass Sie das hier so stehen lassen wollen?«

Fanny, die spürte, wie sie errötete, brachte nur ein knappes Ja heraus.

»Der Vater soll nicht mal zahlen?«

»Lassen sie das mal meine Sorge sein, ich weiß schon, was ich tue«, versuchte Fanny das Gespräch abzubrechen, doch der Mann ihr gegenüber fixierte sie unverdrossen. Nach endlosen Sekunden schüttelte er den Kopf und tippte etwas in den Computer.

»Wenn Sie meinen«, sagte er, ohne noch einmal aufzublicken.

»Arschloch«, rief Fanny leise, aber wütend in den leeren Behördenflur, nachdem sie Buchtmanns Büro verlassen hatte.

Am Abend darauf rief das Arschloch bei ihr an. Ihre Telefonnummer stand in seinem Formular. Fanny war zuerst empört. Wie kam dieser Beamtenarsch dazu, ihr hinterherzuspionieren. Sie wollte auflegen, doch Buchtmann gelang es, sie am Apparat zu halten.

»Ich möchte nur kurz mit Ihnen sprechen, Frau Martens.«

»Ich aber vielleicht nicht mit Ihnen?!«

»Hören Sie mir doch erst mal zu!«

»Warum sollte ich das tun?«

»Weil ich Ihnen helfen will.«

»Sie mir helfen? Wobei? Wie kommen Sie eigentlich dazu, sich in mein Leben einzumischen?«

Buchtmann ließ nicht locker, und Fanny schaffte es einfach nicht, das Gespräch zu beenden. Es dauerte noch zehn Minuten, da verrauschte so langsam ihre Wut auf den ungebetenen Anrufer. Buchtmann gab ihr Tipps, welche Hilfen sie als alleinerziehende Mutter in Anspruch nehmen und wie sie mehr finanzielle Unterstützung vom Staat erhalten könne. Buchtmann wirkte ehrlich bemüht, und das Gespräch nahm eine angenehme Wendung, bis er die Frage stellte:

»Was ist mit dem Vater?«

Thorbens Vater? Der saß in seiner Villa am Hamburger Stadtrand, versuchte seine Ehe zu retten und zahlte. Doch das ging diesen neugierigen Sachbearbeiter nun wirklich gar nichts an.

»Habe ich Ihnen nicht neulich schon klargemacht, dass das ganz allein meine Sache ist?« Fannys Ton war scharf und schneidend.

»Entschuldigen Sie, ich dachte nur ...«

»... offenbar das Falsche. Noch eine Frage zu diesem Thema, und ich lege ohne weitere Vorwarnung auf!«

Nachdem ihre Regel ausgeblieben war und der Test Gewissheit gab, hatte Fanny beschlossen, diesmal abzutreiben. Zwei Kinder und kein Mann war ein deutliches Missverhältnis. Sie hatte Andy angerufen, um ihn um das Geld für eine Abtreibung zu bitten, falls die Kasse die Kosten nicht übernehmen würde.

»Du willst mir da was andrehen!«, hatte er sie am Telefon angebrüllt. Sie seien wegen seiner Frau doch nicht einmal zum Ende gekommen, und überhaupt habe sie in der fraglichen Zeit doch ganz bestimmt nicht nur mit ihm geschlafen. Fanny bestand darauf, nur er könne der Vater sein und schließlich willigte Andy ein zu zahlen, wenn sie »es wegmachen« lasse und die Sache dann ein für alle Mal »erledigt« sei. Sie hatte es versprochen.

Fanny saß schon im Wartezimmer der gynäkologischen Ambulanz, da schossen ihr die Bilder zerstückelter Föten durch den Kopf. Sie alle trugen Finns Babygesicht. Fanny kämpfte gegen die Bilderflut an und verlor. Als der Eingriff beginnen sollte, hatte sie die Praxis längst verlassen.

Zwei Wochen fand sie kaum Schlaf. Dann rief sie erneut Andy an.

»Hallo Andy.«

»Du schon wieder? Alles gut verlaufen?«

»Ja. Aber nicht so, wie du denkst.«

»Was soll das bitte heißen?«

»Ich hab's nicht wegmachen lassen. Ich werde das Kind behalten.«

»Wie stellst du dir das vor?« Andys Stimme überschlug sich.

»Ich erziehe, du zahlst – ganz einfach!«

»Einen Teufel werde ich tun, deinen Balg durchzufüttern.«

»Dann muss ich mich leider an deine Frau wenden.«

»Untersteh dich!« Andy versuchte, seiner Stimme einen drohenden Unterton zu verleihen. Doch nur die Angst, die schiere Panik klang durch.

»Hör mal, Herr Brunner. Du hast mir ein Kind gemacht. Das ist auch deine Verantwortung. Ich verlang ja nicht, dass du dich kümmerst, aber du wirst es mitversorgen müssen. Entweder wir einigen uns, und niemand wird je erfahren, dass du der Vater bist, oder wir machen das ganze Prozedere mit Vaterschaftstest und Unterhaltsklage.«

»Das ist Erpressung«, zischte Andy. Purer Hass lag jetzt in seiner Stimme.

»Du kannst es dir ja überlegen«, hatte Fanny geantwortet und aufgelegt.

Zwei Wochen später setzte Andy seinen Namen unter die Unterhaltsverpflichtung, die Fanny mit anwaltlicher Hilfe ausgearbeitet hatte. Als er in der Kanzlei unterschrieb, würdigte er Fanny keines Blickes.

All das ging Christoph überhaupt nichts an.

»Auf dich!« Der Kellner hatte den Wein gebracht und beide Gläser halbvoll geschenkt. Christoph hielt das Glas in die Höhe, strahlte Fanny an und prostete ihr zu.

Er hatte sich in ihr Leben gedrängt. Hatte sie immer wieder angerufen und am Ende jedes Gesprächs höflich gefragt, ob er sich wieder melden dürfe. Langsam hatte Fanny sich an den ungebetenen Gast in ihrem von den Kindern ganz und gar bestimmten Dasein gewöhnt. Irgendwann hatte sie sich ertappt, dass sie auf seine Anrufe, die bald jeden Abend kamen, wartete. Es tat ihr gut, mit jemandem zu reden, wenn sie den ganzen Tag nur mit ihren Söhnen zugebracht hatte. In den Gesprächen hatte Fanny erfahren, dass Christoph geschieden war und seit dem Auszug aus der gemeinsamen Wohnung alleine lebte. Caroline, seine sechsjährige Tochter, sah er nur an jedem zweiten Wochenende. Die Art, wie Christoph darüber sprach, offenbarte Fanny, wie sehr er unter der Situation litt.

»Wann wirst du wieder in deinen Beruf einsteigen?«, erkundigte sich Christoph, während er eine der Oliven, die der Kellner ihnen gebracht hatte, verspeiste.

»Wenn Thorben ein Jahr alt ist.«

»Fällt dir bis dahin nicht die Decke auf dem Kopf?«

»Ist sie schon längst«, antwortete Fanny und deutete auf ein paar imaginäre Beulen auf ihrem Schädel.

Der Kellner brachte das Essen. Deichlamm für Christoph, einen gemischten Vorspeisenteller für Fanny. Während er die Kartoffeln auf den angewärmten Teller beförderte, musterte sie ihn. Der Mann war keine Schönheit, alles andere als eine imposante Erscheinung und schon gar nicht ihr Typ. Sein strähniges Haar war ausgedünnt, sein schmales Gesicht passte zu seinem schmächtigen Erscheinungsbild, und ein paar schief stehende Zähne deuteten an, dass seine Eltern den richtigen Zeitpunkt für eine Spange verpasst hatten. Er trug eine Nickelbrille mit dickeren Gläsern und hellbraune Cordhosen, die durch Hosenträger gehalten waren, welche sich über einem pastellblauen Hemd spannten. Dazu braune Mokassins, in denen graue Wollsocken steckten. Ein Gesamtkunstwerk für den etwas spezielleren Geschmack.

Christoph begann, von seiner gescheiterten Ehe zu erzählen, dem Sorgerechtsstreit und den monatelangen Verhandlungen um den angemessenen Unterhalt. Fanny bemühte sich zuzuhören, so wie er ihr sonst immer zuhörte, doch ihre Gedanken schweiften ab. Alles, was Christoph zu berichten hatte, klang mausgrau. Er war nicht amüsant, kannte keine Selbstironie und wenn er sich mal an einer Pointe versuchte, konnte man sicher sein, dass er sie verstolperte. Aber er war ein guter Zuhörer und hatte sich jedes Detail gemerkt, das sie ihm bislang aus ihrem Leben preisgegeben hatte. Das verblüffte Fanny. Christoph schien sich wirklich für sie zu interessieren.

Fanny trank den Wein viel zu hastig. Sie hatte das Bedürfnis, schwerelos zu werden, den Alltag ein paar Stunden hinter sich zu lassen und den Abend zu genießen. Vielleicht konnte sie sich Christoph auch sexy trinken. Doch irgendwie kam sie nicht an. Der Gedanke, ob Thorben wohl schon schlief und Annika mit allem zurechtkam, ließ sich nicht verscheuchen.

Sie erzählte Christoph von ihrer Berliner Zeit. Das umtriebige Szeneleben, indem sie kaum einmal zur Ruhe gekommen war, schien Lichtjahre entfernt. Christoph hing an ihren Lippen, stellte viele Fragen und nippte an dem Espresso, den er sich hatte inzwischen servieren lassen.

Die Gesellschaft tut mir gut, dachte Fanny. Christoph war wirklich nett, doch nette Männer waren langweilig. Man musste schon ziemlich einsam sein, um mit einem netten Mann etwas anzufangen. Sie war gerade ziemlich einsam

Der Kellner kam und brachte die Rechnung. Christoph zückte seine Brieftasche und fingerte einen großen Schein heraus. Fanny legte mit einer beschwörenden Geste ihre Hand auf seine.

»Es ist wohl klar, dass wir uns das teilen!«

Christoph sah sie etwas überrascht an. »Unsinn, ich kümmere mich um die Rechnung.«

»Kommt überhaupt nicht infrage. Wir haben schließlich 1993!«

»Aber du hast doch kaum Geld. Du kannst mich ja mal einladen, wenn du wieder arbeitest.«

Mit einem Handgriff zog Fanny das Portemonnaie aus ihrem Rucksack und bewaffnete sich ebenfalls mit einem Schein.

»Ich habe Geld, und du gibst deins gefälligst für Alimente aus. Keine Diskussion! Fifty-Fifty oder ich bin tödlich beleidigt.«

Christoph gab seinen Widerstand auf. Und obwohl sie ihre Hand nun von Christophs hätte nehmen können, ließ sie sie liegen. Erst als der Kellner abkassieren wollte, zog sie sie weg.

Sie teilten die Rechnung genau, Christoph half Fanny in ihre Jacke und ließ sich von ihr zu seinem Wagen begleiten. Obwohl eine nicht weit entfernte Laterne nur schummriges Licht warf, konnte Fanny erkennen, dass Christophs Golf schweinchenrosa lackiert war.

»Hab ihn gebraucht gekauft und noch nicht geschafft, ihn umspritzen zu lassen«, nuschelte Christoph verlegen. Er ist süß, wenn ihm was peinlich ist, dachte Fanny.

Christoph gab Fanny zum Abschied einen Kuss. Auf die Wange. Old fashioned, dachte Fanny. Very old fashioned. Dann winkte sie dem pinkfarbenen Golf hinterher und schwang sich auf ihr Rad. Die Nacht würde kurz werden. So wie jede Nacht.

KAPITEL 25

20. Juni 1995: Der Energiekonzern Shell gibt sich geschlagen. Das Unternehmen beschließt, einer nordöstlich der Shetland-Inseln stationierten, ausgedienten Ölplattform mit reichlich Gift an Bord, doch keine Seebestattung angedeihen zu lassen, sondern sie an Land zu entsorgen. Die Brent Spar, die von den Greenpeace-Regenbogenkriegern besetzt worden war, wird so zum Sinnbild des erfolgreichen ökologischen Protests, denn auch die Verbraucher zeigen dem Konzern mit dem Muschel-Emblem den Stinkefinger und fahren an dessen Tankstellen einfach vorbei.

Daria erschrak. Jemand klopfte an der Tür zu ihrem Büro. Sie drehte sich kurz auf ihrem Bürostuhl. Ihre Hände platzierte Daria unter der Tischplatte, um sie vor Blicken abzuschirmen. Erst dann antwortete sie mit einem gut hörbaren Ja. Die Tür öffnete sich, und Klaus, ihr Kollege, steckte seinen Kopf in den Raum.

»Wir wollten in zehn Minuten noch mal kurz konferieren, bist du dabei?«

»Klar doch«, antwortete Daria. Sie hatte Klaus den Rücken zugewendet.

»Okay«, sagte Klaus, »dann bis gleich.«

Er schloss die Tür, und Daria atmete durch. Sie nahm die Hände wieder unter der Tischplatte hervor. In der Linken hielt sie einen rußgeschwärzten Löffel mit einer trüb braunen Flüssigkeit, ihre andere Hand umklammerte ein Feuerzeug.

Knapp zehn Minuten später tauchte Daria ganz pünktlich im Konferenzraum auf. Sie hatte sich den Schweiß von der Stirn gewischt und im Handspiegel noch einmal das Make-up kontrolliert. Die Droge begann ihre Wirkung zu tun und packte sie in Watte.

Daria war sicher, dass auch diesmal niemandem ihr Zustand auffallen würde. Sie wusste, dass hinter ihrem Rücken getuschelt wurde. Das Gerücht, sie würde harte Drogen nehmen, hatte längst den letzten Winkel der Redaktion erreicht. Nur Conrad, ihr Chef, war über ihre Abhängigkeit offiziell informiert. Wie viel ihre anderen Kollegen ahnten, wusste Daria nicht. Sie durfte sich keine Blöße geben, um den Tratsch nicht noch weiter anzufachen.

Alle Kraft, die sie noch aufbringen konnte, steckte sie in ihre Arbeit. Kraft, von der sie nicht wusste, woher sie sie nahm. Jeder einzelne Tag war eine neue Herausforderung. Quälend lange Stunden zwischen Entzug und Druck. Stinkender Schweiß trat aus ihren Poren, und ihre Gedärme rumorten, wenn die Wirkung der Dosis nachließ. Meist rauchte sie ihr Heroin nur, am offenen Fenster oder in der Toilette. Das fiel weniger auf und war risikoloser als das heimliche Hantieren mit dem Spritzbesteck.

Fing die Droge an zu wirken, überfiel sie oft tiefe Müdigkeit und Lethargie. Zeiten, in denen sie nur mit Tabletten den Turkey bekämpfte, weil ihr das Heroin ausgegangen war, dehnten sich endlos.

War ein Tag bewältigt, glaubte sie jedes Mal, dass sie es am nächsten Tag nicht mehr schaffen würde, wieder zur Arbeit zu gehen. Am nächsten Morgen schleppte sie sich wieder in die Redaktion, die ihr letzter Rettungsanker war. So ging das nun schon seit Monaten. Ich schreibe um mein Leben, dachte Daria.

Freunde hatte sie keine in der Redaktion. Zu gefährlich. Wie sollte sie sich jemandem anvertrauen? Und jeder, der genauer hinsah, würde sich schnell zusammenreimen können, was mit ihr los war. Sie blieb allein. Mied jeden Kontakt zu Menschen, die diese Sucht nicht kannten und sie nicht verstehen konnten. Und ging denjenigen aus dem Weg, die ihr Schicksal teilten, hielt sich fern von der Szene, um nicht in ihr zu versinken. Zu Hause schaltete sie das Licht aus und den Fernseher an. Die Bilder erreichten sie nicht. Mal waren sie stumpf, dann wieder blendend grell. Sie wartete darauf, dass der Schlaf kam. Doch auch die Nacht brachte keine Erholung. Sie schlief meist nur ein paar Stunden am Stück, dämmerte den Rest der Zeit dahin oder wand sich in Krämpfen. Wenn der Wecker klingelte, war sie total erschöpft.

Auch Schelsky ging sie nach Möglichkeit aus dem Weg. Obwohl die Wohnung klein war, begegneten sie sich nur selten. Das schlechte Gewissen ihm gegenüber konnte Daria kaum ertragen. Schelsky litt still. Bis er mal wieder einen neuen Anlauf nahm, ihr irgendwie zu helfen. Dann versuchte er sie aufzurütteln, bot ihr jede erdenkliche Hilfe an, drohte, stellte ihr Ultimaten, sich um eine neue Therapie zu kümmern, versteckte ihre Vorräte und rückte sie wieder raus, wenn sie bettelte und er ihren Zustand nicht mehr ertragen konnte. All das nahm sie kaum wahr. Längst hatte sie Schelsky in ihre Sucht eingebunden. Wenn es ihr gut ging, bewunderte sie ihn für das, was er für sie tat. Ging es ihr schlecht, hasste sie ihn, ertrug sie seine Gegenwart nicht, wollte sie nur, dass er sie endlich in Ruhe ließ. Sie hatte ihn mehrfach angeschrien und sich im nächsten Moment dafür geschämt. Sie nahm ihm seine ganze Hilflosigkeit übel und wusste doch, dass er gar keine Chance hatte. Er machte alles richtig und damit alles falsch.

Immer wieder hatte sie in den vergangenen Wochen versucht, sich auf eigene Faust zu entgiften, jedes Mal wieder hatte sie irgendwann aufgesteckt. Sie war zu oft gescheitert, um noch an sich zu glauben. Noch eine Therapie? Sie hatte sich lange gegen diesen Gedanken gesperrt. Das würde ihr Versagen, aus eigener Kraft die Sucht zu besiegen, amtlich machen. Inzwischen war sie manchmal so weit, sich ihre totale Niederlage einzugestehen. Ein letzter Versuch, sagte sie sich. Sonst gebe ich auf.

***

Ich halte es nicht mehr aus, dachte Schelsky. Er mischte eine Hörspielproduktion ab und musste fast jeden Arbeitsschritt wiederholen, weil ihm die Konzentration fehlte. Er dachte unentwegt an Daria. Die Sorge um sie fraß ihn langsam auf. Er hatte sich überschätzt. Sein kühner Plan, sie aus der Sucht zu führen, war gründlich gescheitert. Jetzt sah er tatenlos zu, wie sie immer näher an den Abgrund steuerte. Auch wenn sie sich ihm so weit wie möglich entzog, konnte er die Augen vor ihrem sich beschleunigenden Verfall nicht verschließen. Durch die Wand hörte er, wie sie nachts stöhnte. Er hatte versagt. Er konnte Daria nicht retten.

Zusammen mit ihrem Vater würde er einen weiteren Versuch unternehmen, ihr einen Therapieplatz zu besorgen. Die beiden standen – ohne dass Daria davon wusste – seit einigen Wochen in ständigem Kontakt miteinander. Einmal hatte er auch versucht, Darias Mutter zu erreichen. Schelsky hatte ihr kurz Darias Zustand geschildert, doch sie hatte sich für nicht zuständig erklärt. »Das ist nicht mehr mein Leben«, hatte sie nur gesagt.

Die Suche nach einem Therapieplatz würde vorerst das Letzte sein, was er für Daria tun würde. Dann musste er raus aus der Wohnung, raus aus ihrem Leben, musste Abstand haben, so schnell wie nur möglich, um nicht selbst vor die Hunde zu gehen.

In diesem Moment riss ein Klopfen an der Studiotür Schelsky jäh aus seinen Gedanken.

»Komm rein«, rief Schelsky, und Fred, einer der beiden Geschäftsführer von Rotlicht Records, betrat den Raum, begleitet von einer jungen Frau, die Schelsky nie zuvor gesehen hatte.

»Hey Schelsky«, murmelte Fred Kaugummi kauend. »Ich wollte dir gern Lara vorstellen. Sie studiert Toningenieurwissenschaften in Berlin und hat gerade ein Freisemester. Sie wird uns unter die Arme greifen, bis Rolf wieder da ist.«

Rolf war der zweite Geschäftsführende Gesellschafter. Er hatte derzeit psychische Probleme und war noch bis zum Herbst krankgeschrieben.

Lara trat einen Schritt vor und streckte Schelsky die Hand entgegen. Schelsky erwiderte die Geste und schaute dabei in Laras braune Augen. Er spürte, wie sein Herz schneller schlug. Vor ihm stand die vielleicht attraktivste Frau, die er in seinem ganzen Leben gesehen hatte. Lara lächelte ihn auffordernd an, und es dauerte etwas, bis Schelsky durchblickte, dass er an der Reihe war, etwas zu sagen.

»Ja ... Hey Lara. Auf gute Zusammenarbeit!«

»Hey, Schelsky. Das werden wir schon hinkriegen.«

Nun unterbrachen Fred und sein Kaugummi den etwas steif geratenen Dialog.

»Schelsky, ich müsste dich nachher mal sprechen. Kannst du in mein Büro kommen, wenn du mit dem take fertig bist?!«, schmatzte Fred Schelsky entgegen. Er wartete die Antwort auf seine Frage, die keine war, nicht ab. Er schob Lara aus dem Studio und schloss die Tür hinter sich.

Mit der Konzentration war es jetzt total vorbei. Durch Lara hatte sich Schelskys Stimmung zwar beträchtlich aufgehellt, doch an Arbeit war nun erst recht nicht zu denken. Schelsky versuchte die Erscheinung, die da eben in sein Studio geschwebt war, vor seinem inneren Auge so genau wie möglich zu rekonstruieren. Die schwarzen Locken, die auf Laras Schultern fielen, ihre geschwungenen Augenbrauen, die Stupsnase, dieses entzückende Grübchen und der auffällige Leberfleck zwischen ihren breiten Lippen und dem runden Kinn. Vor allem aber besaß Lara, die er auf Anfang zwanzig schätzte, eine atemberaubende Ausstrahlung. Der Schalk saß hinter ihren Augen, und die Art, wie sie sich bewegte, verriet, dass sie die Wirkung, die sie auf Männer ausübte, ganz genau kannte.

Schelsky saß hinter dem Mischpult, hatte herzförmige Augen und kein Interesse an seinem Mischpult.

Er startete noch einen Anlauf, dann gab er auf. Er verließ das Studio und klopfte an Freds Bürotür.

»Tritt ein Schelsky«, kam es von drinnen.

Schelsky trat ein, und Fred wies ihn an, doch Platz zu nehmen.

Das Büro war ohnehin klein, doch die Papierberge, die sich auf Freds Schreibtisch türmten, ließen es winzig erscheinen. An der Wand hingen ein paar vergilbte Urkunden – Preise, die Produktionen von Rotlicht Records gewonnen hatten. Kleine, unbedeutende Auszeichnungen für ein kleines unbedeutendes Label.

»Okay, schieß los«, eröffnete Schelsky das Gespräch. »Was gibt's?«

Fred setzte eine sorgenvolle Miene auf, die durch die andauernden Kaubewegungen seines Unterkiefers aber erheblich an Wirkung einbüßte. Seit Fred sich vor einem halben Jahr das Rauchen abgewöhnt hatte, war er zum Kettenkauer mutiert. Schelsky war sicher, dass unter seiner Schreibtischplatte eine Hundertschaft ausgetrockneter Kaugummis klebte.

»Ich war gestern bei Rolf im Krankenhaus«, setzte Fred umständlich an. »Es sieht so aus, als würde er so schnell nicht wiederkommen. Vielleicht packt er es nie mehr. Auf alle Fälle wird Rolf das Studio nicht mehr verantwortlich leiten können. Ich habe gestern mit ihm und seiner Schwester vereinbart, dass er schnellstmöglich als Gesellschafter ausscheidet und seine Anteile verkauft.«

»Das heißt, du wirst jetzt Alleininhaber?«, fragte Schelsky nach.

»Ich dachte eher, wir beide werden Partner.« Fred grinste über die Pointe, die er soeben gesetzt hatte.

»Ich soll …?«

»Du könntest die Anteile von Rolf übernehmen.«

»Wie soll ich das Geld aufbringen?« Schelsky schwirrte der Kopf. Das Angebot kam unerwartet.

»Es gibt Banken«, antwortete Fred. »Die geben möglicherweise sogar dir Geld.«

»Wie viel?«

»Verhandlungssache. Ich denke so 25.000 bis 30.000.«

»'Ne Stange Geld«. Schelsky hatte bislang noch nie über die Möglichkeit nachgedacht, Teilhaber der Produktionsfirma zu werden. Der Gedanke, sich dafür zu verschulden, löste bei ihm ein spontanes Unbehagen aus.

»Überleg's dir einfach, Schelsky. Ich würde mich freuen, wenn du es machst«, erwiderte Fred und schob sich einen frischen Kaugummi in den Mund. Wo dessen Vorgänger gelandet war, blieb sein Geheimnis.

»Okay, gib mir zwei Tage Bedenkzeit«, sagte Schelsky und erhob sich. Als er die Türklinke schon in der Hand hatte, hörte er noch einmal Freds Stimme.

»Ach Schelsky: Hände weg von Lara. Sie steht unter meinem ganz persönlichen Schutz.«

Schelsky drehte sich um und sah in Freds breites Grinsen, das keinen Zweifel darüber ließ, wie die Bemerkung zu verstehen war.

Als Schelsky das Büro verließ, glühten seine Wangen vor Aufregung. Der Tag hielt zu viel Neues für ihn bereit. Schelsky versuchte in Gedanken die losen Enden zu verknüpfen. Wenn er Geschäftsführer würde, könnte er vielleicht dafür sorgen, dass Lara fest eingestellt würde. Und als Chef hätte er vielleicht auch bessere Chancen bei ihr und müsste sich nicht so dumme Sprüche von Fred anhören. Dann wären sie gleichberechtigt. Die Vorstellung, dass Fred, den Schelsky immer als ein wenig schmierig empfand, seine Flossen nicht von Lara lassen würde, war unerträglich. Er würde vor Eifersucht durchdrehen.

Beruhige dich, ermahnte sich Schelsky. Warum sollte Fred bei Lara landen? Und vielleicht war Lara zwar bildhübsch, aber dumm. Oder 'ne

Zicke. Oder – noch schlimmer – vergeben. Sie war bestimmt vergeben. So ein bildhübsches Mädchen lief nicht frei rum. Das konnte Fred sich abschminken. Und er selbst leider auch.

Bevor Schelsky den Laden verließ, machte er noch einen kurzen Abstecher in Rolfs Büro, in dem jetzt Lara provisorisch untergebracht war.

»Was soll ich morgen als Erstes tun?«, fragte sie. »Fred hat mir nur Arbeit für heute aufgetragen.«

»Du könntest mir bei einer Hörspielproduktion helfen«, schlug Schelsky vor. »Dabei lernst du dann gleich die Geräte kennen.«

»Okay«, sagte Lara und strahlte ihn an. »Dann geh ich dir morgen zur Hand.«

Schelsky nickte. Sein Puls hatte eine beunruhigende Frequenz.

Auf dem Weg nach Haus fühlte sich Schelsky merkwürdig beschwingt. Er ertappte sich dabei, dass er stumpf grinsend in der Bahn saß und die leeren Gesichter seiner Mitfahrer kaum ertrug. Frühlingsgefühle kurz vor Sommeranfang – das passt, dachte Schelsky. Als er in die Straße einbog, in die er wohnte, fasste er einen Entschluss. Heute würde er mit Daria reden. Heute fühlte er sich stark genug. Heute konnte ihm ihr Leid nichts anhaben. Er blickte hoch zu Darias Fenster. Die Gardinen waren wie immer zugezogen. Er drehte den Schlüssel im Schloss und überlegte dabei, wie er das Gespräch beginnen sollte.

***

»Wir haben ein Haus, ein kunterbuntes Haus, ja Fanny und Anett, die ziehen hier nie wieder aus.« Die beiden Frauen tanzten, Hand in Hand, den kleinen Weg am Elbufer entlang und sangen aus voller Kehle den Pippi-Langstrumpf-Song mit leicht aktualisiertem Text.

»Ja Fanny und Anett, die ziehen hier nie wieder aus!« Dabei waren sie noch nicht einmal eingezogen. Sie hatten nur, gemeinsam mit Simon, Pit und Ilonka, gestern den Mietvertrag unterschrieben.

Das Angebot war ein Glücksfall gewesen. Knapp ein Jahr hatte Fanny nichts von Anett gehört, doch ihre Stimme am Telefon sofort erkannt. Anett hielt sich nicht lange mit Vorreden auf. Schon nach ein paar Sekunden platzte sie mit der Neuigkeit heraus. »Du Fanny, ich zieh bald ganz in deine Nähe.«

»Was? Wieso? Wohin? Erzähl!«

»Nach Meuchefitz. Ich habe 'nen Job in Lüneburg angenommen und zwei Jungs und ein Mädel kennengelernt, die noch Leute suchten, um 'nen alten Resthof zu pachten. Und den haben wir jetzt so gut wie klar.«

»Super, dann sehen wir uns ja bald ganz oft.«

Dass Anett ganz in ihre Nähe zog, war wirklich eine frohe Botschaft.

»Und ob«, antwortete Anett. »Im September soll's losgehen. Kann es kaum erwarten.«

Sie tauschten sich noch ein wenig über gemeinsame Berliner Bekannte aus. Anett wusste zu berichten, dass Manu jetzt mit ihrer neuen Freundin zusammenwohnte und sich um drogenabhängige Jugendliche kümmerte. Gesche war an den Berliner Stadtrand gezogen und hatte nach Abschluss ihrer Sprachtherapie-Ausbildung tatsächlich einen Platz in einer Logopädie-Praxis bekommen. Ihr Vater hatte das Geld vorgeschossen, das sie brauchte, um sich in die Praxisgemeinschaft einzukaufen.

Und Marc hatte sich vergangene Woche bei Fanny gemeldet. Nach fast drei Jahren totaler Funkstille wollte er Finn, den er nur als Baby kannte, so bald wie möglich besuchen. Gut zwei Wochen hatte Fanny jetzt noch Zeit, Finn auf das Wiedersehen mit seinem Vater einzustimmen. Bislang war das Thema Papa zwischen ihnen tabu gewesen.

Während sie miteinander die neuesten Gerüchte austauschten, verdichtete sich Anetts Ankündigung, ganz in der Nähe eine Land-WG zu gründen, in Fanny immer mehr zu einer Frage. Als das Gespräch kurz stockte, nutzte sie die Gelegenheit:

»Du Anett, habt ihr eigentlich noch Platz auf eurem Bauernhof?«

Anett überlegte kurz, bevor sie antwortete. »Also, ein Zimmer ist auf alle Fälle unverplant. Außerdem haben wir noch Ausbaureserven in den alten Stallungen und unterm Dach.« Dann erst begriff sie, worauf Fanny hinauswollte.

»Hast du etwa Lust, mit einzuziehen?«

Fanny zögerte keine Sekunde, bevor sie Ja sagte.

Eine Woche später hatte Fanny ihre neuen Mitbewohner kennengelernt und für ausgesprochen sympathisch befunden. Simon, Mitte dreißig, war korpulent, Vollbartträger und von Beruf Tischler. Pit war Musiker, Wochenendpapa, bereits Anfang vierzig und von hagerer Statur. Ilonka komplettierte die Runde. Sie verdiente als Bildhauerin ihren Lebensunterhalt, rauchte, trank und redete ein bisschen viel und bestach optisch durch ihre leuchtend rot gefärbten Haare. Aus ihrem Alter machte Ilonka ein Staatsgeheimnis.

Schon beim ersten Treffen in der geräumigen Küche des Hofes fanden sie heraus, dass Fanny gut in die Gruppe passte. Sie würde sich die ersten zwei Monate ein Zimmer mit ihren Söhnen teilen müssen, dann könnte sie zwei weitere kleine Räume mit schrägen Wänden unter dem Dach dazubekommen. Anett, Simon und Ilonka versprachen, sich mit um Finn und Thorben zu kümmern, nur Pit mochte keine Zusagen machen. Er habe, so fand er, mit seinen »Teilzeit-Zwillingen« genug Kinderprogramm. Malte und Jesse waren sechs, eineiig und wohnten abwechselnd bei Pit und ihrer Mutter.

Fanny sagte begeistert zu. Sie hatte das Glück nicht gesucht. Es hatte sie gefunden. Nun war der Mietvertrag unterschrieben, und ihre Isolation würde ein Ende haben. In einem Haus, 'nem kunterbunten Haus.

***

In Darias Zimmer brannte kein Licht, aber Schelsky war sich sicher, dass sie noch wach war. Der Schlaf nahm sie meist erst spät in seine gnädigen Arme. Er klopfte an ihrer Tür. Keine Antwort. Er klopfte erneut und trat Sekunden später ein. Daria lag im Bett. Sie war bekleidet und hatte ihren Blick an die Decke geheftet.

»Hey Daria«.

Keine Reaktion.

»Ich muss mal mit dir reden!«

Sie drehte den Kopf langsam zu ihm, ohne etwas zu sagen.

Das hat mir gerade noch gefehlt, dachte Daria. Die Wirkung des Heroins hatte nachgelassen, und ihr Körper geriet jede Minute stärker unter Stress. Trotz der Tabletten.

»Was wiegst du?«, setzte Schelsky nach.

Daria hatte keine Lust zu antworten, doch Schelskys Blick durchbohrte sie. Sie dachte kurz nach.

»47 Kilo glaub ich. Wieso fragst ... »

»Bei 1,76 Metern«, schnitt er ihr das Wort ab. »Daria, dein Zustand ist nicht mehr zu verbergen. Jeder bekommt mit, wie du langsam vor die Hunde gehst!«

»Na und? Und wenn schon!«. Daria kotzte es an, wenn er ihr so kam. Sie hatte ihn nicht gezwungen, mit ihr zusammen zu ziehen.

»Ich werde mir das nicht mehr länger ansehen, sonst geh ich selbst vor die Hunde. Wenn du nicht noch eine Therapie machst, zieh ich aus!«

»Dann geh doch.«

»Willst du das wirklich?«

Der traurige Unterton dieser Frage riss sie aus ihrer trotzigen Genervtheit. Nein, natürlich wollte sie nicht, dass Schelsky ging. Die Vorstellung, jeden Abend in eine leere Wohnung zu kommen, war der Horror. Sie musste Schelsky nicht sehen, aber es beruhigte sie, dass er da war.

»Nein«, sagte sie ehrlich.

»Ich will, dass du morgen mit deinem Chef darüber redest, dass er dich ein halbes Jahr freistellt. Wenn er dich einmal anschaut, wird er wissen, dass es keine Alternative dazu gibt. Den Rest regeln dann dein Vater und ich.«

»Ihr habt Kontakt miteinander? Was plant ihr da hinter meinem Rücken?« Darias Gefühlssteuerung schaltete augenblicklich auf Wut um. Wenn sie etwas hasste, dann hintergangen zu werden.

»Ja, haben wir. Weil wir uns beide Sorgen machen. Und weil wir beide wissen, dass es so nicht weitergeht.«

»Und jetzt steckt ihr mich in irgendeine Einrichtung, egal was ich davon halte. Warum lasst ihr mich nicht gleich entmündigen?« Daria hatte sich inzwischen in ihrem Bett aufgerichtet. Sie schäumte vor Zorn.

»Vielleicht sollten wir das tun, solange die Sucht stärker ist als du. Bis du wieder ein Gefühl dafür hast, was gut und was schlecht für dich ist.«

Daria musste in diesem Moment an einen Werbespot denken, in dem ein Engel auf der einen und ein Teufel auf der anderen Schulter einer Person saßen und deren inneren Widerstreit öffentlich austrugen. So ging es ihr in diesem Moment.

Der Engel sagte: »Er hat doch recht, du hast dich insgeheim doch längst entschieden, genau diesen Weg zu gehen.«

Da erhob der Teufel Einspruch und maulte: » Lass dich nicht erpressen und bevormunden. Du selbst musst entscheiden, wann du welchen Schritt gehst.«

»Ihr wisst also, was gut für mich ist?! Warum lasst ihr mir nicht den letzten Rest Selbstbestimmung?«

Schelsky spürte, dass Darias Gegenwehr bereits schwächer wurde. Sie wusste, dass er recht hatte.

»Deine Selbstbestimmung hat dich genau an den Punkt gebracht, an dem du jetzt bist. Wenn du mir glaubhaft machen kannst, dass du mit deinem Leben zufrieden bist, gebe ich sofort Ruhe.«

»Ich bin ...«, fing Daria an. »Scheiße, vergiss es!«

Tränen schossen ihr in die Augen. Wie lange war es her, dass sie das letzte Mal geweint hatte?

Schelsky legte vorsichtig den Arm um ihre Schulter. Er war gefasst darauf, ihn sofort zurückzuziehen. Es gab Tage, da konnte sie keine Berührung ertragen.

Sie ließ ihn gewähren.

»Daria, ich geh kaputt, wenn du kaputt gehst«, sagte Schelsky mit sanfter Stimme. »Hilf dir, hilf mir, hilf uns, hilf deinem Vater, der sich zu Tode sorgt!«

Daria schmiegte sich an Schelsky. Das Weinen war einzelnen Schluchzern gewichen, die ganz tief aus ihrem Körper zu kommen schienen. In den Arm genommen werden tat gut. Sie wäre jetzt gern die kleine Daria gewesen. Geborgen auf Mamas Schoß.

»Sprichst du morgen mit deinem Boss?«, fasste Schelsky nach. Er konnte nicht gehen ohne ein Versprechen.

Daria nickte. Sprechen ging nicht im Moment. Der Engel hatte den Teufel gerade von der Schulter geschubst.

***

Christoph wartete schon auf sie, als Fanny zu Hause eintraf. Er hatte den Nachmittag mit Finn und Thorben verbracht. Das tat er oft, wenn Fanny einfach mal ein paar Stunden für sich haben wollte. Dafür hatte sie ihm versprochen, am Abend mit ihm einen alten »Tatort« zu schauen. Christoph liebte gemeinsame Fernsehabende mit Chips und Bier. Sie hatte sich an diese Form der Abendgestaltung gewöhnt, und inzwischen kannte sie fast alle Tatort-Kommissare.

Vor einer Woche hatte Fanny Christoph erzählt, dass sie mit Anett und einigen anderen eine Land-WG gründen werde. Christoph gelang es nicht zu verbergen, dass ihn diese Aussicht nicht gerade begeisterte. Mehrfach schon hatte er bei ihr angeklopft, ob sie nicht mit ihm zusammenziehen wolle. Zu zweit wäre es doch viel einfacher mit den Kindern. Die Isolation, die sie empfand, hatte sie fast schwach werden lassen. Doch das Gefühl, dass Christoph sie auf Dauer entsetzlich langweilen werde, wenn sie sich auch noch eine Wohnung teilten, hielt sie davon ab, Ja zu sagen.

Thorben und Finn waren bereits im Bett und der Mörder noch nicht aufgespürt, da sah Christoph sie ernst an. Sie hasste diesen Blick. Er war stets der Beginn von Beziehungsgesprächen, die Christoph als unheimlich intensiv, sie selbst aber als eher flach empfand. Wenn er sie so ansah und sich – wie in diesem Moment – noch räusperte, bevor er zu reden ansetzte, dann wurde es bedeutungsvoll. Nicht für sie, aber für ihn.

»Fanny, warum nimmst du uns jede Perspektive?«

Pathetisch und vorwurfsvoll, dachte Fanny. Schlechter Einstieg.

Als sie nicht antwortete, fuhr Christoph fort.

»Ich will irgendwann mit dir zusammenleben. Und ich will irgendwann ein Kind von dir.«

Diese Ankündigung war neu und Fanny geneigt, sie als Drohung aufzufassen. Zwei Jungs, die sie Tag und Nacht auf Trab hielten und dafür gesorgt hatten, dass sie bislang gerade mal ein gutes halbes Jahr als Lehrerin gearbeitet hatte und auch in Zukunft nur an Teilzeit zu denken war – das reichte. Die Liaison mit Christoph war nichts für die Ewigkeit. Und irgendwann mal mit drei Kindern von drei Männern dazustehen, die alle in ihrem Leben keine Hauptrolle spielten, war keine beglückende Aussicht.

»Christoph«, sagte sie, »vielleicht ziehst du ja irgendwann mit ein. Oder ich irgendwann wieder aus. Aber jetzt ist es wichtig für mich, mit Leuten zusammenzuleben, solange die Kinder noch klein sind. Du bist ja auch nicht immer da.«

Sie versuchte aus Christophs Gesicht herauszulesen, ob diese Worte irgendeine tröstliche Wirkung auf ihn hatten. Doch sein Minenspiel ließ keine Deutung zu.

Erst einen Schusswechsel später – die Kommissare waren jetzt auf frischer Fährte – sagte er:

»Was willst du eigentlich von mir?«

Ab und zu Sex, ein wenig Entlastung bei meinen Söhnen und etwas Gesellschaft, dachte Fanny. Das musste sie aber irgendwie netter formulieren.

»Du bist halt mein wilder Tiger, außerdem mögen dich die Jungs, und es macht Spaß, Zeit mit dir zu verbringen«, sagte sie.

Auf dem Bildschirm tobte jetzt die obligatorische Verfolgungsjagd. Zu Fuß in einem mehrstöckigen Rohbau, indem es an halbfertigen Treppen und in der Gegend herumstehenden Leitern nur so wimmelte.

»Was ist mit Kindern?«, fragte er. Fanny zeigte aufs Kinderzimmer, obwohl sie wusste, dass er gerade das nicht meinte.

»Lass mir Zeit«, sagte sie, und ihr fiel auf, dass es sich eher wie »Lass mich in Ruhe« anhörte. Sie hatte sich noch nie gut verstellen können.

Im Fernsehen stand die Mörderin inzwischen – in die Enge getrieben – ganz am Rand des Rohbau-Flachdaches und starrte in die Tiefe. Die Kommissare, die sie erst in diese Situation gebracht hatten, redeten auf sie ein, nicht zu springen. Ihr könntet einfach auf dem Absatz kehrtmachen, ein Bier trinken gehen, und die arme Frau würde schon wieder vom Dach runterkommen – statt sich in die Tiefe zu stürzen, dachte Fanny. Stattdessen würde sich einer der Kommissare ihr nähern, sie würde springen und er sie im letzten Moment zu fassen kriegen und mit äußerster Mühe wieder hochziehen. Total albern, fand Fanny.

Christoph steckte sich noch eine Handvoll Chips in den Mund, spülte einen Schluck Bier nach und dachte – das konnte Fanny ohne Anstrengung erkennen – darüber nach, ob er noch etwas sagen sollte. Schließlich entschied er sich dagegen. Im Fernsehen sprang gerade die Frau vom Dach. Der Kommissar hechtete auf sie zu und griff im letzten Moment nach ihrer Hand. Doch er verfehlte sie knapp, und die Frau stürzte dem Asphalt entgegen.

Das überrascht mich jetzt, dachte Fanny und wünschte sich in diesem Moment, auch Christoph wäre mal so spannend wie ein Tatort.

***

Tom merkte, wie sich der Nebel über sein Hirn legte. Ein Zustand, den er mochte. Endlich löste sich die Anspannung der vergangenen Stunden. Er warf einen Blick auf die Uhr. Schon halb eins. Egal. Sie waren nur noch zu dritt, die anderen längst gegangen. Dietmar vom »Balken« – dort, wo die Schlagzeilen erdacht wurden – Sonja, die Kulturredakteurin und er. Meist waren sie die, die übrigblieben. Zwei halbvolle Flaschen Wein standen noch auf dem Tisch, ergänzt durch diverse leere Schnapsgläser und einen überquellenden Aschenbecher. In diesem Job musst du trinkfest sein, dachte Tom. Er war trinkfest. Ihn soff so schnell niemand unter den Tisch. Wie ging noch mal der kürzeste aller Journalistenwitze? Genau: »Geht ein Journalist an 'ner Kneipe vorbei.« Darüber lachten nur Kollegen. Die, die häufiger abstürzten, lauter als andere. Wer das Metier nicht kannte, lachte nicht. Oder mit deutlicher Zeitverzögerung.

»Einen Absacker noch«, lallte Dietmar und orderte eine neue Runde Grappa. »Dann ist aber wirklich Schluss«, sagte Tom pflichtgemäß. »Is' schon wieder ganz schön spät«, ergänzte Sonja mit schwerer Zunge und rang sich einen wenig überzeugenden Seufzer ab.

Tag und Nacht neigten in letzter Zeit dazu, nahtlos ineinander überzugehen. Wenn die anderen sich gegen Mitternacht verabschiedeten, müde und abgekämpft, mit dunklen Ringen unter den Augen, dann wurde Tom erst munter. Mit Kollegen zu zechen, bis aller Ballast von ihm abfiel, und zu den Huren zu gehen, war das einzige Stückchen Leben, das er sich noch erlaubte. Der Kiez zog ihn magisch an. Er liebte es, an den Schaufenstern der Eros-Buden vorbei über den Kiez zu ziehen und sich irgendwann von einer Nutte ansprechen zu lassen. Früher hatte er sich nie vorstellen können, zu den Prostituierten zu gehen. Sex für Geld, ohne jede Lust der Frau – das war abgeschmackt. Irgendwann einmal war er so betrunken gewesen, dass er sich hatte abschleppen lassen. Er war zwar zu keinen sexuellen Höchstleistungen mehr fähig gewesen, aber die Abgeklärtheit, mit dem das Ganze über die Bühne ging, imponierte ihm. Seitdem war Sex für Geld kein Tabu mehr. Zeit für eine richtige Beziehung hatte er sowieso nicht. Also war es praktisch, Sex zu kaufen, wann immer er Lust hatte. Zwanzig Minuten für hundert Mark passten perfekt es in seinen Tagesablauf. Ein Termin auf dem Timer.

Es war für Tom unmöglich, nach der Arbeit einfach nach Hause zu fahren, vom Job abzuschalten und den Tag betulich ausklingen zu lassen. Wenn er allein war, nichts hatte, was er dringend tun musste, begann er automatisch, die Radio- und Fernsehprogramme nach Neuigkeiten abzusuchen, aus denen sie am nächsten Tag noch eine große Geschichte stricken konnten. Also machte er lieber nach der Arbeit noch einen drauf.

Der Wirt brachte den Grappa, und sie stürzten ihn, ohne abzusetzen, die Kehlen hinab. Das wärmte. Immer öfter fiel Tom in letzter Zeit erst in den frühen Morgenstunden – betrunken meist – ins Bett und in einen komatösen Schlaf, den der Wecker nach viel zu kurzer Zeit beendete. Fünf Stunden Ruhephase mussten reichen. Im Winter, als der Blick durch die Fenster nur ein Blick in tiefe Schwärze war, hatte er sich oft aus dem Bett quälen müssen. Inzwischen wurde er oft schon wach, bevor der Wecker klingelte. Von einem Moment auf den anderen war er voll da, und sein Hirn beschäftigte sich mit der Zeitung von morgen. Becherweise schwarzer Kaffee und Nachrichtenlage checken stand auf dem Programm. Ticker, Morgenzeitungen, Radio und dazwischen immer wieder Kaffee. Tagesbeginn eines Nachrichtenjunkies. Er stürzte sich auf alles, was nach verwertbarer Nachricht aussah.

Inzwischen war er zum stellvertretenden Chefredakteur der Abendpost aufgestiegen. Er ging jetzt nicht mehr auf die Straße, um Geschichten aufzutun, er blieb im Büro und organisierte die tägliche Produktion. Entschied, was einen Aufmacher und was nur Kurzmeldung wert war, brütete darüber, welchen Dreh eine Story bekommen musste, um sich gut zu verkaufen.

Wenn er die Morgenkonferenz der Redaktion leitete, hatte sein Hirn sich schon zwei Stunden lang mit der kommenden Ausgabe beschäftigt. Von den Kollegen erwartete er, dass sie mit mindestens einem Themenvorschlag aufschlugen. Wenn nicht, ließ er sie seine schlechte Laune spüren. Ihm war bewusst, dass es Kollegen gab, die ihn für arrogant hielten. Das war nichts als Neid. »Neid ist die aufrichtigste Form der Anerkennung«, hatte schon Wilhelm Busch gesagt.

Tom stand ständig unter Strom. Er hatte sich angewöhnt, als Erster zu kommen und mit dem letzten Schwung die Redaktion zu verlassen. Insgeheim beneidete er die Kollegen, die in dem Moment abschalteten, in dem sie den Redaktionsräumen den Rücken kehrten, und erst morgens in der Konferenz ganz langsam wieder auf Touren kamen. Doch er verachtete sie auch. Ihnen fehlte der Ehrgeiz, die Story des Tages zu präsentieren, die Geschichte aufzutreiben, von der am nächsten Tag die ganze Stadt sprach. Darum ging es doch: Der Puls der Stadt, die Lebensader zu sein, aus der sich die Gespräche in der Frühstückspause und abends am Stammtisch speisten. Immer wenn er beim Bier in der Kneipe die Leute am Nebentisch über etwas reden hörte, das die Abendpost als Thema gesetzt hatte, fühlte er sich mächtig. Und es fühlte sich geil an, in diesem Moment schon zu wissen, worüber hier wohl am nächsten Abend gesprochen werden würde.

»Ich bin Journalist« – das zu sagen, ging ihm immer noch runter wie Öl. Die Welt der Medien besaß einen Glamour-Faktor, den er gern auf sich abfärben ließ. Er liebte es, bei großen Banketten neben wichtigen Leuten zu stehen und sich mit ihnen über Themen auszutauschen, die wichtig klangen. Es war selbstverständlich, dass die Senatoren, die Wirtschaftsführer der Stadt und auch der Bürgermeister nicht nur seinen Namen kannten, sondern auch gern mit ihm plauderten und ihn ab und zu auf dem Anschluss mit der Geheimnummer anriefen, um ihm Brisantes mitzuteilen. Er mischte mit, und die Mächtigen der Stadt fürchteten seine ätzenden Kommentare, die die politische Stimmung in der Stadt entscheidend beeinflussten. Und seine guten Kontakte führten dazu, dass heikle Informationen oft noch direkt an ihn durchgesteckt wurden, obwohl er längst kein rasender Reporter mehr war. Mit einem Informanten hatte er sich gerade vergangene Woche in einer Tiefgarage getroffen. Dort hatte ihm der Mann im Vorbeigehen eine Aktenmappe in die Hand gedrückt, voller Beweise, dass ein angesehener Hamburger Politiker es mit Minderjährigen trieb. Eine Übergabe wie in einem Krimi, mit ihm als Hauptperson. War das nun das echte, das wilde, verwegene Leben, von dem er immer geträumt hatte? Vielleicht. Er wusste es nicht.

Sie zahlten und traten hinaus auf die Straße. Der Kiez leerte sich langsam. Sonja warf ihm einen fragenden Blick zu. Schon oft waren sie nach einer durchzechten Nacht in zwei verschiedene Taxis gestiegen, die sie zu derselben Adresse beorderten. Zu ihm oder zu ihr. Sonja hatte den gleichen Lebenshunger wie er. Es machte Spaß, sich die wenigen Stunden, die ihnen noch bis zum Morgen blieben, gemeinsam um die Ohren zu schlagen. Sonja stellte keine Ansprüche. Sie wollte nur Sex, und das machte es einfach. Er empfand überhaupt nichts für sie.

Tom nickte ihr zu und machte ein Zeichen, das bedeutete »zu mir.« Er verabschiedete sich von Dietmar und – mit einem Augenzwinkern – von Sonja, die schon ziemlich betrunken war. Der Taxifahrer sprach nicht viel. Tom versank in Gedanken. Daria fiel ihm ein. Augenblicklich überkam ihn ein schlechtes Gewissen. Er hatte sich schon seit Wochen melden wollen. Immer wieder war etwas dazwischengekommen. Morgen, dachte er, morgen ganz bestimmt. Doch bevor er den Vorsatz vertiefen konnte, hielt das Taxi an und entließ ihn in die Nacht. Sonja wartete schon vor seiner Haustür.

KAPITEL 26

5. Juli 1996: Mit »Hello, Dolly!« wird in einem schottischen Stall das weltweit erste Klon-Schaf begrüßt. Die Forscher Keith Campell und Ian Wilmut haben am Roslin-Institut in Edinburgh aus einer Euterzelle eines erwachsenen Schafs ein Duplikat des Spendertiers erschaffen. Weil alles was technisch möglich ist, natürlich auch real umgesetzt werden muss, beginnt damit eine Epoche, in der immer wieder der erste geklonte Mensch angekündigt wird.

Das Klingeln schob sich in Toms Träume. Er versuchte das Geräusch zu ignorieren, aber es gelang ihm nicht, die wiederkehrende Tonfolge auszublenden. Entnervt hob er den Hörer ab. Schon am Atem erkannte er seine Mutter.

»Hallo Tom, kannst du kommen? Papa geht es sehr schlecht!«

In derselben Sekunde war Tom hellwach. Vier Jahre hatte er seinen Vater weder gesehen noch gesprochen. Wenn seine Mutter ihn jetzt alarmierte, musste es wirklich ernst um ihn stehen.

»Bin in einer Stunde da«, antwortete Tom. Ohne auf eine Reaktion zu warten, legte er auf. Erst im Wagen fiel ihm auf, dass er vergessen hatte, seine Mutter zu fragen, was seinem Vater fehle.

Tom hatte den Tag frei, das erste Mal seit fast zwei Wochen musste er nicht in die Redaktion. Er hatte sich vorgenommen, die Gelegenheit zu nutzen und Daria zu besuchen, die seit ein paar Monaten erneut eine Drogentherapie absolvierte, diesmal in der Nähe von Göttingen. Er hatte sie schon viel früher besuchen wollen, doch er hatte es immer wieder verschoben. Schon wieder war es fast zwei Jahre her, dass sie sich das letzte Mal gesehen hatten.

Tom brauchte für die Fahrt zu seinem Elternhaus keine Dreiviertelstunde. Als er ankam, wartete seine Mutter schon an der Tür. Sie war aschfahl und sah besorgt aus.

Tom trat ein, und seine Mutter schloss die Haustür hinter ihm. In den Jahren, die er sein Elternhaus nicht betreten hatte, war die Zeit stehen geblieben. Der Flur und die Räume mit ihren schweren, dunklen und wuchtigen Eichenmöbeln waren noch düsterer als in seiner Erinnerung. Der leicht muffige Geruch, der in den Räumen hing, war ihm vertraut, nur hatte sich eine säuerliche Note untergemischt, die auf der Zunge kleben blieb und nach Verwesung schmeckte.

Auf dem Weg von der Wohnungstür zum Wohnzimmer berichtete Hedwig Tom, dass sein Vater seit fast einer Woche keine Flüssigkeit mehr bei sich behalten konnte. Trotzdem verweigere er es bislang, sich ins Krankenhaus einliefern zu lassen. Zwar sei sein störrischer Widerspruch jetzt gebrochen, doch habe er darauf bestanden, ihn, seinen Sohn, zu sehen, bevor der Krankenwagen ihn abholen würde.

Sie betraten das Wohnzimmer. Toms Vater saß auf dem braunen Ledersofa. Trotz des sommerlichen Wetters war er in mehrere Decken gehüllt, die allesamt ein abscheuliches Karomuster aufwiesen.

Tom hatte sich vorgenommen, seinen Vater per Handschlag zu begrüßen, so wie bei ihren letzten Treffen. Als er ihn sah, beugte er sich jedoch zu ihm hinunter und umarmte ihn.

Tom musste sich zusammennehmen, den Schreck zu verbergen. Die Wangen seines Vaters waren eingefallen, die aschfahle Haut lag wie eine dünne Pergamentschicht auf seinen Wangen- und Schädelknochen. Er sah aus, als wäre er von zwei riesigen Händen gepackt und wie ein nasses Handtuch ausgewrungen worden. Von dem einst so stattlichen Mann war nur noch ein schmales und ausgezehrtes Häufchen Mensch übrig – sein Vater, der einst gut hundert Kilo auf die Waage gebracht hatte, wog höchstens noch die Hälfte. Es sah so aus, als hätte sich der Körper vorgenommen, einfach allmählich zu verschwinden.

Als sein Sohn ihn in seine Arme nahm, erwiderte Hans die Umarmung. Tom setzte sich neben seinen Vater und sah ihm in die glasigen Augen. Lang schon hatte er den Blick in diese Augen nicht mehr gesucht.

»Wie geht es dir, Vati?«

Was für eine überflüssige Frage, dachte Tom.

Sein Vater schüttelte nur leicht den Kopf und zuckte schwach mit den Achseln. Toms Mutter brachte zwei Becher Tee und stellte sie auf den Couchtisch. »Versuch zu trinken, Vater«, sagte sie.

Mit einer angedeuteten Handbewegung forderte Toms Vater seine Frau auf, den Raum zu verlassen. Die Bestimmtheit der Geste kam Tom wie ein Relikt aus Zeiten vor, als sein Vater noch stark und der unumschränkte Herrscher im Haus war. Jetzt wirkte sie fast lächerlich.

»Du siehst gut aus ...«, sagte Hans, der den Blick von seinem Sohn keine Sekunde abwendete, so als müsste er verblichenen Bildern neue Kontraste geben. »... wirklich gut.« Tom konnte seinen Vater kaum verstehen.

Jedes einzelne Wort kam schwer über seine pelzige Zunge und raute seine trockene Kehle weiter auf.

Er winkte Tom näher zu sich heran, und erst als dessen Ohr nur noch wenige Zentimeter von seinem Mund entfernt war, sprach er weiter.

»Es geht nicht mehr so laut, weißt du. Aber ich möchte dir noch etwas sagen.«

Das, was der Atem seines Vaters aus dessen Körper transportierte, löste in Tom unwillkürlich einen Brechreiz aus. Er musste sich zusammennehmen, diesem nicht nachzugeben.

Hans musste Husten. Er nahm einen Schluck Tee und begann sofort zu würgen. Das Schlucken bereitete ihm Qualen, doch es gelang ihm irgendwie, ein wenig Flüssigkeit herunterzubringen.

»Geht wieder«, sagte er. Dann sammelte er sich kurz, wie ein Sportler, der sich auf den entscheidenden Sprung, auf den wichtigsten Stoß konzentriert.

»Ich habe nie den Mut aufgebracht, mit dir über meine Zeit in Rothenburgsort zu sprechen«, flüsterte Toms Vater. »Mit dir nicht und mit niemandem.« Seine Augen suchten Toms, doch Tom spürte, dass der Blickkontakt mit seinem vom Tode gezeichneten Vater zu nah war für ihn.

»Ich habe Schuld auf mich geladen, schwere Schuld«, fuhr Hans fort. »Ich habe zwar selbst keine Kinder getötet, aber ich habe davon gewusst – fast die ganze Zeit davon gewusst.« Er holte tief Luft und begann erneut zu husten. »Wir waren so erzogen, dass behinderte Menschen die Volksgesundheit zerstören, dass man solch lebensunwertes Leben aussondern und aussortieren muss.« Erneut machte er eine Pause und sammelte Kraft für die nächsten Sätze. Sein Atem ging schwer.

»Ich habe das damals nicht infrage gestellt«, fuhr Toms Vater stockend fort. »Wir alle haben das nicht infrage gestellt. Wir wussten es nicht besser. Ich ... »

Ein Hustenanfall legte sich über die folgenden Worte.

Tom versuchte, seinem Vater einen Schluck Tee einzuflößen. Es misslang. Die lauwarme Flüssigkeit rann Hans aus den Mundwinkeln das Kinn hinunter und tropfte auf seinen sehnigen Hals. Hans machte eine kurze Pause, dann startete er einen erneuten Versuch.

»Ich nehme mir übel, dass ich als junger Mann darüber nicht nachgedacht habe. Noch übler nehme ich mir aber, dass ich als reifer Mann nie den Mut aufgebracht habe, mich meiner Mitverantwortung zu stellen und dazu zu stehen. Ich bin vor mir fortgelaufen, mein ganzes weiteres Leben.«

Wieder unterbrach ein trockener Husten, der den ganzen Körper schüttelte, seine Worte. Der alte Mann nahm erneut einen kleinen Schluck, und diesmal gelang es ihm, den Tee hinunterzuwürgen.

»Ich habe durch diese Feigheit meine Ehre verloren. Viel schlimmer noch, ich habe dadurch dich, meinen einzigen Sohn, verloren. Du wolltest mich zwingen, mich mit meiner Vergangenheit auseinanderzusetzen, aber ich habe diese Chance, reinen Tisch zu machen, nicht genutzt.«

Wieder stockte die Stimme von Toms Vater. Er kämpfte um jedes Wort.

»Nicht jetzt, Vati. Sprich später weiter. Schon dich ein bisschen.« Tom versuchte seinem Vater zu verbergen, dass ihm Tränenbäche über die Wangen liefen.

»Es gibt kein Später. Ich habe mir sehr lange Zeit gelassen, nun habe ich keine mehr. Ich habe mich auch lange genug geschont. Aber ich will so nicht von dieser Welt abtreten.«

Das Pathos der letzten Worte löste in Tom alle Bremsen. Er heulte nun hemmungslos und drückte sich dabei ganz fest an seinen Vater. Plötzlich explodierte in ihm ein Gefühl, von dem er sich nicht erinnerte, es ihm gegenüber je empfunden zu haben: Liebe. Wie erlösend waren diese mühevollen Worte. Alles, wirklich alles, was über Jahre zwischen ihnen gestanden hatte, löste sich binnen von Augenblicken wie eine Brausetablette auf.

»Schau mich an«, sagte Hans. Mit einer Kraft, die er selbst nicht mehr in seinem Körper vermutet hatte, packte er Tom an beiden Schultern und drehte ihn zu sich, sodass er seinem Blick nicht mehr ausweichen konnte. Er sah ihn ernst an.

»Tom, ich bitte dich um Verzeihung!«

Tom blickte seinen Vater sprachlos an. Noch nie hatte dieser sich für etwas entschuldigt und schon gar nicht um Verzeihung gebeten.

»Kannst du mir verzeihen, mein Sohn? Ich würde sogar verstehen, wenn du es nicht könntest.«

Tom konnte längst nicht mehr sprechen. Er nickte nur und presste seinen Vater an sich. Wollte ihn nie, nie wieder loslassen.

Es war sein Vater, der die Stille nach Minuten unterbrach.

»Es ist schön, dass du jetzt hier bist, so schön, dass ich dich habe.«

Tom ertrank in seinen Gefühlen. Er wollte diesen Moment einfach anhalten.

»Es wird Zeit, mein Sohn«, sagte Hans und löste sich behutsam aus der Umarmung.

»Sag Mutti, sie soll jetzt den Krankenwagen rufen.«

Tom begleitete seinen Vater in die Klinik und blieb noch so lange an seinem Bett sitzen, bis ein Pfleger ihn zu den Untersuchungen abholte. Seine Mutter würde Hans, der das bisschen Flüssigkeit, das er zu Hause zu sich genommen hatte, wieder erbrochen hatte, die ganze Nacht nicht von der Seite weichen.

»Es sieht nicht gut aus«, erklärte ihm der Stationsarzt mit besorgter Miene, als Tom das Krankenhaus gerade verlassen wollte. »Ihr Vater ist total ausgetrocknet, wir können nur hoffen, dass die Organe die nächsten Tage weiterarbeiten.« Dann trübte sich die Miene des Mediziners noch weiter ein. »Sie sollten aber mit dem Schlimmsten rechnen.«

Gedankenverloren trat Tom auf den Parkplatz der Klinik. Er war voller Gefühle, die er noch nicht sortieren konnte. Ein Blick auf die Armbanduhr verriet ihm, dass es schon 17 Uhr war. Für einen Trip nach Göttingen war es jetzt zu spät, obwohl eine längere Autofahrt ihm gar keine schlechte Idee zu sein schien, um die vergangenen Stunden sacken zu lassen.

***

»Du musst da ran, du musst dich dem stellen, Daria!«

Alexander Kreutzfeld, den sie seit ein paar Wochen Alex nennen durfte, suchte mit seinen warmen braunen Augen ihren Blick. Sie saßen in seinem Büro – oder war es eher sein Behandlungszimmer? – so wie jeden Montag und jeden Freitag. Es gab hier tatsächlich die obligatorische Couch, die Psychiater-Couch, aber sie selbst hatte es bislang vorgezogen, auf einem der Stühle Platz zu nehmen, die in der Mitte des Raumes rund um einen kleinen Tisch versammelt waren. Der Raum war hell, freundlich eingerichtet, und an den Wänden hingen Kunstdrucke, die Daria nicht besonders geschmackvoll fand.

»Mit ihrem Weggang hat alles angefangen, und es wird nicht aufhören, bevor du dir die Beziehung zu deiner Mutter einmal genau und von allen Seiten angesehen hast. Erst dann hast du die Chance, dich zu verabschieden, dich von diesem Schmerz zu trennen und zu heilen. Und erst, wenn du wieder heil bist, dieses Krebsgeschwür nicht mehr in dir trägst, wirst du der Droge widerstehen.«

Daria mochte Alex' dunkle, einschmeichelnde Stimme. Sie half ihr jedes Mal, selber ruhig zu werden. Aber sie mochte nicht, was er ihr sagte. Seit Wochen kreisten die Sitzungen immer nur um ihr Verhältnis zu ihrer Mutter. Er hatte sich daran festgebissen, ließ einfach nicht locker. Daria wollte das Thema ruhen lassen. Das war Vergangenheit. Die Trennung war über zehn Jahre her. Was half es, in diesen alten Wunden herumzustochern? Die Zukunft zählte. Darum musste es doch gehen.

»Du schleppst deine Vergangenheit immer mit dir herum, nimmst sie mit in jede Gegenwart«, sagte Kreutzfeld. Er schien ihre Gedanken zu lesen. »Dein ganzes Handeln, Fühlen und Denken wird von ihr bestimmt, sie prägt dich.«

Er hatte ja recht. Immer wieder, in ruhigen Momenten, tauchte das Bild der Mutter vor ihr auf. Und immer wurde es begleitet von einem Schmerz, der sich nicht greifen ließ. Dieser Schmerz war mit den Jahren nicht kleiner geworden. Sie hatte ihn nur gut in sich verborgen, in einem hinteren Eckchen ihres Selbst abgelegt. An einer Stelle, an der sie nicht so oft vorbeischaute. Wenn sie aber einmal in dieses verborgene Gefilde blickte, dann türmte sich dieser Schmerz sofort mit ungebrochener Vehemenz in ihr auf. War nicht abgeklungen, hatte nicht an Kraft verloren, war gut konserviert.

Alex packte Daria mit seinen kräftigen Händen an den Oberarmen, um ihren Blick, der weit in die Ferne schweifte, wieder auf sich zu lenken.

»Du musst ihr einmal deine ganze Wut an den Kopf schleudern, sie vom Sockel stoßen. Das kann real sein oder im Rollenspiel. Sonst wird der Schmerz für immer bleiben, und es gibt nur die Droge, die ihn für ein paar Stunden abtöten kann.«

Alex sprach eindringlich, und er hatte recht. Aber sie wollte ihre Mutter nicht zerstören. Sie wollte sie ruhen lassen.

Alex ging zu seinem Schreibtisch und hielt ein paar handbeschriebene Blätter in die Höhe. »Diesen Brief hast du an deine Mutter gerichtet, so wie wir das in unserer vorletzten Sitzung vereinbart hatten.« Er blätterte durch die Seiten und ließ seinen Blick immer wieder auf kurzen Textpassagen ruhen. »Deine Aufgabe war, mit deiner Mutter abzurechnen, ihr alles zu schreiben, was du ihr schon immer sagen wolltest. Du solltest deine Wut, deinen Frust, deine Enttäuschung in Worte fassen. Du solltest ungerecht sein, übers Ziel hinausschießen, mit einem Wort: dich auskotzen!«

Alex legte eine kurze Pause ein. Seine Sätze hallten nach, schwebten über ihren Köpfen.

»Und was hast du getan?« Seine Stimme wurde jetzt schneidender.

Daria zuckte die Achseln.

»Du hast dich entschuldigt. Vom ersten bis zum letzten Satz entschuldigt. Dafür, dass du ihr als Kind das Leben schwergemacht hast. Dafür, dass du nicht gesehen hast, wie sie in der Familie litt. Dafür, dass du nicht bei ihr warst, als sie gegangen ist. Dafür, was du ihr angetan hast, mit deiner Drogenkrankheit.« Alex' Stimme nahm jetzt Fahrt auf, sein Tonfall wurde immer aggressiver.

»Du hast dich verantwortlich erklärt für alles, was in eurer Familie falsch gelaufen ist, dafür, dass sie euch verlassen hat, dafür, dass sie jetzt keinen Kontakt mit dir aufnimmt – weil du ihr ja Schande machst. Sie hat dich im Stich gelassen, und du hast dich bei ihr dafür entschuldigt. Dir ist etwas angetan worden, und du erklärst dich zum Täter. Du machst dich in jeder, wirklich jeder Zeile klein. Daria, das ist bullshit! So zerstörst du dich selbst.«

Daria liefen die Tränen über die Wangen. Alex war ohne anzuklopfen in diesen hinteren Raum, in ihr geheimes Mama-Schmerz-Versteck eingedrungen und wütete rücksichtslos in ihm herum. Der Schmerz breitete sich nach allen Seiten in ihr aus. Sie brauchte einen Schuss. Jetzt sofort. Nie war ihr Verlangen größer gewesen.

»Merkst du, was passiert?« Alex' Stimme klang jetzt wieder ruhig und besonnen. »Diese Wunde muss nur angetippt werden, schon bricht sie auf, und du hast nur ein einziges Mittel kennengelernt, sie zu betäuben. Diese Narbe wird immer wieder aufplatzen, und du wirst dann immer wieder zur Nadel greifen. Wenn du hier nicht lernst, diesem Schmerz anders zu begegnen, dann wirst du da draußen erneut scheitern.«

Sie wollte nicht mehr, sie konnte nicht mehr, alles war sinnlos.

Alex legte drei Finger unter Darias Kinn und hob es vorsichtig an, so weit, dass sie seinem Blick nicht mehr ausweichen konnte. »Du hast diesen Schmerz mehr als zehn Jahre überlebt und vielleicht wärst du ohne die Droge längst untergegangen. Jetzt gehe den nächsten Schritt, schau hin, wo es wehtut, und schrei deinen Schmerz endlich heraus. Du, gerade du, kannst es schaffen.«

Als die Sitzung zu Ende war, erhob sich Daria und steuerte die Ausgangstür an. Bevor sie dort angekommen war, rief Alex ihr hinterher:

»Du weißt, was du zu tun hast?!«

Daria nickte nur. Warum bloß verschlug es ihr die Sprache?

»Schreibe den Brief neu. Und diesmal richtig!«

Daria ging auf ihr Zimmer. Sie hatte noch etwas Zeit. Wollte Tom sie nicht heute besuchen? Tom, der ständig versprach vorbeizuschauen und dann doch nie kam. Egal.

Sie setzte sich aufs Bett, schnappte sich ihren Briefblock und den wertvollen Füller, an dem sie so hing, und begann zu schreiben. »***Liebe Mama!*** ...«

***

»Okay Ralf, du bist dran.« Fanny hob mit einer auffordernden Geste beide Arme, und der etwa zehnjährige Junge mit den kurz geschorenen Haaren und den dicken Brillengläsern begann zu singen. Schräg und laut.

»Ich bin der Ritter Rost
Der stärkste Mann in Süd und Ost
Statt Cola oder Dosenbier
trink ich nur Maschinengeschmier«

»Maschinenschmier!«, rief Fanny aus. »Kein Geschmier!« Ralf schaute sie fragend an.

»Versuch es noch mal. Mit Schmier statt Geschmier.«

Ralf hob er erneut an zu singen. »Statt Cola oder Dosenbier, trink ich nur ...« Er stockte.

»Maschinenschmier«, soufflierte Fanny.

»Maschinengeschmier«, wiederholte Ralf.

»Okay, dann sing es mit Maschinengeschmier. Klingt ja auch ganz hübsch.«

Die Proben zogen sich nun seit zwei Wochen hin. Die Kinder genossen es, auf der Bühne zu spielen und zu singen, doch es strengte sie auch an. Nach einer Stunde ließ die Konzentration spürbar nach. Im normalen Unterricht aber ging das noch schneller.

»Komm Cornelia, jetzt du.«

Cornelia hatte sich ein rotes Band um den Kopf gewickelt und die losen Enden über ihrem Schädel durch eine große Schleife miteinander verbunden. So stellte sich Cornelia das Burgfräulein Bö vor. Ohne Band und Schleife weigerte sie sich, die Bühne zu betreten. Cornelia sang nicht, sie brüllte.

»Ich bin die tapfere Burgfrau Bö. Ich habe Kraft, ich habe Mut, dreimal so guuut.«

Fanny unterbrach. »Nach Mut kommt: Ich kann, was der Ritter kann, nur dreimal so gut.«

»Dreimal so guuut«, rekapitulierte Cornelia. Das war ganz klar ihr Lieblingssatz in dem Lied. Der war so wichtig, dass für den Ritter davor weder Raum noch Zeit war.

»Noch mal Tabea: Ich kann was der Ritter kann!«

»Dreimal so guuut!«, prustete es aus Cornelia heraus.

»Nein Cornelia, du sollst nur wiederholen.«

Es war nicht einfach, ein solches Stück mit lernbehinderten Kindern einzuüben. Die meisten ihrer Kollegen hatten sie gewarnt, sie würde sich verheben. Fanny wollte es trotzdem versuchen. Jetzt, am Tag vor der Premiere, war klar: Es würde vieles schiefgehen, aber das Stück würde trotzdem ein Erfolg werden. Die Eltern würden begeistert sein, was ihre Kinder da auf die Beine stellten. Zwei Vorstellungen mussten sie am Wochenende noch bewältigen, dann ging es auch für sie in den Sommerurlaub. Die anderen Schulen hatten ihre Kinder schon vor zwei Wochen in die Ferien geschickt, doch hier gab es nur vier Wochen Auszeit, um die Eltern nicht zu stark zu belasten und den Kindern mehr Förderung angedeihen zu lassen.

Nun betrat der Drache Koks mit seinem langen grünen Schwanz die Bühne. Alle hatten diese Rolle gewollt, und weil das Gedrängel so groß war, spielte ihn Ronald nun am Samstag und Ruth am Sonntag. Was die Proben nicht leichter machte. Zum Glück hatte Koks nicht viel Text.

Fanny gab Ronald ein paar Anweisungen. Jetzt, am Ende des Schuljahrs, fühlte sie sich zwar ausgebrannt, aber gerade bei den Proben merkte sie, wie viel Spaß ihr der Job machte. Zwei Jahre war sie nun ohne Pause im Schuldienst und hatte ihre eigene Klasse, die aus 14 Kindern bestand. Das waren mehr als genug.

Ihre Schülerinnen und Schüler hießen jetzt Kinder mit besonderen Bedürfnissen. Als sie noch jung war, hießen die Kinder, die in der Anstalt untergebracht waren, noch Schwachsinnige und Idioten. Oder einfach Mongos und Spastis. Später wurden sie neutraler Behinderte genannt. Und die Anstalt hieß dann nur noch Stiftung. Aus den Behinderten wurden Menschen mit Behinderungen, so wie neuerdings Migranten politisch korrekt als Menschen mit Migrationshintergrund bezeichnet wurden. Das stellte den Menschen in den Vordergrund und das, was diese Menschen von der Masse unterschied, in den Hintergrund. Aus den Menschen mit Behinderungen wurden dann Menschen mit Handicap. Da das auch nicht so richtig positiv klang und zudem immer an Golfspieler erinnerte, wurden daraus Menschen mit Assistenzbedarf. Was immer noch ein klein wenig negativ klang. Deshalb wurde der Assistenzbedarf neuerdings durch besondere Bedürfnisse ersetzt. Doch es gab schon ein paar Pädagogen, die auch an diesem Begriff rüttelten, weil er die Bedürftigkeit zu stark in den Vordergrund stellte. Vielleicht anders Begabte? Als fortschrittlichste Formulierung, die sich allerdings noch nicht durchgesetzt hatte, kursierte in Fachkreisen derzeit Menschen mit besonderen Fähigkeiten. Die Idioten hatten wirklich eine erstaunliche Karriere gemacht.

Fanny löste sich von dem Gedanken und konzentrierte sich wieder aufs Spiel, wo Koks gerade unbeabsichtigt über seinen Schwanz stolperte und sich lang hinlegte. Ronald konnte sich über sein Missgeschick gar nicht beruhigen, und so musste Ruth einspringen. In der Zeit, in der das Drachenkostüm seinen Träger wechselte, entstand viel Unruhe unter den anderen Kindern. Fanny beschloss, die Zeit damit zu überbrücken, eines der Lieder, die alle gemeinsam sangen, zu wiederholen.

In den Ferien würde sie mit Christoph, Finn und Thorben zehn Tage an die Ostsee fahren. Das reichte auch aus. Christoph war ihr ein treuer Begleiter geworden, an dessen Gegenwart sie sich gewöhnt hatte. Mehr nicht. Er sprach nur noch selten über Zusammenziehen und ein gemeinsames Kind. Er hatte gelernt, dass diese Themen der sicherste Weg waren, Fanny von sich wegzutreiben.

Zwei Wochen würden sie in den Ferien alle zusammen am Haus bauen, würden Wände aufstemmen und das Dach zum Teil neu eindecken. Hier gab es immer was zu tun. Es würde noch Jahre dauern, bis es so sein würde, wie sie es sich vorstellten. Doch diesen Prozess zu gestalten war viel schöner, als in etwas Fertiges einzuziehen, fand Fanny. Auch wenn sie sich manchmal wünschte, nicht noch ewig auf einer Baustelle zu leben.

***

Ein Brief von Lara! Schelsky gelang es nicht, seine Ungeduld zu bezähmen. Er riss ihn noch im Hausflur auf und begann zu lesen, während er die Stufen zu seiner Wohnung hochstieg. Fast geriet er ins Stolpern, weil er vor lauter Brief nicht mehr auf die Stufen achtete.

Lieber, liebster, süßer Schelsky,
wie schön noch einmal von dir zu hören – ich bin soooo froh! Nach deinem ersten Brief habe ich mich in meinem kleinen Londoner Zimmer unter der Bettdecke eingegraben, einmal zu oft David Bowie gehört, zwei Gläser zu viel Rotwein getrunken und drei Tafeln zu viel Schokolade gemampft. Ich habe angefangen, dir Briefe zu schreiben, und einen Entwurf nach dem anderen zerknüllt. Der letzte, den ich grad noch aus dem Papierkorb gefischt habe, endete auf den Satz: »Du kannst das nicht wirklich glauben, meinen, ernst meinen, dass du mich nicht mehr sehen willst. Bittebitte lass es nicht zu Ende sein.«

Zwei Monate lang war Schelsky in den Räumen von Rotlicht Records um Lara herumgeschlichen, hatte ihre Gegenwart gesucht und immer neue Vorwände gefunden, sich in ihrer Nähe aufzuhalten. Es war unverkennbar, dass auch Fred ein Auge auf Lara geworfen hatte, und so überboten sie sich darin, ihr mit aufgeplustertem Gefieder den Hof zu machen. Im August wurden sie Partner. Schelsky hatte sich 10.000 Mark von seinem Vater geliehen und bei der Bank einen Kredit aufgenommen. Rolf war damit draußen, Schelsky nun Mitgesellschafter und zusammen mit Fred Geschäftsführer. Der Hahnenkampf, den sie veranstalteten, machte es ihnen nicht leicht, den Laden gemeinsam zu führen. Jede Lappalie führte zum Streit. Es krachte täglich zwischen ihnen, und sie waren schon aus Prinzip nie einer Meinung. Nur die Aussicht darauf, dass Lara im Oktober wieder nach Berlin zurückging, um dort weiter zu studieren, verhinderte, dass Schelsky schon nach ein paar Wochen die Brocken hinschmiss.

Doch Lara durfte nicht gehen.

Jetzt macht dein neuer Brief mir Hoffnung, dass es mit uns doch weitergeht, und ich kann schreiben: Bitte, bitte, bitte, gib mir Bescheid, wann du mich wiedersehen willst. Das klingt doch schon ganz anders. Ich stelle dich mir vor und glaube zu erkennen, dass du auch den kleinen Verzweiflungsschatten um die Augen verloren hast.

Als ich, ohne vorher mit dir zu sprechen, das Stipendium annahm, habe ich den dummen Fehler begangen, mich einmal ganz ohne Folgenabschätzung und Selbstkontrolle in eine neue Situation hineinplumpsen zu lassen. Diesen Fehler hast du mir nun zur Genüge um die Ohren gehauen.

Als der Abschied nur noch sechs Wochen entfernt war, hatte Schelsky allen Mut zusammengenommen und sie zum Essen eingeladen. Er versprach ihr zu kochen, und sie dürfte aus allen Gerichten der Welt eines auswählen, er würde jede kulinarische Herausforderung meistern. Lara erklärte ihm, dass sie seit einigen Monaten Vegetarierin sei, Fisch und Meeresfrüchte wären aber okay. Da Schelsky nichts mehr hasste, als auf fleischlosem Gemüse herumzukauen, einigten sie sich schließlich auf eine Paella. Schelsky kaufte alle Kochbücher, die er finden konnte, soweit deren Inhaltsverzeichnis ein Paella-Rezept ankündigte. Er besorgte alle Zutaten und machte sich über die Geschichte der Paella schlau, um in der Konversation rund um das Essen glänzen zu können.

Er hatte sturmfreie Bude. Daria war seit Anfang August erneut auf Therapie. Dafür wohnte jetzt Bellamy bei ihnen, eine noch nicht ganz ausgewachsene, rot getigerte und pausenlos schnurrende Hauskatze. Amelie hatte sie im Sommerurlaub halb verhungert auf Sardinien aufgelesen und nicht aufgehört zu bitten und zu betteln, bis er sie im Fond seines alten Peugeot zwischen schmutzigen Decken und ausgebreiteten Schlafsäcken versteckte und über zwei Grenzen bis nach Hamburg schmuggelte. Jessy wollte Bellamy nicht haben, also blieb sie bei Schelsky. Daria hatte sich gefreut. Ihr gefiel der Gedanke, dass da ein Lebewesen um sie herum war, das sie manchmal ablenkte und dem ihr Drogenkonsum egal war.

Du hast mich neulich gefragt, ob ich mir überhaupt vorstellen kann, Entscheidungen gemeinsam mit dir zu treffen. Da die Katastrophe nun einmal passiert ist, kann ich dir nur versprechen: Ich will mich darin versuchen, Autonomie abzugeben. Ich habe das noch nie gemacht! Was glaubst du, wie viel Nerven es (gerade ein Mädchen) kostet, Entscheidungskompetenzen an sich zu reißen und mit Zähnen und Klauen zu verteidigen!? Glaub mir, ich habe da keinen Ego-Tick, wenn ich auf Unabhängigkeit bestehe, ich habe einfach immer nur das Gefühl gehabt, sie mir bewahren zu müssen gegen die ganzen Ratschlaggeber, die mir sagen, was ich tun und lassen sollte: meine Eltern, die ganzen Lehrer und überhaupt Männer. Vielleicht ist es ein Ausdruck vollendeter Emanzipation, von der hart erkämpften Unabhängigkeit wieder etwas abzugeben.

Als Lara die Wohnung betrat, schnurrte Bellamy. Als sie sich auf den Küchenstuhl setzte, sprang sie ihr sofort auf den Schoß. Schelsky servierte die Paella, die sich als genießbar herausstellte. Nur in dem Mousse au Chocolat, an dem er sich versucht hatte, steckten merkwürdige Verklumpungen, die die Konsistenz von Gummi hatten. Lara tat so, als würde sie das Malheur nicht bemerken, und kaute fröhlich darüber hinweg. Schelsky nahm das als Kompliment.

Dank Bellamy landeten sie noch am selben Abend im Bett. Sie hatte sich in Laras Armbeuge verkrochen und ein monotones Dauerschnurren aufgelegt. Schelsky hatte die Katze gekrault und war immer wieder auf Laras Arm abgerutscht, und Lara schien Freude daran zu haben, dass er so tat, als berühre er sie total unabsichtlich. Schließlich waren seine Berührungen fordernder geworden, und er war nicht auf Widerstand gestoßen. Neben Lara fand Schelsky keinen Schlaf. Die Zeit, die er an ihrer Seite verbrachte, einfach zu verpennen, schien ihm eine Todsünde zu sein. Die ganze Nacht sah er sie nur an. Er hatte inzwischen erfahren, dass Lara einen Freund in Berlin und mit diesem eine offenbar extrem komplizierte Beziehung hatte, deren Details er überhaupt nicht wissen wollte. Er wusste auch nicht, ob es für ihn eine zweite Nacht mit Lara geben würde. Also blieb er wach, betrachtete sie im Schlaf und versuchte, sich die Bilder ganz tief einzuprägen. Er hamsterte sie für schlechte Zeiten. Sollte das ihre einzige gemeinsame Nacht bleiben, so wollte er sich ewig daran erinnern können.

Aber das alles kann nicht heißen, dass du mich immer wieder vor die »London-oder-ICH«-Alternative stellst. Bitte, sieh diese Londonsache nicht als Absage an dich! Nimm sie als Prüfstein – oder meinetwegen als Spleen oder Tick von mir, etwas, das ich zu meiner Persönlichkeitsentwicklung brauche oder zum Richtig-erwachsen-Werden. Wegkönnen ist wichtig für mich. Ich will überhaupt niemals etwas tun, ohne darum zu wissen, dass ich ebenso gut in Schottland Schafe züchten könnte – warst du eigentlich je in Schottland?

Es blieb nicht bei dieser einen Nacht. Laras extrem komplizierte Berliner Beziehung ging irgendwann an einem extrem schlichten Missverständnis zugrunde. Ein Studienkollege, den Lara offenbar ziemlich anschwärmte, hatte zu Schelskys Glück gerade eine neue Flamme und fiel als Konkurrent deshalb aus. Und der gockelnde Fred spielte nach Laras Abschied von Hamburg ohnehin keine Rolle mehr.

Trotzdem zierte Lara sich über Wochen, und erst als Schelsky eine parallele Affäre anfing, von der er ihr freimütig erzählte, erwachte ihr Kampfgeist, und sie wollte ihn ganz für sich haben. Seit Anfang des Jahres waren sie nun ganz offiziell zusammen. Sie trafen sich jedes Wochenende, abwechselnd in Berlin und Hamburg.

Lass es andauern, dachte Schelsky. Das erste Mal fühlte sich das Leben perfekt an. So perfekt, dass es ihm Angst machte. Nun konnte es nur noch bergab gehen.

Ich brauche diese Freiräume, um nicht verschluckt zu werden von dir! Ich fühle mich oft so von dir dominiert, dass ich täglich schwächer werde. Deshalb kann ich mir auch nach London nicht vorstellen, einfach bei dir einzuziehen, falls du nicht mehr mit Daria zusammenwohnen solltest (Wie ergeht es ihr in der Therapie? Ich muss oft an sie denken!). Gemeinsam! Das ist schon das Schlüsselwort. Es kann nur darum gehen, zusammen zu träumen und zu planen und sich für Pläne und Dinge zu begeistern. Aber das müssen eben Sachen sein, die Neuland sind, zumindest Neuland zu zweit. Wenn wir wissen, welchen Ökohof an der Müritz wir denn zur Eselzucht kaufen und bewirtschaften wollen (vielleicht lässt sich von dort aus eine neue Friedensbewegung auf die Füße stellen?), können wir auch

gemeinsam dort einziehen, aber nicht solange ich wirkliche Nöte habe, von dir nicht schlichtweg geschluckt zu werden. Ich sag's noch mal: Völlig neue Ideen und wirklich gemeinsame Träume. Und hier schließe ich nichts aus, sogar so'n Quatsch wie Heiraten-Kinderkriegen-Reihenhaus mit dir, wenn du mir nur den Atem lässt, von selbst darauf zu kommen.

Das Paradies währte drei Monate. Als er sie an einem Freitagabend vom Bahnhof abholte, wirkte Lara atemlos, gutgelaunt und ein wenig angeschickert.

»Ich gehe für anderthalb Jahre nach London«, verkündete sie.

Schelsky war sicher, dass in diesem Moment sein Herz stehen blieb.

»Willst du mir gar nicht gratulieren?«, fragte sie und zog einen Schmollmund.

»Herzlichen Glückwunsch! Und was wird aus uns?«

In diesem Moment fiel Lara auf, dass sie sich darüber noch gar keine Gedanken gemacht hatte.

»Du besuchst mich, und ansonsten sind 18 Monate schnell vorbei.«

Auf dem Weg zu seiner Wohnung erfuhr Schelsky, dass Lara am Vormittag die Nachricht erhalten hatte, dass sie das Stipendium bekam, für das sie sich schon vor Monaten beworben hatte. Sie hatte sofort alle ihre Studienfreunde zusammengetrommelt, und im Fachschaftsratscafé war der Sekt in Strömen geflossen. Sie hatte sofort fest zugesagt, gefeiert, sich beglückwünschen lassen und in dieser ganzen Zeit offenbar nicht einmal an ihn gedacht. Das war es, was Schelsky kränkte. Natürlich sollte sie das Stipendium annehmen, sollte nach London gehen – aber bitte schweren Herzens, weil er zurückblieb. Er wollte gefragt werden, wie es für ihn sei, anderthalb Jahre auf sie zu verzichten. Doch in diesem ganzen Entscheidungsprozess hatte er nicht die geringste Rolle gespielt. Er hatte nicht mitreden, nicht mitentscheiden, nicht mitfeiern dürfen – für ihn war nur die Rolle als Spielverderber übrig geblieben. Er nahm übel und wusste, dass er sie damit nur von sich forttrieb.

Während Lara von ihrem Stipendium erzählte, versuchte er sich vorzustellen, wie es sein würde, anderthalb Jahre ohne sie zu sein. Sich sehnen, während sie lebte, ihr treu sein, während sie – der jeder Mann hinterherschaute – den mannigfaltigsten Versuchungen dieser pulsierenden Metropole ausgesetzt war. Warten, ohne zu wissen, ob sie nach Deutschland und auch zu ihm zurückkehren werde. Gehen dürfen war viel besser als bleiben müssen.

Aber überleg es dir gut, ich bin eine Zicke: Sobald ich mich auf jemand einlasse, beginne ich auch schon den Ehrgeiz zu entwickeln, ihn nach meinen Vorstellungen umzumodeln. Klappt natürlich selten, und wenn ja, bin ich nicht zufrieden, weil sich die geänderte Person selbstredend dadurch als schwach erwiesen hat. Das fängt mit blöden Kleinigkeiten an (Alarmstufe gelb bei ungewaschenen Handtüchern), aber ich werde immer dreister, merke es und kann es doch kaum ändern, denn einzige Alternative zum »Sei-so-gut-und-mach-es anders« ist immer das »Sonst bist du mich los«. Das hat jetzt alles kaum etwas mit dir zu tun, ist kein Wink mit dem Psycho-Zaunpfahl, sondern fällt mir schlicht zu meinem Dilemma ein, ob ich dich auf die Handtücher hinweisen sollte (die dringend einer Wäsche bedürfen) oder nicht. Ich habe sowieso schon manchmal diese idiotische Anwandlung, nur noch zum Badputzen und Deinen-Nacken-Kneten bei dir angestellt sein zu wollen, alles andere kannst du ja eh besser. Ist es dir überhaupt aufgefallen: Unmittelbar vor meinem Abflug habe ich mir einen Herzenswunsch erfüllt und dein gesamtes Geschirr abgewaschen. Ich wollte einmal auf den Grund der Schmuddelkiste gelangen, in der ihr die dreckigen Teller und Tassen stapelt.

Okay: An deiner Stelle würde ich auch mit mir zusammenziehen wollen.

Warum machten sich alle, die er liebte, aus dem Staub? Zuerst hatten seine Eltern sich scheiden lassen, und die Rund-um-die-Uhr-Familie zerfiel in die Alltags-Mama und den Wochenend-Papa. Dann war sein Vater mit seiner neuen Flamme nach München gezogen, und aus dem Wochenend-Papa wurde der Weihnachtsbrief-Vater. Fanny musste sich selbst in fernen Winkeln der Welt finden – aus der ersten großen Liebe wurde eine große Sehnsucht. Und nun zog es Lara nach London, und aus der neuen Liebe wurde – im besten Falle – eine Fernbeziehung. Hamburg–Berlin war schon weit, Hamburg–London unerträglich.

Nie durfte er mitentscheiden, wenn er getrennt wurde. Immer wurde er vor vollendete Tatsachen gestellt.

Lara und Schelsky redeten die ganze Nacht. Lara sagte, es tue ihr leid, dass sie alles eingetütet habe, ohne ihn überhaupt zu informieren. Aber das machte es nicht besser. Wenn sie nach London ging, würde er nie das Gefühl loswerden, dass er keine Rolle in ihrem Leben spielte. London oder ich, dachte er, und er wusste, die Antwort würde London lauten. Er hatte verloren.

Mein Süßer, glaub mir: Anderthalb Jahre sind nicht lang, vor allem wenn wir uns alle paar Wochen besuchen. Ich weiß einfach, dass ich dich im Dezember 1997 noch genauso liebhaben werde wie im Juli 96. Und wenn du wirklich glaubst, ich wolle mich hier austoben, während du brav zu Hause auf mich wartest, dann tu, was du tun musst. Ich verlasse dich nicht, und wenn du mit 1000 Frauen schläfst, ich habe bloß Probleme damit!

Am Sonntag bevor sie nach Berlin zurückfuhr, machte er mit Lara Schluss. Er sagte ihr, dass er sie niemals wiedersehen wolle und dass dieser Entschluss endgültig sei. Am darauffolgenden Wochenende brach er sich beim Fußballspielen das Schlüsselbein. Sein rechter Arm wurde in eine Schlinge gelegt. Er konnte sich nun alleine weder an- noch ausziehen.

Ein Tag später rief Schelsky Lara an und klagte ihr sein Leid.

Fünf Stunden später war sie bei ihm.

Sie kochte für ihn und half ihm, die Klamotten zu wechseln. Seine Pflegerin zu spielen machte ihr sichtlich Spaß. Er genoss es, sie um sich zu haben, und registrierte, dass der Zeitpunkt ihrer langen Trennung näher rückte. Er hoffte jede Sekunde auf den Satz »Du, ich hab's mir überlegt, ich bleibe doch hier«, und wusste, dass er ihn nie zu hören bekommen würde.

Ich finde es wunderwunderschön mit dir, wirklich.
Ich möchte bei dir bleiben,
ich möchte bei dir bleiben,
ich möchte bei dir bleiben!

Und jetzt fällt mir die Hand ab.
London ist nicht weit, echt nicht!

Deine Lara
(Willstes noch mal hören?! Ich liebe dich!)

Als der Tag des Abschieds gekommen war, brachte Schelsky Lara zum Flughafen und schickte dem Flieger noch am selben Abend einen Trennungsbrief hinterher. Er zählte die Tage, bis ihre Antwort kam, weil er insgeheim hoffte, sie würde die Trennung nicht akzeptieren. Als er nach einer Woche noch immer keine Post von ihr erhalten hatte, schickte er dem Trennungsbrief einen Trennungsrücknahmebrief hinterher. Vom nächsten Morgen an schaute er täglich vier bis fünf Mal in den Briefkasten, auch dann noch, wenn er ihn schon längst geleert hatte. Das ergab keinen Sinn, aber nicht nachzusehen hätte auch keinen Sinn gemacht. Vielleicht hatte der Postbote Laras Brief ja am Vormittag übersehen und war noch einmal zurückgekommen, um ihn noch auszuliefern.

Postboten machen manchmal so was, redete er sich ein. Einmal hatte einer bei ihm geklingelt und ihm ein eingerissenes frankiertes Zigarettenblättchen, wie es bei Selbstgedrehten verwendet wurde, in die Hand gedrückt. Neben der Marke hatte auf der Vorderseite nur noch seine Adresse in kaum lesbarer Zwergenschrift Platz, auf der Rückseite ein Drei-Wort-Urlaubsgruß von Fanny. Diese Sendung habe es nun so weit gebracht, hatte der Postbote gesagt, nun wolle er persönlich dafür sorgen, dass sie nicht noch auf den letzten Metern verloren gehe.

Doch in den vergangenen Tagen hatte der Postbote nicht geklingelt. Auch heute nicht, da hatte er den Brief ganz heimlich in seinen Briefkasten fallen lassen, so wie normale Post.

Neben dem Brief steckte noch eine Karte im Umschlag, auf die mit Tesafilm eine Locke geklebt war. Daneben stand, in Laras Schrift:

»***Ersatz, wenn dir bald meine Haare im Duschabfluss ausgehen sollten.***«

KAPITEL 27

27. September 1998: Die von Willy Brandt beschworene Mehrheit »diesseits der Union« wird in der Farbkombination »Rot-Grün« Regierungsmehrheit. Ein Sozialdemokrat, der sich standhaft weigert, graue Haare zu bekommen, und ein Grüner, der die Turnschuhe ausgezogen hat, bilden fortan das Männergespann im politischen Machtzentrum der Republik, das geografisch nicht mehr im Westen, sondern nun im Osten des Landes liegt. Berlin statt Bonn, Gerhard statt Helmut, grün statt gelb: Die Zeichen der Zeit stehen auf Veränderung, und ein paar Genossen aus alten APO-Zeiten sind im Rahmen ihres Marsches ganz schön weit oben angekommen.

»Open your eyes, time to wake up, enough is enough is enough is enough!« Lara sang laut, ein wenig falsch und ziemlich a cappella. Aus den zwei Stöpseln in ihren Ohren drang die instrumentale Begleitung, die bei Schelsky nur noch als verzerrter, breiiger Klangteppich ankam. In kurzen Abständen formte Lara ihre rechte Hand – Zeigefinger voran – zu einer imaginären Pistole, mit der sie einen lautmalerisch unterfütterten Schuss auf einen imaginären Feind abgab. Dabei brüllte sie: »Give the faschistmen a gunshot!«

Die Pfropfen in Laras Ohren waren mit einem kleinen Gerät verbunden, das Lara an ihrem Gürtel befestigt hatte. Dies sei die letzte technische Neuigkeit, hatte sie Schelsky verraten, ein MP3-Player, unglaublich teuer, aber mit unwahrscheinlich viel Platz für Musiktitel. Im Moment waren die Kilobytes vor allem mit Chumbawamba belegt, einer aus der Leedser Hausbesetzerszene stammenden Band, die folkig-rockigen Punk mit linksradikalen Texten kombinierte. Musik, die Lara an ihren ersten London-Aufenthalt erinnerten, der vier Jahre zurücklag und sie direkt in die Londoner Besetzerszene geführt hatte.

Untergehakt gingen sie an der Fahrbahntrasse entlang, und Lara erklärte Schelsky, wo genau hier einst die Claermont Road verlaufen war. Jetzt standen hier keine Häuser und keine Bäume mehr, die kleinen Vorgärten waren verschwunden, und so weit sie blicken konnten, war da nur Asphalt und Beton.

Lara erzählte von den Tagen, als hier im Londoner East End ganze Straßenzüge erst entmietet und dann besetzt wurden, als zugemauerte

Fenster und Türen wieder geöffnet wurden und innerhalb weniger Wochen ein Geister-Stadtteil wieder zum Leben erwachte. Sie berichtete, wie die Umweltaktivisten sich auf Baumkronen eingenistet und an Zäune festgekettet hatten, um die vorwärtsdrängenden Planierraupen und Schaufelbagger zu stoppen. Am Ende war all der Widerstand umsonst gewesen, 300 Häuser wurden abgerissen und Viertel wie Wanstead, Leytonstone und Leyton durch die Stadtautobahn wie mit einem Filetmesser tranchiert. In wenigen Wochen sollte die neue Trasse nun für den Verkehr freigegeben werden, der dann von der Londoner City zur Autobahn nach Cambridge sieben Minuten weniger brauchte als bisher. Das hatten die Verkehrsplaner, bemerkte Lara süffisant, auf die Sekunde genau berechnet.

Schelsky hörte Laras Schilderungen interessiert zu, doch eigentlich war ihm der Straßenkampf im Londoner East End egal. Was zählte war, dass Lara nun nach über zwei Jahren in London wieder zurückkam. Als Schelsky schon begonnen hatte, die Tage bis zu ihrer Rückkehr zu zählen, war ihr Stipendium überraschend um ein halbes Jahr verlängert worden. Doch auch diese Tage waren nun vorbei und er und Lara noch immer zusammen. Er hatte sie oft besucht und mit ihr zusammen London entdeckt; seine Kirchen, seine Brücken, seine Märkte und vor allem seine Pubs, die viel zu früh schlossen. Die gemeinsamen Tage hatten Spaß gemacht, und Schelsky hatte ein Gefühl dafür bekommen, warum Lara diese Stadt anzog. Doch jedes Mal wenn die Maschine, in der er saß, in Heathrow abhob, begann er augenblicklich die Tage bis zu ihrem nächsten Wiedersehen zu zählen.

Lara drückte Schelsky einen Kuss auf die Wange, steckte einen der Stopsel in sein rechtes Ohr und forderte ihn auf, mit ihr gemeinsam den antifaschistischen Refrain zu grölen. Mit dem Wissen, dass sie diesmal zusammen ins Flugzeug steigen würden, fühlte sich alles leicht an. Selbst die finanziellen Probleme von Rotlicht Records waren weit weg. Mit dem Label ging es steil bergab, und sie mussten immer mehr Fremdproduktionen annehmen, um mit ihren beiden Tonstudios noch Geld zu verdienen. Fred und er waren niemals einer Meinung, wenn es um die Zukunft des Ladens ging, was die Sache nicht einfacher machte.

Schelsky drückte Lara an sich und stimmte mit gedämpfter Stimme in die Strophe ein. Die Songs gefielen ihm. Sie waren nicht weit entfernt von der Musik, die er mit Johnny hates John immer hatte machen wollen. Nur dass die Texte politischer waren.

Vier Tage würden sie noch gemeinsam genießen. Dann musste Lara wieder nach Berlin. Mitte Oktober startete das Wintersemester. Dann würden sie wieder getrennt sein, wenn auch die Distanz zwischen ihnen nun viel geringer war.

»Und hier schließe ich nichts aus, sogar so'n Quatsch wie Heiraten-Kinderkriegen-Reihenhaus mit dir, wenn du mir nur den Atem lässt, von selbst drauf zu kommen.« Der Satz aus Laras erstem Londoner Brief hatte sich in Schelskys Hirn eingebrannt. Dass ihm die Chiffren purer Spießigkeit einmal Verheißung sein würden, hatte er sich vor Lara nicht vorstellen können. Nun klang »Heiraten-Kinderkriegen-Reihenhaus« nach der Süßesten aller Versuchungen. Schelsky blinzelte Lara an und musste sich eingestehen, dass er in sie noch immer so verliebt war wie am allerersten Tag.

»Heiraten-Kinderkriegen-Reihenhaus«!

Die offene Frage war nur, ob Lara jemals den Atem haben würde, von selbst drauf zu kommen.

***

Das Restaurant war nobel und gehobene Preisklasse. Genau richtig also, um Daria auszuführen. Er konnte es sich leisten und hatte sie so oft versetzt, dass es schon etwas Besonderes sein musste, um seine Verfehlungen wiedergutzumachen. Er würde ihr richtig was bieten. Hier, im Hotel Belvedere, gab es noch die traditionellen »Damenkarten« – Speisekarten, in denen die Preise für die Gerichte nicht genannt wurden. Die eingeladenen Damen sollten auswählen, ohne sich Gedanken darüber zu machen, was der kulinarische Spaß den Herrn, der sie ausführte, kosten würde. Ein Relikt aus der Zeit, als es noch Kavaliere gab, die eine Dame mit »gnä' Frau« ansprachen und sie mit einem angedeuteten Handkuss begrüßten. Früher hatte Tom solche Gesten als albern und gestelzt empfunden, später als anti-emanzipativ und reaktionär, doch heute kam ihm eine solche Etikette sehr stilvoll vor. Nicht für jeden Tag, aber für besondere Momente. Früher, da war er ja auch mit zerschlissener Jeans ins Theater gegangen, um gegen das elitäre Publikum zu demonstrieren. Heute genoss er es, sich ab und zu herauszuputzen, hatte einen Zweireiher und einige Dutzend edle Krawatten im Schrank. Ein Mann ist dann attraktiv, war sein Wahlspruch, wenn er in kurzen Hosen und auch in feinstem Zwirn eine gute Figur machte.

Das mit der guten Figur wurde zugegebenermaßen inzwischen zum Problem, die zahlreichen Empfänge mit ihren überbordenden Buffets und die regelmäßigen Alkoholexzesse hinterließen Spuren, die kaum noch zu übersehen waren, egal, was er gerade trug. Abhilfe musste her. Tom hatte er sich heimlich in einem Fitness-Center angemeldet. Solche Mucki-Buden, in denen die Männer mit dem Mut der Verzweiflung an einem Sixpack arbeiteten und die Frauen Bauch-Beine-Po zu straffen versuchten, hatten bei ihm noch bis vor kurzem auf der Liste der No-Gos ganz oben gestanden.

Die Hoffnung, hier niemandem zu begegnen, den er kannte, hielt nur ein paar Minuten. Erst traf er einen früheren Kollegen aus dem Wirtschaftsressort der Abendpost, dann den stellvertretenden Fraktionsvorsitzenden der Hamburger FDP. Im Gegensatz zu Tom schien sich keiner der beiden seiner Anwesenheit in einem solchen Etablissement zu schämen.

Doch Tom war nicht nur zum Laufband-Jogger geworden, er hatte auch die Seiten gewechselt. Seit fast einem Jahr war er nun schon Regierungssprecher, Sprecher der ersten rot-grünen Landesregierung in Hamburg. Eigentlich hätte er gerade im Rathaus sitzen und an den Statements einiger Hamburger Senatoren zum Ausgang der Bundestagswahl feilen müssen, doch er hatte um acht Uhr den Dienst für heute quittieren dürfen. Den Rest regelte der Büroleiter des Ersten Bürgermeisters. Die letzten vier Wochen hatte er Tag und oft noch die halbe Nacht die Medien mit Positiv-Schlagzeilen aus dem Inneren der rot-grünen Koalition beliefert, die eines der Vorbilder für das in Berlin geplante gleichfarbige Bündnis war. Er war gefragt gewesen wie nie zuvor und hatte gepowert wie nie zuvor, um die Landesregierung als rot-grünes Erfolgsmodell zu inszenieren.

»Mach noch die ersten Statements, dann hau bloß ab, und schlaf dich mal aus«, hatte ihm der Bürgermeister zugeraunt. Tatsächlich war er nun dem Politzirkus für ein paar Stunden entflohen, doch an Schlaf war nicht zu denken. Stattdessen saß er Daria gegenüber, die er im Wahlkampf immer wieder vertröstet hatte. Dass er jetzt hier mit ihr saß, noch bevor das Wahlergebnis endgültig feststand, zeigte doch deutlich, wie wichtig sie ihm war. Es war schon eine kleine Heldentat, sich in dieser historischen Stunde, in der die Republik sich rot-grün färbte, von dem ganzen Politzirkus abzunabeln.

Sie sieht gut aus, dachte er. Daria, die in einem mintgrünen Abendkleid erschienen war, hatte wieder rundere Hüften und ein volleres Gesicht.

Sie war längst nicht so mollig wie damals in der Schulzeit, aber auch nicht so ausgezehrt wie noch vor zwei, drei Jahren. Die Spuren der Sucht ließen sich nicht ganz verleugnen, aber man musste schon genau hinschauen, um sie zu entdecken. Seit Jahren hatte Daria nicht so gesund gewirkt. Er entdeckte in ihrem Gesicht sogar ein paar Züge wieder, in die er sich einst verliebt hatte. Die Freude, dass es ihr offensichtlich gutging, ließ sein Herz einen kleinen Hüpfer tun, und ihm fiel auf, dass das seine erste echte Gefühlsregung seit Monaten war.

Geweint hatte er zuletzt auf der Beerdigung seines Vaters, der nach nur vier Tagen im Krankenhaus gestorben war. Tom hatte lange getrauert. Jetzt, wo sein Vater das Schweigen gebrochen hatte, hätte er so gerne noch die Zeit gehabt, ganz viele Fragen zu stellen und seine Vaterliebe aus Kindertagen wiederzufinden. Sie hatten so viele Jahre miteinander verpasst, dass da etwas unvollendet blieb.

Der Kellner kam, begrüßte beide – Tom mit Namen – und legte die Speise- und die Weinkarten auf den Tisch. Daria blätterte kurz darin und sah Tom irritiert an.

»Da stehen ja gar keine Preise drin?!«

»Weil du dich um sie nicht kümmern sollst. Du bist selbstverständlich eingeladen.«

»Und deshalb bekomme ich eine Karte, aus der nicht hervorgeht, was was kostet?«

»Eine alte Tradition aus der Zeit, in der Frauen ihre Rechnung noch nicht selbst bezahlt haben. Ist zugegebenermaßen sehr old fashioned und auch nicht besonders emanzipiert, aber für den heutigen Abend passt das schon – okay?!«

Daria wollte protestieren, doch Tom legte einen Finger auf seine Lippen und bedeutete ihr so zu schweigen.

»Willst du Austern als Vorspeise?«

Daria verzog das Gesicht. »Ist echt nicht mein Geschmack.«

»Solltest du aber mal probieren. Die Austern sind hervorragend.«

»Wirklich nicht!«

»Du weißt gar nicht, was du verpasst. Kann ich dich vielleicht mit einer Büsumer Krabbensuppe locken?«

»Schon besser.«

Synchron blätterten sie zu den Hauptspeisen. Darias Mienenspiel verriet Tom, dass sie mit einigen Gerichten nicht besonders viel anfangen konnte.

»Ich kann dir die falschen Austern empfehlen.«

»Was soll das sein?«

»Überbackenes Kalbshirn, sehr exquisit.«

»Das ist ja noch viel schlimmer als richtige Austern.«

»Vielleicht die Kuddeln?«

»Was verbirgt sich da nun wieder hinter?«

Tom musste schmunzeln. »Pansen und Blättermagen vom Rind.«

»Willst du mich auf den Arm nehmen?«

»Nein, klingt etwas komisch, ist aber wirklich äußerst schmackhaft.«

»Kein Bedarf.«

»Dann brauche ich dir die Rinderhoden wohl gar nicht ans Herz legen?«

»Brauchst du nicht. Gibt es hier nicht irgendwas Normales, so was wie Gemüseauflauf?«

»Die Wachteln sind lecker.«

»Muss auch nicht sein.«

»Dann nimm einfach das Chateaubriand vom Bison, das ist ein dickes Filetsteak, hauchzart. Oder bist du unter die Vegetarier gegangen?«

»Bislang nicht, aber das könnte noch heut passieren, wenn ich weiter die Speisekarte studiere.«

»Du musst dich auch mal trauen, was Ausgefallenes zu probieren.«

»Wer sagt das?«

»Ist ja nur ein Tipp. Currywurst und Nudelpfanne kannst du auch woanders essen.«

In diesem Moment erklang eine kleine Melodie aus der Innentasche von Toms Jackett. Er fischte das Handy aus der Innentasche, sah kurz aufs Display, setzte ein Da-muss-ich-jetzt-ganz-kurz-ran-Lächeln auf und begann in das Gerät zu sprechen.

Er sieht müde aus, dachte Daria. Müde und abgekämpft. Und grau. Haut und Haare. Und er wirkt atemlos. So als würde er keine Luft mehr bekommen. Sie hatte das Bedürfnis, ihm den Knoten seines Schlipses zu öffnen und die obersten Hemdknöpfe gleich mit dazu.

»Sorry, war die Senatskanzlei. Muss gleich noch mal kurz telefonieren, aber lass uns erst mal bestellen.«

»Das solltest du abschaffen!« Daria deutete auf sein Handy.

»Keine Chance. In meinem Beruf muss man erreichbar sein. Tag und Nacht.«

»Dann sag ich nur: Augen auf bei der Berufswahl.«

Er rang sich ein bemühtes Grinsen ab. Stand es Daria zu, sich über seinen Job lustig zu machen? Gerade ihr, die in ihrem Leben noch nichts auf die Reihe bekommen und vorhandene Talente sinnlos verschleudert hatte.

»Du wirst auch noch so ein Ding brauchen. In fünf Jahren geht's nicht mehr ohne.«

»Ich? Nie! Vergiss es. Was für ein Horror, jederzeit erreichbar zu sein.«

»Du wirst dich nicht ewig verweigern können. Jedenfalls nicht, wenn du willst, dass aus dir noch mal was wird.«

»Was soll das jetzt heißen? Ich weiß selbst, dass ich Jahre meines Lebens weggeworfen habe. Da brauch ich solche Belehrungen von dir nicht.«

»Schon gut. War nicht so gemeint.«

Der Kellner kam an ihren Tisch. Tom ließ Daria zuerst wählen, und sie entschied sich für Nudeln mit Kapern. Tom bestellte das Chateaubriand, nur kurz gebraten, ein halbes Dutzend Schnecken vorweg. Nach kurzer Rücksprache mit Daria orderte er dazu einen Beaujolais.

»Dessert?«

»Danke, vielleicht später.«

Tom wandte sich wieder Daria zu und bot ihr eine Zigarette an. Sie nahm an, er gab ihr Feuer. »Werde ich mir jetzt nach der Wahl abgewöhnen.« Er lächelte sie vielsagend an. »Aber das Allerwichtigste: Wie geht es dir?«

»Soweit ganz gut.«

»Bist du ...« Tom zögerte kurz und rückte so nahe an Daria heran, dass niemand seine Worte mithören konnte. »Bist du clean?«

»Mehr oder weniger. Aber eigentlich hab ich's gut im Griff.«

Tom sah sie zweifelnd an.

»Ich weiß, was du jetzt denkst. Ein bisschen clean ist so unmöglich wie ein bisschen schwanger. Haben meine Therapeuten mir auch gesagt. Ich hab's aber wirklich gut unter Kontrolle.«

Toms skeptische Miene blieb unverändert. »Du musst es ja wissen.«

»Ich schleich mich wirklich gerade raus aus der ganzen Scheiße. Das funktioniert normalerweise nicht, aber bei mir klappt's ganz gut.«

»Das heißt?«

Sie hatten die Köpfe weit über den Tisch gebeugt und sprachen im Flüsterton.

»Drücken ist vorbei. Ab und zu zieh ich noch mal 'ne line, wenn der Druck zu groß wird, oder rauche etwa H. Aber selten. Spielt im Alltag praktisch keine Rolle mehr.«

Tom schüttelte sanft den Kopf und sah ernst in Darias Augen.

»Du musst es wissen«, wiederholte er

In diesem Moment brachte der Kellner den Wein. Er ließ Tom probieren und schenkte, nachdem dieser anerkennend genickt hatte, erst Daria, dann ihm ein. Danach entfernte er sich wieder.

Die kurze Pause hatte den Gesprächsfaden zwischen Tom und Daria gekappt, und beide nahmen das Thema nicht wieder auf. Stattdessen begann Tom über seinen beruflichen Aufstieg zu berichten. Der Ober brachte die Schnecken und Tom versuchte Daria eine aufzudrängen. Sie lehnte ab, da sie das Geschmackserlebnis kannte: Gummi in Knoblauchsud.

Nach der Vorspeise sprach Tom weiter über sich und seinen neuen Job. Er hatte Lust, Daria an seinem Leben, das beruflich gerade ungeheuer abwechslungsreich war, teilhaben zu lassen. Er ermahnte Daria nach jedem dritten Satz, das eben Gehörte bloß niemandem zu erzählen. Daria versprach, und Tom fuhr fort. Daria überlegte, ob er sich schon immer hatte so gern reden hören.

Tom war in Fahrt gekommen. Allerdings wurde er immer wieder durch sein Handy unterbrochen. Vielleicht hätte er an diesem Abend doch im Rathaus bleiben und Daria noch zwei, drei weitere Tage vertrösten sollen. Andererseits zeigten die vielen Anrufe, wie unabkömmlich er war. Daria sollte es ruhig mitbekommen, dass er, der unbeliebte Außenseiter aus Mittelstufenzeiten, es nach ganz oben geschafft hatte. Vielleicht schmeichelte es ihr ja, einst mit ihm zusammen gewesen zu sein.

Daria hatte längst abgeschaltet und bekam nur noch am Rande mit, wie die Anekdötchen aus den Hinterzimmern der Politik sich gegenseitig überrollten. Was war Tom bloß für ein Selbstdarsteller geworden. Sie war froh, als der Kellner kam, um den Hauptgang zu servieren. Sie stießen auf den rot-grünen Wechsel an. Die Nudeln waren köstlich, und auch Toms Essen sah vorzüglich aus. Tom aber verzog sein Gesicht, nachdem er das Fleisch mit dem Messer zerteilt hatte. Er winkte den Kellner heran.

»Ja, der Herr?!«

»Herr Ober, ich hatte das Steak englisch bestellt.«

»Es entspricht nicht Ihren Wünschen?«

Tom deutete auf das rosafarbige Innenleben des Steaks und drückte mit dem Messer.

»Wenn ich drücke, kommt kein Blut. Das ist nicht englisch gebraten, das ist eindeutig zu durch.«

»Wie Sie meinen, Herr Bartels.« Der Kellner nahm den Teller und setzte sich Richtung Küche in Bewegung.

»Man darf das nicht durchgehen lassen«, verteidigte sich Tom, der spürte, dass Daria sein Auftritt unangenehm war. »Das ist hier ein Spitzenrestaurant mit Spitzenpreisen und keine Imbissbude. Da kann man erwarten, dass ein Chateaubriand so serviert wird, wie man es bestellt hat.«

Er begreift es nicht, dachte Daria. Es war nicht der Umstand, dass Tom sein Essen zurückgehen ließ, der sie peinlich berührte, es war die Art, wie er sich aufplusterte.

»Schmecken deine Nudeln wenigstens?«

»Ja, alles okay.«

Erneut erklang die Melodie von Toms Handy. Tom nahm das Gespräch an, hielt kurz das Mikro zu und flüsterte in Darias Richtung: »Sorry, der Bürgermeister, fang schon mal an.«

Daria stocherte lustlos auf ihrem Teller herum. Sie wünschte sich an einen anderen Ort.

Noch bevor Tom das Gespräch beendet hatte, brachte der Kellner ein neues Stück Fleisch. Das Handy zwischen Ohr und Schulter geklemmt, schnitt Tom es auf und nickte zufrieden. Daria warf einen Blick auf das Steak, das nur für Sekunden mit der Pfanne in Berührung gekommen sein konnte. Tom aber wirkte zufrieden. Nachdem er das Gespräch beendet hatte, aßen sie schweigend weiter.

Irgendwie steckt in diesem Abend der Wurm, fand Tom. Das Eis zwischen ihm und Daria wollte heute einfach nicht tauen, sie blieben steif und unverbindlich. Was war nur los?

»Was machst du denn jetzt so?«, unternahm Tom einen neuen Anlauf, das Gespräch wieder in Gang zu bringen. Er wusste nur, dass Daria und Schelsky sich noch immer eine Wohnung teilten.

»Bin nach einem knappen Jahr Pause wieder bei der Stadtillustrierten.

Und wenn ich abends noch ein wenig Zeit habe, schreibe ich für mich. So wie früher.«

Tom erinnerte sich an zahlreiche lyrische Versuche, die Daria ihm einmal gezeigt hatte, als sie noch zur Schule gingen.

»Schreibst du wieder Gedichte?«

»Nein«, sagte Daria. »Ich fasse meine Erfahrungen der vergangenen Jahre in Worte – ungereimt.«

***

Sie trafen sich in einem kleinen Hotel in Lüneburg. Jeden Sonntag für zwei Stunden. Unter der Woche hatten sie keinen Termin für ihre gemeinsamen Schäferstündchen gefunden. Gregors Frau dachte, ihr Mann sei auf dem Fußballplatz. Christoph hatte keinen Grund, sich etwas zu denken. Sie lebten nicht zusammen, und Fanny hatte es gar nicht erst einreißen lassen, ihm Rechenschaft darüber abzulegen, wie sie die Zeit verbrachte, die sie nicht miteinander teilten. Anett kümmerte sich in den drei Stunden, die Fanny jeden Sonntag für ihr Doppelleben brauchte, um Finn und Thorben. Meist hatte Finn ein Fußballspiel, und Anett nahm Thorben einfach mit. Gemeinsam feuerten sie Finn dann an.

Sie waren nackt, und Gregor hatte den Kopf zwischen ihren Schenkeln. Fanny genoss es, sich einfach befriedigen zu lassen, doch es gelang ihr nicht, die Gedanken abzuschalten. So fühlte sich also eine kleine, dreckige Affäre an. Das letzte verbotene Paradies in einem monotonen Alltag. Aufstehen, Thorben in den Kindergarten bringen, während Finn zur Schule radelte. Nachmittags einkaufen, Hausaufgaben, Thorben zum Training fahren, Finn zum Gitarrenunterricht. Am Wochenende trafen sich die Bewohner der kleinen Landkommune meistens einen halben Tag, um den Hof weiter zu renovieren. Die Samstagabende waren für Christoph reserviert. Sonntags dann die zwei Stunden mit Gregor Schmitt, dem stellvertretenden Leiter ihrer Schule. Auch das gehörte inzwischen zum festen Rhythmus der Woche. Sie waren Gefangene in ihrer von Stundenplänen regierten Welt, und da passte es schon, dass sie sich nach Plan liebten. Eine Doppelstunde plus die große Pause zwischendrin. So würde es gehen, bis sie die Lust aneinander verlören. Oder Gregors Frau dahinterkam.

Gregor gab sich Mühe, und nur Fannys Gedanken verhinderten, dass er sein Ziel schnell erreichte. Sie mochte es, den Höhepunkt hinauszuzögern, indem sie an etwas anderes dachte. An Kochrezepte. An Seidenmalerei, ein Hobby, das sie sich unlängst zugelegt hatte. An die schmutzige Wäsche ihrer Kinder. Im Moment ließ sie das kleine Zimmer, in dem sie sich gerade befanden, auf sich wirken. Sie starrte auf die fleckige Decke und den schmucklosen Halogenstrahler. Dem Zimmer fehlte jede persönliche Note. Furniermöbel aus Spanplatten von der Stange, ein langweiliger Kunstdruck über dem Bett, Nachttischlampen mit fransigen Schirmchen. Sie kannte mehrere Zimmer in dem Hotel, die aber alle die gleiche Ausstattung hatten und sich in nichts von den Zimmern anderer Hotels dieser Preisklasse unterschieden. Alles so geschmacksneutral, als ginge es darum, um jeden Preis zu verhindern, dass auch nur ein Gast sich wohler fühlte als bei sich zu Haus. Warum hatten Hotelbesitzer keinen Spaß daran, mit wenig Geld und etwas Fantasie ein besonderes Ambiente zu schaffen, einen Raum, den man noch Jahre später erinnerte und nicht im selben Moment, indem man ihn verließ, schon vergessen hatte. Eine Erinnerung an dieses eine spezielle Zimmer, das eine Nacht ein Zuhause gewesen war, die einen trieb, genau hier wieder einzukehren. Weil man mit diesem Raum etwas verband. Mit dem Zimmer, dessen Decke sie nun seit Minuten anstierte, ließ sich nichts verbinden. Fanny hatte das Gefühl, der Sex in diesem Zimmer könnte auch nicht anders sein als das Zimmer selbst: fade und normiert. Wie sollte man in einem so gewöhnlichen Zimmer besondere Momente erleben?

Der Blick an die Decke deprimierte Fanny, und sie entschied, nicht länger warten zu wollen. Sie verbannte die Tristesse um sie herum aus ihren Gedanken, ließ sie sich fallen und wurde kurze Zeit später erlöst.

Als Gregor anschließend mit ihr schlief, hatte sie das Gefühl, es sei für ihn egal, ob sie dalag oder eine andere. Das war okay. Der erste Teil der Doppelstunde gehörte ihrer Lust, der zweite seiner. Und da er zumeist nur einen Bruchteil dieser Spanne benötigte, hatten sie immer noch Zeit, bei einer Zigarette wieder in den Alltag einzutauchen. Sie lagen nebeneinander und redeten. Redeten über Vertretungspläne, über schwierige Schüler und noch schwierigere Kollegen. Privates gehörte nicht zu ihrem Repertoire. Zum einen weil dadurch die Gefahr bestanden hätte, zu viel Nähe aufzubauen, zum anderen weil die noch größere Gefahr darin bestand, sich zu verplappern. Es war kompliziert, sich jedes Mal fragen zu müssen, ob man das, was man über eine Person wusste, ganz offiziell in der Schule oder ganz heimlich im Bett erfahren hatte. Fanny und Gregor hatten beschlossen, solchen Fallstricken konsequent aus dem Weg zu gehen.

Sie war gekommen, er nun über ihr und dabei, die Sache zu Ende zu bringen. Fanny hatte jetzt wieder Zeit, sich auf ihre Gedanken zu konzentrieren. Sie musste Gregor noch unbedingt sagen, dass sie kommenden Donnerstag eine Vertretung brauchte, da ihr Zahnarzttermin wohl etwas Zeit in Anspruch nehmen würde. Und sie musste noch bis zum Wochenende zwei Tücher zu Ende gestalten, die eine Nachbarin als Geburtstagsgeschenk bestellt hatte.

Gregor hatte sich entladen und rollte von ihr herunter. Er griff nach dem Feuerzeug und zündete zwei Zigaretten an. Langsam beruhigte sich sein Atem. Sie überlegte, warum sie nach Sex, egal ob er gut oder schlecht gewesen, immer ein wenig melancholisch war.

»Du bist großartig«, sagte er.

»Du bist aber auch nicht schlecht«, sagte sie.

Als übten sie Synchronrauchen nahmen sie gleichzeitig einen Zug. Er blies Ringe in die Luft, sie nicht.

Sie besprachen noch kurz Fannys Zahnarzttermin, bevor sie sich anzogen. Beide waren da schon wieder in ihrer eigenen Welt. Fanny musste noch Kuchen backen, Gregor noch Arbeiten korrigieren. Sie verließen das Hotel wie immer nacheinander und gingen zu ihren Autos, die sie in unterschiedlichen Seitenstraßen geparkt hatten. Auf dem Weg nach Haus dachten sie schon nicht mehr aneinander.

KAPITEL 28

1. Januar 2000: Silvesterraketen begrüßen das dritte Jahrtausend und verabschieden das zweite. Der Weltuntergang bleibt auch in dieser Nacht aus, und ein alkoholbedingter Kater im frischen Jahrhundert fühlt sich auch nicht besser an als im alten. Ein neues Staatsbürgerschaftsrecht tritt in Kraft, das »Menschen mit Migrationshintergrund« mit Erreichen der Volljährigkeit vor die Frage stellt: deutsch oder nicht deutsch?

Halbzeit, dachte Tom. Gefühlte Halbzeit. Knapp achtunddreißig Jahre hatte er im zwanzigsten Jahrhundert verbracht, und etwa noch einmal so viel Zeit würde ihm im einundzwanzigsten Jahrhundert bleiben, wenn er so ungefähr an seine Lebenserwartung rankam. Wann, wenn nicht jetzt, wo ein Jahrtausend endete, war der richtige Zeitpunkt, eine Zwischenbilanz zu ziehen? Obwohl er die Party-Stimmung genoss, resümierte Toms Hirn die ganze Zeit vor sich hin. Und fand heraus, dass sein Lebensfazit sich verdammt wie verfrühte Midlife-Crisis anfühlte. Der Beruf war ja ganz okay, aber privat? Besäufnisse mit Kollegen bis tief in die Nacht, wechselnde Affären, käuflicher Sex, keine Zeit für eine Beziehung und schon gar nicht für Kinder. Und die Sinnfrage? Als Regierungssprecher verkaufte er Politik. Er setzte dabei Akzente, doch die Richtlinien bestimmten andere. Die machten, er verkündete. Zudem musste er sich eingestehen, dass dieser Job für einen Revolutionär des Herzens, wie er einer war, verdammt staatstragend war. Aber er war im Zentrum der Macht angelangt. Und sein Weg war ja noch nicht zu Ende. Noch lange nicht!

Vermutlich wäre er noch tiefer im Strudel trübsinniger Gedanken versunken, hätte es da nicht diese Frau gegeben. Er hatte von Schelsky schon viel über Lara gehört, aber er hatte sie noch nie zu Gesicht bekommen. Bis sie vor wenigen Stunden zusammen mit Schelsky und Daria die Bar betrat, die auf einem der höchsten Gebäude des Kiezes thronte und mit einem Ausblick über den gesamten Hafen für sich warb. Von einer riesigen Dachterrasse aus konnte man die Kaianlagen und ganz St. Pauli überblicken. Das Silvester-Feuerwerk, das gerade langsam verebbte, entfaltete hier über den Dächern Hamburgs erst seine ganze Schönheit.

Er konnte sich an Lara nicht sattsehen. Sie alle hatten schon ein paar Gläser Sekt intus und waren ausgelassen. Lara lachte viel und laut. Sie sah fantastisch aus und war sich ihrer Wirkung auf Männer bewusst. Sie spielte, sie kokettierte, sie flirtete. Schelsky beobachtete sie ständig argwöhnisch aus den Augenwinkeln. Während die anderen immer lockerer wurden, verkrampfte er zusehends. Lara war eine Frau, die einem Mann das Gefühl gab, sie ständig bewachen zu müssen. Er beneidete Schelsky um diese Frau. Gleichzeitig tat er ihm leid.

Er spürte die Blicke der Männer. Immer wenn er mit Lara ausging, spürte er diese Blicke. Und er wusste, dass auch Lara sie wahrnahm. Und genoss. Jeder Blick ließ sie wachsen. Und machte ihn kleiner. Sie war nach London gegangen, dann wieder nach Berlin – wann immer es ging, entzog sie sich ihm und beteuerte gleichzeitig, mit ihm zusammenbleiben zu wollen. Er fragte sie nie, ob sie auch was mit anderen Männern hatte. Die Antwort hätte er nicht ertragen.

Er versuchte, sich geschmeichelt zu fühlen durch die Blicke der Männer. Sie begehrten, was er hatte. Noch! Er spürte, dass ihre gemeinsame Zeit sich dem Ende zuneigte. Lara war zu neuen Ufern unterwegs. Sie hatte ihr Studium inzwischen beendet und war bei einer Berliner Produktionsfirma untergekommen. Er wusste, dass sie im Job viel Anerkennung bekam, vor allem von ihren männlichen Kollegen. Sie war talentiert, selbstbewusst und hatte eine faszinierende Ausstrahlung. Sie würde schnell Karriere machen, interessante und erfolgreiche Männer kennenlernen und bald in andere Sphären entschweben. Partys wie diese waren ihre Welt. Sie gab jedem Mann das Gefühl, mit ihm zu flirten, und wickelte die Männer problemlos um den Finger. Er bemerkte mehrfach, wie Männer, mit denen sie gerade gesprochen hatte, ihr unauffällig einen Zettel oder ihre Visitenkarte zusteckten. Er hatte keine Ahnung, was Lara mit all diesen Trophäen anstellte.

Daria hielt sich abseits. Sie beobachtete die Szenerie. Planmäßige Ausgelassenheit. So ein Jahrtausend-Silvester allein daheim zu verbringen war der Freifahrtschein für einen Absturz. Sie wollte das neue Jahr nicht gleich mit Drogen starten. Also hatte sie Schelskys Einladung angenommen, ihn und Lara zu begleiten. Sie wollte unter Leuten sein, genoss es aber, fast niemanden hier zu kennen. Schelsky und Tom, das genugte. Raum haben, den eigenen Gedanken nachzuhängen. Auf die vergangenen, verpfuschten zwanzig Jahre zurückblicken und voraus auf das neue Jahrzehnt, in dem alles anders werden sollte. Ein Anfang war gemacht. Aus der Alltagsdroge war eine Festtagsdroge geworden. Kalkulierte kleine Rückfälle zu besonderen Anlässen. Rückfälle ohne Folgen. Sie schob die Droge ganz langsam aufs Abstellgleis. Kontrollierter Ausstieg, ohne Eile – das war der Plan. Ein Plan voller Risiken.

Der DJ hatte gerade »If I Could Turn Back the Hands of Time« aufgelegt, einen Song, der derzeit im Radio rauf und runter gespielt wurde. Wenn ich das Rad der Zeit zurückdrehen könnte – dieser Gedanke beschäftigte Daria mehr als jeder andere, und sie musste ihn immer wieder wegschieben, um nicht zu verzweifeln. Was geschehen war, ließ sich nicht mehr ändern. Ihre Chance lag in der Zukunft. Das Rad musste nun einfach in eine andere Richtung laufen.

Durch die Textzeile war dieser Titel, trotz seiner flachen musikalischen Ausstrahlung, der erste Song seit Jahren, der sie berührte. Früher, zu ihrer Schulzeit, da war jeder Song ein Lebensgefühl gewesen. Es gab Hymnen der Liebe, der Melancholie, des Trennungsschmerzes, der Lust auf gesellschaftliche Veränderung. Jedes ihr damals bekannte Gefühl hatte sein Lied. Auch ihre Drogenzeit war untrennbar mit Musik verbunden, die dunkel, psychedelisch und depressiv daherkam. Sie hatte sich tagelang mit Sisters of Mercy und Nirvana eingegraben.

Heute waren die Songs, die das Radio spielte, Begleitmusik. Hintergrundgedudle. Amorphe Klangteppiche. Hatte sie selbst sich verändert oder die Musik? Hatte die heutige Jugend auch ihre Hymnen der großen Gefühle? Daria wusste es nicht.

Vielleicht, dachte sie, wäre es doch ein guter Abend gewesen, um zu schreiben. Die Melancholie einfach aufsteigen zu lassen und zu Worten zu formen. Sie schrieb seit Wochen wie eine Besessene. Schrieb alle ihre Erinnerungen auf, an die Zeit mit der Droge. Das war ihre Therapie, ihr Abschied. Wenn sie die letzte Seite geschrieben hatte, würde sie den Stoff bestimmt nicht mehr brauchen.

Lara plapperte wild auf Tom ein. Sie war schon ziemlich angetrunken. Tom genoss ihre Gegenwart, dieses leichte, aber nie seichte Geplauder. Es fühlte sich nach Flirten an. Minütlich wuchs sein Begehren. Er wollte diese Frau haben. Er kämpfte gegen seine Begierde. Das ist Schelskys Freundin, sie ist tabu, rief er sich zur Ordnung. Es half nichts. Ich will sie, sagte ein anderer, stärkerer Teil in ihm. Ich muss sie haben. Mit jedem Glas, das er trank, wurde seine Lust größer. Und die Bedenken schwanden. Lara oder Schelsky? Lara! Verdammt! Sie gingen zusammen auf die Dachterrasse und schauten, viel zu eng aneinandergeschmiegt, auf den Elbstrom, der den Hafen und die Innenstadt voneinander teilte. Ihre Körper berührten sich, und keiner von beiden wich zurück. Tom glaubte, Schelsys Blick in seinem Rücken zu spüren. Den ganzen Abend schon flirtete Lara mit anderen Männern. Alle halbe Stunde besann sie sich auf Schelsky, ging auf ihn zu, umarmte ihn, sprach ein paar Worte mit ihm, blinzelte ihn an und gab ihm einen Kuss. Dann entschwand sie wieder. Tom verstand in diesem Moment, warum Schelsky seit Jahren in diese Frau verliebt war und sich doch nicht einen Augenblick ihrer sicher gefühlt hatte. Lara spielte inzwischen in einer anderen Liga als Schelsky. Und sie wusste es genau.

Er erzählte ihr von seinem Job. Vom großen Spiel um Macht und Geld, von Finten und Intrigen. Machte aus seiner Arbeit einen Krimi, schmückte aus, ließ sie nachbohren und tat so, als wollte er das gar nicht alles preisgeben. Sie ging auf sein Spiel ein. Sie liebte es zu spielen, genau wie er selbst. Schelsky hatte nie das Talent besessen zu zocken. Er war immer mit großem Ernst bei der Sache.

Sie gingen wieder zurück zur Bar. Es war noch immer voll, und die Masse drängte sie aneinander. Augen und Lippen nur Zentimeter voneinander entfernt. Das Verbot, sich zu küssen, ließ die Luft zwischen ihnen entflammen. Sie sahen sich in die Augen. Der Blick war ein Versprechen. Ich muss dich haben, dachte er. Egal, was der Preis ist. Er griff in seine Tasche und zückte seine Börse. Seine Augen suchten Schelsky, aber er konnte ihn nicht entdecken. Er zückte seine Visitenkarte und steckte sie ihr unauffällig zu.

»Du bist nicht der Erste, der das heut' Abend tut.« Sie grinste ihn an. Sie hatte eine entwaffnende Ehrlichkeit. Und einen entwaffnenden Charme.

Es war keine gute Idee gewesen, Silvester zusammen mit Lara auf diese Party zu gehen. Sie amüsierte sich, flirtete herum, scheinbar ohne sich etwas dabei zu denken, und er sah ihrem Treiben tatenlos zu. Bei Fanny war er nie eifersüchtig gewesen, obwohl er sie lange teilen musste. Trotzdem hatte er sich aufgehoben bei ihr gefühlt. Es war ihm egal gewesen, mit wem sie sonst noch Sex hatte. Wenn sie mit ihm zusammen war, war sie ganz bei ihm. Allein das zählte. Bei Lara war das anders. Er hatte ständig Angst, sie würde schon im nächsten Moment gehen. Er wusste, was für Männer sie interessant fand. Er selbst passte gar nicht in ihr Beuteschema. Er war nur zum richtigen Zeitpunkt am richtigen Ort gewesen. Hatte sie an sich gewöhnt. Er glaubte schon, dass sie ihn wirklich mochte. Nur würde das bei einer Frau, die ständig Angebote bekam, auf Dauer nicht reichen. Andauernd hatte er das Bedürfnis, sie zu kontrollieren. Er kämpfte dagegen an. Er hing an ihr wie eine Klette. Er wusste, dass er sie damit von sich forttrieb. Aber er konnte nichts dagegen tun.

Gerade unterhielt sie sich angeregt mit Tom. Tom war sein Freund. Sie sahen sich zwar nur selten, aber die Erinnerung an ihre gemeinsame Schulzeit und die Zeit, in der sie zusammen gewohnt hatten, hielt ihre Beziehung lebendig. Tom würde ihn niemals hintergehen. Würde Tom ihn niemals hintergehen? Gerade steckte er Lara einen Zettel zu. Dabei blickte er sich nervös um, so als wollte er prüfen, ob er dabei beobachtet wurde. Lara und Tom? Der Gedanke ließ Schelsky erschaudern. Sofort schalt er sich für seine Fantasien. Er hatte keinen einzigen Hinweis darauf, dass Lara ihn je betrogen hatte. Warum traute er ihr nicht? Und warum traute er Tom nicht?

***

Daria unterhielt sich gerade mit Miguel, einem Grafiker. Das Gespräch floss. Ich werde langsam wieder gesellschaftsfähig, dachte Daria. Sucht, das war Rückzug ins Schneckenhaus. Menschen aus dem Weg gehen. Sie hatte über Wochen kein Wort mit Schelsky gesprochen, obwohl sie Wand an Wand wohnten. Das war vorbei. Schritt für Schritt tastete sie sich zurück ins Leben. Und war nun schon so weit, mit fremden Grafikern Small Talk zu betreiben, der nicht gleich ins Stocken kam.

Wenn sie an Miguel vorbeischaute, sah sie Schelsky. Er stand an eine Wand gelehnt und unterhielt sich nicht. Er starrte. Starrte auf Lara. Den ganzen Abend schon verfolgten Schelskys Augen Lara auf Schritt und Tritt. Sie konnte ihn verstehen. Lara war die Attraktion des Abends. Die Männer zogen sie mit Blicken aus. Je mehr Alkohol floss, desto dreister. Lara schien das nichts auszumachen. Sie ließ die anzüglichen Blicke an sich abperlen.

Oder sie sog einen auf und erwiderte ihn kokett, wenn ihr der Mann gefiel. Schelsky tat ihr leid. Er hatte sein Herz an Lara verschenkt, und Daria fragte sich, ob es bei ihr in guten Händen war. Lara hatte Schelsky gern, das bestimmt. Aber Daria war sicher, dass sie eines nicht allzu fernen Tages gehen würde. Sie würde Schelsky verlassen. Schelsky würde Lara niemals verlassen.

»Hast du Kinder?«, fragte Miguel gerade.

Daria fand diese Frage eine Spur zu intim.

»Das verrat ich dir vielleicht, wenn du uns noch einen Drink besorgst.«

»Noch einen Caipi?«

»Nichts dagegen.«

Miguel steuerte die Bar an. Daria genoss es, einen Augenblick Ruhe zu haben. Ihre Augen hielten nach Tom Ausschau. Sie entdeckte ihn an die Theke gelehnt, mit Lara ins Gespräch vertieft. Für Darias Gefühl steckten sie ihre Köpfe ein bisschen zu nah zusammen. Macht bloß keinen Scheiß, dachte sie gerade, als ihr ein Cocktailglas in die Hand gedrückt wurde.

»Wir hau'n jetzt mal ab – leider!« Ihre Zunge gehorchte Lara nicht mehr. Sie lallte und hielt sich mit einer Hand an Toms Arm fest, um die Balance nicht zu verlieren. Dabei grinste sie ihn die ganze Zeit ziemlich unverschämt an. Sie spielt mit mir, dachte Tom. Sie spielt mit Schelsky. Sie spielt mit dem Feuer und das ziemlich perfekt, auch wenn sie betrunken ist. Er war entflammt.

»Melde dich!«, sagte er, nicht ohne Nachdruck. Schelsky stand zu weit entfernt, um seine Worte zu hören. Er löste sich von Lara und trat auf seinen Freund zu. Schelsky schien froh zu sein, dass sie jetzt aufbrachen. Seine Rolle als Lara-Bewacher hatte ihn sichtlich angestrengt.

»Kommt gut nach Haus«, sagte Tom und drückte Schelsky an sich, der die Umarmung erwiderte. Er befurchtete, Schelsky könnte ihm ansehen, wie scharf er auf Lara war. Hätte sich eine Gelegenheit ergeben, er hätte sie hier an Ort und Stelle vernascht, egal, ob sie nun Schelskys Freundin war oder nicht. Statt ein schlechtes Gewissen zu haben, kickte ihn der Reiz des Verbotenen. Er hatte tatsächlich schon nach einem Platz Ausschau gehalten, wo sie ungestört wären. Er hatte keinen gefunden, von den WC-Kabinen abgesehen, doch in den Toiletten wimmelte es nur so von Schnapsleichen, die ihre Köpfe in die Kloschüsseln hängten. So hatte er den Gedanken wieder verworfen.

Würde sie ihn anrufen? Würde er unauffällig ihre Nummer herausbekommen? Sein Job brachte ihn oft nach Berlin. Und Schelsky wäre dann weit weg.

Nein, er schämte sich nicht für seine Gedanken. Er würde es bei Lara versuchen. Er würde sie bekommen. Und Schelsky musste es ja nicht unbedingt erfahren.

Raus, dachte Schelsky, nur raus hier. Das neue Jahr war noch nicht einmal einen Tag alt, und schon schien ihm alles zu entgleiten. Lara hatte den ganzen Abend mit anderen Männern getechtelt – sogar mit Tom – und maulte nun, dass er schon gehen wollte. Ihr Auftritt machte ihm schlechte Laune. Daria wurde seit Stunden von einem Typen bedrängt, und er hatte keine Ahnung, ob er da eingreifen musste oder ob Daria selber klarkam. Während alle um ihn herum feierten, immer unbeschwerter wurden und sich treiben ließen, verkrampfte er zusehends. Versuchte, die Situation unter Kontrolle zu halten. Er war froh, dass diese Nacht sich dem Ende zuneigte.

Daria versuchte, sich von dem Mann loszueisen, der ihr wie ein Schatten folgte. Schelsky suchte ihren Blick, und als er ihn fand, zuckte sie nur mit den Schultern. Keine klare Ansage, dachte er. Kurz darauf befanden sie sich zu viert im Fahrstuhl.

Darias Verehrer stellte sich als Miguel vor und ließ sich nicht abschütteln. Er stieg mit in das bestellte Taxi, das sie zu Schelskys und Darias gemeinsamer Wohnung brachte. Schelsky saß neben Lara auf der Rückbank des Wagens, und sie schmiegte sich zärtlich an ihn. Augenblicklich war er versöhnt. Er beschloss, Lara keine Szene zu machen und es Daria zu überlassen, was sie mit ihrem Begleiter anfing. Zum ersten Mal in dieser Nacht fiel der Ballast von Schelsky ab, es gab nichts mehr, was er im Auge behalten, kontrollieren, regeln musste. Er genoss Laras Nähe. Alles fühlte sich plötzlich unbeschwert an, und je mehr er die Leichtigkeit zurückeroberte, umso sicherer wurde er sich, dass seine Eifersucht ihm einen Streich gespielt und er sich den Flirt zwischen Lara und Tom nur eingebildet hatte.

Wie eine Klette hing dieser Kerl nun schon seit Stunden an ihr dran und ließ sie nicht aus den Augen. Was wollte er von ihr? Falscher Ansatz, dachte Daria. Die Frage war nicht, was Miguel von ihr wollte. Das war eindeutig. Die Frage war, was wollte sie von diesem Mann?

Die Antwort fiel ihr nicht leicht. Miguels Interesse schmeichelte ihr. Er gab ihr ein Gefühl, das sie seit Jahren nicht mehr gehabt hatte: als Frau wahrgenommen zu werden und begehrt zu sein. Dieser Mann wusste nichts von ihrer Vergangenheit. Er sah es ihr nicht an, stellte keine verfänglichen Fragen. Das tat gut. Das passte zu ihrem Gefühl des Neuanfangs, das auf der Schwelle zu einem neuen Jahrtausend Triumphe feierte. Ein neues Jahr, ein neues Leben, ein neuer Mann?

Das war nicht so einfach. Seit Monaten war sie sehr auf sich fixiert. Auf ihren Ausstieg aus der Sucht, auf das Niederschreiben ihrer Erfahrungen. Ein Mann, der sie in Beschlag nahm, dem sie Zeit opfern, dem sie ihre eigene Geschichte von ganz vorn ausbreiten musste, dafür war kein Platz. Oder doch? Es hatte sie in den vergangenen Wochen gedrängt, Kontakte zu Frauen aufzunehmen, mit denen sie Erfahrungen teilen und sich neue Interessen erschließen konnte. Sie hatte ihre frauenpolitischen Ambitionen während ihrer Sucht total verkümmern lassen. Nun war sie auf dem Weg zurück zu ihren Wurzeln. Frauenzusammenhänge statt mit Männern zusammenhängen. Oder war all dies nur eine Kopfgeburt? Waren Wurzeln, die jahrzehntelang kein Wasser mehr aufgenommen hatten, nicht längst verkümmert?

So gut ihr Miguels Aufmerksamkeit tat, es fühlte sich sofort zu nah an. Sie hatte kein Gefühl dafür, wie es sein würde, die Nacht neben ihm zu verbringen. Seit Jahren hatte sie mit keinem Mann mehr etwas gehabt, der nicht aus der Szene kam. Aus der Szene, die nicht mehr ihre Szene war.

Sie stiegen aus dem Taxi, Daria bezahlte den Fahrer. Miguel legte wie selbstverständlich den Arm um ihre Schulter und begleitete sie ins Treppenhaus. Lara wankte neben Schelsky, der sie stützte, voran. Daria blieb stehen und bedeutete Miguel, dass sie ihm etwas sagen wollte, was für andere Ohren nicht bestimmt war. Als Schelsky und Lara weit genug entfernt waren, flüsterte sie ihm zu: »Ich will aber nicht mit dir schlafen!«

Miguel zuckte mit den Schultern und sagte: »Wir werden sehen.«

Das war eindeutig die falsche Antwort. Daria beschleunigte ihren Schritt und gewann Anschluss zu Lara und Schelsky, der sich gerade am Türschloss zu schaffen machte. Die Tür sprang auf, und sie traten ein. Miguel war nur zwei Schritte von Daria entfernt, die die Wohnung als Letzte betreten hatte. Sie schaute ihm in die Augen.

»Sorry, geht nicht!«, sagte sie nur und schloss im selben Moment die Tür vor dem verdutzten Miguel. Sein Klingeln und wütendes Pochen an der Tür ignorierte sie genau wie seine beschwörenden Worte, ihm doch bitte zu öffnen. Fast eine Viertelstunde begehrte er Einlass, dann zog er mit Flüchen auf den Lippen davon. Daria würde es nie verstehen, warum Männer ausgerechnet eine Frau, die nicht gleich mit ihnen ins Bett ging, als Schlampe beschimpften. Dann aber beschloss sie, sich über solchen Widersinn heute keine Gedanken mehr zu machen. Sie hatte das für sie Richtige getan. Nur musste sie an ihrer Souveränität in solchen Situationen wohl noch ein wenig feilen.

***

Gregor hatte sie gewarnt. Er würde mit seiner Frau auch in der Lüneburger Ritterakademie feiern. Fanny wäre ihm gern aus dem Weg gegangen. Gerade jetzt. Doch Christoph hatte bereits vor Wochen zwei Karten für die Silvesterparty in der Akademie besorgt. Sie hatte sich geärgert, dass er sie nicht einmal gefragt hatte. Er konnte sie nicht behandeln wie eine Leibeigene. Aber schließlich war sie dem Streit aus dem Wege gegangen und hatte sich gefügt.

Seit gestern wusste sie, dass sie erneut schwanger war. Schwanger von Gregor. Vor sechs Wochen war das Gummi geplatzt. Das war ihnen vorher noch nie passiert. Offenbar gehörte sie zu den Frauen, die ein Mann nur scharf anschauen musste, um sie zu befruchten. Mit Christoph hatte sie im fraglichen Zeitraum nicht geschlafen, sie hatten Stress miteinander gehabt. Ihre Frauenärztin hatte den Befruchtungszeitpunkt ziemlich exakt bestimmen können. Nur Gregor und nur der Sonntag, an dem das Präservativ gerissen war, kamen infrage.

Drei Schwangerschaften – drei verschiedene Männer.

Seit gestern hieß es nun wieder: behalten oder abtreiben? Doch hatte sie diese Frage nicht ein für alle Mal beantwortet, als sie vor über sechs Jahren aus der gynäkologischen Ambulanz geflüchtet war, nachdem die langen Schatten ihrer christlichen Erziehung sie eingeholt hatten? Zudem hätte sie es heimlich tun oder sich von Christoph trennen müssen. Den Seitensprung, der ja in Wirklichkeit eine Affäre über Jahre war, hätte er ihr niemals verziehen. Und er wollte unbedingt noch ein Kind – ein Kind von ihr. Dass sie schwanger war von einem Nebenbuhler und abtreiben würde, würde er nicht verwinden können.

Sie würde ihre endgültige Entscheidung von Gregors Reaktion abhängig machen. Wobei ihr eigentlich klar war, wie Gregor reagieren würde. Trotzdem musste sie mit ihm reden, bevor sie entschied. Heute noch.

Sie hatten sich kurz begrüßt und sich ein frohes neues Jahr gewünscht. Gregors Frau wusste, dass Fanny eine Kollegin ihres Mannes war, und auch Christoph konnte Gregor einordnen. Es war also unverfänglich, ein paar Minuten mit ihm zu plaudern.

»Ich gehe eine rauchen, kommst du mit?« Solange sie noch nicht über eine Abtreibung entschieden hatte, wollte sie sich auch keine Gedanken darüber machen, wie dieser Mini-Fötus das Nikotin vertrug.

»Du weißt doch, dass ich nicht mehr rauche.« Gregor bedachte sie mit einem verärgerten Blick.

»Komm einfach trotzdem mit«, erwiderte Fanny energisch und zog Gregor nach draußen. Sie zückte ihre Zigaretten, und Gregor versuchte ihr Feuer zu geben. Ein schneidend kalter Wind erstickte die Flamme sofort. Fanny nahm das Feuerzeug, stellte sich in die Brise, und schließlich gelang es ihr, ihre Zigarette anzuzünden.

»Was gibt's so Wichtiges?«, drängelte Gregor. Nervös blickte er sich um.

»Hey, wir sind Kollegen. Es ist nicht besonders verdächtig, wenn wir miteinander reden.«

Gregor tat einen Seufzer. »Okay, dann schieß mal los.«

Fanny sah ihm in die Augen und senkte die Stimme.

»Ich bin schwanger.« Noch bevor Gregor etwas antworten konnte, fügte sie hinzu: »Von dir!«

Gregor schluckte. Es dauerte einen Moment, bis er die Sprache wiederfand.

»Von mir? Bist du sicher?«

»Absolut.«

»Aber das kann nicht sein. Ich meine ...«

»Du erinnerst dich an unseren kleinen Unfall?«

Gregor atmete tief durch. »Aber was ist mit deinem Mann?« Die Frage war ein Flehen.

»Hatte in der fraglichen Zeit keinen Sex mit mir.«

Es entstand eine Pause. Gregors Mienenspiel verriet, dass sich seine Gedanken überschlugen.

»Jetzt brauch ich auch eine Zigarette.«

Sie gab ihm eine, doch er war zu nervös, sie anzuzünden. Beim dritten Versuch glitt ihm das Feuerzeug aus den Händen. Fanny hob es auf.

»Und nun?« Gregors Stimme vibrierte.

»Kommt ja auch darauf an, wie du dazu stehst?!«

Mit fahrigen Bewegungen sah Gregor sich um. Niemand konnte sie hören.

»Ich bin verheiratet!«

»Ist mir bekannt.«

»Du lässt es doch wegmachen, oder?«

Fanny gab keine Antwort.

Das Gespräch nahm genau den Verlauf, den Fanny erwartet hatte. Gregor war überfordert, übernahm keine Verantwortung und wollte, dass sie alles ungeschehen machte. Bestimmt würde er ihr gleich anbieten, die Kosten eines Abbruchs zu übernehmen, sollte die Kasse nicht zahlen.

»Wenn du Geld brauchst für die Abtreibung .... also, du kannst auf mich zählen.«

»Und wenn ich Geld brauche für den Unterhalt?«

»Du meinst?«

»Genau das!«

Was für eine armselige Gestalt stand da vor ihr, zitternd nicht nur vor Kälte. Ekel überkam Fanny. Ohne ein Wort drehte sie sich um und verschwand im Haus. Sie brauchte noch ein paar Minuten, dann stand ihr Entschluss fest.

Zwei Stunden später hatte ein Taxi Christoph und sie abgesetzt. Während er seine Zähne putzte, überlegte sie, wie sie es ihm sagen sollte. Und ob er nachrechnen würde. Und ob sie für den Rest aller Tage mit dieser Lüge leben konnte. Und ob sie mit Christoph auf Dauer glücklich sein konnte, zumindest zufrieden.

Fanny zerstreute ihre Bedenken. Es gab keine bessere Lösung.

Als sich Christoph zu ihr legte, schmiegte sie sich eng an ihn. Sie nahm all ihren Mut zusammen.

»Hey Schatz, ich habe zu Neujahr noch eine klitzekleine Überraschung für dich, die eines Tages aber ganz groß werden kann.«

Christoph schaute sie verständnislos an.

Fanny zögerte nur kurz, dann sagte sie: »Ich bin schwanger!« Augenblicklich hellte sich Christophs müder Blick auf. »Das ist ja großartig, Darling!«

Er nahm sie in den Arm und begann vor Glück zu weinen.

Ich habe grad nicht einmal gelogen, fiel Fanny auf. Nur eine Kleinigkeit verschwiegen.

Die Entscheidung war gefallen: Willkommen, Kuckuckskind!

KAPITEL 29

11. September 2001: Ein Flugzeug rast im Fernsehen in einer Endlosschleife immer wieder in einen der beiden Türme des World Trade Centers, dessen Zwilling bereits dasselbe Schicksal ereilt hatte, als die Kameras noch ausgeschaltet waren. Die Menschen, die aus den brennenden Gebäuden in den Tod springen, sind zum Glück so klein wie Ameisen. Als die beiden Türme nacheinander in sich zusammenstürzen und mehr als 2.000 Personen mit in den Tod reißen, hat das Böse endgültig gesiegt. Ein Teil der Menschheit ist fassungslos, ein anderer Teil jubelt, und ein Teil, der nicht jubeln darf, übt sich in stiller Schadenfreude. 9/11, das ist der Tag, der alles verändert. Doch was genau ist eigentlich alles?

Was mache ich hier bloß?, fragte sich Schelsky. Wie bescheuert bin ich eigentlich? Seit zwei Stunden kauerte er nun schon hinter einem Gebüsch und starrte auf das nur noch matt erleuchtete Fenster, hinter dem sich ab und zu zwei Silhouetten bewegten. Das Fenster gehorte zu Toms Schlafzimmer. Und die Silhouetten zu Tom und einer Frau. War es Lara?

Schelsky steckte sich eine Zigarette an, um sich warmzuhalten. Die Nacht war schon empfindlich kühl.

Vor wenigen Stunden hatte er Lara zur Bahn gebracht. Sie hatten die ganze Zeit miteinander gestritten, und schließlich hatte Lara verkündet, sie brauche eine Auszeit von ihm. Was das genau heiße, hatte er wissen wollen, und ob es da einen anderen Mann in ihrem Leben gebe. Er hatte keine klare Antwort bekommen.

»Ich brauche einfach Abstand«, hatte Lara gesagt. »Gib mir Zeit herauszufinden, wie es weitergehen soll.«

Hatte er eine Wahl? Er konnte sie ja nicht zwingen zu bleiben. Doch das Gefühl, dass es da einen Nebenbuhler gab, ließ ihn nicht los. Die Eifersucht, die ihn aufwühlte und keinen Adressaten kannte, war übermächtig. Er sah Männer ohne Gesicht, aber mit Körpern, mit denen seiner nicht mithalten konnte, im Liebesakt mit Lara vereint. Er kämpfte gegen diese Bilder an, doch sie fluteten sein Herz und sein Hirn. Er war machtlos. Die Angst, Lara an einen anderen zu verlieren, nahm immer mehr Besitz von ihm.

Als sie sich auf dem Bahnsteig verabschiedeten, konnte er sie kaum gehen lassen. Er kämpfte mit den Tränen, und alles fühlte sich nach Abschied für immer an. Sie hatte ihn getröstet und gebeten, den Bahnsteig zu verlassen, bevor sich ihr Zug in Bewegung setzte, um allen beiden einen zu gefühligen Abschied zu ersparen. Aus der Entfernung hatte er zugesehen, wie der Zug Fahrt aufnahm, den Bahnhof verließ und schließlich immer kleiner und kleiner wurde. Dann war er weg und mit ihm Lara.

Er hatte sich in die Bahnhofsgaststätte gesetzt und ein Herrengedeck bestellt. In Gedanken versunken nahm er im Augenwinkel eine bekannte Gestalt wahr. Es dauerte einen Moment, bis er es realisierte. War da nicht gerade Lara an ihm vorbeigegangen? Die Lara, die vor gut zehn Minuten in den Zug Richtung Berlin gestiegen war und sich nun irgendwo vor den Toren der Stadt befinden musste.

Sein Hirn war wie gelähmt. Er brauchte eine kleine Ewigkeit, bis er einen Schein aus seinem Portemonnaie zog, ihn auf den Tisch legte, aufsprang, und der Frau, die aussah wie Lara, hinterherjagte.

Schelsky glaubte schon, sie im Gewimmel der Massen verloren zu haben, da erspähte er – von einer Rolltreppe aus – die Gestalt erneut. Diesmal war er ganz sicher, Lara vor sich zu haben. Sie stieg gerade in eine U-Bahn, die in Richtung Tierpark fuhr. Schelsky hastete die Rolltreppe hinab, doch er kam zu spät. Die Türen hatten sich bereits geschlossen, und der Zug setzte sich langsam in Bewegung. Durch die Scheibe des Waggons konnte er ein letztes Mal einen kurzen Blick auf die Frau werfen, die sich gerade einen Platz suchte. Kein Zweifel, es war Lara.

Warum täuscht sie vor, nach Berlin zu fahren? Wo will sie wirklich hin? Schelskys Hirn fand lange keine Antwort. Seine Gedanken kreisten schon seit Stunden immer wieder um dieselben Fragen, da fiel ihm auf, dass Lara genau in die U-Bahn-Linie gestiegen war, die man nehmen musste, um zu

Tom zu kommen. Ein furchtbarer Verdacht keimte in ihm auf. Bitte nicht, dachte er. Bitte nicht ausgerechnet mit Tom.

Seit sich Tom und Lara vor gut anderthalb Jahren unter Silvesterraketen kennengelernt hatten, war er das Gefühl nie losgeworden, dass sie sich heimlich trafen. Lara hatte ihm irgendwann mal ganz beiläufig anvertraut, dass Tom und sie die Nummern getauscht hätten. Seitdem hatte sie nie wieder über Tom gesprochen. Doch die Art, wie sie ihm auswich, wenn er fragte, ob sie noch Kontakt zu Tom halte, hatte ihn hellhörig gemacht. Lara war keine Frau, die log. Aber Lara war eine Frau, die Geheimnisse hatte. Auch Tom hatte er nach Lara gefragt, aber sein alter Schulfreund hatte stets im Brustton der Empörung abgestritten, mit Lara Kontakt zu haben, und ihn zum Paranoiker erklärt.

Schelsky fuhr nach Hause, schnappte sich die Flasche Wodka, die im Eisfach lagerte, und schüttete sie zur Hälfte in sich hinein. Die Bilder von Tom und Lara, die in ihm aufstiegen, stürzten ihn in ein bodenloses Loch. In ihm war nur noch Schmerz. Dem Impuls, seinen Kopf einfach gegen die Wand zu schlagen, bis er endlich sein Bewusstsein verlor, gab er nicht nach.

Es war schon weit nach Mitternacht, als er entschied, seine Aggressionen nicht gegen sich selber zu richten, sondern dahin zu gehen, wo sein Schmerz entstand. Zu Tom. Er musste wissen, ob Lara bei ihm war. Was immer da gerade lief, er musste die Wahrheit kennen. Und vielleicht war ja doch alles nur ein schrecklicher Irrtum, eine beschissene optische Täuschung. Vielleicht hatte Tom recht, und die Angst, Lara ganz zu verlieren, ließ Wahnvorstellungen in seinem Hirn wuchern. Wie auch immer: Sich hier in seinem Zimmer sich ins Koma zu saufen war keine Lösung. Er brauchte Gewissheit.

Schelsky schwang sich auf sein Rad, und als er sein Ziel erreicht hatte, schlich er sich von hinten an die Häuserzeile heran, in der Tom wohnte. Er kannte das Fenster von Toms Schlafzimmer genau, dahinter lag der Raum, den er einst selbst bewohnt hatte. Damals, als dieser Stadtteil noch kein angesagtes Szeneviertel gewesen war.

Er suchte Deckung hinter einem Gestrüpp im Hinterhof und blickte wie blöd auf die Rückfront des Häuserblocks. Das Zimmer war nicht erleuchtet. Gerade als er seinen Standort wechseln wollte, um die vorderen Fenster im Blick zu haben, schaltete jemand die Deckenlampe an. Sofort danach wurde die Jalousie heruntergelassen. Dann gab es nur noch Schattenrisse. Ein größerer, vermutlich männlicher Umriss, der zu Tom gehören musste, und ein kleinerer, der ihn an Lara erinnerte. Doch sicher war Schelsky sich nicht. Inzwischen kam nur noch schwaches, flackerndes Licht aus dem Zimmer. Was sollte er tun? Warten, bis die beiden Schatten das Haus in den Morgenstunden verließen, oder Tom einen nächtlichen Besuch abstatten? Er hatte noch immer seinen alten Schlüssel für die Wohnungstür. Ob der noch passte?

***

»Du musst es ihm erzählen«, sagte Lara. Sie lag auf dem Rücken, und die Bettdecke verhüllte ihren unbekleideten Körper erst ab der Hüfte. Sie zog an der Zigarette danach.

Tom gähnte. Wie leid war er diese Diskussion, die sie schon einmal zu oft geführt hatten. »Es ist besser für ihn, wenn er es nicht erfährt. Wir müssen nicht auch noch mutwillig auf seinen Gefühlen herumtrampeln.«

»Das ist total unaufrichtig. Wie kannst du das? Ich dachte, er ist dein ältester Freund?«

»Und ich dachte, ihr seid getrennt?«

Tom sah Lara an, und als sein Blick kurz ihre Brüste streifte, fühlte er sofort wieder Erregung in sich aufkeimen.

»Mit wem du ins Bett steigst, geht ihn überhaupt nichts mehr an.«

Ich muss jetzt schlafen, dachte Tom. Morgen ist ein langer, anstrengender Tag. Oder noch mal mit ihr vögeln und dann sofort ins Koma fallen.

»Wir haben eine Auszeit«, korrigierte ihn Lara. »Ich finde, wir sind es ihm schuldig, endlich mit offenen Karten zu spielen. Dieses Versteckspiel hat Schelsky nicht verdient.«

Tom stöhnte genervt. Kein Schlaf, kein erneuter Sex, stattdessen nur moralinsaure Freundschaftsdiskussionen, die zu gar nicht führten. Okay, sie hintergingen Schelsky. Das war nicht die feine Art, aber ihn auch noch mit schwülstigen Geständnissen zu belästigen machte es nicht besser.

Was konnte er denn dafür, dass Lara fremdging? Dass sie genug hatte von Schelsky und schon lange dabei war, sich aus der Beziehung zu lösen. Es war zu Ende. Darum ging es. Und nicht darum, mit wem Lara sonst noch schlief.

»Ich halte es nicht für klug, ihm reinen Wein einzuschenken«, nahm Tom einen neuen Anlauf. »Das nützt niemandem und schadet allen.«

Lara schüttelte den Kopf. »Zwing mich nicht weiter zum Lügen, bitte!«

»Ich denke, du hast ihn noch nie angelogen, sondern unser kleines Spusi bislang nur diskret verschwiegen.« Tom zündete sich eine Zigarette an und goss Wein nach. Ohne Nikotin und Alkohol waren solche aufgedrängten Problemgespräche am frühen Morgen wirklich nicht zu ertragen.

»Das ist Wortklauberei!« Nun schien auch Lara genervt. Mit einer weiteren Runde Matratzensport würde es wohl nichts mehr werden.

»Lass uns doch unser kleines Geheimnis.« Tom hatte seine Stimme gekreidet und hoffte, dass seine einschmeichelnde Art Lara umstimmen würde.

»Das hat doch nur was mit Feigheit zu tun«, konterte Lara. »Damit, dass du nicht den Mumm hast, deinem Freund von Angesicht zu Angesicht zu beichten, dass du schon seit langem hinter seinem Rücken mit mir schläfst. Nicht erst seitdem Schelsky und ich eine Auszeit haben.«

Sie ist moralisch ja im recht, dachte Tom. Aber warum, in Gottes Namen, muss sie einfache Sachen so kompliziert machen? Lara und er hatten ihren Spaß, und Schelsky ging es besser, wenn er davon nichts erfuhr. Das waren die Fakten. Alles andere war moralisches Geseire.

»Lass uns schlafen, bitte.« Ohne Laras Antwort abzuwarten, blies Tom die Kerze aus, gab Lara einen angedeuteten Kuss und drehte sich dann von ihr weg. Heute würden sie nicht ineinander verknotet einschlafen. Tom war müde, und die Lust war ihm vergangen.

***

Soeben war es dunkel geworden hinter der Jalousie. Schelsky sah auf seine Armbanduhr. Er besaß noch immer kein Handy, obwohl es inzwischen fast zum guten Ton gehörte, auch unterwegs erreichbar zu sein. »Und ihre Mobilnummer?«, wurde er immer öfter von Geschäftspartnern gefragt und erntete nur ein Stirnrunzeln, wenn er erklärte, dass er keine besaß.

Es war Viertel vor zwei. Vor einer Dreiviertelstunde war er tatsächlich noch einmal zu seiner Wohnung zurückgeradelt. Nun stand er wieder vor Toms Wohnung, den alten Türschlüssel in der Hand. Er hatte ihn sofort gefunden.

Lass es!, redete er in Gedanken auf sich ein. Du bist jetzt fast vierzig und benimmst dich wie mit vierzehn. Was er vorhatte, war nur noch peinlich. Doch eine Stimme, die stärker war als alle Zweifel, befahl ihm: Geh rein, und schau es dir an!

Er hatte nur den Wohnungs-, keinen Haustürschlüssel. Er erinnerte sich an das Fenster in der Rückwand des Hauses, hinter dem der Hausflur verlief. Er hatte Glück, es war nur angelehnt. Schelsky zog sich an einem Vorsprung hoch, stieß das Fenster auf und ließ sich hineingleiten. Leise erklomm er Stufe für Stufe des Treppenhauses. Als er vor der Wohnungsstür stand, hinter der er Jahre gelebt hatte, atmete er tief durch, um sich zu sammeln. Die letzte Chance umzukehren! Was er vorhatte, war Hausfriedensbruch, mindestens! Wenn der Schatten nun gar nicht zu Lara gehörte? Stürzte er sich da gerade in die größte Blamage seines Lebens? Hatte er eigentlich noch alle Tassen im Schrank?

Egal. Er musste es tun. Er brauchte Gewissheit. Lara hatte ihm weismachen wollen, hinter ihrer Trennung stecke kein anderer Mann. Tom hatte abgestritten, je Kontakt zu Lara aufgenommen zu haben. Wenn sie ihn so hinters Licht führten, blieb ihm doch gar nichts anderes übrig, als selbst der Sache auf den Grund zu gehen. Sie hatten es doch provoziert, dass er hier jetzt eindrang.

Und wenn die Frau doch nicht Lara war?

Sie war es. Er glaubte ihre Anwesenheit zu spüren. Er konnte sich nicht so irren.

Ohne noch einen weiteren Gedanken zuzulassen, drehte Schelsky den Schlüssel lautlos im Schloss. Die Tür sprang auf. Als hätte er die Wohnung nie verlassen, tastete er sich in der Dunkelheit problemlos zur Tür, die in Toms Schlafzimmer führte. Er drückte auf die Klinke und ließ sie aufspringen, während seine andere Hand den Lichtschalter suchte und fand. Das Pärchen fuhr erschreckt aus dem Schlaf, als die Lampe den Raum plötzlich erhellte.

Es war Lara! Es zu ahnen war das eine, sie so neben Tom zu sehen, das andere. Sie starrte ihn mit schreckgeweiteten Augen an. Obwohl ihm der Anblick einen Stich mitten ins Herz versetzte, fühlte er sich zum ersten Mal, seitdem er Lara auf dem Bahnsteig entdeckt hatte, gut. Er ließ das, was ihn umbrachte, nicht geschehen, er handelte.

»Überraschung!«, rief er aus, den bittersüßen Triumph in der Stimme.

Während ihn Lara noch immer anstarrte wie ein Gespenst, fand Tom nur langsam aus dem Schlaf. Er musterte ihn mit zusammengekniffenen Augen.

»Was willst du denn hier?«

»Herausfinden, warum mir meine Freundin einen Bären aufbindet. Wie lange geht das schon mit euch?«

Lara und Tom sahen sich an, als wollten sie telepathisch eine Antwort abstimmen. Dann blickten sie wieder auf ihn, ohne etwas zu sagen.

»Lara, ich muss mit dir reden. Tom, könntest du uns bitte allein lassen! Du kannst ja ein wenig spazieren gehen.«

Tom richtete sich auf und hielt nach seinen Klamotten Ausschau. Er fischte seine Jeans von einem Hocker und begann sich anzuziehen.

Ich glaub's nicht, dachte Tom. Bricht der Typ hier mitten in der Nacht ein und macht einen auf Drama. Er streifte sich die Hose über die Hüften und schnappte sich sein T-Shirt. Bloß raus hier, das sollen die beiden schön unter sich ausmachen.

Ich glaub's nicht, dachte Schelsky. Der Typ lässt sich von mir aus seiner eigenen Wohnung rausschmeißen, statt mich hochkant rauszuwerfen. Siehst du nicht, Lara, was für ein Schlappschwanz das ist?

Laras Blick wanderte zwischen Tom und Schelsky hin und her. Sie schien ihren Augen nicht zu trauen. Dann endlich fand sie die Sprache wieder.

»Das geht jetzt überhaupt nicht, Schelsky!« Und zu Tom gewandt:

»Bleib liegen, wir gehen. Du lässt dich nicht aus deiner eigenen Wohnung vertreiben.«

Immerhin, sie hat es kapiert, freute sich Schelsky still.

Auch gut, dachte Tom. Die Vorstellung, endlich in Ruhe schlafen zu können und diesem Theaterdonner zu entkommen, behagte ihm.

Lara zog sich an, und Schelsky konnte sehen, dass sie nackt gewesen war. Wieder drängten sich Bilder vor sein inneres Auge, die er nicht abwehren konnte. Die Eifersucht, die in ihm brannte, raubte diesem kleinen Triumph all seine Schönheit. In kräftigen Schüben drang an sein Bewusstsein, dass er Lara verloren hatte. Die Pointe, die er gerade gesetzt hatte, entbehrte jedes Witzes. Mit Lara, das wurde ihm schlagartig bewusst, verlor er auch Tom. Tom war ein Arschloch, ein Verrater!

Sie ließen die Tür hinter sich zufallen und stapften durch den Regen, der inzwischen eingesetzt hatte. Schelsky sah Lara an und war bereit, ihr auf der Stelle zu verzeihen. Doch Lara bat gar nicht um Verzeihung. Stattdessen faltete sie ihn zusammen, wie er es wagen könnte, einfach bei Tom einzudringen und so eine Szene aufs Parkett zu legen.

Was sollte ich denn tun?, fragte sich Schelsky, der merkte, wie er von Sekunde zu Sekunde kleiner wurde. Was immer sein Auftritt bewirken würde, Lara brachte er ihm nicht zurück. Er sah sie an, zum ersten Mal als seine Nicht-mehr-Freundin. Dieser Blickwinkel war nicht zu ertragen. Solange sie hier miteinander stritten, war alles gut, war sie noch da, bei ihm. Der Abschied, der kommen würde, in ein paar Minuten oder einer Stunde, aber würde ihn zerreißen. In diesem Moment liebte er Lara mehr denn je. Doch Lara liebte nicht mehr zurück.

***

Gemeinsam mit Schelsky fickte Tom Lara, dann banden die beiden ihn fest, nackt, wie er war. Schelsky hatte auf einmal eine Gerte in der Hand und zielte auf Toms Geschlecht. »Du wirst sie nie wieder ficken können, nie wieder!«, brüllte er. Doch bevor er den Schlag ausführen konnte, stellte sich Lara zwischen sie, drückte Daumen und Zeigefinger zwischen seine Kiefer, sodass er den Mund öffnen musste, und flößte ihm etwas ein. Augenblicklich wurde ihm übel. Er musste sich übergeben, und erbrach mehrere Kügelchen, auf denen Ziffern standen. »Die Gewinnzahlen unserer wöchentlichen Ziehung«, sagte Lara, die sich inzwischen in eine Lottofee verwandelt hatte, in öffentlich-rechtlichem Tonfall.

Tom schreckte hoch. Er konnte nur ein paar Minuten geschlafen haben, und doch war er schweißgebadet. Er versuchte, sich zu sortieren. Der Albtraum ist vorbei, beruhigte er sich. Der Traum war leicht zu deuten. Schelsky Auftritt war direkt in seine Traumwelt durchgereicht worden und hatte sich mit dem Thema verbunden, das ihm seit Wochen den Schlaf raubte. Vor knapp zwei Monaten hatte sein Innensenator dem Druck eines Rechtspopulisten nachgegeben und durchgesetzt, dass mutmaßlichen Dealern zwangsweise Brechmittel eingeflößt werden durften, um verschluckte Drogendepots ans Licht zu befördern. Der Beschluss hatte die rot-grüne Koalition de facto gespalten und – so glaubte Tom – dem Rechtsausleger Roland Schrill weiteren Aufwind gegeben. Die bevorstehende Wahl war so gut wie verloren, doch schlimmer war, dass Tom die Brechmitteleinsätze – die für die Betroffenen entwürdigend und gesundheitsgefährdend waren – den Medien verkaufen musste. Zum ersten Mal seit er Regierungssprecher geworden war, waren sein privates und sein berufliches Ich ganz und gar nicht einer Meinung. Er brach sich fast die Zunge, wenn er diese menschenverachtende Maßnahme verteidigte und schönredete. Wenn die Wahl vorbei ist, hatte er sich geschworen, schmeiße ich die Brocken hin.

Tom ging ins Bad, wischte sich den Schweiß mit einem nassen Lappen weg und legte sich wieder ins Bett. Es war inzwischen beinahe halb vier und die Nacht in spätestens vier Stunden zu Ende. Er wälzte sich auf die Seite. Irgendetwas stimmte nicht. Obwohl er die Augen fest geschlossen hielt, bemerkte er ein flackerndes Licht, das von der Straße kam und seine Wohnung erhellte. Er stand auf und schlurfte schlaftrunken in Richtung Wohnzimmerfenster, um nach der Ursache Ausschau zu halten. Augenblicklich war er hellwach. Zwanzig Meter von ihm entfernt brannte ein Auto. Sein Auto.

Schelsky!, dachte Tom, während er sich in Windeseile seine Klamotten überstreifte. Er verwarf den Gedanken gleich wieder. Das konnte nicht sein.

Ohne Plan, dafür mit seinem Handy bewaffnet, rannte Tom auf die Straße. Sein Wagen stand lichterloh in Flammen. Er sah sich um und bemerkte, dass keine fünf Meter entfernt eine Gestalt stand. Sie hatte die Arme gekreuzt und bewegte sich nicht. Durch den Sichtschlitz der Sturmmaske fixierten ihn zwei Augen.

Wieso rennt er nicht weg?, überlegte Tom. Wieso steht der da rum und glotzt mich an? Er musterte die maskierte Person genauer. Es ist nicht Schelsky, dachte er. Von der Figur her hätte er es sein können, doch die Körperhaltung des Mannes war eine andere. Als Tom die Notruf-Taste seines Handys drücken wollte, zerbrach eine Stimme die nur durch die Geräusche des Feuers getrübte Stille.

»Hallo Tom«, sagte die Maske.

Er kannte diese Stimme. Kannte sie genau. Und hatte doch keine Ahnung, wo er sie einsortieren sollte.

»Kennst du mich noch?« Die Maske stand noch immer unbeweglich ihm gegenüber. Die Situation gruselte Tom. Was wurde hier gespielt?

»Soll ich dir helfen?« Mit einer gleitenden Bewegung zog die Gestalt sich die Maske vom Kopf. Hinter dem Feuer kam ein Gesicht zum Vorschein, ungleichmäßig erhellt durch das flackernde Licht. Doch Tom erkannte die Gesichtszüge sofort wieder und wusste nun auch, woher er diese Stimme kannte.

»Jean?«, fragte er ungläubig.

Die schwarz bekleidete Gestalt nickte nur.

»Was soll das? Was wird hier gespielt?« Toms Blick wanderte ungläubig zwischen dem Mann, seinem brennenden Auto und seinem Handy hin und her, das er noch immer nicht benutzt hatte. Inzwischen war in zwei Wohnungen das Licht angegangen, doch Jean hatte seine Position so geschickt gewählt, dass man ihn von den Fenstern aus nicht sehen konnte.

»Das ist der Lohn dafür, dass du die Seiten gewechselt hast. Für deine Interviews, in denen du verteidigst, dass Menschen Brechmittel eingeflößt und ihnen ihre Würde genommen wird. Weißt du überhaupt noch, wofür wir in der Nacht, bevor die Mauer fiel, verdammt viel riskiert haben?«

Tom verschlug es die Sprache. Er sah auf seinen in Flammen stehenden Wagen und wäre Jean am liebsten an die Gurgel gesprungen.

»Wie viel zahlt man dir, damit du so einen Drecksjob machst? Was ist dein Preis, Herr Regierungssprecher?« In Jeans Tonfall lag alle Verachtung, zu der er fähig war.

»Aber deshalb kannst du doch nicht einfach meinen Wagen anzünden?!« Jeans Selbstgerechtigkeit war unerträglich.

»Anscheinend doch. Dein schönes Auto. Aber du bist doch bestimmt gut versichert. Die Brechmittel-Opfer sind es nicht. Die haben einfach nur Pech gehabt, wenn da was schiefgeht.«

Ganz weit entfernt hörte Tom eine Sirene, die langsam lauter wurde. Jean hatte sie auch bemerkt.

»Ich muss jetzt gehen, alter Freund. Ich denke, du wirst mich nicht verraten. Nicht dass der Staatsschutz noch anfängt, sich für unsere gemeinsame Vergangenheit zu interessieren.« Mit diesen Worten schwang sich Jean auf ein neben ihm stehendes Motorrad, das Tom bislang nicht bemerkt hatte. Er zündete die Maschine, gab Gas und entschwand nur Sekunden später aus Toms Blickfeld. Im selben Moment wurde die Sirene hinter Tom ein ganzes Stück lauter. Er drehte sich um und sah, wie der Löschzug in die Straße einbog.

***

»Okay, wir machen's.« Der Mann mit dem runden Gesicht und der Nickelbrille mit den ebenso runden Gläsern auf der Nase schenkte Daria ein freundliches Lächeln. Darias Herz tat einen Satz. Sie hatte Millionen hoffnungsfrohe, bis ins Detail ausformulierte Briefe an Millionen Verlage geschrieben und Millionen Standardabsagen bekommen: »Wir bedauern Ihnen mitteilen zu müssen ... und wünschen Ihnen viel Erfolg bei Ihren weiteren ...«

Die Produzenten der unleserlichen Unterschriften unter diesen Formschreiben konnten sich ihre gestanzten Wünsche sonst wohin schieben.

Nun saß ihr also Harald Becker, Cheflektor eines angesehenen Berliner Verlages gegenüber und bedauerte gar nichts, sondern sagte nur »Wir machen's«. Und diese zwei Wörter reichten aus, dass Daria ihr Glück kaum fassen konnte. Zwei Jahre hatte sie gebraucht, ihre Geschichte aufzuschreiben. Die beste Therapie, die sie sich überhaupt vorstellen konnte. Nun aber wollte Daria, dass auch andere Menschen von ihrem Schicksal erfuhren. Gerade junge Menschen, die noch ganz am Anfang ihrer Drogenkarriere standen. Vielleicht würden sie dann begreifen, wohin der Weg, den sie gerade eingeschlagen hatten, führen würde. Doch hätte sie selbst vor 15 Jahren so ein Buch in die Hand genommen? Wohl kaum!

»Noch einen Kaffee?« Die Stimme des runden Mannes holte sie aus ihren Gedanken. Sie nickte, und Becker schenkte nach.

»Wir müssen allerdings noch ein paar Dinge ändern – Kleinigkeiten.«

Daria erschrak. »Was für Kleinigkeiten?«

»Nun, wir brauchen noch ein bisschen mehr Action! Der erste Schuss, die Verhaftung, ihre Zusammenbrüche – das lässt sich doch alles noch ein wenig ausschmücken. Wir müssen die Leser doch bei der Stange halten.«

Wieder lächelte Becker sie an, nur wirkte sein Lächeln diesmal ein wenig schief.

»Ich will aber keinen Krimi veröffentlichen und nichts in dem Buch haben, was so nicht passiert ist.«

Becker stöhnte auf und holte so tief Luft, dass sich die Hosenträger über seinem Bauch, der auch äußerst rund war, spannten.

»Verstehen Sie mich nicht falsch, Frau Hartung. Wir wollen ja nicht alles ändern – nur ein wenig aufhübschen. Ein bisschen mehr Spannung und etwas weniger Innerlichkeit, und schon kann der Titel ein Bestseller werden. Das wollen sie doch auch, oder?«

»Ja«, antwortete Daria. Aber nicht um jeden Preis, setzte sie in Gedanken hinzu.

»Dann sind wir uns ja einig. Wir haben eine hervorragende Lektorin, die macht das schon. Natürlich in Absprache mit Ihnen. Sie haben das letzte Wort.«

Becker setzte ein Grinsen auf, das vertrauensvoll wirken sollte.

Daria nahm einen Schluck Kaffee. Die Worte Beckers lösten in ihr ein Wechselbad der Gefühle aus.

»Kommen wir zum Finanziellen, Frau Hartung.« Selbst dieses Thema quittierte Becker mit einem Lächeln. Den Mann konnte man zu keiner Beerdigung mitnehmen.

»Wir können Ihnen als Newcomerin natürlich keinen allzu hohen Vorschuss zahlen. 4.000 Mark wären drin. 2.000 sofort, 2.000 am Erscheinungstag.«

»Nur 4.000 Mark?« Daria resümierte im Kopf, wie viele Monate Arbeit in ihrer Biografie steckten, und schaute Becker ungläubig an. Doch der lächelte unerbittlich freundlich zurück.

»Wenn sich der Titel gut verkauft – und davon gehe ich aus –, wird es natürlich deutlich mehr. Aber solange wir das nicht wissen, müssen wir uns das Risiko eben teilen.« Er deutete mit dem Zeigefinger auf das Stockwerk über ihnen. »Mein Verleger dreht mir den Hals um, wenn ich mehr zahle«, sagte er und präsentierte Daria seine blankgeputzten Zahnreihen.

In diesem Moment platzte Beckers Assistentin in das Büro. »Das müssen Sie sehen, Herr Becker. New York wird angegriffen!«

Zum ersten Mal verschwand das Lächeln aus dem Gesicht des Lektors, der sich augenscheinlich mühte, Sinn in die verwirrenden Worte seiner Assistentin zu bringen, die sich inzwischen an der Fernbedienung des kleinen Fernsehers zu schaffen machte. Sekunden später erschien ein Reporter mit ernster und wichtiger Miene auf dem Fernsehschirm und sprach in einem ernsten und wichtigen Tonfall. Daria schnappte Satzbruchstücke wie »Anschlag auf die Freiheit Amerikas« und »Angriff auf die westliche Welt« auf. Im Hintergrund brannten die obersten Stockwerke eines Hochhauses.

Gebannt starrten Daria und Becker auf die Fernsehbilder. Erst allmählich begriffen sie, was geschehen war. Die Bilder des detonierenden Passagierflugzeugs und der in den Tod springenden Menschen lösten bei Daria eine Gänsehaut aus. Sie war unfähig zu einem klaren Gedanken, nicht in der Lage, irgendetwas zu sagen. Ihr eigenes Schicksal kam ihr angesichts dessen, was da vor ihren Augen geschah, so klein und nichtig vor.

Es dauerte zehn Minuten, bis Becker als Erster die Sprache wiederfand. Er blickte vom Fernsehschirm auf Daria, schüttelte nur den Kopf und versuchte, sein Lächeln wiederzufinden, was ihm tatsächlich auch gelang. Er räusperte sich leise, um Darias Aufmerksamkeit zu gewinnen.

»Trotz dieser schrecklichen Ereignisse muss das Leben hier ja weitergehen. Ich würde vorschlagen, wir bereiten einen Vertrag vor, den Sie in aller Ruhe lesen können, bevor Sie ihn unterschreiben. Ich würde mich freuen, wenn es zu einer Zusammenarbeit kommt.« Er ging auf sie zu, um ihr zum Abschied die Hand zu schütteln.

»Wann würde das Buch denn erscheinen?«, fragte Daria.

»Aller Voraussicht nach im Frühjahr 2003.«

»Erst in anderthalb Jahren?«, fragte Daria erstaunt.

»Das Programm für das kommende Jahr steht bereits«, antwortete Becker, während er die Gläser seiner Brille mit einem Tuch putzte. »Ein Buch zu machen, mit allem Drum und Dran, das dauert.« Er senkte seine Stimme und fast klang es, als würde er mit sich selbst reden. In diesem Moment erschien erneut die Assistentin und kündigte Besuch an. Becker reichte Daria noch kurz die Hand, schenkte ihr ein letztes Lächeln und war schon dabei, den nächsten Besucher zu begrüßen.

Zwei Minuten später stand Daria vor dem Verlagsgebäude. Es hatte begonnen zu regnen. Sie öffnete ihren Schirm, setzte sich in Bewegung und horchte in sich hinein. Brannte wirklich gerade das World Trade Center? Hatte sie wirklich soeben die Zusage bekommen, dass ihr Leben zwischen Buchdeckel gepresst würde? Daria ging wie auf Watte und versuchte das Geschehene zu begreifen. Vor dem Schaufenster eines Elektroladens hatte sich eine Menschentraube versammelt. Daria drängte sich in die Menge und schaute auf den Bildschirm. Wo eben noch zwei Hochhaus-Türme gebrannt hatten, brannte jetzt nur noch einer. Der zweite war – einfach verschwunden.

***

Die Formalitäten hatten Stunden in Anspruch genommen. Erst hatte ihn die Kripo, dann der Staatsschutz verhört, der davon ausging, dass es sich bei der Brandstiftung um »einen politisch motivierten Anschlag« handelte. Tom wusste nicht, was die Nachbarn von seinem Gespräch mit Jean mitbekommen hatten. Er gab zu, noch einem der mutmaßlichen Täter gegenübergestanden zu haben, den er aufgrund seiner Maske und der Dunkelheit nicht näher beschreiben könne. Er hätte ihm noch zugerufen, was das denn solle und dass er gefällig stehen bleiben solle, der Täter aber habe nicht reagiert und sich schließlich mit seinem Motorrad entfernt. Er konnte nur hoffen, dass keiner der Zeugen genug gehört hatte, um seine Version infrage zu stellen. Dann steckte er in der Scheiße.

In der Senatskanzlei angekommen, hatte er mit den engsten Regierungsberatern überlegt, wie sie den Brandanschlag in den Medien präsentieren sollten. Er konnte ihnen im Wahlkampf sogar helfen. Solche Anschläge erzeugten bei den rechtschaffenen Bürgern Empörung und eine Solidarität mit den Opfern, die sich in Stimmen ummünzen ließ. Toms Magen rumorte. Er wusste nicht, ob es daran lag, dass er sich in den letzten Stunden nur von Zigaretten und Kaffee ernährt hatte, oder daran, dass er nur beten konnte, Jean möge nie gefasst werden. Würde das, was in Berlin vor fast zwölf Jahren geschehen war, doch noch ans Tageslicht kommen?

Tom versuchte die Gedanken zu verscheuchen, aber immer wieder schoben sie sich hartnäckig in sein Bewusstsein. Er hatte in den letzten dreißig Stunden nur wenige Minuten geschlafen. Es gelang ihm kaum, dem Krisengipfel mit den Spitzenfunktionären der Grünen zu folgen, die drohten, mitten im Wahlkampf wegen der angekündigten Brechmitteleinsätze die Koalition zu verlassen. Die Stimmung zwischen beiden Seiten war auf dem Gefrierpunkt. Die Grünen betonten, ihre Wähler würden ihnen in Scharen weglaufen, wenn sie solche Maßnahmen mittrügen. Der Bürgermeister hielt dagegen, nur durch ein Zeichen der Entschlossenheit könne dem Rechtspopulisten Roland Schrill noch das Wasser abgegraben werden. Doch ein Wahlsieg sei nur möglich, wenn die Wähler an Rot-Grün glaubten. Ein Bruch der Koalition würde alles zerstören.

Tom schlug vor, mit den Brechmitteleinsätzen erst nach der Wahl zu beginnen. Damit könnten die Grünen ihr Gesicht wahren. Der Bürgermeister lehnte ab. Er müsse Stärke demonstrieren und seinen Worten umgehend Taten folgen lassen. Das sei die einzige Chance, die Wahl noch zu gewinnen.

In diesem Moment platzte ein Mitarbeiter der Senatskanzlei in den Sitzungssaal. Er war kreidebleich.

»Das müsst ihr euch ansehen«, stammelte er. »Das World Trade Center steht in Flammen. Vermutlich ein Terroranschlag.«

Sofort wechselten alle Anwesenden den Raum. In einem Sitzungszimmer der Regierungsfraktion lief ein Fernseher. Tom glaubte, seinen Augen nicht zu trauen. Einer der beiden Zwillingstürme des New Yorker Wahrzeichens stand in Flammen. Ein Passagierflugzeug sei in den Turm hineingerast, sagte der Reporter. Sekunden später sah Tom die Livebilder, die er nie vergessen würde. Die die Welt nie vergessen würde. Eine zweite Maschine nahm vor den Augen der Kameras Kurs auf den noch unversehrten Turm des Gebäudes, schlug ein und detonierte. Bilder wie aus einem Katastrophenfilm, made in Hollywood. Nur dass hier die Wirklichkeit die Fiktion überholte.

Keiner der Anwesenden konnte glauben, was er hier sah. Niemand sprach, außer dem Reporter, dessen Stimme sich überschlug. Irgendjemand sagte: »Oh mein Gott«. Mehr war minutenlang nicht zu hören.

Tom versuchte das Geschehene zu begreifen. Für den Bruchteil einer Sekunde flackerte Schadenfreude in ihm auf – ein Geschieht-ihnen-recht-Gefühl –, das sich angesichts der Bilder der aus dem brennenden Gebäude in den sicheren Tod springenden Menschen sofort wieder verflüchtigte. Allmählich fanden die Versammelten ihre Sprache wieder, doch niemand in diesem Raum konnte seinen Blick auch nur eine Sekunde von dem Bildschirm nehmen. Fassungslos wurden Tom und die anderen Anwesenden Zeuge, wie erst der Südturm und dann der Nordturm in sich zusammensackten und Lower Manhattan unter einer Wolke aus Staub und Asche begruben.

Fast zwei Stunden verließ niemand den Raum. Langsam nur fand die Runde ihre Sprache wieder, entzog sich der Kraft der Bilder und begann darüber zu diskutieren, in welchen Worten sie der Öffentlichkeit ihr Entsetzen ausdrücken könnten und was der New Yorker Anschlag für den Hamburger Wahlkampf bedeuten würde. Ein business as usual konnte es nicht geben.

***

Fanny hörte die Nachricht im Autoradio, auf dem Weg von Thorbens Schule und Linas Kindergarten. Ein Passagierflieger war in das World Trade Center gerast. Als sie Lina in dem Kindersitz festschnallte, war ein weiteres Flugzeug in einem der Tower des Wolkenkratzers detoniert. Als sie ein paar Einkäufe später zu Hause ankam, war auch eine Maschine in das Pentagon, das Verteidigungsministerium der USA, gestürzt. Sie begrüßte Finn, setzte Lina auf den Boden, bat Thorben, kurz sein Zimmer aufzuräumen, und stand Sekunden später vorm Fernseher. Noch bevor sich auf dem Schirm ein Bild aufbaute, klingelte ihr Handy. Am anderen Ende der Leitung war Christoph.

»Hast du's schon gehört?«, fragte er atemlos.

Fanny wusste sofort, wovon er sprach. »Ja«, sagte sie.

»Ist das nicht schrecklich?«

In diesem Moment konnte sie auf dem Fernsehschirm etwas erkennen. Ein Flugzeug schwebte in Zeitlupe auf einen Wolkenkratzer zu, drang in ihn ein und löste eine Zeitlupenexplosion aus. Dann noch mal Nahaufnahme. Flugzeug größer, Gebäude auch, dafür beides leicht verschwommen, aber immer noch in Slow Motion. Kurz danach sprangen klitzekleine Menschen, diesmal in Echtzeit, mit rudernden Bewegungen aus Fenstern in die Tiefe.

»Ja«, antwortete sie erneut, während sie versuchte, das, was sie da sah, zu begreifen.

Noch bevor sie ein eigenes Gefühl zu den Bildern entwickelte, dachte sie: Manu wird das bestimmt gefallen. Ein Anschlag, wie eine Strafe für alle imperialistischen Umtriebe der USA. Es trifft die Richtigen, wird sie denken.

Was aber dachte sie selbst? Alles, was Fanny da sah, wirkte irreal. Inszeniert wie ein Hollywood-Film. Sprangen da wirklich reale Menschen aus einem echten Wolkenkratzer? Oder waren das alles nur Kulissen und Stunts? Die Bilder müssten mich doch zutiefst berühren, dachte Fanny. Doch ihre Wirkung blieb aus.

Sie organisierte ihre drei Kinder, räumte auf, half bei den Schularbeiten und bereitete das Abendbrot vor, während sich die große Welt der Politik grundlegend veränderte.

Als Christoph kam, brutzelten fünfzehn Fischstäbchen bereits in der einen und zwei Lachsfilets in der anderen Pfanne. Christoph begrüßte

Finn und Thorben und wandte sich dann Lina zu. Thorben war Thorben. Finn war Finn. Lina war »mein Mädchen«. Christoph durfte nie erfahren, wer wirklich Linas Erzeuger war. Fanny hatte es so weit verdrängt, dass sie selbst manchmal glaubte, Christoph sei der Vater. Sie hatte sich daran gewöhnt, dass ihre Nachbarn und Freunde absurde Ähnlichkeiten zwischen Lina und Christoph attestierten. Christoph wuchs jedes Mal ein kleines Stück, wenn er zu hören bekam: »Ganz der Vater.« Fanny würde ihm dieses Glück nicht zerstören, auch wenn Finn und Thorben manchmal schon ein wenig eifersüchtig waren, weil sie keinen Papa hatten, der sie mit »mein Junge« begrüßte. Sie mochten Christoph, und weil sie ihn mochten, hielten sie Distanz zu ihrer kleinen Schwester, der Papawegnehmerin. Auch wenn Christoph sich bemühte, Thorben und Finn nicht zurückzusetzen, so wurde sein Vaterstolz doch nur Lina zuteil. Eine Familie, aufgebaut auf einer Lüge. Doch wäre es leichter, wenn alle die Wahrheit wüssten?

Als die Kinder im Bett waren und sie mit ihm gefühlte hundertmal das Flugzeug in das Hochhaus hatte eindringen sehen, nahm Christoph sie in den Arm. Als er sich wieder von ihr löste, sah er ihr tief in die Augen, und Fanny wusste, dass er noch etwas sagen wollte, was ihn tief, sie selbst aber vermutlich nur an der Oberfläche bewegen würde. Sie hasste Christophs Pathos.

»Fanny, lass uns doch endlich heiraten. Wie lange willst du noch warten, jetzt wo wir ein gemeinsames Kind haben«, sagte er, und sein Kinn vibrierte vor Anspannung. Gefühle waren bei Christoph ohne Kinnvibration nicht zu haben.

Auweia, dachte Fanny. Sie hatte das Gefühl, dass sich ein unsichtbares Netz immer weiter um sie legte und langsam zugezogen wurde. Das war nicht das Leben, das sie gesucht hatte. Aber es war das Leben, das sie gefunden hatte.

»Lass mir noch ein wenig Zeit«, sagte Fanny, und das nicht zum ersten Mal. Christoph sah enttäuscht aus, so wie immer wenn er seinen ganzen Mut zusammengenommen hatte und doch nur an Fanny abgeprallt war.

Lange werde ich nicht mehr Nein sagen können, dachte Fanny. Aber vielleicht tat heiraten ja auch gar nicht weh. Oder nur ein bisschen.

***

Es dämmerte bereits, als Schelsky erwachte. Er war stundenlang mit Lara durch die Nacht und dann durch den anbrechenden Morgen gelaufen, und sie hatten geredet, geredet, geredet. Emotionaler Ausverkauf: Alles muss raus. Sie drehten sich längst im Kreis, als sie am Ecktisch einer Bäckerei miteinander frühstückten, doch Schelsky wollte sich nicht trennen. Es würde ein Abschied für lange sein. Sein nächtlicher Auftritt hatte zwar die Romanze zwischen Tom und Lara für den Moment empfindlich gestört, doch er hatte ihm Lara nicht zurückgebracht. Im Gegenteil. Lara saß ihm mit verschränkten Armen gegenüber, und er ahnte, dass er ihren Körper nie wieder berühren würde. Und ihre Seele wohl auch nicht.

Solange sie noch bei ihm saß, war alles gut. Er hätte gern mit ihr gefrühstückt, bis die Ewigkeit anbrach. So aber saßen sie erschöpft vom stundenlangen Reden beieinander, nur weil es kein Schlusswort gab, was der Situation angemessen war.

Irgendwann hatten sie sich dann doch getrennt. Mit einer kurzen, fast scheuen Umarmung und einem schlichten »Mach's gut – du auch«. Er hatte geglaubt, das Weinen verlernt zu haben, doch plötzlich war es ganz einfach. Lara sah seine Tränen nicht. Sie hatte sie sich schon abgewendet.

»Abschied ist immer ein bisschen wie sterben.«

Wer hat das noch mal gesagt? Schelsky überlegte. Es fiel ihm nicht ein. Dieser Abschied fühlte sich nach nichts an, was mit dem Zusatz »ein bisschen« richtig beschrieben wäre. Dieser Abschied fühlte sich endgültig und ziemlich groß an. Sehr, sehr groß. Sehr, sehr endgültig. Es war vorbei. Er hatte Lara verloren.

Er blickte ihr hinterher, bis sie in der Menge verschwunden war. Zu Hause angekommen, warf er sich aufs Bett und vergrub sein Gesicht im Kissen. Daria war nicht da, und Schelsky war froh, alleine zu sein. Nur Bellamy spürte ihn auf und versuchte, ihn mit der Pfote aus seinem Versteck zu locken. Es kitzelte, als sie ihn mit ihrer Schmirgel-Zunge ein paar zerlaufene Tränen von der Wange leckte. Der regelmäßige Rhythmus ihres sanften Schnurrens brachte Schelskys Gedanken zwar in ruhigere Bahnen, doch vertreiben ließen sie sich nicht. Von Minute zu Minute wurden sie trüber. Vielleicht war ein Leben ohne Lara ja sogar möglich. Aber welchen Sinn sollte es haben?

Irgendwann übermannte Schelsky der Schlaf, doch er erlöste ihn nicht, weil Lara sich in seinen Träumen in vielfältigen Varianten weiter von ihm trennte. Warum ließ sich das Leben nicht einmal dann ausschalten, wenn man schlief? Schelsky war wie gerädert, als er aufwachte. Er ging in die Küche und kochte sich einen Kaffee. Dann schaltete er den Fernseher an. Ein Flugzeug flog in ein Hochhaus. Ein Hochhaus – war es dasselbe? – stürzte in sich zusammen und begrub ganze Straßenzüge unter Schutt und Staub. Ein amerikanischer Präsident sagte Worte, die er offensichtlich für sehr bewegend hielt.

Schelsky gelang es nicht, sich auf das Gesehene einen Reim zu machen. In diesem Zustand war er nicht. Er schaltete den Fernseher wieder aus, legte sich auf den Rücken und ließ Lara-Bilder an sich vorbeiziehen. Es gibt verdammt viele Lara-Bilder in meinem Kopf, fiel ihm auf. Und er erschrak darüber, dass die ersten bereits unscharfe Ränder hatten.

***

Gegen 23 Uhr kam Tom in seiner Wohnung an. Er hatte schon auf der Rückfahrt mit dem Leihwagen die Augen kaum noch offenhalten können. Die letzten 24 Stunden hatten mehr für ihn bereitgehalten, als er verdauen konnte. Schelskys Auftritt in seinem Zimmer schien ihm schon Tage und nicht erst Stunden entfernt.

Ohne sich zu entkleiden, ließ Tom sich in sein Bett fallen, das noch nach Lara und nach Sex roch. Er hatte keine Sekunde gehabt, sie noch anzurufen und sich zu erkundigen, wie es ihr mit Schelsky ergangen war. Ich melde mich morgen bei dir, dachte er, während der Schlaf ihn umarmte. Sein Hirn spuckte Flammen in seine Träume. Alles fing Feuer, detonierte, brannte aus.

Tom hatte keine Ahnung, wie lange er schon geschlafen hatte, als ihn der Klingelton seines Handys weckte. Auf dem Display stand der Name des Anrufers; es war Christian Rüter, sein Nachfolger bei der Abendpost. Widerwillig nahm Tom das Gespräch an.

»Hey Chrischan, was gibt's? Wollte den Tag jetzt eigentlich mal beenden.«

»Das kannst du vergessen«, gab der Anrufer zurück und machte eine kurze Kunstpause, bevor er sagte: »Ich wollte dich nur vorwarnen. Ihr habt gerade die Wahl verloren.«

Er ließ seine Worte auf Tom wirken. Tom hasste diese Art von Chrischan, in Rätseln zu sprechen und einen zappeln zu lassen, wenn er noch ein Ass im Ärmel hatte. Und das hatte er offenbar.

»Rück raus, was gibt's?«

Christian gab einen tiefen Seufzer von sich. Dann holte er zum finalen Schlag aus. »Ich habe gerade die ziemlich sichere Information erhalten, dass mindestens einer der New Yorker Attentäter aus Hamburg stammt. Er hat hier gelebt, hier studiert und mit seiner Zelle den Anschlag von hier aus vorbereitet.«

Tom gefror das Blut in den Adern. Er brauchte ein paar Sekunden, bis er seine Stimme wiederfand. Was Chrischan da berichtete, war so ungeheuerlich, dass es ihm nicht gelang, sich zu sortieren.

»Was weißt du?«, spie er seinem Kollegen entgegen.

Christian gab sich keine Mühe zu verbergen, dass er seinen Informationsvorsprung genoss. Er kostete die Situation aus.

»Einer der Täter wohnte in Harburg und studierte dort an der Technischen Universität. Offensichtlich gab es eine Hamburger Zelle, die in den Anschlag involviert ist.«

Tom notierte das Gesagte eifrig mit. »Hast du Namen oder eine Adresse?«

»Hab ich.« Tom wartete auf eine Fortsetzung des Satzes, aber sein Gegenüber schwieg beharrlich.

»Magst du sie mir auch verraten?« Tom hasste es, am kürzeren Hebel zu sitzen. Christian ließ sich erneut Zeit, bevor er antwortete.

»Kannst du haben, wenn ich vom Bürgermeister morgen ein Interview bekomme. Exklusiv! Er spricht sonst mit niemandem darüber.«

Toms Hirn ratterte. Die Zahnräder griffen noch nicht ineinander. Es knirschte und knarrte.

»Okay«, sagte er schließlich. »Ich versuch's. Aber für eine Stellungnahme braucht er eindeutig mehr Infos.«

Tom konnte Christians Grinsen durch den Apparat hören. »Sollen wir jetzt euren Job machen? Habt ihr keinen Apparat, der euch solche Infos liefert? Sind Polizei und Verfassungsschutz noch im Tiefschlaf?«

Arrogante Sau, dachte Tom, das zahl ich dir irgendwann zurück. Doch Christian fuhr schon fort.

»Erst die Zusage für das Exklusivinterview. Dann kriegt ihr alle Infos, die ich habe.« Ohne Toms Reaktion abzuwarten, legte er auf.

Tom schaute ungläubig auf das Handy in seiner Hand. Dann fingen die Zahnräder an ineinander zu greifen, und Adrenalin begann seine Wirkung zu tun. Tom wählte die Geheimnummer des Bürgermeisters, und noch während er ihn über die neuesten Entwicklungen unterrichtete, ordneten sich die nächsten Schritte, die er tun musste, zu einem Plan. Drei Stunden und etliche Telefonate später hatte die Hamburger Zelle ein Gesicht und einen Namen bekommen: Das Gesicht eines jungen Ägypters mit halblangem, dunklem Haar und buschigen Augenbrauen. Der Name, der zu diesem Gesicht gehörte, lautete: Mohammed Atta.

KAPITEL 30

15. März 2003: In den Zeitungen kann man lesen, dass Kanzler Schröder am Vortag eine Agenda 2010 verkündet hat. Eine Kombination aus Wort und Zahl ist auch der Begriff Hartz IV, der gleichzeitig geboren wird und schon bald ein Synonym für Armut und soziale Kälte sein wird. 345 Euro ist eine weitere Wort-Zahl-Verknüpfung und genau der Betrag, von dem ein Langzeitarbeitsloser fortan leben muss. Die Ziffer Drei und das Wort Golfkrieg gehen ebenfalls eine Verbindung ein, doch darauf muss die Welt an diesem Samstag noch genau fünf Tage warten.

Gute Frage, dachte Fanny, doch sie wiederholte nur die soufflierten Worte:

»Ja, ich will.«

Drei Worte, ein Schwur. Ein millionenfach vollzogenes Zeremoniell. Nun hatte auch sie diese Formel, die immer ein wenig zu theatralisch klang, über die Lippen gebracht.

»Möchtest auch du, Christoph Neuss, die hier anwesende Fanny Martens lieben, achten und beschützen und ihr die ewige Treue schwören, so antworte mit: Ja, ich will.«

Der Pfarrer sprach den Satz so aus, dass kein Fragezeichen zu hören war. Fanny überlegte, ob nicht noch irgendetwas mit guten und schlechten Zeiten zu dem Text gehörte und ob es einen Grund gäbe, warum sie hier mit einer Kurzversion abgespeist wurden. Dann rief sie sich zur Ordnung und sah ihren Bräutigam so verträumt wie möglich in die Augen.

Christoph strahlte Fanny an. Er hatte den Blick eines Mannes, der am Ziel war.

»Ja, ich will.«

Sie tauschten die goldenen Ringe, der Pastor erklärte sie zu Mann und Frau, und auch das mit dem Kuss bekamen sie ohne Zwischenfall über die Bühne.

Ich habe es also tatsächlich getan, dachte Fanny. Die ganzen letzten Stunden hatte sie immer nur dieselben zwei Wörter denken können: Ich heirate. Sie begleiteten sie durch den Tag wie ein Mantra. Jetzt heirate ich also tatsächlich und dann auch noch kirchlich. Ihr Ebenbild im Spiegel, eingehüllt in Spitze und Seide, sah aus wie eine Fehlbesetzung in einem Historienfilm. Warum ließ sie sich darauf ein? Es war keine Liebesheirat. Finanzielle Motive spielten vielleicht eine Rolle, aber das hätte als Grund nicht ausgereicht. War es der heimliche Wunsch, irgendwo anzukommen? Das Schicksal hatte sie ins Wendland verschlagen, ihr drei Kinder geschenkt und diesen braven Mann. Nichts davon hatte sie geplant, alles war einfach so passiert. Sie hatte ihr Leben lang etwas gesucht und dabei nur selten etwas gefunden. Hatte immer etwas gefunden, wenn und wonach sie nicht gesucht hatte. Nun stand sie hier in dieser Hochzeitsverkleidung mit einem Mann, der sich extra einen Frack zugelegt hatte, und drei Kindern, die das erste Mal in ihrem Leben Anzug oder Kleidchen trugen, was sie steif und hölzern wirken ließ.

Die Orgel dröhnte, es wurde gesungen, und schließlich verließen sie die Kirche. Die wenigen Gäste folgten ihr. Vorweg ihr Vater, der von seiner Frau gestützt werden musste. Er war voller Freude, dass seine Tochter sich kirchlich trauen ließ. Die Brautjungfern streuten Rosenblätter vor ihnen aus, und Christoph hob sie auf seine ausgebreiteten Arme, um sie die Treppe hinunterzutragen. Fanny mühte sich, das überaus romantisch zu finden, doch ein Teil ihrer selbst hatte sich von ihr gelöst, schwebte über ihnen, beobachtete von dort teilnahmslos die ganze Szenerie und versorgte ihr Hirn mit süffisanten Kommentaren. Es war gut, dass niemand Gedanken lesen konnte.

Eine Woche vor ihrem vierzigsten Geburtstag war sie nun also unter der Haube.

Sie hatten nur den engsten Familienkreis zur Trauung eingeladen, die Freunde würden sich am Nachmittag in einer alten, direkt am Elbdeich gelegenen Kate zur Hochzeitsfeier einfinden. Dort würde es ein wenig lockerer zugehen, freute sich Fanny und beschloss, das mit der Hochzeit nicht sobald zu wiederholen.

***

Während Schelsky sich in den Stadtplan vertieft hatte und ihr Anweisungen gab, welchen Weg sie einschlagen müsse, ging Daria in Gedanken die kommende Woche durch. In drei Tagen würde sie in Leipzig sein, wo die Buchmesse eröffnet wurde. Sie hatte innerhalb von vier Tagen sechs Lesungen und zahlreiche Pressegespräche zu absolvieren. Ein Veranstaltungsmarathon, auf den sie sich aber freute. Die Vorbestellungen der großen Buchhandlungen waren gut, die ersten, sehr wohlwollenden Rezensionen bereits erschienen und weitere schon angekündigt. Becker hatte ihr gesagt, alle Anzeichen würden auf einen kommerziellen Erfolg hindeuten. Nun konnte sie nur noch abwarten und den Kritikern artig ihre Fragen beantworten.

Daria hatte immer schreiben wollen, womit sie nicht die Programmtipps und Kurzkritiken meinte, die sie seit Jahren für die Stadtillustrierte verfasste. Diesen Traum hatte sie schon fast beerdigt gehabt. Als sie in der vergangenen Woche das erste druckfrische Exemplar ihres Buches in der Hand gehalten hatte, war sie schon ein bisschen stolz auf sich gewesen – das erste Mal seit dem Ende ihrer Therapie.

Sicher, der Titel »Schussfahrt« war ein allzu plattes Wortspiel, und manche Begebenheit ihres Lebens hatte die Lektorin eine Prise zu stark gewürzt. Doch trotz aller Kompromisse steckte ganz viel von ihr zwischen diesen Buchdeckeln. Wie würde ihre Mutter das Buch aufnehmen? Sie kam nicht gut weg auf diesen Seiten, auch wenn Daria versucht hatte, sich ihr so liebevoll wie möglich zu nähern. Sie wollte Brigitte nichts heimzahlen, doch die wusste, dass man ihr Buch auch anders lesen konnte: als Abrechnung.

»Hinter der nächsten Kurve muss es sein«, unterbrach Schelsky ihre Gedanken. Die Dämmerung hatte bereits eingesetzt, und ein leichter Nieselregen zwang Daria, die Scheibenwischer in Gang zu setzen. Sie bogen durch ein schmiedeeisernes Tor in eine Einfahrt ein und rollten langsam auf den Parkplatz neben der Kate. Die Lichter hinter den Butzenscheiben verströmten eine heimelige Atmosphäre. Sie stiegen aus und strichen ihre

Kleidung glatt. Daria hatte ihr rotes Abendkleid ausgewählt, das sie nur selten trug. Schelsky hatte ein Sakko übergeworfen und sich in die Jeans gezwängt, die die wenigsten Gebrauchsspuren aufwies. Dabei war ihm nicht entgangen, dass er offenbar wieder etwas zugelegt hatte. Der Hosenbund spannte, der Knopf ließ sich nur schließen, wenn er die Luft anhielt.

In der Kate angekommen entdeckten sie sofort die Braut, deren Hochzeitskleid ihnen schon von weitem entgegenstrahlte. Neben ihr stand der Bräutigam, ebenfalls mächtig herausgeputzt, und hielt fest ihre Hand, so als sei das nötig, um zu zeigen: Das ist meine. Dabei improvisierte er fortwährend Gesichtsausdrücke zum Thema »der glücklichste Tag meines Lebens«.

Daria nahm Kurs auf Fanny, und Schelsky folgte ihr. Er sah sich in der Kate um, musterte die auf bäuerliches Ambiente setzende Dekoration und die anderen Gäste. Je mehr er sich umsah, umso stärker fühlte er sich underdressed in seinem beigen Sakko, dem einzigen, das er besaß. Hier dominierten ganz klar die Anzugträger. Daneben waren Jackett und schwarze Jeans eine gern genommene Kombination. Krawatten waren offenbar out. Ein paar Männer trugen eine Fliege, was sie in Schelskys Augen zu Witzfiguren stempelte. Die meisten männlichen Gäste verdeckten ihren Hals mit einem Zwitter – einem Schal, den sie wie eine Krawatte geknotet und kunstvoll um ihren Hals geschwungen hatten. Schawattenträger nannte Schelsky solche Liebhaber modischen Halsschmucks. Krawatte: Seriös, aber zu bieder! Schal: Cool, aber kein bisschen chic! Schawatten: Locker, modisch und förmlich zugleich. Er selbst hatte es nie gelernt, eine Krawatte zu binden. Also konnte er auch keine Schawatte tragen. Sein Hals blieb nackt. Schelsky zeigte Adamsapfel.

Brav wartete er ab, bis Daria und Fanny sich um den Hals gefallen waren, sich ausgiebig begrüßt und wieder voneinander gelöst hatten, um dann selber die Braut zu umarmen und ihr das gemeinsame Hochzeitsgeschenk, einen Satz edler Bettwäsche, zu überreichen. Er freute sich für Fanny, und doch versetzte es ihm einen kleinen Stich, sie so zu sehen. Seine erste große Liebe heiratete gerade. Einen anderen. Hatte drei Kinder. Von drei anderen. Er dachte an Lara. Auch Lara würde irgendwann wohl Kinder haben, auch sie nicht von ihm. Er hatte eine tolle Tochter, aber von einer Frau, die er nicht mehr liebte. Lauter Gleichungen, die nicht aufgingen.

Warum stand nicht er hier an Christophs Stelle – mit Lara?

Nun umarmte er die Frau eines Fremden, dem er gleich zum ewigen Bund mit Fanny gratulieren würde. Das fühlte sich falsch an. Fanny war das Mädchen, das er als erstes in sein Herz hatte einziehen lassen. Er hatte nie aufgehört, sie zu lieben, aber akzeptiert, dass er nur noch am Rande ihres Lebens stand. Sie hatten sich schon öfter aus den Augen verloren und immer wieder gefunden. Er begleitete sie aus der Distanz. Sie würden sich nie ganz verlieren, lebenslang miteinander verbandelt sein. Ein ewiger Bund, der schon viel länger währte als diese Ehe, um die so viel Tamtam gemacht wurde

Mit Lara war das anders. Sie war aus seiner Welt verschwunden. Er fragte sich oft, wie es ihr wohl ging. Was sie wohl so trieb. Doch da war niemand, der ihm eine Antwort gab.

Tom bog mit quietschenden Reifen in die Einfahrt ein und steuerte auf einen der letzten freien Parkplätze zu. Er war spät dran. Hatte sich in der Zeit verschätzt, die er brauchte, um von Hamburg hierher zu kommen. Zwar war sein neuer Mercedes mit einem dieser modernen Navigationsgeräte ausgerüstet, doch einmal hatte er den Hinweis der knarzigen Stimme ignoriert und sich prompt verfranzt. Diese Kate hier lag wirklich am Ende der Welt. Tom stieg aus dem Wagen und zog sich das Jackett seines neu erstandenen maßgeschneiderten Anzugs über. Seit seiner Zeit als Hamburger Regierungssprecher – inzwischen war er nach Kiel gewechselt, wo er das gleiche Amt bekleidete – ließ Tom seine Anzüge von einem angesagten Hamburger Herrenausstatter schneidern. Seit er selbst keine Ware von der Stange mehr kaufte, stach es ihm ins Auge, wie viele Männer schlecht sitzende Anzüge trugen. Der Unterschied zwischen Konfektionsware und passgenauer Handarbeit war enorm, wenn man es gelernt hatte, genau hinzuschauen. Er schlang sich den dunkelgrauen Kaschmirschal um den Hals und bewegte sich in Richtung des reetgedeckten Fachwerkhauses.

Noch bevor er sich auf die Suche nach Fanny und ihrem Bräutigam machte, sah er sich in dem Gebäude um, das gut und gern seine dreihundert Jahre auf dem Buckel hatte, aber vollständig restauriert worden war. Die Szenerie war von Pärchen bevölkert, auch er war »mit Begleitung« eingeladen worden. Doch es gab niemanden, von dem er sich begleiten lassen wollte.

An fast allen Händen schimmerten Eheringe. Alle heiraten, dachte Tom, der in den ersten Wochen dieses Jahres schon zu drei Hochzeiten eingeladen worden war. Die einen waren schon lange verheiratet, und die, die sich noch nicht getraut hatten, holten es jetzt, mit Anfang vierzig nach, so als wären Vermählungsfeiern gerade im Angebot. Schnell noch einen Ehering, schnell noch ein Kind und dann von sicherem Terrain aus ab in die zweite Lebenshälfte.

Die Standhaften, die sich noch immer kategorisch weigerten zu heiraten, hatten zumindest jemanden an ihrer Seite. Viele der Frühvermählten waren inzwischen längst wieder getrennt, hatten die erste Runde Verliebt-verlobt-verheiratet-geschieden bereits gedreht. Tom hatte viele Rosenkriege in seinem Bekanntenkreis erlebt. Menschen, die sich einst geliebt hatten und nun bis aufs Messer bekämpften. Verlierer waren fast immer die Kinder, die in der Mitte hindurch in zwei Teile gerissen wurden. Es gab keinen Platz mehr für Vernunft und Großzügigkeit, wenn es um Unterhalt und Sorgerecht ging, Liebe in Hass umschlug.

Tom liebte niemanden. Tom hasste niemanden. Wenn ich so weitermache, sinnierte er, bekomme ich eine gute Rente, gehe aber ziemlich einsam zugrunde. Wenn ich überhaupt Rente bekomme. Wenn er sein Arbeitspensum, seinen Alkohol- und Zigarettenkonsum nicht bald reduzierte, würde er eines Tages umkippen. Stiche in der Brust, die ihn immer häufiger piesackten, waren ein untrügliches Warnsignal. Er lebte sich zugrunde und träumte dabei immer öfter von einer geruhsamen Existenz auf einem Anwesen wie diesem, zwischen frischem Gemüse, frischen Eiern und frischer Milch.

Und wenn er einfach umkippte, wie vom Blitz getroffen zu Boden sank – wer würde um ihn trauern? Außer seiner Mutter, die inzwischen in einer Seniorenresidenz lebte, fiel ihm niemand ein. Seine ehemaligen Kollegen würden Nachrufe auf ihn verfassen, sein Leben in dreißig Zeilen pressen, weil er für mehr nicht berühmt genug war. Doch Nachrufe – gleich welcher Länge – konnten nicht ersetzen, in den Erinnerungen eines geliebten Menschen weiterzuleben.

Er war so in Gedanken, dass er fast mit Daria zusammenstieß. Als sie sich umarmten, vermisste Tom die Herzlichkeit, die Daria auszeichnete. Sie wechselten nur ein paar Worte, dann entschuldigte sie sich und verschwand in der Menge.

Sie hatte sich schnell aus der Umarmung gelöst. Tom zu begegnen, versetzte Daria immer einen kleinen Stich. Den Stich, den einem die erste große Liebe noch nach Jahren versetzen kann. Erste Lieben sind Nostalgie pur, dachte Daria, egal wie sie waren und wie sie zu Ende gingen. Die letzten Treffen mit Tom hatten geschmerzt. Sie hatten sich nur noch wenig zu sagen. Tom war immer beschäftigt, mit sich und der Welt. Er war immer im Stress und gab ihr stets das Gefühl, ein Termin in seinem Kalender zu sein. Durchaus ein wichtiger Termin. Ein Termin, auf den er sich freute. Aber eben ein Termin. Und dann war da noch die Sache mit Lara. Schelsky hatte ihr alles berichtet, und Daria verstand nicht, wie Tom seinen ältesten Freund so hintergehen konnte. Sie würde ihn nicht fragen, denn er würde sich sowieso nur herausreden. Kritik perlte an Tom ab. Deshalb war sie nicht froh, Tom hier zu sehen, und beschloss, ihm heute lieber aus dem Weg zu gehen.

Endlich entdeckte Tom die Braut. Ihre Umarmung fiel weit inniger aus als die mit Daria. Er schüttelte dem Bräutigam die Hand, beglückwünschte ihn artig zu seiner Wahl und überreichte ihm das mitgebrachte Präsent. Von hinten drängten bereits Gäste nach, die dem Brautpaar gratulieren wollten. Tom machte sich auf die Suche nach der Garderobe, bis ihm auffiel, dass er gar nichts abzulegen hatte. Er kehrte um. Schelsky kam ihm entgegen. Tom trat auf ihn zu und versuchte Blickkontakt aufzunehmen. Schelsky starrte durch ihn hindurch und ging an ihm vorbei. Verdattert blieb Tom stehen und sah ihm nach. Als er den Schock überwunden hatte, mischte er sich unter die Gäste und hielt nach bekannten Gesichtern Ausschau. Er entdeckte Fannys Eltern und kam mit ihnen kurz ins Gespräch. Ihr Vater war alt geworden. Er saß leicht gekrümmt in einem bequemen Sessel und hatte Mühe, Tom zu folgen. Hörte er nur schlecht oder kam sein Gehirn einfach nicht mehr mit?

Als Schelsky Tom entdeckte, stiegen in ihm sofort die Gefühle des Tages hoch, der New York ein ziemlich großes Gebäude und ihn eine ziemlich große Liebe gekostet hatte. Ground Zero war nun eine Wunde im Herzen Manhattans, und in seinem Herzen klaffte die Wunde dort, wo Lara einst gewohnt hatte. Sie hatte sich in einer seiner Herzkammern eingenistet und war dann ohne seine Erlaubnis einfach wieder ausgezogen. Sein Herz war nun unbewohnt. Das World Trade Center ließ sich wiederaufbauen. Doch wer sollte sein Herz instand besetzen? Herzkammerleerstand war eine miese Sache.

Ob Tom noch Kontakt zu ihr hatte? Dass er mit Lara, seiner Lara, etwas angefangen hatte, würde er ihm nie vergessen. Wie oft hatte er Tom von Lara erzählt. Wie oft hatte er ihm von ihr vorgeschwärmt. Toms Anblick riss die Lara-Wunde wieder auf. Die Vorstellung, Tom könnte im Gegensatz zu ihm noch in Verbindung mit Lara stehen, zerriss Schelsky. Er würde Tom heute aus dem Weg gehen. Ganz konsequent.

Bei seiner Suche nach bekannten Gesichtern stieß Tom auf Marc, den er, ausstaffiert mit Weste und Seitenscheitel, kaum erkannte. Sofort musste er an die Nacht denken, in der sie sich Fanny geteilt hatten, und ein breites Grinsen huschte über sein Gesicht. Sie kamen ins Gespräch, und Tom erfuhr, dass Marc noch immer in Berlin lebte und eine Agentur leitete, die Plakatwände vermarktete.

Ansonsten begegnete Tom niemandem, den er kannte. Hier hatte er kein Publikum. Hier konnte er nicht glänzen. Hier war er nicht der angesehene Regierungssprecher. Hier war er Mister Unbekannt, für den sich niemand interessierte. Hier kannte er neben der Braut und ihrer Familie – zu der er auch Marc zählte – nur Daria und Schelsky. Doch beide machten einen Bogen um ihn, Daria einen kleinen, Schelsky einen großen. War er etwa noch sauer wegen Lara? Das war doch schon eine kleine Ewigkeit her. Und Daria? Was war mit ihr?

Schelsky schlenderte durch den Raum, in dem eifrige Hände gerade die letzten Vorbereitungen für das kurz bevorstehende Bankett trafen, und inspizierte die Tischdekoration. Die lange Esstafel war festlich geschmückt. Mächtige, vierarmige Kandelaber spendeten schummriges Kerzenlicht, die Servietten waren kunstvoll zu kleinen Figuren gefaltet, und die Tischdecke war übersät von winzigen, silbrig schimmernden Herzen. Er betrachtete die verschiedenen Bestecke und unterschiedlichen Weingläser und versuchte sich an die Regeln für deren ordnungsgemäßen Gebrauch zu erinnern. Neben den Gedecken waren kleine Tischkärtchen aufgestellt, die die Namen der Anwesenden trugen und mit Glückssymbolen – Hufeisen, Schornsteinfeger, Kleeblatt – verziert waren. Schelsky suchte nach seinem

Namen. Er musste die halbe Tafel umrunden, um ihn zu finden. Er war in der Nähe des Brautpaars platziert worden, direkt neben Tom.

Schelsky sah sich um, wartete kurz ab, und als er sicher war, unbeobachtet zu sein, tauschte er die Karten mit einer schnellen Handbewegung aus. Nun würde zumindest Daria zwischen ihm und Tom sitzen.

»Andy? Andy hat sich abgesetzt.« Fanny schickte ihren Worten eine unmissverständliche Geste hinterher.

»Abgesetzt?«, fragte Tom verblüfft.

»Ist mit irgendeiner Aische ab in die Karibik. Hat alle Konten geplündert, ohne das Wissen seiner Familie das Haus verkauft, in dem sie lebten, und dann ab und davon. Niemand weiß genau, wo er steckt. Die einzige Möglichkeit, mit ihm in Kontakt zu treten, ist über seinen Anwalt.«

Tom musste das Gehörte erst einmal sacken lassen. »Zahlt er noch für Thorben?«

Fanny schenkte ihm ein bitteres Lächeln. »Er hat mir über seinen Anwalt mitteilen lassen, er lebe ja nun nicht mehr in Deutschland und sei deshalb auch nicht mehr an deutsche Gesetze gebunden. Er habe fast zehn Jahre lang für seinen Fehltritt bezahlt, das müsse nun reichen, und er wünsche mir viel Glück.«

»Arschloch!«, empörte sich Tom.

»Kein Widerspruch!«, antwortete Fanny.

Daria warf einen Blick auf die Festtafel und amüsierte sich über die lustigen Tischkärtchen. Auf einem entdeckte sie ihren Namen. Man hatte sie zwischen Schelsky und Tom platziert. Die Vorstellung, anderthalb Stunden neben Tom zu sitzen und die ganze Zeit von ihm mitgeteilt zu bekommen, was für ein toller Hecht er sei, war unerträglich. Small Talk gehörte zu einer Hochzeit, aber nicht mit einem Menschen, der ihr einst ganz nahe nahegestanden hatte und nun so oberflächlich und großspurig war. Über ausgeprägte Selbstgefälligkeit konnte sie bei Fremden hinwegsehen, nicht aber bei ihrer ersten großen Liebe. Sie blickte sich kurz um und brauchte nur eine Sekunde, um zwei Tischkärtchen auszutauschen.

Fanny betrachtete Christoph, mit dem sie nun schon seit zwei Stunden fast ohne Pause die Glückwünsche der neu eintreffenden Gäste entgegennahm.

Christoph schien diese Tätigkeit Spaß zu machen, während sie voll damit beschäftigt war, sich an die Worte »mein Mann« zu gewöhnen. Mein Auto, mein Haus, meine Kinder, mein Mann – was man doch so alles besitzen konnte.

»Ich habe gerade ein Zeichen vom Küchenchef bekommen, das Essen ist fertig«, flüsterte Fanny Christoph zu. Der nickte nur und nutze die nächste kurze Glückwunschpause, um zu seinem Vater zu eilen. Sekunden später erhob sich eine tiefe, raumfüllende Stimme und bat die Gäste, nun ihre Plätze einzunehmen. So wie sein Vater es formulierte, klang es wie die Durchsage an Bord einer Boeing kurz vor dem Start.

Schelsky traute seinen Augen nicht. Irgendjemand hatte die Tischkarten erneut vertauscht, sodass seine nun wieder neben der von Tom stand. Das war doch nicht möglich. Daria hatte bereits Platz genommen, auf dem Stuhl, den er sich selbst zugedacht hatte. Nur der Platz neben Tom, der gerade auf ihn zutrat, war noch frei.

Tom begrüßte ihn überschwänglich, was Schelsky nur mit einem kurzen »Hallo« quittierte, während er versuchte, sich aus Toms Umarmung zu winden. Er ließ sich auf den ihm zugeordneten Stuhl sinken und schwor sich, kein weiteres Wort mit Tom zu reden. Er war für ihn gestorben, ein für alle Mal. Tom war ein durchtriebener und charakterloser Verräter. Er hatte sich hinter seinem Rücken an Lara herangemacht und sie dazu verführt, ihn zu hintergehen. Lara hatte ihm an jenem letzten Morgen gebeichtet, dass es Tom gewesen war, der darauf bestand, er dürfe nichts von ihrer heimlichen Liaison erfahren. Tom selbst hatte ihm dreist ins Gesicht gelogen. Hatte nach Lara gefragt, weil er sie doch schon Monate nicht gesehen habe, und war doch gerade erst aus ihrem Bett gestiegen. Schelsky hatte Tom seine Angst gebeichtet, Lara zu verlieren, und sie hatten zusammen darüber spekuliert, ob Lara wohl ab und zu fremdging. Tom hatte ihn beruhigt, gesagt, er solle Lara vertrauen. Dabei betrogen Lara und er ihn schon seit Monaten.

Es war zu viel, seine große Liebe und den ältesten Freund gleichzeitig zu verlieren. Das übermächtige Gefühl, immer und immer wieder verlassen zu werden, hatte Schelsky gepackt und ihn mit eiserner Faust fast zerquetscht. Er konnte nur Lara ihren Verrat verzeihen, weil er sich standhaft weigerte, damit aufzuhören, sie zu lieben. Auch wenn sie nicht mehr in seinem Leben war. Tom verzieh er nichts.

Christophs Vater hielt eine Rede auf das frisch vermählte Paar. Er referierte Christophs gesamten Lebenslauf, was sowohl diejenigen ermüdete, die Christoph gut kannten, wie auch die, die ihn nur als Fannys Partner kennengelernt hatten und es so genau gar nicht wissen wollten. Für Fannys Familie übernahm Petra die Aufgabe, eine kleine Rede zu halten. Es gelang ihr vortrefflich, ihre Schwester liebevoll auf die Schippe zu nehmen und allen Anwesenden das eine oder andere Schmunzeln zu entlocken.

Die Suppe kam – Hummercreme. Schelsky hatte sich Daria zugewandt, um nicht mit Tom reden zu müssen. Wer weiß, dachte er, was aus Lara und mir geworden wäre, hätte Tom nicht dazwischengefunkt. Die Frage ließ sich nicht beantworten. Aber sie arbeite in ihm so unaufhörlich wie ein Perpetuum mobile und speiste den Hass, mit dem er Tom begegnete. Für ein Spiel hatte er ihn hintergangen und Lara dabei zu seiner Komplizin gemacht.

Sie hatten fertig gespeist. Daria war die ganze Zeit ins Gespräch mit Schelsky vertieft gewesen, und sie beide hatten Tom keines weiteren Blickes gewürdigt. Der musste mit Christophs Tante vorliebnehmen, die ihm immer wieder fröhlich zuprostete und seine Gegenwart offensichtlich genoss.

Die Tanzkapelle aus dem Nachbardorf begann aufzuspielen, und Christoph forderte seine Frau zum Eröffnungstanz auf. Fanny schwebte in ihrem weißen Kleid durch ein Stückchen heile Welt. Mann, Kinder, Familie. Das alles hatte Daria nie unbedingt gewollt. Das Dumme war nur, sie hatte es auch nie bekommen.

Würde sie mit Fanny tauschen? Die Antwort fiel ihr schwer. Sie hatte fünfzehn Jahre ihres Lebens verpfuscht, und obwohl sie auf diese Zeit gern hätte verzichten können, wollte sie sie doch nicht missen. Sie war gewachsen in diesen Jahren, in denen sie am Rand des Abgrunds gestanden hatte. Aber die Sehnsucht nach Geborgenheit, nach einem Zuhause, nach jemandem, der auf sie wartete, war manchmal übermächtig. Wo war ihr Platz auf dieser Welt?

Tom hatte genug. Schelsky ignorierte ihn konsequent, was ziemlich albern war. Daria war ihm aus dem Weg gegangen, und nur das Tantchen hatte seine Aufmerksamkeit genossen und unverhohlen mit ihm geflirtet – oder zumindest etwas getan, was sie dafür hielt. Nun ging das Tantchen schon stark auf die siebzig zu, und Tom fiel wieder einmal auf, dass er kein ausgeprägtes Faible für ältere Damen hatte. In letzter Zeit hatte er eher ein wenig zu viel Interesse für allzu junge Mädchen aufgebracht. Mit einer Praktikantin der Pressestelle war er im Bett gelandet. Zum Glück hatte es niemand mitbekommen. War das bereits der Vorbote einer verfrüht heraneilenden Midlife Crisis?

Er hätte Schelsky gern gefragt, was mit ihm los sei, aber er konnte ihm nun schlecht vor der ganzen Hochzeitsgesellschaft ein Gespräch über Lara, oder was immer der Grund für seine feindselige Haltung war, aufzwingen. Plötzlich fühlte sich Tom wieder klein und unsicher, wie damals in der Schule. Er kam in den Kursraum, wo sie keine feste Sitzordnung hatten. Fast immer blieb der Platz an seiner Seite leer, während sie an anderen Tischen stritten, wer neben wem sitzen durfte. Nach fast dreißig Jahren holte ihn das Gefühl nun ein, und er schrumpfte zum Neuntklässler. Er musste die Tafel verlassen, um sich kurz in der frischen Märzluft abzukühlen. Dann ging er zu seinem Wagen, startete den Motor und fuhr vom Hof. Fanny würde er morgen anrufen und ihr sagen, er habe sie nicht gefunden, als er gehen musste, weil zu Hause noch Arbeit auf ihn wartete.

***

Fanny sah sich im Raum um, der sich allmählich leerte. Die Kapelle spielte noch immer, und das schummrige Licht über der spärlich besetzten Tanzfläche wurde von einer Discokugel in alle Richtungen reflektiert. Das Zeitalter der computergesteuerten Lasershows hatte hier noch nicht Einzug gehalten.

Die Müdigkeit stieg in ihr hoch, und sie war froh, nicht bis zum Schluss aushalten zu müssen. Die meisten noch verbliebenen Gäste hatten ohnehin zu tief ins Glas geschaut und redeten mit schwerer Zunge Belangloses. Anett, Simon und Ilonka waren längst gegangen, Pit gar nicht erst erschienen. Tom hatte sie seit Stunden nicht mehr gesehen, er war offenbar ohne Abschiedsgruß einfach abgehauen. Daria und Schelsky streiften sich gerade ihre Mäntel über und kamen auf sie zu, um sich zu verabschieden.

Das ist also der schönste Tag im Leben einer Frau, dachte Fanny. Warum nur konnte sie ihre eigene Hochzeit nicht ernst nehmen? Christoph hingegen schien jede Minute dieses Tages zu genießen, etwas hölzern, doch immer gut gelaunt. Dabei kannte er das Prozedere doch schon. Und wusste, wie das alles enden konnte. Fanny verbot sich, an ihrem Hochzeitstag die Scheidung gleich mitzudenken. Das war nicht fair.

Sie verabschiedete Daria und Schelsky, und als sie durch das Ausgangstor ihre Silhouetten im Nebel verschwinden sah, der sich über die Felder legte, fühlte sie sich für einen Moment unglaublich einsam. Sie war müde und dachte mit leichtem Grauen an die ihr noch bevorstehende Hochzeitsnacht. Durfte man in so einer Nacht Migräne bekommen?

***

Sie tasteten sich mithilfe der Nebelscheinwerfer durch die im Dunst verschwindende Landschaft. Schelsky fuhr, und Daria versuchte die Orientierung zu behalten. Sie fand als Erstes die Sprache wieder.

»Du bist immer noch reichlich sauer auf Tom.« Die Frage war eine Feststellung.

»Er ist ein charakterloses Arschloch«, zischte Schelsky. »Er kann mir für den Rest meiner Tage gestohlen bleiben.«

»Du liebst sie immer noch, oder?«

»Darum geht es nicht. Dass Lara weg ist, ist das eine. Toms Verrat das andere. Und er hat sich bis heute nicht einmal bei mir entschuldigt.«

Schelskys Schmerz füllte auf einmal den gesamten Innenraum des Wagens aus. Daria beschloss, nicht weiter in der frischen Wunde zu bohren.

»Begleitest du mich Dienstag nach Leipzig?«, fragte sie. »Ich könnte etwas Unterstützung ganz gut gebrauchen. Ist alles ziemliches Neuland für mich.«

Schelsky sah sie an und überlegte kurz.

»Fährt der Zug über Berlin?«

»Ich glaube schon.«

»Dann nicht.«

»Jetzt übertreibst du aber, Schelsky!«

Sie schauten sich an, und Schelskys Grinsen ging bruchlos in lautes Gelächter über, dem sich auch Daria nicht entziehen konnte. Sekunden später bogen sie sich vor Lachen und konnten nicht wieder aufhören. Schelsky musste am Straßenrand anhalten, weil er den Wagen nicht mehr steuern konnte.

Erster Schritt auf dem Weg zur Heilung; er hat seine Selbstironie wieder, dachte Daria.

»Klar begleite ich dich. Ich kann meine Lieblingsautorin die schweren Schritte in den Ruhm doch nicht alleine gehen lassen«, sagte Schelsky, noch immer nach Luft schnappend.

KAPITEL 31

26. Dezember 2004: Ein starkes Seebeben im Indischen Ozean löst eine verheerende Flutwelle aus, die weite Teile der Küsten von Indien, Sri Lanka, Thailand, Malaysia und Indonesien verwüstet. 230.000 Menschen sterben. Dieser Tag macht das japanische Wort Tsunami international bekannt. Dafür ist ein Lied der Gießener Rock-Pop-Band Juli nicht mehr im Radio zu hören. Der Refrain »Das ist die perfekte Welle« klingt plötzlich gar nicht mehr so fröhlich wie noch vor Weihnachten.

Daria war verliebt. Er hieß Veit, sah glänzend aus und war Journalist. Er hatte sie interviewt, hatte sich für das Gespräch viel Zeit genommen und die richtigen Fragen gestellt. Nachdem das Gespräch erschienen war, waren sie gemeinsam essen gegangen. Veit war das Exemplar von Mann, von dem Daria geglaubt hatte, es sei längst vom Erdboden getilgt: attraktiv, aufmerksam, kultiviert, überraschenderweise ungebunden und zu allem Überfluss – wie sie seit kurzem am eigenen Leibe erfuhr – auch ein einfallsreicher Liebhaber. Ich habe es mir verdient, dachte Daria, wenn sie ihr Glück gerade mal wieder nicht fassen konnte.

Ihre persönliche Welt hatte sich gedreht. Nach Jahren der Dunkelheit leuchtete nun wolkenlos die Sonne. »Schussfahrt« hatte auf dem Buchmarkt eingeschlagen und sie über Nacht bekannt gemacht. Einige Monate war sie von Interview zu Interview, Talkshow zu Talkshow und später dann – als der Medienhype ein wenig nachließ – von Lesung zu Lesung getingelt. Der Buchverkauf hatte sie finanziell saniert, und zurzeit verhandelte ihr Verlag mit einer großen Fernsehproduktionsfirma über die Filmrechte an dem Stoff. Wahrscheinlich würde sie ihre eigene Geschichte – wenn auch hemmungslos aufgebrezelt – bald im Fernsehen sehen können. Das fühlte sich merkwürdig an.

Obwohl sie derzeit finanziell nicht darauf angewiesen war, hatte sie ihre Stelle beim Stadtmagazin nicht gekündigt, sondern nur halbiert, um mehr Zeit für ihr neues Leben als Autorin zu haben. Die Termine hatten sich inzwischen deutlich reduziert. »Schussfahrt« war längst aus allen Bestsellerlisten verschwunden, dafür arbeitete sie an zwei neuen Projekten: »Geschliffene Worte aus der Vorhölle« war der Titel für einen Lyrikband, in dem sie ihre eigenen und die Gedichte anderer Junkies zusammenstellte. Ein schmaler Band für ein ebenso schmales Publikum, doch die Suche nach Menschen, die ihr Schicksal teilten und es in Gedichtform übersetzt hatten, machte ihr Spaß.

Daneben hatte sie noch den Auftrag für ein etwas dickeres Buch erhalten, in dem sie sechs Junkies ihre Lebensgeschichten erzählen ließ, ganz ohne Lyrik. Der Verlag schmückte sich mit ihr und wollte sie als Autorin halten. Und sie war mit gut vierzig in ihrem Schriftstellerinleben angekommen. Es schien so, als habe sie durch die vergangenen zwanzig Jahre durchmüssen, um genug Material zu sammeln für ihr zweites Leben, das jetzt begann.

Und dann war da noch Veit, der ihren Alltag versüßte und sie mit klugen Kommentaren, charmanten Komplimenten und Streicheleinheiten versorgte und sie an diesem zweiten Weihnachtstag sogar zu ihrer Mutter begleitete, während Schelsky in ihrer gemeinsamen Wohnung seine Tochter bewirten würde. Natürlich hatte Brigitte »Schussfahrt« gelesen, und natürlich hatte sie die Geschichte ihrer Tochter vor allem als Angriff auf sich selbst verstanden. »Du stellst mich in der Öffentlichkeit bloß«, hatte sie ihre Tochter angeklagt. Ein Jahr hatten sie nichts voneinander gehört, dann aber hatte ihre Mutter Daria überraschend angerufen und zum Weihnachtsmahl eingeladen.

Nun saßen sie zu sechst um den Esstisch ihrer Mutter: Daria und Veit, Brigitte und ihr neue Flamme Frank-Walter, Clara und Volkert, mit dem ihre Schwester seit nunmehr zehn Jahren vermählt war. In der ganzen Wohnung duftete es nach Zimtsternen, Ente und Rotkohl.

Suppe-Hauptgang-Nachspeise und zwischendurch Konversation, die jedes schwierige Thema weit umschiffte. Weihnachtsgespräche über den ausbleibenden Schnee, die über Asien hereinschwappende Monsterwelle, neue Filme und alte Zeiten – aber nicht die, die ihre Familie zerstört hatten. Die Spannung zwischen Daria und ihrer Mutter und auch zwischen den beiden Schwestern war greifbar. Anekdoten und Schmonzetten füllten den Raum, aber das Unausgesprochene lärmte. Zu viel falsche Töne, dachte Daria. Ein ständiges Quietschen, das immer im Raum schwebt.

Als Daria und Veit kurz vor Mitternacht aufbrachen, waren es zwei Sätze, die in ihr nachhallten. Keine Sätze, die über den großen gemeinsamen Tisch gegangen waren. Küchensätze zwischen Teller abräumen und Geschirr einsortieren, kurze Botschaften, nur bestimmt für ihre Ohren.

»Du hast Mama mit deinem Buch ganz schön wehgetan«, hatte Clara ihr entgegengeschleudert und dabei eine Auflaufform so lange gedreht und gewendet, bis sie doch noch in die vollgestopfte Spülmaschine passte. Es war kein Satz, der eine Antwort forderte, nur eine Botschaft, die lange schon die Adressatin suchte und keinen Widerspruch zuließ. Und was hat Brigitte mir angetan?, fragte sich Daria und ließ die Jahre Revue passieren. Warum hat sie uns ohne ein Wort verlassen, und wo war sie, als es mir schlecht ging und ich jede erdenkliche Hilfe brauchte? Sie wusste, dass Clara, die ihr nun den Rücken zuwendete, genau diese Antwort erwartete und nicht hören wollte. Daria schluckte die Worte, die ihr schon auf der Zunge tanzten, einfach herunter.

Dann war da noch dieser zweite Satz. Warum sie gerade ihre Mutter hatte fragen müssen, wusste Daria nicht. Brigitte teilte die Eiscreme gerade in sechs annähernd gleich große Portionen, da war es einfach aus ihr herausgebrochen.

»Meinst du, Mama, ich sollte noch schwanger werden in meinem Alter?«

In zwei Monaten würde sie dreiundvierzig sein, und erst seit sie Veit kennengelernt hatte, hörte sie die biologische Uhr plötzlich ticken. Das Kinderthema war an ihr bislang komplett vorbeigerauscht. Jetzt, last minute, holte es sie ein.

Brigitte überlegte kurz und warf ihrer Tochter einen geringschätzigen Blick zu, bevor sie antwortete. »Ich glaube, du hast genug damit zu tun, dein eigenes Leben auf die Reihe zu kriegen.« Nach kurzer Pause setzte sie hinzu: »Außerdem machen Kinder nur Scherereien, genieße lieber dein Leben.«

Es war ein Wirkungstreffer, auch wenn Daria das nicht sogleich bemerkte. Dieser kleine letzte Satz würde immer weiter in ihr wachsen. Wie ein schleichendes Gift würde er sich in ihren Adern ausbreiten und das

Verhältnis zu ihrer Mutter weiter zerstören. Und noch etwas geschah in diesem Augenblick, ohne dass es Daria sofort bewusst wurde. Die Frage, ob sie noch schwanger werden würde, war an diesem Weihnachtsfeiertag entschieden. Ihr Kinderlein kommet galt nicht für sie.

***

»Ey Papa, darf ich nachher noch weg?«

Schelsky hantierte zeitgleich mit einer Pfanne und drei Töpfen, was seine ganze Konzentration erforderte. Er war im Kochen einfach ungeübt. Nun glaubte er auch noch, nein, er hoffte, sich verhört zu haben.

»Du willst noch weg? Wohin bitte willst du denn noch am zweiten – aua!« Ein Fettspritzer hatte seine Hand getroffen.

»Meine Lieblingsfreundinnen treffen sich nachher noch in der Kaschemme. Bitte, Papa!«

Schelsky hätte kotzen können. Die Aussicht auf den Abend mit Amelie hatte ihn die gesamte Weihnacht am Leben gehalten. Ein krampfiger Heiligabend bei seiner Mutter, der ihn darin bestärkt hatte, dass er sich dringend um einen Platz für sie in einer dieser Einrichtungen kümmern musste, die früher mal Altenheim hießen und sich heute Seniorenresidenzen nannten. Danach ein einsamer erster Weihnachtstag. Seit Veit in Darias Leben war, war Daria belegt. Abende zu zweit, in denen sie bei einem Glas Rotwein den Tag an sich vorüberziehen ließen, gab es nicht mehr. Daria war jetzt kein ganzer Single mehr, sondern ein halbes Pärchen. Schelsky mochte zurzeit keine Pärchen. Fanny verheiratet, Lara davongestohlen, und verlieben würde er sich sowieso nicht mehr. Und wer sollte sich noch in ihn verlieben? Sein Spiegelbild starrte ihn fremd an. Wo bitte war die einst gertenschlanke Figur geblieben? Seine Wespentaille war zur Hummelhüfte mutiert, und wo bitte war sein Haupthaar abgeblieben? Viel dicker Bauch, wenige dünne Haare – da war einwandfrei etwas durcheinandergeraten. Amelie hatte ihm netterweise schon einen Gutschein für ein Fitnessstudio unter den Weihnachtsbaum gelegt. Zumindest ein ehrliches Geschenk, fand Schelsky.

»Darf ich nun? Bitte!« Augenrollend trat Amelie auf ihn zu und umschlang mit beiden Armen seinen Bauch. Sie hatte bereits angefangen sich zu schminken und damit die Entscheidung vorweggenommen.

»Mit vierzehn noch abends in die Kneipe? Kannst du nicht wenigstens an Weihnachten so tun, als hättest du eine familiäre Ader?«

»Hab ich doch auch. Aber meine Freundinnen dürfen auch alle! Ist außerdem gar keine richtige Kneipe, sondern mehr so 'n Jugendcafé.«

»Aber vielleicht haben die schon zwei Tage mit ihren Eltern verbracht und nicht nur ein paar Stunden wie wir beide.« Schelsky bemühte sich, nicht allzu beleidigt zu klingen.

»Mensch Papa. Ich habe mich doch auch auf dich gefreut. Aber nach fast drei Tagen Familienidylle würde ich auch gern mal meine Freundinnen sehen. Ich komm ja wieder.«

Familienidylle. Schelsky verkniff sich einen Kommentar. Vielleicht kannte er ja einfach auch die Ironie seiner Tochter nicht so genau.

»Wann bist du wieder hier?« Hektisch hob Schelsky den Topf vom Herd und balancierte ihn so zwischen seinen Händen, dass das überschäumende, kochend heiße Wasser seine Finger verschonte.

»Um eins?!«

»Um eins? Du spinnst ja wohl!«

»Halb eins?«

»Keine Chance – du weißt schon, wie alt du bist?«

»Fast fünfzehn!«

»Gerade eben vierzehn!«

»Mitternacht?«

»Sind wir hier auf 'nem arabischen Basar? Um elf bist du wieder zu Haus!«

»Dann brauch ich gar nicht erst losgehen!« Amelie löste die Umarmung und trat einen Schritt zurück.

»Dann lass es. Von mir aus gern!«

»Und dann spielen wir zur Feier des Tages irgendwelche Gesellschaftsspiele, oder was?«

»Wir können uns auch unterhalten. Kannst du bitte eben mal den Reis abgießen?«

»Unterhalten. Worüber denn? Über Mama – oouhhh, verbrannte Erde! Über Musik – und du erzählst mir zum hundertsten Mal, wie unglaublich revolutionär die Sex Pistols damals im Mittelalter waren? Oder über Mode, da bist du bestimmt ganz weit vorn. Ich habe dich ja echt gern, Papa, aber worüber soll ich mich mit dir denn unterhalten?«

Schelsky fiel so schnell keine Antwort ein. »Wir könnten ja auch zusammen einen Film gucken.«

»Oh ja, einen Weihnachtsfilm. Mit einem Weihnachtsmann, der einen so dicken Bauch hat wie du. Und Rentieren. Und total hippen Christmas-Songs. Vergiss es, Papa! Weihnachten kommt ja nicht mal ein Tatort in der Glotze.«

Amelies Handy klingelte. Sie nahm das Gespräch an und hielt ihre Hand schalldämpfend zwischen Mund und Gerät. Schelsky servierte den Lachs und füllte die Sauce in eine kleine Sauciere.

Amalie legte auf. »Halb zwölf?«

Schelsky atmete betont tief durch und nickte wortlos.

»Danke Papa!« Amelies Arme schlangen sich erneut um das, was sie Papas Wäschetrommel nannte, nie ohne zu betonen, dass solche Trommeln ja viel moderner seien als ein altmodisches Waschbrett.

»Aber dann lass uns jetzt mal mit dem Essen anfangen, sonst komm ich so spät los.«

Schelsky stöhnte noch einmal effektvoll und warf Amelie einen strafenden Blick zu.

»Ich schling das Essen auch nicht runter und warte, bis du aufgegessen hast – okay, Papa?!« Sie zeigte ihren Augenaufschlag, betörend und selbstironisch überzeichnet zugleich. Wimpernklimpern zum Väter-dahinschmelzen-Lassen.

»Okay, Amelie. Den Nachtisch kann ich dann ja als Mitternachtsmahl servieren.«

***

Tom ließ den Wein über die Zunge gleiten und seinen Blick schweifen. Die Kneipe war halbvoll. Und es gab genau zwei Sorten von Gästen.

Da waren die nicht Untergekommenen, die die niemanden hatten, der sie bekochte oder den sie bekochen konnten – einsame Herzen, die froh waren, es bald geschafft zu haben. Weihnachtshasser allesamt, mal melancholisch, mal trübsinnig in den Anblick ihrer Getränke vertieft. Sie alle variierten in ihren Köpfen die eine Frage Was tu ich hier? und meinten damit weniger ihren momentanen Aufenthaltsort, sondern eher das Weltenganze, das Universum. Sinnierende Sinnsucher, denen zu Hause die

Decke auf den Kopf gefallen war und die es hier genossen, unter Menschen zu sein, ohne mit ihnen Kontakt aufzunehmen. Jeder trug sein eigenes Häufchen Einsamkeit mit sich herum, und Einsamkeit unter Einsamen fühlte sich nicht mehr ganz so einsam an. Die nicht Untergekommenen sammelten sich vor allem im Tresenbereich, Schulter an Schulter und mit spröden Halbsätzen in Minutengespräche verwickelt.

Die andere Kategorie waren die Hinter-sich-Haber, die Weihnachten nach zweieinhalb Tagen, angefüllt mit krossem Braten, schweren Soßen, süßem Gebäck und der möglichst vollständig versammelten Verwandtschaft, nun mit Freunden ausklingen ließen. Sie hatten den Familienparcours überlebt, alle Geschenke eingesammelt und sich die ganzen Tage schon auf den krönenden Abschluss gefreut. Sie waren auf den ersten Blick von den nicht Untergekommenen zu unterscheiden: Sie waren in Gruppen versammelt, besetzten Tische, statt sich an den Tresen zu heften, lachten, lärmten und hatten keine Wehmut im Blick.

Er selbst gehörte zweifellos zu der ersten Gruppe. Da war zu wenig Familie, um knapp drei Tage unterzukommen. Am Heiligabend hatte Tom seine Mutter aus dem Seniorenheim abgeholt, in dem sie seit einem Jahr untergebracht war. Er hatte sich an Gans versucht – klassisch gefüllt mit Äpfeln und Zwiebeln – und war im Großen und Ganzen mit sich zufrieden gewesen. Dafür, dass er nie kochte, kochte er gar nicht schlecht.

Den ersten Weihnachtstag zu füllen war schon nicht leicht gewesen. Er hatte nach langer Zeit mal wieder ausgeschlafen, was seinem Spiegelbild aber nicht so guttat, wie er erwartet hatte. Er sah blass, sah abgekämpft aus, und in seiner Haut waren in letzter Zeit ein paar Äderchen explodiert, die ihm die Rotbäckigkeit eines Trinkers gaben. Er konnte den Hals gar nicht so strecken, dass er damit sein hängendes Kinn noch hätte verbergen können. Was im Spiegel unsichtbar blieb, war noch schlimmer: Sodbrennen säuerte seinen Magen, und manchmal wurde ihm aus heiterem Himmel so schlecht, dass er sich auf der Stelle übergeben musste. In der Herzgegend waren beunruhigende Stiche ein stetig wiederkehrender Gast geworden, sein Rücken schmerzte, wenn er zu lange saß, sein Knie schwoll an, wenn er zu lange lief. Dass seine Leber- und Cholesterinwerte im roten Bereich lagen, daran hatte er sich schon gewöhnt; das tat ja nicht weh.

Im Gegensatz zu ihm fand sein Arzt die Anwesenheit dieser Boten des nahenden Verfalls durchaus altersgemäß und schlug vor, sie zeitaufwendig zu bekämpfen. Rückengymnastik, Muskeltraining, Power-Yoga und natürlich mehr Schlaf, Ruhe und Vitamine, dafür weniger Alkohol, Nikotin, Fett und Stress. »Nehmen Sie sich Zeit für sich, achten Sie auf sich«, hatte der Mediziner gesagt, und Tom hatte brav genickt und die ganzen Ratschläge erst mal in die Ecke gepackt. Silvester würde er sie wieder hervorkramen, und vielleicht überlebte ja diesmal der eine oder andere gute Vorsatz die erste Kalenderwoche.

Nach einem ausgedehnten Frühstück hatte Tom an diesem ersten Weihnachtstag noch einmal bei seiner Mutter vorbeigeschaut, weil sie sich bestimmt freuen würde und er sowieso nichts anderes vorhatte. Anschließend hatte er das Grab seines Vaters besucht und mit ein paar winterharten Pflänzchen bedacht. Als er diese auf der Grabstätte platzierte, fing es zu schneien an, und er hatte sich darüber gefreut.

Anschließend war Tom über den Kiez gepilgert, der an diesem Abend aber nur von einsamen Seelen und Rittern der traurigen Gestalt bevölkert war und jedem, der sich hier länger als zwanzig Minuten aufhielt, den Weltschmerz in die Seele trieb. Sich anschließend beim weihnachtlichen Fernsehprogramm zu entspannen wollte ihm nicht gelingen. Die innere Unruhe, die ihn stets erfasste, wenn er keine Aufgaben zu erfüllen, kein Pensum zu erledigen hatte, ließ auch an diesem Abend nicht auf sich warten.

Tom hatte rechtzeitig bei den Kollegen, und natürlich auch den Kolleginnen, angefragt, wie es denn wäre, mit einem Kaltgetränk über die Weihnachtstage, so als Medizin gegen eine Überdosis familiärer Heimeligkeit oder die Gefahr düsterer Stimmungslagen. So oft er diese Frage gestellt hatte, so oft hatte sein Gegenüber ihn angeschaut, als stamme er vom Mars, mit blauer Haut, Trichterohren und allem Drum und Dran. Weihnachten ging man nicht einfach mit Kollegen einen trinken. Statt diesen Vorschlag zu machen, hätte er sich auch gleich einen Klebezettel auf die Stirn heften können, mit der Aufschrift: Suche Anschluss!

Zudem gab es nicht mehr so viele Kollegen, mit denen er einfach ein Bier trinken gehen konnte. Seit er vom Regierungssprecher zum Staatssekretär aufgestiegen war, schickte es sich nicht mehr, einfach mit irgendeinem einfachen Mitarbeiter seine Zeit zu verbringen. Es gab Hierarchien zu beachten. Sympathie war ein untergeordnetes Kriterium. Der Flurfunk war unerbittlich, da empfahl es sich, unter seinesgleichen zu bleiben. Und Arbeitsessen fanden nun mal nicht am zweiten Weihnachtstag statt.

Tom ließ sich einen weiteren spanischen Reserva kommen. Er hatte lernen müssen, wie das Geflecht aus Partei und Regierungsapparat funktionierte. Wer mit wem Allianzen schmiedete, um voranzukommen. Vor knapp einem Jahr war er sogar in die SPD eingetreten. In die SPD! Er, Tom Bartels, war jetzt also Sozialdemokrat. So war es halt, wenn man Karriere machen wollte. Er wurde bereits als Minister gehandelt. Da war eine Mitgliedschaft in der Partei ganz förderlich. Und auch wenn es ihm heute wieder nicht gelingen würde, sich die alte Dame SPD schön zu trinken, es gab wirklich schlimmere Parteien.

Eigentlich ist alles im Lot, dachte Tom. Nur es fühlt sich nicht so an. Nichts fühlte sich so an, wie es sich anfühlen sollte. Gar nichts.

Er schaute auf die Uhr. Es war kurz vor Mitternacht. Die Kneipe hatte die meisten ihrer Gäste längst ausgekehrt, die nicht Untergekommenen genau wie die Hinter-sich-Haber. An Weihnachten trank man nicht so lange. Zeit zu zahlen.

Erst als er stand und versuchte zu gehen, merkte er, dass er gewaltig einen im Kahn hatte. Zum Glück war es nicht weit nach Hause. Schneeregen fiel in seinen Kragen, Tropfen liefen erst eiskalt den Rücken hinunter, wärmten sich aber schnell an seiner Haut. Sein Schal war in der Kneipe geblieben. Er würde ihn in den nächsten Tagen abholen. Der Gedanke, morgen früh in Kiel im Ministerium auflaufen zu müssen, quälte ihn.

Überall in den Fenstern glimmten kitschig bunte Lichterketten. Manche blinkten unaufhörlich. Kein Tannenbaum, kein Lebkuchenhaus, nicht einmal ein Adventskranz – er hatte Weihnachten einfach ausfallen lassen. Sollte er etwa für sich selbst die Kerzen anzünden und sich einen frohen zweiten, dritten, vierten Advent wünschen? Niemand wartete auf ihn in seiner Wohnung, in dessen Schloss sein Schlüssel gerade nicht zu passen schien. Er musste sich hinknien, um ihn in das Schlüsselloch zu bugsieren. Seine Wohnung kam ihm plötzlich fremd vor, fremd wie sein Leben. Er streifte die Schuhe ab, ohne auch nur die Schnürbänder zu öffnen, stellte den Wecker, öffnete einen Hosen- und zwei Hemdknöpfe, nahm zwei Aspirin und ließ sich aufs Bett fallen. Der Schlaf kam schnell, und der Sprit in seinem Blut ließ seine Träume rotieren. Immer wieder wurde er wach, spürte Schweiß auf Stirn und Nacken, drehte sich von einer Seite auf die andere und wieder zurück. Alles war im Lot. Warum nur, verdammt, fühlte es sich nicht auch so an?

***

»Christoph, kannst du schon mal den Tisch decken. Ich fang schon mal an, das Essen vorzubereiten.«

»Okay! Was trinken deine Mutter und deine Schwester?«

»Für Petra den Bordeaux, meine Mutter nimmt den halbtrockenen Weißwein.«

»Finn, hast du dein Zimmer aufgeräumt?«

»Muss das sein?«

»Ja, es muss! Einmal im Jahr wird das ja wohl möglich sein. Und Thorben, machst du bitte jetzt den Fernseher aus!«

»Aber Mama, läuft gerade so ein toller Film.«

»Keine Widerrede. Und zieh dir bitte die Sachen an, die ich dir rausgelegt habe. Oma und Tante Petra können jeden Moment eintreffen.«

Fanny öffnete den Ofen und übergoss die Gans mit dem Sud, der sich auf dem Backblech gesammelt hatte, bevor sie mit einem Zerstäuber frisches Wasser auf die Gänsekruste brachte, die noch ziemlich blass war. Ihre Mitbewohner waren ausgeflogen, sie hatten das ganze Haus für sich. Christoph hatte Caroline bereits abgeholt, die sich aber in Fannys Zimmer zurückgezogen hatte, um noch etwas Chemie zu üben. Sie war jetzt in der zwölften Klasse und sammelte bereits eifrig Punkte für das Abitur.

Fanny drehte sich um und stolperte auf dem Weg zum Kühlschrank fast über Lina, die sich lautlos in die Küche geschlichen hatte, bewaffnet mit einer ganzen Armada von Lego-Steinen. Fanny wollte gerade mit ihr schimpfen, da läutete es an der Tür. Ein Blick aus dem Fenster verriet Fanny, dass Petra und ihre Mutter schon da waren – überpünktlich.

Christoph erreichte die Tür knapp vor ihr, ließ die beiden hinein und stützte Claudia, während Petra den Gehwagen die wenigen Stufen hochtrug. Seit einer Hüftoperation konnte sich ihre Mutter nicht mehr ohne Hilfsmittel fortbewegen.

Die Stimmung am Esstisch war gedrückt. Hartmuts Tod im vergangenen April warf seine Schatten bis nach Meuchefitz. Das erste Weihnachten ohne ihn. Claudia war nicht bei ihnen, sie nahm teil. Zusammengesunken und in ihre Gefühle vertieft, kämpfte sie mit jedem Bissen und den Tränen. Fanny hatte ihre Mutter immer als eigenständige Person empfunden, die gar nicht wirklich zu ihrem Mann zu passen schien. Sie war viel weltoffener, viel fröhlicher, viel lockerer gewesen. Erst seit Hartmuts Nieren versagt hatten und ihre Mutter nach über vierzig Ehejahren ihren Mann zu Grabe getragen hatte, war Fanny klargeworden, wie symbiotisch dieses ungleiche Paar miteinander verbunden gewesen war.

»Mama, nimm doch noch ein Stück Gans. Ein kleines zumindest.«

Claudia schüttelte nur den Kopf ohne aufzublicken. Fanny suchte Augenkontakt mit ihrer Schwester, die ratlos mit den Schultern zuckte.

Der Abend zog sich. Lina wollte endlich mit den Sachen spielen, die Tante und Oma ihr mitgebracht hatten. Sie hatte inzwischen eine verblüffende Ähnlichkeit mit ihrem leiblichen Vater bekommen, die Christoph konsequent ignorierte. Sah er es wirklich nicht? Oder wollte er es nur nicht sehen?

Fannys Mutter schob den halbvollen Teller zur Seite. »Ist sowieso meine letzte Weihnacht«, murmelte sie gedankenverloren vor sich hin. Fanny bedachte sie mit einem strafenden Blick, den sie aber nicht zur Kenntnis nahm. Immerhin hatten ihre Kinder die Bemerkung offenbar nicht mitbekommen.

Christoph unterhielt sich lieber mit Petra, als beim Abdecken zu helfen. Hausarbeit war nicht seine Stärke. Caroline manikürte am Esstisch ihre Nägel, was das in der Luft klebende deftige Soßenaroma um eine stechende Aceton-Note ergänzte. Petra hatte schließlich ein Einsehen, schnappte sich zwei halbvolle Schüsseln und folgte Fanny in die Küche. Sie ließ die Tür hinter sich ins Schloss fallen und schaute sich um, als hätte die Wand Ohren.

»Wir müssen uns was überlegen mit Mama.«

Fanny schob Essensreste mit dem Messer in den Mülleimer. »Wie meinst du das?«

»Hast du sie in letzter Zeit mal besucht?«

»Ich habe sie vor drei Wochen abgeholt, als wir sie am Wochenende eingeladen hatten.«

»Warst du im Haus?«

»Nur im Flur.« Petra zündete sich, ohne zu fragen, eine Zigarette an. Fanny überlegte, ob sie sie drauf aufmerksam machen sollte, dass hier wegen der Kinder nicht geraucht wurde, ließ es dann aber bleiben.

»Es stinkt! Mutti packt es nicht mehr. Sie kann da nicht allein bleiben.«

Fanny begann die Spülmaschine einzuräumen. Sie suchte nach einer Antwort.

»Kann sie nicht hierher? Ich meine, ihr habt doch Platz.«

»Bist du verrückt?« Der Satz klang härter, als Fanny beabsichtigt hatte. »Warum nehmt ihr sie nicht auf?«

»Weil bei uns nicht genug Platz ist.« Petra und ihr Mann Norbert, mit dem sie inzwischen zwei Kinder hatte, waren im Sommer in ein Reihenhaus am Hamburger Stadtrand gezogen. Sie hatten das Haus gekauft und sich dafür über beide Ohren verschuldet.

»Wie stellst du dir das vor? Soll ich einen meiner Mitbewohner rausschmeißen, damit Mama hier einziehen kann? Soll ich mich neben meinem Job und den drei Kindern auch noch um sie kümmern?«

»Mama könnte doch bestimmt gut auf Lina aufpassen. Dann blüht sie bestimmt auch wieder auf.« Petra löschte ihre Zigarette unter dem Wasserhahn.

»Dir ist schon klar, dass Christoph und ich nicht zusammenwohnen und ich den Laden hier ganz alleine schmeiße?«

Wut stieg in Fanny auf. Das hatte sich ihre Schwester ja mal wieder fein ausgedacht. Sie solle also Mutter aufnehmen, und die könnte dann ja gleich das Haus, das sie nun nicht mehr brauchte, verkaufen und den Erlös als Vorab-Erbe mit warmen Händen verteilen, damit Norbert seine Hypotheken ablösen konnte. Ein wirklich großer Plan.

»War ja nur 'ne Frage ...«

In diesem Moment platzte Christoph herein und bot an, schon mal den Nachtisch aufzutragen. Fanny nutzte die Gelegenheit und ließ ihre Schwester stehen.

Beim Zähneputzen ließ Fanny den Abend noch einmal Revue passieren. Die Zeit hatte sich unendlich gedehnt. Die Kinder wollten Fernsehen gucken, Petra hatte kaum noch ein Wort mit ihr gesprochen, Caroline das gesamte Haus mit Lösungsmittel eingedieselt, und ihre Mutter war mehr und mehr in sich versunken. Sie tat ihr leid.

Christoph saß auf der Bettkante und schnitt seine Fußnägel, deren abgetrennte Ränder in alle Richtungen wegspritzten. Kaum hatte Fanny sich ins Bett gelegt, schmiegte er sich an sie. Sie merkte, dass er etwas auf dem Herzen hatte, und sie brauchte nur wenig Intuition, um zu ahnen was. Doch Christoph brauchte noch zwei, drei Minuten, bevor er die Sprache fand.

»Du Schatz?!«

»Ja?«

»Geht es dir nicht auch an solchen Abenden im Familienkreis so, dass du manchmal denkst, es wäre schön, wenn wir zusammenwohnen würden – nach über zehn Jahren Anlauf?«

»Nein!« Als Fanny sich hörte, erschrak sie. Zum zweiten Mal an diesem Abend hörte sich eine Antwort von ihr viel schroffer an als sie gemeint war.

»Nein«, wiederholte sie in lieblichem Tonfall. »Das denke ich manchmal ganz unabhängig von solchen Abenden. Aber ich bin mir nicht sicher, ob ich das kann.«

Christoph setzte an etwas zu sagen, doch Fanny war schneller. »Bitte, ich bin müde. Lass uns in den nächsten Tagen darüber reden.«

Christoph akzeptierte ihre Bitte und umarmte sie fester. Fanny hatte Angst, er würde sie erdrücken. Es dauerte nur wenige Minuten, da hörte sie sein Schnarchen, unrhythmisch wie immer. Sie schwang sich leise aus dem Bett, griff sich ihren Morgenmantel und achtete darauf, dass die Schlafzimmertür nicht knarrte, als sie sie auf Zehenspitzen aus dem Raum schlich. Sie konnte hören, dass Anett und ihr neuer Lover gerade nach Hause kamen, beschwipst und eine Nuance zu laut. Sie betrat ihr kleines Arbeitszimmer, nahm die Tarot-Karten aus einer Schublade, mischte den Stapel und konzentrierte sich ganz auf die Frage. Sie wollte wissen, wie es mit ihr und ihrer Mutter weitergehen würde. Sie zog eine Karte und drehte sie um. Vor ihr auf dem Tisch lag ... Der Tod!

Sie zuckte zusammen. Auch wenn das Bild des auf einem Pferd einreitenden Knochenmanns viele Bedeutungen hatte, fokussierte sich Fanny automatisch auf die naheliegendste. Mama wird bald sterben, dachte sie. Der Satz »Ist sowieso mein letztes Weihnachten« klang in ihren Ohren.

Zum ersten Mal wünschte sich Fanny, sie würde eine Karte falsch deuten.

KAPITEL 32

4. Juli 2006: Mit zwei italienischen Toren endet ein deutsches Sommermärchen, so wie zuvor mit dem Sommermärchen die Zeit der Scham zu Ende ging. Schwarz-rot-goldene Wimpel, Nationalhymne und der Stolz, ein Deutscher zu sein – all das ist wieder erlaubt. Wir sind wieder wer, und muss nicht über sechzig Jahre nach Hitler endlich Schluss sein mit dem kollektiven Verkriechen? Die Welt blickt auf ein Deutschland, das ein Fußballfest zu feiern versteht, während der alltägliche Rassismus in diesen Tagen Versteck spielt. Die Schlachten finden nun auf dem grünen Rasen statt, und dass die Gastgeber im Halbfinale mal die anderen gewinnen lassen, ist doch eigentlich auch ein ganz netter Zug.

»Zehntausend für die gesamte Technik. Und keinen Cent mehr.« Die Stimme des kleinen, schmalen Mannes, mit dem zurückgekämmten, in einem Pferdeschwanz mündenden Haar, klang fest.

Freds und Schelskys Blicke trafen sich und sagten Nein.

»Das ist zu wenig«, antwortete Schelsky. Der kleine Mann zuckte die Schultern. »Dann wird es wohl nichts mit uns werden.« Noch während er den Satz sprach, wandte er sich zum Gehen.

»Halt, warten Sie!«, rief Fred ihm hinterher. »Wissen Sie, was diese ganze Technik gekostet hat?«

Der Pferdeschwanz blieb stehen, musterte die Geräte und ließ ein süffisantes Grinsen über die Mundwinkel gleiten.

»Das war auf alle Fälle ein D-Mark-Betrag. Das hier ist kein Tonstudio, sondern ein Museum.«

»Aber alles gut in Schuss«, assistierte Schelsky seinem Kompagnon.

»Das mag sein«, erwiderte der Pferdeschwanz. »Wer gern mit Technik aus dem vorigen Jahrhundert arbeitet, ist hier sicher gut aufgehoben. Sie werden bestimmt einen Liebhaber dieser antiquierten Geräte finden.«

Sie waren am Ende. Keine neuen Bands unter Vertrag, keine Aufträge, keine Fremdproduktionen. Mit der Miete waren sie bereits drei Monate in Rückstand, ihre Gehälter hatten sie sich seit Februar nicht mehr ausgezahlt. Rotlicht Records war tot. Jeder weitere Tag hätte Konkursverschleppung bedeutet.

Der Pferdeschwanz hatte bereits die Klinke der Tür in der Hand, die in den Hausflur führte. »Zwölftausend!«, rief Fred ihm hinterher. Bei fünfundzwanzigtausend Euro war er zwanzig Minuten zuvor gestartet. Der Pferdeschwanz drehte sich noch einmal um. »Habe ich mich nicht klar genug ausgedrückt? Sie können froh sein, dass ich bereit bin, für diesen ganzen Schrott überhaupt noch was zu zahlen. Zehntausend – fixed price!«

»Elftausend!«, flehte Schelsky.

Der kleine Mann wandte sich erneut zum Gehen.

»Es wird doch wohl nicht an tausend Euro scheitern!«, rief Fred ihm nach.

»Wenn Sie nicht runtergehen, dann schon«, konterte der Mann.

»Okay«, stöhnte Schelsky auf. »Sie haben gewonnen.«

Tatsächlich fühlten sich zehntausend Euro nach Niederlage an. Und nach Schulden. Das Geld würde nicht reichen, die Miete und die offenen Rechnungen zu begleichen.

Sie setzten sich erneut zusammen und besprachen die Details. »Hartz IV«, dachte Schelsky. Verbindlichkeiten, keine Arbeit und die Verpflichtung, Amelie bei ihrer Ausbildung unter die Arme zu greifen. Wie sollte das alles gehen?

»Gut – die Feinarbeiten können unsere Anwälte erledigen«, sagte der Pferdeschwanz und blickte zufrieden in die kleine Runde. »Wir übernehmen zum 1. August die Räume und die Technik.«

Die aufgehellte Miene des Pferdeschwanzträgers gab Schelsky das Gefühl, nicht alles rausgeholt zu haben.

Wehmütig verließ er eine Stunde später das Studio, in dem er fast neunzehn Jahre lang am Mischpult gesessen hatte. Er erinnerte sich daran, wie er vor einer halben Ewigkeit hier mit Johnny hates John noch takes für echtes Vinyl produziert hatte, wie er später die Scheiben und CDs zahlreicher Bands abmischte, und natürlich dachte er an die kurze Zeit, als Lara hier durch die Räume schwebte. Es gab Tausende von Lara-Bildern in seinem Kopf, die hier in dieser Etage entstanden waren. Einmal hatten sie sich auf dem Sofa geliebt, das in der Ecke des Aufenthaltsraums stand. Er hatte seitdem, jedes Mal wenn er das schon etwas abgewetzte Möbelstück sah, an diese kleine Eskapade denken und in sich hineinschmunzeln müssen. Das Sofa in der Ecke war noch viel besser als ein Bild von Lara an der Wand.

Auf dem Weg nach Hause versuchte Schelsky, sich mit der Aussicht auf das bevorstehende Weltmeisterschaftshalbfinale, das er mit ein paar Freunden schauen würde, abzulenken. Er besorgte ausreichend Bier und

Chips und beschloss, sich erst am nächsten Tag wieder Gedanken über seine Zukunft zu machen.

***

Was für ein Blitzlichtgewitter. Minutenlang musste Daria in die zuckenden Lichtspots der Kameras schauen und tapfer lächeln, ohne die Augen zuzukneifen. Sie war am Rande der Filmcrew drapiert worden, die ihre »Schussfahrt« in einen abendfüllenden Spielfilm verwandelt hatte. Gerade hatte sie zwei Stunden lang ihr eigenes Schicksal auf der Leinwand des Berliner Zoo-Palasts an sich vorbeiziehen lassen. Jede einzelne Szene war ihr merkwürdig fremd und vertraut zugleich vorgekommen. Fast zwanzig Jahre ihres Lebens, verpackt in zwei Stunden, die eher auf vordergründige Effekte als auf die Ausleuchtung ihrer Seelenqualen setzten. Ihre Geschichte war glatt geschmirgelt worden, und doch rührte sie das an, was da auf der Leinwand passierte. Die Hauptdarstellerin, die sie jetzt für das Gruppenfoto umarmte, ähnelte ihr äußerlich kaum. Aber sie hatte fantastisch gegen die Schwächen des Drehbuchs angespielt. Sie hatte der Sucht ihr feenhaftes Gesicht geliehen und einen unglaublich zerbrechlichen Charakter auf die Leinwand gezaubert.

Natürlich hatte Daria sich gegenüber der Pressemeute, die sie belagerte, nur positiv über den Film geäußert – das gehörte zum Business. Sie betrachtete ihr Film-Double, das fast zwanzig Jahre jünger war als sie und auf den schönen Namen Lavinia hörte. Wie war es wohl für eine Schauspielerin neben der Person zu stehen, in deren Haut sie für ein paar Wochen geschlüpft war? So befremdlich, wie es für Daria war, neben der Darstellerin ihres eigenen Lebens zu stehen?

Veit stand abseits und betrachtete die Szenerie. Er blinzelte ihr aufmunternd zu und reckte seinen Daumen anerkennend in die Höhe. Es tat gut, mit jemandem den sie liebte, diese besonderen Momente zu teilen.

Nach der Vorpremiere traf man sich beim benachbarten Nobel-Italiener. In der Mitte der langen Tafel nahm der Regisseur Platz, eingerahmt von seinen beiden Hauptdarstellern. Natürlich hatte man noch eine Liebesgeschichte in das Drehbuch hineingeschrieben, die es so in der Wirklichkeit nicht gegeben hatte, und so gab es auch einen männlichen Hauptdarsteller, dessen Aufgabe darin bestand, das suchtkranke Mädchen ständig retten zu wollen und stets zu scheitern, bis ganz am Ende seine Mühen doch noch belohnt wurden.

Daria saß am Rand der Tafel, Veit direkt neben ihr. Er hielt ihre Hand und sah unwahrscheinlich stolz aus. Sie redeten darüber, wie die Presse den Film aufgenommen hatte und wie wohl die Resonanz beim Publikum nach dem offiziellen Kinostart sein werde. Veit sah ihr tief in die Augen, dann sagte er ohne Vorwarnung: »Daria, ich möchte endlich mit dir zusammenleben.«

Nein, niemals! schrie die eine Hälfte Darias – ja endlich! die andere. Es hatte sie in den vergangenen knapp zwei Jahren viel Kraft gekostet, Veit so nahe an sich heranzulassen. Zum ersten Mal seit der Anfangszeit mit Tom war sie in einer glücklichen Beziehung. Sollte sie nun den nächsten Schritt gehen?

»Und was ist mit Schelsky?«, fragte Daria.

»Der wird auch ohne dich klarkommen. Er kann ja in eurer Wohnung bleiben, dann fühlt sich das nicht nach Rausschmiss an. Und du ziehst zu mir, oder wir suchen uns zusammen ein Liebesnest für einen gemeinsamen Neuanfang. Ich bin für alles zu haben.«

Jetzt wird's spießig und kitschig zugleich, dachte Daria und sehnte sich plötzlich nach Kitsch und Spießigkeit. Nur mit Ronny hatte sie versucht zusammenzuleben und war gescheitert. Doch das war zu einer Zeit, als alles nur um Stoff kreiste. Und natürlich teilte sie nun seit langer Zeit ihre Wohnung mit Schelsky. Doch das war etwas anderes. Vielleicht war es nach dreizehn Jahren an der Zeit, etwas Neues zu probieren.

Irgendwie war sie immer davon ausgegangen, später mal mit einer Frau zusammenzuwohnen, in einer männerarmen Zone. Der Gedanke, es noch einmal mit einem Liebhaber zu versuchen, war gewöhnungsbedürftig. Sie blinzelte Veit zu, der offenbar auf eine Antwort wartete. Daria richtete sich auf. »Okay«, sagte sie. »Lass mich mit Schelsky reden, dann sehen wir weiter.«

Es war ein Ja. Mit Hintertürchen.

***

»Es tut mir leid«, sagte der Arzt und sah Fanny professionell besorgt an. Auf einmal war alles still. Nein, alles in ihr dröhnte. Oder beides zugleich. Fanny sah die Lippenbewegungen des Mediziners, der ihr mit ernster und zugewandter Miene etwas erläuterte. Die Worte erreichten sie nicht. Der letzte Satz, der noch – schon durch eine Nebelwand – zu ihr durchgedrungen war, klang in ihrem Kopf, in ihrem ganzen Körper, als tausendfaches Echo nach.

»Ich muss ihnen leider mitteilen, dass die Untersuchungsergebnisse eindeutig sind. Sie haben einen bösartigen Knoten in der linken Brust.«

Danach nur lärmende Stille.

Augenblicklich zog sich alles in Fanny zusammen. Ihr Hirn suchte nach Erklärungen. Aber das Unbegreifliche ließ sich nicht begreifen. Nicht in diesem Moment.

»Frau Martens!« Die eindringlichen Worte des Arztes katapultierten sie zurück in den Raum.

Fanny gab ein schwaches Ja von sich.

»Möchten Sie ein Glas Wasser?«

Fanny nickte. Ihr Hals fühlte sich trocken an.

»Wie viel Zeit bleibt mir?«

Der Arzt blickte sie ernst an. »Frau Martens, es gibt eine gute Heilungschance, wenn wir schnell handeln.«

»Wie lange noch?«, bohrte Fanny nach.

»Das weiß nur Gott.«

Wie oft hatte sie sich diese Szene schon ausgemalt? Ein Arzt, der ihr mit betretener Miene und getragener Stimme die tödliche Botschaft verkündete. »Ich muss ihnen leider sagen, dass wir etwas gefunden haben. Wir sind zwar noch nicht ganz sicher, aber ... » Diese kleine Sequenz gehörte zu Fannys immer wiederkehrenden Tagträumen, nur war die Fanny in diesen Gedankenbildern viel älter als die Fanny, die diesen Albtraum jetzt real erlebte. Sie war schon grau gewesen, mit faltigen Händen und leicht hängendem Kinn. Wer hatte das Drehbuch umgeschrieben, die Schlusssequenz einfach in die Lebensmitte gepackt?

Sie hatte diese Bilder immer wieder an sich vorbeiziehen lassen, so als wäre sie dadurch vor dem Schock gefeit, nicht mehr überrascht und überrumpelt, wenn aus der Fantasie irgendwann Wirklichkeit wurde. Das stellte sich gerade als Irrtum heraus. Man konnte sich auf sein Todesurteil nicht vorbereiten wie auf eine Fahrprüfung.

»Der Tod gehört zum Leben.« Wie oft hatte sie diesen Satz schon gehört und für richtig befunden? Und doch hatte sie ihn nie gefühlt. Sie war in der Blüte ihrer Jahre. Sie würde eine uralte Oma werden, zufrieden, weise und mit einer Horde Enkel um sich herum. Krank wurden immer nur die anderen. Sie, Fanny, war kerngesund. Der Tod war doch noch ein halbes Leben entfernt. Ja, eben gerade, vor wenigen Minuten nur, da war er noch dieses halbe Leben entfernt gewesen. Jetzt, da stand er direkt vor ihr. Hämisch grinsend.

»Ich will dich«, flüsterte er ihr zu. »Will dich mit Haut und Haaren. Komm, wehre dich nicht, lass es geschehen.«

Nachdem sich ihr Kreislauf stabilisiert und der Onkologe ihr erklärt hatte, was nun auf sie zukomme, trat Fanny auf die Straße. Die Welt hatte sich verändert. Plötzlich war da eine Mauer zwischen ihr und all dem, was um sie herum vorging, unsichtbar für die anderen. Eine Mauer, die sie von der Normalität trennte. Alles, was sie sah, hatte mit einem Mal jede Bedeutung verloren. Menschen wie Ameisen, in ihre Beschäftigungen vertieft, auf dem Weg von einem Termin zum nächsten, ruhelos, aber auch so ziellos wirkend, als hätten sie eine Ewigkeit zur Verfügung. Sie selbst hatte ihre Ewigkeit soeben verloren.

Sollte die Welt nicht anhalten? Merkt hier niemand, was mir passiert ist? Die Welt hielt nicht an. Sie nahm nicht einmal Kenntnis von dem, was Fanny gerade geschah. Sie nahm nur Kenntnis davon, dass heute Deutschland gegen Italien spielen würde. An den Balkonen waren viele deutsche und auch ein paar italienische Fahnen befestigt worden, und die Autos fuhren lustige kleine Deutschland-Wimpel spazieren, die an hässlichen, weißen Plastikhalterungen baumelten.

Fanny hatte sich auf das Spiel gefreut, das sie mit ihren drei Männern anschauen wollte. Sie hätte jedes Tor der Deutschen frenetisch bejubelt, auch wenn sie von Fußball keine Ahnung hatte. Das alles war nun Lichtjahre entfernt. Alles, was die Tage bislang gefüllt hatte, besaß plötzlich keine Bedeutung mehr.

Diese Dreckskrankheit! Immer wenn Fanny das Wort Krebs hörte, malte sie sich ein gieriges, krustiges Tier aus, das mit scharfen Scheren menschliches Gewebe zerschnitt und sich mit dem abgetrennten Zellbrei das Maul vollstopfte. Das gepanzerte Wesen ähnelte weniger einem Taschenkrebs, sie stellte sich den Feind in ihrem Innern vor wie diese millionenfachen Vergrößerungen von Hausstaubmilben, die sie irgendwann einmal im Fernsehen gesehen hatte. So bewohnt zu sein machte

Angst. Plötzlich bin ich von meinem Körper getrennt, dachte Fanny. Wir sind nicht mehr eins, stehen nicht mehr auf derselben Seite. Er beherbergt meinen Todfeind. Nährt ihn. Lässt sich verspeisen, bis von mir nichts mehr übrig ist. Mein Körper, meine Brüste – Feindesland! Wie soll ich leben, mit diesem Feind im Innern, der angetreten ist, mich einfach aufzufressen? Das Bewusstsein für die tödliche Bedrohung, die in mir wohnt, wird ab jetzt mein ständiger Begleiter sein. Präsent in jedem Moment. Hat sich der Tod einmal bei dir vorgestellt, ist er allgegenwärtig. Er lässt sich nicht wegdenken. Nicht um die Ecke bringen. Verdrängen nur noch sekundenlang. Vielleicht werde ich jetzt bewusster leben. Aber nie wieder unbeschwert. Für mich wird es keine Langeweile mehr geben, keine Freude, die nicht augenblicklich durch den Gedanken an ein baldiges Ende erlischt. Für mich gibt es ab sofort nur noch den Kampf um die eigene Existenz.

Ein Kampf, der sich am Ende vielleicht sogar gewinnen ließe. Das hatte auch ihr Arzt gesagt. Das ganze Programm stand ihr bevor: Operationen, Chemotherapien, Bestrahlungen. Hoffen und Bangen. Und niemals aufgeben, egal wie dreckig es ihr gehen würde.

War es möglich, so eine Krankheit anzunehmen? »Hallo, ich weiß, dass du bist da und mir Böses willst! Okay, aber ich bin auch noch da. Und nur einer von uns kann gewinnen. Also: Zeig dich, du Feigling. Damit ich dich vernichten kann, bevor du mich zerstörst!«

Ich sterbe, ich sterbe, ich sterbe!, rief eine Stimme in Fanny. Ich will und werde leben, leben, leben!, brüllte eine andere. Bitte, lass mich aus diesem Traum erwachen, alles soll sein, wie noch vor zwei Stunden, flehte eine weitere Stimme. Was passiert mit Thorben, mit Finn und mit Lina, wenn du nicht mehr da bist oder nur noch, vom Krebs zerfressen dahinvegetierst?, gesellte sich eine vierte Stimme hinzu. Sie alle vereinigten sich in ihr zu einem großen, dramatischen Konzert.

Sie stand nun schon seit Minuten regungslos am Straßenrand, und noch immer schnürte die Diagnose ihr den Brustkorb zu. Sie musste um jeden Atemzug kämpfen. Auf dem Weg zur Vorschule dachte Fanny darüber nach, wie sie es Christoph und ihren drei Kindern beibringen sollte. Sie würde heute Abend zuerst mit Christoph sprechen, mit ihm gemeinsam überlegen, wie es jetzt weiterginge. Bis dahin hieß es, sich nichts anmerken zu lassen.

Bevor Fanny das alte Schulgebäude betrat, um Lina aus der Nachmittagsbetreuung abzuholen, tippte sie noch zwölf Wörter in ihr Handy. Dann wählte sie den Adressaten und schickte die SMS ab.

***

Tom stellte die Lehne des Bettes ein wenig senkrechter, nahm seinen goldenen Füllfederhalter und setzte dessen Spitze auf einen Briefbogen, in den das Wasserzeichen der Klinik eingelassen war. Er begann mit dem Text, den er sich zuvor Wort für Wort zurechtgelegt hatte.

Kiel, 4. Juli

Lieber Klaus,
vielen Dank für Deine Genesungswünsche, über die ich mich sehr gefreut habe. Es geht mir inzwischen wieder etwas besser, doch nicht so gut, dass sich der Inhalt dieses Schreibens vermeiden ließe. Ich muss Dir mitteilen, dass ich im Rahmen der geplanten Kabinettsumbildung aus gesundheitlichen Gründen leider nicht für ein Ministeramt zur Verfügung stehe. Auch werde ich aus diesem Grund die Position des Staatssekretärs im Sozialministerium nicht weiter ausüben können und bitte um meine Entlassung zum 30. Juli. Ich stelle es Dir anheim, wann du den Ministerpräsidenten, das Kabinett, unsere Fraktion und schließlich die Öffentlichkeit über meinen Schritt informierst.
Mit freundschaftlichen Grüßen
Dein Tom

Drei Tage hatte Tom gebraucht, sich zu seinem Abschied durchzuringen. Nun stand er unumstößlich fest. Tom steckte den Brief in ein vorbereitetes Kuvert, das er sorgsam verschloss und auf den kleinen Nachttisch neben dem Bett legte. Das war's also. Er schaltete mit der Fernbedienung den Fernseher an und versuchte, das Bett so einzustellen, dass er halbwegs aufrecht saß. Vom Bildschirm aus verteilte ein aufgeregter Reporter die letzten Informationen zum Spiel. Inzwischen steckten nur noch ein Arterienkatheter und eine Kanüle, über die er mit verschiedenen Mineralien versorgt wurde, in Toms Arm. Auf dem Vitaldaten-Monitor über dem Bett konnte er die Kurven sehen, die sein Herzschlag auf den Bildschirm zeichnete. Der behandelnde Arzt hatte Bedenken gehabt, Tom zu erlauben, das Spiel anzuschauen, und erst nachdem Tom ihm versichert hatte, dass das Ergebnis ihm relativ egal war, hatte er zugestimmt.

Karriere vorbei. Begonnen hatte alles am vergangenen Dienstag mit einem Anruf in seinem Büro. Guntram Peuschel, der Chef der Kieler Staatsschutzabteilung, war am Apparat gewesen und hatte ihn um ein persönliches Gespräch gebeten. Er weigerte sich, Tom zu verraten, worum es gehen sollte, und ließ nur durchblicken, dass es »eine pikante Angelegenheit« zu besprechen gebe. Sie verabredeten sich für den folgenden Tag in Peuschels Büro. Noch während des kurzen Gesprächs krampfte sich Toms Magen zusammen. Nachdem er aufgelegt hatte, eilte er aufs Klo, um sich zu übergeben.

Saß er jetzt in der Falle?

Jahrelang hatte er nicht mehr an den Berliner Morgen gedacht. Hatte sich sicher gefühlt. Erst Jeans Auftauchen hatte ihn wieder ins Jahr 1989 zurückgebeamt. Doch auch das war schon wieder fast fünf Jahre her. Nun war von einer auf die andere Sekunde alles wieder präsent. Oder war alles nur falscher Alarm? Wollte Peuschel etwas ganz anderes mit ihm bereden?

Die Nacht tat Tom kein Auge zu. Am nächsten Tag erschien er auf die Sekunde pünktlich im Landeskriminalamt. Er wurde zum Büro von Peuschel geführt, der ihn bereits erwartete und mit festem Händedruck begrüßte. Tom versuchte im Gesicht des durchtrainiert wirkenden Endvierzigers mit dem Bürstenschnitt zu lesen. Es gelang ihm nicht. Peuschels Miene war undurchdringlich.

Er bot Tom einen Platz an, Kekse und dampfender Kaffee standen bereit. Tom kämpfte mit seinen zitternden Knien. Er hoffte inständig, dass die Aufregung, die ihn ergriffen hatte, dem geschulten Auge seines Gegenübers verborgen blieb.

»Kommen wir gleich zur Sache, Herr Bartels«, begann Peuschel ohne Umschweife. »Wir beschäftigen uns im Moment zusammen mit dem BKA, den Berliner und den Hamburger Kollegen, mit einigen bislang unaufgeklärten linksterroristischen Anschlägen aus dem Umfeld der Revolutionären Zellen, die schon ein paar Jährchen zurückliegen.«

Erwischt!

»Wir haben bei einigen Hausdurchsuchungen in jüngerer Zeit ein paar Dateien mit brauchbaren Hinweisen sicherstellen können und mit neuester Technologie einige alte DNA-Spuren vom Tatort noch einmal ausgewertet.« Peuschel machte eine Pause, um die Wirkung seiner Worte abzuwarten. Tom bemühte sich, ruhig zu wirken. Er hatte das Gefühl, sein Gesicht würde glühen. Sein Atem ging schwer.

»Und was hat das mit mir zu tun?«, beendete Tom die kurze Pause. Angriff war noch immer die beste Verteidigung.

Peuschel lächelte. »Das wissen Sie sicher am allerbesten. Wir haben bislang nur – sagen wir mal – Hinweise, dass sie in mindestens einen der Anschläge involviert sind. Wüssten wir schon mehr, wären sie nicht zum Gespräch, sondern zu einer offiziellen Vernehmung hier.«

Wieder machte Peuschel eine Pause, wieder bemühte sich Tom, so ruhig wie möglich zu bleiben. »Kann es sein, dass Sie hier mit recht haltlosen Unterstellungen agieren?«

Peuschel legte erneut sein geheimnisvolles Lächeln auf.

»Dann, Herr Bartels, ist ja alles gut. Ich befürchte aber, es gibt da einige ziemlich konkrete Ermittlungsansätze in Bezug auf ihre Person. Und wenn die Bundesanwaltschaft gegen eine prominente Person ermittelt, bleibt das leider meistens nicht geheim. Dummerweise hat jeder Apparat undichte Stellen.«

Peuschel ließ die Worte im Raum schweben und schenkte Kaffee nach. Dann fuhr er fort. »Wir wissen beide, dass solche Schlagzeilen nicht karriereförderlich sind – vor allem für jemanden, der als zukünftiger Minister gehandelt wird. Da ist es dann fast unwichtig, ob sich die Vorwürfe erhärten oder ob Verjährungsfristen greifen. Aber einem alten Hasen wie Ihnen muss ich ja nichts über die manchmal unheilvolle Macht der Medien erzählen.« Der nächste Lächler Peuschels folgte.

Tom hatte sich einigermaßen im Griff. Er war angespannt und konzentriert zugleich. Wach und gewarnt. Was genau wollte Peuschel?

»Um es abzukürzen, Herr Bartels: Es geht uns gar nicht um Sie. Wir wollen Ihre schöne Karriere nicht kaputt machen. Ich kann mir gut vorstellen, dass Sie da mal im jugendlichen Überschwang an die falschen Freunde geraten sind, aber ich halte Sie wirklich nicht für einen Linksterroristen. Wir waren ja alle mal links und wollten die Welt notfalls mit Gewalt verändern.« Diesmal wählte Peuschel die Variante Verbrüderungslächeln.

»Also – ich möchte Ihnen in Absprache mit der Bundesanwaltschaft folgenden Deal anbieten: Sie erzählen uns alles, wirklich alles, was Sie über den Anschlag auf das Berliner Abschiebegefängnis am Tag des Mauerfalls wissen, nennen Ross und Reiter, und ich gebe Ihnen mein Wort, dass die Ermittlungen gegen Sie in diesem Zusammenhang im Sande verlaufen und es zu keiner Anklage kommt.«

Nun war es raus. Sie wollten ihn als Kronzeugen. Er sollte Jean und die anderen, gegen die sie offenbar zu wenige Beweise hatten, ans Messer liefern und als Belohnung für den Verrat ungeschoren davonkommen.

»Ist das alles, was Sie mir zu sagen haben?«

»Für den Moment, ja.« Peuschel nahm einen Keks vom Teller und steckte ihn in den Mund.

»Dann hat es mich sehr gefreut.« Tom erhob sich. Peuschel erhob sich ebenfalls, trat einen Schritt auf Tom zu und gab ihm seine Visitenkarte, bevor ein weiterer fester Händedruck folgte. Peuschels Augen bohrten sich in Toms, und er senkte die Stimme.

»Seien Sie nicht dumm, Bartels, machen Sie sich nicht alles kaputt, und kooperieren Sie mit uns.« Dann setzte er, lauter und in einem Tonfall, der offiziell klang hinzu: »Sie haben eine Woche Zeit, mir Ihre Entscheidung mitzuteilen. Danach kann ich nichts mehr für Sie tun.« Erst jetzt ließ Peuschel Toms Hand wieder los. »Ich wünsche Ihnen noch einen angenehmen Nachmittag.«

Als er das Gebäude verlassen hatte, drohten Toms Beine ihm den Dienst zu versagen. Er rettete sich in ein Café, bestellte einen beruhigenden Tee. Nur langsam bekam er seine Nerven in den Griff. Was sollte er tun? Was hatten sie wirklich gegen ihn in der Hand? Und war das überhaupt noch wichtig, wenn sie es den Medien durchsteckten? »Der Minister, der Terrorist war«, so etwa hätte er selbst früher eine solche Story betitelt. Und seine ehemaligen Kollegen waren nicht zimperlicher. Es war ein gefundenes Fressen für jeden Journalisten.

Peuschel stand noch lange im Türrahmen und lächelte versonnen. Dann wählte er die Nummer der Spurensicherung und bestellte einen Mitarbeiter ein. Als dieser zehn Minuten später in seinem Büro erschien, deutete Peuschel auf eine halbleere Kaffeetasse. »Schauen Sie mal, was da so an Genmaterial anhaftet«, befahl Peuschel dem Mann und beobachtete mit Interesse, wie er die Tasse vorsichtig ausleerte und dann seine behandschuhten Finger das Gefäß in einem Plastikbeutel verschwinden ließen.

Die nächste Nacht bekam Tom erneut kein Auge zu. Die Schlinge um seinen Hals zog sich zu. Er sah die Schlagzeilen in Übergröße vor sich. Allmählich wurde ihm klar, dass ein Verrat ihn auf ewig erpressbar machen würde. Seine Aussagen würden vielleicht nicht vor Gericht gegen ihn verwendet werden, aber sie konnten jederzeit über Bande an die Öffentlichkeit gelangen. Sie hatten ihn in der Hand.

Was dann am nächsten Tag geschehen war, erinnerte Tom kaum. Er befand sich im Kieler Landeshaus, als er plötzlich keine Luft mehr bekam. Ihm wurde gleichzeitig heiß und kalt und dann schwarz vor Augen. Als er wieder zu sich kam, fand er seinen Körper total verkabelt in einem Krankenhausbett wieder. Zwei Tage fehlten. Vom Stationsarzt erfuhr er, dass er einen Kollaps gehabt habe und Minuten ohne Bewusstsein und fast ohne Atmung gewesen sei. Ob er einen Herzinfarkt erlitten habe, sei noch nicht klar. Hirnschädigungen konnten die Ärzte nicht feststellen. Tom prüfte sein Erinnerungsvermögen, spürte aber keine biografischen Lücken auf. Anschließend löste er zwei Sudoko ohne größere Probleme. Sein Denkapparat, so schien es, war noch einmal davongekommen.

***

Nach seiner Laufbahn als Mitinhaber eines Tonstudios war am heutigen Tag auch der Traum vom Weltmeistertitel im eigenen Land zu Ende gegangen. Leicht angetrunken schlenderte Schelsky zur U-Bahn, umringt von wild hupenden Autos, aus denen grün-weiß-rote-Fahnen geschwenkt wurden. Eigentlich hatte er sich gewünscht, dass Deutschland nicht Weltmeister würde – wegen der ganzen nationalistischen Begleitmusik. Nun war er erstaunt darüber, doch betrübt zu sein, dass die deutsche Mannschaft verloren hatte. Schelsky blickte auf sein Handy, um die Uhrzeit zu erfahren, und sah, dass eine SMS eingegangen war. Sie kam von Fanny.

»Kannst du mich in den nächsten Tagen besuchen, ich brauche dich jetzt«, lautete die beunruhigende Textzeile. Sofort wählte er Fannys Nummer, doch niemand nahm ab. Er versuchte sich vorzustellen, was passiert war. Wahrscheinlich hatte sie Stress mit Christoph und musste sich ausheulen.

In Gedanken schloss Schelsky die Wohnungstür auf. In der Küche brannte noch Licht. Daria kam auf ihn zu und umarmte ihn. Sie machte einen angespannten Eindruck. Durch den Türspalt sah er, dass auf dem Küchentisch eine geöffnete Flasche Wein stand, nebst zwei Gläsern, von denen nur eines benutzt war. »Ist irgendwas?«, wollte Schelsky wissen.

»Ich muss mit dir reden«, gab Daria zurück. Schelsky warf ihr einen fragenden Blick zu. Daria atmete tief durch. Sie sieht irgendwie schuldbewusst aus, dachte Schelsky.

»Komm erst mal rein.« Sie ging vor ihm in die Küche, schenkte beide Gläser halbvoll und bedeutete Schelsky, sich zu setzen. Was kommt jetzt noch, dachte Schelsky, während er den zur Neige gehenden, ziemlich unerfreulichen Tag an sich vorüberziehen ließ.

Es war, als nehme Daria Anschwung für das, was sie zu sagen hatte. Dann brach es aus ihr heraus: »Veit und ich wollen zusammenziehen.« Und als Schelsky nichts erwiderte, fügte sie hinzu: »Du kannst dich entscheiden, ob du ausziehen willst oder die Wohnung ganz übernimmst.«

»Ich überleg's mir«, sagte Schelsky, stand auf und verließ ohne ein weiteres Wort die Küche. Daria sollte seine Tränen nicht sehen. Er warf sich aufs Bett und vergrub seinen Kopf unter den Kissen. All jene Momente, in denen er in seinem Leben verlassen worden war, vereinten sich in diesem Augenblick.

KAPITEL 33

6. Juni 2007: Tausende Globalisierungsgegner protestieren in Heiligendamm gegen die Politik der acht größten Industrienationen, deren Vertreter sich zum G-8-Gipfel im ältesten Seebad Europas treffen. Damit die unter sich bleiben können, werden dreizehn Kilometer Absperrungen errichtet, die bis in die Ostsee hineinreichen.

Fanny nahm Schelskys Hand. Als ihre Finger sich verschränkten, schoss Schelsky die Frage durch den Kopf, wie Christoph wohl reagieren würde, wenn er sie beide so sehen würde. Er verbannte den Gedanken gleich wieder. Er wollte sich jetzt nicht mit Christoph beschäftigen. Sollte der doch an seiner blöden Eifersucht ersticken.

Sie schlenderten auf dem Deich. Das Sonnenlicht spiegelte sich in der Elbe, die gemächlich an ihnen vorbeitrieb, Hamburg entgegen. Die Luft schmeckte nach Sommer und Gras, nach schlickigem Wasser und frischen Trieben. Kein Tag, um über das Sterben nachzudenken, fand Schelsky. Doch für Fanny war jeder Tag ein Tag, an dem der Tod in ihr Bewusstsein eindrang und sich in ihm ausbreitete. Es gab kein Entrinnen.

»Glaubst du an Gott?«, fragte Fanny unvermittelt.

»Kann ich nicht mit dienen«, antwortete Schelsky. Religion hatte für ihn nie eine Rolle gespielt. Er hatte sich zwar konfirmieren lassen, weil alle das taten und weil es Geschenke dafür gab, aber danach waren er und Gott sich nie wieder begegnet.

»Ich habe mich gestern beim Beten ertappt«, fuhr Fanny fort.

»An deiner Stelle würde ich auch beten«, antwortete Schelsky, noch bevor er sich auf die Zunge beißen konnte. Ausgesprochen klang dieser Satz ganz anders, als er sich als Gedanke angefühlt hatte. Schelsky blickte Fanny erschrocken an, doch Fanny lächelte nur sanft.

»Das war seit mehr als dreißig Jahren das erste Mal. Plötzlich fällt mir Gott wieder ein. Und auch wenn ich glaube, dass es ihn gar nicht gibt, denke ich plötzlich: Kann ja nicht schaden, ihn anzufunken, in meiner Lage muss man alles versuchen.« Mit einer Hand strich Fanny sich über das Käppi, das ihren kahlen Schädel verdeckte.

Schelsky wusste nicht, was er sagen sollte. Das ging ihm oft so, wenn er mit Fanny zusammen war. Gespräche über den Tod und alles, was dieses Thema berührte, fielen ihm schwer. Immer hatte er das Gefühl, etwas Falsches zu sagen oder nicht den richtigen Ton zu treffen.

»Was hast du ihm denn mitgeteilt?« Auch dieser Satz klang in Schelskys Ohren schon wieder verdammt unbeholfen.

»Ich habe ihn beschimpft, ich habe gefleht und ihm einen Deal angeboten.«

»Du hast ihn beschimpft?«

»Ich verspüre ein großes Bedürfnis nach einem Zwiegespräch mit der Macht, die ich für diesen ganzen Mist verantwortlich machen kann, den ich jetzt durchmache. So eine Art himmlische Beschwerdestelle, bei der ich mich mal in aller Deutlichkeit darüber beklagen kann, dass ich nur noch eine Brust und keine Haare mehr auf dem Kopf habe, dass mir ständig schlecht ist und ich keinen Schlaf mehr finde. ›Hallo da oben, das geht doch jetzt gar nicht!‹ So was kann man ja nicht unwidersprochen stehen lassen, ohne daran zu ersticken.«

Fanny räusperte sich. »Wobei das mit dem Zwiegespräch eher ein frommer Wunsch ist. Ich habe jede Menge Stoßgebete gen Himmel geschickt, und was kam zurück? Nichts! Gar nichts! Was wiederum eine durchaus angemessene Reaktion für einen Gott ist, der gar nicht existiert.«

Fanny blieb stehen und wies mit ausgestrecktem Arm auf die Elbe. Sie hatten eine Stelle erreicht, von der aus sie dem Lauf des Flusses mit den Augen weit folgen konnte.

»Wünschst du dir manchmal, dass es einen Gott gibt, in dessen Existenz du so vertrauen kannst, wie dein Vater es getan hat?«, fragte Schelsky. In ihm stiegen die Bilder aus Fannys Elternhaus auf. Es waren düstere Bilder. Tischgebete. Bibelsprüche. Dürers betende Hände an der Wand, schräg links unter dem Kreuz mit der sterbenden Jesusfigur. Das alles verschaffte Fannys Elternhaus eine beklemmende Enge. Die Mutter immer fröhlich, der Vater immer griesgrämig, pedantisch und religionsverliebt.

»Mein Vater hat mir diesen Gott eher ausgetrieben«, sagte Fanny. »Diese ganzen Gottesdienste, schwülstigen Lieder und Lobpreisungen des Herrn und immer dieser moralinsaure Oberhirte, der über allem thront. Aber wenn du totgeweiht bist, erinnerst du dich plötzlich an diese göttliche Spaßbremse. Vielleicht gibt es ihn ja doch. Vielleicht kann man ihm ja etwas abtrotzen. Kann ja nichts schaden, es zu versuchen. Und dann beginnst du zu feilschen: ›Gib mir noch zehn Jahre, und ich bin schon zufrieden – okay?!‹ Oder du forderst Kulanz ein: ›Gut, ich habe kein vertraglich zugesichertes Recht auf mehr Lebenszeit, aber bevor wir uns hier streiten, könnten Sie, Herr Gott, mir doch einfach noch ein paar Jahre spendieren? Das kostet Sie doch nichts.‹«

Fanny musste grinsen, und Schelsky grinste vorsichtshalber auch.

Auf dem Deich grasten ein paar frisch geschorene Lämmer, was Schelsky daran erinnerte, dass er noch kochen musste. Seit er in der Kate wohnte, kochte er jeden Mittwoch für alle. Es war ein Glücksfall gewesen, dass Simon ausgezogen war, weil er mit seiner neuen Flamme zusammenleben wollte. Schelsky hatte sein Zimmer übernommen und Bellamy, die natürlich mit eingezogen war, hatte sich trotz ihres inzwischen fortgeschrittenen Alters schnell vom Stubentiger zur Raubkatze entwickelt. Fast jede Nacht legte sie Schelsky stolz kleine, blutige Geschenke vor die Tür, meist Mäuse, seltener auch kleine Vögel und ganz oft schleimige Kröten. Schelsky schimpfte sie dafür regelmäßig aus, doch er wusste, dass er den wiederentdeckten Jagdtrieb Bellamys nicht zähmen konnte.

In einem bislang ungenutzten Teil der alten Scheune hatte Schelsky sich ein kleines Studio eingerichtet. Er mischte Hörspiele ab, half in einem Lüneburger Theater als Beleuchter und Tontechniker aus. Er hatte sich einen kleinen, aber feinen Kundenstamm aufgebaut – drei Hörspiel-Verlage, die ihn regelmäßig mit Aufträgen versorgten, und ein paar Künstler, die er auf ihren Touren begleitete, um die Konzerte abzumischen. Das reichte zum Leben und auch für den Unterhalt von Amelie.

Christoph war ziemlich irritiert gewesen, als er auf den Hof gezogen war. Nur weil Fanny schwerkrank ist, macht er ihr keine Szene, dachte Schelsky. Wenn Christoph ihm begegnete, würdigte der ihn keines Blickes, nur wenn Fanny dabei war, rang er sich ein knappes Hallo ab. Doch jeder seiner Blicke signalisierte: Du gehörst hier nicht her!

Fanny brauchte jetzt aber beide in ihrer Nähe. Das verstand Schelsky. Christoph verstand es nicht.

Sie gingen schweigend nebeneinander, noch immer Hand in Hand. Schelsky sah Fanny verstohlen aus dem Augenwinkel an, und immer wenn ihn der Gedanke durchfuhr, sie könnte bald nicht mehr da sein, krampfte sich sein Magen zusammen. Nein, Fanny durfte ihn nicht auch noch verlassen.

Fannys Gedanken kreisten unterdessen weiter um ihr ganz spezielle Beziehung zu Gott, die sich durch diese Geschwüre wandelte.

»Ist es nicht unmöglich, an einen Gott zu glauben, wenn man so krank wird?«, nahm Schelsky den Faden wieder auf. Fanny schwieg einen Moment, um ihre Gedanken zu ordnen.

»Sollte es einen Gott geben, soll er mir sagen, wo bitte der Sinn dieser Prüfung liegt, die er sich da gerade für mich ausgedacht hat. Ich muss in diesen Tagen oft an die Geschichte des Hiob denken, den Gott mit einer Krankheit schlug, um seinen Glauben zu testen. Er nahm ihm alles, Besitz und Kinder, nur um ihn auf die Probe zu stellen und eine ziemlich dämliche Wette mit dem Teufel zu gewinnen.«

»Was denkst du über diese Geschichte?«

»Ich finde, dass Gott da reichlich übertrieben hat. Aber auf was für eine beschissene Probe werde ich da gerade gestellt? Und wie kann ich daraus lernen, wenn ich die Prüfung vielleicht gar nicht überlebe? Wie soll ich Gott – den es nicht gibt – etwas beweisen, wenn meine Kräfte Tag für Tag schwinden?«

Fanny sah Schelsky fragend an. Der zuckte nur mit den Schultern. Gerade war ihm wieder mal klargeworden, warum er noch nie an Gott geglaubt hatte.

***

Was Tom sah, nahm ihm den Atem. Sie gingen an den verriegelten Läden der menschenleeren ehemaligen Marktgasse entlang, die einst das vitale Zentrum dieser Stadt gewesen war. Nur die bewaffneten Posten begleiteten gelangweilt jeden ihrer Schritte mit Blicken. Diese Geisterstraße war der Herd einer offenen, pulsierenden Wunde, die sich über das ganze Westjordanland ausgebreitet hatte.

Tom hatte gewusst, das Hebron in zwei Teile zerfiel und hier die extremsten der extremen jüdischen Siedler leben. Doch mit eigenen Augen anzusehen, wie die Besetzer mit den Besetzten umgingen, war etwas anderes. Da war der Maschendraht, der über den gesamten Basar gespannt war, in dem sich die Wurfgegenstände verfingen, mit denen die jüdischen Siedler von den Balkonen ihrer Wohnungen die palästinensischen Marktbesucher attackierten. Da war der ein Meter hohe Betonwall, der die Al-Shuhada-Street auf ganzer Länge wie eine Narbe durchzog und den schmalen Weg, auf dem sich die Palästinenser dicht gedrängt bewegten, von dem breiten Streifen abtrennte, auf dem die wenigen Siedler flanierten. Da waren die verschlossenen Hauseingänge in den für Palästinenser verbotenen Straßen, die dazu führten, dass ihre Bewohner das eigene Zuhause nur über die Dächer der benachbarten Gebäude erreichen und durch Fenster in der Rückfront betreten konnten. Da war am Anfang dieser verbotenen Zone der Steinklotz, auf den jemand mit Schablone und Lackspray fein säuberlich die Worte »Welcome to Apartheit Street« gesprüht hatte. Und da war noch diese andere Parole an der Vorderfront eines dieser verriegelten Häuser, wo kein Palästinenser hindurfte, um sie abzuwischen. »Gas the arabs!« stand da geschrieben.

Sie waren eine zwölfköpfige Gruppe, und niemand sprach auch nur ein Wort. Tom versuchte zu begreifen, was er hier sah. Es gelang ihm nicht.

Seit vier Tagen war er nun im Westjordanland unterwegs. Hatte gesehen, was es heißt, in einem besetzten Land zu leben. All das, was er bislang über Israel und die Menschen, die hier lebten, gedacht hatte, war ins Wanken geraten. Als Nachfahre der Nazi-Schlächter konnte er die Kinder und Enkel der überlebenden Opfer nicht verurteilen. Es ging einfach nicht. Aber er konnte auch keine Entschuldigung für all das finden, was er hier sah. Tom dachte an seine Zeit in dem Kibbuz von Kiryat Schemona vor über einem Vierteljahrhundert. Das war das eine Israel. Hier war das andere. Die Gräben zwischen beiden Seiten waren tiefer, und die hohe Mauer, die das Land in zwei ungleiche Teile teilte, war in diesen 25 Jahren erst entstanden. Was für ein heilloses Land, dachte Tom.

Fast ein Jahr war es nun her, dass er gekündigt hatte. Elf Monate, in denen er versucht hatte, Boden unter die Füße zu bekommen. Er hatte angefangen, wieder als Journalist zu arbeiten, schrieb für verschiedene Magazine Kolumnen und Reportagen. Sein aktueller Auftrag lautete, einen Reisebericht über dieses besetzte Land zu schreiben.

Er hatte mit Bikram-Yoga begonnen. Das hieß, seinen Körper bei vierzig Grad Hitze mit 26 Übungen zu schinden, die ihm schmerzhaft zu Bewusstsein brachten, wie ungelenkig er geworden war. Er hatte sich in einem Fitnessstudio angemeldet. Er joggte jetzt jeden zweiten Tag, obwohl ihn das Laufen entsetzlich langweilte. Aber sein Bauch wölbte sich inzwischen über den Gürtel. Er hatte angefangen, Tagebuch zu schreiben, was ihm half, über sich nachzudenken, ihn aber erst einmal in die erste Depression seines Lebens hatte abgleiten lassen.

Die Gespenster jener Nacht, bevor die Mauer fiel, hatte er inzwischen endgültig aus seinem Leben vertrieben. Er hatte jede Aussage verweigert. Schließlich waren die Ermittlungen eingestellt worden. Alle infrage kommenden Straftatbestände seien inzwischen verjährt, lautete die Begründung. Noch kurz vor Abschluss der Ermittlungen hatte jemand an die Medien durchgestochen, dass er verdächtigt wurde, in einen Sprengstoffanschlag »mit linksterroristischem Hintergrund« verwickelt gewesen zu sein. Er hatte die Berichte nicht kommentiert, und schon nach zwei Tagen war den Zeitungen und Radiosendern der Erzählstoff ausgegangen. Ins Fernsehen hatte es die Story nicht einmal geschafft. Er war raus aus dem Polit-Zirkus und damit nicht mehr besonders interessant für seine ehemaligen und neuen Kollegen.

Und nun war er mit einer kleinen Delegation, die eine Menschenrechtsorganisation auf die Beine gestellt hatte, unterwegs zwischen dem Toten Meer und Dschenin. Doch wie sollte er über etwas schreiben, was ihm die Sprache verschlug? Wie sollte er als Deutscher über jüdische Täter urteilen? Ihm fehlten die Worte.

Es war zwei Tage her, da waren sie durch die jüdischen Siedlungen auf den Hügeln Jerusalems gereist, die inzwischen die ganze Stadt einkesselten. Ihr Bus hatte vor einem jüdischen Supermarkt gehalten. Ein paar Delegationsmitglieder hatten ihre Verpflegung auffüllen wollen, doch ihre Reiseleiterin, eine linke Israelin, hatte sie gebeten, doch zu warten, bis sie wieder in der palästinensisch kontrollierten Zone waren. Auch Tom hatte sofort mit eingestimmt, diesen Besatzern hier keinen Cent in den Rachen zu werfen. Sekunden später fuhr es ihm durch Mark und Bein. Was hatte er da grad eben, wenn auch anders formuliert, lauthals vertreten? Ja, seine Botschaft hatte gelautet: »Kauft nicht bei Juden!«

Es war gut, mit diesen Eindrücken, die in ihm wirbelten, nicht allein zu sein. Er blickte auf und musterte das Pärchen, das gut drei Meter vor ihm ging. Vanessa und Henning sprachen ebenfalls kein Wort. Hand in Hand, als gelte es, sich aneinander festzuhalten, gingen sie die Straße entlang. Die Abende zuvor hatte Tom lange mit ihnen zusammengesessen und dabei festgestellt, dass sie in Hamburg nur ein paar Straßenzüge entfernt voneinander wohnten. Gemeinsam hatten sie versucht, die Eindrücke der Tage zu verarbeiten. Zum Schluss hatten sie sie einfach ertränkt. Und miteinander gelacht. Was befreiend war.

Er mochte die beiden. Henning hatte auf seine Karriere verzichtet, um sich um die Kinder zu kümmern, die derzeit bei den Großeltern untergebracht waren. Er stand auf Kriegsfuß mit der Gesellschaft und weigerte sich standhaft, auch nur die kleinste Ungerechtigkeit oder den kleinsten Anflug von Spießertum als gegeben hinzunehmen. Er war wütend und sanft zugleich. Tom liebte die Art, wie er über seine Kinder sprach, und er lernte es schnell zu schätzen, dass Henning alles hinterfragte. Auch wenn das zuweilen ziemlich anstrengend war.

Vanessa, seine Frau, nahm als Kinderärztin an der Delegation teil, um die medizinische Versorgung im Westjordanland unter die Lupe zu nehmen. Sie trug bunte wallende Kleider und lief gern barfuß umher. Sie war unglaublich tough, in ihrer Familie klar die Chefin und äußerst erfolgreich in ihrem Job, doch weckte ihre zierliche, sehr zerbrechlich wirkende Gestalt gleichzeitig Toms Beschützerinstinkt.

Tom hatte keine Ahnung, wie viele Zentimeter Vanessa maß, aber er wusste, dass sie einen Barhocker nur gut um Hauptеslänge überragte. In einem kleinen Pub in Jerusalem hatte sie heftig niesen müssen. Dabei schoss ihr Oberkörper wie ein Klappmesser nach vorn, wodurch ihr Kopf ein Stück nach unten schnellte und mit der Stirn hart an der Kante des Schemels aufschlug. Erschüttert über ihre eigene Ungeschicklichkeit und die Vorstellung, wie diese Szene auf ihre Begleiter gewirkt haben musste, blieb ihr nichts anderes, als den Schmerz mit Tränen in den Augen wegzulachen. Als Erinnerung wuchs Vanessa eine stattliche Beule mitten auf der Stirn. »Mein kleines Einhorn!«, zog Henning sie auf, doch Vanessa zog nur die Nase kraus, schüttelte den Kopf und blickte ihn strafend an.

»Über das Leid anderer Leute macht man keine Scherze!«, erklärte sie mit strafender Miene.

Henning zuckte die Schultern, und sofort musste sie wieder losprusten. Als auch Tom mit einstimmte, kassierte er ebenfalls einen bitterbösen, nicht ernst gemeinten Blick. Und in genau diesem Moment war es um ihn geschehen.

***

Alle Augen waren auf Daria gerichtet. Ein Dutzend Junkies, manche gerade clean, andere nicht, saßen im Kreis auf dem Boden des karg möblierten Raumes und hörten ihr zu, wie sie aus »Schussfahrt« las. Sie stellten ihr viele Fragen und lauschten aufmerksam, als sie vom Kampf gegen die eigene Sucht berichtete, von ihren Niederlagen und dem späten Sieg.

Daria mochte Lesungen mit einem Publikum, das wusste, wovon sie sprach. Es machte ihr nichts aus, dass die Orte, in denen sie las, inzwischen nicht mehr die ersten Adressen waren, dass die Talkshows nicht mehr bei ihr anriefen und die Honorare und Tantiemen nun spärlicher flossen. Sie hatte ihren kurzen Ruhm genossen, doch schon bald hatte der Trubel um ihre Person sie nur noch angestrengt. Empfänge, Bälle, Präsentationen, das alles war nicht ihre Welt. Sie hatte mitgespielt, weil sie wollte, dass ihre Bücher gelesen wurden. Nun aber hatte sie den Parcours erfolgreich gemeistert und konnte langsam wieder in die Normalität eintauchen. Eine

Normalität, die es über 25 Jahre für sie nicht gegeben hatte. Eine Normalität, die hier im Kodrops, einer ambulanten Suchthilfeeinrichtung im Hamburger Süden, für sie eher zu Hause war als in großen Auditorien, in denen sie »Schussfahrt« einem in Abendgarderobe erschienenen Publikum vorgelesen hatte, das es ja »ganz großartig« fand, wie sie sich von den Drogen befreit hatte.

»Sind Sie heute ganz clean?«, fragte ein junges Mädchen mit Dreadlocks, das Daria auf höchstens achtzehn schätzte, obwohl die Spuren der Sucht sich tief in ihr Gesicht eingegraben hatten. Das Alter eines Junkies zu schätzen lernte man nur, wenn man sich jahrelang unter ihnen bewegt hatte. Dann aber war es nicht mehr schwer.

»Ja, seit einem Jahr«, antwortete Daria spontan und nahm den Blick des Mädchens auf. Bis vor kurzem hatte sie bei dieser Frage stets gelogen – ein paar Jahre dazu addiert. Jahre, in denen sie immer mal wieder ein wenig von dem hellbraunen Pulver gesnieft hatte. Die Abstände zwischen den einzelnen Malen waren immer größer geworden. Der Druck, es gleich wiederholen zu müssen, war nicht mehr da. Vergangenen Sommer – kurz vor der Filmpremiere ihrer Autobiografie – hatte sie das bislang letzte Mal nicht widerstehen wollen. Sie hatte sich ausgeschlichen, aber sie wusste, dass das bei den meisten nicht klappte. Sie hatte selbst zu oft davon geträumt aufzuhören, ohne ganz aufzuhören. Ziemlich clean zu sein. Es eigentlich nicht mehr zu brauchen. Es nur noch zu ganz besonderen Anlässen ausnahmsweise zu tun. Und sie war selbst zu oft gescheitert, bevor es ihr dann im letzten Anlauf gelang.

»Und das Verlangen ist nicht mehr da?«, wollte das Mädchen wissen.

»Es ist nicht mehr da«, antwortete Daria mit fester Stimme und spürte, wie die Anwesenden sie beneideten.

Veit schien mehr Probleme mit der neuen Normalität zu haben, die sich nun langsam einstellte. Er trieb sie an, mehr aus der Prominenz, die sie als Vorzeige-Aussteigerin erlangt hatte, zu machen. Den Markt zu bedienen, solange der sie noch liebte. Sich zu überlegen, wie sie ihre Erfahrungen noch besser versilbern konnte.

Daria aber hatte es satt, immer nur die ehemalige Heroin-Konsumentin zu sein, die sich aus ihrer Abhängigkeit befreit hatte. Ihre Vergangenheit gehörte zu ihr, aber sie war doch weit mehr als immer nur die ewige Aussteigerin. Sie träumte davon, einen Roman zu schreiben, der nichts, aber auch gar nichts mit Drogen zu tun hatte. 500 Manuskriptseiten suchtmittelfreie Zone – das wär's!

Manchmal fragte sich Daria, ob Veit in sie verliebt war oder in ihren Erfolg. Er hatte sie schon als erfolgreiche Autorin kennengelernt, kurz vor der Spitze des Hypes. Und ihm fiel es schwerer, vom Rampenlicht, in dessen Lichtkegel auch er stand, Abschied zu nehmen als ihr selbst. Viele Männer hatten Angst vor erfolgreichen Frauen, bei denen sie nur der Mann an ihrer Seite sein würden. Veit aber genoss diese Rolle offensichtlich und klammerte sich an ihrer Popularität fest.

»Noch irgendeine Frage? Sonst machen wir Schluss«, warf Meike Scholz, eine der Therapeutinnen der Einrichtung, in die Runde. Niemand meldete sich. »Dann danken wir Daria herzlich«, fuhr sie fort, und die ersten Hände rührten sich zum Applaus. Zwei Minuten später hatte sich der kleine Kreis zerstoben.

Kurz darauf saß Daria in Meikes Büro. Meike goss Daria einen Kaffee ein, dann nestelte sie verschämt drei Fünfzig-Euro-Noten aus einer Kassette und reichte sie Daria. »Wie gesagt, mehr ist nicht drin. Auch bei uns wird an allen Ecken und Enden gespart, und zudem haben wir einen Ausgabenstopp, weil unser Vorstand sich gerade selbst zerlegt und unklar ist, über welche Gelder wir noch verfügen können.«

»Kannst du mehr erzählen?«, fragte Daria, deren Neugierde nun geweckt war. Meike schüttelte den Kopf und fing trotzdem an zu berichten. Von der Behörde, die ihnen die Mittel gekürzt hatte, weil nicht Drogenabstinenz, sondern die seelische Festigung der Klienten – notfalls auch mit Substituten – das erste Ziel ihrer Arbeit war. Von dem Vorstand, der sich über die konzeptionelle Ausrichtung der Einrichtung so zerstritten hatte, dass inzwischen Anwälte gut daran verdienten. Eine halbe Stunde später wusste Daria fast alles über das Kodrops. Und was sie wusste, klang nicht gut.

»Ihr habt einen Trägerverein?«, vergewisserte sie sich. Meike nickte und sah sie fragend an.

»Bekomme ich ein Eintrittsformular?«, fuhr Daria fort. »Ich würde gerne Mitglied bei euch werden.«

***

Christophs Schnarchen war nicht der Grund, dass Fanny keine Ruhe fand. Wie so oft. Die Nächte waren schlimm. Nachts kamen die Dämonen. Sowie Fanny die Augen schloss, schlich sich die Angst an. Wenn es still war und dunkel um sie herum, konnte sie ihr nicht entkommen. Im Dunkeln haben schwarze Gedanken mehr Macht. Kein Geräusch, das Fanny von ihnen ablenkte. Die Gedanken wurden lauter und lauter in ihr, jagten einander. Sie drehten sich immer um dasselbe Thema. Dabei war alles längst zerdacht, die Frage nach dem Warum schon tausendmal gestellt, und tausendmal hatte Fanny sie sich nicht beantworten können, weil es keine Antwort gab. Todesgedanken in Endlosschleife. Fanny irrte orientierungslos durch den düsteren Gedankenwald. Sie schlief nicht ein, aus Angst, die Dämonen würden sie dann packen. Und wenn sie doch einmal wegdämmerte vor Erschöpfung, wachte sie nur Minuten später schweißgebadet wieder auf. Der Tod war auch in ihren Träumen.

Wenn es dunkel war, konnte Fanny das Geschwür in sich fühlen. Wenn es für die Ohren nichts zu hören, die Augen nichts zu sehen gab, ging die Wahrnehmung nach innen, wusste sie: Wenn außerhalb von dir nichts mehr ist, ist in dir die Angst. Plötzlich glaubst du überall in deinem Körper Metastasen zu spüren, und du glaubst wahrzunehmen, wie sie in dir wuchern. Du bist in einem nachtschwarzen Raum mit deinem Mörder eingesperrt. Du weißt nicht, wo und wann er angreifen wird.

Fanny stand auf und machte das Licht an, um die Gespenster zu verscheuchen. Sie kauerte sich auf die Bettkante, schluckte noch eine Valium und drehte das Radio auf, in der Hoffnung, so ihrer inneren Hölle zu entkommen. Um Christoph nicht zu wecken, packte sie Kopfhörer auf ihre Ohren. Musik von außen, die die ganzen Gedanken in ihr übertönen sollte. Sie wurde ruhiger, legte sich wieder hin, und schon waren die Dämonen wieder da.

Sie fand keine Erlosung, konnte keinen Frieden mit der Nacht machen, sehnte dämmernd zwischen Schlaf und Wachträumen den Tag herbei. Doch auch am Tag war das Bewusstsein der Krankheit jede Sekunde in ihr. Fanny dachte ihre Alltagsgedanken, führte ihre Alltagstätigkeiten aus, und zeitgleich war die Stimme allgegenwärtig, die ihr zuflüsterte, dass der Tod schon auf sie wartete. Er ließ sich nur für Sekunden abschütteln. Er nistete in ihrem Körper, aber vor allem in ihrem Kopf, der nie zur Ruhe kam. Manchmal fürchtete Fanny verrückt zu werden. Am Ende jedes Tages freute sie sich auf die Bewusstlosigkeit der Nacht, die ihr dann fast nie vergönnt war. Und wenn sie doch einmal ein paar Stunden schlief, war das Entsetzen sofort wieder da, wenn sie aufwachte. Die Amseln hatten ihr Morgenkonzert begonnen, und Fannys innere Lähmung, die der Gedanke an das Ende ihres Lebens in ihr auslöste, presste sie zurück in die Kissen.

KAPITEL 34

15. September 2008: Dass Lehman wie Liehmänn ausgesprochen wird, lernen die Deutschen schnell. Lehman Brothers wird postmortal zum bekanntesten Bankhaus der Welt. Sein Insolvenzantrag an diesem Tag löst erst ein globales Finanzdesaster, dann einen Börsencrash und schließlich eine weltweite Wirtschaftskrise aus. Firmenpleiten, Tausende Privatinsolvenzen und der Verlust von Millionen Arbeitsplätzen sind die globale Folge.

Fanny sah aus dem Fenster und starrte in den Himmel, als hätte sie noch nie Sonne und Wolken gesehen. Es war nur ein kleines Stück Himmel, das die alte, knorrige Kastanie mit ihrem sich majestätisch ausbreitenden Astwerk nicht verdeckte. Die Blätter des Baumes färbten sich bereits braun, Motten hatten Löcher in sie hineingefressen. Fanny fühlte sich wie eines dieser Blätter. Von innen zernagt, nicht mehr lange kräftig genug, sich an dem Zweig zu halten, der Leben bedeutet.

Die Zimmernachbarin schlief. Der säuerliche Geruch ihres Körpers stieg Fanny in die Nase. Fanny setzte sich auf, zog den Morgenmantel über und packte den rollenden Infusionsständer. Als sie die Tür zum Flur öffnete, schlug ihr der Geruch von Desinfektionsmittel, Bohnerwachs, Schweiß und Urin entgegen. Sie setzte sich in Bewegung, so, als gelte es allen hier zuzurufen: Seht her, ich kann schon wieder laufen. Ich bin noch gar nicht tot.

Flur rauf, Flur runter. Sie beobachtete die anderen Patienten, die hier ihre Runden drehten. Es schien verboten zu sein, auf dem Stationsflur normal zu gehen. Es wurde nur geschlurft. Junge schlurften. Alte schlurften. Frauen schlurften, Männer sowieso. Selbst einige regelmäßige Besucher bekamen die Füße nicht mehr vom Boden. Nur die Kinder schlurften nicht.

Es war unglaublich, wie die Patienten sich hier gehen ließen, vor allem die Männer, und das selbst bei harmlosesten Eingriffen. Sie achteten nicht auf ihre Kleidung, nicht auf ihren Gang, nicht auf ihr Erscheinungsbild. Athletisch gebaute Kerle verwandelten sich unter der Last eines Routineeingriffs samt dreitägigem Klinikaufenthalt zu grauen, gekrümmten Wesen mit mürrischen Gesichtern ohne Hoffnung.

Fanny hatte vor zwei Tagen angefangen, sich etwas Rouge aufzulegen, sich die Lippen zu schminken und die Wimpern zu tuschen. Wenn schon ihr Körper zerstört war, so wollte sie der Welt zumindest ihr Gesicht nicht grau und eingefallen präsentieren.

»Nicht hinschauen«, hatte die Schwester gesagt, als sie zum ersten Mal den Verband wechselte. Doch die rote, wulstige Narbe, die quer über den Brustkorb fast hinauf bis zur Achsel reichte, zog ihre Blicke wie ein Magnet auf sich. Auf der anderen Seite prangte die fast verheilte Narbe von der Amputation ihrer anderen Brust. Auf der frischen Wunde klebte überall Jod, Eiter und Blut. Fanny war zu schwach zum Erschrecken und auch zu schwach für Tränen.

Es dauerte volle drei Tage, bevor sie den Verlust ihrer zweiten Brust beweinen konnte. Ich habe einen zerschnittenen Körper, der nie wieder einen Mann reizen wird, dachte sie. Mit meiner Narbenhaut werde ich nie wieder am Strand im Bikini herumtollen. Mein Körper, den ich so gern hatte, ist zerstört für immer. Das ist so grausam, und ich kann es noch gar nicht begreifen.

Ihre Stimmung sprang auf und ab wie ein Jo-Jo. Die Trauer über den zerschundenen Körper mischte sich mit dem Frust über die Schmerzen und die viel zu kleinen Heilungsfortschritte. Und all das vermengte sich mit der Frage, ob da noch weitere bösartige Zellen in anderen Organen wucherten. Wann würde die nächste Krebsdiagnose auf sie einschlagen? An einem Tag glaubte Fanny, dass alles bald zu Ende ging. Am nächsten Tag war sie voller Optimismus. An beiden Tagen aber spürte sie, wie gern sie weiterleben würde.

Als sich die Schleier nach der OP zum ersten Mal kurz hoben, war es Fanny noch nicht gelungen zu begreifen, wo sie war und was da gerade mit ihr geschah. Als sie zum zweiten Mal erwachte, sah sie unendlich lange Schläuche und Plastikflaschen, die an Metallgestellen über ihr baumelten. Dann erst bemerkte sie, dass eine Sonde in ihrer Nase steckte. Ihr war kotzübel, aber sie konnte den Kopf nicht wenden, um sich zu übergeben. Sie spürte ein Stechen in ihrer Brust. Doch es gab keine Brust mehr.

Immer andere, immer neue Krankenschwestern, Pfleger und Ärzte kamen an ihr Bett, tauschten Kanülen, Schläuche und Infusionen, gaben ihr Medikamente, aber sie sprachen nicht mit ihr. »Wie ist es gelaufen?«, fragte sie und bekam keine Antwort. Der Oberarzt werde alles mit ihr besprechen. Morgen. Bestimmt.

Irgendwann – war es morgen oder doch übermorgen gewesen? – stand der Oberarzt tatsächlich vor ihr. Er schaute durch sie durch. Erklärte ihr, dass die Operation gut verlaufen sei. Und dass sie sich keine Sorgen machen solle. Wie soll man sich keine Sorgen machen, wenn der Krebs in einem so gewütet hat, dass beide Brüste abgetrennt werden mussten? »Haben sie alles erwischt?«, fragte Fanny, und der Arzt zögerte eine Sekunde zu lange, bevor er eine Antwort gab, die keine Antwort war.

»Befund in ein paar Tagen«, hörte sie. Und Bestrahlung und Chemo auf alle Fälle – zur Sicherheit! Aber: »Machen Sie sich keine Sorgen.«

Und dann war die Visite zu Ende. Die Gesundheitsschuhe trugen die Weißkittel aus dem Raum, und die Stille kehrte zurück und mit ihr die Gedanken. Es waren viele, es waren keine neuen, und der eine war stärker als all die anderen: Ich werde sterben.

»Momentan ist mit Metastasen nicht zu rechnen«, sagte der Oberarzt eine Woche nach der Operation. Momentan also nicht. Aber später? Er schaute Fanny an und sagte mit beruhigender Stimme: »Machen Sie sich nicht zu viele Sorgen.« Hatte er vergangene Woche nicht noch »keine« gesagt? Keine Sorgen! Waren diese zwei neuen Worte in dem altbekannten Satz Zufall, oder hatten sie etwas zu bedeuten? Und wenn, was denn?

Die Ärzte kamen täglich zur Visite und schauten angestrengt auf die Tabellen am Fußende ihres Bettes. Dann flüsterten sie minutenlang in lateinischen Fachbegriffen miteinander, bevor schließlich einer der Ärzte sich dann doch noch kurz an sie wandte. War sie als Mensch hier noch vorhanden? Oder nur als stolze Besitzerin eines aus medizinischer Sicht interessanten Tumors?

Nur ein junger Arzt hatte das einmal angesprochen, hatte gesagt: »Sorry, wir reden hier so gestelzt akademisch daher, und Sie erwarten von uns klare Auskünfte. Dabei hatte er sie angelächelt, und dieses Lächeln hatte sie gewärmt.

Wer aber setzte sich einmal an ihr Bett? Hielt ihre Hand? Strich über ihr Haar? Tropfte eine kleine Pfütze Tee auf ihre trockene Zunge? Munterte sie auf? Sprach ihr Mut zu? In einem Haus, in das die Menschen in ihrer größten Lebenskrise kamen, schien niemand auf das Leid vorbereitet. Was, unsere Patienten haben Angst? Große Angst? Sorry, das haben wir nicht gewusst. Woher sollten wir das auch wissen? Wir sind nur Ärzte.

Wie soll mein Körper heilen, wenn meine Seele hier verkümmert, dachte Fanny.

Zum Glück gab es Schelsky, Anett, die Kinder, und selbst ihre Schwester Petra ließ sich regelmäßig blicken. Ich liebe sie alle, und ich spüre, sie lieben auch mich, dachte Fanny. Vor allem aber war Christoph da. Sie redeten, er hielt ihre Hand, legte seinen Kopf auf ihre Schulter, und manchmal schliefen sie beide erschöpft ein. Das waren die kurzen verbliebenen Momente des Glücks.

Fanny warf einen Blick auf ihre Armbanduhr. Es war halb zwei. In einer halben Stunde würden Lina und Schelsky hier sein, zwei Stunden später auch Christoph, Finn und Thorben sie besuchen. Was machten bloß Kranke, die niemanden hatten?

***

Schelsky wartete vor dem Schulhof auf Lina. Er hatte Fanny versprochen, sie abzuholen. Er beobachtete gerade, wie ein Eichhörnchen mit einer erbeuteten Kastanie einen Baum hinaufturnte, als ein dunkelblauer Fiat Punto heranrauschte. Schelsky kannte den Wagen genau, der nun direkt neben ihm zum Stehen kam. Die Fahrertür sprang auf, Christoph schoss aus dem Wagen heraus und eilte auf ihn zu. Sein Kopf war puterrot, er rang nach Luft. Und baute sich drohend vor Schelsky auf.

»Ich will nicht, dass du Lina abholst!«

»Was?«

»Ich möchte nicht, dass du meine Tochter von der Schule abholst!«

»Also hör mal, Christoph, Fanny hat mich darum gebeten. Und zwar nur, weil du arbeiten musst.«

»Das ist mir egal, ich möchte es einfach nicht. Und es ist immerhin noch meine Tochter.«

»Eure Tochter!«, lag Schelsky auf der Zunge. Statt es auszuspucken, atmete er tief durch. Christophs Eifersuchtsanfälle wurden allmählich unerträglich.

»Ich bin nur hier, um euch zu helfen, komm mal runter!«

»Danke sehr, aber wir brauchen deine Hilfe nicht!« Bedrohlich stemmte Christoph die Hände in die Hüfte. Sein Gesicht glühte noch immer.

»Bist du sicher, dass Fanny das genauso sieht?« Langsam stieg die Wut in Schelsky hoch. Dabei war Wut nicht gerade seine Stärke.

»Ich zumindest sehe es so. Und das dürfte reichen!«

»Ich glaube schon, dass Fanny da ein Wörtchen mitzureden hat.« Schelskys Ton wurde nun schneidender.

»Und ich glaube, dass du dich ziemlich in unsere Familie reindrängst!«

»Ich tue was?« Gleich knallt es, dachte Schelsky.

»Du hast mich schon verstanden!«

»Akustisch schon. Den Sinn aber nicht.«

»Du-drängst-dich-in-un-se-re-Fa-mi-lie!« Christoph betonte jede einzelne Silbe. »Du kommst hierher, ziehst bei meiner Frau mit ein, weichst im Krankenhaus nicht von ihrer Seite, holst meine Tochter ab ...«

»Immer noch eure Tochter!«

»... holst unsere Tochter ab! Hältst du das alles für normal?«

»Ja!«

»Für mich ist das das Verhalten von jemandem, der in eine Familie eindringt! Dass das nicht normal ist, weißt du sehr genau!«

»Nein, das weiß ich nicht! Ich bin seit über dreißig Jahren mit Fanny befreundet. Und ich bin für sie da, wenn es ihr scheiße geht! Das sollte selbstverständlich sein und hat nichts – aber auch überhaupt nichts – mit irgendwo reindrängen zu tun. Kapier das bitte, ein für alle Mal!« Nun war auch Schelskys das Blut in den Kopf gestiegen.

»Halt dich aus unserem Leben raus! Sonst ...«

»... ja, was sonst? Willst du mir drohen? Mir die Fresse polieren? Mir den Umgang mit eurer Tochter verbieten? Überzieh nicht, Christoph!«

Auch Schelsky stemmte nun die Fäuste in die Hüften. Für einen Moment belauerten sich die beiden Kontrahenten wie Kampfhähne vor der finalen Attacke.

»Hey ihr beiden, wieso holt ihr mich denn heute zusammen ab?«, unterbrach Linas Stimme die Stille. Bevor einer der Männer reagieren konnte, hatte Lina schon ihren Ranzen fallen lassen, die Arme um Christoph geschlungen und hangelte sich nun an ihm hoch, um ihm einen Kuss zu geben. Gleich darauf löste sie die Umarmung und wiederholte die Prozedur bei Schelsky.

Wie angewurzelt standen die beiden da. Lina sah sie fragend an.

»Was ist, fahren wir jetzt zu Mama?« Es vergingen einige Sekunden, in denen die Achtjährige auf eine Antwort wartete.

Als Erster fand Schelsky die Sprache wieder. »Weißt du Süße«, begann er stockend, »dein Papa möchte mit dir zusammen Mama besuchen. Kannst du ihr ausrichten, dass ich erst heute Abend bei ihr vorbeischaue!?«

»Aber wir können doch jetzt alle zusammen ins Krankenhaus fahren«, maulte Lina. »Mama freut sich bestimmt, wenn wir sie gemeinsam besuchen.«

Schelsky blickte Christoph hilfesuchend an. Doch der machte partout nicht den Eindruck, in das Zwiegespräch eingreifen zu wollen.

»Weißt du, Lina«, setzte Schelsky erneut an. »Mama ist noch ein bisschen schwach. Da ist es besser, wenn sie nicht so viele auf einmal besuchen.« Mit diesen Worten drehte Schelsky sich um und setzte sich in Bewegung. Lina sah ihm enttäuscht hinterher.

Als er seinen Wagen erreichte, bemerkte Schelsky, dass seine Fäuste in den Taschen der Windjacke noch immer geballt waren. So wütend war er auf Christoph. Konnte er nicht zumindest so lange Rücksicht auf Fanny nehmen, wie sie sich von ihrer Operation erholte? Dieser Typ war ein echter Psycho.

Erst kurz bevor er zu Hause eintraf, lockerte sich Schelskys Körperspannung wieder. Er nahm sich vor, mit Fanny zu reden. Aber erst, wenn sie wieder auf dem Damm war.

***

»Warum, Clara, sag mir einfach, warum?« Daria schaute ihre Schwester an, fragend und fordernd zugleich. Clara wich dem Blick aus und konzentrierte sich ganz darauf, in ihrer Handtasche zu wühlen.

»Clara, hilf mir! Bitte!«

Clara beförderte ein schwarzes Feuerzeug aus ihrer Tasche und sah sich suchend nach einem Aschenbecher um. Sie mied Darias Blick. Doch Darias Bitte schwebte über ihnen im Raum, und in der Stille, die entstand, hallte sie wie ein Echo nach.

Clara sah auf und ließ einen Seufzer ertönen. Ihre Finger mit den dunkelrot lackierten Nägeln spielten mit einer Zigarette.

»Lass uns bitte nicht in den alten Wunden bohren, Daria. Das bringt doch nichts!«

»Kapierst du nicht, dass ich Antworten brauche?«

Clara stand auf und verließ ohne ein weiteres Wort das Lokal. Daria folgte ihr. Vor der Eingangstür zündete Clara sich die Zigarette an. Gierig sog sie den Rauch ein. Daria baute sich neben ihr auf.

»Ich muss endlich wissen, was geschehen ist, um zu verstehen, was dann mit mir passiert ist.«

»Dabei kann ich dir nicht helfen.« Sie nahm einen weiteren Zug und versuchte Ringe zu blasen, was ihr misslang. »Ich hatte eigentlich gehofft, du könntest mir ein wenig helfen.«

Clara sah elend aus. Die Wangen eingefallen, das Gesicht hastig geschminkt, das himmelblaue Kleid ungebügelt, was zu ihr nicht passte. Einer ihrer Fingernägel war abgebrochen und endete in einer scharfen Kante.

»Wir können auch erst über dich reden«, antwortete Daria, wobei sie darauf achtete, das Wort »erst« weder zu verschlucken noch zu stark zu betonen. Volker hatte sich zwei Wochen zuvor von Clara getrennt. Er hatte eine Neue, die mehr als zehn Jahre jünger war als sie.

Clara nickte und wechselte das Thema. Sie erzählte Daria die ganze Geschichte, und das Erschreckende daran war für Daria, dass diese so kurz war. Volker hatte keine Gründe genannt, als er seine Sachen packte. Zwei Koffer nahm er mit. Er hatte bislang nicht wieder von sich hören lassen, sah man von einem Brief seines Anwalts ab, in dem das schlimme Wort Scheidung stand. Dieses Wort hatte in den fast vierzehn Ehejahren nie zu ihrem aktiven Wortschatz gehört. Clara hatte zwar geahnt, dass Volker sie gelegentlich betrog – Männer sind halt so –, aber dass er sie ohne Vorwarnung verlassen würde, war bis zu dem Zeitpunkt, an dem er es dann tat, undenkbar. Er war etwas später als sonst nach Hause gekommen, hatte ihr mitgeteilt, er müsse mit ihr reden, hatte dann nicht mit ihr geredet, sondern stattdessen seinen Auszug verkündet, wobei er genau einen Satz über ihre Nachfolgerin verlor. Und als Clara weinend zusammenbrach, war er ins Schlafzimmer gegangen und hatte eilig ein paar Sachen in seine beiden Koffer geworfen. Weil er ihr Schluchzen schlecht ertrug, schloss er die Tür beim Packen, und als er ging, murmelte er ein »tut mir leid« in ihre Richtung. Die Tür fiel zu, knapp dreißig Sekunden später hörte sie, wie der Motor ansprang. Bevor sie sich entschieden hatte, ob sie nun nach draußen laufen, sich vor den Wagen werfen und ihm eine Szene machen sollte, drangen schon die Geräusche des anfahrenden Wagens an ihr Ohr. Sie eilte zum Küchenfenster, aber da war der Opel, in dem sie viele Hundert Mal gesessen hatte und nun nie wieder sitzen würde, bereits aus ihrem Blickfeld. Das war die ganze Geschichte, die Clara zu erzählen hatte, und es war schon die ausführliche Version.

Daria hörte geduldig zu, nahm ihre Schwester mehr als einmal in den Arm und versuchte mehr über Volkers Abgang herauszubekommen. Doch jede weitere Nachfrage von Daria beantwortete Clara nur mit einem Schulterzucken.

Als sie schon fast zwei Stunden lang gemeinsam Volker nachgetrauert, ihn beschimpft und verwünscht hatten und Clara auch gleich noch dem Rest der Männerwelt – und das für immer – abschwor, wagte Daria einen neuen Versuch, auf das Thema zurückzukommen, das sie gerade am meisten beschäftigte.

»Clara, so ähnlich wie du jetzt habe ich mich damals gefühlt. Verlassen von einem Tag auf den anderen.«

Daria winkte die Bedienung zu sich und bestellte noch einen halben Liter von dem roten Hauswein. Dann suchte sie erneut Blickkontakt zu ihrer Schwester, die eigentlich besser keinen Wein mehr hätte trinken sollen. Clara hatte die Zigarette zwischen ihren Fingern mit der Kerze vertauscht, die müde auf ihrem Tisch vor sich hin flackerte.

»Ich kann dir nicht helfen, Daria«, sagte sie, während sie sich mit der Hand durchs Haar strich. »Verstehst du nicht, dass ich dazu im Moment keine Kraft habe?«

»Es ist vielleicht der unpassendste Moment«, hakte Daria nach. »Aber ich muss begreifen, warum Mama mich so sitzen gelassen und sich auch nie gekümmert hat, als es mir schlecht ging. Ich habe mir jahrelang die Schuld für ihren Weggang gegeben. Ich bin daran fast zerbrochen.« Daria atmete tief durch. »Solange dieser Stachel noch in mir sitzt, kann ich diese Zeit nicht hinter mir lassen.«

Der Wein kam, und Daria schenkte erst ihrer Schwester, dann sich selber ein.

»Du warst immer ein Papa-Kind. Weil du auch als Mädchen schon so verdammt intellektuell warst. Du hast so viel über Frauenunterdrückung geredet, aber nie gemerkt, wie es um Mama stand.« Clara fuhr sich mit der Hand erneut durch ihr Haar. Die Bewegung wirkte etwas wirr. »Und als Mama gehen musste, wusste sie, dass du sie verraten würdest. Du hättest Papa auf jeden Fall erzählt, wo sie steckt. Das jedenfalls hat sie geglaubt.«

»Was hätte ich tun sollen?« Jetzt, wo Clara anfing zu reden, wollte Daria sie nicht mehr vom Haken lassen.

»Gar nichts«, antwortete Clara und nippte an ihrem Wein. »Es war nicht deine Aufgabe, Mama zu retten. Und ohne dich wäre Papa verloren gewesen. Alles, was passiert ist, war unausweichlich.« Claras Fingerkuppen bearbeiteten weiter unaufhörlich die Kerze, unter ihren Fingernägeln sammelte sich erkaltetes Wachs. »Sie hat sich halt ein neues Leben aufgebaut, in dem kein Platz mehr für das alte war.«

Daria überlegte, was sie jetzt noch fragen sollte. Dann gab sie auf. Sie würde keine weiteren Antworten bekommen. Vielleicht, weil es gar keine gab. Sie musste dieses Kapitel so abschließen. Nicht mit einem Ausrufezeichen – mit einem Fragezeichen am Ende. Sie würde ihre Mutter nie wiedersehen, das hatte sie beschlossen. Nur so konnte sie sich vor weiteren Enttäuschungen schützen, die ihr fragiles Gleichgewicht wieder aus dem Lot bringen würden.

Und noch ein Entschluss war in ihr gereift.

»Hast du in den letzten Jahren eigentlich mal einen neuen Anlauf genommen, deine leibliche Mutter zu finden, Clara?«

»Das habe ich nie wieder versucht, nachdem ich mit Mama und Papa in Vietnam war.« Clara machte eine erläuternde Handbewegung, und Daria gelang es in letzter Sekunde, das halbvolle Weinglas vor dem Umkippen zu bewahren. Clara war ganz eindeutig voll. Sie betonte inzwischen jede Silbe sehr akkurat, um zu vermeiden, dass es wie ein Lallen klang, doch alkoholbedingte Zungenlähmung machte sich in ihrem Gaumen breit.

»Warum fragst du?«

»Weil ich mich auf die Suche machen werde«, antwortete Daria, »nach meiner Herkunftsmutter.«

***

Rauchschwaden durchzogen den Raum wie Nebelschleier. Die Konzentration von verbranntem Kondensat, Nikotin und einem weiteren Dutzend Atemgiften war exorbitant hoch. Seit Rauchen in Kneipen bis auf wenige Ausnahmen untersagt war, war die Luft in den Läden, die das Verbot unterliefen, kaum zu ertragen.

Das Topal hatte den morbiden Sperrmüll-Charme der Siebziger, aus denen vermutlich auch der Billardtisch stammte, der den hinteren Raum fast komplett ausfüllte. Sie hatten früh schon ihre Euro-Stücke an der Bande postiert, und nach fast einer Stunde Wartezeit waren sie endlich dran. Den Plan, mit dem Queue gegeneinander anzutreten, hatten Vanessa und Tom längst fallen lassen. Weil viele Gäste spielen wollten, duellierte man sich hier nur zu viert – wobei die Sieger der vorausgegangenen Partie stets am Tisch blieben, um sich neuen Herausforderern zu stellen.

Charles und Günni spielten schon seit acht Partien an dem Tisch, und keiner ihrer Herausforderer hatte bislang auch nur die Spur einer Chance gehabt. Vanessa und Tom sahen sich fragend an und zuckten fast gleichzeitig mit den Achseln. Hier anzutreten war, wie sich zur Schlachtbank führen zu lassen.

Die Vorstellung, gleich die Grenzen aufgezeigt zu bekommen, behagte Tom nicht. Er wollte glänzen, Vanessa imponieren und nicht als Loser vom Feld gehen. Er reichte schon, dass er auch ohne Queue im Moment nicht gerade zu Hochform auflief. Er hörte sich beim Flirten zu und dachte darüber nach, ob man diese Kunst verlernen konnte. Seine Blicke, seine Gesten, seine Worte, alles kam ihm seltsam unbeholfen vor. Keine Frage, er war aus der Übung. Sein Charme war eingerostet, er musste ihn dringend polieren.

Oder war er einfach nur verkrampft, weil es ihn voll erwischt hatte?

Charles, ein Hüne, dessen eng anliegendes Muskelshirt den Blick auf seine kraftstrotzenden, tätowierten Arme freigab, ordnete die Kugeln im Dreieck und forderte Vanessa mit einer Geste auf zu beginnen. Tom gefiel es, wie elegant sie das Queue durch ihre Finger gleiten ließ und wie viel Wucht sie der weißen Kugel mit auf den Weg gab. Die Pyramide stob auseinander, fast alle Kugeln wurden über den Tisch katapultiert, und eine »Volle« schnellte direkt in eine der Taschen, während eine weitere direkt vor dem gegenüberliegenden Loch zur Ruhe kam. Ein weiterer kraftvoller Stoß versenkte auch sie. Tom pfiff Vanessa anerkennend zu, die den Pfiff mit einem breiten Lächeln quittierte. Vanessa gelang es sogar noch, eine weitere Kugel abzuräumen, doch diesmal lief auch die »Weiße« mit in die Tasche. Drei von sieben, das war ein famoser Anfang. Vanessas erste Stöße hatten für so viel Aufmerksamkeit gesorgt, dass immer mehr Zuschauer sich um den Tisch gruppierten.

Günni, ein kleiner kauziger Gnom mit ungesunder Gesichtsfarbe und Kippe im Mundwinkel, war nun an der Reihe. Er drehte das Queue zwischen seinen Fingern und fixierte konzentriert das Bild, das sich ihm bot. Dann setzte er fast ansatzlos zum Stoß an, trieb die Spielkugel fast über das gesamte Feld, touchierte eine der Halben nur leicht an der Seite und ließ sie, wie am Faden gezogen, in eine der Taschen laufen. Die nächste Kugel nahm er auf dem direkten Weg, und auch im dritten Anlauf traf er eine der Halben, doch diesmal nicht exakt. Die Kugel rollte zwar in die Ecke, blieb aber auf dem Tuch.

Nun war es an Tom, das Spiel fortzusetzen. Das beeindruckende Niveau der ersten Stöße und die vielen Zuschauer, die sich inzwischen in dem Raum drängten, trugen nicht dazu bei, seine Verkrampfung zu lösen. Er hatte schweißnasse Hände, als er das Queue aufnahm. Er kreidete die Spitze, um Zeit zu gewinnen. Er sah Vanessa an und kassierte einen aufmunternden Blick. Er richtete das Queue aus, hörte einen imaginären Trommelwirbel, während er die Spielkugel fixierte, ließ den Stock zurückschwingen, stieß und traf. Erst als die getroffene Kugel geräuschvoll im Innern des Tisches verschwand, wagte er wieder zu atmen. Sein nächster Stoß war nicht ganz optimal. Er traf sein Ziel zwar, aber zu schwach. Die Kugel marschierte auf eine Tasche zu, schien in den Tisch zu fallen, überlegte es sich aber im letzten Moment anders. Es fehlte nur ein winziger Zentimeter, doch jetzt war Charles am Zug.

Der Tätowierte ließ sich nicht lange bitten. In kurzem Abstand räumte er mit kunstfertigen Stößen zwei Kugeln vom Tuch, scheiterte im dritten Anlauf aber denkbar knapp. Laut fluchend wandte sich der Koloss vom Tisch ab.

In dem Augenblick, in dem Vanessa das Queue erneut ergriff, war Tom sicher, dass sie das Spiel nicht verlieren würden. Es gab magische Momente, in denen der Zwerg den Riesen bezwang und auch physikalische Gesetze für den Bruchteil einer Sekunde aufgehoben waren. Etwas, das einer Eingebung sehr nahekam, sagte Tom, dass einer dieser Momente, wo alles auf den Kopf gestellt wird, gerade jetzt angebrochen war.

Vanessa würdigte die Kugel, die Tom ihr direkt vor das Loch gelegt hatte, mit keinem Blick. Sie nahm sich einen schwierigeren Stoß vor, der ihr gelang. Noch zwei Kugeln und dann die »Schwarze«.

Tom sah Vanessa voller Faszination zu. Jetzt, wo sie ganz auf das Spiel konzentriert war, konnte er sie in Ruhe betrachten, ohne dass sie es bemerkte. Ja, er war total verknallt. Nein, er würde nichts versuchen. Seit dem gemeinsamen Trip ins Westjordanland war er mit Henning und Vanessa befreundet und traf sich regelmäßig mit ihnen, mal zu zweit, mal zu dritt. Seit ein paar Monaten kannte er auch Paul und Sinja, ihre Kinder. Niemals würde er in diese Familie eindringen. Im Gegenteil: Als im Winter die Ehe so heftig gekriselt hatte, dass Vanessa mit beiden Kindern zwei Wochen zu ihrer Mutter gezogen war, hatte er einiges versucht, sie wieder mit Henning zusammenzubringen. Am Ende war die Familie wieder vereint, woran er allerdings nur einen verschwindend geringen Anteil hatte.

Toms Blick war immer noch auf Vanessa geheftet. Für ihn war sie eine Frau zum Nicht-sattsehen-Können. Keine zum sattwerden.

Vanessa holte aus und traf die vorletzte Kugel nicht richtig. Sie kam eine Handbreit von der Tasche entfernt zum Stillstand. Die »Weiße«, die sie wie immer mit viel Schwung gespielt hatte, aber touchierte zwei Banden und rollte mit hohem Tempoverlust auf die Kugel zu, die Tom auf der Lochkante platziert hatte. Für den Bruchteil einer Sekunde schien es, als würde sie ihr Ziel nicht erreichen, dann aber tupfte sie mit letzter Kraft gegen die Kugel und ließ sie in der Versenkung verschwinden. Die Umstehenden klatschten, und Vanessa grinste ein wenig verlegen in die Runde. Mit dem nächsten Stoß erlegte sie die letzte »Volle« und trieb danach die »Schwarze« noch ein gutes Stück in die richtige Richtung.

Auch Günni putzte die noch auf dem Feld verbliebenen »Halben« vom Tuch und wandte sich schließlich der Schwarzen zu. Er trieb sie mit einem Kunststoß über gleich drei Banden auf die richtige Tasche zu. Aber wie zuvor bei Tom blieb auch diesmal die Kugel direkt auf der Kante liegen. Trotzdem ballte Günni die Siegerfaust. Jede weitere Berührung würde die Schwarze unweigerlich in die Tasche rollen lassen, die für sie die richtige und für ihre Gegner die falsche war. Die Partie war faktisch gewonnen.

Vanessa hob bereits resignierend die Arme, doch Tom hatte noch eine verwegene Idee. Er war kein begnadeter Billardspieler, aber es gab einen Stoß, den er fast perfekt beherrschte. Der stand allerdings in keinem Reglement. Tom nahm das Queue und kreidete erneut dessen Spitze. Die Spielkugel lag nur etwa zehn Zentimeter von der Schwarzen entfernt.

Tom zielte zwischen Tuch und Kugel, traf voll, und die Weiße hob ab. Sie flog in einem kleinen Bogen über die schwarze Kugel hinweg, krachte gegen die Gummierung am äußeren Rand der Tasche, prallte von hier zurück, traf die Schwarze von hinten und katapultierte sie wieder zurück aufs Spielfeld, während sie selbst nach dem Zusammenprall im Loch verschwand.

Fassungslos starrten die Umstehenden auf das Spielfeld. Einige klatschten, andere schüttelten den Kopf. Es entstand eine kurze Diskussion, ob der Stoß regelgerecht sei. Doch keinem der Anwesenden war eine Regel bekannt, die ein solches Spiel untersagte.

Mit wütender Miene legte Charles die Spielkugel auf den Anstoßpunkt. Er traf die Schwarze im falschen Winkel. Vanessa machte es anschließend besser. Ihr exakter Stoß beendete – unter anerkennendem Applaus des Publikums – das Spiel. Vanessa und Tom klatschten sich ab, dann fiel sie ihm in den Arm. Als Tom sie fest umschloss, wagte er nicht zu atmen.

Den Abdruck ihrer Hand, die nur kurz auf seinem Rücken lag, glaubte er noch Stunden später spüren. Hätte sie seine Haut berührt, er hätte sie nie wieder gewaschen. Nein, ich werde nichts bei ihr versuchen, lautete sein Mantra für den Rest des Abends. Vanessa war sakrosankt. Und trotzdem schwante ihm in diesen Stunden, dass er nicht mehr so richtig glücklich werden würde, ohne sie irgendwann einmal zu küssen. Und sei es nur ein einziges Mal.

KAPITEL 35

20. Januar 2009: Mit Barack Obama wird erstmals ein Afroamerikaner Präsident der Vereinigten Staaten von Amerika, und einer der vielen Träume Martin Luther Kings geht damit in Erfüllung.

»Warum muss das sein?«, fragte Veit. Wie immer wenn er unzufrieden war mit dem, was sie tat, wurde er laut. Und er war oft unzufrieden mit ihren Entscheidungen.

»Weil ich einfach wissen will, woher ich komme. Weil ich meine Wurzeln kennenlernen muss.«

»Das bringt doch nichts«, fiel Veit sofort ein. Er ließ das, was sie sagte, überhaupt nicht auf sich wirken.

»Schau in die Zukunft, nicht in die Vergangenheit. Mach was aus dir. Du bist eine hervorragende Autorin. Du bist bekannt. Doch statt das auszubauen, treibst du dich im Vorstand so einer piefigen Drogeneinrichtung rum und verplemperst den Rest der Zeit damit, nach deiner leiblichen Mutter zu suchen, die sich nie für dich interessiert hat.«

Daria hatte keine Lust, mit Veit darüber zu diskutieren. Sie war es leid, dass er immer genau wusste, was gut für sie war und was schlecht. Der belehrende Ton, mit dem er über sie dozierte, als kenne er sie so viel besser als sie sich selbst, war ermüdend. Sie hatte ihre leibliche Mutter gesucht, hatte sie gefunden und würde sich heute das erste Mal mit ihr treffen. Ob es Veit nun passte oder nicht.

»Ich glaube, ich bin alt genug, um eigene Entscheidungen zu treffen«, erwiderte sie scharf.

»Das bezweifle ich manchmal!«

»Die Entscheidungen für mein Leben treffe aber immer noch ich!«

Daria stand auf vom Frühstückstisch und knallte beim Verlassen des Zimmers die Tür so vehement ins Schloss, dass sie kurz glaubte, das Glas würde springen. Ich habe diese Art so satt, dachte Daria. Solange sie als ehemaliger Junkie Veits Beschützerinstinkt mobilisiert hatte und als Bestsellerautorin die Frau war, die an seiner Seite glänzte, war alles perfekt gewesen. Doch seit ihr Ruhm verblasste und sie so stabil war, dass sie niemanden mehr brauchte, der sie vor einem erneuten Absturz bewahrte, nörgelte Veit nur noch an ihr herum. Er ließ sie nicht weiter wachsen. So wie Till Brigitte nie hatte wachsen lassen. Zum ersten Mal bekam Daria ein Gefühl dafür, warum ihre Mutter den eigenen Mann verlassen hatte. Nur dass sie auch sie, ihre Tochter, im Stich gelassen hatte, das würde sie nicht mehr verzeihen. Weil die Wunde so tief war, dass sie dafür hassen musste. Ihre Mutter oder sich selbst. Sich selbst zu hassen, hatte sie fast getötet. Es war gesünder, Brigitte nicht zu verzeihen, was sie ihr angetan hatte. Und es war notwendig für sie, noch einmal ganz zurückzublicken: Das allererste Kapitel ihres Lebens kennenzulernen, von dem sie bislang nur den letzten Absatz kannte, in dem stand, wie sie zum ersten Mal in ihrem Leben verlassen worden war.

***

»Ich denke wieder ans Leben, nicht ans Sterben.« Fanny biss von ihrem Brötchen ab und sah durch das Küchenfenster auf die schneebedeckte Landschaft. Christoph saß ihr gegenüber und lächelte sie an. In seinem Blick lag die Hoffnung, alles könnte wieder so sein wie früher.

Fannys Blick auf die Welt hatte sich verändert. Sie sah alles neu, wie ein Kind. Sie bekam vor Staunen den Mund nicht mehr zu. Nichts ist mehr selbstverständlich, alles ordnet sich neu, dachte sie. Die Lust, die kleinen Dinge, die das Leben schön machen, ganz tief in sich aufzunehmen, war unermesslich groß. Sterben war ein Grund, traurig zu sein und sich zu fürchten, vor dem, was kommt. Aber es war kein Grund, unglücklich zu leben. Die Kunst, die sie lernen musste, bestand darin, Todesfurcht in Lebensglück zu verwandeln.

»Es gibt so vieles, an dem ich bislang achtlos vorbeigegangen bin«, sagte sie in Richtung von Christoph. »Seit ich wieder voll Zuversicht bin, werden die früheren Alltäglichkeiten zur Sensation. Ich sehe die Dinge nicht nur an, ich will sie betasten, will sie riechen und schmecken, um sie ganz in mich aufzunehmen. Ich gehe in die Knie und rieche voll Ehrfurcht an der Blume. Mein Blick verweilt auf den Gesichtern der Menschen, denen ich begegne. Ich kaue den Braten, bis ich ihm allen Geschmack entwunden habe, und schlucke ihn dann erst runter.«

Sie hatte die wichtigen Momente ihres Lebens oft einfach nicht richtig ausgekostet. Zu viel ungelebtes Leben. Wie viel Zeit blieb noch, all das Schöne zu genießen? Seit der Tod nach ihr griff, hatte sie nichts mehr zu verlieren. Sie konnte nur ein paar schöne Momente gewinnen. Mit Menschen, die ihr etwas bedeuteten und mit Aktivitäten, die sie immer schon umsetzen wollte oder die ihr gerade in den Sinn kamen.

»Es ist wunderbar zu erleben, wie du aufblühst«, sagte Christoph und goss Orangensaft nach.

In Fanny bebte die Lust, sich den Alltag zurückzuerobern. So zu tun, als sei sie entkommen.

Chemotherapie und Bestrahlungen hatten sie an den Rand gebracht. Alle Kraft aus ihrem Körper gesogen. Nun ging es wieder aufwärts. Ihre Haare sprossen wieder, und die Ärzte hatten keine neuen Metastasen entdeckt. Das Leben zeigt dir erst im Angesicht des Todes, wie wertvoll es ist, dachte sie. Ich möchte die vergangenen Monate nicht missen. Es waren die intensivsten meines Lebens und auch die ehrlichsten. Ich darf diese Monate nicht als gestohlene Zeit ansehen. Ich habe so viel über mich, das Leben und die Angst gelernt. Ich möchte das alles nicht missen, vorausgesetzt, ich komme davon.

»Wollen wir gleich einen Spaziergang machen?«, fragte Christoph und sah Fanny erwartungsvoll an. Er hatte sich einen Tag freigenommen, Lina in die Schule gebracht und auf dem Rückweg frische Brötchen gekauft. Fanny hatte derweil den Frühstückstisch gedeckt, Obst kleingeschnitten und Kaffee gekocht. Auch das hatte Christoph übernehmen wollen, doch Fanny hatte energisch protestiert. Es sei ja nun nicht so, dass Christoph ihr alles abnehmen müsse. Natürlich machte es ihr Mühe, das Frühstück zuzubereiten. Aber sie war fest entschlossen, sich ins Leben zurückzukämpfen.

Nach dem Frühstück ließ Fanny Christoph das Geschirr abräumen und schlüpfte in ihre Daunenjacke. Auch wenn sie noch keine weiten Strecken zurücklegen konnte, trieb es sie mit Macht nach draußen.

Ihre Sehnsucht nach der Natur war unendlich groß. Es gab nichts Grandioseres, als über schneebedeckte Feldwege zu marschieren, so lange die Kraft reichte, und alle paar Meter stehen zu bleiben und sich zu wundern. Die noch geschlossenen Knospen der Bäume versprachen einen neuen Frühling. Fannys Freude, bald zu sehen, wie die Bäume ihre Blätter entpuppten und all die Blumen erblühten, mitzuerleben, wie der Frühling seinen bunten Einzug hielt, war überwältigend

Fanny blieb stehen und blickte in den Himmel. Was auf der Welt konnte beglückender sein, als die über ihr dahinziehenden Wolken dabei zu beobachten, wie sie ständig neue Figuren formten? Wolken waren für sie ein Sinnbild des Lebens geworden. Kaum war ein Himmelsbild zu erkennen, da verging es schon wieder, und Neues entstand. Werden und Vergehen im Zeitraffer.

Christoph stand neben ihr und hielt ihre Hand, so fest, als wolle er sie nie wieder loslassen. Sie sprachen nicht viel, wie meist. Aber es tat gut, dass er da war. Der Kampf mit dem Tod war eine verdammt einsame Sache. Da jemanden an seiner Seite zu haben war Gold wert.

»Meinst du, wir schaffen es, im Frühjahr wegzufahren?«, fragte Christoph unvermittelt.

Jaaa, schrie alles in Fanny. Die Lust auf das unbekannte Neue, die Lust zu reisen, war wieder in ihr. Nicht um irgendwo anzukommen, sondern um ihre klein gewordene Welt noch einmal richtig groß werden zu lassen. Ich will den Schnee des Kilimandscharos, das Wasser des Amazonas und den Sand der Sahara, dachte Fanny. Christoph hingegen dachte vermutlich mehr an Pauschalurlaub auf Malle.

Nach ein paar Hundert Metern setzte sich Fanny auf eine Bank, um auszuruhen. Es war nicht schlimm, dass ihr die Puste noch immer schnell ausging. Was machte es für einen Sinn, mit den Gesunden konkurrieren zu wollen?

Mit ihrem Bedürfnis nach Natur war auch Fannys Bedürfnis nach Zärtlichkeit gewachsen. Angekuschelt an Christoph einzuschlafen – und sie konnte wieder schlafen – tat so gut. Mit Schelsky Hand in Hand spazieren zu gehen, sich von Anett massieren zu lassen, Finn und Thorben zu umarmen, Lina auf dem Schoß zu haben, all das war so unsagbar wertvoll geworden. Umgeben zu sein von liebenden, fürsorglichen Menschen machte das Leben doppelt schön. Und schrumpfte die Angst vor dem Sterben.

Als sie nach einer guten Stunde den Hof wieder erreichten, war Fanny zufrieden wie schon lange nicht mehr. Und voller Lebenslust. Sie drückte Christoph eng an sich und verzieh ihm für einen Moment sogar seinen Dauerzoff mit Schelsky.

»Manchmal denke ich, ich fange gerade erst an zu leben«, sprudelte es aus ihr hervor. »Und zu lieben.«

***

Darias Herz klopfte bis zum Hals. Sie sah nervös auf ihr Handy. Die Zeit schien stillzustehen. Noch fünf Minuten, dann würde Renate kommen. Renate Fink, ihre Mutter. Die Mutter, die sie geboren hatte. Daria rührte den Kaffee um, in dem Milch und Zucker sich längst verteilt hatten. Ein weiterer Blick aufs Handy. Noch vier Minuten. Sie hatte ein Café ausgewählt, das sie bislang nur von außen kannte und in dem vor allem niemand sie kannte. Klassisch eingerichtet, mit Biedermeier-Möbeln, bespannten Wänden und gestärkten, weiß strahlenden Tischdecken. Passend für eine gut Siebzigjährige. So alt musste ihre Mutter jetzt sein. Zweiundsiebzig genau.

Die Tür öffnete sich langsam, und eine ältere Dame, auf einen Stock gestützt, trat ein. Daria versuchte Augenkontakt aufzunehmen, doch ohne den Blick zu heben, nahm die Frau direkten Kurs auf einen Tisch in der gegenüberliegenden Ecke des Cafés. Ein weiterer Blick aufs Handy. Zwei vor fünf. Der Countdown lief. Noch kann ich gehen, dachte Daria. Noch kann ich mich dagegen entscheiden.

Ein Blind Date mit der eigenen Mutter. Werde ich sie überhaupt erkennen? Wie spreche ich sie an? Daria wunderte sich, wie viele Gedanken sie gleichzeitig denken konnte.

»Wollen Sie ein Stück Kuchen?«

»Nein danke, ich warte noch auf jemanden!«

Ein Blick aus dem Augenwinkel aufs Handy. Punkt fünf. Vielleicht kommt sie ja gar nicht? Vielleicht hat sie es sich ja anders überlegt? In diesem Moment öffnete sich die Tür erneut. Wieder betrat eine ältere Frau das Café. Dauerwelle, kräftige Statur, beiger Rock. Sie ließ ihren Blick schweifen. Daria fixierte sie. Ihre Augen trafen sich. Ein kurzes Zögern, dann kam sie auf Daria zu.

»Frau Hartung?«

»Ja! Frau Fink?«

Daria hatte sich erhoben. Ein kurzer Händedruck. Schweißnasse Innenflächen bei beiden.

Das ist sie. Das ist meine Mutter, hämmerte es in Darias Kopf, während sie die Frau ansah. Sie musterten sich gegenseitig, während sie Platz nahmen. Suchten nach Ähnlichkeiten.

Nur langsam entwickelte sich ein Gespräch. Daria hatte viele Fragen. Sie stellte sie alle. Satz für Satz schrieb sich das erste Kapitel ihres Lebensbuches. Sie hörte die Geschichte der Liaison zwischen der jungen Sekretärin und dem wesentlich älteren Chef, auf den nach der Arbeit eine Frau und drei Kinder warteten. Als sie schwanger wurde, kämpfte sie mit sich. Sie informierte ihn erst, als es für eine Abtreibung zu spät war. Bevor der Bauch sichtbar wuchs und ihre Kollegen anfingen zu tuscheln, verschwand sie von der Bildfläche. In der Firma hieß es, sie sei ein halbes Jahr im Ausland, um ihre Französischkenntnisse zu verbessern. Sie trug ihr Kind in einer Stadt aus, in der sie niemand kannte. Der Chef kam für ihren Lebensunterhalt auf und vermittelte ihr die Klinik. Als es so weit war, bekam sie ihre neugeborene Tochter nicht zu sehen. Sie hatte noch ein paar Wochen

Zeit, sich umzuentscheiden. Die Frist ließ sie verstreichen. Pünktlich nach einem halben Jahr tauchte sie wieder in der Firma auf. Ohne verbessertes Französisch und ohne Baby. Beides merkte niemand.

Zwischendurch öffnete Renate ihr Portemonnaie, in dem hinter der zerknitterten Schutzfolie ein verwackeltes Foto eines Mannes steckte. »Dein Vater«, sagte Renate und steckt das Bild gleich wieder weg. Obwohl er längst tot war, weigerte sie sich, seinen Namen preiszugeben.

Das ist meine Mutter, hämmerte es weiter in Darias Kopf. Das Gefühl einer ganz besonderen Nähe paarte sich mit einer unsagbaren Distanz zu dieser älteren fremden Frau. Daria suchte sich in ihr. Die Augenstellung ein wenig und der Mund – ja der Mund. Und auch der Rhythmus, in dem sie sprach, kam Daria bekannt vor. Doch das konnte nicht sein. Das wird ja nicht vererbt, sondern anerzogen. Oder doch nicht?

Immer wieder musste Renate ihren Bericht unterbrechen, erschüttert von der eigenen Geschichte. Daria suchte die Balance zwischen Nähe und Distanz. Es war wie vor einer Kinoleinwand. Die Geschichte ergriff sie, doch es gelang ihr kaum, sich vorzustellen, dass das Baby, von dem da die Rede war, sie selber gewesen war. Nachdem Renate alle ihre Nachfragen rund um die Geburt beantwortet hatte, wollte Daria wissen, wie es ihr später ergangen sei. Sie erfuhr, dass ihre Mutter die Adoption immer geheim gehalten hatte, auch vor den eigenen Eltern. Dass sie sich später gewünscht hatte, ihre Tochter einmal zu sehen. Dass sie aber nichts tun konnte, um sie zu finden. Dass sie die Hoffnung längst aufgegeben hatte, als Darias Brief sie erreichte.

Daria sog ihre Geschichte in sich auf. Irgendwann schoss ihr in den Kopf: Ich glaube, ich mag sie. Ein Gedanke, der sie unheimlich erleichterte. Was für ein Desaster, wenn ihr die eigene Mutter unsympathisch gewesen wäre.

Als Renate nach knapp zwei Stunden ihre Geschichte erzählt hatte, begann Daria mit ihrer. Sie entschärfte sie, doch nur ein wenig. Wer eine Autobiografie geschrieben hat, kann sich nicht neu erfinden. Irgendwann würde ihre Mutter über das Buch stolpern. Deshalb hatte sie es ihr gleich mitgebracht.

Es war bereits dunkel, als sich die beiden Frauen trennten. Was mit einem Händedruck begonnen hatte, endete mit einer Umarmung, ein paar Tränen und dem Versprechen auf ein Wiedersehen. Doch schon auf dem

Nachhauseweg wurde Daria klar, dass diese Frau für immer eine Fremde für sie bleiben würde. Sie hatten fast fünfzig Jahre ohne einander verbracht, nur die Zeit bis zur Geburt miteinander geteilt. Sie waren nicht Mutter und Tochter. Sie waren Daria Hartung und Renate Fink.

***

»Das geht alles auf meine Rechnung – is ja wohl das minneste!« Tom kämpfte mit seiner Zunge, die nicht tat, was sie sollte. Das letzte Bier war eindeutig schlecht gewesen. Er blickte hoch zu Schelsky, der ihn mit glasigen Augen ziemlich entrückt anlächelte.

Sie hatten gesoffen. Gegen die Steifheit. Gegen die Distanz zwischen ihnen. Gegen den Sarkasmus, mit dem Schelsky Tom begegnete. Gegen die bösen Geister der Vergangenheit. Sie hatten viel Alkohol benötigt, bis Tom sagte: »Tret mir in den Hintern, schlag mir in die Fresse, versetz mir den Todesstoß, aber danach versuch bitte, mir zu verzeihen.«

Um seinen Worten einen würdigen Rahmen zu geben, war er vor Schelsky theatralisch auf die Knie gegangen, die Hände vor der Brust zum Stoßgebet gefaltet. Die anderen Gäste schauten zu ihnen rüber, aber das war Tom egal. Buße musste wehtun. Mit ein paar faden Worten war es nicht getan.

Schelsky konnte ein Lächeln nicht unterdrücken, als er sah, wie Tom sich vor ihm öffentlich in den Staub warf. Da wusste Tom, dass er ihn geknackt hatte. Er ließ sich wieder auf den Stuhl gleiten und fügte in deutlich ernsterem Tonfall hinzu: »Es tut mir sehr, sehr leid, ehrlich.«

Das Lächeln hatte Schelsky aufgesprengt, doch es hatte noch einiges mehr an Alkohol gebraucht, bis Schelsky sagte: »Ich verzeih dir, du riesengroßes Arschloch«, und seinen alten und vielleicht auch neuen Freund in die Arme schloss. Sechs Jahre Funkstille waren damit beendet.

Der Rest des Abends wurde in noch mehr Sprit und Emotionen ertränkt. Sie hatten das Berufliche schnell abgehakt und festgestellt, dass sie sich beide als Freelancer, wie das inzwischen modisch hieß, durchs Leben schlugen, sich von Auftrag zu Auftrag hangelten. Ihre Karrierehöhepunkte lagen in der Vergangenheit, und was die Zukunft bringen würde, war ungewiss.

Dann hatte Schelsky von Fanny erzählt und Tom mit versteinerter Miene dagesessen, die sich erst aufhellte, als er erfuhr, dass es ihr wieder besser ging und die Ärzte keine neuen Geschwüre gefunden hatten. Er versprach, sie und Schelsky so schnell wie möglich zu besuchen. Er ärgerte sich sehr, dass er sich nicht schon lange bei ihr gemeldet, den Anruf immer wieder hinausgeschoben hatte, weil er fürchtete, dass ihm die Worte fehlen würden. Schon ein »Wie geht es dir?« war kein unverbindlicher Gesprächseinstieg mehr, wenn man eine Todkranke am Apparat hatte.

Ich muss lernen, das Unangenehme nicht ständig wegzuschieben, mahnte sich Tom. So wie er auch ein Treffen mit Schelsky immer wieder vor sich hergeschoben hatte, bis er endlich zum Hörer griff. Schelsky war erstaunt gewesen, seine Stimme zu hören, und wollte sofort wieder auflegen. Mit Engelszungen und Bekundungen tiefster Reue hielt Tom ihn am Telefon, verstrickte ihn in ein Gespräch und rang ihm schließlich den Abend ab, den sie gerade miteinander verbrachten. Wenn er versuchte, sein Leben in Ordnung zu bringen, musste er auch die Leichen im eigenen Keller beseitigen. Sonst würde das Haus, das er bewohnte, immer wieder anfangen zu stinken.

Schelsky spürte, wie seine Gedanken und seine Gefühle durch den Alkohol ins Trudeln kamen und sich diese schwerblütige Melancholie in ihm breitmachte, die ein oft gesehener Gast war. Fannys Kampf gegen den Krebs saugte ihn aus, die Angst, sie auch noch zu verlieren, nahm ihm jede Fröhlichkeit. Mit Lara war das Leben fortgezogen. Nun kam es nur noch ab und an zu Besuch. Und noch immer schob sich Laras Bild vor jede Frau, die ihm begegnete und die er mochte.

Schelsky hatte Tom mit Handschlag begrüßt und sich, kaum waren sie sich begegnet, gefragt, was er hier, in ihrer früheren Stammkneipe, sollte. Toms Anblick ließ alles wieder aufbrechen. Die Nacht, in der er ihn in flagranti mit Lara ertappt hatte, wurde wieder an die Oberfläche gespült, blätterte sich in allen Einzelheiten vor ihm auf. Der Schmerz, der ihn in dieser Nacht fast umgebracht hatte, war wieder präsent. Er würde Tom dafür ewig hassen. Was also sollte er hier?

Sie tranken dunkles Bier, und Schelsky zeigte Tom seine Abneigung, sprach wenig und stichelte herum. Tom ließ die Unfreundlichkeiten einfach an sich abprallen. Er wirkte verändert. Da saß nicht mehr der verbissene, stets gestresste Karrierist vor ihm. Toms Gesicht war nicht mehr grau, der Körper nicht mehr schlaff, seine Gesten nicht mehr so fahrig. Der neue Tom ruhte in sich, war freundlich und konzentriert. Das machte es Schelsky schwer, seinen Hass zu bewahren. Als Tom dann vor ihm voll Pathos auf die Knie sank, stürzte die Mauer ein. Plötzlich war da ein Erinnern. Ein Erinnern an ihre jahrelange Freundschaft. Plötzlich war da ein vertrautes wohliges Beben, das Schelsky durchströmte.

Tom hatte Mist gebaut, keine Frage. Tom hatte ihn, seinen ältesten Freund, verraten. Doch wäre es nicht Verrat an Tom, ihm keine zweite Chance zu geben?

Dann wurde das Gefühl, ihn umarmen zu müssen, übermächtig. Er mochte diesen verdammten Arsch noch immer.

Nun waren sie betrunken und redeten über Frauen. Nein, sie sprachen über Liebe. Genauer, sie tauschten Geheimnisse aus.

»Ich erzähl dir mal was, was ich noch keinem verraten hab, nich' mal Fanny«, sagte Schelsky und versuchte nicht zu lallen. »Lara war schwanger von mir. Wir hatten uns schon getrennt, da kam sie an und sagte mir, dass sie Zwingelinge erwarte.« Schelsky seufzte und nahm noch einen Schluck. »Ich meine …«, er kniff die Augen zusammen als Zeichen äußerster Konzentration, »… Zwillinge!«

Tom schwieg. Das hatte er nicht geahnt.

»Ich lag im Krankenhaus, als sie mir das erzählte. Sollte am nächsten Morgen an der Nase amputiert, äh operiert werden, weil ich schlecht Luft bekam. Und dann kommt Lara und erzählt mir, dass sie schwanger ist und dass es vielleicht doch ganz schön wäre, ein Nest zu bauen und zusammen zu wohnen und auf Pärchenidylle zu machen und Wickeln zu windeln – oder so ähnlich.« Schelsky machte eine kurze Pause und eine einsame Träne lief ihm die Wange hinab. Tom legte seine Hand auf die des alten Freundes.

»Das hat mich so geschmissen, dass ich von der OP gar nichts mitbekommen habe. Die haben mir nur die Nase taub gemacht.« Zur Verdeutlichung zielte Schelsky mit dem Zeigefinger auf die Nasenspitze, verfehlte sie aber knapp. »Ich hab dem Doktor irgendwann mal gesacht, das würd' ja fast so klingen, als bräche er mir grad alle Knochen in meiner Nase, und da hat er nur gelacht und gesacht, also er hat gesacht, zu mir gesacht: ›Ja, was glauben Sie denn, was ich da grad' mache!‹ Das hat mich zwar schockiert, aber nicht wirklich …« Schelsky war außer Atem gekommen und brauchte eine kurze Unterbrechung. Und einen Schluck Bier. Dann fuhr er fort. »… interessiert. Ich hab ihm gesacht, er soll mich nich' storen, weil ich müsse gerade nachdenken.« Schelsky schaute Tom an, um sich zu vergewissern, dass der noch zuhörte. »Da hab ich über Kinderwagen und

Babywäsche und so 'n Kram intensiv nachgedacht. Und am Abend kommt Lara und sagt, dass einer der ...« Er machte eine kurze Pause, um sich zu konzentrieren. »... Zwillinge ...« Zufrieden über seine Artikulationsfähigkeit nahm Schelsky noch einen Schluck. »... krank sei und verrecken würde und das Fruchtwasser vergiften und dass der andere dann auch wohl sterben würde oder behindert sei, Verzeihung!«

Schelsky hatte laut gerülpst.

»Wo war ich jetzt stehengeblieben?«

»Dabei, dass ein Zwilling den anderen vergiften könnte.«

»Genau! Also der eine den anderen. Oder umgekehrt. Das weiß ich jetzt nich mehr so genau. Und weil jetzt der eine den anderen oder der andere den einen, habe der Arzt ihr geraten abzutreiben.« Schelsky nahm noch einen Schluck. Das Bier rann ihm die Mundwinkel hinab.

»Und zwar alle beide, was ich jetzt gerade als unlogisch empfinde. Hat er aber gesacht, und das hat Lara dann gemacht, und aus war der Traum, sie doch noch mal zurückzukriegen und auf traute Familie zu machen.«

Eine zweite Träne rann Schelsky die Wange hinunter und fand genau die Bahn der ersten. Sein Redefluss aber war nicht zu stoppen.

»Später hab ich mich dann gefracht, ob ich überhaupt der Vater gewesen wäre. Oder du, weil ihr hattet da ja schon was miteinander, jawoll! Dann hätt ich vielleicht deine Zwillinge großgezogen.« Schelsky legte erneut eine Pause ein. Es fiel ihm immer schwerer, das Sprechen mit der Atmung zu synchronisieren, und nun hatte er auch noch mit einem Schluckauf zu kämpfen. Er starrte an Tom vorbei ins Leere. »Wär aber auch egal gewesen.«

Auf einmal verfiel Schelsky in tiefes Schweigen. Dann stand er ohne Vorwarnung auf, riss seinen Stuhl dabei um und wankte in Richtung Toilette. Toms Herz lief über vor Zuneigung für den alten Freund. Sechs Jahre lang hatte er nicht erkannt, wie sehr er ihn vermisste.

Als Schelsky wiederkam, tropfte sein ganzes Gesicht. Er hatte es offenbar komplett unter den Wasserhahn geschoben. An Schelskys Haar oder dem, was davon übrig geblieben war, klebten tausend Tropfen. Er hatte seine Restbestände lang wachsen lassen, um damit möglichst viele kahle Stellen zu überdecken.

»Bin jetzt wieder frischer«, sagte Schelsky mit weniger Lall in der Stimme als zuvor und ließ sich auf den Stuhl fallen, der unter seinem Gewicht gefährlich knarrte.

Die Bedienung brachte eine Flasche Wasser, die Tom in der Zwischenzeit bestellt hatte. Schelsky, der wirklich wieder nüchterner wirkte, quittierte die Getränkewahl mit einem irritierten Blick, wagte aber nicht zu protestieren.

»Soll ich dir auch ein Geheimnis verraten?«, nahm Tom in verschwörerischem Flüsterton das Gespräch wieder auf.

»Oh ja! Ich liebe Geheimnisse.«

»Bin mir aber nicht sicher, ob du es überhaupt hören willst!?«

»Will ich bestimmt. Warum denn nicht?«

»Ich bin verliebt!«

»Du bist ...?« Schelsky quittierte die Neuigkeit mit einem Glucksen. »Tom ist verliebt, Tom ist verliebt!«, summte er leise vor sich hin.

»Wie heißt denn die Glückliche?«

»Vanessa.«

»Vanessa!«, wiederholte Schelsky.

»Vanessa«, bestätigte Tom.

»Und? Sie auch in dich?«

Die Bedienung servierte Aschenbecher, weil die Küche geschlossen worden war und ab jetzt geraucht werden durfte. Tom steckte sich eine Zigarette an und erzählte die ganze Geschichte, wobei es ja eigentlich gar nichts zu erzählen gab, weil bislang ja gar nichts Erwähnenswertes passiert war zwischen Vanessa und ihm. Nur einmal musste er unterbrechen, um die Filterzigarette, die Schelsky sich falsch herum in den Mund gesteckt hatte und gerade anzünden wollte, zu wenden. Tom fragte sich die ganze Zeit, ob auch er so lallte wie sein Gegenüber zuvor, auch ihm fehlte manchmal der passende Begriff, doch Schelsky hing gebannt an seinen Lippen und schien sich an seinen Wortfindungsproblemen nicht im Mindesten zu stören. Als Tom fertig war, grinste er noch immer.

»Und du willst wirklich nichts von ihr? Bist du dir sicher?«

»Wollen schon, tun nein. Ich werde in diese Familie nicht eindringen. Ich mag ihre Kinder, ich mag ihren Mann, und ich werde kein falsches Spiel spielen. Wenn ich etwas gelernt habe aus dem, was ich dir angetan habe, dann das.«

»Na jedenfalls etwas. Aber ist das nicht ein bisschen unbefriedigend?«

Tom dachte kurz über die Frage nach, bevor er antwortete.

»Ich genieße es einfach, für sie zu schwärmen. Ich hatte nicht mehr daran geglaubt, mich noch einmal so zu verlieben. Das ist mir so lange nicht mehr passiert. Es ist einfach toll zu fühlen, dass ich noch etwas fühle.«

Schelsky wusste nicht, was er davon halten sollte. Doch bevor er sich das überlegen konnte, schwelgte Tom schon weiter. Mit Begeisterung in der Stimme und Sehnsucht in den Augen.

»Ich erlebe gerade meine zweite Pubertät, hänge Tagträumen nach, bin tagelang zu nichts zu gebrauchen, bevor ich sie treffe, und hinterher noch mehr durch den Wind.«

»Das macht Spaß?«, fragte Schelsky ungläubig, dachte aber: Ich will auch. Ja, ich bin schon ein wenig neidisch auf dich.

»Es gibt nichts, was ich der Existenz als verliebter Trottel derzeit vorziehen würde«, antwortete Tom.

Sie saßen noch eine Stunde beisammen, redeten nur über Liebe, dann wankten sie, Arm in Arm, zu Tom. Schelsky wollte auf der Schlafcouch seinen Rausch ausschlafen, bevor er wieder ins Wendland aufbrach, und begann sofort zu schnarchen. Tom aber lag noch lange wach. Er ließ sich von dem Gefühl wärmen, Schelsky wieder in seinem Leben zu wissen. Und sein Hirn produzierte Bilder von Vanessa, die er von allen Seiten betrachtete. Vanessa machte ihn wieder lebendig. Der lieblose Gebrauch weiblicher Körper hatte ihn ausgekühlt. Ich fühle, also bin ich, dachte er. Sein momentaner Zustand war auf einen knappen Nenner zu bringen: verliebt ins Verliebtsein. Mit diesem Gedanken schlief er ein.

KAPITEL 36

11. März 2011: Ein Tsunami löst im japanischen Fukushima eine Reaktorkatastrophe in mehreren Atomreaktoren aus. Die Reaktoren geraten außer Kontrolle – für Jahre. Im fernen Deutschland wird durch die Schreckensnachrichten von der japanischen Ostküste der Einstieg in den Ausstieg aus der Kernkraft eingeleitet.

Sie standen am Grab von Fannys Vater, eingehüllt in warme Daunenjacken. Der Himmel war milchig, und in der Luft lag Frost und Frühling zugleich. Die Rhododendren, die hier zu Tausenden wuchsen, reckten den beiden Besuchern, die den verwitterten Grabstein betrachteten, entschlossen ihre noch fest geschlossenen Knospen entgegen. In den Granit waren die Lebensdaten von Fannys Großeltern und ihrem Vater eingemeißelt. Es gab noch Platz für drei Inschriften. Fanny fragte sich, ob bald auch ihr Name hier stehen würde. Oder ob die Asche ihres Körpers an einem anderen Platz wohl besser aufgehoben sei.

Der Krebs war wieder da. Metastasen hatten sich in ihr Zwerchfell und ihre Gebärmutter gefressen. Seit zwei Wochen vergiftete sie ihren Restkörper wieder mit Zytostatika. Die Tabletten lösten eine permanente Übelkeit aus, und die Haare hatten bereits wieder begonnen ihr auszufallen. Ihre Haut war trocken und von Pickeln übersät, die Fußnägel waren entzündet, zudem hatte sie massiv an Gewicht verloren. Nun wird mir mein Leben also entrissen, dachte Fanny.

Schelsky hielt sie fest im Arm. Ihre Trauer riss ihn mit. Vor dem Grab zu stehen, in dem Fannys Weg bald enden könnte, nahm ihm den Atem. Gern wäre er für sie gestorben, aber es gab niemanden, dem er diesen Deal anbieten konnte.

»Soll es hier sein?«, fragte er. Sein Mund war staubtrocken. Die Vorstellung, Fanny würde bald nur noch ein Häufchen Asche sein, erreichte ihn nicht. Nicht, solange es noch Hoffnung gab.

Fanny zuckte die Schultern. »Manchmal denke ich, es ist gut, ein Grab zu haben, zu dem alle gehen können, die um mich trauern oder mich beschimpfen wollen. Dann wieder möchte ich nicht, dass meine Überreste in der Erde für immer gefangen sind und wünsche mir, ihr würdet meine Asche als Feuerwerk in den Himmel schießen.«

»Du bist doch noch nicht tot, Fanny! Bitte kämpfe, du kannst es schaffen!« Schelskys Augäpfel standen unter Wasser.

»Meine Kraft geht zu Ende, Schelsky. Die Zuversicht ist fort, der Lebenswille versiegt. Du sagst mir: Kämpfe! Und ich sage dir: Ich bin müde, bin fertig, bin durch. Schon lange. Allein die Vorstellung, dass das große Auffressen, mit mir als Hauptspeise, in meinem Körper tobt, raubt mir alle Energie. Ich bin leer, schon halb tot.«

»Du darfst nicht aufgeben!«

»Wie soll ich es denn schaffen, dieses Grauen zu akzeptieren? Mir zu sagen: Fanny, du wirst jetzt von innen verspeist, löst dich allmählich auf. Bald werden überall Schläuche und Katheter in deinem Körper stecken.

Ich werde nur noch aus Haut und Knochen, aber nicht mehr aus Fleisch bestehen, mein Gesicht wird immer mehr zum Totenschädel mutieren. Das sind die Bilder meiner Angst, Schelsky, vor denen ich manchmal kapituliere.«

»Aber die Ärzte haben noch nicht aufgegeben.«

»Und deshalb darf ich es auch nicht tun? Die Ärzte werden erst aufgeben, wenn ich nicht mehr atme. Seit Jahren spiele ich euch allen enorme Kraftreserven vor. Pah, von so ein bisschen Krebs lass ich mich doch nicht unterkriegen. Und wenn ihr dann beruhigt seid, sacke ich kraftlos in mir zusammen.«

Schelsky fehlten die Worte. Er hätte an Fannys Stelle längst aufgegeben. Aber sie durfte nicht gehen, sich nicht unterkriegen lassen. Er wollte ihr Mut einflößen, ihr helfen, um ihr Leben zu kämpfen.

»Sie kriegen die Metastasen weg, glaub mir!« Wie sollte er sie nur überzeugen, wenn er selbst nicht an das glaubte, was er sagte.

»Ich lebe jetzt schon fast fünf Jahre mit diesem Krebs, Schelsky. Hangele mich von Hoffnungsschimmer zu Hoffnungsschimmer, von Behandlung zu Behandlung. Krebstherapie ist wie ein Hase-und-Igel-Spiel. Du lässt dich aufschneiden, bestrahlen, vergiften, und wenn du glaubst, am Ziel zu sein, steht der Krebs wieder vor dir und ruft dir zu: ›Ick bün al dor!‹ Und du rennst weiter, bewältigst den nächsten Therapieparcours und dann wieder den nächsten, bis du vor Erschöpfung tot umfällst.«

Schelsky wollte noch etwas sagen, aber es gab nichts, was ihm dazu einfiel.

»Glaubst du, ich würde nicht gerne noch weiterleben? Alles dafür tun, dass wir auch in zehn Jahren hier noch stehen können? Erst seit diese hundsgemeine Krankheit mich nicht mehr aus ihren Klauen lässt, ist mir bewusst, wie sehr ich das Leben liebe. Ich will einfach nur hierbleiben dürfen. Was soll ich denn im Nachthemd auf 'ner Wolke, mit Harfe in der Hand und Flügeln auf dem Rücken?«

Schelsky versuchte zu lächeln, als hätte Fanny einen guten Witz gemacht, doch es gelang ihm nur eine ziemlich schiefe Grimasse.

»Glaub mir: Solange ich die Kraft habe, werde ich kämpfen. Ich lechze nach guten Momenten, die mir die Energie verleihen, nicht zu resignieren. Aber ich weiß auch, dass mein Speicher irgendwann leer sein wird.«

Fanny bückte sich und zog die Schuhe aus. Barfuß trat sie ins taubedeckte Gras. Sie umschloss die Halme mit ihren Zehen und sah für einen Moment zufrieden aus, versöhnt mit dem Schicksal. Sie tapste auf dem feuchten Rasen umher, so vorsichtig und voll von Neugier wie ein Kind, das seine ersten Schritte macht. Ihre Augen betrachteten das Spiel ihrer Füße. Dann hob sie den Kopf und richtete ihren Blick direkt auf Schelsky.

»Versprichst du mir etwas?«

»Alles, was du willst!«

»Kümmere dich bitte um Lina, wenn ich nicht mehr da bin! Sie mag dich sehr, und sie braucht dich.«

»Ja gerne. Du weißt, wie gern ich sie habe. Aber ihr Vater ist davon nicht so begeistert.«

»Christoph ist nicht ihr Vater.«

»Was?«

»Jedenfalls nicht ihr leiblicher. Lina kennt ihren Vater nicht, und Christoph ahnt nichts davon. Aber ich möchte, dass es jemand weiß, wenn ich gegangen bin.«

Schelsky musste schlucken. Fanny nannte ihm den Namen von Linas Erzeuger.

»Du bist nun außer ihm der Einzige, der das weiß. Und auch Lina hat ein Anrecht darauf, irgendwann die Wahrheit zu erfahren. Du musst nun entscheiden, wann der richtige Zeitpunkt gekommen ist. Und du musst ihr beistehen in ihrer Trauer.«

Schelsky verschlug das Gehörte den Atem. Er traute seinen Ohren nicht.

»Die Menschen, die ich liebe, zu verlassen, ist für mich brutal. Aber am meisten quält mich der Gedanke, dass ich Lina bald schon für immer allein lassen werde. Wenn ich auf das Bild von uns beiden auf meinem Nachttisch starre, fange ich sofort an, hemmungslos zu heulen. Die Vorstellung, uns trennen zu müssen, halte ich kaum aus. Seit ich weiß, dass ich krank bin, wünsche ich mir nichts sehnlicher, als meine Kinder zu begleiten, bis sie auf eigenen Beinen stehen.«

Fanny trocknete sich die Füße notdürftig mit einem Papiertaschentuch und schlüpfte wieder in ihre Schuhe.

»Die Jungs sind aus dem Gröbsten raus, Finn ist jetzt neunzehn, und wenn Thorben in zwei Monaten achtzehn wird, wollte ich eigentlich noch mitmischen. Aber Lina ist noch nicht mal elf. Sie ist viel zu jung, um ihre

Mutter zu verlieren. Sie hat dich fast genauso gern wie Christoph. Zusammen mit meinem toten Körper müsst ihr auch euren Streit begraben und gemeinsam für sie sorgen.«

Ja, wie gern!, schrie es in Schelsky und nein, du sollst dich kümmern, du musst hierbleiben! Er dachte an Christoph und konnte sich nicht vorstellen, wie sie zusammen für Lina da sein konnten.

Fanny drückte Schelsky an sich und gab ihm einen Kuss auf den Mund. »Ich habe das testamentarisch so verfügt. Und ich habe bei meinem Notar eine eidesstattliche Versicherung darüber hinterlegt, wer Linas Vater ist. Jeder Gentest würde das bestätigen. Nur du weißt von diesem Dokument. Nutze es nur, wenn Christoph dir Steine in den Weg zu Lina legt.«

Schelsky wusste nicht, was er sagen sollte. Die Flut der neuen Informationen riss ihn zu Boden. Fanny schenkte ihm ein sanftes Lächeln und nickte, als wollte sie das Gesagte noch einmal bekräftigen.

Es hatte angefangen zu nieseln, erst kaum spürbar, nun stärker. Fanny musterte noch einmal das Grab ihres Vaters, und Schelskys Blick folgte ihrem.

»Meinst du Schelsky, das hier ist ein guter Platz, um auszuruhen?«

»Du hast vor, dich auszuruhen?«

Fanny musste lächeln.

»Nein, ich habe eher vor, tot zu sein.«

***

Tom hob Sinja hoch, schleuderte sie in die Luft und fing sie wieder auf. Sinja strahlte. »Noch mal?« Sinja nickte heftig und schaute ihn mit übergroßen Augen an. Eine Sekunde später wirbelte sie wieder, fröhlich quiekend, durch die Luft. »Noch mal!«, rief sie aus, als sie erneut sicher in seinen Händen gelandet war.

Sinja hatte Geburtstag. Sie wurde vier. Alle ihre Freundinnen aus dem Kindergarten waren da.

Vanessa schrubbte gerade einen großen Topf, und Elsa, ihre Mutter, ging ihr zur Hand. Vor drei Wochen war Vanessa mit den beiden Kindern wieder in ihrem Elternhaus eingezogen. Sie hatte sich von Henning getrennt.

Sie hat sich von Henning getrennt. Diese Nachricht brachte Tom ziemlich durcheinander. Und diesmal schien es endgültig zu sein. Schon zwei Jahre zuvor war Vanessa bei Henning ausgezogen. Und vier Wochen später wieder zurückgekehrt.

Jetzt sprach sie von Scheidung.

Tom hatte versucht herauszufinden, was die Trennung ausgelöst hatte. Es war eine Kleinigkeit gewesen, nicht mehr als ein falsches Wort zum falschen Zeitpunkt. Ein kleiner Pfropfen hatte sich gelöst. Darunter aber brodelte ein Vulkan, schon seit vielen Jahren. Die ganze Hitze und die ganzen giftigen Gase, die sich über lange Zeit unterhalb des Kraters gestaut hatten, kamen nun mit einem lauten Knall an die Oberfläche, mit einer Energie, so groß, dass sie alles, was sich der glühenden Lava und den ätzenden Dämpfen in den Weg stellte, überrollte und vergiftete. Vanessa hatte sich verändert. Ihr Gesicht hatte harte Züge bekommen, und eine Bitterkeit wohnte in ihrem Herzen, die Tom bei ihr nicht kannte. Es schien, als gäbe es kein Zurück mehr.

Tom servierte die Pommes und verteilte sie auf die Pappteller der kleinen Gäste. Nur ein einziger Junge war eingeladen, der sich durchaus tapfer schlug zwischen all den Schnallenschuhen und Zöpfchen.

Henning war weg, und Tom war eingesprungen. Bislang nur als Geburtstagshelfer. Bislang.

Elsa fegte durch den Raum. Sie war nicht größer als ihre Tochter, hager und voller Energie. Sie ging schon auf die siebzig zu, hatte vor zwei Jahren ihren Mann zu Grabe getragen und war noch einmal aufgeblüht. Von der Witwenrente ließ es sich gut leben. Und die Miete des Hauses, das viel zu groß war für sie allein, war seit Jahren nicht mehr erhöht worden.

Paul wollte fernsehen. Sie schalteten den neuen Flachbildschirm an, und im selben Moment, als das Bild erschien, herrschte absolute Stille im Raum. Selbst Paul merkte, dass jetzt ein völlig falscher Zeitpunkt war zu lärmen. Sie brachten eine Sondersendung. An der japanischen Ostküste hatte ein Tsunami ein Atomkraftwerk schwer beschädigt. Es drohte eine Atomkatastrophe, größer noch als Tschernobyl.

Paul wurde in sein Zimmer geschickt und der tragbare Fernseher mit der langen Teleskop-Antenne für ihn aufgebaut. Im Erdgeschoss des Hauses, dort wo der Geburtstag tobte, blieb der Fernseher auf Sender, und weder Vanessa noch Elsa oder Tom gelang es, sich von den Bildern des

Schreckens abzuwenden. Würde die strahlende Wolke, die hier zu entstehen drohte, bald über sie hinwegziehen?

»Oh, Gott«, sagte Elsa. »Oh, Gott«, sagte Vanessa. »Oh, Gott«, sagte Tom. Sie wussten jetzt, dass es irgendwo an der Pazifikküste Japans eine Stadt namens Fukushima gab. Oder war es richtiger zu sagen: gegeben hatte?

Als die Gäste abgeholt waren, Sinja und Paul schon längst im Bett lagen, saßen Elsa, Vanessa und Tom im Wintergarten des Hauses, wohin sie auch den Fernseher geschleppt hatten, sahen Nachrichten, tranken zu viel Wein und teerten ihre Lungen. Alles fühlte sich richtig an. Schon vor zwei Jahren, als Tom Elsas Haus zum ersten Mal betreten hatte, war er hier auf eine Weise zu Hause, die er bis dahin nicht gekannt hatte. Da hatte Erich, Vanessas Vater, noch gelebt. Ein kleiner gebeugter Mann, krumm von der Last vieler Jahre, doch ein Herzriese. Er bastelte Drachen mit Paul und zeigte Sinja die geheimen Bewohner des Gartens, verströmte so viel Liebe, dass einem schon vom Zusehen warm wurde. Aber nur wenige Wochen nachdem Tom Vanessas Vater kennengelernt hatte, hörte das große Herz des kleinen Mannes ganz plötzlich auf zu schlagen.

Elsa weigerte sich, sich vom Tod ihres Mannes unterkriegen zu lassen. Sie ließ Erichs Zimmer unberührt, so als wäre er nur kurz fortgegangen, und schmückte seinen von Papier überquellenden Schreibtisch mit Blumen aus dem Garten. Sie zog aus dem obersten Stockwerk aus und vermietete es unter, meist an junge Leute. Einmal war Tom unangekündigt vorbeigekommen, um Vanessa etwas zu bringen, da fand er Elsa im Wohnzimmer vor, zusammen mit drei irischen Musikern, mit denen sie gerade ihr Haus teilte. Die drei jungen Männer spielten, und Elsa saß, nur mit einem Nachthemd bekleidet, auf dem alten Nachtspeicherofen, rauchte eine Zigarette und klatschte im Takt.

Es war schon spät und Tom gerade dabei, sich ein Taxi zu bestellen, da platzte Vanessas Bruder Sören herein, zurück von einem Konzert. Er umarmte Vanessa, sah sie an und schüttelte mit gespielter Fassungslosigkeit den Kopf.

»Oh meine Schwester«, sagte er, mit italienischem Akzent und dem Pathos eines Mimen des klassischen Theaters, »du wirst von Tag zu Tag schöner. Wäre ich nicht dein eigener Bruder, ich würde machen wollen

Amore mit dir, oder wie wir heute sagen in meine Land: Bunga-Bunga!« Tom musste grinsen und war kurz erleichtert, kein enger Verwandter Vanessas zu sein. Schon wandte sich Sören um, zog sich seine Sonnenbrille von der Stirn auf die Nase und mischte, nun ganz in der Pose des Mafioso, seinen Worten noch ein wenig mehr Italiano bei.

»Wer ist dieser fremde Mann? Ich kenne ihn nicht!« Er sah seine Schwester mit gespielter Ernsthaftigkeit an. »Muss ich dich vor ihm beschützen?«

»Nur ein Freund, ein guter Freund!«, antwortete Vanessa.

»Nicht vielleicht dein neuer Freund?«

Wer weiß?, dachte Tom.

»Nein«, sagte Vanessa.

»Sollte sich das ändern«, erwiderte Sören und gab dem Satz viel Melodie bei, »dann werde ich ihn mal ganz genau unter die Lupe nehmen und dir sagen, was er taugt.« Er machte einen Schritt auf Tom zu, nahm ihn in den Arm und klopfte ihm so kräftig auf den Rücken, dass Tom fast zu husten begann.

»Willkommen in meiner Familie, du Freund meiner Schwester. Du darfst mich Alfredo nennen.«

Dann aber fiel Alfredo aus seiner Rolle und brach in schallendes Gelächter über den eigenen Auftritt aus. Er reichte Tom breit grinsend die Hand. »Du kannst mich aber auch einfach mit Sören ansprechen. Vanessas Freunde dürfen das.«

Als Tom sich kurz darauf verabschiedete, weil das Taxi wartete, flüchtete Vanessa schnell aus seiner Umarmung, die für ihn gar nicht lange genug hätte dauern können. Das versetzte ihm einen Stich. Als er eine halbe Stunde später im Bett lag, begann der Raum sich zu drehen. Ihm war schlecht, doch das Leben gut. Und da war unbändige Lust auf mehr, so viel mehr. Toms Kopf produzierte Zukunftsvisionen am laufenden Meter und in ihnen allen spielte Vanessa eine tragende Rolle. Träume, in denen sie nicht vorkam, hatte er gerade nicht im Repertoire.

***

Freund weg, Sehhilfen weg, neue Mutter und neues Buchprojekt in Arbeit. Daria fand, die aktuelle Zwischenbilanz ihres Lebens – das sein fünfzigstes

Jahr erreicht hatte – klinge eigentlich ganz ausgeglichen. Nur dass sich Veit wohl nicht ganz durch ein neues Buch ersetzen ließ.

Seit er ausgezogen war, kam ihr die Wohnung viel größer vor. Nach einem Streit, bei dem Daria ihm vorgeworfen hatte, er würde sie ganz unerträglich bevormunden, war er einfach gegangen. Drei Tage später hatte er seine Sachen abholen lassen. Er hat nur einen Anlass zum Absprung gesucht, dachte Daria. Wenige Wochen nach seinem Auszug war ihr zugetragen worden, er sei mehrfach mit einem Starlet gesichtet worden, das über zwanzig Jahre jünger war als sie. Dass Veit eine Affäre hatte, da war Daria sich schon einige Monate vor seinem Auszug sicher gewesen. Sie hatte ihn gefragt, und er hatte alles abgestritten. Dann hatten sie nie wieder darüber geredet.

Sie hatte ausgemistet und ein Gedicht gefunden. Ein Gedicht, das sie geschrieben hatte, als sie sechzehn war. Sie hatte es »Meine Angst« genannt und eine Strophe lautete:

Davor hab ich manchmal Angst
Dass wir beieinander liegen könnten
– unfähig, zusammen zu träumen.
Sitzend am gemeinsamen Tisch.
Wortlos, verstummt.

So war es gekommen. Und trotzdem vermisste sie Veit.

»Du wirst mir fehlen«, hatte sie ihm hinterhergerufen, ihre Vorwürfe schon bereuend. Sie hatte keine Antwort mehr erhalten. Mehr als sechs gemeinsame Jahre waren damit beendet. Ganz unspektakulär. Sie hatten einfach nicht zueinander gepasst. Und ihren Irrtum zu spät bemerkt.

Es tat weh, dass er fort war. Mit Veit zogen viele Selbstverständlichkeiten aus Darias Leben aus. Die Selbstverständlichkeit, neben jemandem einzuschlafen. Die Selbstverständlichkeit, den Frühstückstisch für zwei zu decken. Die Selbstverständlichkeit, regelmäßig Sex zu haben.

Daria machte einen Badewannen-Bademantel-Tag. Sie musste heute nicht in die Redaktion der Stadtillustrierten, für die sie jetzt wieder mehr schrieb, um sich über Wasser zu halten. Doch wie lange noch? Das Internet fraß alle Magazine, die von Terminen und Anzeigen lebten. Die Auflage brach rapide ein. »Dieses Jahr halten wir noch durch«, war die Ansage von ganz oben. Und nächstes Jahr? Allein von den Tantiemen ihrer Bücher konnte sie nicht leben. Die Honorare, die im Frühjahr regelmäßig eintrudelten, halbierten sich von Jahr zu Jahr. Vor ein paar Wochen hatte sie »Schussfahrt« auf dem Grabbeltisch eines Kaufhauses entdeckt. Ja, hatte der Verlag ihr geantwortet, wir verramschen jetzt die Restauflage. Es fühlte sich komisch an, wenn das eigene Leben verramscht wurde.

Daria drehte den Hahn auf, und Wasser schoss auf den Boden der Wanne. Nun schrieb sie über Adoptivkinder, die ihre Mütter suchten. Fasste ihre eigenen Erlebnisse in Worte und sammelte die Geschichten anderer ein, die in einer ähnlichen Lage waren wie sie selbst. Die Startauflage würde dreitausend Exemplare betragen, und viel zu verdienen gab es bei diesem Titel wohl nicht. Doch die Arbeit machte ihr Spaß. Und gab ihr Anlässe, sich immer wieder mal auf einen Kaffee mit Renate, ihrer Körpermutter, zu verabreden.

Die Selbstverständlichkeiten waren gegangen, Ängste an ihre Stelle getreten. Allein zu wohnen war noch immer eine Herausforderung für sie. Wie sah ihre Zukunft aus? Würde sie allein bleiben und eine schrullige Alte werden? Oder ihr Leben noch mal total umkrempeln? Und wie würde so ein umgekrempeltes Leben denn sein?

Als Therapie gegen ihre depressive Grundstimmung war sie shoppen gegangen und hatte viel zu viel Geld in Stoffe, die ihr gefielen, sowie Lotions und Cremes, die ihr guttun würden, umgesetzt. Sie trug nun das erste Mal seit ihrer frühen Kindheit kurz geschnittene Haare. Mit roter Farbe drin. Und sie hatte sich von der Ära der Kontaktlinsen verabschiedet. Hatte sich überwunden und ihre Augen lasern lassen. Die Operation war ziemlich unangenehm gewesen, dieses Gefühl, dass da jemand an und in ihren Augen rumpult. Nichts für schwache Nerven. Aber der Erfolg konnte sich – im Wortsinn – sehen lassen. Bäume aus fünfzig Meter Entfernung scharf zu stellen, ohne Linsen und Brille, war ein ganz neues Erlebnis. Sie konnte sich nicht sattsehen an all dem, was sie nun ganz ohne Hilfsmittel erkennen konnte.

Die Wanne war inzwischen voll, und Daria streifte den Bademantel ab. Sie betrachtete ihren Körper im Spiegel. Woher hatte sie bloß Schwangerschaftsstreifen, obwohl sie doch nie schwanger gewesen war? Es könnte alles ein bisschen straffer sein, dachte sie, als sie in das heiße Wasser stieg und ihren Körper unter Schaum verschwinden ließ.

KAPITEL 37

9. Juni 2013: Edward Snowden, Ex-Mitarbeiter verschiedener US-amerikanischer Geheimdienste, gibt in Hongkong preis, dass die Informationen, die der britische Guardian in den Tagen zuvor über die weltweite staatliche Überwachung der Internet-Kommunikation veröffentlicht hat, von ihm stammen. Doch das ist nur der Anfang dessen, was Snowden in den kommenden Monaten aus seinem umfangreichen Wissensfundus in kleinen Portionshäppchen der Öffentlichkeit servieren wird. Die Deutschen lernen durch Snowden, was ein Whistleblower ist und dass die zahlreichen SMS, die ihre Kanzlerin Tag für Tag verfasst, auch in den USA gern und regelmäßig gelesen werden.

Tom war verstört. Verstört wie seit Jahren nicht mehr. Er musste das, was geschehen war, Schelsky berichten. Er würde ihn sogar sehen, heute bei Fanny. Aber da würde kein Raum sein, über Liebe zu reden.

Tom hatte ein höllisch schlechtes Gewissen. Er würde heute vielleicht zum letzten Mal in seinem Leben Fanny sehen, die vom Krebs langsam aufgefressen wurde. Heute wollte sie Abschied nehmen von all denen, die sie auf ihrem Lebensweg ein Stück begleitet hatten. Den Rest der Wegstrecke sollten dann nur noch ihre Familie und zwei, drei enge Freunde mit ihr gehen, zu denen auch Schelsky gehörte. Sie hatte zu einer »lebendigen Trauerfeier« geladen, was für Tom makaber klang. »Wenn es schon ein Abschiedsfest für mich gibt, dann will ich nicht nur als Leiche daran teilnehmen«, hatte sie ihm am Telefon entgegnet.

Seine Gedanken hätten ganz bei Fanny sein müssen, deren Krankheit ihn unendlich schmerzte. Doch sie waren es nicht. Nicht heute. Heute kreisten seine Gedanken auch um Vanessa. Er hoffte, Fanny würde es nicht merken, sollte er bei ihrem großen Abschied nicht so bei der Sache sein, wie er es selber von sich erwartete.

Vielleicht hilft es ja, alles aufzuschreiben, dachte Tom. Schelsky war der Einzige, der seine Gefühle zu Vanessa kannte. Sein Vertrauter. Wieder sein Freund. Der Graben, den er und Lara aufgerissen hatten, war zugeschüttet. Es tat gut, einen Freund wie Schelsky zu haben. Doch es war pietätlos, ihn gerade heute mit seinem inneren Chaos in Beschlag zu nehmen. Trotzdem würde er es tun, denn die Gedanken mussten raus. Schelsky würde das verstehen. Vielleicht.

Tom setzte sich an sein Notebook und öffnete das Mail-Programm. Seit Schelsky und er sich vor gut drei Jahren wiedergefunden hatten, war der Kontakt nicht mehr abgerissen. Sie trafen sich nun regelmäßig auf der Kartbahn oder beim Griechen um die Ecke und redeten Stunden über das Leben. Schelsky sprach viel über Fanny, er selbst über Vanessa. Die Geschichten, die sie sich zu erzählen hatten, konnten unterschiedlicher nicht sein.

Henning und Vanessa waren nun schon anderthalb Jahre getrennt. Die Trennung war in ein Gemetzel ausgeufert. Sie stritten um ihre einst gemeinsame Wohnung, sie stritten um Geld, sie stritten um die Kinder, und sie bekämpften sich mit schmutzigen Mitteln, bewarfen sich mit so viel Dreck, dass alles, was gut war in den fünfzehn Jahren, die sie miteinander verbracht hatten, darunter verschwand.

Tom hatte versucht, Vanessa zu besänftigen. Erfolglos.

Seit ihrer Trennung verbrachte er mehr Zeit mit ihr. Sie tranken viel Wein und redeten über die Scheidung, sie vergaßen die Zeit, und ab und zu gelang es ihm sogar, sie zum Lachen zu bringen. Er ging nun bei ihr ein und aus. Vanessa zog ihn zu sich hin, und dann stieß sie ihn wieder fort. Wahrte Distanz. Er hatte einmal zu Schelsky gesagt, Vanessa sei eine Meisterin der Doppelbotschaften.

Das Mail-Programm öffnete sich, und Tom tippte die Adresse von Schelskys elektronischem Postkasten ein.

Mehr als ein Jahr hatte er sie jetzt als Freund begleitet und dabei selbst Distanz gewahrt. Er hatte die ganze Zeit gewusst, dass er irgendwann zum Angriff übergehen würde. Er wollte diese Frau. Mehr als irgendeine andere. Lange hatte er gewartet. Bis zum gestrigen Abend.

Tom begann zu tippen.

Mein lieber Schelsky,
heute ist ein trauriger Tag. Wenn wir uns nachher sehen und ich dann wohl für immer Abschied von Fanny nehme, wird es mich zerreißen. Ich kenne sie nun schon so lange und habe sie so gern. Auch wenn sich unsere Wege in den vergangenen Jahren seltener gekreuzt haben, ist sie ein Teil meines Lebens. Es ist für mich unbegreiflich, dass sie bald aus unserer Mitte gerissen wird.

Die Vorstellung, sie ein allerletztes Mal und dann nie wieder zu sehen, wühlt mich auf. Dabei bin ich schon ganz aufgewühlt, wegen – du ahnst es sicher – Vanessa. Ich muss das jetzt einfach mal rauslassen, um mein inneres Chaos zu ordnen und später dann ganz bei Fanny sein zu können. Liebe und Tod sind zwei so grundsätzliche und so unendlich emotionale Angelegenheiten – heute konkurrieren beide Themen in mir, und ich glaube, weder dem einen noch dem anderen Gefühl gerecht werden zu können. Du siehst, ich fühle mich schuldig gegenüber Fanny, dass ich nicht jetzt schon in Gedanken ganz bei ihr bin. Aber nun will ich dich nicht länger auf die Folter spannen.

Tom zündete sich eine Zigarette an und schenkte sich Kaffee nach. Eigentlich sollte ich lieber Baldriantee trinken, dachte er. Schon ohne Koffein im Blut konnte er kaum still sitzen vor seiner Tastatur.

Ja, ich habe mich gestern mit Vanessa getroffen. Nun ist alles ausgesprochen, aber trotzdem total verwirrend. Ich referiere dir die Chronologie der laufenden Ereignisse einfach mal, auch um mich zu sortieren. Lies selbst und bilde dir ein Urteil.

Schon am Nachmittag setzt es die erste kleine Ohrfeige. Als ich Vanessa anrufe, um das Wann und Wo unseres schon vor Wochen vereinbarten Dates zu klären, treffe ich am Ende der Leitung auf ein stockend-stotterndes Etwas, überrascht davon, dass ich davon ausgehe, wir seien fest miteinander verabredet. Immerhin: Sie hat an diesem Abend Zeit, ab neun, und wir beschließen, uns im Topal zu treffen. Meine Stimmung schwankt zwischen leicht beleidigt und der Freude, dass wir uns doch noch wie geplant sehen. Stunden vorher schon tigere ich unter Hochspannung durch die Wohnung. Ich will heute mit ihr über uns reden und weiß nicht, ob meine Angst vor ihrer Reaktion oder davor, mal wieder nicht die Kurve zu kriegen, größer ist.

Ich bin viel zu früh, sie ist pünktlich auf die Minute. Vom ersten Augenblick an fühlt sich alles ganz nah und ganz vertraut an. Wir hocken erst draußen (was für ein lauer Sommerabend!), später, als die Stühle vor der Kneipe hochgeklappt werden, zwingt uns die Lautstärke im Laden dazu, über Eck zu sitzen, die Köpfe zusammenzustecken. Wir reden und reden, und alles ist ganz leicht. Wir trinken eine Menge Gin Tonic, sprechen viel über Vanessas Familie, wenig über Henning und den Scheidungskrieg und wie immer gar nicht über uns. Die Zeit verfliegt, und jedes Mal wenn ich etwas Gin wegbringe, nehme ich mir vor, auf den Punkt zu kommen.

Es wird zehn, elf, Mitternacht, und so gegen eins nehme ich all meinen Mut zusammen und sage ihr, das sei grad wieder einer dieser Momente, wo ich große Lust hätte, sie zu küssen. Intuitiv weicht sie ein kleines Stück zurück und schaut mir mit undefinierbarem Blick in die Augen. Ich nehme ihre Reaktion zum Anlass, eine Frage nachzuschieben: »Falscher Zeitpunkt oder falscher Mann?«. Jetzt gibt es definitiv keine Umkehr mehr.

Vanessa vergräbt den Kopf in meiner Schulter. Ihr Hirn sucht ratternd nach den richtigen Worten. Immer wieder sucht sie Augenkontakt, aber ihr Mund bleibt geschlossen. Ich fordere sie auf, ganz spontan zu reagieren, wozu es aber längst zu spät ist. Dann irgendwann kommt eine Frage statt einer Antwort. Was ich für Erwartungen hätte? Ich antworte, dass ich überhaupt nichts von ihr erwarten würde, dass es nur so ungefähr gar nichts gäbe, was ich mir mit ihr nicht vorstellen könnte, und gerne wissen wolle, wo ich stehe und ob sie, wenn sie an ihren nächsten Partner denke, ab und zu mich im Hinterkopf habe.

Sie schüttelt ganz unmerklich den Kopf, und dann kommt ein großes, alles zerstörendes Nein. Und gleich darauf unser erster Kuss nach fast vier Jahren Anlaufzeit. Zärtlich, innig, forschend und nicht gerade von kurzer Dauer. Mich beschleicht augenblicklich das Gefühl, verbale Äußerungen und Körpersprache fallen hier etwas auseinander. Ich muss mich dir gegenüber korrigieren: Diese Frau ist nicht nur eine Meisterin der Doppelbotschaften. Sie ist die Mutter aller Doppelbotschaften.

Wir lösen uns voneinander. Ich erwähne, dass sie schon eine besondere Art habe, Nein zu sagen. Sie sagt, alles sei gut so, wie es bislang zwischen uns sei, und dass ihr alles gerade schnell zu viel werde und dass sie im Moment nicht sehr verbindlich sein könne und auch gar nicht wisse, welche Verbindlichkeit ich in die Waagschale legen könnte. Obwohl diese Frage nach Vanessas Nein ziemlich an Relevanz verliert, beantworte ich sie trotzdem, sage ihr, dass ich gucken möchte, sie besser kennenlernen möchte und schauen, wie weit wir kommen. Dass ginge ihr nicht so, und sie wisse auch nicht, woran das liege, antwortet sie beinahe entschuldigend. Das zweite Nein. Und gleich darauf der zweite Kuss. Im Gegensatz zum ersten eindeutig von ihr ausgehend und fordernder, erotischer, geiler. Ihre Hände wandern über meinen Körper, verschwinden unter meinem

T-Shirt, streichen immer wieder über meine Oberschenkel. Welch bittersüßes Gift. Zum ersten Mal drehen sich meine Gedanken um wilden, hemmungslosen Sex mit dieser Frau. Was da gerade abläuft, ist echt nicht fair.

Dreieinhalb Jahre habe ich davon geträumt, diese Frau einmal so zu küssen. Und der Moment, als sich dieser Wunsch erfüllt, wird zu dem Moment, in dem alle anderen Träume zerplatzen.

Dieser Kuss mit verlängertem Anlauf euphorisiert total, ihre Worte schmerzen überall. Ein komischer Zustand: Als Stummfilm wäre das hier eine heiße, gierige Liebesszene, die keinen Zweifel lässt, dass was hier beginnt, noch ganz woanders endet. Als Hörfunkversion ist das Ganze ein Korb erster Güte, eine Klatsche par excellence. Mit Bild und Ton ist es ein komplett falsch synchronisierter Film.

Hatte ich schon ein Wort über Doppelbotschaften verloren?

Es fällt uns diesmal schwerer, voneinander zu lassen, mir besonders. Längst ist es zwei Uhr durch, längst sind wir die letzten Gäste. »War es nun so schwer, das auszusprechen?«, frage ich auf dem Weg zum Wagen. »Ja«, sagt sie. Ich sei so ein toller Mann, und sie wolle mich auf gar keinen Fall verlieren. Die Glückshormone, die die Küsse in meinen Körper geschwemmt haben, reichen noch aus, um den Abend beschwingt und gutgelaunt mit ein, zwei sarkastischen Bemerkungen, aber ohne erkennbare Schwere zu Ende zu bringen. Keine Angst, mich wirst du so schnell nicht los, verspreche ich. Im Auto, zum Abschied, küssen wir uns erneut. »Jetzt aber raus«, sage ich irgendwann, »sonst werde ich noch sentimental.« Und habe damit das letzte Wort.

Was, Schelsky, fängt Mann nur mit so einem Abend an? Obenauf liegt: Ein Nein ist ein Nein, ist ein Nein. Und dieses war eindeutig und wiederholt formuliert. Keine Chance, vergiss sie!

Dann meldet sich die Stimme, die mit der Bemerkung einfällt: Ein Kuss ist ein Kuss, ist ein Kuss. Den hast du dir gewünscht und Jahre lang nicht zu glauben gewagt, dass es ihn je geben wird und schon gar nicht in dieser Intensität. Und jetzt, im Moment des größten Triumphs einfach aufgeben? Was hast du zu verlieren? Wenn ein anderer Mann in Vanessas Leben tritt, wirst du ihm so oder so vor die Füße kotzen, ihn mit glühendem Neid, dem Zorn des Besitzlosen, überhäufen und Abstand zu dieser Frau brauchen. Dann versuche doch lieber das Blatt zu wenden, solange das Spiel nicht entschieden ist. Manchmal funkt es ja erst, wenn man das erste Mal miteinander schläft, und das wäre gestern mit nicht allzu geringer Wahrscheinlichkeit passiert, wäre die Kneipenknutscherei eine Daheim-Knutscherei gewesen. Und eine Frau, die dir mehrfach sagt, wie toll sie dich findet, die dich auf keinen Fall verlieren möchte und die dich zumindest erotisch genug findet, mit dir so zu küssen, da kann nicht so viel fehlen, dass du kampflos aus dem Spiel aussteigen müsstest.

Du siehst mein Freund, ich befinde mich mehr denn je im Zustand emotionaler Verwirrtheit. Nun ist endlich alles ausgesprochen zwischen Vanessa und mir, klar und offen, und trotzdem bin ich keinen wirklich großen Schritt weiter.

Worte ohne Küsse hätten mich vermutlich vom Vanessa-Virus geheilt.
Küsse ohne Worte auf den Gipfel der Glückseligkeit katapultiert.
Was fang ich nun mit Küssen und Worten an?
Ganz liebe Grüße
Tom

Tom überflog die Mail noch einmal, dann schickte er sie ins große Netz auf den Weg zu Schelsky. Er schenkte sich noch einen Kaffee ein. Im Hintergrund spielte das Radio den brandneuen Song einer amerikanischen Songwriterin, deren Namen er nicht kannte. Die Melodie gefiel ihm. Er drehte den Regler auf und lauschte dem Text.

Kiss me hard before you go
I just wanted you to know
That, baby, you're the best
I've got that summertime, summertime sadness

***

Überall brannten Kerzen und verliehen dem Raum eine feierliche Atmosphäre. Aus den Boxen ertönten ihre Lieblingslieder in Endlosschleife, und mitten in dem geräumigen Zimmer saß Fanny, gestützt von Kissen in ihrem Rücken und gepolstert von Decken, fast aufrecht im Bett. In Fannys rechtem Arm steckten zwei Infusionsnadeln.

Am Rand des Raumes war ein kleines Buffet mit Fingerfood aufgebaut. Es gab Tee und Kaffee, Wasser und Saft.

Fanny hatte zu ihrem »lebendigen Abschied« knapp dreißig Freunde und Weggefährten zu sich eingeladen, um ihnen Lebewohl zu sagen. Einige Besucher waren schon wieder gegangen, andere wurden noch erwartet. Die Feier sollte den ganzen Tag füllen.

Neben Fannys Bett stand ein einsamer Stuhl. Da Fanny, die schon über zwanzig Kilo verloren hatte, nur noch mit Mühe gehen konnte, war das der Sitzplatz für die Privataudienz. Für ein letztes Face-to-face-Gespräch in diesem Leben.

Marc, der einen gut geschnittenen grauen Anzug trug, gab den Stuhl gerade frei. Fanny sah sich im Raum um, erwischte Darias Blick und hielt ihn fest. Mit den Augen winkte sie ihre alte Freundin zu sich. Daria nahm Platz und legte Fannys kraftlos wirkende Hand in die ihre.

»Ist es so, wie du dir deinen Abschied vorgestellt hast?«

Fanny nickte unmerklich.

»Es ist nicht jedem vergönnt, sich zu verabschieden. Ich genieße es sehr.« Sie blickte sich in der Runde um. »Auch wenn es Kraft kostet, allen beizubringen, wie man mit einer Sterbenden spricht.«

»Wie meinst du das?«

»Seit alle wissen, dass ich krank bin, gehen die Menschen mit mir um wie mit einem rohen Ei. Der Krebs wird umschifft, als lasse er sich totschweigen. Niemand will mir – und vor allem sich selbst – Gespräche über Verfall und Tod zumuten. Dadurch entsteht ein tiefer Graben zwischen mir und denjenigen, die es lieber nicht so genau wissen wollen oder es nicht aushalten können. Und diese Kluft macht einsam.« Fanny machte eine kurze Pause, räusperte sich kräftig und würgte schließlich zähflüssigen Schleim in ein von ihr bereitgehaltenes Papiertaschentuch. »Es ist gut, dass das hier ein Rahmen ist, in dem Gespräche über das Wetter unpassend sind.«

Daria streichelte Fannys Stirn. Zumindest kein Fieber, dachte sie. Fanny winkte sie dichter an sich heran, um ihr etwas ins Ohr zu flüstern.

»Auch heute spüre ich bei den Menschen, die ich lange nicht gesehen habe, ihre Unsicherheit, das Zittern in ihrer Stimme, die Furcht vor der falschen Frage und der unpassenden Bemerkung. Angst, unangebrachte Rücksicht und falsches Taktgefühl vereinen sich zu einem fauligen, explosiven Gemisch.« Sie warf einen erneuten Blick in die Runde. »Sie alle sind gekommen, um mir zu helfen, doch stattdessen helfe ich ihnen, ihrer Sprachlosigkeit zu entkommen. Dabei ist die Gebrauchsanweisung für Gespräche mit Menschen, die sterben müssen, doch so simpel zu entziffern – einfach über alles reden zu können.« Fanny musste husten. Erneut wischte sie etwas Schleim von der Zunge. Dann sagte sie, an Daria gewandt:

»Dir merkt man an, dass du schon viele Freunde hast sterben sehen. Für dich gehört der Tod dazu. Das macht es für mich einfacher.«

Daria drückte Fannys Hand. Die Gesichter ihrer Freunde, die mit der Nadel im Arm starben, huschten an ihr vorbei. Es waren viele Gesichter.

»Seit Jahren passieren die Nachbarn auf der Straße mich möglichst schnell und grüßen nur kurz und verlegen, demonstrieren mir, wie sehr meine Krankheit sie belästigt. Krank sein ist peinlich. Da spricht man nicht drüber. Das zeigt man auch nicht. Deshalb wehe, wenn du dich zum Sterben nicht in dein stilles Kämmerchen zurückziehst, um lautlos zu gehen. Wenn du dich der Welt zumutest. Wenn Sterben für dich nicht verstummen bedeutet, wenn du den Tod – diesen lethargischen Zustand – nicht schon im Leben vorwegnimmst. Damit können sie alle nicht umgehen.«

»Wir schon«, antwortete Daria. »Deshalb sind wir hier bei dir.«

»Ich wollte unter Menschen sein, solang die Kraft noch reicht. Meine letzten Wochen werden intim genug.« Fanny versuchte sich ein wenig mehr aufzurichten und am Rücken zu kratzen. »Ich bin ganz durchgelegen«, murmelte sie. Daria kam ihr zu Hilfe, und Fanny dirigierte ihre Fingerspitzen an den Punkt, wo die Haut juckte.

»Als ich auf Droge war, konnte auch niemand mit mir umgehen, der diesen Zustand nicht kannte«, sagte Daria. »Das haben wir alle nicht gelernt. Als Krebskranke brichst du eines der letzten Tabus. Und die Leute ersaufen in ihrer Betroffenheit. Oder sie kriegen das Maul nicht auf und bringen kein Wort heraus. Dann gibt es noch die, die einem jovial auf die Schulter klopfen und dir Durchhalteparolen zuraunen: ›Lass dich nicht unterkriegen!‹, ›Du schaffst das schon!‹ Das waren für mich immer die Allerschlimmsten.«

»Oh ja«, antwortete Fanny, »das sind die Allerschlimmsten. Und solche Reaktionen machen dich stumm. Aber wenn du deine Krankheit, deine Angst und deine Wut nicht zeigen darfst, vergiftet das deine Seele. Warum darf ich meine Tränen nicht zeigen? Und warum denen, auf die das noch zukommt, nicht sagen, wie Sterben geht? Nur weil niemand hören will, dass er auch eines Tages dran ist, obwohl es jeder weiß?«

Fanny bekam einen erneuten Hustenanfall. Daria half ihr, die Sitzposition zu verändern, sodass sie den Schleim besser aus ihrem Hals lösen konnte, wo er festsaß.

»Ich bin froh, dass es dich gibt«, sagte Fanny unvermittelt. »Ich habe schon während der Schulzeit viel von dir gelernt. Und ich habe mir nie verziehen, dass ich nicht für dich da war, als es dir schlecht ging.« Fannys Blick trübte sich ein.

»Du hättest nichts für mich tun können, Fanny.« Daria schenkte ihrer alten Freundin einen Blick voller Zuneigung. »Es gibt Situationen im Leben, da können nur die dir helfen, die ganz nah dran sind.«

Fanny nickte. »Vor dieser Schwelle zu stehen macht einsam. Wenn du Glück hast, gibt es eine Handvoll Menschen, die dich trösten; die sich sorgen, mitleiden und bemitleiden, dich beweinen, dir Mut zusprechen, Hoffnung geben und doch, diesen Weg gehst du verdammt allein. Niemand, der dich wirklich begleiten könnte. Wirklich mitleiden, wie soll das gehen? Mitfürchten – unmöglich! Mitsterben erst recht. Du gehst, und die anderen dürfen noch ein paar Runden drehen. Das macht den Unterschied. Bei deiner Beerdigung bist du schon nicht mehr dabei.«

»Fühlst du dich einsam? Trotz deiner Familie?«

»Ohne sie und ohne Schelsky und Anett wäre diese Krankheit viel schwerer zu ertragen. Sie tragen die größte Last. Es tut so gut zu wissen, dass sie da sind und auf mich aufpassen. Es ist wunderschön, wenn Freunde dich besuchen, aber sie kommen und gehen dann wieder zurück in ihre eigenen Leben. Es gibt keine Erfahrung, die der, Kinder zu haben, gleicht. Aber ich zahle einen schmerzlichen Preis. Weil ich sie bald verlassen muss.« Fanny schloss die Augen, um ihre Tränen zu verbergen. Daria drückte erneut ihre Hand, weil es nichts zu sagen gab, was in diese Situation gepasst hätte.

»Viel zu viel Pathos!«, fand Fanny als erste die Worte wieder. Wie um sich zu entschuldigen, fügte sie hinzu: »Aber um sein Leben zu kämpfen ist schon ein sehr pathetisches Gefühl, und sterben – soweit ich mich damit schon auskenne – auch.« Sie zeigte auf ein halbvolles Glas Wasser, und Daria reichte es ihr. Vorsichtig nahm Fanny zwei kleine Schlucke.

»Und jetzt kommt noch was Pathetisches, Daria. Ich brauche eine kleine Pause, bin ganz erschöpft. Wir sollten uns schon mal verabschieden.«

»Ich weiß nicht, wie man das macht.«

»Ich liebe dich, Daria!«
»Ich liebe dich auch.«
»Vergiss mich nicht ganz; hörst du!«
»Dich vergessen? Niemals Fanny!«
»Versprochen?«
»Versprochen, Blutsschwester!«

Tom erschrak, als er Fanny sah. Es war bestimmt schon wieder ein halbes Jahr her, dass er sie besucht hatte. Von der Fanny, die er erinnerte, war nicht mehr viel übrig. Nur noch Haut und Knochen, ein vom Tod gezeichneter, ausgemergelter Körper, und ein Gesicht, das nur noch ein Schädel war. Der Anblick fuhr ihm in den Magen und verscheuchte all die dort wohnenden Vanessa-Beklemmungen mit einem Schlag. Abschied im Angesicht des Todes war größer als pulsierende Verliebtheit.

Nur als sein Blick Schelskys traf, der in einer der Ecken des Raumes stand, den Arm schützend auf Lina gelegt, und er in seiner Begrüßungsgeste einen Hinweis suchte, ob er die Mail schon gelesen hatte, dachte er noch einmal kurz an Vanessa. Noch auf der Herfahrt ließ sein nur um sie kreisendes Kopfkino keinen Platz für einen Zweitgedanken, nun aber war die Leinwand mit einem Mal leer und die neue Bühne dieses Sterbezimmer. Die vielen Kerzen, all die mitgebrachten Blumen und die Art und Weise, wie Fanny hier aufgebettet, fast schon aufgebahrt war, gaben der Szenerie nicht nur etwas Sakrales, sondern auch etwas sehr Gedrücktes. Die Gäste unterhielten sich gedämpft, niemand traute sich zu lachen oder gar einen Scherz zu machen. Fast alle Anwesenden schienen angesichts der todgeweihten Gastgeberin in ihrer Mitte ein schlechtes Gewissen zu haben, weiterleben zu dürfen.

Daria hatte den Stuhl neben Fannys Bett verlassen, und Christoph kümmerte sich nun darum, Fanny umzubetten, damit sie sich nicht wundlag. Das hier ist eine makabere Veranstaltung, dachte Tom und fand es gleichzeitig gut, dass Fanny sich den Wunsch erfüllte, heute unter Freunden zu sein. Ein Abschied nach vierzig Jahren, die sie sich nun kannten, würde immer eine tieftraurige, absurde Angelegenheit sein, egal wie man ihn gestaltete. Und ihn einfach ausfallen zu lassen, eben weil es keine angemessene Form gab, wäre auch unangemessen gewesen.

Wann sollte er sich zu ihr setzen? Was ihr sagen? Tom bediente sich, mehr aus Verlegenheit denn aus Hunger, vom Buffet, ohne mit einem der anderen Gäste auch nur ein Wort zu sprechen. Dann endlich fasste er den Mut, auf Fanny zuzutreten und sie zu begrüßen. Sie erwiderte den Gruß mit einem leichten Nicken und bedeutete Tom mit ihren Augen, sich neben sie zu setzen. Tom nahm Platz, ohne Idee, was in den kommenden Minuten geschehen sollte.

»Schön, dich zu sehen, Tom.« In Fannys Stimme steckte nur wenig Kraft.

»Schön, dich zu sehen«, erwiderte Tom und legte alle Betonung auf das »dich«.

»Wie geht es dir, Tom?«

Die belangloseste Frage der Welt, die in diesem Moment, von Fanny ausgesprochen, alles andere als belanglos klang. Die keine banale Antwort und auch nicht die Rückfrage an Fanny duldete. Tom entschied sich für die ehrlichste und wohl unpassendste Antwort.

»Gut, Fanny, ich glaube, ich bin verliebt!«

»Oh wie schön, Tom.« In Fannys Augen huschte ein Strahlen. Sie freut sich wirklich mit mir, dachte Tom und war gerührt vom Augenblick.

»Mag sie dich auch?«

»Ich weiß es noch nicht, Fanny.«

Plötzlich erinnerte Fanny ihn an seine Großmutter – altersmilde und gütig, nicht ungnädig geworden von den Niederlagen des Lebens. Fanny starb, und sie sprachen über Schmetterlinge in seinem Bauch. Das kam Tom schräg vor, unangemessen tapfer von Fanny, der dieser Tag allein gehörte. Tom formulierte das »Wie geht es dir?« um, unsicher, wirklich eine bessere Formulierung gefunden zu haben.

»Wie erträgst du dein Schicksal, Fanny?«

»Ich halte mein Sterben aus. Da habe ich ja auch wenig Alternativen. Wenn ich morgens aufwache, gönne ich mir meine Tagesration Verzweiflung, und nach ein paar Tränen sage ich mir: Auch dieser Tag will gelebt werden. Fanny, verschwende ihn nicht. Und dann lebe ich drauflos, so gut es noch geht.«

Tom wusste nicht, was er sagen sollte. Er wollte nur zuhören, wie Fanny über ihr Sterben sprach.

»Dann freue ich mich darauf, auf die Terrasse geschoben zu werden, auszuprobieren, ob mein empfindlich gewordener Magen noch einen Kaffee verträgt und ich noch ein Stück Kuchen runterkriege. Hängen bleibt ja eh nix, der Krebs frisst schneller als ich. Das sind die kleinen Freuden, die zu großen Freuden geworden sind. Und wenn es dämmert, kommt manchmal ein Igel vorbei, den ich gern füttere. Dann ist wieder ein Tag zu Ende, und ich habe ein paar wertvolle Minuten gehabt, in denen ich nicht an die Krankheit gedacht habe.«

Fanny musste husten und spuckte einen kleinen Schleimpfropfen in ein Taschentuch. Zu viele Sätze ohne Pause machte ihr Hals nicht mehr mit.

»Hast du Angst vor dem, was noch kommt?« Als sie im Raum schwebte, wusste Tom, wie überflüssig diese Frage war. Doch Fanny schien sie nichts auszumachen.

»Ich habe unglaubliche Angst davor, am Ende von Intensivmediziner zu Intensivmediziner gereicht zu werden – überall Schläuche und Katheter in meinem Körper. Diese Vorstellung ist so grauenhaft. Ich möchte es selber in der Hand behalten, entscheiden können, wie lange ich den Schmerz noch aushalten will und wann es Zeit ist, mich auf die Socken zu machen. Irgendwann möchte ich sagen dürfen: Ich bin jetzt lang genug tapfer gewesen, jetzt darf ich diesen Schritt hinüber auf die andere Seite tun, und nun gehe ich ihn auch.«

»Rede nicht so Fanny.« Tom konnte das Zittern in seiner Stimme nicht unterdrücken.

Fanny benetzte ihren Mund mit etwas Wasser. Das Schlucken fiel ihr schwer.

»Ich weiß nicht, Tom, wie lange ich meinem Zerfall noch zuschauen möchte. Allmählich aufgefressen zu werden, sich aufzulösen, ist so unvermeidbar wie grauenhaft. Doch muss mein Herz noch unbedingt bis ganz zum Schluss schlagen, und müssen die Augen bis zum Ende geöffnet sein, um diesem Elend zuzusehen? Ich bin mir da sehr unsicher.«

Tom atmete tief durch. Tränen hätten jetzt gutgetan. Er würde sie sich aufsparen, bis er im Auto saß.

»Tom?«

»Ja?«

»Weißt du noch damals, in Berlin?«

Tom dachte sofort an ihre gemeinsame Nacht mit Mario. Er sah an Fannys Blick, der nun etwas Schelmisches hatte, dass er auf der richtigen Spur war.

»Das war ziemlich nett. Ich hätte nichts dagegen, wenn du mich so in Erinnerung behältst.« Tom nickte, doch er ahnte bereits, dass er vor allem dieses freche Grinsen niemals vergessen würde, das in diesem Augenblick noch einmal auf Fannys Gesicht lag.

***

Hand in Hand mit Lina schlenderte Schelsky durch den Garten, hin zu der kleinen Bank neben dem Schuppen. Sie ist so tapfer, dachte er. In wenigen Tagen würde sie zwölf werden, die ersten Anzeichen der beginnenden Pubertät waren nicht mehr zu übersehen. Doch statt Flausen im Kopf und Brausepulvergefühle im Bauch zu haben, würde sie an den Bildern des zunehmenden Verfalls ihrer Mutter zu knabbern haben, alleingelassen mit einem Vater, der gar nicht ihr Vater war. Sie hatte viel mehr zu verarbeiten, als ihr guttat und mehr Trauer im Herzen, als eine Zwölfjährige aushalten sollte.

Sie setzten sich auf die Bank, auf deren einem Ende schon Bellamy zusammengerollt lag und schlummerte. Als die beiden neben ihr Platz genommen hatten, fing sie kaum hörbar an zu schnurren. Lina legte ihren Kopf auf Schelskys Schulter, und Schelsky drückte sie fest an sich. Er wusste, dass ihr nicht nach Reden zumute war. Nur einfach in den Arm. Doch wer nahm ihn in den Arm? Fanny auf ihrem Weg zu begleiten war eine Herkulesaufgabe. Sie schrumpfen zu sehen war entsetzlich. Er musste ihr Zuversicht geben und Lina auch. Er war so müde von den vergangenen Monaten, und doch wusste er, dass ihm das Schlimmste noch bevorstand. Wer war für ihn da, wenn seine Kraft zu Ende war?

Lina kuschelte sich noch enger an ihn. Er spürte, dass sie ihm etwas sagen wollte. Doch sie blieb stumm.

»Was denkst du gerade?«, fragte er, um ihr zu helfen.

Lira räusperte sich, öffnete den Mund, doch sie blieb sprachlos.

»Na, komm schon!«

Es kamen nur Tränen, die ihr Schelsky sanft von den Wangen tupfte. Langsam beruhigte sich das Mädchen und schaute zu ihm hoch.

»Schelsky?«

»Ja, Lina?«

»Versprichst du mir etwas?«

»Ja!«

»Wenn Mama tot ist, bleibst du bei mir?« Sie schluchzte. »Ich darf dich nicht auch noch verlieren.«

Schelsky atmete tief durch. Er wusste keine Antwort.

»Du hast doch deinen Papa!«, sagte er, um Zeit zu gewinnen.

»Ich brauche euch aber alle beide«, sagte sie mit flehendem Unterton in der Stimme. »Verlass mich nicht auch noch!«

Die Worte fuhren Schelsky mitten ins Herz. Er hatte seine Zukunft noch nicht geplant. Jetzt entschied Lina über sie, und sie hatte alles Recht der Welt dazu.

»Wenn du es möchtest, werde ich bleiben. So lange, bis du mich nicht mehr brauchst.« Sein Kinn zitterte vor Anspannung.

»Versprochen?«

»Versprochen!«

»Indianerehrenwort?«

»Großes Indianerehrenwort!«

***

Fannys Blick suchte Lina. Sie konnte sie nirgends entdecken. Und auch Schelsky schien fort zu sein. Es ist furchtbar, Lina alleine zu lassen, dachte Fanny. Dieser Gedanke beherrschte sie mehr als jeder andere. Wie würde es ihr allein mit Christoph gehen? Würde sie sich überhaupt noch an ihre Mutter erinnern, wenn sie einmal groß war? Oder würde es da nur verwaschene Bilder in ihrem Kopf geben?

Als Daria das Haus verließ, kam ihr Lina entgegen. Sie steuerten aufeinander zu, und obwohl sie sich kaum kannten, lagen sie sich plötzlich in den Armen. Lina vergrub ihr Gesicht ganz fest in Darias Körper. Als sie sich wieder von ihr gelöst hatte, ging Daria noch ein paar Schritte in die Richtung, aus der das Mädchen gekommen war; aus purer Neugierde. Auf einer Bank neben dem Schuppen entdeckte sie Schelsky. In sich zusammengesunken, die milchtretende Bellamy auf seinem Schoß und mit den Gedanken in einer fernen Galaxis. Selbst als sie sich ihm bis auf zwei Meter genähert hatte, bemerkte er sie nicht.

»Schelsky?«

Schelsky erschrak. Irritiert sah er sie an.

»Kann ich irgendetwas für dich tun?«

»Nein, alles okay.«

»Nein, alles okay.« Sie kannte diese Worte so genau. Hundertfach war dieser Satz aus ihrem Mund gekommen. Der Satz, mit dem man sich andere vom Hals hielt. Hilfe ablehnte, wenn man sie am dringendsten brauchte. Und wie oft hatten die anderen die wahre Botschaft dieser drei Worte nicht verstanden.

Daria setzte sich neben Schelsky. »Wie schaffst du das?«, fragte sie.

Es war der Satz, der Schelsky öffnete, wie die richtige Zahlenfolge einen Safe.

Eine Stunde später saßen sie immer noch beisammen. Schelsky hatte mehr geredet, als Daria das je zuvor erlebt hatte. Mit Macht musste da nach außen, was ihn ersticken ließ.

Als er seine Seele erleichtert hatte und zurück ins Haus drängte, wo die Trauerfeier seit fast zwei Stunden ohne seine ordnende Hand stattfand, drückte er Daria fest an sich und sagte nur:

»Danke!«

»Wofür?«

»Dass du mir zugehört hast und einfach da warst.«

Daria lächelte Schelsky an.

»Wie viele Jahre warst du für mich da, als es mir schlecht ging. Und ich habe mich dafür bis heute nicht richtig bei dir bedankt.« Sie strich mit der Hand über seine Wange. »Es wäre schön, wenn ich dir einmal etwas zurückgeben könnte.«

***

Auf der Rückfahrt musste Tom auf einem Parkplatz anhalten, um seinen Gefühlen freien Lauf zu lassen. Er versuchte an Vanessa zu denken, um seine Trauer unter Kontrolle zu kriegen, doch gegen die Gewissheit, Fanny nie mehr wiederzusehen, kam sein Herz nicht an.

Zwei Hollywood-Gefühle zur selben Zeit in nur einem, in seinem Körper, das war eindeutig zu viel.

***

Als Tom am Abend seinen Mail-Account öffnete, fand er dort eine Nachricht von Schelsky.

»*Hi Tom. Schön, dass du heute da warst. Fanny hat sich sehr gefreut. Ich war sehr damit beschäftigt, alles so zu organisieren, dass Fanny sich wohlfühlt an diesem für sie so wichtigen Tag. Deshalb hatte ich noch keine Möglichkeit, dir auf deine Mail zu antworten. Oh Mann, oh Mannomann – mehr kann ich jetzt dazu auch nicht sagen. Pass auf dein Herz auf, Herzen mögen keine Doppelbotschaften. Ich drück dich, Schelsky.*«

KAPITEL 38

5. Dezember 2013: Mit Nelson Mandela stirbt die letzte, weltweit bewunderte Ikone der Politik. »Wir haben einen der einflussreichsten, mutigsten und zutiefst guten Menschen verloren«, würdigt US-Präsident Barack Obama noch am selben Tag sein großes Vorbild, ohne »dessen Beispiel« er sich sein »eigenes Leben nicht vorstellen« könne, und lässt alle US-Flaggen auf Halbmast abtauchen.

Tom parkte seinen neuen Toyota Hybrid, stieg aus und zündete sich eine Zigarette an. Er rauchte nur noch bei besonderen Gelegenheiten. Fannys Beerdigung fiel mit Sicherheit in diese Kategorie. Er ging die hun dert Meter bis zur Kapelle gemessenen Schrittes. Auf Friedhöfen änderte sich sein Gang ganz automatisch. Ohne darüber nachzudenken, versuchte Tom seinen Schritten etwas Würdevolles und Getragenes zu verleihen. Zwischen den Ruhestätten der Toten schlurfte man nicht umher. Zudem galt es, den kurzen Weg mit einer Zigarettenlänge zu synchronisieren.

Der Himmel war milchig, und es sah nach Schneefall aus. Die große Uhr, die an der Außenwand der Kapelle angebracht war, zeigte an, dass Tom früh dran war. Unter dem kreisrunden Ziffernblatt stand die Zeile zu lesen: »Eine von diesen.«

Schon von weitem spähte Tom, welche bekannten Gesichter es in der Gruppe der Trauergäste zu entdeckten gab. Erst erkannte er Daria, dann Anett, Fannys Kinder und schließlich auch Petra und Fannys Mutter Claudia. Sie sah müde und gebrechlich aus. Waren es die Jahre, die vergangen waren, oder war es die Trauer über den Tod ihrer Tochter, die sie so rapide hatte altern lassen?

Erst als Tom den kleinen Vorplatz der Kapelle schon fast erreicht hatte, sah er Schelsky. Schwere Tränensäcke und tiefe Falten ließen ihn abgespannt wirken. Aber dass er Schelsky aus der Distanz nicht erkannt hatte, hatte einen anderen Grund: Auf Schelskys Schädel verirrte sich kein einziges Haar mehr. Alles abrasiert, Platte blank poliert.

Schelsky nahm die Umgebung kaum wahr. Nervös kontrollierte er immer wieder den Sitz seines Krawattenknoten und schob ihn zurecht. Er würde sich nie an diese Dinger gewöhnen. Er hatte sich für ein dunkles Sakko entschieden, das er mit einer leicht verblichenen, schwarzen Jeans kombinierte. Einen Anzug hatte er nicht auftreiben können. Den hätte ihm Fanny auch gar nicht abgenommen, könnte sie ihn noch sehen. Beerdigungen waren Schelsky ein Grauen. Statt einer Trauerfeier besuchte Schelsky lieber ein paar Tage später das frische Grab, um sich unbeobachtet zu verabschieden. Er hatte sogar die Beerdigung seines Vaters ignoriert, der vor einem halben Jahr gestorben war. Durch ein notarielles Schreiben war er von dessen Tod informiert worden. Im Testament tauchte Schelskys Name nicht auf. Alles, was sein Vater besessen hatte, ging an seine neue Familie. Schelsky überlegte nicht eine Sekunde, ob er einen Anwalt konsultieren und um einen Pflichtteil streiten sollte. Er wollte das Geld nicht. Und er würde auch den Weg zum Grab seines Vaters nicht suchen.

Fannys Beerdigung konnte er sich nicht entziehen, nein, Fannys nicht. Bilder aus vergangenen Tagen liefen als Endlosschleife vor seinem inneren Auge ab. Immer wieder kamen neue hinzu. Sie war seine erste Liebe gewesen. Er hatte sie nie vergessen, nie ganz verloren und, war sie doch mal aus seinem Blickfeld geraten, stets wiedergefunden. Er hatte sie bis zur letzten Sekunde gepflegt. Sie hatte lange gekämpft, viel länger als die Ärzte und auch er selbst es ihr zugetraut hatten. Sogar ihren fünfzigsten Geburtstag erlebte und feierte sie noch mit ihren Mitbewohnern, ihrer Familie – zu der er sich auch irgendwie zählte – und einem halben Glas Champagner, auf das sie bestanden hatte und das er an ihre Lippen führen musste. Vor einer Woche war Fanny nun friedlich eingeschlafen, entkräftet und ausgezehrt, nur noch Haut und Knochen. Ihrem schwindenden Leben selber ein Ende zu setzen, hatte sie am Schluss keine Kraft mehr gehabt. Jetzt war sie nur noch in seinen Erinnerungen lebendig, und neue Bilder würden nicht mehr hinzukommen. Sie war eingeschlossen in seinem Kopf. Konserviert wie in einem Mausoleum. So lange er lebte.

Daria hatte ein paarmal zu oft die Abschiedspredigten der Pfaffen gehört und an zu vielen offenen Gräbern gestanden. Der Tod war ein ständiger Begleiter ihrer Sucht gewesen. Immer präsent als Unfall oder letzter Ausweg. Ob es das eine oder das andere gewesen war, ließ sich meist nicht zweifelsfrei feststellen.

Beerdigungen auszuhalten kann man nicht lernen, dachte Daria. Trauern kann man nicht lernen. Fannys Tod ging ihr sehr nahe. Fanny war eben keine aus der Szene. Keine, bei der man schon geahnt hatte, dass sie so enden würde. Fanny war einfach nur so alt wie sie selber. Etwas jünger sogar, gerade erst fünfzig geworden. In dem Alter also, in dem diese Dreckskrankheit gerne mal zuschlug und die Reihen lichtete. Daria hatte die Nähe zum Tod, die sich jahrelang mit jedem Druck eingestellt hatte, längst abgestreift. Nun kam die vertraute Gestalt des Sensenmannes um eine andere Ecke gebogen. Fanny hatte nie harte Drogen genommen, nicht gesoffen, schon lange nicht mehr geraucht, sie hatte auf ihre Ernährung geachtet, nichts falsch gemacht. Sie war einfach in ein Alter gekommen, in dem man schon mal aus Versehen stirbt. Einfach so. Ohne triftigen Grund. Warum sie, warum nicht ich?, dachte Daria und wusste, dass es auf diese Frage keine Antwort gab.

Wohin setzt man einen Ex-Freund, einen Lebensbegleiter ohne offiziellen Beziehungstitel auf einer Beerdigung?, überlegte Schelsky. Die erste Reihe war der Familie vorbehalten, blutsverwandt und angeheiratet. Fanny und er waren nicht blutsverwandt, nur Blutsbruder und Blutsschwester. Das reichte für Reihe zwei, neben Anett, der besten Freundin, und eine Reihe noch vor Tom und Daria. Auf Trauerfeiern hatte alles seine Ordnung und jeder seinen Platz.

In der Predigt kamen die Worte Frieden und Erlösung vor. Tom fixierte mit leerem Blick die farbfrohen Kapellenfenster, die von der Sonne erleuchtet wurden. Eine Szene des Science-Fiction-Films »Soylent Green« schob sich zwischen seine Gedanken, in der ein alter Mann sich zum Sterben in ein

Euthanasie-Institut begibt, um dort ein Giftgemisch zu trinken. Bilder von grünen Wiesen, Wasserfällen, weidenden Rehen und Sonnenuntergängen auf eine überdimensionale Leinwand projiziert, begleiten seinen Abgang. Eine Flut von Bildern aus einer längst untergegangenen Welt, untermalt von Beethovens Sechster und Motiven aus Griegs Peer Gynt. Es war mehr als 30 Jahre her, dass Tom diesen Film gesehen hatte, doch diese Szene hatte sich ihm so tief eingeprägt, dass sie bei Trauerfeiern fast immer an die Oberfläche gespült wurde.

Oft hatte er befürchtet, eines nicht allzu fernen Tages an Darias Grab zu stehen. Nun saß er direkt neben ihr und nahm Abschied von Fanny. Während er um die eine trauerte, war er froh, dass die andere noch immer da war.

Daria blickte auf Fannys Kinder, die zwei Reihen vor ihr saßen, sich an den Händen hielten und die Tränen ungehemmt fließen ließen. Einsamkeit mischte sich unter Darias Trauer. Wer würde um sie weinen, wenn es so weit wäre?

Auch Schelsky blickte auf Fannys Kinder. Besonders Thorben ließ seinen Gefühlen freien Lauf. Vor vier Wochen hatte er durch eine Todesanzeige, die er nur zufällig gesehen hatte, erfahren, dass sein Vater gestorben war. Er kannte Andy Brunner zwar nicht persönlich, trotzdem nahm ihn die Erkenntnis, dass seine beiden Eltern sich nun so kurz hintereinander von der Welt verabschiedeten, mit. Er forschte nach, was sich hinter der »langen, schweren Krankheit« verbarg, an der sein Erzeuger gestorben war, und fand heraus, dass er an Aids zugrunde gegangen war. Der Tag, an dem Andy Brunner beerdigt wurde, war genau der Tag gewesen, an dem Fanny ihren letzten Atemzug tat. Und Thorben musste nun lernen, ein Gefühl für das Wort »Waise« zu bekommen.

Der Pfarrer schlug sein Manuskript zu, und in den hinteren Reihen entstand Bewegung. Tom hatte sich noch nicht ganz umgedreht, da setzte auch schon die Orgel ein, und helle Stimmen erfüllten den Raum mit einem Ave-Maria. Tom spürte die Gänsehaut auf seinen Armen.

Schelsky hatte lange versucht, die Tränen zurückzuhalten, doch beim ersten Ton der Orgel brachen alle Dämme. Die Predigt war zu schlecht gewesen, um ihn anzurühren. Sie hatte einfach nur nach willkürlich aneinandergereihten Textbausteinen geklungen. Die schwermütigen Klangfolgen aber durchschlugen seinen Panzer innerhalb von Sekunden. Mit einem Mal erfasste ihn tiefste Verzweiflung über Fannys Tod.

Schelsky verabschiedete sich nicht, auch nicht von Tom und Daria. Als müsste er ersticken, eilte er aus der Kapelle und entfernte sich mit schnellen Schritten. Erst als er zwischen den Gräberreihen angekommen war, verlangsamte er seinen Gang. Die Vorstellung, dem belanglosen Geschwafel des Leichenschmauses zuhören zu müssen, war ihm unerträglich. Bemühte Konversation, die dann lockerer und schließlich zotig wurde, wenn nur genug Alkohol geflossen war. Sie hätte es so gewollt, hieß es dann schulterklopfend. Hätte sie nicht, dachte Schelsky. Fanny hatte stets drauflosgelebt. Aber sie hatte auch immer Takt und ein feines Gespür für die Situation besessen.

***

Es wurde Kuchen serviert, Kaffee und Schnaps. Daria und Tom saßen nebeneinander und waren froh, sich nicht ganz so allein und verloren zu fühlen in der kleinen Trauergemeinde. Sie sprachen miteinander, doch in diesem Rahmen blieb ihr Gespräch steif und belanglos. Es ist schön, dass du noch da bist, dachte Tom ein weiteres Mal.

***

Schelsky war vor dem beginnenden Regen in ein kleines Restaurant geflüchtet und hatte sich einen schweren Rotwein bestellt, den er nun in kleinen Schlucken trank. Um sich auf andere Gedanken zu bringen, musterte er die Gäste. Vater und Mutter in Festtagskleidung ermahnten ihren mit Krawatte, Weste und gegelter Seitenscheitel-Frisur herausgeputzten Sohn – den Schelsky auf etwa sieben bis acht taxierte – stillzusitzen, was diesem nicht gelingen wollte. In der Ecke saß eine alte Frau, die vermutlich gerade vom Grab ihres Mannes kam, und verschlang, ohne die Umgebung eines Blickes zu würdigen, Schwarzwälder Kirsch. Ein junges Pärchen betrat schwungvoll und – angesichts der vielen Friedhofsbesucher, die hier versammelt waren – etwas zu fröhlich den Raum und bestellte ein paar Antipasti und eine Karaffe Weinschorle. Ein Getränk, mit dem sich Schelsky nie anfreunden konnte, was auch für fast alle anderen Mischgetränke galt.

Jesus verwandelte Wasser zu Wein, dachte er. Das nannten seine Zeitgenossen Wunder. Meine Zeitgenossen gießen Wasser in den Wein. Sie nennen es Schorle. Wenn Jesus damals alles gegeben hat, um Wasser in Wein zu verwandeln, dann doch bestimmt nicht, damit wir später wieder Wasser hineinkippen.

In Melancholie gefangen ließ Schelsky seine Gedanken treiben. Zivilisation heißt Schorlesierung des Lebens auf ganzer Linie. Alles Pure wird verwässert. Wir leben, aber nur light. Wir gießen nicht nur Wasser in Wein, sondern auch geschäumte Milch in den Kaffee, Zitronenbrause ins Bier, rauchen mit Filter, ficken mit Gummi, fahren mit Gurt, leben rundum-sorglos versichert. Wir leben nicht, wir dosieren. Wir schlagen über die Stränge, aber nur zu Karneval. Wir lieben unsere kleinen Laster, große leisten wir uns lieber nicht. Statt schnell, leben wir lieber lange. Wir rennen nicht, wir joggen und das auf dem Laufband und nicht auf Feldwegen. Wir fahren Fahrrad mit Hilfsmotor. Wir reden nicht, wir chatten miteinander. Wir leben das Leben der anderen in der Glotze und haben das Wort Gemütlichkeit in die halbe Welt exportiert. Manchmal fragen wir uns dann heimlich, warum wir eigentlich da sind und ob das schon alles war. Dann schieben wir die Frage beiseite und gießen wieder Wasser in unseren Wein. Bis eines Tages unser verdünntes Leben vorbei ist.

Fanny hatte nie Weinschorle getrunken. Zumindest hatte er sie nie dabei ertappt.

Das Klingeln seines Smartphones ließ Schelskys Assoziationskette reißen. Auf dem Display las er Linas Namen.

»Hallo Lina?«

»Schelsky, wo steckst du?«

Augenblicklich stellte sich ein schlechtes Gewissen ein.

»Ich wollte einen Augenblick allein sein, verstehst du das?«

Kurzes Schweigen am anderen Ende der Verbindung. Dann sagte Lina: »Ja, aber das geht nicht Schelsky. Ich brauche dich hier.«

Schelsky beendete das Gespräch und orderte die Rechnung, bevor er das verbliebene halbe Glas Wein in einem Zug leerte. Er warf sich gerade sein Sakko über, als sein Smartphone erneut klingelte. Diesmal leuchtete

Christophs Name vom Display. Schelsky stellte das Gerät ab und verließ das Restaurant. Draußen hatte es aufgehört zu regnen.

Als Schelsky das Café erreichte, zerstreute sich die Trauergemeinde bereits. Er sah gerade noch, wie Tom in seinen neuen Wagen stieg, kurz rangierte und Sekunden später vom Parkplatz verschwunden war. Schelsky sah sich nach Lina um. Bevor er das ganze Café inspizieren konnte, kam Christoph auf ihn zu.

»Wo warst du?«

»Luft schnappen.«

»Ganz schön lang. Hör mal, ich muss mit dir reden.«

Wenn Schelsky im Moment etwas gar nicht reizte, dann ein Gespräch mit Christoph. Der hatte es bis zu Fannys letztem Tag nicht akzeptiert, dass auch Schelsky sich um sie kümmerte und kein Hehl aus seiner Abneigung gemacht. Sollte dieses enervierende Spiel sich nun auch nach ihrem Tod fortsetzen?

»Sorry Christoph, ich suche Lina.« Schelsky versuchte sich an Christoph vorbeizudrängeln, der aber versperrte ihm den Weg.

»Wegen ihr wollte ich mit dir sprechen.«

Daher also wehte der Wind. Schelsky warf noch einen Blick ins Café, konnte Lina aber noch immer nicht entdecken.

»Lass uns einen kleinen Spaziergang machen«, sagte Christoph und zog Schelsky mit sich. Sie gingen schweigend über den Parkplatz. Als er sicher war, dass niemand sie hören konnte, fragte Schelsky:

»Was willst du von mir, Christoph?«

Christoph blieb stehen und starrte betreten auf seine Fußspitzen. Er suchte nach Worten. Ein leichter Nieselregen, der gerade eingesetzt hatte, rieselte derweil auf die beiden Männer.

»Ich muss mich wohl bei dir entschuldigen.«

Christoph sprach so leise, dass Schelsky die Worte kaum verstand. Und das, was er vernommen hatte, konnte er nicht glauben.

»Es tut mir leid, wie ich dir zugesetzt habe. Du hast so viel für Fanny getan, und ich habe dich immer nur als Konkurrenten gesehen, dem ich nie das Wasser reichen konnte. Ich war neidisch auf die Tiefe eurer Verbindung, die über weit mehr als dreißig Jahre gewachsen war. Ich hatte Angst, sie an dich zu verlieren.«

Er reichte dem sprachlosen Schelsky die Hand.

»Ich war ein Idiot, sorry!«

Schelsky zögerte einzuschlagen.

»Wieso diese Kehrtwende?«

»Ich möchte den Fehler, den ich gegenüber Fanny gemacht habe, nicht bei Lina wiederholen. Fanny hat mir einen Brief hinterlassen, den ich erst ein paar Tage nach ihrem Tod öffnen sollte. Das habe ich gestern getan.« Christoph kämpfte mit den Tränen. »Sie bat mich darin, endlich Frieden mit dir zu schließen und mich nicht zwischen Lina und dich zu stellen. Ich werde dieser letzten Bitte gern nachkommen.«

»Was heißt das?«, fragte Schelsky skeptisch.

»Lina hat dich in ihr Herz geschlossen. Sie vergöttert dich, und sie hat gerade ihre Mutter verloren. Sie braucht jetzt uns beide. Wir sind es ihr schuldig, miteinander Frieden zu schließen.«

Schelsky wusste nicht, was er denken sollte.

»Bleibst du in Meuchefitz?«, fragte Christoph

»Ich weiß es nicht«, antwortete Schelsky. »Lina hat mich gebeten zu bleiben.« Schelsky wartete auf Christophs Reaktion.

»Auch ich bitte dich darum«, sagte er. »Hilf mir, ihr den Schmerz zu nehmen. Sei mit mir für sie da.«

»Das meinst du ernst?«

»Das meine ich ernst! Lina steht am Anfang der Pubertät. Alleine schaffe ich das doch gar nicht.« Christoph rang sich ein Lächeln ab.

»Nichts lieber als das!« Mit einem Mal lösten sich Schelskys Verknotungen und seine Abwehrhaltung Christoph gegenüber. Christoph tat einen Schritt auf ihn zu und umarmte ihn, und Schelsky konnte nicht anders, als die Umarmung zu erwidern.

Als sie sich voneinander gelöst hatten, blieb Christoph direkt vor Schelsky stehen. Ihre Augen, nur einen halben Meter voneinander entfernt, trafen sich. Ernst blickten die beiden Männer sich an.

»Ich möchte dich noch um etwas bitten, Schelsky!« Wieder war Christophs Stimme nur ein Hauch, der Satz ein kaum vernehmbares Flüstern. Schelsky sah ihn fragend an.

»Ich glaube, nur wir zwei teilen ein Geheimnis. Ich würde mir wünschen, dass das vorerst so bleibt.«

Schelsky zuckte mit den Schultern.

»Wovon redest du?«

»Ich rede davon, dass ich nicht Linas leiblicher Vater bin.«

»Du weißt es?«

»Glaubst du, ich bin blind? Glaubst du, ich sehe nicht, dass Lina und ich kein bisschen Ähnlichkeit haben? Ich weiß es schon lange, aber es ist mir egal. Für mich war Lina immer unser Mädchen, und sie wird es immer bleiben.«

»Wirst du es ihr irgendwann sagen?«

»Ich glaube schon. Aber ich weiß nicht, wann der richtige Zeitpunkt ist. Jetzt, so kurz nach Fannys Tod, jedenfalls nicht.« Der zunehmende Regen hatte inzwischen Christophs Anzug ziemlich durchnässt, aber es schien ihn nicht zu stören.

»Was erwartest du von mir?«, fragte Schelsky.

»Ich fände es schlimm, wenn dieses Geheimnis die Runde macht und irgendwann auf verschlungenem Weg Lina erreicht. Sie soll es von mir erfahren.«

Schelsky blickte in den Himmel, der immer mehr Regen schickte. Tausend Dinge jagten ihm durch den Kopf. Er war selten so aufgewühlt gewesen wie in diesem Moment.

»Sie wird es von dir erfahren. Verlass dich auf mich. Und nun lass uns zurückgehen, bevor wir beide aussehen wie zwei begossene Pudel.«

Als sie das Café erreichten, stürmte Lina auf sie zu. Sie umarmte erst Christoph, dann Schelsky und zog einen Schmollmund.

»Wo wart ihr so lange?«

»Wie hatten etwas zu besprechen«, fand Christoph als Erster eine Antwort.

»Im Regen?« Lina schaute die durchnässten Männer fragend an.

»Im Regen!«, bestätigte Schelsky.

»Ihr habt aber nicht wieder miteinander gestritten?«

»Haben wir nicht.« Christoph sah Schelsky an. »Und wollen wir auch nicht mehr tun, oder?«

Schelsky schüttelte bestätigend den Kopf.

»Das wäre so schön«, brach es aus Lina heraus. »Mama wäre glücklich, euch das sagen zu hören.«

Christoph nickte beschämt.

»Fahrt ihr schon mal nach Hause. Ich muss mich noch um die letzten Gäste kümmern.« Mit diesen Worten verschwand Schelsky im Café. Er musste ein-, zweimal durchatmen. Der Gastraum hatte sich weitgehend geleert. An der Garderobe entdeckte er Daria, die gerade ihren Schirm aufspannte. Er eilte auf sie zu.

»Du willst gehen?«

»Sieht so aus.« Der Satz klang unfreundlicher als Daria wollte. Sofort tat er ihr leid.

Schelsky nahm ohne Umschweife ihre Hand. »Ich fände es schön, wenn du mich noch begleitest. Ich möchte jetzt nicht allein sein.«

Daria schaute ihn fragend an. Als er keine weiteren Erklärungen gab, nickte sie sanft. »Das geht mir genauso«, antwortete sie.

***

Nirgends flossen Gedanken so gut wie im fließenden Verkehr. Tom liebte es, längere Strecken über die Autobahn zu brausen, allein mit sich, den Fahrgeräuschen des neuen Wagens und Musik, die seine Stimmung steuerte. Er hatte sich für Vivaldis Vier Jahreszeiten entschieden, und beim Herbst-Thema brachen Wellen der Melancholie direkt über ihm zusammen. Und dann war da dieses Lied, das sich seit einem Jahr in seinem Kopf festgesetzt hatte, als ständig wiederkehrender Ohrwurm.

I've got that summertime, summertime sadness.

Bilder von Fanny mischten sich mit Sequenzen aus seinem eigenen Leben. Fanny war die Chance genommen, weiter mitzumischen. Er mischte noch mit, doch wofür? Wer würde einmal um ihn trauern? Ein paar ehemalige Kollegen, ein paar Freunde, in deren Leben er nur an der Peripherie existierte, würden kommen, ihn zu begraben. Würden sie wirklich um ihn weinen? Und selbst wenn, dann nicht lange. Bald würde man sich nur noch zu den Jubiläen seiner Geburt und seines Todes an ihn erinnern: »Mensch, jetzt ist Tom auch schon zehn Jahre tot. Also, wie doch die Zeit vergeht.« Dann würde nicht einmal mehr an diesen Tagen jemand sich an ihn erinnern. Er war dem Vergessen überlassen. Niemand würde zurückbleiben, der ihn wirklich vermisste – als besten Freund, als Partner, als Vater. Er hinterließ keine Spuren und, schlimmer noch, keine Menschen, denen er wirklich etwas bedeutete.

Got that summertime, summertime sadness.

Das Quantum Bestätigung, das er als Lebenselixier brauchte, zog er seit seinem Sprung von der Karriereleiter immer weniger aus der Arbeit. Hektik und Stress zählten nun nicht mehr zu seinen ständigen Begleitern, doch an ihre Stelle war eine innere Leere getreten, die es zu füllen galt. Ein Teil dieses Lochs hatte er mit Vanessa gestopft, aber Vanessa hatte sich aus dem Staub gemacht. Er hatte sie zuletzt auf seinem fünfzigsten Geburtstag gesehen und kaum ein Wort mit ihr gewechselt. Es waren etwa sechzig Gäste gekommen, um die er sich zu kümmern hatte. Da blieb für Vanessa wenig Zeit. Sie hatten sich nur flüchtig begrüßt, dann hatte er sie die ganze Zeit aus dem Augenwinkel heraus betrachtet. Doch er hatte sich nicht getraut, zu ihr zu gehen und sie anzusprechen.

Seit dem Abend der Doppelbotschaften hatte sie sich nicht mehr gemeldet. Er hatte ihr ein paar SMS geschrieben, doch sie hatte auf keine geantwortet. Er hatte sie zu einem Konzert eingeladen, doch sie hatte ihm nur eine Mail geschrieben, sie komme nicht mit. Sie hatte ihn erst geküsst und sich dann aus seinem Leben geschlichen, ohne eine Erklärung zu hinterlassen. Sie ging ihm so konsequent aus dem Weg, dass er irgendwann keine Gründe mehr fand, sich bei ihr zu melden. Sie gab ihm das Gefühl, er sei zu weit gegangen. Hatte sie sich bedrängt gefühlt, war sie so in ihr Trennungsdesaster verzettelt, dass ihr jede Kraft fehlte, sich mit dem, was zwischen ihnen war, auseinanderzusetzen? Oder hatte er sich nur eingebildet, dass es zwischen ihnen schon seit Jahren, und erst recht seit Vanessas Trennung, heftig geknistert hatte?

Summertime, summertime sadness.

»Melde dich einfach, wenn du mich wieder in deinem Leben gebrauchen kannst«, hatte er ihr in einer letzten Mail geschrieben und auch darauf keine Reaktion erhalten. Das war nun fast ein halbes Jahr her. Seitdem herrschte totale Funkstille.

Mit Vanessa waren Träume in sein Leben eingezogen. Träume vom Leben in einem großen, verwitterten Haus mit ihren Kindern, mit ihrer Mutter, mit den Hühnern, die Elsa im Garten hielt, und mit zwei Brüdern, die regelmäßig zu Besuch kamen. Er sah sie in unterschiedlicher Besetzung im Wintergarten von Elsas Haus, das Besucher anzog und dessen Türen niemals verschlossen waren. Manchmal stellte er sich und Vanessa dabei mit schlohweißem Haar vor, Sinja hatte längst weibliche Formen und Paul kräftigen Bartwuchs, Elsa war ganz runzelig geworden, doch noch immer topfit, und fehlte nie, wenn es etwas zu feiern und zu begießen gab.

Auch wenn er in diesen Bildern viel älter war als heute, mit dicken Gläsern auf den Augen und fast tauben Ohren, so machte ihm keiner dieser Tagträume Angst. Alles fühlte sich richtig an. Ganz falsch aber fühlte sich an, dass all diese Bilder inzwischen wegradiert worden waren. Mit Vanessa waren auch die Träume gegangen. Es waren keine neuen an ihre Stelle getreten. Es gab einfach keinen Traum mehr von einem glücklichen Alter, wie unrealistisch er auch immer war. Es gab keinen Traumort und vor allem keine Traummenschen. Es gab nur ihn, der langsam älter wurde, und keinen, der ihn auf diesem Weg begleitete. Und eben niemanden, der lange um ihn trauern würde.

Summertime sadness.

Midlife-Crisis, dachte sich Tom. Alles nur Midlife-Crisis. Verwirbelte Hormone. Altersbedingter Weltschmerz. Doch was kam nach so einer Midlife-Crisis? Komplimente, die mit den Worten »Für dein Alter ...« begannen, und Begriffe wie »rüstig« oder »gut gehalten« beinhalteten? Attraktive Frauen, die ihn freundlich anlächelten, um ihm dann ihren Sitzplatz in der Bahn anzubieten? Noch mehr Spams mit Potenzmittelwerbung? Und würde er die blauen Pillen vielleicht sogar benötigen oder – noch schlimmer – auch nicht, aus Mangel an Gelegenheit? Und dann: Prostatabeschwerden? Arthrose und künstliche Gelenke? Ein Kiefer voller Implantate? Präsenile Bettflucht? Nein, diese Zukunftsbilder, in denen er sich ohne weiblichen Begleitschutz sah, brauchte kein Mensch.

Sadness.

Tom hatte die Elbbrücken erreicht. Auf seinem Schreibtisch wartete noch Arbeit auf ihn. Ungeschriebene Artikel und unbezahlte Rechnungen. Tom schaltete den Computer an, checkte seine Mails, wechselte in die sozialen Netzwerke und las die Beileidsbekundungen seiner Facebook-Freunde über Mandelas Ableben. Ihn hatte die Todesnachricht tief berührt und seine Sinnkrise noch verstärkt. Che tot, Gandhi tot, Mandela tot – sterben die Vorbilder aus?, dachte er und postete ein »Bye, bye Madiba – du warst ein ganz großer Häuptling« in seine Chronik.

Er würde sich für den Rest des Tages in seiner Wohnung verkriechen, gesellschaftsfähig war er sowieso nicht, und wen hätte er noch treffen können? Er würde sich verkriechen, wie es so viele Menschen taten: in ihren Autos, in ihren Wohnungen, in ihren Paarbeziehungen. Und nur manchmal streckten sie den Kopf heraus und warfen einen kurzen Blick auf die

Welt. Dann aber zogen sie sich sofort wieder in ihr Schneckenhaus zurück, schalteten den Fernseher und den Computer an und fühlten sich mit der Welt verbunden, ohne dass die Welt es merkte. So aber werde ich nicht enden, schwor sich Tom. Nur heute war mal Schneckenhaus angesagt.

***

Zu Hause angekommen, hockten sie sich in Schelskys Zimmer und öffneten eine Flasche Crianza. Sie saßen beieinander, und Schelsky erschrak bei jedem Geräusch, das aus einem Winkel des Hauses an sein Ohr drang. Jeder hier machte andere Geräusche, und Schelsky hatte gelernt, sie zu unterscheiden. Nachdem er eingezogen war, konnte er bald hören, ob Fanny im Haus war oder nicht. Später schlief er so leicht, wie Eltern neben ihrem Kind schlafen. Jedes Geräusch konnte Unheil bedeuten. War Fanny aus dem Bett gefallen, war sie zusammengebrochen, gestürzt, war ihr nicht gut, übergab sie sich seit Stunden, oder konnte sie nur nicht schlafen und hatte nachts um vier den Fernseher angestellt? Schelskys Gehör für Fanny-Geräusche wurde immer feiner, und manchmal ertappte er sich dabei, wie er in seinem Zimmer saß und nichts tat, als auf ein Lebenszeichen von Fanny zu lauschen. Ohne Geräusche breitete sich die Panik in ihm aus.

Nun gab es keine Fanny-Geräusche mehr, und Schelskys Ohren waren trotzdem aufgestellt wie Antennen. Antennen, die keine Funksignale mehr empfangen würden. Radio Eriwan sendete nicht mehr. Fanny war tot.

Wenn Schelsky nicht gerade in die Stille hineinhörte, dann redete er. Er ließ an diesem Abend alles raus, was ihn in den vergangenen Wochen beschäftigt hatte und was er bislang mit niemandem hatte teilen können. Erzählte Daria alles bis auf das Geheimnis, das ihn nun mit Christoph verband. Und schenkte immer wieder Crianza in die bauchigen Rotweingläser, weil er es nüchtern noch nicht aushalten konnte, dass Fanny nicht mehr da war. Dass es sich nicht mehr lohnte, auf Geräusche zu warten.

Während es aus Schelsky nur so heraussprudelte, inspizierte Daria sein Zimmer. Das Mobiliar hatte sich seit seinem Auszug kaum verändert, es verströmte den spröden Charme einer Studentenbude aus den achtziger Jahren, angereichert durch ein paar wesentlich jüngere technische Gerätschaften, die man nicht mehr per Tastendruck, sondern per Touchscreen bediente. Obwohl die Möbelstücke aus ganz verschiedenen Stilepochen stammten – Biedermeier das Sofa, Gründerzeit der Vertiko – bildeten sie ein harmonisches, wenn auch etwas spartanisches Ensemble. Schelsky hatte Geschmack, auch wenn ihm das gar nicht bewusst war.

Daria erinnerte sich an ihr Gespräch auf der Gartenbank vor einem Jahr. Damals hatte Schelsky, den sie ein halbes Leben lang als großen Schweiger in persönlichen Dingen wahrgenommen hatte, sich ihr gegenüber das erste Mal geöffnet, wie ein Vulkan alles eruptierte, das tief in seinem Inneren brodelte. Nun brach der Vulkan erneut aus und verteilte seine Energie im Raum. Und Daria war froh, allein durch ihre Anwesenheit Schelsky etwas zurückgeben zu können. Es tat ihr jetzt leid, dass sie ihn vor sieben Jahren quasi vor die Tür gesetzt hatte. Jahrelang hatte Schelsky ihre Sucht, ihre Ausfälle, ihre Depressionen ertragen, hatte ihr den Rücken freigehalten und eingegriffen, wenn ihr Leben sich aufzulösen drohte. Erst jetzt empfand sie dafür die Dankbarkeit, die Schelsky sich verdient hatte.

Warum fällt es mir bei Daria so leicht, mein Innerstes preiszugeben?, fragte sich Schelsky, während er alles, was ihn beschäftigte, zu Worten machte. Liegt es daran, dass ich sie schwach und so verletzbar gesehen habe, so schutzlos und nackt, dass auch ich mich jetzt nicht verstellen muss? Mehr denn je fühlte er sich zu Daria hingezogen. Musste er deswegen Fanny gegenüber ein schlechtes Gewissen haben? Schelsky dachte darüber nach und entschied, dass die Antwort auf diese Frage nur ein eindeutiges Nein sein konnte.

Schelsky hatte die zweite Flasche Crianza geöffnet, und als er nachschenken wollte, bedeckte Daria ihr Glas mit der Hand.

»Ich muss noch fahren und hab eh schon ein bisschen viel!«

Schelsky überlegte kurz, ob er sich trauen sollte.

»Du kannst auch hierbleiben.«

Daria sah sich in Schelskys Zimmer um. »Dein altes Sofa sieht mir nicht so bequem aus.«

Es war auch nicht bequem, wusste Schelsky, der irgendwann mal darauf eingeschlafen und mit starken Rücken-und Schulterschmerzen wieder aufgewacht war, an denen er noch den ganzen Tag seine helle Freude gehabt hatte.

»Ich kann darauf schlafen«, behauptete Schelsky tapfer. »Aber wir können uns auch mein Bett teilen.«

Er sah Daria an, und bevor sie auf falsche Gedanken kommen konnte, fügte er blitzschnell hinzu: »Ich will heute Nacht nur nicht alleine sein – du hast nichts zu befürchten.«

Daria lachte laut auf. »Ich bin ein großes Mädchen, groß genug, um auch mal einem Mann auf die Finger zu hauen, wenn es sein muss.« Dann wandelte sich ihr Lachen in ein breites Grinsen. »Aber ich glaube, das wird heute nicht nötig sein.«

»Heißt das, du bleibst?«

»Willst du denn, dass ich bleibe?«

»Es wäre schön.«

Es dauerte noch fast zwei Stunden, bis sie unter ihren Decken lagen, fast nackt und abgewandt voneinander, schließlich dann – eine weitere Stunde später – noch immer nicht ganz entblößt, aber eng umschlungen. Alles fühlte sich ganz vertraut und alles ganz neu an. Mehr lag in der Luft. Und war doch undenkbar. Oder nicht?

»Kannst du dir vorstellen, dass …?«, fragte Daria. Sie brauchte den Satz nicht weiterzuführen.

»Die Vorstellung fühlt sich komisch an«, antwortete Schelsky nach kurzer Gedankenpause. »Wir kennen uns nun schon so lange und …« Schelsky wusste nicht, wie er den Satz zu Ende bringen sollte. Sie hatten nie über Sex geredet miteinander. Daria war Lebensbegleiterin, Blutsschwester und damit ein vollkommen asexuelles Wesen. Halbnackt wie jetzt, Haut an Haut mit ihr, das passte in keine Schablone.

Daria ging es ähnlich. Schelsky war Schelsky. Schulfreund, Kumpel, Mitbewohner, zunehmend auch Freund und Vertrauter, aber war Schelsky auch ein Mann? Dass es so sein könnte, ging ihr gerade zum ersten Mal auf. Sie sahen sich an, fühlten sich wohl in ihrer Haut, jetzt, wo sie die des anderen berührten, und dachten beide – ohne es voneinander zu wissen – im selben Moment denselben Satz: Blutsgeschwister schlafen nicht miteinander.

KAPITEL 39

8. Januar 2015: »Je suis Charlie« – nach dem islamistisch motivierten Anschlag auf die Redaktion des linksorientierten französischen Satireblatts »Charlie Hebdo« in Paris, bei dem zwölf Personen getötet werden, möchte die halbe Welt »Charlie« sein. Der Papst und der russische Präsident Putin, die deutsche Linke und die deutsche NPD solidarisieren sich im Brustton der Betroffenheit mit einem Medium, von dessen Existenz sie am Tag zuvor noch gar nichts wussten. Während der überlebende Charlie-Mitarbeiter Bernard Holtrob »im Strahl, auf all diese Leute kotzen« könnte, »die auf einmal unsere Freunde sein wollen«, kursiert bald eine neue Parole, die mit der gefühligen Solidarisierung aufräumt: »Wir sind nicht Charlie – wir sind noch nicht mal nah dran.«

»Guten Morgen!«

»Moin!«

»Willst du auch ’nen Kaffee?«

»Gern. Ist da noch irgendwo Milch?«

»Im Kühlschrank! Bringst du mal den O-Saft mit?!«

»Klar doch. Hier, bitte.«

In der Küche ging es zu wie in einem Taubenschlag. Lina verschlang ihr Müsli und ging dabei noch einmal ihre Notizen für die Mathearbeit durch. Schelsky füllte zarte Häppchen in Gelee in den Napf der inzwischen erbärmlich altersschwachen Bellamy. Es war absehbar, dass sie bald im Katzenhimmel auf Mäusejagd gehen würde. Daria räumte, noch im Morgenmantel, schmutziges Geschirr vom Esstisch. Christoph stopfte die von ihm geschmierten Käsestullen in kleine Tütchen und verteilte sie in seine und Linas Tupperdose. Anett rührte gedankenverloren in ihrem Roibuschtee und studierte dabei die Morgenzeitung. Im Hintergrund plärrte das Radio die »beste Musik von heute«. Lina sprang auf, räumte – noch kauend – die Müslischüssel in die Spülmaschine und verschwand einen Stock höher im Gäste-WC, in dem ihre Schminkutensilien wohnten, da sie dort niemand beim Farbe-ins-Gesicht-Bringen störte.

Ein ganz normaler Morgen. Seit dem vergangenen Herbst lebten sie nun in neuer Besetzung auf dem Hof zusammen. Christoph war zwei Wochen nach Fannys Beerdigung in ihr altes Zimmer eingezogen. Daria war ihm im September gefolgt, als Ilonka Meuchefitz den Rücken kehrte, um in Australien ihr Lebensglück zu suchen. Die Stadtillustrierte hatte im Sommer ihr Erscheinen eingestellt und alle Mitarbeiter entlassen. Die Kulturbeflissenen suchten nach kulturellen Terminen längst nicht mehr auf Papier, sondern im Netz.

Als Lina das Haus in Richtung Schule verlassen und Daria sich in ihr Zimmer zurückgezogen hatte, um eine Theaterkritik für die Lüneburger Landeszeitung zu schreiben, setzte auch Schelsky sich an sein Notebook. Er öffnete das Mail-Programm und rief Toms elektronische Postadresse auf. Seit die beiden Männer wieder miteinander befreundet waren, hatten sie die Angewohnheit kultiviert, sich auf diesem Wege Neuigkeiten aus ihrem Leben zu berichten. Das war wie Briefe schreiben, nur eben nicht in seiner altmodischen Form mit Tinte, Papier und zwei Tagen Zustellzeit.

Lieber Tom,
wie geht es dir? Hängst du immer noch Vanessa hinterher? Du solltest dir sagen: Wer so wenig Interesse zeigt, hat mich gar nicht verdient! Okay, ich weiß: Das sagt sich leicht und hilft nicht wirklich weiter. Aber du musst mal abschließen, sonst wirst du dich ja nie mehr in jemand anderes verlieben.

Apropos Liebe: Die zwischen Daria und mir wird immer größer. Die Frage, ob wir ein Paar sind oder es werden sollten, kommt mir immer noch etwas absurd vor. Wer braucht solche Schubladen? Vielleicht wir selber? Obwohl wir kein klassisches Paar sind, denke ich das erste Mal in meinem Leben ernsthaft über Heirat nach. Ich und heiraten – und dann noch deine erste große Flamme! Kannst du dir das vorstellen? Was Daria und mich miteinander verbindet, ist das über Jahre entstandene Vertrauen und tiefe Zuneigung; eine Kombination, die nach Liebe schmeckt.

Schelsky verließ seinen Schreibtisch, schlurfte in die Küche und schenkte sich Kaffee nach. Er dachte daran, dass er am Abend mit Daria kochen und danach noch eine Hörspielproduktion abschließen wollte. Es würde eine lange Nacht werden. Dann aber dachte er gleich wieder an Daria. Das Thema Heirat beschäftigte ihn seit Wochen. Sein ganzes Leben hatte er es als spießig empfunden, wenn zwei Menschen in den ach so heiligen Stand der Ehe traten. Nun hatte er das starke Bedürfnis, nach Herzenslust spießig zu sein.

Er setzte sich wieder vor sein Notebook. Eigentlich wollte er Tom gar nichts von Daria und sich mitteilen, sondern eine kleine Begebenheit mit Lina berichten, die ihn seit gestern beschäftigte. Seit Fannys Tod war das Verhältnis zwischen Lina und ihm noch viel enger geworden. Christoph und er schienen für sie gleichberechtigt nebeneinander zu stehen, und manchmal sprach sie scherzhaft von »meinen beiden Vätern«. Und dann war da noch »Tante Daria«, die immer mehr den mütterlichen Part übernahm, dabei aber sehr darauf achtete, keine zweite Fanny zu sein.

Schelsky fand in Lina immer wieder Fanny, der sie nicht nur äußerlich in so vielem ähnelte. Er glaubte auch nachzuholen, was er bei Amelie als Vater aufgrund der Trennung von Jessy versäumt hatte. Amelie war inzwischen vierundzwanzig, studierte in Köln Medientechnologie und ließ sich nur noch sporadisch bei ihren Eltern blicken.

Schelsky trank ein Schluck Kaffee vom Rand des Bechers ab, den er viel zu voll eingeschenkt hatte. Dann konzentrierte er sich auf das, was er schreiben wollte, und legte los.

Aber ich wollte dir eigentlich etwas anderes erzählen, eine kleine Geschichte, die ich gestern mit meiner »Ziehtochter« erlebt habe. Natürlich war ich schon seit langem gespannt. Gespannt darauf, ob Lina mit mir darüber reden würde. Über die erste Liebe, über den ersten Freund. Ob sie sich mir anvertrauen würde – anders als ich es damals bei meinen Eltern getan hatte. Pubertät, aufwallende Hormone und Gefühle – ein Lackmustest für unsere Zweitvater-Zweittochter-Beziehung.

Vorgestern beichtete mir Christoph seinen Verdacht: »Ich glaube, Lina hat einen Freund.« Ich hatte die Indizien auch schon wahrgenommen: Abendliche Anrufe und lange Telefonate hinter verschlossener Tür. Der deutlichste Hinweis aber war ein achtlos verstautes Päckchen Präservative, das Christoph gestern entdeckte, als er mal wieder versucht hat, Linas Zimmerchaos eine gewisse Grundordnung zu geben. Christoph war beunruhigt. Ich riet ihm, Lina anzusprechen, ohne sie zu bedrängen, und die Fragen, die ihn beschäftigen, zum Thema zu machen. Er ist als ihr richtiger Vater einfach ein wenig näher dran als ich. Dass ich etwas enttäuscht war, diese spannende Entwicklung bislang nicht wirklich mitgeschnitten zu haben, konnte ich allerdings nicht ganz verbergen.

Am Tag darauf fand das Gespräch zwischen Vater und Tochter statt.

Lina bestritt nicht, dass sie nun mit Terry – einem Jungen aus der Clique – gehe, auch zuvor hatte sie ja keinerlei Aufwand betrieben, es konsequent zu verheimlichen. Aber wirklich reden wollte sie darüber nicht. Doch durch das Gespräch mit Christoph wurde die Liaison nun offenbar für Lina wirklich offiziell. Die Konsequenz daraus sah ich, als ich noch am selben Abend meine Mails checkte. Dort informierte mich Facebook ungefragt, dass meine Lina ihren Beziehungsstatus geändert hat. Ein Klick auf ihre Facebook-Seite, und ich konnte den wenige Minuten alten Eintrag in Gänze lesen: Lina Martens ist mit Terry Reimers seit dem 6. Oktober in einer Beziehung. Verblüffend daran ist vor allem, dass seit dem 6. Oktober schon zwei Monate verstrichen sind.

Damit war auch ich nun offiziell durch meine Lina von dem jungen Glück informiert worden. Seit sie an ihrem 14. Geburtstag einen weiteren Schritt hinaus in die digitale Welt gemacht hatte, sind wir nicht mehr nur Zweitpapa und Zweittochter, sondern auch Facebook-Freunde. Die Erlaubnis, sich in dem Netzwerk anzumelden, hatte ich in Absprache mit Christoph an drei Bedingungen geknüpft: Keine Bilder von ihr auf der Startseite, die Aufnahme in ihren Freundeskreis nur von Menschen, die sie persönlich kennt, und schließlich die brutalste Klippe: »Deine ersten beiden Facebook-Freunde sind Christoph und ich.« Das aber schien okay zu sein, Lina hat kein bisschen gemurrt.

Nun also wurde ich zusammen mit Linas anderen 200 Facebook-Freunden offiziell über ihre erste Beziehung informiert. In den kommenden Stunden trudelten die Kommentare ihrer Freundinnen ein – Glückwünsche, Frotzeleien, pfiffige und nicht ganz so kluge Sprüche. Über manchen Satz macht man sich als Fast-Papa dann doch schon so seine Gedanken. »Herzlichen Glückwunsch – und bleib brav«, postete da eine Freundin, um gleich darauf von einer anderen einen Kommentar zu fangen. »Lina und brav bleiben – das glaubst du doch wohl selbst nicht!« Das war der Moment, wo ich einmal kräftig schlucken musste.

Natürlich habe ich mir auch Terrys Facebook-Auftritt angeschaut, auf die derjenige automatisch landet, der Terrys Namen in Lina »in einer Beziehung mit …«-Statusanzeige anklickt. Anders als Lina, die ihre intimen Geheimnisse nur mit ihrem Facebook-Freundeskreis in achtfacher Klassenstärke teilt, ist Terry auskunftsfreudiger. Auf seiner Seite kann auch jeder Freund seiner vielen Freundinnen und Freunde erfahren, dass er mit

Lina zusammen ist und auch jeder lesen, was seine Freunde darüber denken. So viel Offenheit darf man nicht mit Desinteresse strafen. Ich bekomme vorgesetzt: »Ich wünsche dir viele spannende und neue Erfahrungen mit Lina.« Und Terry postet zurück: »Du weißt schon, dass sie das auch lesen kann!?« Sofort formuliert mein Hirn eine Antwort, und nur mit größter Disziplin kann ich davon lassen, sie sofort in die Spalte der Kommentare zu tippen: »Du weißt schon, dass ihre Eltern das auch lesen können!?«

Ich unterlasse jede Bemerkung, die dazu führen könnte, dass Terry mit seinem Liebesleben im Netz zukünftig dezenter umgeht – beiße nie die Hand, die dich mit Informationen füttert. Doch wie soll ich darauf reagieren, dass Lina mich per Facebook nun offiziell von ihrer ersten Liebe unterrichtet hat? Es einfach stillschweigend übergehen? Ich schaue noch einmal auf die Kommentare auf ihrer Startseite und sehe, dass ein Dutzend ihrer Freundinnen Linas in-einer-Beziehung-mit-Terry-Bekenntnis geliket haben, in dem sie auf den Gefällt-mir-Button gedrückt hatten. Ich zögere kurz, dann tue es ihnen gleich. Lina soll wissen, dass die Botschaft angekommen ist und es mich für sie freut, dass sie nun ihren ersten Freund hat. Mir ist klar: Dass ich, ihr Zweitvater, diese Offenbarung like, ist entweder obercool oder total peinlich. Dazwischen gibt es nichts. Mein Mut aber wird belohnt. Heute Morgen stupste Lina mich auf Facebook an, was so etwas wie ein freundliches Hallo bedeutet – es ist das erste Mal, dass ich mir einen Anstupser von ihr verdient habe.

Okay, Fannys Tochter hat also ihren ersten Freund. Meine Hoffnung, wir könnten, wenn es so weit ist, darüber reden, hat sich zerschlagen. Meine Befürchtung, ich würde draußen vor bleiben, so wie einst meine Eltern im Tal der Ahnungslosen verharren mussten, aber auch. Wir sprechen nicht über ihre erste Liebe, aber wir sind darüber in Kontakt. Die Form unserer Kommunikation bestimmt Lina, und das Netz verbindet uns. Für mich ein echtes Auswärtsspiel, stamme ich doch wie du aus einer Generation, wo jeder zweite Austausch über Privates und Intimes, über Probleme und Konflikte mit den Worten »Wir müssen reden« begann. Diese Zeiten, so lerne ich, sind unwiderruflich vorbei. Die Alternative dazu aber – auch das habe ich begriffen – heißt eines nicht: Sprachlosigkeit.

Schelsky breitete die Arme wie Schwingen aus und hörte auf beiden Seiten ein leichtes Knacken. Zwischen seine Schulterblätter hatte sich, während er schrieb, ein Schmerz geschlichen, den er erst jetzt richtig wahrnahm. Er war total verspannt. Sein Rücken schmerzte immer häufiger, mal streckte ihn ein Hexenschuss nieder, mal taten ihm die Schultern so weh, dass er kaum schlafen konnte. Er hatte zum Glück keine lebensbedrohlichen Krankheiten, aber einen Körper voller Wehwehchen. Und auf seiner Pinnwand pappte seit Wochen ein Computerausdruck mit Gymnastikübungen speziell für den Rücken. Wenn es noch schlimmer würde, musste er wirklich mal darüber nachdenken, sich die doch einmal näher anzuschauen.

Was denkst du darüber? Lass mal wieder von dir hören!
Dein alter Freund Schelsky.

Schelsky beendete die Mail und schickte sie ab.

***

Auf dem Display von Toms Netbook leuchtete kurz ein Briefumschlag auf, als Signal dafür, dass er Post erhalten hatte. Tom rief die Mail auf, die Schelsky als Absender auswies, und musste während der Lektüre schmunzeln. Die Erziehung pubertierender Mädchen stellte einen im Zeitalter netzgesteuerter Kommunikation eindeutig vor neue Herausforderungen. Als er Schelskys Zeilen las, konnte er sich nicht entscheiden, ob er froh war, dass er sich solchen Herausforderungen nicht stellen musste, oder diese zutiefst vermisste. Er war nun zweiundfünfzig, und auch wenn seine biologische Uhr langsamer tickte als die einer Frau, war das Thema Vaterschaft abgehakt. Selbst wenn er sich beeilen würde und sofort die richtige – und dann natürlich mindestens zehn Jahre jüngere Frau an den Start bringen könnte – hieße das im allerbesten Falle, dass er die Volljährigkeit seines Kindes zusammen mit seinem siebzigsten Geburtstag feiern konnte. Und welches Kind wollte schon einen Opa als Papa?

Zwei Stunden Arbeit noch am Computer, dann musste er anfangen den Abend vorzubereiten. Einmal im Jahr trafen sich die Palästina-Fahrer von einst im privaten Rahmen, um Reiseerinnerungen aufzuwärmen und sich über die neuesten Entwicklungen im Westjordanland auszutauschen. Diesmal war Tom an der Reihe, das Treffen auszurichten. Er hatte alle aus der Gruppe eingeladen, auch Henning und Vanessa. Er war sich ziemlich sicher, dass keiner der beiden heute Abend bei ihm aufschlagen würde, schon um dem jeweils anderem nicht zu begegnen.

***

Sie hatten sich für eine Paella entschieden und merkten wieder einmal, wie gut sie zusammen kochen konnten. Ihre Handgriffe passten ineinander, sie hatten dasselbe Tempo und dieselben Ideen. Sie brauchten kein Kochbuch, nur ein paar kurze Absprachen und waren sich selbst beim Abschmecken einig, wovon noch eine Prise fehlte. Sie kochten, als hätten sie seit Jahren nichts anderes zusammen gemacht, dabei hatten sich in ihrer früheren WG gerade mal eine Handvoll Gelegenheiten ergeben, gemeinsam etwas zuzubereiten. Meist hatte Schelsky gekocht und Daria sowieso nichts runter bekommen, was nie daran lag, dass das Resultat seiner Bemühungen ungenießbar gewesen wäre.

Dass sie Freunde, nein, Vertraute waren, die sich fast alles erzählten, was in ihren Leben, ihren Köpfen und Herzen so vor sich ging, war ihnen in den vergangenen Monaten eine Selbstverständlichkeit geworden. Die Phase der Verliebtheit hatten sie einfach übersprungen. Man verliebt sich nicht in jemanden, dessen Blutsgeschwister man schon vor über dreißig Jahren geworden war. Verliebt sein ist Gier auf das Unbekannte. Das konnten sie einander nicht bieten.

Sie hatten einander übersehen. Hatten sich gegenseitig nie auf die Liste potenzieller Geschlechts- oder gar Lebensabschnittspartner gesetzt. Waren ja alte Freunde, Wegbegleiter auf Teilstrecken, Blutsgeschwister auf ewig und damit gegen Liebe zueinander immun.

»Glaubst du, wir können einander noch einmal ganz neu kennenlernen?«, fragte Schelsky ganz unvermittelt, während er die Brühe für den Reis ansetzte. Sofort bereute er die Frage, als er sah, dass Daria mit einem kopfschüttelnden Lachen antwortete.

»Vielleicht später, wenn wir beide dement sind. Dann können wir uns immer wieder neu kennenlernen. Aber heute können wir uns nur täglich besser kennenlernen, und das ist neu.«

Sie hatten vierzig Jahre Zeit gehabt, miteinander vertraut zu werden. Nun konnten die Jahre folgen, in denen sie die Ernte dieser langen Zeit einfuhren.

Sie hatten längst gelernt, dass Freunde, die blieben, viel wichtiger waren als Liebespartner, die gingen, früher oder später. Und so berührte Daria vor allem ein Satz, den Schelsky sagte, als sie noch kurz vor ihrem Einzug in Meuchefitz über ihr neues Glück miteinander sprachen: »Wenn wir uns dadurch nicht als Freunde verloren gehen, ist alles richtig, was wir tun.«

Da erneuerten sie den alten Schwur, ritzten sich zum zweiten Mal für ein paar Tropfen Blut, verrieben ihren und seinen roten Saft miteinander kurz unter den Handflächen und schworen sich ewige Freundschaft, nicht ewige Liebe.

Sie sehnten sich kaum nacheinander, wenn sie voneinander getrennt waren, und waren doch erleichtert, wenn die Zeit der Trennung vorbei war und sie wieder beisammen waren. Nachts lagen sie gern beieinander. Ob sich ihre Körper irgendwann noch aufeinander einlassen würden, wussten sie nicht. Das konnten sie getrost abwarten und geschehen lassen, sollte es einmal so weit sein. Da war nichts, was sie jetzt vermissten, aber auch nichts, was nicht hätte sein dürfen.

Sie waren Verlassene, Reisende, die durch Trennungen ihr Ziel aus den Augen verloren, ihren Weg und oft auch sich selbst nicht mehr gefunden hatten. Nun hatten sie sich gegenseitig gefunden, ohne sich jemals gesucht zu haben. Erst als sie zueinander fanden, merkten sie, dass sie den anderen schon immer vermisst hatten, ohne es zu ahnen.

Der Reis sog die Brühe in sich ein und quoll auf, als wäre er Hefe. Daria drückte Huhn und Garnelen zwischen die safrangefärbten und mit Erbsen vermischten Körner und kostete gleichzeitig die Brühe, der etwas Lorbeer fehlte. Schelsky umarmte sie von hinten und presste ihren Körper an den seinen.

»Ich will dich nie wieder loslassen«, sagte er.

»Dann halt mich für immer fest«, antwortete sie.

»Ich habe das Bedürfnis dir zu sagen: Ich bin für dich da, bis dass der Tod uns scheidet.«

Er wartete auf ihre Reaktion, wusste nicht, ob sie verstanden hatte, was er ihr gerade mitteilte, und legte nach: »Und ich habe ein genauso großes Bedürfnis, diese Worte von dir zu hören.«

»Meinst du damit etwa?«, fragte sie.

»Ja.«

»Geht das nicht auch ohne Trauschein?«

»Geht bestimmt, aber muss ja nicht!«

»Du machst mir jetzt hier, zwischen Hühnchen und Muscheln, nicht ernsthaft einen Antrag?«

»Und wenn doch?«

»Dann müsste ich ernsthaft drüber nachdenken.« Daria schwieg einen Moment und stocherte gedankenverloren in der riesigen Pfanne herum.

»Du willst mich wirklich heiraten?«

»Das will ich wirklich. Und ich wollte nie etwas lieber.«

***

Zwei Palästina-Fahrer hatten abgesagt, vier fest versprochen zu kommen, und von Henning und Vanessa hatte Tom, wie erwartet, nichts gehört. Er hatte eine Käseplatte mit viel Tomate und Radieschen vorbereitet und genügend Bier und Wein im Haus. Sie waren schon zu fünft, und zwei Festzugesagte fehlten noch, als es erneut klingelte. Ins Gespräch vertieft öffnete Tom die Tür.

Vor ihm stand Vanessa.

Tom war nicht sicher, ob sie seinen kurzen Herzaussetzer, dem eine längere Phase der Verblüffung folgte, registrierte. Während dieser Sekunden übernahm sein Autopilot die Steuerung und bat sie herein. Sie bedankte sich, lächelte ihn an und schwebte in den Raum. Selbst wenn sie festes Schuhwerk trug, wirkte sie immer barfüßig. Tom brachte seine Atmung in einen regelmäßigen Rhythmus zurück, dann hatte er sich wieder ganz professionell im Griff, und niemand – schon gar nicht Vanessa – würde ihm seine innere Totalkonfusion anmerken. Schon ein paar Minuten später plauderte er sich routiniert von seinen Gefühlen weg und gab den coolen Gastgeber.

Er ließ Vanessa keine Sekunde aus den Augenwinkeln und sah sie nicht ein einziges Mal direkt an, sprach kaum mit ihr, auch wenn es sich mal nicht vermeiden ließ, dass sie direkt nebeneinander standen. Je länger sie im Raum war, umso mehr breitete sich Ärger in ihm aus. Ein Jahr hatte sie nichts von sich hören lassen, ihn erst auflaufen lassen, dann komplett ignoriert, hatte ihn aus ihrem Leben geworfen, in dem er sich schon als Inventar gefühlt hatte, und nun tauchte sie ohne Vorwarnung bei ihm auf und tat so, als wäre nichts gewesen. Ein Jahr lang hatte er Steinchen um

Steinchen eine Mauer zwischen sie und sich gebaut, die ihm den Blick auf sie versperren und ihn frei machen sollte für andere Horizonte. Da schwebte sie heran und ließ das Bauwerk der Tränen und Entbehrungen mit einem Lächeln einstürzen.

Was bildete sich diese Frau eigentlich ein?

Außerdem sah sie – war immer noch Ehekrieg? – erschöpft und weniger attraktiv aus als die Bilder von ihr, die er in seinem Kopf gespeichert hatte. Aber trotzdem war sie noch immer ziemlich bezaubernd. Und ihre Bewegungen, diese Augen, dieses Lächeln ...

Hilfe!!! Hiiiiiilfe!!! Wo verdammt noch mal ist hier der Notausgang?

Sein Herz, das wusste Tom, war ein mäßiger Wärmeleiter. Es brauchte lange, um auf Temperatur zu kommen. Aber war es erst einmal erhitzt, dann kühlte es auch nicht so schnell wieder ab. Es war schwer entflammbar, doch stand es einmal in Flammen, brannte lichterloh, dann war es kein Strohfeuer, sondern ewige Hitze, die sich da ausbreitete. Wurde das Feuer nicht genährt, so überlebte eine lang anhaltende Glut, und nur ein Tropfen Brandbeschleuniger genügte, um das Flammenmeer wieder zu entfachen. Vanessa war Brandbeschleuniger, und ein Blick genügte, um seine verzweifelten Löscharbeiten des vergangenen Jahres der Lächerlichkeit preiszugeben. »Learning by Burning«, fiel Tom eine Refrainzeile von einem seiner Lieblingsliedermacher ein.

Er wollte, dass sie sofort wieder ging und dass sie als Letzte blieb. Wollte sie beschimpfen und in den Arm nehmen. Stattdessen schwieg er und schlich in seiner eigenen Wohnung an ihr vorbei wie ein noch nicht ertappter Dieb. Das ist meiner unwürdig, dachte Tom und fand die Formulierung, die er tatsächlich gerade Wort für Wort genauso gedacht hatte, ziemlich gestelzt. Er war in seinem Politikermodus. In Kiel hatte er gelernt, in der Öffentlichkeit perfekt zu funktionieren und niemandem einen Blick in sein Innerstes zu gewähren, egal, wie groß die Krise war. Die vergangenen Jahre hatte er versucht, sich dieses Verhalten abzutrainieren. Recht erfolgreich, wie er fand. Nun aber schlug – in Gefahr und höchster Not – dieser einmal erlernte Abwehrmechanismus wieder zu und plauderte seine Körperhülle gekonnt durch den Abend, während sich seine Gedanken keine Sekunde mit einem seiner Gäste oder Palästina beschäftigte. Er führte an diesem Abend ein unsichtbares Doppelleben – äußere Erscheinung und innerer Zustand hatten nichts miteinander zu tun.

Sie hatten Bilder per Beamer auf die Wand geworfen, hatten sich die Köpfe über die aktuelle Aussicht auf Frieden zwischen Juden und Palästinensern heißgeredet. Tom hatte engagiert mitdiskutiert, glaubte er, war sich aber nicht ganz sicher, ob er nicht doch den ganzen Abend nur stumm dagesessen hatte. Die ersten Gäste waren bereits gegangen, und damit befanden Vanessa und er sich immer unverdünnter im Raum. Sie waren noch zu fünft, dann zu viert, zu dritt und schließlich ging Vanessa zur Garderobe und griff sich ihre Winterjacke.

Das geht jetzt gar nicht, dachte Tom. Er trat energisch auf sie zu, berührte sie zum ersten Mal an diesem Abend – an beiden Schultern – und bat sie, doch noch ein wenig zu bleiben. Sie wirkte kurz unentschlossen, aber nach Widerstand sah ihr Blick nicht aus. Tom hängte ihre Jacke wieder auf einen Bügel, bevor Vanessa es sich anders überlegen konnte.

Doch da war noch sein letzter Gast, schon reichlich angeschickert und so gar nicht geneigt aufzubrechen. Tom täuschte einen plötzlichen Migräneanfall vor, erntete aber statt des erhofften Abgangs nur einen Vortrag über alte Hausmittel gegen Kopfreißen. Thai-Whisky sei dabei das allerwirksamste der wirksamen Mittelchen hörte Tom als zentrale These heraus. Es half nichts: Angesichts komplett mangelnder Sensibilität seines Gastes musste Tom nun deutlicher werden. Und handgreiflich. Schließlich schob er die zwar sess-, aber nicht mehr ganz standfeste Reisebekanntschaft unter Aufbietung all seiner Kräfte vor die Wohnungstür wie ein Bulldozer zehn Tonnen Schnee von der zugeschneiten Fahrbahn.

Endlich allein zu zweit.

»Trinkst du noch ein Glas Wein mit mir?«, versuchte Tom Vanessa jede Chance zu nehmen, dem Rausgedrängten doch gleich zu folgen. Sie erkundigte sich nach der Uhrzeit, schien von der Antwort – gleich halb eins – mäßig begeistert, murmelte etwas von Schule, früh aufstehen und Bereitschaftsdienst.

Dann sagte sie Ja.

Während Tom zwei Gläser halb voll schenkte, überlegte er erstmals, was er eigentlich sagen, was mit ihr bereden wollte. Sie gehen zu lassen wäre eine vertane Chance gewesen. Wie aber sah eigentlich eine genutzte Chance aus?

»Wie geht es dir?«, wählte er eine unverfängliche Eröffnung und erfuhr, dass zwischen Vanessa und Henning noch immer Krieg herrschte. Je öfter er nachfragte, umso mehr Details enthüllte sie ihm und umso mehr Zeit verging. Als er bemerkte, dass sie erneut auf die Uhr sah, wechselte Tom auf frontal.

»Ich hätte nicht erwartet, dass du heute kommst.«

»Warum nicht?« Sie zündete sich eine Zigarette an, obwohl in Toms Wohnung nicht geraucht wurde, und sah sich nach einem Aschenbecher um. Tom holte einen aus der Küche und stellte ihn auf den ovalen Couchtisch. Dann setzte er sich ihr gegenüber und nahm Blickkontakt auf.

»Weil du dich nie mehr gemeldet hast und mir aus dem Weg gegangen bist.«

»Wundert dich das?«

»Was habe ich verbrochen?«

Vanessa nahm erst einen kräftigen Schluck aus ihrem Rotweinglas, dann einen tiefen Zug Nikotin. Sie rauchte nur heimlich, Paul und Sinja sollten das nicht sehen. Tom fand das ziemlich albern.

»Du hast mir keine Zeit und keinen Raum gelassen, hast Erwartungen zum völlig falschen Zeitpunkt formuliert und dich benommen wie eine Planierraupe.« Sie hielt seinem Blick stand. »Ich konnte gar nichts anderes machen, als dich aus meinem Leben zu drängen. Du hättest niemals Ruhe gegeben.«

Tom war perplex.

»Hättest du mir das nicht sagen können?«

»Hättest du das nicht merken können?«

Tom schwieg betreten.

»Ich habe um meine Kinder und meine Existenz gekämpft, bin unglaublich verletzt worden und habe um das Ende meiner Familie getrauert. Und da kommst du daher und willst, dass ich ein bisschen flirte und frei bin, mich auf dich einzulassen. Weißt du, mir war gerade nicht so nach Mann und neuer Liaison.«

»Aber ich wollte dich nie bedrängen«, verteidigte sich Tom.

»Oh ja.« Vanessa drückte ihre Zigarette aus und zündete sich gleich eine neue an. »Das hast du auch so formuliert und dann das genaue Gegenteil getan. Und wenn du erst mal richtig in Fahrt kommst, dann bist du ja nicht so leicht zu stoppen.«

»Du hast mir ja auch keine klaren Signale gesendet. Ich hatte keine Ahnung, woran ich bei dir bin.«

»Wie soll ich denn sonst jemandem klarmachen, dass ich ihn mag, aber zu mehr im Moment nicht bereit bin?«

Vanessa hielt es nicht mehr auf dem Sofa. Sie stand auf und tigerte durch den Raum.

»Wie soll ich signalisieren, dass ich eine Person nicht verlieren will, aber auch nicht näher an mich heranlassen kann – vielleicht nur heute nicht, vielleicht aber auch nie. Ich war in meiner größten Lebenskrise, alles löste sich auf, und du hast von mir eindeutige Gefühle und klare Signale erwartet?! Hallo Tom, geht's noch?«

Erschöpft ließ sie sich wieder auf das Sitzmöbel fallen.

»Du warst damals gerade nicht mein zentrales Thema, auch wenn du der festen Meinung warst, du hättest es sein müssen.«

Tom hatte die ganze Zeit geschwiegen und seinen Blick von Vanessa ab- und dem Fußboden zugewendet.

»War ich wirklich so fordernd?« Er merkte selbst, wie unbeholfen die Frage klang.

»Ziemlich«, antwortete Vanessa. »Und das Schlimmste war, dass du mich die ganze Zeit mit dieser Ich-bedräng-dich-auf-keinen-Fall-Attitüde bedrängt hast. Da bist du ziemlich gut drin.«

Nun vergaß Tom, dass er seit zwei Wochen nicht mehr rauchte, und zündete sich eine an.

»Es tut mir leid«, sagte er mit schuldbewusster Miene. »Wie kann ich das wiedergutmachen?«

»Inzwischen sind zwei Jahre seit meiner Trennung vergangen. Da sieht die Welt schon wieder etwas anders aus.« Zum ersten Mal lächelte Vanessa ihn an.

Tom war verwirrt, und er versuchte es gar nicht zu verbergen.

»Was willst du mir damit sagen?«

Aus Vanessas Lächeln formte sich ein breites Grinsen.

»Küss mich endlich, du Dummkopf!«

KAPITEL 40

30. Mai 2016:** **Fast 1000 Schutzsuchende sind beim Untergang dreier überfüllter Schlauchboote vor der italienischen Küste ertrunken, resümiert das UN-Flüchtlingshilfswerk die vergangenen sieben Tage. Dass es keine weiteren Toten bei einem Brandanschlag auf eine bewohnte Flüchtlingsunterkunft in Zwickau gibt, ist nur glücklichen Zufällen zu verdanken. Kanzlerin Angela Merkel ist trotz ihrer grenzüberschreitenden Kooperation mit dem türkischen Semi-Diktator Erdogan zur Abwehr neuer Migranten die neue Lieblingspolitikerin der Grünen-Wählerschaft. Schließlich hat sie im vergangenen Jahr eine Million Asylsuchende ins Land gelassen. Dafür gilt sie allen, die noch weiter rechts als der bayerische Ministerpräsident Horst Seehofer stehen – und davon gibt es immer mehr – als Vaterlandsverräterin. So geht an diesem Montag eine ganz normale Woche ohne besondere Ereignisse zu Ende.

Nirgendwo in Florida, so hatten Schelsky und Daria gehört, sei der Sand weißer und feiner, das Meer türkisblauer und das dunkle Rot der untergehenden Sonne intensiver als an den Stränden von Anna Maria Island. »Dream Beach Wedding« hieß das Konzept, für das man nur das nötige Kleingeld und eine »Heiratslizenz« des Distrikts brauchte.

Schelsky balancierte Daria auf seinen Armen, und Dan dirigierte die Haltung der beiden. Rund 150 Fotos hatte er während der Trauung und hier am Strand schon aufgenommen, doch der Höhepunkt stand noch bevor. Die rote Kugel neigte sich bereits gen Meer, und in einer guten halben Stunde würde sie im Golf von Mexiko ertrinken. Es geht gar nicht kitschiger, fand Schelsky, und war stolz darauf, dass sie es so auf die Spitze trieben. Es gab genau zwei Möglichkeiten zu heiraten: in Jeans während der Mittagspause ohne Trauzeugen in einem kargen Dienstzimmer auf dem Standesamt oder bei Meeresrauschen im Puderzuckersand vor der ins Meer sinkenden glutroten Sonne. Alles was dazwischenlag, war ein fauler Kompromiss.

Wenn es ein Grundrecht auf Kitsch gibt, dachte Schelsky, dann feiert es heut Triumphe. Er hatte zuvor noch nie einen Smoking getragen, aber Daria im Brautkleid war ja schließlich auch eine Premiere. Er freute sich schon auf die vielen Fotos und das Kopfschütteln ihrer Betrachter. Und ganz nebenbei war er ja nun auch noch verheiratet. An Daria gebunden bis ans Ende ihrer gemeinsamen Tage. Wie sich das alles anfühlte? Unglaublich spießig und einfach großartig.

Hätte man mir das vor drei Jahren erzählt, ich hätte schallend gelacht, dachte Daria. Sie hatte also tatsächlich gerade geheiratet. Schelsky geheiratet! Und nun posierte sie zusammen mit ihm für die schwülstigsten Fotos, die je auf diesem Planeten geschossen wurden. Verballerte dafür an einem Tag so viel Geld wie sonst nicht in einem Jahr. Sie musste verrückt geworden sein. Komplett meschugge.

»Kiss your man«, lautete die Anweisung von Dan, der nun schon seit Stunden jede Regung von ihnen ablichtete und nicht müde wurde, sich immer neue Posen für sie auszudenken. Noch eine Stunde, dann würden sie das Shooting hinter sich haben und den Abend in der Strandbar bei einem Barbecue beschließen.

Der schönste Tag im Leben einer Frau? Zumindest ein bemerkenswerter.

Till hatte ihnen die Hochzeit bezahlt. In einem seiner klaren Momente hatte er verfügt, dass alle Rechnungen von seinem Konto beglichen wurden. Doch diese lichten Augenblicke gab es immer seltener. Zwei Tage bevor sie nach Florida aufgebrochen waren, war er orientierungslos in der Hamburger City aufgegriffen worden. Dass er überhaupt, nur mit Gartenschuhen und einem Pyjama bekleidet, bis dahin gekommen war, ohne dass einer der Passanten die Polizei informiert hatte, war entweder ein Wunder oder doch nur ein Zeichen, wie wenig die Menschen sich umeinander kümmerten. Es war das dritte Mal in zwei Wochen gewesen, dass er aus der Dementen-Station des Pflegeheims entwischt war. Nur mit einem unguten Gefühl war Daria in das Flugzeug gestiegen, das sie nach Fort Myers gebracht hatte.

Es war schon eine skurrile Szenerie, die sich Tom bot. Er hatte lange gebraucht, sich an den Gedanken zu gewöhnen, dass seine Jugendliebe und sein bester Freund seit der Schulzeit nun tatsächlich einander heiraten würden. Er hatte sich die beiden nie als Paar vorgestellt, und erst als sie eines waren, bemerkt, wie gut sie zueinander passten. Er glaubte, zwischen beiden eine Seelenverwandtschaft auszumachen, die jahrzehntelang nicht mal ihnen selbst aufgefallen war.

Schelsky und Daria. Daria und Schelsky. Und dann noch diese Überdosis Hochzeitszuckerguss. Das passte zu den beiden so wenig, dass es schon wieder genial war. Einmal das volle Programm. Romantik-Overkill im Disneyworld-Land.

Vanessas Finger griffen die ganze Zeit in seine, während sie das Fotoshooting amüsiert beobachteten.

Würden sie sich auch trauen, irgendwann?

Tom hätte gern ihre Gedanken gelesen. Und gewusst, ob sie sich vorstellen konnte, mit ihm da zu stehen, wo jetzt Daria und Schelsky standen. Acht Jahre hatte er auf sie gewartet. Nun saß sie hier, Hand in Hand mit ihm in Erwartung eines Sonnenuntergangs, den allerdings Daria und Schelsky gebucht hatten.

Er und Christoph, der nur zehn Meter entfernt stand und Lina umarmte, hatten am Nachmittag die Trauzeugen gegeben. Sie hatten das richtig gut gemacht, fand Tom. Angemessen pathetisch und mit einem großen Augenzwinkern. Tom hatte erst heute entdeckt, dass Christoph viel mehr Humor besaß, als er geahnt hatte.

Die Sonne war ins Meer eingetaucht. Sie saßen an einem langen Tisch, tranken Wein und pulten Garnelen und verschiedenste Krebse aus ihren Schalen. Schelsky sah Amelie zu, wie sie einen großen Langustenschwanz mit einer Hummergabel bearbeitete. Dass sie darauf bestanden hatte, ihn nach Florida zu seiner Hochzeit zu begleiten, machte ihn stolz. Neben ihr war Renate platziert, die es sich ebenfalls nicht hatte nehmen lassen, bei diesem Event dabei zu sein. Vor drei Wochen hatte sie plötzlich ein Flugticket aus ihrer Handtasche gezogen, damit vor Darias Nase herumgewedelt und stolz verkündet: »Ich komme mit.« Sie habe, erklärte sie ihrer verblüfften Tochter, schon zu viele wichtige Tage in Darias Leben verpasst, die Hochzeit lasse sie sich nun nicht nehmen. So saßen sie nun zu acht an dieser kleinen Hochzeitstafel. Ein bunt zusammengewürfelter Haufen, durch Blut oder Freundschaft miteinander verkettet. Nur Fanny fehlte an diesem Abend, wie schon an vielen Abenden zuvor. Doch immer wenn Schelsky Lina betrachtete, die ihrer Mutter von Monat zu Monat stärker ähnelte, wusste er, dass ein Teil von Fanny noch unter ihnen war. Lina war nun so alt wie Fanny, als sie sich das erste Mal geliebt hatten. Und sie zu sehen hielt die Erinnerung wach. Kurz bevor sie zu ihrem Trip über den großen Teich aufgebrochen waren, hatte Lina ihm verraten, dass sie derzeit zwei Freunde habe. Ob sie denn voneinander wüssten?, hatte Schelsky nur gefragt, und Lina hatte geantwortet: »Der eine ja, der andere nein.«

Sie hatte nicht verstanden, warum er so breit grinste.

***

Lebenslang mit Schelsky. Sie kannten sich schon ewig, und sie würden nun zusammenbleiben. Inzwischen hatten auch ihre Körper die Scheu voreinander verloren, und aus den Blutsgeschwistern von gestern war ein echtes Liebespaar geworden.

Daria goss Wein nach. Sie wollte an diesem außergewöhnlichen Tag nicht vernünftig sein. Sie dachte an ihren Vater und freute sich, dass Renate hier dabei war. Sie war gar nicht auf die Idee gekommen, ihre leibliche Mutter zu fragen, ob sie Lust hätte, sie zu begleiten. Renate und sie sahen sich nicht häufig, aber wenn, dann genossen sie es, Zeit miteinander zu verbringen. Sie hatten sich wiedergefunden und würden sich, solange Renate noch lebte, nie wieder ganz verlieren.

Zwei Wochen würde ihre Hochzeitsreise noch dauern. Orlando, Miami und die Keys standen auf dem Programm. Sie wollten Krokodile sehen in den Everglades und Humphrey Bogarts »African Queen« in Augenschein nehmen, die als Touristenattraktion in einem Hafenbecken in Key Largo vor Anker lag. Danach würde sie ihre Ausbildung fortsetzen. Im Alter von 53 Jahren hatte sie eine Erzieherinnenausbildung begonnen, mitten in einer Gruppe von jungen Männern und Frauen, die vom Alter her alle ihre Kinder hätten sein können. Wenn sie fertig sein würde – in einem guten Jahr –, wollte sie mit Drogenabhängigen arbeiten. Ihr Potenzial als Autorin hatte sie verbraucht; immer schwerer fiel es ihr, sich einem Thema schreibend zu nähern. Und zu ihrer eigenen Drogenkarriere hatte sie inzwischen genug Abstand, um das Wagnis einzugehen, Junkies zu helfen.

Heirat, Ausbildung, Jobwechsel. Es tat sich was in ihrem Leben. Es war eine Herausforderung, mit über fünfzig von vorn zu beginnen. Und nicht zu wissen, wohin der Weg noch führen würde.

***

Noch immer passierte es Tom, dass er Vanessa in einem unbeobachteten Moment betrachtete und sein Glück nicht fassen konnte. Alles fühlte sich richtig an. Eine Reise war zu Ende, und eine neue begann.

Er war angekommen, fühlte sich zu Hause wie nie zuvor in seinem Leben und hatte gleichzeitig Lust, nicht stehen zu bleiben, sondern das

Leben als Entdeckungsfahrt zu begreifen. Doch was es noch zu entdecken gab, das wollte er mit Vanessa zusammen erforschen.

Einer von diesen modernen Lebensweisheitskünstlern hatte mal gesagt: Wenn du zwanzig bist, bindest du dich zum Lustgewinn, wenn du sechzig bist, zur Leidvermeidung. Er war nun dreiundfünfzig und dachte noch immer deutlich mehr an Lust als an Leid. Obwohl die Gelenke manchmal bedenklich knackten und sein Blutzuckerspiegel seit geraumer Zeit bedrohlich hoch war. Aber das würde er in den Griff bekommen, war Tom sich sicher.

Sie liebten sich täglich, und Tom konnte von Vanessas Körper nicht genug bekommen. Er ahnte, dass diese Gier endlich war, und er wollte sie auskosten, solange es ging. Doch auch die Zeit danach machte ihm wenig Angst. Er wollte mit ihr alt werden, da war er sich sicher.

Vielleicht würde er sogar noch Vater werden. Vanessa hatte die vierzig zwar schon vor überschritten, hatte ihren Kinderwunsch aber auch nach Paul und Sinja nie ganz begraben. Er hatte noch einmal über alte Väter nachgedacht und ganz pragmatisch entschieden, es sei doch nicht ganz so schlimm, wenn ein werdender Papa keine dreißig mehr war. Aber die Uhr tickte. Bei beiden. Vanessa hatte die Pille abgesetzt, und was geschehen würde, würde geschehen.

Jetzt saß sie neben ihm und schien wieder einmal seine Gedanken zu lesen.

»Denkst du mal wieder über die Zukunft nach, alter Grübler?«, fragte sie lächelnd.

Tom fühlte sich ertappt und nickte.

»Und: Was willst du mit dem Rest deines Lebens anfangen?«

Sie schaute ihm direkt in die Augen.

Tom hielt dem Blick stand.

»Keine Ahnung«, gab er zu.

»Aber ich bin gerade dabei, es herauszufinden.«

DANK

Der allererste Dank gebührt meiner Verlegerin Dorothee Gremliza für ihre großartige Unterstützung in jeder Form, ohne die dieses Buch nie entstanden wäre. Zudem möchte ich allen danken, die sich die verschiedenen Entwürfe angetan haben und mit vielen Ratschlägen dazu beigetragen haben, das Manuskript besser zu machen: Gabi Franke, Cornelia Franz, Sylvia Heinlein, Silke Langhoff, Johann Christoph Quantz, Wolfgang Schwarz und Leo Strohm. Ich danke insbesondere Monika Hagenmayer, die mich in besonderer Weise unterstützt hat, einer der Hauptfiguren Profil zu geben. Und ich danke allen Menschen, die mit mir die Episoden meines Lebens geteilt haben, die in diesem Roman zu Literatur wurden, und allen anderen Wegbegleitern, die mich inspiriert haben zu erzählen und die sich in den Romanfiguren wiedererkennen werden.